黄金岁月

上

漠野萧成 著

北京联合出版公司
Beijing United Publishing Co.,Ltd.

图书在版编目（CIP）数据

黄金岁月：全二册 / 漠野萧成著 . -- 北京：北京
联合出版公司，2021.8（2024.7 重印）
ISBN 978-7-5596-5332-1

I.①黄… II.①漠… III.①长篇小说－中国－当代
IV.① I247.5

中国版本图书馆 CIP 数据核字 (2021) 第 106967 号

黄金岁月：全二册

作　　者：漠野萧成
出 品 人：赵红仕
责任编辑：牛炜征
封面设计：王　鑫

北京联合出版公司出版

（北京市西城区德外大街83号楼9层 100088）

北京新华先锋出版科技有限公司发行

小森印刷霸州有限公司印刷　新华书店经销

字数697千字　787毫米×1092毫米　1/16　38印张

2021年8月第1版　2024年7月第4次印刷

ISBN 978-7-5596-5332-1

定价：89.00元（全二册）

序：给时代留下印记

肖仁福

前段时间，"后浪"这个词突然就火了。依我所见，所谓"后浪"，即后来者。这几年，我虽然也在为岁月的流逝而唏嘘感慨，可早已习惯了云卷云舒、去留无意的闲散生活，终究是没有了被"后浪"追赶的紧迫感，自然也就没去探究"后浪"这个词为何会这么火起来。

直至看到漠野萧成的《黄金岁月》，我才意识到，"后浪"之所以火，不仅仅是社会对新一代青年所寄予的厚望，更多的是即将步入中年的一代人对逝去青春的集体祭奠，对任何人而言，一个人的青春都是黄金岁月。

在我们这代人的眼中，80后就是年轻的代名词。伴随着改革开放出生的他们，似乎还是牙牙学语、步履蹒跚的婴孩。可屈指一算，最早的一批80后已整整四十岁了，最晚的一批80后也三十有一。

俗语道，人过三十是半世。圣人也有言，四十而不惑。人到四十岁，有两种状态，少部分事业有成的人，四十岁，年轻有为，前途无限。绝大部分普通人，四十岁，上有老，下有小，不得不向生活妥协。但无论哪种状态，不得不承认的是，他们都不再年轻了。

读漠野萧成的书，有种回顾往事的感觉。《黄金岁月》可谓一本融合了青春、奋斗、官场、职场、商场、法律、情感等多种元素的现实主义小说。作者长期在大型国企工作，这是一个介乎体制内和体制外的场域，使得他能以更有跨度的视野，用写实时代和素描人物的手法，讲述这十几年来社会生活的人情冷暖、职场商场的生存法则。

细细品来，那些人、那些事儿，似乎就发生在昨天，发生在我们身边。我觉得 70 后、80 后的人，应该都能从中找到自己年轻的影子，90 后、00 后也能一窥他们业已逝去的童年岁月中的点点斑驳。至于 60 后，或许也能重温那段热火朝天的奋斗岁月。本人愚见，值得一读。

现实主义题材的小说，其魅力就在于反映现实。许多人都说现实题材不好写、写不好。我觉得，写不好现实题材小说的原因是，太多的功利心左右了手中的笔和心中的念。或把现实写成了毫无底线的争名夺利、尔虞我诈，或把现实写成了高高在上的纸醉金迷、香车美人。这都是不符合现实的，这样的小说能走多远，也就不言而喻了。

文心如人心，文品见人品。真正不为名利地喜欢文学，写出的作品自然也就多了些烟火气。让文学回归田园、回归现实、回归人心，留下时代的印记和一代人的奋斗精神，对当下的作家，特别是青年作家来说，不仅仅是一种写作的态度，更是一种社会责任。

读书，不为名利所困，不为世俗而扰。写作，心怀家国，眼观众生。有人说，入世与出世是两种不一样的人生心态。可若品尝过其中真味，便觉人心所向便是世界，何来入世与出世？

心入文，文入眼，眼中一世界，心中一乾坤。

自　序

　　青春是个短暂的美梦，当你醒来时，它早已消失无踪。莎士比亚如是说。

　　1979—1985 年，改革开放最初的几年，在这个古老国度的伟大变革和新的征程中诞生了一代人。多年之后，社会赋予他们一个烙有鲜明时代特征的称谓——80 后。曾几何时，社会认为他们没有经历上一辈人的磨难，是在幸福中长大的一代人。但只有他们知道，在社会大变革的时代背景下，他们的童年中更多的是成长的孤独，青春中更多的是奋斗的艰辛。

　　2019 年，改革开放已 40 年，这代人的青春即将逝去，时间已在他们的脸上留下了浅浅的年轮。人到中年，面对事业、家庭，父母、子女，负重前行、努力奋斗，已成为大多数人的日常。在他们的生命中，再也没有了可供挥霍的岁月。也许，只有在某个无法入睡的深夜，他们才能追忆那些青春往事，怀念那些已经逝去的美好年华。

　　感受着青春的流逝却又无能为力是件痛苦的事情。于是我决定用文字记录一代人即将逝去的青春，用一部小说给岁月、给时光以生命。我把故事置于经济转型、企业改革、信息爆炸的时代背景下，以张新阳在命运面前的挣扎、奋斗、抉择，勾勒出一个时代的发展和一代人的成长。于 80 后的读者而言，我相信故事中的爱与恨、情与法、青春与梦想、奋斗与抉择，都或多或少在成长的经历中留下了投影，轻轻地投个石子，就会在记忆深处泛起阵阵涟漪。

　　故事中刘成功、赖峰等人只是文学创作的形象，案件也仅仅是那个时代的个案，并没有原型可溯，请读者切勿对号入座。但隐藏在他们身上的原罪，是改革发展中必然会遇到的问题和矛盾。我也相信，随着时代的发展，以及国家治理体系的不断完善、治理能力的不断提升，这些矛盾和问题最终都会从源头上得到根本性的解决，这也是我们这代人活在当下的责任和担当。

记住过去是为了拥抱更好的未来。在岁月的画卷中寻找时光永恒，在时代的浪潮中传承奋斗基因，时代赋予了一代人新的使命，有梦想，有奋斗，更有希望！

　　感谢岁月，过去的每一天都不曾忘记，未来的每一天都要倍加珍惜！

　　年近不惑，余生还长。

　　是为序！

2019 年 12 月 4 日

目录

楔　子

中国，深圳，清晨。一轮红日刺破苍穹。

钢筋水泥构建的城市森林，瞬间折射出了万道霞光。

9 时 25 分，深南大道 2021 号深圳证券交易市场。随着上市宝钟的敲响，新雅科技作为目前国内最有潜力的电商信息技术服务公司，正式登陆 A 股创业板。公司 COO 于可纬的眼中透着难以抑制的兴奋，他尽力平复了一下自己的情绪，用略微颤抖的手，拨通了公司 CEO 张新阳的电话。

9 时 35 分，海南新雅科技股份有限公司总部，会议室内座无虚席。大屏幕上 N 新雅每股报价 32.7 元，涨幅 137%。张新阳拿起了桌上嗡嗡振动的电话，按下了免提键，话筒中传来了于可纬激动的声音："张总，我们成功了！"

会议室又一次爆发出热烈的掌声，张新阳起身，向他的创业团队深鞠一躬。公司 CFO 刘诗雅静静地坐着，目光坚定而又温柔地凝视着大屏幕上呈上升趋势的红色 K 线，仿佛那是自己孕育的生命，充满着无限生机和希望！

11 时 30 分，A 股休市。新雅科技的股价锁定在了 45.7 元，涨幅 192%，走出了一根极其优美的 K 线。午间的会议室，只剩下了 CEO 张新阳和 CFO 刘诗雅。张新阳把脚步停在了大幅中国地图前，地图上贴满了红色的小旗，每一面小红旗都代表着一个他们业务网络所覆盖的城市。

张新阳凝视许久，终于伸手将一面小旗轻轻贴在了一座叫津州的城市上方。

刘诗雅缓缓走到张新阳身边，轻声问道："你决定再战津州了？"

张新阳的目光仍聚焦在那面小旗上，慢慢说道："是的，那儿毕竟是梦开始的地方！"

"那儿还有我们最美好的青春！"说着，刘诗雅伸手抱住了张新阳，把头放在了他宽厚的肩膀上。张新阳终于从地图上收回了目光，双手捧起了刘诗雅动人的脸庞，轻轻地吻在了她的额头上。刘诗雅迎着张新阳含情脉脉的目光，她想和以往一样读懂他的心思，可泪水还是渐渐模糊了视线。张新阳把刘诗雅搂在了怀中，他又嗅到了熟悉的发香，回忆把他们带回到了似火的青春岁月。

仲夏，傍晚。津州市人民公园的廊厅里，一位美丽的少女来回踱着步。白色的长裙映衬着身后碧绿的荷叶，荷塘中的风不时吹起她的长发，空气中仿佛也多了些许青春的气息。

张新阳远远看见了廊厅里的刘诗雅，他停下了急匆匆的脚步，欣赏着眼前这道唯美的风景。许久，他才整理了一下已经洗得有点儿变形的白衬衣，从裤兜中掏出一沓纸，擦了擦满是灰尘的廉价皮鞋，这才收拾脚步，走向了眼前唯美的画卷。

张新阳悄悄走到了刘诗雅身后，伸手捂住了她的双眼。刘诗雅先是一惊，随即便咯咯地边笑边说道："张新阳，我知道是你啦！"

张新阳放开了手笑着问道："你咋知道是我的？"

刘诗雅的脸一红，噘起嘴不再应声了。她太熟悉张新阳的味道了，那是一种青春的、阳光的、充满活力的、只属于张新阳的味道。每次嗅到这种味道，她都能感到心在剧烈地跳动。

张新阳见刘诗雅红了脸，竟也语塞了。时间在两人面对面的静默中慢慢流逝。最后还是张新阳打破了沉默，他轻轻牵起刘诗雅的手，说道："小雅，我下周就毕业了！我，我想告诉你，我……"

刘诗雅抬眼望向张新阳，小心翼翼地问："你是要离开津州吗？"

张新阳肯定地说道："嗯，昨天顾阳焦煤集团来津州大学招聘，我报名了。"

刘诗雅有些不死心地问："你就真的没有别的选择了吗？我打听过了，你们学校选择去顾阳焦煤的，基本上就把家安在那个小县城了。这一步迈出去，再想回到津州，可就没那么容易了。"

张新阳叹了口气说道："我们学地质专业的，出路只有三条，要不进地质局，要不去焦煤企业，再有就是自己去创业。对我一个颜州农村的穷小子来说，不论是省城华州的地质局还是津州的地质所，都是个遥不可及的梦。我现在要的是一份稳定的正式工作，其他的我不敢想，也没条件想。"

刘诗雅犹豫了一会儿，眼中出现了一道亮光，她说道："新阳，要不这样，我去央求我爸妈，让他们活动活动，把你安排到津州纺织集团。等我毕业了，我们就能在一起了。"

张新阳伸手刮了一下刘诗雅的鼻子，苦笑道："傻丫头，我又不是你们纺织学院的，专业不对口怎么能去纺织集团呢。再说了，你爸妈知道你在和我谈恋爱吗？"

刘诗雅眼中的光亮消失了，她有些失望地低下了头，随后喃喃地说道："那，那我们呢？我们会走到曲终人散吗？"

张新阳一把拉过了刘诗雅，语气坚定地说："不，小雅，不会的，我爱你，今生今世，至死不渝。我答应你，给我三年时间，我一定要再回到津州，请相信我，请你相信我。"

刘诗雅眨着一双大眼睛，看着满脸严肃的张新阳，认真地点了点头。其实他们都知道，在未来还是一个未知数的现在，一切承诺都是苍白无力的。但他们相信，他们的爱是真诚的、纯粹的、炽热的，是没有任何人可以替代对方的。

公园幽静的小路上，两个相爱的年轻人紧紧相拥。张新阳嗅着刘诗雅的发香，这种香有着无以名状的魔力，一种暖流从他的心间腾起，慢慢地扩散开。他的眼前一片空白，如站在雪山之巅，空旷，无垠，四周都是自己沉重的呼吸声，那是属于自己的独一无二的温暖。

他捧起刘诗雅动人的脸庞，亲吻她的脸颊，柔软、湿润、绵滑，浅浅的暖和淡淡的甜让他觉得幸福是那么真实而又缥缈。刘诗雅仰着头，闭上了双眼，任由这个自己爱着的男人爱恋地亲吻着自己，感受着他的呼吸、他的热情。任由他的爱直抵全身每个细胞，她陶醉于被爱的感觉，像天边绵绵的云，田野柔柔的风……

毕业前夜的津州大学，夜渐渐笼罩了整个校园。一个宿舍的六个男生并排坐在操场上，淡淡的离愁和对明天的迷茫笼罩着每个年轻的面孔。被舍友称为老大的张新阳抬头望向天际，半个月亮爬上了墙角的一排柳树，远处万家灯火，街边霓虹闪烁。四年了，他从来没有觉得校园是这样的美。

张新阳笑了笑，看着朝夕相处的五个舍友说道："兄弟们，今天是我们在这儿的最后一晚了。都说说吧，今后有什么打算。"

小胖子老六推了推眼镜，操着略带山西口音的普通话说："咱们学地质的能干啥，还不就是回矿山嘛。我他妈也没啥追求，回煤矿干几年，买套房子，买辆车子，结婚生子，做个平凡人。"

老四一撇嘴，推了小胖子一把说："得了吧，谁不知道你家有煤矿呢，你是给老爹打工，给自己家赚钱，你小子所谓的平凡，是我们哥几个一辈子的奋斗目标。我们兄弟六个，老二要去铁路，老三要考公务员，还有我们伟大的老五，要回东莞创业。也只有我和老大才算是专业对口，精准就业。说实话，我当初选择这个专业是随大流，现在就业也是随大流。我爸干了半辈子技术员，头发都熬白了，也没混个一官半职。可他还是希望我回矿上。回就回呗，在我们四川，有这么个工作，也算是体面人了。就这么着呗。"

稍有些结巴的老二操着东北话说道："我……我……他妈这也是父母之命，我爸费……费了老劲，才给……给……我搞下一个进铁路的指标。俺们那嘎达的铁路，你们猜猜工资多少？一个月八百块钱！现在八百块钱能干啥？兄弟们，现在的社会什么才是硬道理，是钱！我是真想一……一走了之，和老五去东莞创业，趁着年轻拼一把，将来也就不后悔了。"

向来文质彬彬的老三慢条斯理地说道："老二，你真以为创业那么容易？我劝你啊，能有个铁饭碗你就先抱着，你能和人家老五比吗？老五他们一个村的人都在海外投机倒把呢，这叫文化传承，商业基因。"

老五一挑大拇哥，操着生硬的普通话对老三说："一语中的，精辟，精辟。不愧京畿重地走出来的高才生，天生就是干公务员的料。我跟你们说，在我们那儿，就不兴这个铁饭碗，我这张津州大学的文凭就是块敲门砖，我的征途是星辰大海！"

张新阳仰望着星空，叹口气说道："我和兄弟们不一样，大家都是被逼无奈，而我呢，是别无选择。好了，明天我们就要各奔东西了，苟富贵，勿相忘。老五说得对，我们的征途是星辰大海！一切荣耀，都要靠我们自己去奋斗！"

所有人都沉默了，他们都已经意识到，这是他们聚在校园的最后一晚了，曾经觉得非常遥远的那场分别，竟然就在眼前。他们彼此看着对方，眼中都闪烁着晶莹的泪。不知是谁先起的头，六个人齐声唱起了周华健的《朋友》。

"朋友一生一起走，那些日子不再有，一句话，一辈子，一生情，一杯酒……"大一军训时唱过的这首歌，将六个大男孩的身影定格在了离别前夜的操场。第二天，六个人便互道珍重，各奔东西，踏上了人生旅途的漫漫征程！

不知多年以后，上市公司 CEO 张新阳，沈阳铁路局某次列车列车长老二，河北某县政研室主任老三，四川某矿业集团技术员老四，再次创业失败的落魄商人老五，背负一身赌债的山西某便利店老板老六，是否都还记得这个为梦而歌的离别之夜呢？

第 1 章　踏上征途

九月，初秋，晨。天际蒙蒙泛白，国道旁边水泥牌上，几个褪色的红字逐渐清晰：吴家堡村，颜州市永宁县人民政府，1994 年 7 月。水泥牌前站着一老一少两人，等待最早一班路过的长途汽车。

父亲张有才把五百块钱塞到了儿子张新阳手中，张新阳随即又把钱装进了父亲的口袋。父子俩来回推让了几次，本就半新不旧的钞票变得更加皱皱巴巴。

张新阳知道，这五百块钱足够父母一个月的生活开销了。四年的大学时光，父亲都是这样将省吃俭用攒下的生活费递到儿子手中的，儿子总是小心翼翼地揣进贴身的衣兜中。但今天，儿子却怎么也不肯再将这卷钱装进兜里。

张有才再次将钱塞在张新阳手中说道："噫，你这娃咋这么犟呢。咋的，这要去上班了就不听爸的话了。"

张新阳说："爸，您这是干啥哩。我这是要去上班挣钱了，咋还能拿家里的钱呢？今天这钱，我说啥都不能要了。"

张有才瞪起了眼，抬起脚轻轻踢了下张新阳的屁股，倔强地说道："你这不是还没有挣到钱嘛。第一次去单位，人生地不熟的，身上没有点钱能行吗？"

张新阳还要推让，远方微微泛白的公路上出现了长途汽车的影子。张新阳拗不过和他一样固执的张有才，小心翼翼地将钱揣进了内裤上带拉链的暗兜。汽车缓缓停下，在父亲满是期待的目光下，张新阳提起行李，跳上了汽车。

长途汽车颠簸了四五个小时，终于在中午一点半停进了津州汽车站。张新阳在汽车站门口吃了一大碗面，步行走到了火车站，买好了去往顾阳县的火车票。最早的火车是第二天凌晨的，张新阳把行李寄存在了车站，不知不觉地走向自己的母校——津州大学。

夜幕渐渐降临，城市的霓虹亮了。张新阳站在学校门前的街头，曾经熟悉的一切，忽然变得陌生起来。是啊，他已经不再属于这儿了。

校门口小吃店的老板依旧热情如初，一碗米线吃得张新阳满头大汗。结完了账，晚上的住宿又成了一个问题。他是断然不舍得住百十块钱一晚的快捷酒店的，可也不想去十几块钱一晚的黑旅店。于是他选择了这个城市最廉价的过夜方式——去网吧上夜场。

凌晨四点半，网管轻轻推醒了张新阳。张新阳看了眼电脑显示器上的时间，又掏出火车票确认了一下，谢过网管，双手在脸上使劲搓了几下，起身提着行李走出网吧。

开往顾阳的火车在汽笛声中正点驶出了车站。车厢中的人并不多，张新阳的座位上只有他一个人。他起身看了看四周，见有人躺在长椅上睡起了大觉。张新阳也学着别人的样子躺了下去，把不大的行李袋枕在了头下。列车员从座位边走过时，只是瞥了他们一眼，就走向了另一节车厢。于是张新阳便心安理得地闭上了眼，不多时就响起了微微的鼾声。

列车刚刚进入顾阳境内，人们就感受到了煤城的味道，整个铁路线被火车长期抛撒的煤覆盖着，列车快速运行所带起的粉尘，顺着开启的车窗迅速充满了整个车厢，车厢内四处弥漫着呛人的煤味，仿佛划着一根火柴就能将空气点燃。

熟睡中的张新阳被人推醒了。他从长椅上爬了起来，揉揉惺忪的睡眼看向窗外，远处青山连绵，四野一片青绿，列车在田野中疾速行驶。张新阳用双手使劲搓了搓脸，这才发现一个学生模样的小女孩正站在他面前。

女孩将手中的车票往前一递，怯怯地说："师傅，这是我的座位。"

张新阳稍一愣神，立即边道歉边将行李袋收了起来。

再有十几分钟，火车就要到顾阳站了。忽然，车厢中变得嘈杂起来，张新阳和其他旅客一样，起身向嘈杂处投去了好奇的目光。原来是一个十七八岁的青年正在和一名孕妇吵架。张新阳听了半天，才搞清了吵架的原因。年轻人不小心碰了孕妇，虽然已经道了歉，可孕妇还是不依不饶，用各种污秽的语言谩骂他。周围的旅客有人劝年轻人再道个歉，也有人劝孕妇不要得理不饶人，也不是个大不了的事。在一群人的哄闹中，广播提示列车马上就要到达顾阳站了。

顾阳车站是个大站，下车的乘客都各自散去收拾自己的行李，只留下了一个喋喋不休的女人和一个一言不发的青年。列车缓缓停下，旅客们谁也不再关注孕妇和青年的纠缠了，纷纷涌向了车门处。张新阳提起自己的行李，随着人群下了火车，踏上了顾阳的土地。这里是他人生的第一个起航点。

就在这时意外发生了。在出站旅客的拥挤中，青年用足力气，朝着辱骂他的孕妇的腹部猛打了几拳，随即窜入人流，不见了踪影。在几声撕心裂肺的号叫声中，孕妇抱着肚子跌倒在了站台上，血顺着裤腿流了下来，很快从一点扩大成了一片，随即旅客中爆发出一阵惊恐的骚动。

张新阳稍一迟疑，随即便明白发生了什么。他毫不犹豫地冲到孕妇身边，对着慌乱的人群喊道："大家别乱，不要乱，先救人！"

周围的旅客稍稍安静了些，张新阳看着痛苦呻吟的孕妇，着急地喊道："有没有医生？"

这时，一个和张新阳年龄相仿的女孩挤到了近前，高声说道："让一下，让一下，我是护士！"

张新阳一把将女孩拉到了身边，焦急地说道："赶快看一下怎么样了！"

女孩看着乱哄哄的人群，转身对张新阳说："请你让男士们都回避一下。"

张新阳迅速组织周围的热心旅客转身，形成了一道围墙，把孕妇和女孩围到了中间。女孩蹲下身，撩起孕妇的衣服，把手伸到了孕妇的腹部检查了一遍，看着孕妇下体仍在汩汩地流着鲜血，大声喊道："孕妇非常危险，快打120，叫救护车。"

车站的警察和铁路工作人员相继赶了过来，在他们的指挥疏导下，围观的旅客渐渐散去，站台上只剩下几个热心人围着孕妇。有人已经打了120，不多时救护车便呼啸着停在了车站外。医务人员和女孩将孕妇抬上了担架，孕妇已经没有了呼喊的气力，垂下担架的头发和白色的被单随着担架起伏着。医务人员急速向出站口跑去。救护车再次响起了刺耳的警报，很快就消失在了远方。

张新阳和其他几个热心的旅客跟着警察去了派出所。做笔录时，他从警察与医院的电话中，断断续续听到了流产、死胎、大出血等信息。他又想起了刚才车厢中的喧闹，心里随即蹦出七个字——得饶人处且饶人。

张新阳提着行李走出了派出所，打听着找到了站牌，上了一辆破旧的公交车，经过二十几分钟的颠簸，终于来到了位于县城东北的顾阳焦煤集团。这座建于20世纪50年代的厂矿和无数那个年代的工矿企业一样，许多老旧建筑仍然有着那个年代特有的符号。集团办公楼是一栋六层的灰色建筑，楼虽然有些陈旧，可在连树叶都沾满黑色煤尘的环境中，却也显得和谐。

传达室的中年保安查看了张新阳的派遣证，随即拿起桌上的电话拨通了一个号码。不多时一位身穿黑色职业装的女职员走到了张新阳面前问道："是张新阳吧，我是人事部的吴小清，欢迎入职顾阳焦煤集团。"

张新阳礼貌地点头答道："是的，我叫张新阳，津州大学地质工程专业毕业。请领导多指教。"

吴小清嘴角微微上翘，浅浅地笑道："小张，在咱们公司不能随便称呼领导，你可以叫我吴师傅，也可以叫我吴姐。不过，我呢，也是津州大学毕业的，你叫我学姐也行。好吧，你先把行李放在传达室，跟我去见赵部长吧。"

张新阳说了声谢谢，把行李放进了传达室里间，跟着吴小清进了机关楼。人事部部长赵永生五十岁左右的样子，眼袋明显，光秃秃的脑袋被从侧面梳起的几根长发整齐地覆盖着，极像超市物品上的条形码。

张新阳坐在赵永生对面，忽地想起了曾看过的某本小说，小说中说常年在机关工作的人都是挂相的，基本都是头秃、体胖、眼袋垂，慢条斯理喝着水。张新阳再看赵永生，强忍着把嘴角的笑收了回去。

赵部长看了看张新阳的派遣证，不紧不慢地拉开抽屉，拿出了一沓厚厚的文件。翻了几下抽出了一张盖着大红章的文件，自言自语道："三个大学生，十个中专生，二十三个技校生，怎么报到的日期还不一样？"

说着赵部长抬头打量了一下张新阳，慢条斯理地问道："小伙子，你家是哪儿的？为啥选择来顾阳焦煤呢？"

张新阳略略思考了一下便说道："我是颜州农村的，说实话，我对顾阳焦煤并不是太了解，只是，没有其他选择了。"

赵永生呵呵笑着说道："小伙子，你倒也诚实。很多大学生不选咱们单位，主要还是不了解，一个小县城的煤矿有啥好的？我给你讲讲咱们单位的实力和地位，你就会为你的选择感到庆幸了。知道顾阳县是怎么来的吗？全都是因为有煤。1990年左右的时候，顾阳还是华峪区的一个镇，大概是在1994年前后吧，国家对煤炭行业实行行政干预和政策调控，煤炭产业集中度提高，津州市委、市政府果断决策、顺势而为，将顾阳镇从华峪区划了出来，并重新调整了下辖的林阳、清阳两县的行政区划，成立了以煤炭产业为经济支柱的顾阳县。如果按煤炭产能来评估，咱们顾阳县绝不逊色于山西、陕西、内蒙古这些煤炭大省的任何一个产煤大县。正因为有顾阳煤炭经济的拉动，才奠定了津州在本省第二大城市的地位。就现在，津州的GDP也仅仅次于省城华州，你老家颜州，还有庆州都差着津州一大截呢。说了这么多，关键的来了，你别看顾阳、清阳、林阳三县大大小小的煤炭企业不少，它们那都是小打小闹。要说行业老大，咱顾阳焦煤集团才是真正的龙头。咱们是市属正处级企业，公司每年上缴的利税占到了津州财政收入的七分之一，这是什么概念就不用我说了吧。"

赵永生停顿了一下，看着一脸惊讶的张新阳，又笑着说道："怎么样，没想到吧。别让他者的世俗眼光左右了，选择顾阳焦煤集团要比地质所之类的单位强多了。举个例子吧，我这个人事部部长和顾阳县委组织部部长是平级。这些优势往后你就知道。好了，言归正传吧，公司已经研究过了，你们三个大学毕业生暂时都在机关挂职，你就在安全部。一会儿让小清领你把入职手续办了。来了顾阳焦煤就好好干，只要努力干好工作，公司是不会亏待你的。"

赵永生的这番话，确实让张新阳感到有些意外。他在心中暗暗地说，看来自己别无选择的选择，也不是很坏的结果。随即，这几个月积攒在心头的阴霾慢慢散开了。

第2章　初见顾阳

吴小清领着张新阳回到自己办公室，指了指墙边的沙发，示意他坐下稍等会儿。她从文件柜中拿出几个满满当当的资料盒，轻车熟路地给他办起了入职手续。

张新阳把半个身子挂在沙发上，看了看这间不大的办公室，随后又把目光落在了吴小清身上。吴小清三十岁出头，身材纤细，面容清秀，脸上虽有点点雀斑，长得却是恰到好处，反而增添了几分美。吴小清并没有化妆，也没喷香水，但一身制服却衬托出了职场女性特有的优雅气质。

吴小清边给张新阳办手续边说道："到了安全部好好学、好好干，挂职锻炼就是锻炼，并不是说你就留在机关了。所以说，最后能不能留下来，还是要看你自己的表现！"

张新阳搓了搓手说道："学姐，我刚走出校门，没啥社会经验，对咱们公司也不了解，往后少不了给您添麻烦。"

吴小清伸手将垂下的头发往耳后别了别，笑着说："别客气，有啥事儿尽管说。好啦，入职手续都好了。跟我去办住宿手续吧。"

张新阳到传达室取了行李，跟着吴小清来到集体宿舍。集体宿舍是一栋八层的灰色筒子楼，楼下是一个小花园，很自然地将南边的食堂、澡堂等生活区与北边的生产区分割成了两块。

张新阳很快办好了住宿手续，他被宿管安排在了七楼边上的一个房间。宿舍摆放着两张床，床板上蒙着厚厚的一层土，显然很久没有人住过了。张新阳站在窗前极目远眺，整个公司和周边的建筑一览无余。矿区的最北面是一座挺拔的山，半山腰相对平坦的地方星星点点散落着大大小小的简易棚户。山根下是煤矿专用铁路线，满载着煤炭的火车一辆挨一辆地排满了线路。

吴小清见张新阳环视着窗外，就主动介绍道："前面的那座山叫顾山，传说是因当年大禹治水时站在此山上环顾水势而得名，几千年了都没有再改过名儿。顾阳也是因此山而得名，所谓山南水北皆为阳嘛。山上的那些房子都是近些年打工的民工临时搭建的，反正也没人管，这几年大有连成一片的趋势了。咱们公司是在县城的最北面，东南面就是顾阳县城了，不过这几年县政府在西南开发了新城区，步行街、咖啡馆、电影院什么的应有尽有，绝对能满足你们的消费需求。"

张新阳听到消费两个字，下意识地摸了摸贴身的五百块钱，苦笑了一下说道："谢谢学姐，等安顿好了，我一定去新城区逛逛。"

吴小清抬起手腕看了眼表，说道："我得回去了，一会儿还有个会。赵部长给你放了一天假，你自己收拾收拾，后天一早就去安全部找李荣部长报到。"

张新阳把吴小清送到了楼梯口。吴小清刚要下楼，又回头说道："对了，还有个事儿，老城区有家郭记羊肉馆，便宜实惠，火爆得不得了。一盘羊肉加一碗煮过肉的老汤，泡两个肉馆自己烤制的饼，唇齿留香。老板是个倔脾气，每天就做五十斤肉，卖完打烊。你有时间可以去尝尝。"

张新阳心头一暖，一种久违的亲切感让他几乎落下了泪。他真诚地说道："谢谢学姐！"

吴小清说了声不客气，对张新阳摆摆手，转身下了楼。

张新阳回到房间，把行李放到床铺上，挽起袖子清理起了卫生。等他把房间收拾出个模样的时候，太阳已经开始偏西了。张新阳躺在床铺上想补个觉，可翻来覆去怎么也睡不着。这时他才发现从昨晚到现在自己只吃了一个饼子，早就该吃饭了。肚子咕咕一叫，张新阳就想起了吴小清说的郭记羊肉馆，他虽然有点儿舍不得，但想了想，还是决定去犒劳一下自己。

张新阳找到了郭记羊肉馆，天已经黑透了。饭店不大，处处透着老旧的气息，连服务员都是清一色的大妈。肉馆墙上贴着简介，郭记羊肉馆的手艺是大清嘉庆年间传下来的，上好的羊肉在一锅老汤中煮至五成熟，再用韭菜、黄酒、辣椒和一勺秘制的调料爆炒，香飘十里。

张新阳狠狠心，要了一份十五元的标配套餐，选了靠窗户的位子坐下。他一边慢慢吃着，一边看着窗外来往的行人。独在异乡，淡淡的离愁涌上心头。人到了晚上是感性的动物，会想很多事情，而且多半与伤感有关。一个人，一座城，一种孤独，这种情绪伴着淡淡离愁，让人惆怅满怀。

张新阳正望着窗外放飞着思绪，有人在他肩头轻轻拍了一下，把他从漫无边际的遐想中带回了现实。

张新阳收回目光，看向了眼前站着的女孩。女孩穿一袭红色风衣，身边还有一位中等身材、体形稍胖但穿着时尚的年轻男子。张新阳非常确定自己在这座陌生的城市是没有同学或朋友的，但看着眼前的女孩又觉得眼熟。他努力搜索着记忆，可还是没有关于眼前这个女孩的任何片段。

张新阳有些尴尬又略带歉意地问道："不好意思，恕我没认出来，您是？"

女孩笑着说道："你忘啦，上午在火车站，有个孕妇让人打了，我在现场的，那个护士。"

张新阳记起了早晨救人的，确实是个年轻女孩，自称是顾阳医院的护士，是她护送着孕妇上了救护车。张新阳又打量了女孩一下，拍着额头笑道："对对对，是你，是你。瞧瞧我这记性，没想到在这儿遇到了。"

女孩伸出了手说道："我叫冯媛媛，幸会。"

张新阳轻轻握了一下她的指尖说："世界好小，幸会，幸会！"

女孩指了指身边的男子说："这是我男朋友，李哲。"

张新阳又和李哲握了手，热情地招呼道："我叫张新阳。快坐吧，不介意的话一起吃。"

李哲忙摇手说不用了，就准备要离开。冯媛媛却爽快地坐下了，李哲见冯媛媛坐下了，只得坐在了冯媛媛身旁。张新阳热情地给两人倒了水，又喊服务员加了两份羊肉。

李哲上下打量了一番张新阳，方方正正的脸上多少还带着学生气，眼睛不大却透着机灵劲儿，匀称的身材透着一种长期坚持锻炼的气质，只是一身衣服显得寒酸了一些。

李哲给张新阳递了根烟，张新阳说不会抽，李哲便把烟放到了自己嘴边，帅气地拿出打火机点着，很享受地抽了一口，吐着烟圈笑着说："媛媛今天叨叨了一天救人的事，对你赞不绝口。我还以为是个大叔呢，没想到这么年轻。你是顾阳哪儿的人？"

张新阳挠挠头说："我在顾阳焦煤集团上班，今天一下火车就碰到了那么一档子事。"

李哲问："顾阳焦煤集团？你在哪个部门？"

张新阳说："我今天刚办了入职手续，暂时在安全部挂职。"

李哲又问："安全部？李荣是你们部长吧。"

张新阳有些惊异地说："是啊，你也在顾阳焦煤？"

李哲笑着摇了摇头说："不是，我在县人民银行。顾阳就这么大，我许多同学朋友都在你们单位，那儿的情况还是了解些的。有事你说话，大忙帮不了，小忙总还是能帮上的。"

张新阳笑着对李哲和冯媛媛说："我初来乍到，没承想第一天就遇到了两位朋友。"

冯媛媛说："是啊，一天遇见两次，这就是缘分。"

李哲也笑着说："能坐到一起就是朋友。咱俩今天就来他个一醉方休。媛媛，去要两瓶津州陈酿。"

年轻人的交往，往往是从一杯酒开始的。两人推杯换盏之间，话匣子也打开了，上到国家政策，下到花边新闻，一会儿指点江山，一会儿家长里短。侃侃而谈之间，两瓶津州陈酿喝了个底朝天。冯媛媛起身结了账，扶着相见恨晚的李哲和张新阳跟跟跄跄地走出了饭店。

早晨的阳光照在身上暖暖的。张新阳揉了揉生疼的头，发现自己睡在宿舍。他只记得和李哲、冯媛媛出了饭店，李哲在绿化带边吐了个天翻地覆，至于他自己是怎么回来的，已经完全不记得了。他有点后悔昨天喝得有点多了，可自己在顾阳算是有朋友了。窗外的大杨树露着树尖，几只满身煤灰的黑麻雀叽叽喳喳叫了一番，一蹬树枝飞了出去，张新阳闭上了眼睛，享受着阳光透过玻璃照在身上的暖。

张新阳来到了安全部，正式报到上岗了。部长李荣略显消瘦，脸上棱角分明，不怒而威。简要问过了张新阳的基本情况，领着他在部里走了一圈，又回到部长办公室。

李荣示意张新阳坐下，又看了看他，这才说道："小张，欢迎加入我们安全部。你先熟悉一段时间，干一些事务性工作。咱们焦煤集团下辖军屯矿、乱石滩矿、新生焦化厂和劳动服务公司。我们主要负责整个公司的安全生产监督检查。部领导除了我，还有四个大队长，当然他们日常是不在机关的。各自带着十几名监察人员，在厂矿公司的各个关键部门行使监察职能。平时你常见的也就是刚才那几个人。安全部工作辛苦，要做好吃苦的准备。"

张新阳说："我是从农村出来的，不怕吃苦。只是我刚从学校毕业，没有任何经验，怕干不好工作。"

李荣哈哈笑道："不要紧的，能吃苦就行。谁还不是一路摔打成长起来的。

在我这儿，你只管放开手脚，大胆去干，有了错我担着。去吧，先收拾收拾，一会儿跟我去新世纪参加公司的月度会议。"

张新阳回到办公室简单收拾完毕，同事王春亮将会议记录本递到了张新阳手中，拍拍他的肩膀说："快去吧，李部长在下面等着呢。"

第 3 章　自焚事件

新世纪大酒店是津州知名企业家杜宇按省城四星级酒店的标准设计建造的。酒店的一个特色是有一个可容纳近 200 人的会议室。自从开业后，顾阳县很多单位都把重要会议的会场安排在了这儿。

顾阳焦煤集团办公楼虽然也有会议室，但每月的工作会议，公司一级、二级班子都要参加，整个会场就显得拥挤不堪。有一次，省城一个考察团列席参加了公司的会议，看着密密麻麻的一屋子人，考察团大大称赞了公司办公的节俭，可这却让董事长刘成功当场红了脸。自此，公司便将大型会议都搬到了新世纪。

张新阳跟着李荣走进会议室。会场灯火通明，集团行政、党群、人事、财务、技术、安全、生产指挥等部门负责人，四个厂矿公司的经理、书记，还有一些二级班子干部满满地坐了一会场。

上午 8 点 50 分，会议准时召开，常务副总经理赖峰和总经济师陈晓东例行通报了全月生产任务和经营指标，各位副总经理各自汇报了分管的工作。正当董事长刘成功准备发言时，一个电话打乱了会议秩序。

顾阳焦煤集团门前，两辆农用三轮车熄了火，堵住了公司大门。还没等保卫人员弄清怎么回事儿，车上已经跳下老老少少二十几个人。随后一个坐轮椅的中年人被抬下了车，放在了大门正中央。

几名保卫人员正要上前劝阻，为首的年轻人摇着手中的塑料瓶叫嚷道："都他妈别过来，听着，我们要见刘成功！看见没，这是汽油，今天不把我姐夫的工伤赔偿结了，我们就在这儿自焚！"

保卫人员被年轻人的这一举动震住了，偌大的顾阳焦煤集团，每年来几批上访是正常事儿，可像今天这样来玩儿命的，他们还是第一次遇到。保安立即将情况汇报给了保卫部。

等刘成功和几名便衣警察匆匆赶回公司时，门前公路上的车辆已经排起了长队，看热闹的老百姓把公司大门围了个水泄不通。

青年看到了刘成功，举起了汽油瓶喊道："董事长，我姐夫的事儿今天必须有个了结，二十万，一分都不能少！"

刘成功扒开人群，走到年轻人跟前说："李顺，有事儿我们坐下来商量，何必这样呢？"

李顺喊道："好好说？让大伙儿评评理，我姐夫成这样了，他们到现在一分钱没给，这是人干的事儿吗？"

刘成功不卑不亢地说："国家有国家的法律，公司有公司的规定，要按规定一步一步来，你们要再这样胡闹，可就是违法了！"

李顺一撇嘴骂道："少他妈拿法来吓唬我，今天要不给个说法，我，我，我们就在这儿自焚。我们不好活，你也别想好过，我让你这个董事长干不成。"

说着，李顺拧开汽油瓶，将半瓶汽油倒在了自己身上。人群一阵骚乱，保卫人员已经拿出了灭火毯，站在刘成功背后紧张地看着李顺。现场只有刘成功不动声色地看着眼前的一切。

李顺掏出打火机说："我再问你，答不答应我们的条件？"刘成功面无表情地说："解决可以，坐下来商量，按国家规定办。"

李顺的手有些抖了，忽然他将半瓶汽油倒在了他姐夫身上，高高举起了打火机。刘成功脸色一变，焦急地看向了围观的人群。一名便衣警察一个健步，冲上去把李顺扑倒在地。没等其他上访人员反应过来，警察和保卫人员一拥而上，控制住了混乱的场面。刘成功长长地吐了口气，人群中爆发出一阵掌声。

等刘成功和相关部门负责人回到会场时，党委书记、总经理关峡刚刚讲完话，整个会场鸦雀无声。刘成功清了清嗓子，严肃地说道："同志们，知道刚才发生了什么事儿吗？就上个月新生焦化厂被轧断腿的那个程三三，又让亲戚们抬着到公司门口闹事了。这次不仅仅是堵门，他们还威胁要自焚！顾阳县方面，书记、县长都给我打电话了，性质极其恶劣，社会影响极大！赖总，程三三的问题，由你全权负责，财务部、人事部、新生厂要认真研究，尽快解决。还有，李荣来了吧，你们安全部也要主动上手，再发生上访闹事问题，我先给你们几个处分。同志们，我常说，安全的事没有小事，人身的事更是天大的事！今天各个厂矿的经理们都在，我就给你们提一条要求，把安全制度给我从抽屉里拿出来，一条一条对，一项一项查，不能有一丝一毫的差错，谁要不把安全当回事儿，我就让谁下岗。我的原则是宁听骂声不听哭声。"

会议结束了，李荣喊了张新阳与赵永生等人一起出了酒店。等到了停车场，李荣对张新阳说："我们去吃饭，一块儿走吧。"

张新阳略一犹豫，跟着李荣上了赵永生的桑塔纳。

赵永生捋了捋不多的几根头发问："老李，咱们去哪儿？"李荣想了一下说道："紫竹山庄怎么样？今天我请客。"

其余三个人也都没有意见，赵永生发动了汽车，桑塔纳驶向了城外的紫竹村。

赵永生从后视镜中看到了有些拘谨的张新阳，慢条斯理地说："小张，跟着老李干有前途，他可是出了名的大能人呀！"

没等张新阳说话，旁边的消瘦中年人接着问道："我就说嘛，这小伙子没见过，刚来的？"

张新阳忙答道："我叫张新阳，津州大学毕业生，刚分到咱们单位，现在在安全部。"

中年人说："还是老李有办法，大学生都让你抢走了。"

李荣呵呵笑道："老孔，你们财务部不也是人才济济吗，女大学生都让你抢走了！"

矮胖中年人打趣说："孔严嘛，无孔不入！"

孔严把头转向矮胖中年人，意味深长地说："孙德平，我可没招你惹你啊！你又欠嫂子收拾了吧？"

孙德平听孔严又拿自己惧内的事儿打趣，连忙说道："算我错了，我错啦，好不好！"

车子开进了紫竹山庄。山庄名副其实，依山而建，一排具有北方特色的窑洞供客人吃饭和住宿，半山坡一片果园，挂着适合这个季节采摘的水果。山庄前开挖了一片鱼塘，站在鱼塘边远眺，漫山遍野的红叶与山顶挂着的白云相映成趣，置身其中确实有几分闲云野鹤的感觉。怪不得山庄的生意火得一塌糊涂。蜗居在城市的人们，只有在这儿才能体会到什么是放松和惬意。几个人来到了他们经常聚的那孔窑洞，点了常吃的烤羊排、瓦罐鸡、油烹野菜等几个对胃口的特色菜。

李荣摇着菜单问："老赵，喝点啥？"

赵永生瞥了他一眼笑道："问孔部长和孙经理吧，我一会儿还得给你们当司机呢，责任重大。"

孔严恍然大悟地说道："怪不得你要开车来呢，狡猾狡猾的！"

李荣和孙德平听老赵说不喝酒，也一起起哄："不行，老赵这是耍滑头。今天必须喝。"

李荣转身对张新阳说："新阳，去要三瓶津州陈酿，十五年的。"

张新阳拿来了酒，把酒杯用开水烫了一遍，满满地倒了四杯。赵永生用手捋了一下头上的条形码说道："小张，你这是什么意思，我可是说不喝就不喝啊。"

李荣说道："别难为小张，这是我们的意思，老赵你今天必须喝。"

赵永生再一次摆着头说道："我的原则性很强的，我必须要为你们的安全负责。"

孔严说："别啊，上次和董事长喝酒，你还不是开车喝酒两不误？"

孙德平附和道："就是，就是，老赵这是嫌咱们职务太小呢。"

赵永生见众人不放过他，看了张新阳一眼，说："这样吧，我喝半杯。剩下的小张代我喝，怎么样？"

李荣给张新阳递了个眼色，张新阳爽快地拿起酒杯，走到赵永生身旁笑着说："赵部长，愿意效劳。"

赵永生将半杯酒倒进了张新阳的杯中说道："小张，行！有前途。老李，你可要好好培养呀！"

连碰三杯后，几个人杯中的酒已经下去了一半，话题转移到了程三三的问题上。

孙德平又喝了口酒，放下酒杯，满脸无奈地说："程三三今天又演了这么一出戏，我实在是被这个破事儿搞得焦头烂额了，再不解决，我这个焦化厂经理就没法干了。老赵，你说下一步该怎么办呢？"

赵永生叹了口气，摇着头说道："这事儿呀，真不好办。程三三这个事是有规定的，按上边的文件，工伤死亡的赔偿金是三万。我们考虑到这个规定是十几年前定的，就在这个基础上适当提高了标准，但像他这种工伤最多赔偿五万。他现在要二十万，这没道理嘛。再者说，公司也同意给他安排个闲职，每个月有工资，往后的日子也能过得去嘛。可程三三这家伙怎么就顽固不化呢？平时看着挺老实，这会儿怎么变成这样了？"

孙德平又将求救的目光投向孔严："老孔，要不你向董事长建议一下，给我们批点钱？我知道你们的手段多了去了，怎么也能走出十来万的账吧，把程三三这个事结了算了。

孔严一听，瞪圆了眼说道："老孙，你是喝多了吧。你是真不懂还是假不懂呢？这是违反纪律的，你这是把我往牢里推啊。赔偿是要按文件来的，没有文件，这个钱怎么出？再者说，你们也知道，矿上每年都要出事，都会死人的，津州市给定的伤亡指标咱们从来就没有浪费过。程三三赔了，其他人闹事怎么办？"

赵永生附和着说道："老孔说得对。今天董事长在现场都表态了，这事儿就没有商量的余地，按规定办。"

孙德平又向李荣求救说："老李，今天会上董事长也给你下命令了，你给支个招嘛。"

李荣哼了一声说道："我有球的招。我的人三番五次告你要管好人，管好人，你们就是不听。上次就是他程三三钻到车皮里划拉没有卸干净的铁矿粉，让我的人抓了现行、罚了款，你还觉得罚得冤枉。这下好，半夜跑到铁路上捡铁矿球去了，轧断腿了怨谁呢？"

孙德平说："老李，你看你还记着这事呢。这个程三三是个老实人，家庭条件确实不好，老婆有心脏病，还有个上高中的女儿。我去过他家，条件确实很差。捡点火车上漏下来的铁矿球，卖了也能补贴点家用。"

李荣说："老实人？老实人还闹得这么凶。要是不老实，他还不把公司的办公楼给拆了呀。"

孙德平说："就程三三，借他个胆他也不敢闹事。现在是他姐夫王丑娃和小舅子李顺聚集了亲戚闹呢。今天在公司门口带头闹事的，就是李顺。"

李荣说道："这两个家伙是他的亲戚？怪不得，这俩家伙是城北出了名的二流子，一天到晚净干些坑蒙拐骗的事，准是想借这个事捞点钱。"

赵永生感慨道："这俩亲戚这么做是为了他好吗？他们这是想吃程三三的人血馒头呢。唉，可怜的程三三啊，怎么摊了这么两个亲戚。"

孙德平说："谁说不是呢，这俩家伙就是十足的无赖，油盐不进，就是认准了一条道，不给钱不行。"

几个人正聊着，孙德平的手机急促地响了，他接通了电话，听筒中传来了保卫科王大刚的声音："孙经理，刚刚得到消息，李顺他们下午要去县委大院闹事，这会儿已经从程家村动身了。"

孙德平一听，提高了嗓音喊道："什么？这事情和人家县里有啥关系？这不是胡闹吗？你快带人去，一定要拦住他们，我这就过去。"

孙德平挂了电话，头上已经冒了汗，他调整了一下呼吸，果断地拨通了赖峰的电话："赖总，程三三亲戚要去顾阳县委闹事，我已经让王大刚他们去拦了。"

电话中赖峰态度坚决地对孙德平命令道："你马上通知李荣和赵永生立即去现场，我随后就到。坚决不能让他们堵了顾阳县委的门。"

孙德平挂了电话，对其他人说道："真是怕啥来啥。听到了吧？这群家伙要去顾阳县委。赖总命令咱们几个马上去。他们今天要是把县委的大门堵了，这事儿就闹腾大了。"

李荣、赵永生、孔严刚喝的那点酒瞬间醒了。李荣叫了服务员匆匆结了账，四个人拿了外套就往外走。张新阳迟疑了一下，也跟着李荣跑向停车场。

第 4 章　挺身而出

程家村离着顾阳城区五六公里，一条油黑的柏油马路直直通向顾阳县城。平时这条路上稀疏的车辆告诉人们，这个距离城区不远的村子并不富裕。

而此刻，村口的柏油马路上却很是热闹，李顺、王丑娃领着的十几个人被新生焦化厂保卫科王大刚带来的人堵在了村口。两伙人相互僵持着，一辆农用三轮车横在路上冒着黑烟，战鼓般突突突地吼着。

孙德平他们的车刚停下，赖峰的车也停在了旁边。王丑娃看着赖峰来了，大声地嚷着："狗日的，当官的也来了，你们说三三的钱到底什么时候给？"

李顺也跟着叫道："再不给钱，我们就抬上程三三去市委、市政府，再不行我们就去省委、省政府，我就不相信没有说理的地方。"

孙德平走到李顺跟前说道："今天董事长都说清楚了嘛，按规定办。有啥事，咱坐下来谈嘛。"

李顺根本没有正眼看满脸堆笑的孙德平，他依旧嚷叫道："放屁，你们是看我姐夫老实，好欺负。一条腿就值五万块钱？我出五万块钱也卸掉你一条腿。"

李荣实在听不下去了，走到跟前对着李顺吼道："李顺，你小子不要无理取闹，有事儿说事儿，不要扯那些乱七八糟的。你动一动老孙试试？"

李顺先是一愣，随即就认出了说话的是李荣，他嘴一撇，摆出一副无赖嘴脸，流气十足地说："反正五万块钱不够我姐夫一家过活，你们要不按我们的要求解决了，我们就把姐夫抬到刘成功家里。"

王丑娃也冲到李荣跟前放起了狠话："李荣，你别充大尾巴狼。我们今天就是要讨说法，你能做了主就拿钱，做不了主滚蛋！"

李荣眼一瞪，不客气地说道："王丑娃，你给我把嘴放干净点！"

王丑娃不甘示弱地说："呀，怎么着，要打架不成？你动我试试？我他妈不是被谁吓大的。"

李荣喝了些酒，火气往上一冒，伸手一巴掌，狠狠地打在了王丑娃脸上。这一巴掌不要紧，程三三的亲戚立即炸开了锅，李顺带头冲了上来，一脚踹在了李荣的腿上。李荣抬手就是一拳，重重砸在了李顺的脸上，李顺一个趔趄向后退去。

王大刚的人一看这个阵势，也一个个摩拳擦掌，双方开始拉扯、推搡，有几个人抓住了孙德平和孔严的衣服，而赵永生已经向他的桑塔纳跟前退了过去。

眼看着局面就要失控了。赖峰大喊道："住手！都给我住手！"

王大刚的人松开了手，可程三三的亲戚却不听赖峰的，人群中蹿出一个人猛地踢了赖峰一脚，没等赖峰反应过来，王大刚已经飞起一脚将那人踢翻在地。王大刚是转业的特种兵，身手了得，那个人趴在地上哼哼了半天不敢再动了。

李顺跑过去抱起了那人叫道："小利，小利……"

"你们这些狗日的，打我们小老百姓！我操你大爷！"李顺嘴上骂着，顺手抄起了一块砖头，对准赖峰的头砸了过去。

"赖总小心！"张新阳眼疾手快，一个箭步冲到了赖峰前面。

这一砖头结结实实地砸在了张新阳的头上，张新阳耳中听着"咚"的一声，头顶一阵钻心的疼痛，两耳后面立刻热乎乎的，血流满了脸颊。他赶忙用手捂住了痛处，血又顺着手指往外流，黏糊糊地流到了脖子里。

众人见打伤了人，都停下了手。李顺朝着王丑娃使了个眼色就准备撤。王大刚的手下看着程三三的亲戚把跟着李荣来的年轻人打了，就要冲上去找李顺算账。李荣的酒全都醒了，他已经意识到了今天的冲突是自己的不理智行为引起的，眼见着张新阳受了伤，再这么下去恐怕要把事情闹大。他急忙横在了众人前面，挡住了激动的人群。

李荣双眼通红，恶狠狠地盯着李顺骂道："李顺，你个王八蛋，你他妈敢行凶打人？"

李顺眼见着自己打伤了人，也软了下来说道："是你先动的手！我，我这是自卫！"

孙德平怕李荣压制不住火气再和李顺动起手来，赶忙说道："李顺，你们是要解决问题的，打架闹事能解决问题？动手打了人还有理了？今天什么都不能谈了。现在我给你两个选择：一是你们先回去，咱们找个时间坐下来再商量；二是我现在就报警，你先去公安局把打人的事说清楚。你自己看吧。"

王丑娃见伤了人，也怕把事闹大，听孙德平给了个台阶就说道："孙经理，我们可是一直相信你的，今天我们再信你一次，我们先回村。但三三的事，你们一定要给个说法。"

孔严打圆场说道："闹事解决不了问题，有事儿坐下来商量嘛，你们现在先回村，程三三的事咱们再坐下来商量。"

"行，我们等信儿，三天不给我们个答复，我们还是要去县委、县政府，解决不了就去津州。"说着，王丑娃招呼众人上了农用三轮车，三轮车掉了头，冒着黑烟开回了程家村。

李荣看着满脸是血的张新阳问道："新阳，不要紧吧？"

张新阳手捂着头，龇着牙回答说："没事，就是破了点皮。"

赖峰也走到跟前说："李荣，多亏这小伙子，要不这一砖头就砸我头上了。"

李荣见赖峰还不认识张新阳，就赶忙介绍道："赖总，这是刚分到我那儿的大学生，叫张新阳。"

赖峰用感激的目光打量了一番张新阳，扭头对赵永生说："永生，快送新阳去医院。"

张新阳听赖峰要送他去医院连忙说："赖总，不要紧，找个卫生所包扎一下就行了。"

赖峰一拉张新阳说道："不行，都伤成这样了，李荣你也陪着去。"说着又把自己的外套脱了下来盖在了张新阳头上，拉着张新阳就往赵永生的车里推。赵永生早已发动了车，李荣和张新阳刚落座，赵永生一脚油门，汽车箭一样向顾阳县人民医院开去。

王大刚向赖峰和孙德平简单汇报了一下，带着手下的人开着两辆面包车回厂去了。油黑的柏油路又恢复了平静，马路上只剩下了赖峰、孙德平、孔严三人。孙德平偷偷看了赖峰一眼："赖总，今天这事窝囊呀。王丑娃、李顺打了咱的人不说，还理直气壮地走了。"

赖峰狠狠瞪了孙德平一眼说道："谁他妈让你们中午喝酒了？看看你们一个个醉醺醺的样子，还有个干部的样子吗？还有点不怒而威的精气神吗？"

孙德平让赖峰一瞪不敢再说话。赖峰还在气头上，停顿了一下又说道："李荣这个家伙平时挺稳重的，今天居然整了这么一出。真要发生了群殴事件，这个事情的性质就严重了，我们怎么向董事长交代？关键时候给我掉链子！孙德平，你说说咱们下一步该怎么办？"

孙德平稍微思考了一下说："赖总，我和老孔他们都商量过了，要不能增加赔偿，就只能劝了。让程三三先松口，他要答应了，王丑娃和李顺就好办了。"

赖峰斜着眼睛看了孙德平一眼说道："尽是废话，谁去做程三三的工作？怎么做？你让我给你当参谋呢？我现在就告诉你，你给我好好考虑，后天给我个方案。拿不出个方案，你这个经理也就趁早别干了。"

赖峰说完就上车走了。孙德平和孔严站在路边无奈地对视了一眼，他俩只能徒步往城里走了。

张新阳头上重重地挨了一砖，但却没觉得有多么疼，只是血不住地往外流，等到了顾阳县医院，衣服早就让鲜血染透了。在门诊简单处理了之后，医生建议去外科缝合一下。

给张新阳缝合的是一位五十多岁看起来很有经验的大夫。大夫边给张新阳检查伤口边问道："年轻人，打架了？"没等张新阳开口解释，他又自顾自地说道："年轻人嘛，遇到事情不要冲动，这几年顾阳的外来人口多，打架的也多，尽是些鸡毛蒜皮的小事。有啥呢，忍一忍就过去了。去年有个外地打工的年轻人，就因为打架，让人捅了几刀，来了没多长时间就死了，才十八岁，都是些打工的外来人口，案子到现在还没有破呢。"

大夫给张新阳打了麻药，疼痛感很快就消失了。张新阳只觉得有根针在自己的头皮上穿来穿去，直到缝了整整十一针，大夫才停了下来，他摘下口罩，对外面等着的李荣和赵永生说："让他先去观察室休息一会儿，麻药过了再观察一下，没有啥问题就可以回家了。"

李荣赶忙道了谢，扶着张新阳躺在观察室的床上。张新阳确实是有些累了，不多一会儿就微微响起了鼾声。迷迷糊糊中，他又回到了小时候的吴家堡，他背着奶奶给缝的新书包，走在那条熟悉到不能再熟悉、走过一次又一次的土路上，他又看到了奶奶！那年奶奶得了一场重病，到省城华州看了好一段时间，回来以后眼睛和嘴就歪。奶奶很疼他，他也很爱奶奶。只要有人在他面前叫奶奶歪嘴老太太，他就会和别人拼命。

张新阳看到奶奶坐在路边的石凳上看着自己微笑，他正要走上前去拉奶奶的手，又听到了两个男孩子叽叽喳喳的嘲笑声："大家快看，有个歪嘴老太太！"

张新阳把书包放到了一边，冲上去就和那两个男孩扭打在了一起。忽然一个孩子拿起一块砖头，朝着他的脑袋狠狠地砸了下去。一阵钻心的疼痛，张新阳猛地坐起了身。

张新阳揉揉眼睛，发现自己正躺在观察室的床上，李荣坐在旁边看着一本杂志，张新阳摸摸头，又是一阵钻心的疼。

李荣被突然坐起来的张新阳吓了一跳，赶忙问："新阳，怎么了？"

张新阳想起了下午的事儿，赶忙摆手说道："没事，没事！"

回想着刚才的梦，儿时的感觉如此真实，不禁又想到了早已去世的奶奶，眼泪竟忍不住流了出来。

"疼得厉害？"李荣又问道。

张新阳忙收回思绪说道："没事，不疼，刚睡醒，想打个哈欠来着。"

这时大夫推门进来了，他又仔细地检查了一遍，告诉李荣没什么大碍，他们可以走了。

赵永生开车把张新阳送回职工宿舍时天已经黑了。他喊来了一个高个子年轻人，叮嘱他照顾一下张新阳。李荣又叮嘱了张新阳一番，这才和赵永生离开了宿舍楼。

送走了李荣和赵永生，高个年轻人自我介绍道："我叫王一飞，中国地质大学毕业，昨天刚报到，暂时在人事部。"

王一飞一米八的个头，很帅气的样子，一看便知是个心直口快的人。张新阳也自我介绍道："我叫张新阳，津州大学毕业，咱俩一批的，我比你早报到一天，暂时在安全部。"

王一飞拍了一下张新阳的胳膊，乐呵呵地说道："咱们一批来了三个大学生，还有一个女孩叫林笑，也在人事部。我俩上午还说来找你呢。没想到咱俩先以这种方式见面了。对了，你还没吃饭吧？我先帮你买晚饭去。"

张新阳忙摆手说："不用了，我自己下去吃吧。"

王一飞说："客气啥，你等着。"

话音还未落地，王一飞就拿起张新阳的饭盒下楼去了。他打回了饭，看着满头绷带的张新阳说道："你快吃，吃完了好好休息，等伤好了，咱们一块儿去搓一顿，好好聊。我先走了，有事就喊我。"

张新阳谢过王一飞，独自坐在桌前，边吃饭边回想着今天经历的一切。他不禁有些埋怨自己，逞什么英雄呢，初来乍到，宿舍还没暖热呢，人就挂彩了。他简单扒拉了几口饭便放下了筷子，看着冷冷清清的宿舍叹了口气，铺好床铺躺了上去，慢慢合上了疲惫的双眼。

第 5 章　委以重任

孙德平、李荣、孔严，准时来到了赖峰办公室。这次和孙德平一同来的，还有新生焦化厂的总支书记张俊。赖峰招呼大家在小会议桌前坐下，正要张罗泡茶，张俊赶忙接住了暖瓶说道："赖总，哪能让您倒水呢，我来，我来。"

"来我这儿了，都不要客气了，谁倒水都一样嘛。"赖峰虽然这样笑着说，还是顺手将暖瓶递给了张俊。

张俊看了一遍赖峰柜中的茶叶，自己上次从武夷山给赖峰带回来的金骏眉应该是最适合今天这几位的。他将茶叶放入茶杯，先给赖峰沏了茶，然后才把其余茶杯端到另外几个人面前。

赖峰端着杯子坐了下来，看了看众人说道："叫大家来还是程三三的事。董事长又打了电话，要我们尽快处理好，再不能发生任何上访问题了，更不能让刁民把政府的大门堵了。你们都说说，现在该咋办？"

孙德平说："关键还是王丑娃和李顺，他俩要不闹了，程三三还不好说。"

孔严接话道："那两个混混儿，就是想要钱。没钱，啥都不好使。"

李荣说："那天你们注意没有，程三三就在车上，还用大衣蒙住了头。这说明什么？说明程三三多少有些不情愿。让我说，我倒觉得应该先让程三三同意了，那两个二流子也就无计可施了。"

赖峰肯定地点了点头说："李荣这个思路对，关键是程三三，他是受害者，他要是同意了，别人说啥都是白搭。"

李荣见赖峰同意自己的观点，就接着说："我们当务之急是做通程三三的工作，五万块钱是不多，但咱还会给他安排个岗位，每个月怎么也有个一千多的收入，这是个长期饭票，总比他一次性拿了赔偿然后领最低生活保障强吧。"

张俊喔了喔牙花子说道："这话我和他说过，他犹犹豫豫、吞吞吐吐的，说不出个啥来。最后还是他姐夫王丑娃做的主，非要二十万，少一分都不行。"

张俊说完，给大家散了一圈烟，又起身给赖峰点着了烟。赖峰有个习惯，第一口烟必须狠狠地吸，仿佛只有这样，才能过了烟瘾。赖峰边吐着烟圈边说道：

"还得做程三三的工作，张书记，不行你再跑一趟怎么样？"

张俊也猛吸了两口烟，烟雾在体内循环一圈，又从鼻孔中冒了出来，他有些无奈地说道："我和德平跑了五六趟了，要么是李顺在，我们连门都进不了；要么就是程三三吞吞吐吐啥也不说。上次工会常月梅常主席也亲自去了，程三三倚着破被子，一句话都不说，实在是没办法。"

赖峰把目光落了李荣脸上，鼓励地说："李荣，要不你和孔严去试一试？"

李荣苦笑了一声，说道："程三三以前就因为捡铁矿球让我逮了好几回，一见我就一句话也没了。再说，我刚打了李顺，王大刚又踢了他堂弟，我要去了碰见李顺，还不得再打一架。"

孔严紧皱着眉头说："我倒是有个合适人选，不知道行不行？"

"老孔，你说嘛。"赖峰看着孔严说。

"李部长，我觉得你那儿新来的大学生不错，小伙子机灵能干，再一个又是个生面孔，可以让他去试试。"

李荣看了一眼孔严说："小张刚报到还没有一个月，就让我拉着去挨了一砖。虽说是皮肉伤，可还是缝了十来针。我怕小张是不敢去了。"

赖峰接住话说："小张？是叫张新阳吧。那一砖是替我挨的。那孩子机灵，我看啊，他或许能办成这事。"

赖峰又吸了一口烟，接着说道："李荣，小张受伤的事我和董事长也汇报了，董事长很赞赏，现在遇到危险能挺身而出的年轻人不多了。我看新阳是个好苗子，你们一定要好好培养。李荣、德平、张俊，你们一会儿一起去看看小张。至于做程三三工作的事儿，要看小张愿不愿意。"赖峰说完，把半支烟在烟灰缸里按灭了。

李荣说："行，赖总，我们一会儿开完会就去。我还有个要求，如果小张愿意去，孙经理要安排你们的人在程家村盯梢，我们要趁着李顺和王丑娃不在的时候去，不能再发生啥冲突了。"

孙德平说："这个好办，我一会儿就让王大刚安排人。"

赖峰见也没有什么好办法了就说："好，那就这样，散会。各忙各的吧！"

大家合起记录本，起身刚要出门，赖峰忽然又叫住了李荣问："小张是在职工宿舍住吧？这样，李荣你去买点东西，待会儿我和你们一起去看小张。"

张新阳醒来已经是早晨九点多了。这几天他已经和王一飞混得很熟了，王一飞每天早晨都会帮他打好饭再去上班。张新阳醒来时，保温桶里的饭还温着，他胡乱吃完，洗漱完毕，就躺到了床上，打开随身听，一首《斯卡布罗集市》弥漫了整个宿舍，他很喜欢这首曲子，除了优美的旋律外，还因为这首曲子也是刘诗雅最爱听的。

轻轻的敲门声让昏昏欲睡的张新阳清醒了几分。门开了，赖峰在李荣、孙德平和一个陌生中年人陪同下，出现在了他面前。张新阳赶忙下床，趿拉着鞋迎了过去。

赖峰盯着张新阳包扎着纱布的头问："小张，恢复得怎么样？"

张新阳腼腆地笑道："让您费心了，我这就是个皮外伤，过几天就好了。"

张新阳准备给领导倒点儿水，拿起了暖水瓶才想起自己忘买纸杯了，他尴尬地把暖水瓶放在一边，挠挠头，看看众人，涨红了脸。

张俊为了缓解张新阳的尴尬，忙说道："小张，不用忙。我们刚从机关楼过来，赖总非要来看你。赖总和我们说，要不是你眼疾手快，他这身体挨这一下，后果就不堪设想了。"

李荣接着说道："新阳，这是新生焦化厂的张俊书记。你的事赖总向董事长、关书记汇报了，领导们都很欣赏你的。好好努力，你们是公司的新生力量。"

张新阳忙说："新阳只是做了分内的事儿，各位领导过奖了。"说完，脸涨得更红了。

赖峰看着张新阳涨红的脸，笑着问道："新阳，住得还习惯吗？"

张新阳说："挺好，挺好的。"

赖峰说："我放你半个月假，好好养伤。有啥需要你就和李荣说一声。刚来单位就让你挂了彩，实在是对不住你了。"

张新阳说："谢谢赖总关心，李部长已经批给我假了。赵部长安排我们一批的王一飞照顾我的日常生活。我这儿都挺好的。"

张俊见时机到了，便转移了话题，对张新阳说："新阳，我还想和你商量个事，不知道你愿不愿意？"

张新阳说："张书记，您安排，新阳尽力而为。"

张俊略微想了一下说："我想让你帮我们做做程三三的工作，和他讲讲政策。当然，这不算布置工作，算是你帮我和孙经理一个忙。不过呢，这事有点儿难度，你要觉得为难就算了。"

张新阳没有任何犹豫，爽快地说道："张书记，瞧您说的，这是领导们看得起我张新阳，我一定尽全力。不过我掌握不准政策，就怕办不好。"

李荣最担心的是张新阳会推脱，现在见张新阳如此爽快地答应了，笑着对众人说道:"我说什么来着,我的手下就没有孬种。"

张俊见张新阳答应得干脆利索,如释重负地笑道:"小张,我和孙经理先谢过你了。至于说政策材料,我会派人给你送过来,我相信你会很快掌握的。至于说多会儿去,我们定下了再通知你。"

赖峰也没有想到张新阳会如此痛快,拍拍张新阳的肩膀说道:"小张,好样的。"随即又对李荣说:"你给我好好带这个兵!"

又寒暄了一会儿,赖峰看时间差不多了,便再次嘱咐张新阳好好养伤,领着众人离开了宿舍。

张新阳送走赖峰一行人,刚刚收拾好宿舍,敲门声响起,门外又来了两位客人。张新阳打开门时,李哲和冯媛媛出现在了他面前。

张新阳有些诧异地问:"你们怎么找到这儿来了?"

冯媛媛莞尔一笑道:"很好奇我是怎么知道你住这儿的吧?很简单,你俩那天喝个烂醉,你是怎么回来的?"

张新阳看了看李哲,又涨红了脸,不好意思地问:"是,是你俩把我送回来的?"

冯媛媛瞪了李哲和张新阳一眼说:"准确地说是我把你送回来的。劝你俩少喝点儿,少喝点,就是不听。结果呢,俩人喝得烂醉,送你俩回家,没把我累死。"

张新阳和李哲相视而笑,冯媛媛白了两人一眼,大大方方走进了宿舍。李哲轻轻捶了张新阳一拳说:"好小子,可以啊,关键时候挺身而出。整个顾阳焦煤都把你传成英雄了。"

张新阳笑着说:"啥英雄嘛,不就是让人打了一砖头吗,还不够丢人的呢。"

冯媛媛又问:"哎,我说张新阳,你去我们医院看病怎么也不找我?没把我当朋友吧?"

张新阳说:"你是不知道,你们医院的那位大夫把我当成寻衅滋事的无业小青年了,我这不是怕给你带来负面影响嘛。"

冯媛媛笑笑说道:"我且信你一次。"说着,她又看了看另一张床铺,问道,"宿舍就你一个人吗?"

张新阳说:"每个宿舍基本上都是一个人,听宿管大爷说现在住宿舍的人少了,这一层都没住满呢。不过也好,人少清净。"

张新阳把李哲让到床上坐下,说道:"实在不好意思,这宿舍啥都没有,我就不招呼你俩了。"

冯媛媛接话道："客气啥嘛，我俩就是来看看你。不过你这儿啥家当都没有，也不是个事儿啊。"说着，她转身对李哲说："你去给新阳买包一次性纸杯吧，要不来个客人都没法招待，我帮他收拾收拾，看这宿舍多乱呢。"

张新阳忙说不用了，李哲呵呵一笑下了楼。不到一根烟的工夫，李哲提着茶叶、纸杯、方便面进了门，冯媛媛也把宿舍打扫得焕然一新。

张新阳泡了茶，三人海阔天空地侃起了大山。将近中午时，张新阳要张罗着去吃饭，李哲和冯媛媛指着他头上的纱布，谢绝了。

张新阳把两人送到了楼梯口，半开玩笑地对李哲说："李哲，媛媛上得厅堂下得厨房，你这叫有福之人。"

李哲有点得意地笑了，两人不约而同地把目光投向了冯媛媛。午间的阳光照着冯媛媛清秀的脸颊，冯媛媛脸上泛起了朵朵绯红。

第6章　交心之谈

伤口恢复了半个多月，张新阳去医院拆了线，重新包扎了伤口。刚回到宿舍，就看到桌上有一个印着集团公司字样的大信封。张新阳知道是王一飞放下的，只有他才有房门钥匙。

张新阳拿起信封，信封下还压着一张纸条："新阳，这是张俊书记托我转交给你的关于程三三工伤的相关资料，他让你先熟悉政策，随后联系你。一飞。"

张新阳抽出了厚厚的一沓材料，斜躺在被子上认真翻看了一遍，大致搞清了事情的来龙去脉。集团公司给出的解决方案主要有三项：一是按照顾阳焦煤集团公司1998年4号文件，给予程三三一次性工伤赔偿金四万元。二是程三三工伤期间的治疗费用由公司按照医保规定予以支付，鉴于程三三家庭特殊情况，公司工会给予其一万元的救助金。三是调整程三三到公司劳动服务公司工作，工资福利待遇按规定支付。

张新阳看完了材料，眼前又浮现出程三三的影子。一个消瘦的矮个中年男人，一头花白的头发，稀疏的胡子扎在满是沟壑的脸上，又让他老了有十岁。这样一个老实巴交的人，在公司给出了合情合理并且又有额外优惠的条件下，本应该很痛快地接受公司的方案的，怎奈摊上了一个无赖姐夫和一个流氓小舅子。如果一直这么拖下去，也许刘成功真的会定他一个违反安全规定的责任，别说二十万，就这五万块钱也不一定能拿到手了，闹不下钱，那两个无赖亲戚还会这么上心地替他出头？真要是到了那一天，这个老实人岂不是更可怜了？张新阳长叹一声，合上了材料。

周一早晨，张新阳接到了赖峰的通知，王大刚的人已经踩好了点，上午他就可以和张俊、孙德平去程三三家了。一辆车门上印着顾阳焦煤标记的轿车稳稳地开出公司。

坐在副驾驶座上的张新阳对后排座上的张俊、孙德平说道："二位领导，一会儿我想单独和程三三谈，你们在跟前我怕他放不开。"

张俊说道："行，我们在外面等你，不过你一定要把握住两点。一是公司给出的条件一点也不能让步，这个是董事长和赖总的底线；二是他有啥额外的问题也好，要求也好，你不要做正面回答，把问题带回来咱们再研究。"

张新阳说道："请您放心，不该说的我一句也不会说的。"

车子很快就开进了程家村，停在了一户破旧的小院前。院门没有关，院子里到处都是废报纸、罐头瓶、饮料桶，小山似的堆着，很显然这是程三三捡来卖钱补贴家用的。三间正房孤零零地立在不大的院子北面，一个黑乎乎的烟筒穿过窗户，长长的烟油子吊在烟筒口，烟筒中冒出了一缕缕青烟，魔鬼般在这个破落的院子中舞动一番，飘摇直上，在灰蒙蒙的天空中消失了踪影。

孙德平小心翼翼地问："三三在家吗？"

屋里走出了一个身材稍胖的中年女人。她穿着一件破旧的红色羽绒服，袖口已经磨掉了底色，头发杂乱地拢在一起。

她和这片土地上千千万万的农村妇女一样，岁月早已磨去了她女人的符号，生活的不易让她们生完了孩子就与所有形容女性的词语诀别。她们延续着祖辈们走过的路，成了在土地上刨食求生的一个生命，日复一日地劳作，只是为了活着。

"孙经理、张书记，你们又来干什么？"她眼皮都没抬地问了一声，随手把端着的刷锅水倒在了地上。

张俊脸上堆起了笑说："嫂子，我们来看看三三，想和他再谈谈，事情总得解决，不是吗？"

女人用手拢了拢头发，说道："谈啥哩，他是个老实人，三棒子打不出个屁来，我一个女人家，又听不懂你们说的，也做不了主，你们还是和我兄弟说吧。"

张俊赶忙说道:"嫂子,我这人说话不好听,你兄弟他那是帮你们吗?他还不是想要几个钱去赌博?这个赔偿款金额国家是有政策的,你们再闹事也没用。我们也是为了三三,怎么也得给你们找个活法不是?"

张俊看着女人抬了抬眼皮,又接着说道:"再说你那个兄弟,上次还打伤了我们这个小兄弟。我们是看着三三可怜,也就不追究了。要不警察还不把你那兄弟拘留几天?"

女人是知道他兄弟李顺打人的事的。那天回来,李顺还出去躲了几天,看没有人找他的麻烦这才放了心。这时,女人看着头上还缠着绷带的张新阳,本性善良的她有些内疚地对张新阳说:"小伙子伤得不重吧?我那兄弟从小惯坏了,下手没轻没重的,你是文化人,多担待他点儿。"说着她又对孙德平和张俊说道,"领导们进屋来吧。"

孙德平和张俊对视了一眼,不约而同地点了一下头,看来带张新阳来是带对了。几个人走进了小屋,屋里十分狭小,常年生火做饭,墙皮早已经熏黑了,家里光线昏暗,霉味和饭味混杂着,让人透不过气来。程三三披着破旧的军大衣坐在炕上,手里摆弄着一台老式的半导体收音机正听着评书,两眼直直地盯着墙上的几张发黄的奖状,似乎在想着什么,又似乎什么也没想,只是呆呆地坐在那里。

张俊轻轻地喊了一声:"三三,我和老孙来看你了。"

程三三收回了目光,看了两人一眼,又打量了半天陌生的张新阳,这才说道:"领导,快坐,家里小,快坐,坐……"

"不要紧的,我们就是看看你,这是张新阳,刚分配来的大学生。"孙德平说道。

程三三看到张新阳头上的纱布,已经知道了张新阳是谁。上次李顺打人的时候他在拖拉机上看得清清楚楚,有个年轻人挨了一砖头,满脸都是血。程三三开始激动起来,颤颤地说道:"这是让李顺打的年轻人?小伙子你受罪了,李顺下手没轻没重的。你看花了多少钱的医药费呢,我付给你。"说着把手伸到破棉袄中摸出了一个掉了皮的破旧钱包。

孙德平看见程三三的举止,觉得又好气又好笑,忙摆了摆手说道:"三三,小张又不是来讨说法的。"

张新阳也赶快说:"程叔,我不是来找后账的,就是想过来和您聊聊。"

程三三见年轻人不是因为打人的事来的,悬着的心也就放下了。听到张新阳叫自己程叔,心里又觉得暖暖的。自从丢了一条腿,就再也没有人对自己这么尊重过了，那些三天两头来的亲戚，无非是惦记着自己的赔偿金，甚至有亲戚都写好了两千块钱的借条给他看，说一拿到钱，一定要先借给他，在他们眼中，自己早就成了工具。唯一让他感到欣慰的是正在上高中的女儿程美丽，美丽学习好，人也漂亮。可是马上就要高考了，偏偏自己出了这么一档子事，家里花了个精光，拿啥让娃去读大学呢？

张新阳感觉到了程三三对他有些好感，于是又说道："程叔，领导还是想着您的，您看这事，责任还是在您，是您没有注意让火车给伤了。出了事单位和领导也没有说不管，第一时间把您送到医院，孙经理和张书记还给您垫了钱。"

听到这儿，程三三摆了摆手对张新阳说："不说这些，不说这些了。"

张新阳给孙德平和张俊使了个眼色，孙德平说道："新阳，你陪着三三聊会儿，解解闷，我和书记出去抽根烟。"说着轻轻拽了一下张俊的衣角，两人一前一后到了院里。

程三三见两位领导出去了才说道："单位领导都不赖，出了这事，我也没有怨过单位。那天我白天收了一天废品，晚上夜班寻思着趁不忙，到铁路线上扫点火车漏下的铁矿球，谁承想一个不留神就让溜放过来的火车给撞了。怨我自己呀，没啥本事，我娘一个月要几百块钱的药钱，老婆肺心病，不能干重活，每个月也得花钱吃药，美丽上高中还要花钱，我这一千来块钱的工资真的不够，捡点废品、种点地，也算是补贴家用，谁承想出了这事呢。"说着程三三哽咽了。

张新阳赶紧宽慰程三三道："叔，事情已经是这样了，您也别太自责，日子还得照常过嘛。您看，单位按规定给您五万，工会还给一万，你的医药费也能报销不少。这不，单位还答应给您在劳服公司找个闲职，一个月也有个小一千的收入。算一算也勉强够您这三口人过活了。"

"还行，也还行……"程三三点着头答道。

张新阳见有了些门道，接着说："叔，我刚来单位时间不长，我看单位这事办得也够意思了。单位是有规定的，赔偿标准不是谁想改就能改了的，您要的二十万没有啥道理嘛。您要再这么闹下去，真把领导惹急了，这五万块钱也不一定能及时拿上，前期答应您的岗位也没有了，要是只给您个最低生活保障，那就得不偿失了。"

程三三看了张新阳一眼，想说什么，又咽了回去。张新阳接着说道："叔，我也是农村长大的孩子，知道生活不容易。今天答应和领导们来您这儿，真的是想帮您。您要信得过我，有啥话就和我说，我能帮到您的一定帮，帮不了我也会替您想办法的。"

程三三听完，忽然捂住脸哭了。这样一个环境，这样一个男人，哭声显得无比凄凉、无比悲伤。瞬间，那几滴泪击穿了一个男人的尊严。一个男人一旦摘下面具，放下自尊，原来是那样的弱不禁风。

第7章　务实建议

孙德平、张俊、张新阳从程三三家出来已是中午十一点半了。孙德平请客，约了李荣和孔严，五个人又来到了紫竹山庄。还是那间窑洞餐厅，几个人点了常吃的特色菜，开了两瓶津州陈酿，除了张新阳有伤不喝酒外，其他人都倒满了各自的酒杯。

李荣性子急，刚坐下就把目光投向了张新阳，问道："新阳，今天啥情况？"

张新阳稍微揢了揢思路说道："程三三是个实在人，他本来也同意单位的处理意见。这多出来的十五万，都是他小舅子的主意，领到钱后李顺、王丑娃每人要分五万。他也不愿意闹事，可他是断了一条腿的废人，又有啥办法。老婆、老娘都说他没出息，腿都没了也不敢放个屁。他也是左右为难呀！"

李荣骂了一声说道："我说什么来着，就是这两个浑蛋在捣乱呢，给他们个球，一分不给，看他们能折腾出点啥动静。"

孙德平说："老李，你那都是气话，关键不是还有程三三嘛，他是个可怜人，赶快给他把这事情结了，一家人的日子还得过呢。我看新阳这次事儿办得还不错，我和张书记都去过若干次了，他都没和我们说过这话。"

李荣笑了笑调侃道："那是你俩太官僚，人家把你们当官老爷了，哪儿还敢随便说呢。"

张俊说："新阳这孩子有能力。老李，你和老赵打个招呼，让他来我们厂吧，锻炼两年就能干副书记了！"

李荣说："张书记，你这是挖墙脚呢。我明确告诉你，这个宝贝疙瘩我可不放，在我这锻炼两年还能干副部长呢，都一样的副科级！"

张新阳没有心思听他们调侃，他又想起了刚才痛哭的程三三。

程三三给自己讲了事情的原委，他最担心的还是钱到不了自己手里，他想把这些钱留给女儿美丽，让她能考个好大学，将来找个好工作，嫁个好人家，不能像他这样窝囊一辈子。可要是不多要点钱，他那两个亲戚就会打这五万块钱的主意，自己成这样了，钱落到谁手里还真不由他。看着程三三，张新阳就不禁想起了父亲，父亲也是用从牙缝里抠出的钱，供自己上完了大学，这么多年了都没有见他买过一件衣服。父爱永远是无私的，是伟大的。临走时，张新阳塞给了程三三一百块钱，这钱还是离家前父亲给他的。来单位一个多月了，他还没领过工资，现在他兜里只剩下五十六块钱了。

张俊看着张新阳发愣，连着喊了他两声："新阳，新阳？你想啥呢？"

张新阳回过神来，看看大家，尴尬地笑着说道："没啥、没啥……"

孙德平问："新阳，你说下一步该咋办呢？"

张新阳说："孙经理，我觉得这个赔偿金的关键还是程三三，机会合适了我再去一趟，只要他同意了，签了字，谁说都是白搭。现在问题的关键是他担心五万块钱还没到他手里，就让那两个亲戚挪用了。他唯一的目的，就是把钱留给他女儿程美丽。"

孔严夹了口菜，边吧唧嘴边说道："这个事儿还真是不好办，咱只是负责给钱，但这钱怎么花，这是他家里自己的事，我们可管不着。"

张新阳又说："我有个主意你们看行不？这个赔偿金我们不能一次性给他，分四年给清，每个月由程美丽来领，四年后她也就大学毕业了。只有这样，程三三才愿意签这个字。而且，也只有这样，李顺和王丑娃也就打不成这钱的主意了。"

孔严连忙说道："这么办事是在给咱们找麻烦。而且我们也做不了主，怎么也得请赖总拍板吧。"

孙德平擦了一把嘴说："我看新阳这办法行，当务之急是要解决程三三的事情，哪天他们真的堵了顾阳或者是津州党委或政府的门，董事长能饶得了我们？这种事儿，他们是干得出来的。"

孙德平用询问的眼神看着孔严，见孔严没有意见，又对张新阳说道："新阳，把你的这个想法写一下，我去找赖总请示。"

张新阳看领导们认可了自己的想法，瞬间轻松了，这也是自己参加工作后办的第一件事，看来是有眉目了，而且也确确实实地帮了程三三，他现在的成就感不亚于在学校演讲比赛中获得冠军。

第二天，张俊又找到了张新阳。刘成功和赖峰已经同意了张新阳的建议。赖峰让他俩趁热打铁，赶快和程三三签了赔偿协议，这件事就算了了。张新阳坚持要和程三三单独谈谈，张俊说只要你能让他签了，怎么都行。于是，张俊和张新阳再次来到了程家村。

程三三还是坐在炕上披着破旧的军大衣，张新阳把赔偿金按月发放，但必须由程美丽代领的方案掰开揉碎讲给了程三三。程三三脸上露出了久违的喜色。

张新阳又说："叔，我能想到的、能办到的也只有这些了，这是单位在替您存钱，您尽管放心。也只有这样才能保证钱能真正发到美丽手上，别看每个月给你们的钱不是很多，但足够你们一家开销了。咱们细水长流，等钱发完了美丽的大学也差不多读完了。您看这样行不？"

张新阳边说程三三边点头，等张新阳说完了，程三三爽快地说道："行，行，只要美丽能上了大学，怎么着都行！"

张新阳接着说道："您再好好考虑考虑，要行的话，改天我们把手续带过来，您签了字就受法律保护了，别人说啥都没用了。"

程三三接茬说："小张，你是好人，我相信你。你跟我说实话，给五万块钱，他们没有骗我吧？"

张新阳说："我怎么能骗您呢，这些我都亲自查过规定了，向您这情况，最多最多也就是五万块钱。李顺他们提出的二十万就不合理，人死了才能赔偿到十几二十万呢。"

"死亡能给那么多？"程三三皱了一下眉。

张新阳丝毫没注意到程三三的表情变化，接着说："那也不一定，各个单位的标准不一样。有的单位赔的钱还是要高点儿！"

程三三说："行，小张，我听你的，我签了。不过我有个要求，下次你们来签的时候，我想见赖总。不是我不信任你，大领导要亲口说了，我才能放心。"

张新阳拉住了程三三粗糙的手说："好的程叔，我回去就向赖总报告。下次我们就把手续都带过来，赖总也想过来看看您呢。"

张新阳正和程三三说着话，房门一响，走进来一个十七八岁的女孩，正是程三三的女儿程美丽。程三三忙对程美丽说道："美丽，这是新阳叔叔，他可是个好人。"

程美丽穿着一身校服，虽然旧了点儿，却干干净净的，清秀的脸上挂着害羞的笑，头发扎成了马尾，浑身透着青春、阳光的气息。她忙向张新阳微笑着说道："叔叔好！"

张新阳让程美丽的一声叔叔叫红了脸，赶忙说道："美丽，这是啥辈分呢，我也比你大不了几岁，还是叫哥哥吧！"

程美丽看了看张新阳，也红了脸，忙说："新阳哥哥，你和爸爸聊，我写作业去了。"说完便转身出了房间。

张新阳问："程叔，那就这么着吧。还有，阿姨她不会反对吧？"

程三三说："她一个妇道人家，也没啥主见，就是耳朵根子软、嘴碎，我定了的事，由她说去吧！"

张新阳说："好，那就好，下次我一定把赖总也请来。"

事情谈妥后张新阳和张俊离开了程三三家。刚一上车，张俊就着急地问道："怎么样？同意了吗？"

张新阳说："同意了，不过有个条件，办手续的时候他要见赖总。"

张俊说："这好说，我回去就和赖总汇报。新阳，大功劳呀！"

张新阳说："这没啥，应该做的，能为单位办点事也是我的分内之事。况且程三三那家庭也确实够可怜的，事情这样办了，对谁都有好处。"

张俊赞赏地看着张新阳，不住地点头说："你想得比我们都周到啊。"

车子不紧不慢地行驶着，两人沉默了一会儿，张俊忽然问道："新阳，你是党员吗？"

张新阳说："预备党员，报到的时候已经把关系转过来了，预备期马上就要到了，履行完程序就是正式党员了。"

张俊说："我那天说的事，你还要认真考虑，等时机成熟了我去找关书记把你调我那儿。干个一年半载，提个副书记不成问题，咱们公司，在厂里提个副科级干部要比你在机关容易得多，你要当回事儿。"

张新阳不知该如何回答张俊，只好向张俊笑了笑说："谢谢张书记！"

张新阳和张俊一回到公司，就直接到了赖峰办公室。办公室的门虚掩着，赖峰正在宽大的办公桌后面看着文件。张俊轻轻地敲了敲门，赖峰喊了一声"请进"，两人一前一后走了进去。

赖峰见张俊一脸喜色，就知道事情办得八九不离十了。张俊把今天的情况简单汇报了一下，又把程三三的要求说了一遍。赖峰听完问："新阳，这件事你和张俊办得不错。我一会儿就和董事长汇报，他要同意了，咱们趁热打铁，把这个事做个了结。"

说完，赖峰便拨通了刘成功的电话。刘成功听了赖峰的简要汇报，只说了一句话："同意，就这么办。"

挂了电话，赖峰说道："张俊，你让那个王大刚踩好点儿，定下时间了给我打电话。一会儿就把老孙、孔严、李荣还有行政部、工会和管社保的人都通知到了，我们现场办公，一次性把问题解决了。"

第8章　成功破冰

王大刚那儿传来消息，李顺和王丑娃已经三天没有到程三三家了。于是，赖峰就领着一干人到了程家村。在张新阳的解释下，程三三把协议认认真真地看了一遍，确认无误后签了字，按了手印。工会把一万块钱的救助金给了程三三，社保的小刘把他住院报销的费用也一并结算了。

赖峰握着程三三的手说："三三，你看这不是很顺利嘛。事情已经出了，咱们就好说好商量地解决了。单位也知道你困难，这不住院费用大部分也是单位垫付的，这社保报销的钱先入了账，剩下的几千块钱单位也不从你的赔偿金里扣，就算是借给你的，多会儿有了多会儿还。另外你先养伤，等明年好些了到厂里的劳服部，单位再给你开份工资，也就够你的日常开销了。"

程三三把一万块钱的救助金揣进了怀里，用近乎祈求的眼神，对赖峰说道："赖总，我就提一个要求，你要保证每个月必须让美丽领到钱啊。"

赖峰笑着说："你看，你还信不过我吗，我一定保证每个月让姑娘一分不少地把这个钱拿上，要明年能考上大学，我专程来给你道贺。"

程三三的脸上有了难得的笑容，整个人都放松了。他又对赖峰说道："赖总你也是大好人啊，我也不是不信任单位，薛阿力不是……"

程三三突然不说了。赖峰盯着程三三追问道："三三，什么薛阿力？"

程三三连忙摇着头说："没什么，没什么……"便再不说话了。

事情办得很顺利，所有手续一次性办理完毕。车子很快回到了公司大院，赖峰把张新阳叫到了办公室问道："新阳，这几次程三三和你说了些什么，你是怎么把他的工作做通的？想想这个事情还有什么遗漏没有？"

"赖总，他和我说的，我都和您汇报过了，其他应该也没有什么了吧。"说着，张新阳又回想了一遍这几次与程三三的对话，肯定地说，"没有，肯定没有遗漏的事了。"

赖峰皱了皱眉头问:"那他说的薛阿力是谁呀?和这事情有什么关系?"

张新阳挠了挠头,又努力想了想说:"这个还真没听他说过,是不是他的亲戚什么的。他这人老实,亲戚朋友尽打他赔偿金的主意。"

赖峰脸上又恢复了赞赏的笑,盯着张新阳说道:"好吧,没事了,这几天辛苦你了。我要向董事长给你请奖!"

张新阳说:"谢谢赖总,这都是应该做的,我就是跑了跑腿,没有您、李部长和厂里两位领导的决策,这件事哪能这么顺利解决呢。"

赖峰听完哈哈地笑道:"张新阳,有觉悟,有站位!行吧,就这样,你先去忙你的活,有事就来找我。"

顾阳的秋天已经很冷了。晚上八点不到,天已经黑透,窗外的风呜呜地吼着。张新阳把自己关在了宿舍,盖上厚厚的被子,胡乱地想着心事。当他眼前又出现程三三时,忽然觉得心烦意乱。李顺和王丑娃要知道这件事了结了,会找程三三的麻烦吗?他老娘和老婆还会数落他吗?这些会影响到美丽的学习吗?不行,一定要再去程三三家一趟。

周六早晨,张新阳换了一身运动衣,在食堂吃过早饭,顺着程家村的方向开始了晨跑。这也是他多年坚持的习惯,每天早晨至少要跑五公里,做仰卧起坐、俯卧撑。多年的锻炼,让他有了结实的肌肉,特别是几块腹肌,总会让那些端着大肚子的朋友们羡慕不已。

跑到程家村村口,张新阳已是满头大汗。他稍稍调整了一下呼吸,在村口的一家小商店买了一箱牛奶和饼干,朝着程三三家走去。美丽正在院子里搬着两块煤糕,一见是张新阳,立即放下了煤糕,把张新阳让进了屋。程三三老婆不冷不热地和张新阳打了个招呼,就去生火做饭了。程三三见是张新阳,热情地让美丽给他搬了椅子。

张新阳接过程美丽的椅子说道:"美丽,成绩怎么样啊?"

美丽有些害羞地回答说:"还行吧。"

程三三听张新阳问美丽的成绩,脸上浮现出了骄傲,随即高兴地说:"美丽这娃争气,一直是顾阳二中的年级前三名,明年就要考大学哩!"

张新阳有些惊讶地看着美丽说道:"美丽,你这叫学霸,好好学,一定能考个好大学。"

美丽的脸上多了些红晕,有点害羞地笑着说:"谢谢新阳哥哥!"

张新阳又说:"还有,下个月开始,你就到单位财务领钱,有啥事了就找我！"

程三三仍旧乐呵呵地说："新阳你是个好人，遇到你，算是我积了德啦。美丽以后要听哥哥的话。你去写作业吧，我和哥哥说说话。"

美丽和张新阳笑笑说："新阳哥哥，那我去写作业了。"说完就转身出了屋。

张新阳见美丽走了，往前凑了凑问："叔，李顺和王丑娃没有找你的麻烦吧？"

程三三说："我姐夫主要还是想多要点钱给我娘养老看病，自从我出了这事，我娘就让姐夫接走了，我说每月给老娘几百块的药钱，他也就没有多说啥。李顺是想分些钱还债，他狠狠数落了我一顿，说我是窝囊废。窝囊废就窝囊废，只要美丽有钱上学就行。我这都残废了，就这么着吧。我老婆也让李顺数落了半天，还和我生气呢。她一会儿要是说什么风凉话，你别理她就得了。"

张新阳说："这我就放心了，工会给的钱你好好放起来，千万不能再借出去了。明年美丽考上大学，这钱就够交一年的学费了。"

程三三又说："新阳，你那天说的死亡赔偿，真能给几十万块钱？"

张新阳说："这也不一定，据我了解，一个单位一个规定吧，出了工伤事故死在岗位上的，一般都会比国家规定的要多。您问这些干什么？"

程三三一脸憨笑地说："没啥，没啥，我就是问问。"

张新阳又问："叔，您那天说的薛阿力是谁呀？"

听张新阳提起了薛阿力，程三三说话有些语无伦次了，他结结巴巴地说："朋友，一个朋友，好久不联系的朋友了，我都成这样了，也没有朋友了……"

张新阳又问："您是不是有事呀，有啥您和我说嘛，我找领导去。"

程三三含含糊糊地说："没事，没事，我就是随便说说。"

程三三不再说话了，张新阳也就不再问了，两个人都陷入了沉默。等了一会儿，程三三好像做了个决定似的说道："我和你说个事，你是个好人，我信得过你。"程三三刚说了一句，又犹豫了一下，接着说，"这事也就我知道……"

程三三正要再往下说，就听美丽在外屋喊舅舅，紧跟着李顺风风火火地闯进了屋。李顺一看到张新阳，就指着鼻子大骂起来："你个王八蛋，骗我姐夫签了协议，还有脸再来？"

张新阳见李顺犯起了浑，就说道："都是按国家规定办的，咋就是骗呢？"

李顺气急败坏地骂道："呸，蛋的国家规定，都是一群欺软怕硬的狗东西，五万块钱能干个啥？还分几年给，你们连利息也要挣，一群贪污犯！"

程三三听李顺说话很难听，便急忙说道："顺子，别说了，小张和他们不一样，他是个好人。"

李顺气急败坏地嚷道："好个屁，不就是赖峰的狗腿子吗？姐夫，我说你啥好，让人家卖了还给人家数钱呢。"

张新阳强压着怒火，说道："李顺，你嘴放干净点。"

李顺的火气彻底让张新阳激活了，冲上来就要动手打张新阳。程美丽跑进来抱住了李顺，大声喊道："舅舅，舅舅，不要打架，不要打架。"

张新阳一看这阵势，再待下去估计真的该打架了，便起身和程三三说："程叔，我先走了，有时间了再来看你。"说完，大步走了出去。

李顺看着张新阳气就不打一处来，本来指望着要了钱还赌债，却让张新阳给搅黄了。此时的李顺不仅恨张新阳，也恨他自己，他前些天赌输了钱，整天想着翻盘，几天没有来这边，才让张新阳忽悠着姐夫把协议签了。现在生米做成了熟饭，想着快到嘴的鸭子飞了，他的火气一发不可收拾。

"这小子也太狂了，欺负我李顺是不是？"李顺狠狠地摔上了门，紧走了几步，跟上了前面的张新阳。

张新阳感觉有人在跟着他，一回头就见李顺拿着根木棒朝他后背打了过来。他迅速往后退了两步，李顺这一棒子就打空了。张新阳顺手抓住了木棒，往怀里一带就把李顺拉了个趔趄。

李顺骂了一声，顺手抄起半块砖头，朝张新阳砸去。张新阳头一闪，躲了过去。李顺甩手又是一棒子，张新阳避之不及，用左臂一挡，胳膊结结实实吃了一棒子。张新阳也被彻底激怒了，抬脚朝着李顺的小腹就是一脚。李顺疼得往后一退，紧接着脸上又重重地挨了一拳。还没等他反应过来，张新阳已经抓住了他的头发，往怀里一拽，用右腿膝盖对着李顺的腹部猛磕了几下，随后抓住了他的两条胳膊往后一带，李顺一个狗吃屎趴在了地上。张新阳又冲上去，朝他屁股上狠劲踹了两脚。李顺痛苦地号叫着，再没有还手之力。

李顺本想教训教训张新阳，哪知道张新阳多年坚持体能训练，健壮得像头牛，对付李顺这种二流子，根本不在话下。张新阳见李顺躺在地上来回打滚，也就收了手。

他冲着李顺说道："不是看程叔的面子，绝不轻饶你！"

李顺没了还手的力气，但嘴上并不服软，叫骂道："好小子，你给我等着，老子也饶不了你！你给我等着，等着……"

张新阳没有再搭他的话，头也不回地走了。

第 9 章　温情时光

张新阳终于回到办公室上班了。这两个月，他不是在宿舍养伤，就是在处理程三三的事儿，几乎没有进过办公室。当他开始每天准时出现在办公室时，其他四个人反而有点儿不适应了。

办公室虽说不小，但五个人在一块儿办公又显得拥挤了些。五个人中沈浩年纪最大，干了十几年的副主任科员，眼看着晋升无望，索性就负责一些无关紧要的杂事，也乐得清闲。赵力是老财务出身，算半个财务部的人，安全投入、安全预算、安全奖励之类的工作都由他管。张子健管着整个集团的生产设备安全，矿山设备是安全的重中之重，丝毫马虎不得。王春亮负责与华州、津州、顾阳三级安全部门的工作对接，平时也负责一些汇报材料。张新阳还是干一些事务性工作，但这段时间他小说般的经历，早在机关传得沸沸扬扬，其他四个人自然也对这个年轻人多了几分发自内心的尊重。

沈浩见张新阳坐在了办公桌前，就慢慢悠悠地凑到跟前，神秘地说："小张，你这事干得漂亮呀，知道赖总和董事长是啥关系不？那是在云南插队时出生入死的兄弟呀，依我看你前途不可限量。"

张新阳和沈浩解释道："沈科，那就是个凑巧的事，换谁都会那样做的。"

"哎，那可不一样，要换了我，早就跑了，我可不愿意平白无故地挨这一砖头！再有，你给程三三搞了个分期付款，这手段也是一绝，年轻人，前途不可限量啊。"说完，沈浩伸手捏了捏张新阳的肩膀，嘬着牙花子回到了自己办公桌前。

快到中午的时候，李荣把张新阳叫到了他的办公室。李荣拉开抽屉，拿出一沓现金放在桌上说："新阳，这是你这个月的工资，一共是 2400 元。"接着又拿出一个小信封说，"这是 500 块钱，赖总特批给你的额外奖励。"

张新阳喉结一动，说道："谢谢李部长，谢谢赖总。"

李荣说："谢啥嘛，这都是你应得的，好好干。"

这钱对张新阳来说，简直就是救命的稻草。临行前父亲给的 500 块钱早就花光了。第一次开工资只有 389 元，张新阳硬是一分钱掰成两半挺到了现在。

没想到，这次开工资居然有 3000 元，这个工资，无论是在顾阳还是津州，甚至是在省城华州也算得上是高收入了。父亲种了 40 多亩地，一年的收入也不过是七八千块钱，自己这一个月的工资，赶上家里小半年的收入了。

晚上下班，张新阳买了一张 IC 电话卡，兴奋地拨通了老家吴家堡村张发奎家的电话。要论辈分，张发奎和张新阳是一辈人。前些年，张发奎做生意赚了些钱，装上了村里第一部电话，左邻右舍出门在外的孩子，有急事都会把电话打到他家。

老张是个热心人，也乐于帮忙，放下张新阳的电话，不多会儿就找来了张有才。张有才接起了电话，有些埋怨又有些爱怜地说："新阳，怎么这么长时间没有打个信儿呀？刚才你妈还数落你呢。到了单位是个什么样子，还适不适应，有啥难处没？"

张新阳说："爸，上个月我给家里写信了，你们没收到吗？我好着哩。我想着打个电话呢，主要是单位忙，晚上下班就不早了，太晚了我也不想麻烦发奎叔。"

于是张新阳把单位的基本情况和自己的工作生活都和父亲说了一遍，但对自己被打伤的事却只字未提。

张新阳说："爸，我开工资了，你猜猜多少钱？"

张有才停顿了一下问："你是大学生，怎么也有八九百吧？"

张新阳说："3000！"

好一会儿张有才说："好，好，我娃有出息了。"

张新阳听到了父亲的哽咽，他忍住了自己的眼泪说："我给您寄回 1000 块钱去，您注意到邮电局查啊。以后妹妹上大学的生活费我包了，你们不用再给她钱了。"

张有才说："娃，你挣的钱你自己存着，不用管我们，爸有钱呢，够你妹上大学的。"

张新阳说："爸，我能供了妹妹，能给家里分点儿负担了，你不用再那么辛苦了。"

张有才又跟儿子说了一些家长里短的事，虽然都是些鸡毛蒜皮的小事，可在张新阳听来却格外亲切。临了，张有才又嘱咐儿子天凉了，多注意身体，好好听领导的话，认认真真干工作等等。张新阳满口答应着，虽说父亲的嘱咐没有任何意义，但一个一辈子在地里刨食的农民，能为儿子想到的也只有这么多了，这就是父亲淳朴的爱。

挂了父亲的电话，张新阳忽然意识到，自从踏上长途汽车的那个早晨起，自己就再也不是孩子了。从今往后，自己便是沙漠中独行的侠客，做一个什么样的人都取决于自己，要做出多大的成绩，全要靠自己去努力，一切的一切，全在于自己的修行，任何困难都要自己扛着，这就是农家子弟的宿命。

张新阳在郭记羊肉馆等着迟迟未到的李哲和冯媛媛。这两个月，张新阳他们都把这儿当成打牙祭的根据地了。张新阳时不时都会来这儿饕餮一番，不是和李哲、冯媛媛，就是和王一飞、林笑。只是冯媛媛和王一飞都感觉到了张新阳的拮据，每次都早早地结了账。这次一开工资，张新阳便分别约了王一飞、林笑，李哲、冯媛媛。

晚上快八点的时候，冯媛媛一个人出现在了张新阳面前。张新阳问："李哲呢？"

冯媛媛说："临时有事加班，来不了了。"

张新阳说："那就只能怪他没口福了。媛媛，想吃啥，使劲儿点。"

冯媛媛笑笑说："怎么，发达了啊？"

张新阳说："那是，开工资了。"

羊肉端上来，俩人边吃边聊。冯媛媛说："张新阳，上次你给我们讲的那些打野鸡、套野兔、养刺猬、偷地瓜、烤玉米、种西瓜的事都是真的吗？"

张新阳扬起脸说："那还有假，我们农村孩子没什么可玩的，只有这些乐趣了。"

冯媛媛又问道："我怎么觉得，你说的都是我爸妈所经历的事儿呢。新阳，我严重怀疑，我们是一代人吗？"

张新阳想了想说道："媛媛，我和你俩虽说是同龄人，但还是有差别的。你们城市长大的人，早已不同于上山下乡的父辈，你们没有吃过苦，没有受过罪，性格张扬。而我们呢，依旧和父辈一样吃着窝头，在贫瘠的土地上摸爬滚打。吃苦耐劳、小心谨慎的基因早已融入了血液。所以嘛，我们同是一代人，却有着两代人的性格特征。"

冯媛媛手托下巴，眨了眨眼睛说道："听你这么一说，我怎么觉得你又成老师了？"

张新阳说："生活给了我一个贫穷的出身，我只能努力充实自己的思想了。"

冯媛媛呵呵一笑说："你还真把自己当哲人了。说正经的，你有女朋友了吗？"

张新阳说："有。"

冯媛媛像娱乐记者看到明星一样，两眼放光问道："我怎么没听你说过呢，她叫啥，哪儿的人呢？"

张新阳说："她叫刘诗雅，津州纺织学院的在校生。"

冯媛媛穷追不舍地问："那，你们怎么认识的？"

张新阳说："说来话长了。大三那年，我陪着宿舍老六去津州纺织学院找他老乡王梦华，王梦华带着她闺密刘诗雅和我俩一起吃了顿饭。第一眼见到刘诗雅，我就认定，她就是我要找的人了。"

冯媛媛问："那后来呢？"

张新阳说："在王梦华的帮忙下，我们拍拖了。"

冯媛媛笑道："怨不得大家都说，防火防盗防闺密呢。那你们想过结婚吗？"

张新阳的眼神暗淡了，随即叹气道："我们恋爱这么长时间了，她父母都不知道呢。还是我刚才说的，我和她之间无论是家庭还是出身，都有一条很难逾越的沟。"

冯媛媛说："要我说，两个人相爱才是最重要的。"

张新阳说："可现实毕竟是现实。"

沉默了一会儿，张新阳问冯媛媛："你和李哲呢？"

冯媛媛说："李哲家境不错，人挺老实，对我也挺用心的，就是有点儿独生子女的通病。我想多考验考验他，再谈婚论嫁。"

张新阳拿起酒杯碰了碰冯媛媛盛着饮料的杯子说："祝你们幸福！"

晚饭临近结束，冯媛媛从包中拿出一顶棒球帽递给张新阳说："你的伤还没好彻底呢，天冷了，把它戴上。刀郎同款的。"

张新阳接过帽子试了试，哼了两句刀郎的歌说："嗯，蛮合适的嘛！"

从郭记羊肉馆出来，张新阳很绅士地帮冯媛媛叫了出租车。冯媛媛准备上车时，忽又转身对张新阳说："新阳，告诉你个秘密，李荣是李哲的三叔。"还没等张新阳反应过来，冯媛媛已经关上了车门，出租车很快开走了。

又一个周末，张新阳买了最早去往津州的火车票，他要去见他的至爱刘诗雅了。津州市人民公园的廊厅里，一位美丽的少女来回踱着步。张新阳轻轻喊了声诗雅，伸出双臂抱住了自己朝思暮想的人。

刘诗雅依偎在张新阳怀中，听着他述说着这两个月所经历的一切。尽管这些张新阳都在电话中和她说过了，可此刻听来，依然是那么新鲜。她已经习惯了听他讲故事，他的话总是充满了哲理，仿佛任何困难在他面前都能轻松化解。他是她童话世界的王子，也是她一直期待着的英雄。

萧瑟的秋风中，一对恋人沿着公园的小路，走过了他们约会过的每一个地方。中午张新阳拉着刘诗雅来到了那个他们去过无数次的快餐店。以前张新阳都是只给刘诗雅要一份套餐，自己只喝一杯水。可今天张新阳却点了好几份套餐，在刘诗雅惊讶的注视下，一口气吃了五个汉堡。

刘诗雅有些吃惊地问："你不是说你家养着鸡，从小就吃鸡肉，看见鸡肉就烦吗？"

张新阳边舔着手指上的番茄酱边说："上班了以后就吃不上鸡肉了，这不来解馋了嘛。"

刘诗雅看着他滑稽的样子，笑得上气不接下气。笑着笑着，她忽然明白了什么，两眼不禁湿润了。

这一天，是张新阳认识刘诗雅以来最奢侈的一天，也是最快乐、最轻松的一天。他陪着自己最爱的人去了他们曾经约会过的所有地方，去了曾经想去又不舍得花钱去的地方。今天的他不再为了省几个钱而小心翼翼，不再为了省一顿快餐钱而吃一个星期的馒头蘸酱了。张新阳忽然觉得，能满足两个人大大幸福的，也仅仅是几百块钱。这时，张新阳又想起了伟人说的那句真理：贫穷不是社会主义！

第 10 章 遇袭住院

张新阳告别了依依不舍的刘诗雅，踏上了回顾阳的火车。等他走出顾阳火车站的时候，已经是晚上八点多了。他回忆着这一天与刘诗雅的点点滴滴，感慨着幸福是这样的不可思议和奇妙无比。

张新阳路过车站不远处一片树林，抬头看了一眼路灯。昏暗的灯光形式三角形的光束，一粒粒尘埃飞舞着，像黑暗的使者在游荡，久久不散。突然间，张新阳觉得有个人窜到了他背后，一把尖锐的利器插入了他的后背，冰冷瞬间袭遍了全身，寒意顺着血液流到了每个毛孔。

他转身看时，暗夜中一个黑影窜进了小树林，没了踪影。他想追，可背很痛，很痛，用手一摸，手指间热乎乎、黏糊糊的，伴着阵阵腥味。他意识到自己让人扎了一刀，他想喊叫，可嗓子眼儿一阵阵地发咸。他挣扎着向前走了几步，眼前一黑，摔倒在地。

张新阳睁开眼的时候，发现自己已经躺在了医院的病床上。他环顾四周，一间干净整洁的病房，一个熟悉的身影——王一飞。他坐在床边翻看着金庸的小说，床头放着一些水果和鲜花。张新阳刚想用力坐起来，背上传来了扎心的疼痛，他不由自主地叫了一声，再次躺倒在了床上。

王一飞见张新阳醒了，急忙把书放到一边，上前把他的身子扶正说道："你可算醒了，吓死我们了。昨天一个老大爷看你满身是血倒在地上就报了警，亏着医院的一个值班护士认识你，这才把电话打到了公司。李部长、赵部长、孔部长都来看过你了，是赵部长安排我照顾你的。"

张新阳努力搜索着记忆，是的，昨天晚上他下火车后，有人在他背上扎了一刀，他看着那个人跑进了树林，消失在了夜色中，以后的事就不知道了。他看了看王一飞问道："我这是在哪家医院？现在几点了？"

王一飞看着他说道："你在顾阳县人民医院呢，现在都早晨8点半了，你半夜醒了两回，含含糊糊说着什么，我也没听清楚。我想和你说说话，可我叫你的时候，你又睡着了。"

张新阳默默算了一下，说道："哦，有12个小时了。谢谢一飞，又麻烦你了，这三天两头地就照顾我了，你要不说，别人还以为你是医学院毕业的呢。"

王一飞大大咧咧地说："你这是哪儿的话，咱哥俩谁跟谁呢。新阳你命好，医生说这刀伤要再深1厘米，你就有生命危险了。上天保佑，你这伤不要紧，养几天就好了。"

张新阳苦笑着说："挨了一刀也叫命好？那我宁愿命不好点儿。"

王一飞说："李部长昨天已经报警了。警察晚上就来过了，看你没有醒，只能了解些基本情况就走了。李部长让你好好养伤，他有时间了再来看你。哦，对了，赖总对这件事也很关注，昨天晚上他也来看你了。当时正好出警的警察也在，赖总给朋友打电话，让帮忙全力查这件事。出警的警察也和赖总的朋友通了话。我见那个警察跟对方说话的态度非常好，估计很快就会破案的。"

张新阳听着这些，打心眼儿里感激赖峰和李荣，就冲领导这份关心，今后他还有什么理由干不好工作呢？

张新阳又问道："没有告诉我爸妈和刘诗雅吧？"

王一飞说："李部长听医生会诊说没有危险后，就让我们先不通知你家里，让我在这儿守着你，等你醒了再说。"

张新阳长出了一口气说道："那就好，真的要谢谢李部长能考虑得这么周全，这下我就放心了。我爸妈要知道了，非急出病来不可。"

张新阳和王一飞正聊着，几个医生和护士推门进来例行查房了。张新阳一眼就看到了戴着口罩的冯媛媛。冯媛媛对他眨了眨眼，算是打过了招呼。

一个三十多岁的男医生看着病历说道："张新阳，右后胸刀伤深 5 厘米，未进胸腔，脊椎第 6 关节软组织伤 2 厘米。全麻清创缝合 12 针，失血较多，输血500CC。"说完对一个 50 岁左右的医生说，"巩主任，基本情况就是这样。"

巩主任见张新阳醒了，问道："小伙子，感觉怎么样？"

张新阳摆出了很轻松的样子，笑着答道："没啥，就是伤口稍微有点疼。"

巩主任说："小伙子够走运的了，亏着冬天的衣服厚，刀尖又扎在了肋骨上，要偏一点就麻烦大了。昨天我们给你做了清创缝合，这几天会有些疼，先在医院观察，要没啥大碍半个月就能出院了。"

张新阳说："给您添麻烦了。"

巩主任说："好好保养，年轻人恢复得快。"

巩主任又对医生和护士说道："小许，继续给他用液体，头孢曲松钠、庆大霉素、维生素 C，做好伤口换药和观察，注意创面感染。小冯，这个病人你负责，要精心护理。"

许医生和冯媛媛点点头，跟着巩主任走出了病房。

张新阳刚醒来的时候，最担心的就是伤及内脏，他绝不能再让父母为自己操心了。现在听了医生的专业分析，一颗悬着的心落了地。而且，人一放松，伤口都觉得不那么疼了。

张新阳看着眼睛通红的王一飞，就让他回去休息，王一飞说什么也不走。就在两人谁也说服不了谁的时候，冯媛媛进来了。

王一飞和冯媛媛打了招呼，就对张新阳说："就是这位朋友通知的我们，要不大家都不知道你出了事呢。"

张新阳强挤出笑容，对王一飞说："这是我朋友冯媛媛。"说着又对冯媛媛说道，"这是我同事王一飞。"接着向冯媛媛抱了抱拳说，"谢谢媛媛救命之恩。"

冯媛媛和王一飞打了招呼，一扭头就拉下了脸，冲着张新阳说："还笑，能得你！你知道你昨天是啥样子吗，我都快吓死了。真是长本事了，你来顾阳才多长时间，就来医院两次了。"

张新阳见冯媛媛是真生气了，就收回了笑容，低着头一句话都不说了。

冯媛媛对王一飞说："你回去休息吧，一晚上也没怎么睡，辛苦你啦。今天是我的班，领导安排我专门护理你们这位英雄呢。"

王一飞说："你昨天晚上就跑前跑后地也没怎么休息，再说他不能过多活动，有个啥事了我招呼他比你方便点儿。"

冯媛媛明白王一飞所说的不便，脸上飞过一丝难以察觉的羞涩，说道："那你就在病房躺着睡会儿，领导交代了，没有特殊情况另一张床不会安排病人了。有啥事直接叫我，我中午就交班了，下午再过来看他。"

说完就给张新阳测了体温，填了病历卡，又叮嘱了一番。张新阳说了声谢谢，冯媛媛却没有理他，转身去了其他病房。

第三天，张新阳的伤口已经不再那么钻心地疼了，他试着下了床，在病房里来回走了几圈，感觉也没有什么不适。这两天王一飞不分昼夜地在病房陪着他，冯媛媛则把他的一日三餐全包了。有几次他想说些什么感谢的话，但是又觉得说什么都是很假，身在异乡能遇到这样的朋友，让他很是感动。下午，张新阳让王一飞晚上回去休息，他能照顾了自己了。王一飞有些不放心，还是坚决要留下来陪他，最后张新阳执拗劲儿又来了，王一飞拗不过他，就答应了。

王一飞走后，病房里只剩下张新阳一个人，他关上门，静静地侧躺在病床上，看着窗外灰蒙蒙的高楼，回想着那晚发生的事情。那个人的背影很熟悉，他几乎可以肯定就是李顺，可这样明摆着的事，李顺为什么还会干呢？他就不怕把人扎死吗？他不怕判刑坐牢吗？张新阳又想起了第一次来顾阳时遇到的孕妇，他似乎明白了，每个人的人生观不同，价值观不同，做人的底线和思维方式也就不同，所谓光脚的不怕穿鞋的，也许就是这个道理。

张新阳正在胡乱想着，冯媛媛推门走进了病房。她没有戴口罩，长发盘在了护士帽里面，一对浅浅的酒窝嵌在白嫩的脸上，配着粉色的护士服，既大方又漂亮。

冯媛媛把手中的保温桶放在了桌上，刚打开盖子，香味立刻飘满了病房。

"哇哇，好香啊，今天有口福了。"张新阳馋得喊出了声。

冯媛媛得意地笑着说："这可是我花了一下午时间亲手熬的。"

张新阳舀了两勺子，边喝边吧唧着嘴说："好手艺，好手艺，李哲这小子有福气啊，这媳妇太厉害了。"

冯媛媛轻轻打了他一拳说："这么烫的汤也堵不住你的嘴。谁说我要嫁他了，他最喜欢在外面吃饭。既然喜欢在外边吃，那就在外面吃吧，我才不给他做呢。"

"嗯？外面？他总不回家吃你做的饭吗？"张新阳不怀好意地说道。

冯媛媛听出了张新阳是在拿她找乐子，脸一红，拿起了保温桶说："讨厌，再贫嘴就不给你喝了。"

张新阳忙捂住了保温桶说道："不说了，不说了，喝！"

说着又盛了满满一碗汤，一口气喝了个精光，冯媛媛看着他狼吞虎咽的样子，呵呵地乐出了声。

不大一会儿工夫，一大桶鸡汤让张新阳喝了个干干净净。冯媛媛收拾了保温桶，告诉张新阳今天晚上是她值班。听张新阳说王一飞晚上不过来了，就说道："没关系，晚上有啥事就叫我，我现在是你的专职护士。不和你说了，我还有点儿其他事，忙完了就来。"

冯媛媛走了不多一会儿，又进来了两个护士要给张新阳输液。扎上了针，张新阳静静地躺在床上，看着窗外的天慢慢地暗。液体滴了一半，可能是鸡汤喝多了，张新阳想上厕所的感觉越来越强烈。王一飞在的时候，会慢慢搀扶着他去厕所的，可现在他不在，上厕所居然成了一个大难题。

张新阳慢慢地下了病床，左手摘下了液体瓶高高地举了起来，右手朝后扶住了伤口，缓缓地向楼道里的厕所挪去。等上完了厕所，他一低头一看才发现输液管里满是红色的血液。他这才想起，刚才自己上厕所时是用牙咬着液体瓶的，由于液体瓶太低，血便倒流着充满了滴壶。

张新阳赶快用右手举起了输液瓶，可他忘了伤口在右面，伴着一股钻心的疼痛，脚底下一滑，他重重地摔在了厕所门口的楼道上，血渗出了后背，病服上立即扩散出一大块鲜红的印记。

第 11 章　蓝颜知己

冯媛媛急匆匆跑进了病房，张新阳已经让人扶着趴在了病床上。

许医生一见冯媛媛就劈头盖脸问道："小冯，你是怎么护理的，工作期间干什么去了，病人成了这样，怎么向巩主任交代，怎么向病人家属交代？我告诉你，病人出了问题你是要负责任的。"

许医生脱去了张新阳的上衣，伤口上的纱布已经被血染透了，好在缝合的地方没有大碍。冯媛媛看着张新阳的伤口，不由自主地掉了眼泪。

许医生见冯媛媛哭了，又说道："批评你两句就哭，工作没做好，还说不得了？"

正趴在床上的张新阳听见许医生是在批评冯媛媛，赶快说道："许医生，不关冯护士的事，是我让她去帮我找本杂志看的。再说，我一个大男人上厕所，哪好意思麻烦护士同志，是我犯了个人英雄主义的错误，您批评我吧。"

许医生说："我知道她是你的朋友，可这是我们的制度。照顾好你是她的职责，失职了就应该接受批评，你不用帮她说好话。"

许医生本也不想怎么批评冯媛媛这个医院最优秀的护士。见张新阳并不介意护士的失职行为，他自然也就不再说什么了。检查完伤口后，许医生对冯媛媛说："一会儿重新给他输液，观察一下伤口，不出血了重新包扎。"

许医生刚要出门，又转回身对冯媛媛小声说道："不是我批评你，孙副院长重点叮嘱过的病人，出了差错是要挨批的，用心点儿。"

冯媛媛点了点头，将许医生送出了病房，她关上门，转身对张新阳说道："真把自己当英雄了？逞啥能？"

张新阳看她脸上还有泪，就说道："别哭了哈，是我不对，害你挨批评了。"

"我才不是为了批评哭呢，我是看着你……"冯媛媛打住了话头，用手抹了一下脸上的泪痕问，"你为啥不等我回来？"

张新阳趴着做了个鬼脸说道："鸡汤喝多了，憋不住了！"

这一句话，逗得冯媛媛捂着嘴笑了。

张新阳又说："再说了，上厕所让你跟着，我尿不出来！"

冯媛媛笑得更厉害了，说道："张新阳，看不出来啊，你还挺保守的，在我眼里只有病人，不分性别。"

说着，冯媛媛搬了个凳子，坐到了张新阳床边。

张新阳看着她说："不许哭鼻子啦！刚才许医生说孙副院长是怎么回事啊？"

冯媛媛说："你们领导是孙副院长的朋友，他和孙副院长打了招呼，这不就把我们忙得团团转了嘛。我觉得，你们领导是看上你这个人才了，照这么下去，你在顾阳焦煤是大有前途的。"

张新阳说："这也算个前途？来了还没两个月就进了两回医院，这次还差点丢了小命，我估计自己都成了别人茶余饭后的谈资了。"

冯媛媛问道："那你知道谁干的吗？"

张新阳说："我觉得是李顺，那天我看见了凶手的背影，应该是他。"

冯媛媛问："为什么？"

张新阳说:"前几天我狠狠地教训了这个无赖一顿。"

于是,张新阳就把那天去程三三家怎么遇到李顺,怎么打了他一顿,都详细地和冯媛媛讲了一遍。

冯媛媛听完说道:"李顺这个蠢货是怎么想的? 这不是明摆着的事吗,也不考虑后果。"

张新阳认真地说:"人和人是不一样的,他们这种人头脑简单,一冲动啥事也能干出来。他们或许就是所谓的垃圾人吧,往后遇到这些人还是离得远些好。"

冯媛媛说:"好啦,哲学家。让我看看伤口吧。"

她掀开了盖在张新阳背上的被子,看了一下伤口上盖着的纱布,一圈殷红的血迹渗了出来。

冯媛媛问道:"伤口还疼吗?"

张新阳摇了摇头说:"不疼,不疼,本来也就没啥事,都是许医生大惊小怪的。"

"那你别动啊,我去取东西,给你重新包扎一下。"冯媛媛说着,轻轻地给张新阳重新盖好被子,走出了病房。

张新阳趴着等了不到五分钟,冯媛媛就拿着一个托盘回来了。

"你要忍着点儿啊。"

说着冯媛媛就给张新阳的伤口消起了毒。张新阳疼得一个激灵,但没有叫出声,只是说很凉。冯媛媛不知处理了多少病人的伤口,但今天却紧张得不得了,好不容易把伤口重新包扎好后,她的头发已经湿透了,刘海儿紧紧贴在了前额。

"还有替换的衣服吗? 你的上衣都让血给浸透了。我帮你换上,一会儿输液就方便了。"

张新阳指指柜子说道:"在那个包里。"

冯媛媛拿了一件替换的衣服,走到病床边对张新阳说:"配合点儿,我扶你坐起来!"

冯媛媛一只手扶着张新阳的后背,另一只手扶着他的胳膊。就在她的指尖碰到张新阳的瞬间,竟莫名其妙地有一种触电的感觉。

她愣了片刻,张新阳问道:"怎么了?"

冯媛媛赶忙掩饰着自己的慌乱,说道:"没什么,我看了下伤口。"说着一用力,扶起了张新阳。

冯媛媛下意识地看见了张新阳赤裸的上身,结实的胸膛下排列着腹肌,犹如一个健壮的勇士带着战场上决斗的伤痕,威风凛凛地展示着他的骄傲和荣耀。冯媛媛的心快速地跳着，脸上着了火一般地烫，心头一阵一阵的暖流触电一样从心尖传到指尖。在帮张新阳穿秋衣的时候，她忍不住把手放到了他的胸前，不过她很快又缓过了神，迅速把手移开，等到换好了衣服，她已经觉得自己的脸滚烫滚烫的，想必也是绯红绯红的。

冯媛媛慢慢地扶着张新阳侧躺下，她怕张新阳看到自己的尴尬，忙借口说拿输液器走出了病房。冯媛媛几乎是跑着回到了休息室，看着镜子里的自己，表现得像一个情窦初开的少女，她不禁问自己：为什么会有这种感觉，难道我是喜欢上他了吗？自己喜欢过男生，但从来没有像今天这样不知所措过。这是一种渴望被他保护，希望让他陪伴的感觉。是否自己以前的感受都不是爱，难道这才是爱吗？

冯媛媛努力让自己的思绪平和下来，她反复告诉镜子里那个满脸通红的女孩，我们是朋友，是彼此尊重的朋友。她深深地吸了一口气，摸了摸自己滚烫的脸，自言自语道："冯媛媛，你不能放纵自己的感情，张新阳跟你只是无话不说的朋友，只是那个懂你的知己。"

冯媛媛努力让自己的心情平静下来后，这才到护士站拿了液体。推开门时，张新阳已经睡着了，响起了轻微的鼾声。冯媛媛坐到了床边，看着这个男人，不禁想再触碰一下他健硕的肌肉，但这个念头只是一闪而过。理智告诉她，这个人只能是她的朋友，一生的朋友。

过了一会儿，张新阳一睁眼，看到坐在旁边的冯媛媛，不由得打了一个激灵，问道："你干吗呢？怪吓人的。"

冯媛媛收回了思绪说："准备给你输液呢，看你睡着了，就坐在这儿等等。"

"来吧，我就是打了个盹儿而已。"

说着他撸起了袖子。冯媛媛轻轻给他扎上了针。

"想她吗？"

"谁？"

"诗雅。"

"想。"

"给我她的电话，我明天给她打电话。"

"不要。"

"为什么？她是你女朋友，应该让她来照顾你。"

"没什么，只是我不想让她担心。"

"可你需要人照顾呀？"

"没事，我自己可以。"

"又逞强，你就是个大男子主义者。你觉得你啥也行，是吧？"

张新阳认真地说："媛媛，我何尝不想让她来？我们的事她家人还不知道呢，况且她还在读书，能翘课吗？"

冯媛媛问："那你为什么不去她家呢？"

张新阳看着冯媛媛疑惑的表情："我不敢。你知道吗，她父母都是津州纺织集团的干部，我是个农村的穷小子，他们能同意吗？"

冯媛媛问："那你怎么还选择她？"

张新阳沉默了一会儿，说出了三个字："因为爱！"

两人一时谁也不再说话了，各自想着各自的心思，直到一瓶液体滴完了最后一滴。冯媛媛拔了针头，看着表，时间已经是十一点了。

冯媛媛给张新阳掖了一下被角说道："早些休息吧，有事就按铃叫我。"

"你也是，没事了就睡会儿。"

"嗯，我会的。"她边说边开了台灯。

"那我走了。"冯媛媛收拾起东西，朝着门外走去。

"媛媛！"

"嗯？"冯媛媛停住了脚步，回头看着张新阳。

张新阳微微笑着说道："谢谢你，真心的。"

冯媛媛对他笑了笑，摆了摆手，出了门，不一会儿脚步声就消失在了走廊。

第二天中午，李荣提着水果走进了病房，看着张新阳在地上遛弯，笑着说："年轻人就是不一样，这才几天就和没事人一样了。"

张新阳说："谢谢李部，恢复得挺好，估计再有个三五天就能出院了。"

李荣说："着急啥，好彻底了再说。赖总本来也要来的，关书记临时找他有事，就让我替他来了。"

张新阳说："领导这么忙还惦记着我，真不好意思。其实有一飞来就行了，再说我这也不是啥大伤，几天就好了。领导一关心，我都觉得自己真得了什么大病了。"

李荣听了大笑着说："还是你张新阳会说话，不像我，大老粗一个。"

李荣笑了会儿，脸上又恢复了严肃，狠劲说道："新阳，这个事破案了，是李顺干的。弱智，干完了还和别人显摆，刑警队一上手，没半小时全说了。他说你那天打了他了，他气不过，喝了点酒越想越气，就犯了这事。"

张新阳一听和自己猜得一样，心里骂道，这个不知死活的家伙。于是张新阳就把去程三三家遇到李顺的事儿又跟李荣讲了一遍。

"这家伙还真是个泼皮，这次新仇旧账咱们一起算，狠狠办他。县公安局的黄队是赖总的朋友，赖总让黄队和刑警打了招呼，这次连他赌博的事一块儿立案，判他个三年五年。"

张新阳说："我不想和这种人置气，该怎么立案怎么立案，由着司法机关依法办就行。何必再让赖总欠黄队人情呢？"

李荣笑着说："好小子，像我带出来的兵，大气，大气。"

正说着，李荣的手机响了。接完电话后，他对张新阳说："我有点事，先走了，你好好养着，医生让出院了再出，我放你长假了。"

第 12 章　美丽求助

张新阳一个人站在窗前，静静地回想着最近发生的事情。这时，病房的门被人轻轻推开了。

"新阳哥哥！"一个清秀又略带羞涩的女孩出现在了门口。

张新阳回头，见是程美丽。她还是穿着一身校服，手里提着盒饼干，正怯怯地站在门口看着他。

张新阳说："是美丽呀，快进来，快进来，坐吧。"

美丽进了门，但并没有坐，她把手中的饼干放在了床头，低声细语地说："新阳哥哥，听说你受伤了，我来看看你。"

张新阳把床头放着的牛奶、水果、饼干全都放了一块儿说："你这是干啥呢？你能来看我，我就很高兴。一会儿把这些东西都拿回去，早晨上学吃。"

美丽没有看那些东西，只是低声问："新阳哥哥，伤还疼吗？"

张新阳笑着说："没事，划破点皮而已。"

美丽说："我知道是舅舅干的，舅舅已经让公安局带走了，听说要坐牢。姥姥每天在家哭，妈妈也在偷偷抹眼泪……"美丽说话的声音越来越低了，最后声音里有了哭腔。

张新阳知道程美丽这次来的目的了。但他并不想原谅李顺这个无赖，就是这个家伙，差点要了自己的命。他常想，一个不懂得感恩的人注定走不远，一个轻易忘掉仇恨的人也注定会再次受到伤害。他没有理由去原谅李顺。

美丽看张新阳没有说话，又鼓了鼓勇气说道："新阳哥哥，你能原谅舅舅吗？"说完，便睁大眼睛，看着张新阳，似乎要从他的表情中看到自己想要的答案。

张新阳问："美丽，是你妈让你来的吧？"

美丽说："不是，是我自己要来的，我不想看着姥姥每天哭得那么伤心，姥姥最疼我了，她和妈妈都有心脏病，我怕姥姥受不了舅舅坐牢的打击……"说着，美丽哭出了声。

张新阳说："美丽，我原本也就没想着和李顺计较什么了，这事就此打住。我不是睚眦必报的人。"

程美丽的眼睛亮了一下，紧紧盯着张新阳，等着他把话说完。

张新阳继续说："美丽，你是高中生，多少也学过法律。这是刑事案件，即便我不追究民事赔偿，可刑事责任，司法部门还是要追究的，这我也无能为力。"

美丽听了张新阳后面的话，眼睛里的光瞬间暗了。昨天晚上，舅妈几乎是哭着求自己的，警察和舅妈说要赔偿 5000 元的医药费，怎么也要判李顺三五年。要真这样，舅舅家的天就塌了。妈妈说张新阳对自己印象不错，自己求求张新阳也许还有些希望。

姥姥拉着她的手边哭边说全靠她了，她从来没有见姥姥哭得那么伤心，也从来没有觉得自己肩上的责任这么重大。就这样，她才鼓起了勇气，决定来求张新阳。

张新阳看程美丽不说话了，就又对她说："美丽，这些乱七八糟的事是大人们操心的，不关你啥事，你先回去吧，现在正是冲刺用功的时候，不要让这些事分心，好好复习功课。我也给你交了底了，什么医药费和赔偿之类的我就没打算要，至于将来法院怎么判我也左右不了。你能做的也全做了，回去把这情况告诉你妈妈，好吧。"

美丽听完抬头看了张新阳一眼，又低下了头。过了一会儿，她怔怔地站了起来，忽然扑到了张新阳怀里，紧紧抱住了张新阳，说道："新阳哥哥，求求你了，你要答应了，我做你女朋友，我给你……"

张新阳没有想到美丽会这样，他愣了愣神，随即一把推开了美丽，沉下了脸说道："程美丽，你怎么能这样，你这是胡闹。谁教你这么干的？"

程美丽脸涨得通红，低着头站在那儿再不作声了。张新阳让这个小女孩给惊住了，一个文文静静的小女生怎么会这样，他忍不住提高了声音说："程美丽，女孩子要自尊自爱。为你那个无赖舅舅值吗？你今后还有大好的前程，有你自己都无法想象的美好生活。你怎么能这么随随便便的？你要为自己负责，要为将来负责。你说说，你这是什么样子？你怎么会这么想、怎么会这么干，你太出乎我的意料了，你真的让我很失望。"

美丽靠在墙边，手不停地抖着，眼泪哗哗地掉了下来，她紧紧地咬着嘴唇，脸色由通红变成了煞白，像一个犯了错的孩子。

张新阳看着浑身颤抖、泣不成声的美丽，他的心又软了下来，他走到她跟前，把一包手帕纸递给了美丽说："美丽，别哭了，我说得有点重了。我理解你的心情，你承受着本不该你这个年纪承受的压力。我只想告诉你，今后无论遇到什么事，都要自重、自爱、自强，我们虽属于家庭，更属于我们个人，自己的路要自己走好，要为自己的信仰、自己的理想、自己的自由、自己的幸福而活着。我们可以选择牺牲，但要为值得的事而牺牲，懂了吗？"

美丽抬起头看看张新阳，先是使劲点点头，接着又摇了摇头，说道："新阳哥哥，我错了，我不是个随便的女孩子，直到现在我都没有和男同学拉过手，更没有谈过恋爱。可是妈妈和姥姥是我最爱的人，我不想让他们那么伤心，他们都有病，我要是失去了她们，就只剩我爸一个亲人了。"

张新阳转身在地上踱了几圈说："美丽，我答应你，我想办法让警察不立案，但我要说的是，我原谅他不是因为你求我，而是我想让你永远记住这件事，永远不要走错路，永远做自己灵魂的掌舵人。我希望我的原谅能换来你美好的前程，希望你做一个能把握自己命运的人。我做的选择是我自己的行为，而不是对你的可怜和同情。"

美丽呆呆地看着张新阳，好久之后才说道："新阳哥哥，我懂了。谢谢你！"说着，朝张新阳深深地鞠了一躬。

张新阳把饼干、牛奶、水果都塞到了美丽手里，说道："回去吧，好好用功，明年一定要考个好大学。"

美丽再次流下了眼泪，脸上满是崇敬和感激。张新阳拍了拍美丽的肩膀，把她送出了病房。

冯媛媛带来了热乎乎的鸡汤面，推门就冲张新阳喊道："那个小女孩是谁呀，怎么从你这儿哭着走了？"

张新阳打开了保温桶，闻了闻说："鸡汤面？太香了。媛媛，我该怎么感谢你呢？"

冯媛媛问："别贫嘴，问你正事呢？"

张新阳说："她？程三三女儿，程美丽。"

冯媛媛又好奇地问道："她来干什么？"

张新阳说："给她舅舅说情呢。"

冯媛媛使劲盯住张新阳的眼睛问道："哎，我说张新阳，你不会是占了人家小女孩的便宜了吧？"

张新阳说："别开玩笑啊，你啥帽子都敢给我扣，我还要脸呢。"

于是，张新阳把刚才的事原原本本地说给了冯媛媛。冯媛媛听完摇了摇头说道："这小姑娘还挺有心机的啊，换了我，不敢想，也不敢干。"

张新阳说："穷人的孩子早当家嘛，人的性格都是环境所造就的，一个很好或很不好的环境，都能激发出人更大的潜力。"

冯媛媛又好奇地问道："那你怎么办？真的原谅李顺了？"

张新阳摆了摆手说："原谅？李顺原本就是个垃圾，我压根儿就没把他当回事儿。这次我就放他一马，我不想让这件事影响了程美丽，不想让她看到太多的世态炎凉，也不想让她轻易放下自己的尊严。出卖自己是困境中的人常做的选择。也许我的这个举动会改变她的命运，让她能通过自己的努力，去奋斗一个美好的前程。我准备和赖总说说，让他和公安局的朋友打个招呼，和解了算了。"

冯媛媛听着瞪大了眼睛，竖起了大拇指对张新阳笑着说道："张新阳，看不出来，大气量啊！了不起，我的大英雄！"

张新阳说："不要盲目崇拜啊，我可是给点阳光就灿烂的！"说着就把一碗汤面吃了个底朝天。

第二天，张新阳给赖峰通了电话，问他这件事儿能不能找公安局按轻微伤处理。赖峰问他为什么，他只说不想和流氓无赖过不去，放他一马算了。赖峰也欣赏他的大气，就答应了。赖峰和公安部门打过了招呼，公安部门按治安管理处罚规定，拘留了李顺 10 天，罚了 500 块钱，这事就这样了结了。

张新阳住院的第十五天，巩主任检查过伤口后告诉他可以出院了。于是王一飞帮着他收拾好衣物，赖峰让人事部给张新阳办了报销手续。张新阳坐在病床上，心头忽然掠过一丝不舍，不知道为什么，苦笑了一声，自嘲道：张新阳，你住院都上瘾啊。

下午，王一飞有事来不了医院，冯媛媛主动帮着张新阳办了出院手续。一切办妥后，冯媛媛拿着一沓单据进了病房说："新阳，出院手续办妥了。我让李哲过来接你了，我下午值班，就不送你了。"

张新阳穿好了外套，看了一眼干干净净的病床，突然知道自己为什么不舍得离开了，是因为冯媛媛，他已经习惯了她的照顾，习惯了她在身边。

冯媛媛看张新阳发愣，就问他："怎么了？"

张新阳说："媛媛！"

"嗯？"冯媛媛看着张新阳。

张新阳说："谢谢你，真心的。"

冯媛媛没说什么，只是对他笑了笑，拉开了病房的门，两人一前一后走了出去。

第 13 章　正式到岗

张新阳出院后认真思考了自己目前的处境，再这样一无所事地混下去，他的专业就废了。于是，他找李荣认真地汇报了他的想法，表明他想分管专业性强的工作。李荣说要研究研究。李荣说的研究并没有让他等待太长的时间，星期五上午，李荣就在部里的大会上宣布，由他接替王春亮安全分析的工作。

王春亮不是津州本地人，他每周都要回省城，遇到要得急的材料，就只能贡献周末了，他和李荣提过好几次，可限于安全部的人大部分都是从矿井里干起来的，虽然现场经验丰富，但一提动笔头子就挠头，所以一直没有合适的人选。今天见李荣把这个任务给了大学生张新阳，他的脸上带着掩饰不住的高兴。

交接清楚了工作，王春亮又把张新阳叫到了隔壁的休息室。他一脸严肃地对张新阳说道："新阳，老哥今天给你交个底，李部为啥要把这个工作交给你？就是因为这个工作长本事，你要清楚省、市两级的政策，要大致掌握公司所有的专业，要了解刘董事长和关书记的工作思路和部署，要能独立分析所有的安全问题，还要能写得了文件、做得了总结，文字功底必须过硬。所以只要你肯下功夫，肯定是大有前途的，郭总和邢部长都是从这个岗位上走出的。"

张新阳知道，王春亮所说的郭总是集团副总经理郭志明，邢部长则是行政部部长邢利为。

王春亮点了一支烟又说道："老哥年纪有点大了，接手这个工作也有点晚了，再加上家在外地，精力有些不足，干出来的活质量也不高，领导也不是太认可。老哥是准备再混几年找个舒服的地方等退休了，我要是你这年纪，还真舍不得放开这个工作。"

张新阳边听边不住点头，等王春亮交代完了，就说道："王工，太谢谢您了，没有您的指点，我估计，两年也悟不出这些道理。"

王春亮弹了一下烟灰，呵呵地笑道："什么工不工的，四十多才混了个工程师。不像你们，一毕业就是助理工程师，含着金汤匙来的，起步就高，大有作为，大有前途。以后喊声老哥，听着也亲切。哪天你要是被提拔了，或再往后当领导了，就喊我春亮。"

"听您的，那我以后就叫您王哥，我也是理工生，写材料还真没底，还得麻烦您多指导。"

王春亮还是笑呵呵地说道："好说，好说。"

张新阳看着王春亮眼角的皱纹，竟莫名觉得有些悲凉。他也就只比自己大十几岁而已，竟已是满脸的暮气。一辈子其实不长，干工作也就二三十年，刚来单位的年轻人一眨眼就鬓角生霜了，人生啊，真是太短暂了。进而他又为王春亮的坦诚而感动，于是，他起身去办公室把王春亮的水杯蓄满了水，恭敬地放在了他面前。

王春亮欠身点头，以示感谢。张新阳见他犹豫了一下，又放低声音对他说道："老弟，我再给你交个底，现在你是赖总重点培养的对象，你在这个岗位要学通，但不要干精，否则前途就打对折了。"

张新阳愣愣地看着王春亮，并没有听懂他在说什么。王春亮看见张新阳发愣，知道他是没有开窍呢，就又笑着说："索性给你把这层窗户纸捅破得了，这个岗位既出人才又毁人才。"

张新阳更不解地问道："为什么？"

王春亮哈哈笑道："出人才，是指只要你能拿下这些工作，公司上下的所有领导岗位就都能干。毁人才，是说你要是让人觉得这儿除了你谁也干不了，那你永远也调整不了。所以，你把握好赖总对你的培养。"

张新阳瞬间觉得茅塞顿开，没想到这么个小小的岗位调整，竟然还有如此大的学问。不由得对能如此点拨自己的王春亮更加尊敬了。

按照惯例，只要不需要加班，王春亮周五下午就可以回家了。张新阳是还没有正式到位的闲散人员，于是索性请了半天假，把王春亮约到了郭记羊肉馆，好好喝了一顿酒。

这次，张新阳是真喝多了。等醒来时天已经黑了，他躺在宿舍的床上，口干舌燥，头痛欲裂。他想洗把脸清醒一下，可刚一下地，就感觉胃里一阵翻腾，仿佛有一个手指在使劲地抠着自己的嗓子眼儿，他飞奔向厕所，扶着厕所的墙哇哇地吐了。

　　等张新阳再回到宿舍，王一飞和林笑正坐在空床上看着他笑。王一飞自不必说，早已是他的哥们儿了。林笑呢，同一批的大学生，自然要比别的同事亲切一些。林笑人和她的名字一样，高挑的身材，齐耳的短发，平时大大的眼睛，一笑却又眯成了两条弯弯的线。

　　林笑看见张新阳就笑着问道："哈哈，英雄，喝多了？"

　　张新阳说："谁让咱酒量不行呢，让你看笑话了，你俩咋来了？"

　　王一飞说道："周末了嘛，今天我请客，咱们去郭记羊肉馆。"

　　张新阳揉着太阳穴说："我不去了，现在想到肉就恶心。你们去吧，等缓过劲儿来，我请客。"

　　林笑知道张新阳是真的喝多了，也就不勉强他了。王一飞本来是想单独请林笑，但是又怕林笑不和自己去，一看张新阳打退堂鼓，心咚咚地跳着，强作镇静地说道："那我就和林笑去啦！"

　　张新阳看透了王一飞的心事，冲他眨了一下眼说："我今天不去可不代表你请过客了啊。我先给你记上账，改天你得单请我！"

　　林笑没有注意到他们挤眉弄眼，对张新阳说："那我俩走啦，一会儿给你带瓶罐头回来，我爸常吃罐头醒酒，很管用的。"

　　张新阳看着俩人一起下了楼梯，自言自语地嘀咕道："王一飞这家伙下手真快，这就开始追求林笑了。"

　　王一飞和林笑回到宿舍已是晚上九点多了。林笑真给张新阳买了一大瓶罐头。张新阳一口气把罐头吃了个底朝天，这才觉得胃里舒服了些，拉开被子蒙头就睡。

　　等张新阳实实在在接触到了安全分析的工作，才真正明白王春亮的话中蕴含的辛劳，这个工作干起来是真的不容易。他虽然是科班出身，但除了专业名词，任何学过的东西在这儿都没用武之地。刚开始的一个多月，任何一项事都要从头学，反复问，别人半天就能完成的工作，他总要加班到晚上八九点，有的时候忙得都抽不出时间给刘诗雅打电话。

　　有一次赖峰要求写一份工作报告，他连续两天两夜才写好的报告，赖峰只是在上面批示了一行字：没说清楚，重写，还在第一页画了一个大大的叉号。张新阳算是彻底领教了王春亮所说的难了，好在李荣对他还是很宽容的，几次材料有失误，甚至是受到了刘成功的批评，他都没有批评过张新阳。

李荣的宽容让张新阳感到非常内疚，于是他干工作更加卖命了。跟着李荣干了两个月，他最大的收获是李荣的隐忍能力和用人功夫，这真不是一天两天就能学会的。张新阳在新的岗位上没日没夜地忙乱到了年底，再加上李荣的引导和王春亮的指导，已经基本上适应了岗位的工作特点，慢慢地进入了角色。

过完元旦没几天，公司上下就开始传达津州市落实全省工作会议上提出的"关于全面振兴国有企业、全面推动经济发展"的会议精神。班子成员也开始安排春节前的各项重点工作，安全部的压力骤然增大，不仅要应对各类安全突发状况，还要会同其他部门处理事故伤残人员和各类上访事宜，部里每个人都忙得不亦乐乎。

张新阳当然也不例外，他不仅要完成各类汇报，还要陪着李荣下矿井，走访矛盾较大的伤残人员，整日忙得四脚朝天，王春亮告诉他，这样的工作节奏是要持续到春节前的。张新阳并没有发牢骚，也没有任何怨言，每天像打了鸡血似的东奔西走、不知疲倦。他已经感受到，完成工作的成就感要远远大于工作的辛苦。

年底发奖金时，张新阳领到了5000元的年终奖，加上前几个月发的工资和奖金，工资卡上已经有了八九千元的存款。等到了元旦，李荣给张新阳放了4天假，让他回老家看看父母。

张新阳匆匆忙忙回了趟家，给了父亲4000元，并叮嘱父亲给家里装部电话，这样他和妹妹给家打电话就方便了。他不想总是麻烦人家张发奎。他又给了放假回家的妹妹张新雨500块钱，妹妹看着哥哥挣钱了，还像小时候一样高兴地搂着他的脖子，"哥哥、哥哥"地叫个不停。

张新阳发现，参加工作的这半年时间，用寻呼机的人几乎要绝迹了。几乎一夜之间，同学和朋友们都换了手机。只有他和刘诗雅还都用着呼机，联系很不方便。他用寻呼机是因为条件不允许，而刘诗雅是因为母亲管得严。

张新阳在吴家堡住了两天便返回了津州，在津州的电信一条街，他花了3400块钱给自己和刘诗雅买了两部情侣款手机。这天下午，他和刘诗雅痛痛快快地看了一场贺岁电影，放肆地饕餮了一番，这种小小的幸福，让他激动不已。

回到了顾阳，张新阳把临走前母亲给带的三只野山鸡、一袋子炒核桃、几瓶米酒分了两份，分别送了赖峰和李荣。晚上，他又请冯媛媛和李哲在郭记羊肉馆吃了一顿饭，还没等张新阳炫耀，冯媛媛就已经拿出了她和李哲刚买的情侣款手机，居然和张新阳给刘诗雅买的一模一样，三个人不约而同地笑了。

过了腊月初八，各个矿陆陆续续地有民工要回家过年，公司的生产也渐渐地慢了下来，处于半饱和状态。安全部室内工作的压力也渐渐小了些，张新阳基本上不用再加班了。每天下班回到宿舍，除了听歌看书，就用新买的手机和刘诗雅煲电话粥。

父亲还是没有舍得花钱装部电话，张新阳只能是时间长了再把电话打到张发奎家，张发奎似乎比以前更热情了些，但毕竟是要用别人的，张新阳和家里的联系并没有因为他有了手机而增多。

张新阳早把王一飞当成了哥们儿，于是经常找王一飞、林笑吃饭聊天。往往是活动到一半，他就结了账，找借口溜了。在他的精心导演下，王一飞和林笑的关系慢慢发生着变化。

腊月十一的早晨异常寒冷，张新阳坐在办公室靠着暖气片都能感到一股股的凉气从脚底蹿到了头顶。他泡了一杯茶，站在窗边看着北面的顾山。今年第一场雪过后，山顶上的雪就再也没有化过，半山腰的棚户区家家户户都竖着好几根烟筒，靠着煤矿，烧煤就不是什么大事了，况且这里的住户不是下井的民工就是矿上的困难职工，即便是明目张胆地拉两平车煤，保卫部是不会按偷盗公物追究的。

张新阳跟着李荣去过几户伤残职工家，集团正式职工还有一些工资，日子虽然过得清苦，但还算是勉强能维持。一些领了赔偿金后没人管的伤残民工就不一样了，丧失了劳动能力，老家也回不去了，也没有必要再回去了，他们只能在顾山的棚户区蜗居着。他们早已看透了一切，有时在面对生与死的时候，他们宁愿选择死，这样或许会更痛快一些。这个腊月的早晨，每户的房顶都冒着缕缕青烟，孽怨般地缠住了顾山。

张新阳正盯着窗外走神，手机急促地响了。是李荣的电话，他赶快接了起来，李荣急切地说："你快去找赵永生和孔严，提醒他们一下，把程三三的协议全部带到程家村，程三三他死了！"

第 14 章　三三之死

小小的程家村很少这么热闹，十几辆叫不上牌子的汽车停在了程三三家门口。这个像废品收购站的小院已经让人围得水泄不通了。无所事事的村民在寒风中打着哆嗦，伸长了脖子往里看。老实巴交的程三三死了，没有什么事情能让这个村子在十里八乡出一次名了，人们都在打探着更多的消息，也好在春节走亲访友时有更多的谈资。

张新阳是和孔严搭着赵永生的车来到程三三家的。他们到的时候，警察还没有来，孙德平已经让王大刚带人保护好了现场。小院子西边是一间没有门窗的平房，一根花皮电线像条蛇一样绕过房梁，结成了一个面目狰狞的椭圆，结结实实地套在了程三三的脖子上，带着这个憨厚的老实人，去到了一个谁也没有去过的世界。

程三三并没有像传说中吊死的人那样瞪着眼睛、吐着舌头，他的眼睛和嘴都紧紧地闭着，安静得好像睡着了似的，可惨白的脸又告诉人们他是永远地睡了，任凭谁再叫喊、谁再责骂，他都不会理睬。挣钱的艰辛、花钱的犹豫也终将不再和他有任何关系。陪了他几个月的拐杖搭在了踢倒的板凳上，一只空荡荡的裤管在寒风中飘荡着，向这个残缺的身体做着最后的告别。

孙德平是第一个得到消息的，值完夜班的他刚准备去食堂吃饭，就和气喘吁吁的郑军撞了个满怀。郑军的家也在程家村，他结结巴巴地告诉孙德平，程三三死了！这是程美丽一大早跑开他家的门告诉他的。孙德平吃惊得将手里的饭缸都掉到了地下，他赶快请示了赖峰，又通知了李荣和张俊，随后按赖峰的指示赶快报了警，并通知王大刚带人保护现场。

张新阳见到李荣时，他正和孙德平他们商量应对措施，等着警察来调查处理。张新阳扒开人群走到了房前，透过玻璃窗，他看到程三三的女人呆呆地坐在床上，眼神呆滞，让人看不出悲伤、看不出难过、看不出绝望。她没有悲痛欲绝地号啕，只是默默地擦着眼泪，似乎早已习惯了生活带给她的磨难和残酷。任何的悲痛已没有意义，没有人会在乎她，也没有人会同情她，她只是呆呆地坐着，任凭谁和他搭话，一句话都不说。

警察简单地勘查了现场，拍照、记录完后，有亲戚找了一块旧门板，把程三三僵硬的遗体放在了门板上，他整个人蜷作一团，身上盖着那件破军大衣，只有一条腿露在外面。警察很确定地告诉李荣他们程三三是自杀，那根电线是从房梁上穿过的照明线，程三三先把钉在两面墙上的线剪断，又打了个死结，他用砖头垒出了两个台阶，一把破凳子放在台阶上，他就是踏着这两个台阶上了凳子，把头放进电线里的时候，弄倒了凳子，离开了这个世界。

警察还从他的衣服里找出了一张纸条，上面歪歪斜斜地写着几行字：我的腿没了，生活不能自理，每天腿疼得厉害，单位给的钱不够看病。我死了，单位必须要赔偿我。赔偿的钱全是美丽的。

众人看着这封算不上遗书的遗书，都觉得程三三真是可怜，他的伤残早就做了了结，而且一切都有协议，都符合法律规定，他还想要钱又何必搭上这条命呢，愚蠢的人啊！

程美丽早晨发现父亲吊死在房梁上时，呆在了那儿，她并不是害怕，从父亲血肉模糊地被抬到医院那天，她就无数次问过自己，父亲要是死了这个家该怎么办？她无数次庆幸父亲只是失去了一条腿，还能陪自己好长好长日子。但今天她所担心的事还是来了，时间如同静止了一般，她傻傻地看着冰冷的父亲，看着他毫无血色的脸，不管他是多没本事、多没出息，只要他活着，她就有依靠，即使他丢了腿，成了残废，也是自己的父亲，也是自己的支柱。现在他这样冰冷僵硬地挂在那儿，再也不会抚摸自己的头发，再也不会为自己的成绩而骄傲了，他死了，对，他真的死了，从今天开始她再也没有父亲了。她终于哇地哭出了声，他哭得那么悲伤、那么无助、那么绝望……

她的哭声惊动了母亲，也惊动了早起的邻居，她母亲看了一眼程三三，就倒在了地上，街坊邻居把她扶到屋里后，她就再没有说过话。美丽毕竟长大了，看着倒下的母亲，她止住了哭泣，踉踉跄跄地出了门，朝着郑军家跑去。郑军听了这一消息，二话不说骑着自行车就去了单位。邻居有明白事理的人，没让人动程三三，直到王大刚带着人到来后保护好了现场。

警察了解了这些过程，对李荣他们说可以安排后事了。程三三口袋中的纸条只能算是个人的遗言，里面说的具体事项由单位和家属协商解决。李荣送走了警察，孙德平和张俊便张罗起了程三三的后事。看热闹的村民见警察走了也就一哄而散，只剩下王丑娃、李顺和几个亲戚蹲在墙根底下抽烟，直到孙德平问他俩怎么办时，两人狠狠地把烟头按灭，招呼两个邻居到东屋把程三三给老娘准备的棺材抬了出来，王大刚的人也一起上手，把那具残缺冰冷的尸体抬进了棺材。程三三就此离开了这个给他带来无数苦难的世界。

程三三的女人依然目光呆滞地坐在那儿，程美丽把自己关在了屋里，任凭谁叫都不开门。让李荣他们出乎意料的是，李顺和其他亲戚并没有像以前上访那样不依不饶地闹事。

李顺客气地对李荣他们说："我姐夫兜里的纸条你们都看见了，我姐姐有病，美丽还小，这个家就算是完了。请领导们考虑考虑，能不能给点钱，这日子还要过。"

说着掏出了一包烟给李荣他们散了起来。几个人接过了李顺递过来的烟，李顺又赶快给大伙点着了，眼巴巴等着他们说话。

孙德平看了大家一眼，见谁也不准备说话，他觉得现在也只能由自己表个态了，于是他轻轻咳嗽了一声对李顺说道："刚才警察说的你也都听到了，三三的死因是自杀，这是没有争议的。至于他兜里的纸条，只能说是他的想法，这个要按照相关规定办。这个事我们得回去向领导汇报研究，毕竟是我们的正式职工，该退的钱我们会按政策规定退的，这点你放心。三三的后事我和张书记也会帮着处理的。"

李顺听孙德平这么一说，哑口无言了，迟疑了一阵，便招呼着亲戚按照村里的习俗开始张罗着安顿后事。张新阳想看看程美丽，但任凭他怎么叫美丽，她始终都不开门，只好作罢。

张新阳找到李顺，对他说道："看着点美丽，别有啥意外。"

李顺一看是上次放了他一马的张新阳，鸡啄米似的连连点着头，嘴上一个劲儿地说着："一定，一定……"

张新阳看不上这种无赖、势利又没有骨气的人，也没有和他再多说话，转身走开了。众人见整个事情处理得很顺利，就让王大刚留下几个人帮忙把后续的事情安顿好，其余人相继乘车离开了程家村。

赖峰坐在办公桌后面，头向后仰着，靠在宽大的转椅上看着文件。桌上的茶叶在水杯中舒展开，打着螺旋往下沉。茶香飘飘摇摇从茶杯中逃逸出来，化作舞动着的精灵，把香气散遍了整个办公室。他早晨接到了孙德平的电话后，就把程三三上吊的消息告诉了刘成功，刘成功依然是不紧不慢地说了声："知道了，你处理吧。"

将近中午时，李荣他们来到了赖峰办公室。孙德平汇报了整个事情的经过，又把警察从程三三兜里找到的纸条内容说了一遍。

孙德平刚说完，张俊就感慨地说道："这个程三三不只是老实，还愚蠢。为了多要几个钱居然自杀了，法盲，真是法盲，这钱是说多要就能多要的？白白送了自己一条命……"

赖峰一挥手制止了张俊，又问孙德平："不用说这些没用的。李顺和王丑娃什么态度？"

孙德平说道："那两个流氓，比泥鳅还滑哩。一看程三三死了，身上又装着纸条，就算要下钱了，也是程美丽的，他俩才不蹚这浑水呢。"

李荣也说道："王丑娃蹲那儿抽烟，一句话都没说。李顺一个劲儿地给我们散烟，新阳说了他两句，他孙子似的点头哈腰。这两个货尿了，这次估计是没人闹事了。只是苦了程三三了，这个可怜而又无知的人！"

赖峰又问道："这个程三三是可怜，老赵、老孔，你俩说说，按政策这种情况如何赔偿呢？"

赵永生清了清嗓子说道："前期该赔偿的都赔偿了，符合政策规定。程三三是自杀，没有相关的赔偿政策。不过，他个人交付的保险按规定是能给他退了的，这个钱不是很多，但也够他们孤儿寡母过活一段日子。"

孔严也说道："前期的赔偿金咱们按协议每个月支，程美丽按月来签字领钱。程三三是死了，但以后咱们还是按这个政策执行，这个没有问题。"

赖峰边听边在办公室踱步，等孔严说完了，就坐到了那张宽大的转椅上，拿起桌上的烟给众人散了一圈，随即又给自己点上，猛吸一口后在空中吐了个大大的烟圈，不急不慢地说道："这事这样办，老赵，按规定把程三三的各种保险核算出来，尽快按程序办完，把这笔钱落实了。老孙，想办法从账上走两万块钱，算是给程三三的一次性赔偿，那么一个家又没有经济来源，算是接济一下，这个我和刘总报告，不用你们担责任。孔严，给程美丽的钱还是按时给，这个一定要落实好。"

说着他又站起来说道："你们几个都不是外人，这两万块钱的事别给我出去瞎嚷嚷，我要是听到什么闲言碎语了，你们都要负责。"

赖峰说完看了众人一眼，问道："李荣，张新阳呢？"

李荣说："新阳和我们一起回来的，我让他回办公室了。"

赖峰笑着说道："这小子是个人才啊，分期打款，要不是他的这个招，程三三这一死，麻烦还真就大了。"

众人听赖峰又在夸张新阳，也都说这件事张新阳办得漂亮。于是，笑声充斥着整个办公室，一切都那么和谐。

第 15 章　善后事宜

张新阳挂了赖峰的电话，很快就来到了他的办公室。张新阳给赖峰的杯子里蓄满了水，又把满是烟蒂的烟灰缸倒了，这才坐在了赖峰对面。

赖峰关切地问道："新阳，安全部的工作还适应吗？"

张新阳爽快地回答道："挺好，虽然有点忙，不过开眼界，长能耐，锻炼人。"

赖峰点点头说道："好小子，这就对啦。李荣让你干这个岗位的时候，我还怕你想不通，不想干呢，没想到你这么快就上道了，好，很好。"

张新阳腼腆地笑了笑，向赖峰道了声谢，等着赖峰交代具体事。这几个月张新阳也算是摸出点儿道了，领导准备给你一项工作，会先给你一通表扬，好让你在完成他安排的下一项工作时能像打了鸡血似的卖力。张新阳用这条定理验证了几次，屡试不爽。

果然，赖峰在抽完一根烟后，神情严肃地盯着他说："新阳，程三三死了，你觉得和我们有关系吗？"

张新阳说："赖总，我个人认为，从法律意义上来说和我们没有任何关系。他属于自杀，单位是没有任何责任的。不过就他那家庭来说，确实是困难，让人觉得很可怜。"

赖峰眯起了眼，点头说道："我和董事长、关书记也是这么研究的。虽说和我们没啥关系，但是让人有些不落忍啊。"

张新阳听着赖峰话里有话就问道："赖总，那您的意思是？"

赖峰说："新阳，我就直说了，我想让你再跑几趟，把这个事做个彻底了结。我们决定给程三三家赔偿两万元，还有给他清算的各类保险，怎么也有个四万左右吧。为什么让你去呢？一个是要保证把这钱给到程美丽手上，而且要把这钱的来历说清楚，这是单位的心意，而不是她应该得到的。同时，还要让她保证以后不再找单位的后账。我们这么做也是考虑到娘俩不容易，特殊情况特殊对待，怎么也得保证她娘俩的日子能过得去。二是要做好她的工作，不能让李顺他们觉得我们妥协了、让步了。不能给他们任何错误的信号。既要把单位的心意表达到，又要保证把这件事一次性了结了，听明白了吗？"

张新阳想到那个可怜的家庭能得到一些经济补偿，赖峰的形象立即高大起来，他备感崇敬地说道："赖总，难得您能想得这么周全，这当好人的任务，我保证能完成。"

赖峰的眼睛再次眯成了一条线，呵呵笑道："好小子，学会拍马屁了。剩下的事孙德平会联系你的。另外，这两万块钱的事，你一定要嘴严，懂了吗？"

张新阳正了正身子，像是接受了命令的战士，铿锵有力地回答道："我明白，请您放心。"

临出办公室的门，赖峰又叫住了他，从身后的柜子里拿出了一个茶叶礼盒，递到了张新阳手中说："南方朋友给寄来的铁观音，你拿去喝吧。"

张新阳推辞了一下，还是接了过来放到了手提袋里，又把里面的一卷报纸盖在了上面。这些小动作都被赖峰看在了眼里，他又眯起眼睛笑了起来。

周五，孙德平就把两万块钱交到了张新阳手上，反复叮嘱他一定要把事办好，相比赖峰的大气，孙德平就有些啰唆了，想着他喋喋不休的样子还真有些呆板之气。晚上，张新阳又接到了赵永生的电话，赵永生让他领着林笑去一趟程家村，把程三三各项保险钱退给程美丽。

林笑到宿舍找张新阳的时候，只是用请求的口气让他陪着自己去程三三家，很显然她和赵永生是不知道赖峰交代给他了其他任务，于是他和林笑约好，周六再去一趟程家村。

送走了林笑，张新阳靠着被子斜着躺在床上，看来赖峰是把赔偿程三三的事单独交给自己办了，这是小范围的交底，也带着一种强烈的信号，这个信号意味着什么呢？意味着自己的人品和能力已经得到了赖峰的信任和肯定。顾阳是个小县城，在这个小城市的大型企业中，领导信任是何等的重要！失去领导的信任，任凭你有万般能耐也施展不开。

张新阳知道，顾阳焦煤集团公司的机关有两位核心人物。一位是刘成功，他和常务副总经理赖峰是多年的搭档，两人的工作标准高、要求严，能得到他们的信任和肯定并不是一件容易的事儿。另一位是关峡，他在顾阳县和顾阳焦煤集团工作近三十年，管理经验丰富，人脉资源广，能得到他的认可也是一件不容易的事儿。

张新阳来公司的这半年间，已大概清楚了两位核心人物的过往。五年前，原董事长兼党委书记王诚退居二线，顾阳焦煤集团领导班子进行人事调整。时任总经理的关峡是呼声最高的董事长人选。据说，津州市国资委都有人私底向其表示祝贺了，看着董事长的位子基本上没有了悬念。可就在宣布的前一天晚上，他突然接到电话，经报请津州市委组织部同意，市国资委提名常务副总经理刘成功为董事长人选，关峡顿时乱了阵脚，四处打听消息，几乎整夜未眠，但无奈木已成舟，大局已定。第二天上级现场宣布人事任命：经上级研究决定，任命关峡同志为顾阳焦煤集团公司党委书记、总经理，任命刘成功同志为党委副书记、董事长；刘成功虽然没有一肩挑起党委书记和董事长两个职务，但毕竟从副处级升到了正处级。而关峡虽然挑起了党委书记的担子，可毕竟是在国有企业，董事长才是实质上的一把手。随后便是赖峰、郭志明、王大有等人的调整，从此顾阳焦煤集团就形成了新的班子。

张新阳心底盘算着明天该如何面对程美丽，越想越觉得心烦，索性戴上了耳机，《斯卡布罗集市》再次响起，在优美的旋律中，张新阳整个人渐渐地放松下来。刘诗雅的身影又一次跃然眼前，在人民公园的荷花池边，白色的裙子翩翩起舞，他从背后抱住了她，亲吻着她的脸颊，她的发香慢慢弥散，渐渐变成了消毒水的味道，他低头看时，自己抱着的、吻着的竟然是冯媛媛。张新阳猛地坐了起来，看看四周的黑暗，才发现是自己做了个梦。张新阳又躺在床上，自言自语道：怎么会是她呢，不应该这样，不应该这样的。

周六早晨，张新阳如约陪着林笑去了程家村。年前的程家村显得忙乱而又充满年的味道，只有程三三家的门上还残留着白色挽联，院子里没有了捡来的瓶瓶罐罐，反倒显得没有了生气。几天前就是从这里抬走了一口棺材，带着这个小院的男主人，长眠在了荒郊野外的坟地。杂乱的院子角落零零散散地扔着白色的纸花，风一吹纸花四处乱飞，映衬得整个小院没有了生机。张新阳和林笑在院子里喊了两声，程三三的女人走了出来，她两眼无神地盯着俩人，只是呆呆站着。

张新阳打招呼道："阿姨，我是小张，来看看你。"

女人默然地看了一眼张新阳，抬手指了指破旧的棉门帘，转身走了进去。张新阳和林笑并不在意她的冷漠，也跟着走进了昏暗的小屋。张新阳进了门就看到从里屋走出来的程美丽，她显然是哭过无数次了，眼睛肿得像两个核桃，眼神里是与年龄不符的忧郁，别人家这个年纪的孩子依然还是家里的小公主，而她却承受着同龄人无法承受的压力。这几天她总是把自己关在屋里，她不敢出门、不愿意出门，她怕想起爸爸，哪怕他是个残疾人，但没有了他，她的生命中再也没有了依靠。

美丽看着他们，声音沙哑地说："新阳哥哥，你们怎么来了？"

张新阳看着美丽的眼睛，不禁心疼起这个小姑娘来，他放低了声音说："前两天程叔出殡，本计划要过来的，可单位忙得没走开。这是我同事林笑，她把单位给程叔退的钱给带过来了，一会儿跟你和你妈交代一下。"

美丽和林笑打了招呼就把两人让进了里屋，她母亲还是呆坐在床头不说话。林笑从包里拿出了钱和一沓票据，一项一项给美丽母亲解释着。

她看着一沓钱，听林笑说了几句，就摆了摆手，低声说道："我听不懂，你们和美丽说就行。单位还记得我们，给点钱，单位不赖，怪我家兄弟，还打了人，我们这日子还能过得去……"

她语无伦次地说着，眼圈又红了。美丽听母亲说完，就对林笑说："姐姐，您说的我都听明白了。我妈妈没有文化，心脏也不好，平时也不管这些事，您交代我就行。"

林笑看着这个比自己小许多的小姑娘竟如此坚强，鼻子一酸，眼泪差点掉下来，她平复了一下心情，对美丽说："总共是17283元，你和阿姨都在这儿签个字，按个手印，这个事就办完了。"

美丽按林笑的要求，在几张单据上签了字按了手印，接过林笑递过来的一沓钱。她知道，这不是钱，这是父亲的命！

张新阳看美丽在走神，就说道："美丽，你有银行卡吗？这么多钱放家里也不安全，要不一会儿我们陪你去存了吧。"

美丽说道："有，自从每月到单位领爸爸的钱，我就办了一张卡。我听你们的，一会儿就把钱存了。"

美丽又和母亲说了一通，母亲只是点了点头，喃喃地说："行，行，你去办就行……"

美丽翻出了自己办的银行卡，又把钱装到了书包里检查了一遍，这才穿上她那件洗得发白的大衣出了门。

三人在新城区步行街附近下了公交车。马上就要过年了，马路两边各式各样的摊位连成一片，商贩们站在摆放着各种年货的小摊前吆喝着，整个步行街一片喧闹。三个人穿梭在人群中各有心事，却都与过年无关。这个临近春节的冬天，带给每个人的是不同的心境。

第16章　学姐其人

马上就要过年了，银行办业务的人排起了长队。张新阳和林笑帮美丽存完钱已经是中午11点半了。张新阳提议请林笑和美丽去郭记羊肉馆吃饭，林笑欣然同意，美丽有些忸怩，但张新阳执意要让她去，她只好答应了。

仨人进了羊肉馆，坐到了他们常来的位子。张新阳刚要点菜，林笑的手机响了，她神神秘秘地出去接了个电话，回来后说朋友有事找她，不能狠宰张新阳了。

张新阳一猜就是王一飞约她呢，笑了笑说道："注意些啊，别把脚尖踮疼了。"

林笑马上反应了过来，这是张新阳拿她和王一飞的身高说事呢，她脸一红，撂下一句"改天再狠狠收拾你"，便一溜烟走了。

张新阳看着林笑远去的身影，长长地吐了口气。王一飞这个电话来得太及时了，他正愁没有机会向程美丽说两万块钱的事呢。他给自己和美丽要了两盘羊肉、两碗汤，加了四个饼，服务员准备着上菜，张新阳和美丽面对面坐着，他看着美丽红肿的眼睛，关切地问："美丽，家里钱还够用吗？"

美丽把目光转向了窗外，凝视了许久才说道："上次工会给的一万块钱，爸爸办丧事用得差不多了，收了亲戚朋友一万多礼金，妈妈借给舅舅了。爸爸临走前还给过我一千来块钱，家里的日子还算是过得去。"说着她的眼圈又红了，但她还是挤出了一丝笑容，接着说，"新阳哥哥，爸爸走了，每个月给的钱不会中断吧？"

张新阳点头说道："美丽，这你放心，我敢保证，一定会按当初的协议办的。事已至此，你也不用太难过，今后的日子还长呢，你是他的骄傲，明年考个好大学，才对得起他对你的期待。"

美丽使劲地点着头说："嗯，我一定会好好努力的。"

张新阳指了指自己的包说："我还有件事要和你说，赖总特批了两万块钱给你，我也给你带来了，一会儿吃完饭咱们再去存了。还有，这钱不算是赔偿金，单位也没有这规定，只是他代表单位的一点心意。我要交代你两件事，第一，不要和任何人提起政策外的钱，你知道就行。第二，不要和你妈、你舅舅提这个事，自己把这钱存起来，等上大学就够交学费了，听明白了吗？"

美丽有些惊讶地看着张新阳说："谢谢新阳哥哥，我记住了。我妈亲我舅舅，又不计划自己的活计，连爸爸葬礼收的份子钱都借给舅舅了。你放心，我肯定不会和她说的。爸爸要知道单位的这份心意，也会很欣慰的。"

张新阳又想起了什么，犹豫了一下问道："美丽，你觉得你爸爸走是因为还想要点赔偿金吗？以我对他的了解，他还不应该糊涂到这个地步。"

美丽的脸色变了，她想尽量让自己坚强些，可还是没有忍住，眼泪噼里啪啦地掉了下来，她嘴唇微微颤抖着说："我也觉得有点蹊跷，爸爸虽然老实，没出息，但不是一个愚笨的人。我也想过为什么，可是怎么也想不通。也许他是觉得我上大学没钱才这样的，这么想还能说得过去。如果真是这样，我宁愿不上大学，也要他活着，就算他是个残疾人，我也愿意照顾他一辈子。"

张新阳拿出一包纸巾递到了美丽手里，美丽擦了擦眼泪。张新阳又问："他走以前和你说过什么吗？"

美丽慢慢说道:"前几天他的心情似乎很不好。有一天晚上,他把我叫到了跟前,跟我说你是个好人,让我有啥事就找你。他说一定要考个好大学才能摆脱这个家的困境,才有机会像你们一样,有份不用受苦的工作,他这辈子吃了没文化的亏,不能再让我没文化了。还有,他给我……"美丽忽然打住了话头,眼神中闪过了一丝不安。

张新阳感觉到了美丽的不安,急忙问道:"他给你什么了?"

美丽的手也开始抖了,她吞吞吐吐地说:"他给我……他给我……给了我一千块钱,说是过年的时候用。"

张新阳听出了美丽的言不由衷,这个姑娘还是藏着心思呢。她不愿意说,自己也就不便追问了。张新阳看着美丽吃完了满满一盘羊肉,又喝完了一大碗汤,吃了一个饼子。这个姑娘太像当年的自己了,那些年馒头稀饭酱豆腐是整个冬天都不会变的食谱。张新阳等美丽吃完后结了账,再次陪着她返回银行把钱存了。

从银行出来后已经是下午四点了。张新阳说道:"美丽,一会儿陪我去逛逛街,我想买件衣服,你帮我参谋参谋。"

美丽有些害羞地说:"新阳哥哥,我哪懂得买衣服呢?"

"走吧,参谋一下嘛!"张新阳说着向她招招手,美丽没有再拒绝,低着头跟着张新阳去了步行街。

这几年专卖店开满了顾阳县这条最繁华的步行街,几乎和津州甚至是省城的消费水平都不相上下。波士丁的冬装是今年最流行的,张新阳自己试了几件,又自言自语说看不上,接着把美丽领到了女装区,让她也试试。美丽试了件红色的羽绒衣,合身、得体,衬托着青春的脸更加俊俏了。美丽在镜子前照了又照,脸上露出了久违的笑。

"走吧,美丽。"张新阳突然出现在镜子后面,美丽的脸上顿时泛起了红晕,她迅速地脱着羽绒衣。"不用脱了,这件衣服是你的了。"张新阳说道。

美丽眨着眼睛看着张新阳说:"不,我不要。"

张新阳拿起了美丽的旧大衣装到了手提袋中说:"看你的大衣都成啥样了,我都付了钱了,不要和我客气。"

美丽这才明白张新阳让她陪着逛街是要给她买件衣服的,顿时心里涌起亲人般的暖意。张新阳要把美丽送回家,美丽坚持着不让,怕村里人看到说三道四。听美丽这么说,张新阳也就不再坚持了,反复叮嘱美丽一定要用好钱、管好钱,又把自己的手机号留给了美丽。美丽接过了装着旧衣服的包,消失在了人群之中。

张新阳进了一家快餐店，挨着窗户坐了下来，要了一杯热咖啡，咖啡的香气飘飘袅袅。窗外人来人往，张新阳渐渐陷入了沉思。程美丽说他爸爸给了她什么东西，那绝不是她说的过年的钱，她又为什么犹豫呢？上次在程家村，程三三是要准备说点什么的，可惜让突如其来的李顺给打断了。

张新阳越想越觉得混乱，仿佛眼前有一张巨大的帷幕，人影幢幢，却看不清模样。许多时候，人生就如同一出没有剧情的戏剧，精彩却无声。对于帷幕来说，我们是唯一的观众，但对于帷幕那边的人来说，我们又何尝不是演员呢？

腊月二十七，单位已经处于半休息状态，张子健和王春亮家都在外地，也就以外出协调工作为名开溜了，沈浩是个闲散人员，上午九点以后就没有了身影。办公室里只剩下他和忙着算账的赵力了。张新阳手头的工作已经基本完结了，这几天的主要工作，就是帮着赵力楼上楼下地送材料盖章。

上午，张新阳来到人事部帮赵力送材料，负责审核材料的正是他报到时帮她办手续的学姐吴小清。张新阳对这位学姐第一印象是非常好的，只是后来听到了一些关于吴小清的传言，才让他不太敢再接近她了。

吴小清是清阳县人，清阳、林阳、顾阳三县都隶属于津州市，三个县中清阳地处山区，又没有什么像样的企业，经济相对落后。吴小清的父母都是老实巴交的农民，她虽然也是津州大学毕业的，但却分到了军屯矿做了一名化验员，一干就是五年。当年心高气傲的她终于被磨得没有了棱角，马上要三十岁了还没有对象，于是糊里糊涂嫁给了整天在一起工作的化验员王岩。

据说，王岩为人老实，对吴小清也挺好，但吴小清对王岩却没有什么感情，没有爱情基础的婚姻，只能算是凑合了。她无数次找人想调动一下工作，又一次次地没了下文，眼看着日子就这样一眼看到了退休，没想到遇到个不是机会的机会。

那年军屯矿年终聚餐，她作为服务人员，认识了时任矿长的刘成功，据说是她扶着喝醉酒的刘成功回了客房，打那以后没多长时间，她就调整到了行政部干起了打字员，又过了一段时间，又被调整到了人事部，而且还迅速蜕变成了一个时尚的女人。尽管这些事儿都是男人们茶余饭后的谈资，可是不管怎么样，自从她来了人事部，只要她答应出手办的事，基本上没有办不成的。

吴小清穿着一件白色的毛衣，身上飘着淡淡的香水味，仔细地审核了张新阳送来的材料，拿出了公章，在印泥中蘸了几下，用劲压在了材料的右下角。吴小清将盖好章的材料递到张新阳手中，仔细端详了张新阳一番说道："新阳，这段时间不见你，变化不小啊！有句话怎么说来着，士别三日当刮目相看。"

张新阳有点不好意思地挠挠头说:"没有什么吧,学姐过奖了。"

吴小清说:"不,真有变化。这一个人的气质是想藏都藏不住的。怎么样,在安全部干得还顺手吗?"

张新阳说:"有赖总和李部长的支持点拨呢,我埋头苦干就对了。"

吴小清说:"新阳,姐跟你说,埋头苦干没错,但还要记得抬头看路。许多时候,不怕你不努力,就怕努力错了方向。一个人成长的预备期很短暂,不要想着什么来日方长,时间和机会是不等人的。到了一定时期就要拔节孕穗,在不断地成长中才能提升,听懂了吗?"

张新阳目光中露出了吃惊的神情,这位和自己并无多少交集的学姐能说出这样一番肺腑之言,确实让他很是感动。张新阳说:"我一个农村走出来的毛头小子,并没敢奢望有多快的进步,一步一个脚印,走到哪步说哪步,只要自己努力了,即便最终没有走出多远,也必定不会后悔的。"

吴小清莞尔一笑说:"男人就要有自信、有野心,这和你的出身条件并没有太大的关系。许多时候事在人为,人要是没有了野心,就没有了不顾一切前进的动力,那样注定是不会走太远的。"

张新阳说:"谢谢学姐,您的这一番话,我会牢牢记住的。"

吴小清说:"新阳,你知道吗,你的性格、你的一举一动都像极了我大学的一个同学,可惜,都是往事了。你是个好苗子,姐看好你。以后别和我这么客气,有啥事儿尽管开口,姐会尽力而为的。"说完,仿佛陷入了幸福的回忆中。

张新阳看着学姐毫无掩饰地陶醉在回忆中,兴许她的那位大学同学,就是她的初恋,十几年过去了,或许他也成了社会名流了。

吴小清收回了思绪,看着张新阳疑惑的目光,不禁脸一红,进而又叹口气说:"你一定想知道我那位同学如今怎么样了吧?"

张新阳微笑着点了点头。吴小清继续说道:"他是我大学同班同学,我和他的关系,怎么说呢,介于朋友和恋人之间吧。我俩一起度过了一年多的快乐时光,我刚才和你说的那些,都是他对我说的。他劝我和他一起报考研究生,可惜我目光短浅,选择了顾阳焦煤。我来这个单位的第一天就后悔了,我知道,我俩的缘分走到了尽头。他呢,考了研,攻读了博士,成了国内最年轻的水利专家。"

张新阳饶有兴趣地问:"那他现在一定很厉害了吧?"

吴小清的目光暗了,轻声说道:"1998 年抗洪的时候,牺牲了。"

第 17 章　春节前夕

张新阳和刘诗雅已经很长时间没有见面了。几个月像是过了几年一样长，两个相爱的人无论如何都经不住这么长的分别。这天晚上，张新阳和刘诗雅通了一次长长的电话。刘诗雅已经知道了张新阳那天被扎伤的事，她埋怨张新阳出了这么大的事为什么不告诉她。张新阳开玩笑说擦破点皮儿，不值得大惊小怪。刘诗雅说着说着就哭了，张新阳使尽了浑身解数才让她破涕为笑。

也许是刘诗雅的手机没电了，听筒中传来了嘟嘟的忙音。张新阳放下手机，躺在床上，想着他和刘诗雅的将来。再有一个学期，刘诗雅就要毕业了，摆在他们面前最现实的问题是彼此之间悬殊颇大的家庭条件。他曾经想过分手，但他又问自己，难道农村的穷孩子就没有追求幸福的权利了吗？他们相爱是不需要理由的。对，他追求爱的权利，更有为爱奋斗的义务，他不需要自卑，只要有信念、有目标，一切困难都会迎刃而解的。

张新阳好不容易收起了关于刘诗雅的心事，翻身摸到了自己后背的伤口，又不由自主地想起了冯媛媛。自从认识这个朋友，她总是在他最需要帮助的时候出现，她心思细腻，能想到好多细节，也能给人不可拒绝的意外惊喜。很多时候，她能懂自己的犹豫不决，也懂得自己的欲言又止，与她聊聊天就会增添许多勇气和力量，会让人豁然开朗。

每个人都会遇到许多朋友，但真正能惺惺相惜，彼此鼓励，共渡时艰的人并不多，也许这就是所谓的知己。对，在放假回家前必须再和冯媛媛见一面。想到这儿，他拿起手机，给冯媛媛发了一条信息："媛媛，后天我要回家了，方便的话明天想和你道别。下午六点，怡馨茶座。"

不一会儿，他的手机响了一声，冯媛媛发来了信息："不见不散。"

腊月二十八下午，张新阳和李荣请了假，穿上大衣走出了公司大院。张新阳伸手拦了辆出租车去往怡馨茶座，刚下车，便遇到了匆匆而来的冯媛媛。只见瘦高的她裹在黑色的羽绒服里，口罩把她的脸遮盖得严严实实的。这番打扮也把顾阳冬天的寒冷衬托得淋漓尽致。

张新阳上前一步说:"媛媛,好准时呀!"

冯媛媛说:"你不也一样嘛。"

张新阳推开了茶座的门,做了一个请的手势,冯媛媛双手拢了一下头发,走进了茶座。张新阳要了一壶龙井,冯媛媛脱去了厚厚的羽绒衣,一头瀑布般的长发披在肩头,更多了一份娇美。

冯媛媛已经习惯了和张新阳调侃,自顾自地笑着说:"你怎么搞得这么严肃,还道别呢,我都快要感动哭了!"

张新阳丝毫不掩饰自己的情感,一本正经地看着冯媛媛说:"这一年我觉得最高兴的事是认识了你,最应该感谢的也是你!真心地感谢!"

冯媛媛说:"咱俩谁跟谁呢,和我还这么客气,说好的高山流水,伯牙子期呢?"

张新阳说:"咱以后别这样称呼了,走这么近,李哲会介意的。"冯媛媛说:"他又不是不知道我们是好朋友,我又不是偷偷摸摸地瞒着他和你见面,你就是太多心了。"

张新阳说:"我可不想因为这些让李哲误会,自己女朋友总和另一个男的在一起,时间久了总是会让人起疑心的,这是每个男人的本性。"

冯媛媛说:"谁还没有个异性朋友呢。我都不介意,你还介意什么呢?"

张新阳笑笑说:"算我多心啦。"

冯媛媛笑着看着张新阳,张新阳能感觉到,她的笑是发自内心的,是真心为他高兴。两人聊着又把话题放到了程美丽身上,张新阳只是感叹着美丽的坚强和可怜。

冯媛媛却在为张新阳争功说:"赖峰这次就应该好好感谢你,没有你前期的努力,程三三的事能解决?再说没有你原谅了李顺,这次能这么风平浪静?这回呀,你是功臣。"

听到冯媛媛说起了程三三,张新阳脸上的神情就暗了,他喃喃地说:"可他毕竟是死了。"

吊着程三三的那根电线,又晃在了他的眼前,一根电线带走了所有的秘密。

冯媛媛说道:"你也不要内疚,他的死和你没有啥关系。"

张新阳使劲赶走眼前程三三的影子,内疚地说:"他很可能是为了多要点儿钱才选择结束自己的生命的,我不应该和他提什么死亡会给多少钱的,谁知道他这么想不开……"

冯媛媛宽慰他说:"或许这就是他的命,你不必太自责了。"

张新阳看了看桌上的茶说："算了，不说了。"

他用茶水给冯媛媛洗了一下茶杯。热茶刚刚碰到杯壁，香气立即扑鼻而来，他装作释然地换了个话题问："你和李哲的婚期定下了吗？"

冯媛媛说："还没想好呢，他要不正式当着同事朋友的面向我求婚，我绝对不会嫁给他。"

张新阳做了个夸张的表情说："太狠了吧！我要是他，才不要你呢。"

冯媛媛冲着张新阳眨眨眼说："看怎么说，要换了你，现在向我求婚，我就嫁给你。"

张新阳做了个求饶的手势说："别瞎说，我要求婚了，李哲还不找我拼命？"

冯媛媛看着张新阳，呵呵地笑了。

吧台的表指向了晚上八点二十分。张新阳说："媛媛，走吧，晚了家里要担心了。"

冯媛媛笑了一下说道："怕什么，我又丢不了。"但她还是起身将自己包裹在了羽绒服里。

两人出了茶座，张新阳嬉笑着对冯媛媛说道："媛媛，我送你回去吧，万一丢了，我可负不起责。"

冯媛媛笑着说："好吧，那我今天就给你个陪美女的机会。"

顾阳新城区很是繁华。入夜，大街上的霓虹灯闪烁着，街边的饭店、商铺没有因为过年而早早关门打烊，反而是灯火通明，一派繁忙的景象。顾阳步行街刚建成那年，过年不打烊的商家赚了个盆满钵满，往后越来越多的商家都效仿起来，现在这条街已经成了顾阳最热闹、最繁华的商业街了。

而这样一个夜晚，张新阳和冯媛媛走在顾阳繁华的街头，似乎有一种重回大学的感觉。冯媛媛说张新阳是他的知己，张新阳也觉得只有在冯媛媛面前才能说许多想说的话。俩人走在街边播放的春节序曲中，又如同老友般地说着各自的过往，像一对热恋中的情侣。

忽然，一个声音低沉地喊道："你俩人压马路呢？"

张新阳和冯媛媛正说笑着，猛地抬头看去，眼前正站着黑着脸的李哲。

张新阳闻到了李哲身上的酒气，笑笑说："我送媛媛回去。"

李哲依旧铁青着脸，冷冷说道："不愧是知己啊！那就麻烦你送她回家吧。"

张新阳还要说些什么，李哲已经头也不回地走开了。

"李哲，李哲！"冯媛媛看到了李哲的不悦，边喊李哲边紧走几步，追了上去。

张新阳尴尬地站在那儿，看着冯媛媛追着李哲走远，自己像一个被老师批评了的孩子，但又不知道为何犯错，呆呆地站了好久，直到夜空中飘起了雪花。

张新阳走回宿舍的时候，雪已经盖满了地面。躺在床上看着窗外的雪越来越大，把黑色的矿区装点成银色的世界。张新阳的手机响了，是刘诗雅的短信：下雪了，好美！张新阳心头一紧，放下了手机。

这次李哲深深地刺痛了他，他回忆着和冯媛媛的过往，这个女孩子对自己的了解，甚至超过了刘诗雅。有段时间他甚至觉得，自己与她相识是如此幸运。但今天李哲的举动犹如一记板子，重重地打在了他的脸上，火辣辣地热。看着桌上的茶叶、水杯，床头的书和磁带，竟然都是冯媛媛给安顿的。手机里她的信息多过了刘诗雅，不能否认，冯媛媛走进了他的世界。

自己是否已经喜欢上了这个女孩？他反复问着自己，一次次地假设，又一次次地否定，不，不是，他爱的是刘诗雅，是毋庸置疑的爱。但是他却始终无法解释看到冯媛媛追着李哲离开的时候，自己为什么会呆立在那里，脸为什么会火辣辣地热。他不得不承认，自己对冯媛媛有一点动心，那种动心如丝如发般不易察觉。

新年前的雪并没有给张新阳带来更多的喜悦。这一晚，冯媛媛给他发了好多条信息，他都没有回复，他不想因为自己影响冯媛媛和李哲的感情，他想冷静冷静，思考清楚该如何去面对现在的自己。

看着手机上冯媛媛发来的最后一条信息："你的心胸是如此狭窄，你也不过如此。"张新阳的手抖了。

人都是感性动物，再如何了不起的大人物都绕不过一个情字。世间是否真有知己，他以前相信，现在怀疑，至于以后，他不知道该何去何从。这一夜，是今年的最后一夜，却也是最长的一夜。

第 18 章　渐入角色

张新阳参加工作后的第一个春节，他回到了颜州市永宁县吴家堡村过年。据《永宁县志》记载，明崇祯八年，陇西吴姓大户主仆老少五十余人，于永宁城东五十里建吴家堡，繁衍生息。

清顺治年间，吴氏后人吴万法以贩卖粮草为业，渐成名商大贾。清康熙二十七年，吴家仆役后人张五贤考取进士。自此吴氏后人多为商贾，张氏后人多做官为宦。张、吴两姓渐成永宁大户，吴家堡显赫一时。清末太平天国运动，翼王石达开率部途经永宁，在此与湘军激战，吴家堡古村在遭兵匪之患后，便与清朝一起衰落了。

官方历史文献中与这个小村有关的官方记载只有这么多。但关于吴万法、张五贤的那些传奇故事，还是在一代代人的口耳相授下流传下来，激励着后辈儿孙耕读传家。

清末民初，吴、张两族的后代中也出现了一些经商和读书之人，可再也没有出过吴万法、张五贤那样的大贾高官，大多数的两姓族人都选择了在这片贫瘠的土地上本本分分地耕田种地、繁衍后代。

直至党的十一届三中全会后，吴、张两族中有眼光的长辈才又重新重视起了对子弟的教育，张新阳便是改革开放二十年中，吴家堡村出的为数不多端着铁饭碗的本科毕业生。

这年的春节，张新阳照例按传统习俗走亲访友。头上顶着大学生光环的他，自然成了众人眼中的明星。家长们总是拿他当榜样来教育自己的孩子要好好用功读书，将来考个好学校才会有个好前程。妹妹张新雨上了半年大学，也变得和城里人一样时尚，乡里乡亲怎么都不能再把这个小姑娘和那个骑着破自行车上学的黄毛丫头画上等号。

一双儿女让父亲张有才在乡亲们面前赚足了面子，整个春节都沉浸在乡亲们的夸赞和羡慕中，他整日乐呵呵的，笑容填平了脸上的皱纹。正月初五的晚上，张新阳和几个儿时的玩伴大醉了一场，一觉睡到了第二天中午。酒醒后这个年便结束了，他该返程了。

张新阳从闭塞的吴家堡返回了津州，置身于这座现代化城市时，竟有了一种时间和空间错位的感觉。他只在津州待了半天，便返回了顾阳。张新阳特意给吴小清带了两只野山鸡和一罐米酒，敲开她家门的时候，吴小清正做着面膜的脸上露出了一丝惊讶的表情，稍迟疑了片刻就把张新阳让进了家。

张新阳见到了吴小清的丈夫王岩和她五岁的小女儿西西。王岩接过了张新阳的东西，给张新阳递了一根烟，就坐到了沙发上，没再说一句话。张新阳给了西西一百块的压岁钱，西西说了声谢谢，欢天喜地地玩去了。

吴小清很热情地招呼张新阳坐下，又是倒水又是削苹果，亲热得不得了。俩人坐沙发上唠了会儿，话题自然而然就落到了工作上。

吴小清说："新阳，上次我和你说的，你要当回事儿。"

张新阳说："我好好思考过了，其实，许多事儿都是赶巧了，换别人都一样。"

吴小清摆了一下手说："赶上了就是机遇，我分析过的，换别人还真没有你这两下子。而且，我听说，董事长和赖总私下都表扬你，说你有想法，有胆识，又有能力。这是个好势头，你可要把握住。公司有规定，岗位上干满一年就可以提副科级职务了，你要把握住机会，再做一次第一个吃螃蟹的人。"

张新阳腼腆地笑着问："学姐，我这才干了几天，能行吗？我可是没有一点儿信心。"

吴小清说："新阳，姐就和你明说了吧，就你那个岗位，那是赖总特意安排的，是个很好的平台，锻炼出来了就可以去行政部，行政部还空着一个副部长的编制，干几年就能下到厂矿干经理，这可是最快的路子了，你要有自己的规划，大意不得，耽误不起。"

吴小清说完冲张新阳眨了眨眼问道："傻小子，听清楚了吗？"

张新阳赶忙说道："谢谢姐。"

说着，张新阳和吴小清的目光遇到了一起，但张新阳很快就把自己的目光移开了。他觉得吴小清的眼神似乎有一种能直抵人心底的穿透力，又有一种让男人无法拒绝的杀伤力。

张新阳知道，赖峰与刘成功是整个公司的核心人物，他能得到公司核心人物的赏识，前途是自不必说的。吴小清能和自己说这些，除了自己像她的初恋同学外，更重要的是吴小清看到了刘成功对张新阳的赏识，也看好了张新阳的发展潜质。许多时候，事情总是在强强联手中朝着更好的方向发展的，也正因为如此，才有了他俩姐弟般的畅谈。

从吴小清家出来路过郭记羊肉馆，这个老馆子还关着门，据说倔强的老板要等到正月完了才开门。看着卷闸门堵着的窗户，他又想到了在这儿吃过无数次饭的冯媛媛。从上次与李哲相遇后，他再没有回过冯媛媛的信息。李哲给他打电话说那天喝多了有些失态，他只是客气地敷衍了几句。人与人之间的隔阂一旦形成，便很难弥合了。他想见冯媛媛，但翻到她的电话后又迅速将手机装进了兜里，快步走向了单位。

这个春天注定不是那么平淡。当最后一丝寒意退去时，一夜之间飞起了漫天柳絮，气温像火箭一般，用不了一周的时间，就把男男女女、老老少少从厚笨的冬装中蜕了出来。

年初，一种叫"非典型性肺炎"（SARS）的传染病从东南沿海逐步扩散到内陆，先是人们的口口相传，随后北京疫情日益加重，这一疫情犹如魔鬼般在全国各地恐怖地裂变着。岳东省作为北方内陆省份也没有幸免。3月12日省城华州出现了第一位疑似病例，3月18日确诊。3月21日，确诊病例达到了3人，疑似病例5人。省委、省政府连续召开会议，对防疫工作进行部署。津州市虽然没有出现病例，但市委、市政府高度重视，严防死守。

顾阳焦煤集团作为外来人员集中的企业，专门成立了抗击SARS领导组和专门的办事机构。办事机构的日常事务由邢利为全权负责，张新阳也被抽调到了这个机构。张新阳对"非典"并没有太多的恐惧感，毕竟津州没有发现疑似病例，而且省城华州的8例患者被查实是与某病例同机从北京返回华州的旅客。

尽管如此，整个公司的疫情控制却不容张新阳有丝毫放松，他整日穿梭在机关和厂矿之间，还要不断完成各类文件通知和总结报告。短短半个月的时间，张新阳和行政部部长邢利为成了一个战壕的战友，累的时候他们就把自己关在张新阳的宿舍喝酒，这种战斗的感情，使两人的关系慢慢近了。

邢利为也是从安全部分析的岗位上一步步干起来的，现在是公司的大笔杆子。刘成功的主要材料都是出自邢利为之手。经过邢利为的几次口传心授和悉心指导，张新阳写材料的水平也在渐渐提升，两三个月的时间，一般的稿件材料他基本上都能驾驭得了了。

等到了4月下旬，虽然全国的疫情仍然很严重，但人们似乎已经感觉到，疫情已经出现了控制住的苗头。整个岳东省只有8个确诊病例，37个疑似病例全部排除。而且4月18日以后，已经没有新增疑似病例的报告了。而津州一直保持了零报告，邢利为和张新阳都觉得，这场全国性的抗击"非典"战役就要结束了。

就在人们都稍稍松了一口气的时候，4月27日，津州发生了一起重大安全事故，再次打破了顾阳焦煤集团的平静。林阳县一家私营煤矿出水了，井下作业的5名工人遇难。津州市召开了紧急会议，市委张书记和市府田市长都做了指示，主管工业和安全的曹副市长做了工作部署，要求全市所有厂矿开展为期一个月的安全生产大检查。

市政府成立了矿山、冶金、施工、燃气、交通、综治、消防、环境等八个督导组，深入各县区企业进行督查。刘成功、关峡从市政府一回来，便立即组织集团公司班子成员、厂矿二级班子成员、各部门中层干部召开会议，研究部署集团安全大检查工作。会后由赖峰负责，组织连夜起草文件，这个工作也自然而然落在了张新阳头上。

张新阳从赖峰办公室出来，拿着津州市印发的《津州市安全生产委员会关于开展安全大检查的通知》，又找了两份前期集团公司安全大检查的文件，将内容作了一些修改，不到一小时一份文件初稿就写了出来，他检查了一遍没有错字，便打印出来送到了李荣办公室。

李荣正在吃着方便面看电视，接过张新阳的文件粗粗看了一遍就对他说："我觉得可以，找赖总签字吧。"

张新阳不禁暗暗想到，这也没什么嘛，下午的阵势轰轰烈烈，到最后还不是新瓶装老酒，就这么回事。这样想着，他得意地把文件送到了赖峰的办公室。

赖峰看着张新阳写好的文件，翻了两页就皱起了眉头说："新阳，这文件写得够快啊。"

张新阳没有注意到赖峰的表情，侃侃说道："您一布置我就赶快上手写，您多指导。"

赖峰慢慢抬起了头，脸拉了下来说道："张新阳，你看看你写的是什么？这和去年的文件有什么区别？董事长和关书记的要求呢？我强调的重点呢？都哪儿去了？纯属瞎对付，就这也敢拿过来让我看？你这是什么态度？是不是我太信任你了？太放纵你了？你这是糊弄谁呢？"说着把文件重重地摔在了桌子上。

张新阳猛地一惊，不自觉地从椅子上站起来，他本来以为赖峰会看一眼就签字的，没想到他看得如此认真，更没想到他会如此大发雷霆。这么长时间，赖峰见了自己总是笑眯眯的，有时他都觉得赖峰就是他的兄长朋友，甚至是可以随意开个小玩笑的。

而此时眼前的赖峰如同愤怒的猛兽，眼睛直勾勾地盯着他，让人不敢与之对视。他能感觉到赖峰强烈的不满和失望，每一句话和每一个眼神都像针一般扎在他的身上，让他无地自容，没勇气再解释什么。

赖峰点了一根烟使劲抽了两口，吐出了一个大大的烟圈，他来回踱了两圈，接着说道："不要以为你很了不得，差得还远呢！还没怎么着呢就学会敷衍应付了。在这个环境下生存，没有严谨的态度，没有吃苦的精神，你能走多远？"

说着他又坐回了办公椅上，看了一眼站起来的张新阳，换了口气说道："不是我批评你，你来这么长时间了，我觉得应该看出些门道了吧。现在看来，你所看到的是歪门邪道。现在就开始混，谁不会混呀，沈浩不是混了一辈子吗？他混出个啥名堂，你觉得他挺惬意是不？他低三下四、点头哈腰求人的时候，你没有看见。年轻人不要羡慕别人的安逸，那种安逸并不适合你，吃点苦、受点罪有啥呢? 你现在还嫩得很, 还远没有飘的资本, 不踏踏实实地做事, 是成不了事的, 听懂了吗? "

这时张新阳已经从刚才的震惊中慢慢平静了下来, 他抬起头看了赖峰一眼, 赖峰的脸还是拉得老长, 但似乎已经没有了刚才的怒气, 而是多了一份严师般的和蔼。

他低声说道: "谢谢赖总批评, 我懂了, 这就改去。"说完, 他走到赖峰办公桌前拿起那份文件, 转身向门外走去。

"等等! "赖峰叫住了张新阳, 转身从柜子里拿出了一桶方便面、两个鸡蛋和一根火腿肠放到了办公桌上说, "还没吃饭吧? 把面泡了, 吃饱了再干, 我等着你。"

张新阳看着桌上的方便面, 心头猛地一热, 眼圈竟然红了, 豆大的眼泪滴落在手上。

"怎么了, 我批评错你了? "赖峰看着张新阳不禁笑了。

张新阳赶快抹了一把眼泪, 说道: "没有, 没有, 我认识到自己的错误了, 谢谢赖总。"说完, 拿起方便面朝自己的办公室走去了。

第 19 章 证实传言

津州市的正式文件下发一天后, 顾阳焦煤集团也下发了关于开展安全生产大检查的通知。按刘成功和关峡的要求, 此次大检查要对两矿一厂一公司进行一次彻底清查, 扎扎实实把公司的死角死面过一遍, 要让干部职工都有触动, 保证取得实效, 夯实管理基础。

集团公司成立 5 个专业督导组, 分别由副总经理赖峰、总工程师王福阳、总经济师陈晓东、副总经理王大有、副总经理郭志明、纪委书记李义山任组长, 重点检查规章制度、作业标准、设备设施、安全投入、干部履职等, 同时提出 13 条具体要求。

集团公司组织两级班子成员在新世纪酒店召开安全大检查专题动员会议。为不影响生产, 动员会定在了下午 5 点 30 分。会场黑压压地坐满了人, 张新阳拿着连夜加班赶出来的文件，坐在了工作人员的位置上。

邢利为从他座位边路过时，轻轻拍了他一把，给他递了个眼色，小声说："不错。"

张新阳会意地点了点头，悬着的心终于放了下来，看来刘成功对文件还是比较满意的。

刘成功在大检查动员会上强调："这次大检查，张书记、田市长都做了重要指示，曹副市长亲自督战，希望我们要认清形势，要高度重视，谁要在这事上犯糊涂，谁就不配当这个干部，一级、二级班子要全面动员，坚决发现一批问题、解决一批顽疾、整治一批隐患，多的要求就不说了，各位看文件。我只强调三点，第一，要以坚决的态度查问题。对检查发现的问题无论涉及什么处所、什么环节、什么人员都要深度分析原因，完善措施，一个问题一个问题过筛子。重大安全隐患问题必须立即整改，该停产时必须停产。第二，要以空前的力度查干部。凡存在严重安全隐患的问题，必须深度剖析查找管理原因，对涉及玩忽职守、在岗不为的管理人员，无论什么岗位、无论什么职务，一律从严问责。第三，要以高标的强度补短板。对每件严重安全隐患问题，必须给予先进的技术、充足的资金和高度的关注，必须坚决整改问题，消除隐患。这三点是我们最基本的要求，希望各位都真正负起责任来，把这次检查工作抓实、抓细、抓出成绩。我就说这么多，请关书记指示。"

关峡轻咳了一声，习惯性地拍了一下话筒，说道："董事长已经讲了不少了，我补充几点。据我了解，林阳县的透水事故，还是安全保障跟不上，一个是该投入的不投入，设备都是十几年前的老旧设备，任何安全预警都没有。再一个，该培训的不培训，工人大部分都是四川、云南来的民工，根本没有经过任何安全培训，任何防范意识都没有。据跑出来的本地工人说他们看到了煤壁挂汗、听到了水叫，叫那几个外地民工赶快走，他们居然听不懂。而且距离透水地点200米就有一个高地，事实证明后来也没有被淹到，可是他们根本就没有往那个方向逃生，说明什么？说明他们根本就不熟悉环境，根本就不会任何自救措施。所以我要强调两点，第一，要重点查设备，好好把我们的设备看一看，不合格的设备坚决要查清为什么不合格，是哪个环节出了问题，必要时纪委你们也要上手查。再一个，要重点查人员，看看我们有多少外来务工人员，是不是培训了，懂不懂自救，千千万万要重视，我们出不起事。"

说完关峡朝着刘成功瞥了一眼，刘成功似乎并没有看到关峡在看他，面无表情地盯着天花板。关峡收回了目光，继续说道："赖总要对接顾阳县安监局，据我了解，顾阳县政府对所有顾阳县属煤矿和私营煤焦企业都要采取严格的监督检查措施。我们一定要对接好，顾阳方面有什么要求，一定要无条件配合、支持，绝不能出现只对津州市负责，而对顾阳县的工作要求不管不顾的问题。你们各个部、各个厂矿也要主动对接，特别是郭总，要盯住乱石滩矿，我们的主要采掘区在林阳县境内，你要主动对接林阳县安监局，也是这个标准，无条件支持配合县政府的监督检查。"

关峡讲完，刘成功补充说道："关书记提示得非常重要，大家要抓好落实。"说完他看了看会议议程，又看了一下主席台上的其他人说道，"各位组长，说一下你们的检查重点吧。"

赖峰、王福阳、陈晓东、王大有、郭志明分别针对自己分管的工作进行了安排，又提出了一些要求。等李义山讲完一些相关的纪律后，刘成功才宣布散会。这时候已经是晚上 8 点多了，会议开了近 3 个小时。

李荣照例和孔严、赵永生、孙德平互相递了眼色，准备去紫竹山庄喝酒，他喊了一声张新阳。张新阳明白李荣想让他一起去，赶忙开始收拾材料。正准备走，邢利为走到他跟前说道："新阳，文件写得不错，董事长表扬了两次。"

张新阳笑着挠了挠头说道："还不全靠您指导，要不憋破脑袋也写不出来。"

邢利为也笑了，说："谦虚了吧，这个文件我可是一个字没有改啊。"还没等张新阳开口，他又说道，"新阳，晚上有事吗？没事就在这儿帮我个忙，今天行政部就我和小杨，小杨一个女同志不方便，我就让她回家了，你一会儿帮我招呼一下领导。"

张新阳看了一眼门口的李荣说："李部好像找我有事，我和他请个假？"

邢利为一听是李荣找他有事，就说道："老李？他找你能干啥，还不是去给他挡酒？我去和他说。"说着邢利为转身向李荣走去，俩人说了几句话，李荣冲他笑了一下又摆了摆手，就和赵永生他们出了会议室的门。

公司领导上了八楼的餐厅，张新阳和邢利为坐在餐厅包间对面的小隔间，张新阳问道："邢部，我需要干点啥？用不用进去？"

邢利为笑道："进去干啥？你还想和领导喝两杯？没事就在这儿候着。领导们要商量点事儿，一般不用酒店的服务员。需要啥赖总会出来交代的，还有就是一会儿把领导送上车，两位主要领导还要送回家。"

张新阳说："那，这工作也没啥吧，让小杨在不就行啦？"

邢利为说："你小子是不是犯傻呀，一个二十来岁的小姑娘和我在这儿候着，我浑身不自在。"

张新阳笑着说："邢部是怕绯闻？"

邢利为说："我怕个屁，是怕让人家小姑娘难为情。你有没有女朋友，把小杨介绍给你？小杨人品、相貌都不错，年龄和你差不多，就是中专毕业，学历不高。"

张新阳说："我对小杨印象不错，那女孩挺好的，只是我有女朋友了，谢谢邢部！"

邢利为说："我就说嘛，你这么优秀的年轻人，肯定是有女朋友的，怪她小杨没这个命了。"

张新阳有点不好意思地笑了，邢利为见张新阳居然害羞了，也嘿嘿笑了起来。两人有一搭没一搭地聊着天，边聊边看着包间的门，候着包间里有人招呼他们。

不一会儿，包间的门开了，赖峰闪身出来向这边张望着，看到候着的是张新阳，就好奇地走到近前问："新阳你怎么在呢？"

张新阳说道："邢部说缺人手就把我征用了。"

邢利为说道："人紧，临时让新阳帮帮忙。"

赖峰对张新阳说："让他们加俩菜，一会儿你给送进来。"随即又对邢利为说，"我们还说点事，完了你俩也吃去吧。"

邢利为应了一声，张新阳已经去服务台了。赖峰和邢利为对视着笑了笑，又返回了包间。

张新阳端着菜进了包间，赖峰对众人说道："我给各位领导介绍一下，这就是张新阳，李荣的干将！"

张新阳是第一次和刘成功、关峡近距离接触，他礼貌地向二位领导打了招呼。

刘成功点头说道："小伙子够精神，好好干。"

关峡没说什么，只是冲张新阳点了下头。张新阳给领导们把杯中的茶水满上，转身退了出去。

邢利为和张新阳在小间吃了工作餐，邢利为对张新阳说："都十点半了，董事长可能不回家。要是真不回了，你就把他送到1025，他要没啥需要，你就可以走了。听着，董事长要不叫你，你千万别跟进去，知道吗？"

张新阳有些为难地说道："邢部，要不您送吧。说实话，我没和董事长接触过，怕办不好事。"

邢利为说道："怕啥，董事长也是人，能吃了你呀？他要是不回了，我就必须送关书记，分身无术，你就带我受过吧。"

张新阳虽然有些为难，但还是应承着说："那好吧，有啥做得不合适的您多担待。"

晚上 11 点 10 分，包间的门开了。刘成功和关峡先走了出来，随后赖峰和其他几位领导也出来了。邢利为快走两步到了刘成功跟前，轻声问道："董事长您还回吗？"

刘成功说："不了。"

邢利为给张新阳使了个眼色，又说道："那让新阳送您上去，我送一下关书记。"

刘成功点了点头，张新阳上前接过刘成功的水杯和外套，按了 10 楼的电梯。刘成功和关峡等人寒暄一番，电梯门开了，张新阳陪着刘成功走进了电梯。

张新阳陪着刘成功到了 10 层，他快速走到服务台，服务员用对讲机联系了总台便给刘成功开了门。张新阳放下刘成功的水杯，又把外套挂在了门背后的衣帽钩上，随即快速退到了门口问道："董事长，有事您吩咐。"

刘成功摆了一下手说道："哦，没事了，你回吧，辛苦了！"

"那您早些休息。"张新阳说完退身而出，带上了房门。

"总算是完了。"张新阳自言自语着长出了一口气，这才想起自己还憋着一泡尿呢。他转身走进了不远处的厕所，把装着会议资料的文件袋放在了厕所外的热水器上，痛痛快快地方便了一把。

深夜的街头，车明显少了许多，张新阳等了十几分钟仍然没有等上一辆出租车。5 月份的顾阳，夜间的气温依旧在 0℃左右。一阵风吹在张新阳脸上，冻得他直打哆嗦。他下意识地搓起了手，刚搓了两下，便一巴掌拍在了脑袋上自言自语地说："呀，糟糕！资料落在卫生间了。"

张新阳转身就往酒店走，待他返回 10 楼的卫生间，看到热水器上的资料袋时才松了口气。张新阳拿着文件袋刚走出卫生间，不远处的电梯门开了。张新阳惊讶地看到电梯中闪出了一个熟悉的身影，他本能地退回了卫生间，慢慢探头看向走廊。没错，来人正是学姐——吴小清。

吴小清警惕地前后左右环顾一圈，最终把脚步停在了 1025 房间前，有节奏地敲了几下门，门很快打开了。吴小清侧身闪进房间，门随即重重地关上了。

张新阳壮了壮胆子，蹑手蹑脚走到了 1025 房门口立起了耳朵，房间内隐隐约约飘出了吴小清熟悉的声音和刘成功爽朗的笑声。吴小清那张稍有些雀斑却又俊俏的脸浮现在张新阳眼前，一股青春的躁动瞬间穿透了他的每个毛孔。

随即，张新阳又开始有些害怕了，好像那扇门随时都会打开一样。如果刘成功忽然站在自己面前，那么此时犯错误的人并不是董事长刘成功，而是莫名其妙在门口偷听的张新阳。想到这儿，他的心猛地一紧，迅速转身从安全出口冲向楼下。

凌晨的街头，风更大了，冻得人直打哆嗦，张新阳低着头走着，他已经渐渐恢复了平静，回想刚才的一切，他终于相信了，那些关于吴小清和刘成功的所有传言都是真的！

第 20 章　安全督查

这次安全大检查开展的声势浩大，让人也忙得不亦乐乎，至少张新阳认为是这样。整整一个月，张新阳都是跟着李荣穿梭于军屯、乱石滩和焦化厂的各个坑口和车间，可查到的问题都是常抓常有的小问题。

车间已经习惯了每年一到两次的安全检查，从带班的班长到车间主任再到厂区的经理和书记，对他们的检查应对自如。有的职工甚至是听到检查人员要来，索性把安全帽、矿灯一摘，让你记上几个问题了事，现场和机关的反差居然如此大，更准确地说是检查的目的和现场对待检查的态度反差极大。

大检查不就是要查隐患，查事故吗？为什么现场干部如此不重视？如果干部可以用懈怠来解释，那些工人呢？这些检查不就是为了不让他们受到伤害吗？为什么他们也如此态度，他们当真不怕出事？

张新阳白天要在现场检查，晚上回到办公室还要准备给市安监局的报告，给公司的日报、周报，遇到公司的安全例会，还得给刘成功准备讲话稿，大讲特讲大检查的成绩和做法，似乎整个大检查活动就是在检查他一个人，进而让他觉得自己做的这一切毫无意义，并且他早已身心疲惫。

沈浩还是每天来得最早的人，一进办公室先泡一杯浓茶，吃过从路边买来的油条后，就坐在那把旧椅子上，把头埋在报纸中，一坐就是半上午，不知是在睡觉还是在读报。

今天他照例第一件事就是吃油条，但吃完后并没有把脸捂到报纸后面，而是饶有兴趣地走到张新阳的工作桌旁，看着张新阳熬红的双眼问道："小张，这是忙啥呢？"

张新阳打了个哈欠，随即又站起身，伸了个懒腰说道："市安监局要总结呢，这不是都写了两三稿了吗，赖总还是不太满意，只能熬夜改了。"

沈浩笑着说："把春亮他们以前写的找到，改一改不就行了？天下文章一大抄嘛。现在很多的名人、作家不也都在抄吗，名人抄一抄出本书名气更大了，作家抄一抄收入更多了。你们这些机关写材料的也能好好抄一抄，职务也会更高的。关键是看你会不会抄，怎么抄，抄的水平如何了。"

张新阳听着沈浩的高论正想笑，忽然又想起了赖峰批评他时那张阴沉着的脸，于是苦笑着说道："抄也是大学问，我这水平还抄不了，抄不好了偷鸡不成蚀把米，反而是得不偿失了。"

沈浩拍了张新阳一把说："还是你这大学生有水平啊，我这刚一说你就能融会贯通，发表高论了。还别说，你这话说得还挺有道理的。"

张新阳又问道："沈科，您说这一天查来查去的，怎么就查不出什么严重问题呢？我们就真的没有问题？这大检查轰轰烈烈、大张旗鼓的，可我怎么感觉就像在唱戏似的。一天翻来覆去不是工人不戴手套就是照明灯灯具不够亮，既然我们现场没啥事又何必搞得这样热闹呢？"

沈浩哈哈笑道："没问题？那是你没有去有问题的地方，没有查有问题的人，没有看到有问题的事。"

张新阳说："那是咱们安全部和技术部的人水平不行吗？也不应该呀。一天天轮番检查，确实是没有发现什么大问题。再说了董事长和关书记都说了要不留死角地查，我觉得领导小题大做的安排也有道理，这没有问题倒也是件好事，说明我们没啥安全隐患不是？"

沈浩皱了一下眉头说道："说你聪明吧，你又犯糊涂，不说了，不说了。"说着又坐回到那把旧椅子上，把头埋进了报纸中再也不作声了。

张新阳最佩服沈浩的就是这坐功。他曾在一本畅销小说中读过一句机关生存法则：在机关就是管得住腿，不乱跑；管得住嘴，不乱说。这就叫明哲保身。所谓法则虽说有些消极，但也不无道理。许多人都是在无功无过的日子中，级别和职称也就到点提升了，虽然提得慢点，提不到很高的职务，但这却是最保险、最稳妥、最舒服的方式。

在顾阳焦煤集团这栋机关楼里，这样的干部虽然不多，但示范作用却不小，临了要么混个副科级职务，要么混个工程师职称，与世无争地退休了。而大部分的干部还是想要干出点什么的，但是要干事就会得罪人，就要犯错误，像刘成功、赖峰这样能干事、又干到副处级以上的人毕竟是少数，很多人一不小心栽个大跟头，就再也没有翻身机会了。

虽说沈浩这样混日子很稳妥，但大部分人又不甘于这样，谁愿意在这办公室一坐就看到退休呢？对于一个人来说，人生若没有目标，那么他的人生是失败的，但不需要努力就能够着的目标，人生将毫无意义。像沈浩一样混着，他张新阳做不到，李荣做不到，赖峰、刘成功也做不到。

"市安全督导组到乱石滩矿了，现在要下坑口作业区。"赖峰和郭志明前后接到了乱石滩矿经理马彬的电话，立即向刘成功和关峡进行了汇报。

半小时后，赖峰、郭志明、李荣的车先后停在了乱石滩矿的办公楼前，乱石滩书记段树铭迎了上来，对赖峰和郭志明说道："赖总、郭总，督导组来了五位领导，带队的是市安监局的同志，其他领导分别是国土局、劳动局、环保局的同志，马经理已经陪着领导下井了。几位领导都很严肃，怕是不好应付。"

没等赖峰说话，郭志明瞪了段树铭一眼说道："什么叫不好应付，上级检查是帮助我们工作，你们慌什么，是有啥经不住查的吗？"

段树铭忙说道："经得住查，怎么能经不住查呢？只是这几位领导都眼生，我和马经理是怕招呼不好，让领导不满意呢。"

赖峰看了一下表问："他们下去多长时间了？"

段树铭说："也就二十几分钟。"

赖峰问："前两天让你们自查，自查得怎么样？没有啥硬伤吧？"

段树铭支吾着说道："没有硬伤，没有硬伤。不过督导组是生人，也许领导查到的问题咱们没有考虑到，咱们看惯了、习惯了，也免不了有问题。不过……"

郭志明又接过话头说："段书记，你怎么也像个娘儿们似的，就不能利利索索地说吗？啰唆个啥？"说完回头问李荣，"李部，你们前期检查乱石滩有啥问题没有？"

李荣说："乱石滩是技术部王部他们过来查的，有两个比较突出的问题，我们正准备在月度安全会议上重点汇报呢。"说完，回头对跟来的张新阳说，"新阳，你跟郭总汇报一下。"

张新阳和李荣用眼神交流了一下，说道："赖总，郭总，乱石滩矿是由技术部王部长带队来检查的，共发现问题 47 件，其中作业标准的问题 26 件，设备的问题 18 件，属于管理的问题 13 件。问题总数绝对没有出入，具体分类我记得不是太清楚了，可能有出入，但出入不会很大。王部他们的材料中写的问题基本上都现场纠正整改了，有两个问题需要和矿上研究一下，进一步整改。基本情况就是这样。"

赖峰听完汇报，点头问道："两件没有整改的问题是啥？"

张新阳说："一件是矿上的管理规章有问题，与公司最新的规定不相符。矿上解释说公司的规定不适应现场，这个技术部要调研一下，依据调研结果整改。还有一件是个别民工用的安全帽和矿灯是前些年的老旧备品，矿上说换这个需要一笔资金，建议暂时不用换。"

郭志明听了又说："段书记，这两个问题为什么不向我汇报？"

段树铭说："马经理说再研究研究，等有了结论再向您汇报。"

郭志明顿时火蹿上来了，大声说道："糊涂，要命的事等不起！民工更应该加强劳动保护，你们倒是精打细算啊，你掰着指头算算，这些年出事最多的矿是不是安全投入不够，死得最多的人是不是民工？这点钱也不舍得投入了，你们这是拿着安全、拿着生命开玩笑。"

等郭志明说完，赖峰看了他一眼又说道："郭总，这确实是个问题。等督导组走了，咱们有必要开个专题会议研究一下。咱俩现在还是下井看一下吧，让老马陪着领导我也有点不放心。"

段树铭当然清楚，郭志明看似在批评他们，其实是在替他们开脱，这也算是先发制人吧。郭志明先给问题定了性，这帽子一旦扣上了，赖峰自然也就不好再说什么了。这话要是让赖峰说出来，或者赖峰在小范围的会议上再定调，就不是简单的认识问题了，说是严重的人身安全隐患也不为过。

好在赖峰倒也没有过多地纠缠这件事，而是径直向井口旁边放着防护装备的那一排平房走去。段树铭紧走了几步，开了小平房的门。两排工具加上整齐码放着的安全帽、照明等防护用品，还有专门供各级领导下井时穿的军大衣。李荣和张新阳是没有穿特供军大衣的资格的，他俩和段树铭都穿了普通的作业服，陪在赖峰和郭志明身后，走向了幽深的井口。

第 21 章　严重问题

公司领导和督导组正式见面已经是下午 5 点多了。几辆车停在了公司的办公楼前，刘成功、关峡和督导组寒暄一番后，把一行人请到了公司会议室。不知是因为突然进来这么多人，还是来的人身份不一样，会议室内显得有些拥挤，气氛也有些压抑。

刘成功、关峡、赖峰、郭志明陪着检查督导组围着会议桌坐定。督导组的组长是一个身材精瘦、略显秃顶的中年男人，他向刘成功和关峡说："都到齐了吧？那咱们就简单交换一下意见。"

组长说完示意刘成功先讲，刘成功轻咳了一声说："首先呢，我代表公司全体干部职工，欢迎各位领导莅临顾阳焦煤集团检查指导，我们真诚地欢迎各位领导能指出我们的问题，留下宝贵意见。我先介绍一下我们在座的同志。"

刘成功依次把在座的干部介绍了一遍，随即向中年男子做了个请的手势说："请各位领导给我们指示工作吧。"说完就打开了他的笔记本，拔开他那支闪着耀眼光泽的派克钢笔的笔帽，端正地坐在那儿，静等检查组指示。

组长又环顾了一下参会人员，这才清了清嗓子说："我也先自我介绍一下，我是津州市安监局副局长冯远明，以前在林阳县工作，调市安监局时间不长。在座的同志中我和刘董事长、赖总算是老相识了，其他同志还不太熟悉。"他停顿了一下，看了看其他四位督导组的人说："下面，我把我们督导组的其他同志也给大家介绍一下。"说着他从最左边开始依次介绍了其他四位督导组的工作人员。介绍完督导组的成员后，冯远明的语气变得严肃起来，接着说："此次安全大检查，市委、市政府都高度重视，张书记和田市长反复强调了大检查的重要性，曹副市长也多次组织了专题会议，市里成立了三个督导组。这个组由我负责，主要是督导矿山工业企业的安全大检查推进工作。上午，我们对咱们乱石滩矿的安全情况进行了检查，可以说，我们的问题不少，有的问题是很严重的……"

说到这儿，他停顿了几秒钟看了看刘成功和关峡，接着又说道："从我们现场的检查情况来看，外来务工人员的安全防护措施是不到位的，有的外来务工人员的防护用具没有检验标志，有的是多少年前的样子货，根本起不到防护作用。更为严重的是，有职工向我反映，你们的瓦斯监测装置有坏的，不起作用。这两个最主要的、最突出的问题，希望引起董事长和关书记的高度重视。我主要说这两点，下面由督导组其他同志向公司领导通报一下其他的问题。"

督导组的其他几位说的问题都是普通问题，刘成功并没有太在意。然而冯远明的话虽简短，但指出的两个问题分量是相当重的。刘成功在简要记录着冯远明指出问题的笔记本上，写了两个大大的"查"，第二个"查"的一横都划透了纸张，墨水印在纸张上，扩散成一朵蓝黑色的墨花。

交流完意见，刘成功看了看墙上的表，指针已经指向了晚上七点半。刘成功欠欠身，向冯远明笑着说道："冯局，一会儿就在这儿吃晚饭，晚上在招待所休息，明天早晨再回津州吧。"

冯远明客气地说："不给董事长添麻烦了，我们这就回津州，明天还有任务。"

刘成功说："冯局，您不了解顾阳的公路，这几年煤炭运输红火起来了，一到晚上公路上都是大车，晚上总是出事故。我劝你们还是不要回了。您放心，'非典'刚刚控制住，我们既不到外面吃，也不搞大吃大喝，就在食堂吃工作餐。"

冯远明当然也清楚最近顾阳通往津州的路出事，听刘成功这么一说，不置可否地笑了笑，走出了会议室。刘成功向郭志明使了个眼色，郭志明忙跟着督导组的人走了出去，把他们请到了会议室旁边的会客室。

刘成功对赖峰说："通知食堂了吗？什么标准？"

赖峰答道："+2 标。"

刘成功摆了摆手说道："降，降成 +1 标。"

赖峰又问道："合适吗？"

刘成功说："赖总，你怎么也糊涂了，+1 标，赶快准备。"

赖峰不再反驳了，立即拨通了餐饮管理处李延道的电话："我是赖峰，刚才安排的 +2 标改成 +1 标，多长时间能好？"

电话那头的李延道说道："赖总好，二十分钟，准备好了向您汇报。"

赖峰挂了电话对刘成功说："需要二十分钟，我去陪一下督导组。"刘成功点了一下头，赖峰转身出去了。

会议室只剩下了刘成功和关峡。刘成功掏出烟，先给关峡递了一根，自己也抽出了一根。关峡已经打着了他磨得没有了光泽的打火机，两根香烟在蓝色的火焰中亮起了红色的光。两人都深深吸了一口，随后两个圆圈舞动了起来，慢慢在空中汇合、舞动，随即又慢慢地飘散开来，再也没有了踪影。

关峡又吐出了一口烟圈，问："老刘，这个冯远明你认识？"

"算是吧！"刘成功说道。

关峡说："既然你们认识，+2 标就 +2 标吧，还降啥？就别让朋友挑咱的理了。"

刘成功又说："关书记，这个冯远明是出了名地认真，说工作餐就是工作餐，接待的标准高了，反而不好。曹副市长把他从林阳调到安监局，估计也是看上他这个劲儿了。安监局嘛，就要这刀子快、腰杆硬的干部。"

关峡笑着摇了摇头，又深吸了一口烟说："那好，就这么办吧。走，咱俩也去陪陪这个包公。"

刘成功应了一声说："好吧，关书记，咱们走！"说着刘成功让了关峡一步，关峡很自然地走在了前面，两人一前一后走出了会议室。自刘成功提了董事长以后，无论是在什么场合，他都保持了对关峡的绝对尊重，两人的关系也就在这样的尊重中保持着和谐融洽。

公司的食堂是建成于20世纪70年代的二层建筑，刘成功担任董事长后，就把二楼隔出了几个包间，用来接待那些不方便去酒店接待的客人。虽说是食堂，但包间的配置一点也不次于酒店。赖峰把接待的标准划定了三个等级，从+1标至+3标，分别用来接待不同的客人。赖峰还从津州和顾阳请了几个有名的厨师，即使是+1标，也顶得上顾阳一般酒店的标准了。

刘成功他们陪着冯远明等人来到了最东边的包间。赖峰刚要给冯远明倒酒，冯远明一把捂住了酒杯说："我不喝酒。"说完便把酒杯扣了过来。任凭刘成功和关峡如何劝，也没给他倒上一滴，关峡开始领教到刘成功所说的认真。

赖峰给自己倒满了酒，走到冯远明身边，用他的酒杯碰了碰冯远明倒满杏仁露的酒杯，喝了一口酒说道："冯局，您指出的这几个问题非常专业、非常到位。要我说呢，原因就是我们的检查队伍的能力出了问题，真的该好好整治整治了，这么大的问题都发现不了，看不出来。还是您专业，眼里不容沙子。"

冯远明端起杯子放到嘴边，慢慢地喝了一小口说道："赖总，队伍能力是一个方面，我看关键还是你们不重视，只要你们重视了，这些问题是不可能存在的。我们国有企业的特点就是能花钱、敢花钱，只要你们认真抓，舍得投入，这些问题都不应该发生。你们都是老煤矿了，问题严重不严重你比我清楚，所以还得请刘董事长和关书记高度重视。"

刘成功说道："是呀，这是我们的失误，安全意识还是不够，站位还是不高。赖总，郭总，你们要把督导组提出的意见认认真真地记住，但是记归记，谁也不能在这儿录音，你们现在谁要开着录音设备请关掉，冯局现在给我们的建议等于是在帮助我们提高工作水平，各位要认真对待。明天咱们组织专题会议研究，必须当成当前安全上的大事来对待。"

冯远明听刘成功说完，也说道："董事长办事那么雷厉风行，还是和在学校时一样，当年我还就佩服你这个劲儿。"

关峡略作惊讶地问道："冯局和董事长是同学？"

冯远明笑了笑说："按现在的标准说，我和刘董事长、赖总算是同学。"

事情还得回溯到20世纪80年代初，当时津州市招了一批煤矿工人，招工的来源主要是上山下乡回城的知青和前线下来的复转军人。尤其是这些复转军人，多是立有军功的，冯远明就是从前线下来的战斗英雄。

那时候，从中央到省里都有指示，要把这批为国立过战功的军人安置好，于是津州市开了个两年的培训班，对这批退伍军人和回城的知青进行了集中培训。于是退伍军人冯远明和返城知青刘成功、赖峰都成了这个培训班的学员。关峡是中专毕业直接分配到矿上的，当然不清楚这批社会招工的人，还有这么一段同窗经历。

关峡用略带着惊讶又有些调侃的语气说："你们这个班了不得呀，居然培养出了一个正处级、两个副处级干部。"

冯远明笑了笑说："远远不止我们三个人，省城和津州的许多部门也有我们这批同学。不过平心而论，我们这个班发展得最好的还要数刘董事长了。"

刘成功不想让冯远明在关峡面前更多地提及这个不合时宜的话题，接过话道："冯局，快别出我洋相了，啥好不好的，还不是全靠关书记和兄弟们的支持，不说这些了，咱们喝。"说着举起了酒杯，小半杯酒一饮而尽。众人见刘成功喝了，也都一口把杯中的酒喝了个干净。

赖峰招呼服务人员给众人倒满了酒，自己夹了两口菜，边吃边对冯远明说道："冯局，您看您说的这两个问题给我们留下算了，我们立即整改，整改完了我去津州请您来验收，您看就别往报告里写了，行不？"

冯远明听完，收起了脸上的笑容，低声却严肃地说："赖总，这几个问题我是肯定要盯着整改，有啥困难提出来，我们也绝对支持。但是说不往报告里写，这可不行。这是原则问题，我要向组织负责，向这矿里的工人兄弟的生命负责。你赖总要是还当我是同学，请尊重我的工作。"

刘成功见冯远明的脸色变了，就给赖峰做了个否定的手势说："赖总，别为难冯局。冯局提出的问题我们一定要严肃整改。至于冯局如何处置问题，我们没有发言权，也要尊重冯局。"

说着，他看了一眼冯远明说："冯局，我们吃饭，不谈工作，不谈工作。"

冯远明听刘成功这么一说，绷着的脸才松了下来。不谈工作，话题也就自然而然地转移到了社会上的花边新闻上。

赖峰的脸上微微泛起了红，他说："我朋友那天回家喝大了，给他媳妇讲了个笑话，媳妇没笑，床底下笑了，朋友就问媳妇是谁在笑，媳妇说可能是楼下王大哥，朋友一听也大笑着说，我说话的声音这么大？楼下都听到了。"

满座的人听完都哄笑了起来，晚饭也就吃到位了。

刘成功和关峡将酒足饭饱的督导组送到了公司招待所。从招待所出来，刘成功对赖峰说："这俩问题，一定要给我狠狠地查！"

张新阳和刘诗雅通过了电话，正要洗漱睡觉，他的手机又急促地响了，是赖峰的电话，他赶快接起电话，就听赖峰说："新阳，明天早晨直接来我办公室，有任务。"

张新阳从赖峰的声音中隐隐约约地感觉到，又有新的挑战在不远处等着他了。

第 22 章　秘密调查

张新阳一早就来到了赖峰的办公室。赖峰对他说道："这次督导组检查发现的问题你都清楚了吧。董事长怀疑问题背后有违规问题，要求我负责，一查到底。一会儿开会要安排安全部成立调查组，详细调查问题的原因。我会把你也放到调查组，给你的任务是收集违规的线索。记住，是秘密查，不要和任何人暴露你的意图，包括李荣。"

张新阳说道："赖总，为什么不让纪委上手调查呢？"

赖峰说："纪委调查需要有线索、有举报才能立案，我们现在只是怀疑，所以要有证据，最起码是要有线索，才能让纪委上手调查。"

张新阳说："明白了，保证完成任务。"

"我再强调一遍，这个事一定要做好保密工作，发现了问题单独和我汇报，这既是对组织负责，也是对你负责。很多人是你不能得罪，也得罪不起的。"说完，赖峰拍了拍张新阳的肩膀道，"好了，去吧。具体怎么办，会上认真地听。"

集团公司会议室，刘成功和关峡一左一右，一脸严肃地坐在那张大大的椭圆会议桌两旁，班子成员和行政、党群、安全、技术等主要部门负责人都参会了。张新阳和行政部的秘书拿着记录本坐在工作人员的位置。

刘成功看了看会场，又看看手表说："都到齐了，咱们开会。今天的议题只有一个，就是通报津州市大检查督导组发现的问题。行政部已经将问题的打印稿发到各位手上了。我只要你们回答四个问题：第一，为什么督导组发现的问题，我们自查发现不了，是没有查到位还是发现不了问题？第二，为什么我三令五申地要求加强外来人员的管理，特别是劳动安全保护的管理，却还会出现使用不合格防护用品的问题？第三，瓦斯监测装置坏了为什么没人提出来？我们各级监管人员干什么去了，为什么发现不了？第四，职工为什么向督导组反映问题而不向我们的干部反映？是哪个环节，什么方面出了问题？"

刘成功说完，环顾了一下会议室，众人都低着头，谁都没有准备发言的意思。刘成功又说："都怎么了，谁先说？"众人还是不应声。他又说，"李荣，你是管安全的，你先说吧！"

李荣听刘成功点了自己的名，捋了一下思路说："那我先说，督导组发现的问题，特别是冯局长发现的两个问题，是我们煤矿安全管理的大忌，是有严重隐患的。作为安全部部长，我负有监督检查失职的责任。就具体问题来说，乱石滩矿的外来务工人员的安全防护用品问题，前期技术部进行专项检查时已经发现了，这个问题我和马经理对过话，马经理答复说正在和技术部王部长研究，但还没有拿出整改方案。至于瓦斯监测仪的问题，据我了解是技术部直接配发到井下的，这次我们检查并没有发现此问题。"

刘成功听李荣说完，又问马彬："马经理，为什么外来务工人员的劳保没有按标准配发？是哪个环节出了问题？"

马彬赶快说道："公司给矿上的财务预算有点紧张，这批工人是前两个月才来的，我那儿还存着一些老旧的保护用品，就先发给他们了。"

刘成功听了苦笑道："老马，你可是真够精打细算的。那我再问你，瓦斯监测仪坏了为什么不报告，是没有查到位还是压根儿就没有查？"

马彬连忙说："这批瓦斯监测仪是去年年底新配发的，现场确实没有发现问题。"

刘成功问："没问题？那就是工人说谎了？你当时不是陪着冯局长在现场吗？冯局长可是亲口说的，他们现场查看时确实是有问题的，难道是冯局长和我们开玩笑呢？"

马彬说："当时我在现场，没有听到谁和冯局反映说瓦斯监测仪有问题。冯局倒是在现场看了几个监测仪，可他当时也没有和我说什么。"

刘成功说："没有和你说，可人家冯局长跟我和关书记说了。你们到底检查了没有？"

马彬低下了头，小声回答道："是我们没有检查。我回去立即安排彻底排查。不，我和段书记带队彻底排查。"

刘成功看着低下头的马彬，极力控制着自己的情绪，又问道："马彬他们没有自查，技术部你们检查就没有发现问题吗？"

技术部王文吉部长忙说："董事长，我们这次检查确实是没有发现瓦斯监测设备的质量问题，会后我会立即组织人员对设备进行检查。"

刘成功又问："李荣，劳保用品和瓦斯监测仪的采购是谁做的预算？你们的监管作用是怎么发挥的？"

李荣说："董事长，是这样的，劳保用品的采购属于固定预算，这个预算是厂矿向财务部提供的，我们的安全预算不涉及这个方面。至于这批瓦斯监测仪，是走的技术部的设备预算，我们没有参与。但是我们对这些事务的日常监管确实不到位，我没有听监察汇报过此类问题，我们的安全监管的的确确存在问题。"

刘成功听了李荣的汇报，问王文吉说："文吉，这个预算是多少，都投入进去了吗？"

王文吉显得有些紧张，忙说道："这笔预算共计 100 万元，设备投入 98 万元，其他费用两万元，这笔费用是上过董事会的。除按规定配备外，我们还为生产班长全部配上了，投入肯定到位，肯定到位。"

刘成功听完，再没有说什么，他点着了一根烟，吸了几口，又停顿了一会儿，看了看几个班子成员说："都说说吧！"

会场瞬间安静了下来，这种安静能有半分钟，静得能听到每个人的呼吸。这时赖峰轻咳了一声说："我说一下吧，对比督导组检查的问题，我们这次的安全大检查可以说是走了过场了。在检查问题、解决问题、整改问题等各个环节都存在漏洞。这是值得我们认真反思的。我们再不重视这些问题，林阳的事故就有可能在我们公司重演，我们要对安全负责，要对生命负责，绝不能这样掉以轻心了。我建议安全大检查工作推倒重来，要真查、彻查，查出问题背后的问题。"

班子成员已经习惯了，这个场合赖峰要不先发言，就有判断错方向的可能。这几年，只要是他赖峰的发言，也就基本代表了刘成功的意思。跟着他的思路走，才不会陷入尴尬和被动的境地。赖峰的话音刚落，王福阳、陈晓东、王大有、郭志明、李义山也都表示认同赖峰的提议，同时对自己负责的检查组的工作进行了点评。就连平时很少在安全类工作会议上发表意见的马文明和常月梅，今天也少有地强调了一些安全宣传和职工劳动保护的注意事项。

刘成功把手里抽了一多半的烟扔到了烟灰缸里，一缕青烟直直地升起。刘成功做了个决定似的说："好，我同意班子成员的意见，我们的安全大检查工作，全部推倒重来。你们各个检查组要对照文件逐项检查落实，对前期发现的问题逐个检查整改，每周必须向我提供一份检查报告。同时，由安全部总负责，成立专项调查组，针对冯局长指出的问题，进行全面调研、抓紧整改，要形成调查整改报告，由赖总亲自呈送冯局长。赖总，你还是要对接市安监局，如果安监局将这两个问题呈报了曹副市长，我们一定要及时掌握曹副市长的批示和要求，有消息马上通知我，必要时我和关书记亲自向曹副市长汇报整改情况，这两个问题大意不得。"

等刘成功说完，关峡习惯性地把他稀疏的头发向后捋了一把，说道："我们今天为什么要开这个会，为什么要这么重视，第一，这两个问题与林阳煤矿事故的原因如出一辙，这是我们不能允许的。第二，问题是市安监局领导亲自发现的，是曹副市长主抓的，我们大意不得。所以刚才董事长强调的非常重要，必须严格地查、认真地查。我要强调的是，我们检查一定要对事不对人，不要把安全检查的导向查偏了、查歪了，别的我就不多说了，抓落实吧。"

张新阳坐在办公室，两眼盯着电脑走神。刚才散会后赖峰组织几个部门的负责人碰了头，成立专项调查组，由李荣出任具体负责人，他还特意强调，让张新阳也加入到调查组，主要负责起草调研报告，部里就不用再给他安排其他工作了。

张新阳看着窗外刚刚抽出了嫩绿叶子的柳树，麻雀叽叽喳喳地落在了枝头，又不约而同地飞了起来，剩下枝条在不住地摆动，摆动，一条条嫩黄色的丝绦摆动着，摆动得张新阳心烦意乱。暗查，查什么？怎么查？谁又能告诉我呢？再问问赖峰？不，他随即就否定了自己的想法，赖峰已经说透了，再问他不是显得自己太愚笨了吗？那么又究竟要从哪儿入手查呢？对，赖峰提过，要认真听，那他们都说什么了吗？

刘成功反复提的是为什么没有查到问题，但他最在意的是瓦斯监测仪，他不知瓦斯监测仪是走的技术部的设备费用吗？绝对不会。那他为什么要问李荣而不是问王文吉？这就是关键，他想放出的信号是技术部的采购有猫腻。至于他为什么不直接问王文吉，只有一个解释，他问了现场就会有人给王文吉解围，那样他刘成功就被动了。

那赖峰呢？他说什么了，除了大检查推倒重来，什么也没有说。真的什么也没有说？张新阳细细地回忆了赖峰的讲话，对，他说的是要查问题背后的问题，什么是问题背后的问题呢？那只能是刘成功最关注的问题。

而关峡在最后补充的时候说不要把安全检查的导向查偏了，对，他是这么说的，他说的时候是看了一眼某个人的。那么他说的导向是什么？他是想说只要查问题、查管理就行，不要查财务，不要查作风。他肯定也听出刘成功的意思来了。他是想保护某个有问题的人？不是没有这个可能，不，是绝对有可能。

既然关峡不想让查，那查还是不查？我可以不真查，这样于情于理也能向赖峰作交代了。但为什么不真查呢？就因为关峡是党委书记？不，不是，张新阳，你是在党旗下宣过誓的人，你当初加入共产党是没有任何功利目的的，那个激动得就要涌出泪水的瞬间，不能忘，不该忘，也永远不会忘。安全，安全出事是要死人的，事关矿工的生死，每个矿工的背后都有一个家庭，每个佝偻的身体都支撑着一片天，人本来就没有高低贵贱的。怕个球，查！

第 23 章　初见端倪

乱石滩矿的办公楼阴冷又潮湿，张新阳跟在库管员老郑头身后，看他拿出一大串钥匙，快速找到了一把钥匙，插进锁眼一拧，缓缓推开了仓库的大门。各类工具、设备、材料整齐地码放在专用的铁架子上。老郑头很快就找到了那批瓦斯监测仪。

老郑头拿了一个还没有拆开包装的瓦斯监测仪递给了张新阳，说道："就是这个吧，去年技术部配下来的，还没有全配下去，这儿还剩这么几个。"

张新阳拿在手里看了看，确实是还没有拆封。他把它放到了一边，又问道："郑师傅，这个配下去有坏的吗？"

老郑头从架在鼻梁上快要掉下来的眼镜上方看了一眼张新阳说道："坏没坏我可不知道，我只负责数好有几个，不要少了、丢了就行。"

张新阳也笑着说道："那我能拿走一个吗？过几天就还回来。"

老郑头说："这个太贵，要马经理点头，不然我可不敢让你拿走。"

张新阳说："那是，那是，我和马经理打过招呼了。"

老郑头固执地说："他又没和我说，不行，不能让你拿走。"

张新阳拿出了手机准备给马彬打电话，刚拨了一半号码又停住了。不行，他只是和马彬要看一看，万一他不让带走，自己的计划不就泡汤了吗？对，还是要让李荣出面。想到这儿，他拨通了李荣的电话说："李部，我现在在乱石滩矿呢，我找到工人们向冯局长反映的那批瓦斯监测仪了，按前期商量的，我想带一台回去，咱都和马经理说好了，可郑师傅非要征得马经理的同意，我觉得我向马经理汇报有些不妥，就先向您汇报了。要不您和马经理通个话？"

李荣听着电话里张新阳一本正经地胡说八道，就知道这小子又不知道想打什么主意了，他一定是想带一台设备回来，遇到什么人不让他带，这才给自己打这电话。他怎么不给老马打电话？肯定也是怕老马不让他带走。这个家伙呀，搞什么名堂，不过他一定有他的道理，帮他一次。于是他说："哪个郑师傅？仓库保管老郑头？"

张新阳答道："是！"

李荣说："你把电话给他。"

张新阳把电话递给了老郑头说："李荣，李部长。"

老郑头显然是没有想到李荣要和他通话，拿到电话的时候，手似乎还稍微有点颤抖。只听他喂了一声，就毕恭毕敬地弯了弯腰，好像李荣已经站到了他跟前。

李荣在电话那头说道："老郑，我是李荣，我的人从你那儿拿台设备，用完还回去，怎么，不行吗？"

老郑头的腰弯得更低了，可是他嘴上却没有改口："李部，这个东西太贵，丢了我付不起这个责任。马经理也说过，不管是谁，没有相关手续要拿走500元以上的东西，必须经他批准。"

"老郑，你咋还是死脑子呢，我这又不是要，是工作，是借，过几天就给你还过去了。"李荣又好气又好笑地说道。

老郑头的眼镜都快掉下来了，脸上也露出了为难的神情，又喃喃地说道："李部，这个，我确实是为难，您要不还是……"

李荣听着老郑头嘟嘟囔囔的，有些不耐烦地说道："老郑，不要再说那么多了，你现在就给我的人拿上，老马那儿我和他说，就按我说的办。"没等老郑再说什么就挂断了电话。

老郑头把手机给了张新阳，他是无论如何不敢得罪李荣的，他这个岗位还是李荣给他调整的，可是这要是让张新阳拿走了，马彬怪罪下来他老郑头也是免不了遭一顿臭骂。张新阳看出了老郑头的为难，心里不由得生出了一丝同情，可他又瞬间赶走了这个念头。他拿起那台设备就要往外走。

老郑头还在那儿嘟囔着，看着张新阳要走，赶忙紧走了几步，到了张新阳前面说道："领导，您看您能签个字吗？要不我确实不好交差。"

说着开了紧靠门的柜子，拿出了一个泛黄但很整洁的台账本，翻开记了些基本信息后让张新阳签了个字，这才把台账本放回了柜子，跟着张新阳出了仓库，边锁门还边嘟囔着："要不是李部长说了，还真不能让您拿走，我这也是，这要是……"等他转过身来，张新阳早已走远了。

送走了张新阳，老郑头越想越觉得不合适，索性给马彬打了个电话："马经理，我是老郑，向您汇报个事，刚才有个姓张的小伙子，拿走了一个瓦斯测试仪。"

"什么？他叫啥？你怎么能把他领到库房呢？又怎么能让他拿走设备呢？"马彬惊讶地问。

老郑头一听马彬这么说，当下就急了，赶忙说道："他叫张什么阳，说是您让他过来的，我是不让他拿的，可李部长打了个电话，让我给他拿上，李部长回头再和您说，李部长都说了，我也没办法，况且是借，他说三两天就还回来，而且我也让他登记了，估计丢不了吧……"

还没等他说完，马彬就提高了声音说道："老郑，你是真糊涂了？那是张新阳，赖总的心腹，他会赖你台设备？关键是你要知道他现在是调查组的，查的正是市安监局发现的设备质量问题，你知道他们现在在调查什么吗？"说着狠狠地挂了电话，留下了电话这头不知所措的老郑头。

张新阳坐在李荣对面的沙发上，顺手把那台用黑色塑料袋包裹着的设备放在了旁边的小桌子上。李荣脸上多少有点严肃地问道："新阳，你小子又搞什么名堂呢？马彬打了三个电话兴师问罪呢，咱们是专项检查组，他们敏感着呢。"

张新阳挠了挠头说道："给您找麻烦了。我就想研究研究这个设备。您记得昨天咱们问那个向冯局长反映问题的工人吗，他其实也没有怎么用过，只是听带班的说这玩意儿经常坏，就在冯局他们那儿嘀咕了一句，再说冯局长他们检查的那几台设备后来测试也没有完全坏了呀，只是在精准度上有些偏差罢了。我觉得问题没有那么严重，不拿个这玩意儿研究研究掌握第一手数据，我们没法跟赖总和董事长解释。"

李荣脸上的表情明显放松了，他最担心的是张新阳发现了什么严重的质量问题，他这个安全部部长肯定是要负监管责任的。要真是那样，等于是他自己查自己，这也是他急急忙忙把张新阳找来的原因。现在听张新阳这么一说，他有些庆幸，真是带了一个好兵，如果问题确实没有冯远明说得那么严重，只要说服了刘成功，这关就过了。李荣拆开黑色塑料袋，看到那台设备的包装还在，就又把塑料袋系上了，直起身来对张新阳说道："新阳，查细一点，确实有问题，一定要暴露，哪怕我们承担个监管不力的责任，也不能让问题从我们眼皮子底下溜走。要问题真像你判断的那样，那就好办了，赖总和董事长那儿我去汇报，你把报告写好就算结束了。不过，我要提醒你，千万要客观，不要被自己预定的结论左右了，啥就是啥，这点我们不能有丝毫含糊。"

张新阳说道："李部，您放心。您不是常说，不能哄安全吗，哄了安全是要出人命的，我牢牢记着呢。"

李荣看着张新阳严肃的表情，一撇嘴笑了笑说："问题没有那么严重，我干了这么多年了，这次也就是领导重视而已，还远远没有到了不管就要死人的地步，不要给自己太大的压力。"

张新阳和李荣说的那些想法确实是他的真实想法，不过他并没有把自己的全部想法和盘托出，因为他始终记着赖峰的要求——保密。那天，当他下了决心要真查的时候，却始终找不到查的头绪，怎么个查法？很多时候有些事大家都心照不宣，好像事就在那儿明摆着，显而易见的。但要真的证明它是存在着的时候，却发现事情是无懈可击的，你根本找不到一点儿漏洞，这些不合理的合理，都是经过无数的实践慢慢变得合理起来的。张新阳想过查人、查账，一个一个想法又被自己一个一个否定。就在他摆弄手机的时候，他想到了设备，对，为什么不查设备呢，有问题的归根结蒂还不是设备吗？对，就从设备下手，而且查设备也能与调查组的调查职责高度重合，还能更好地掩护自己，于是就有了让老郑头因为张新阳带走了一台设备而难受了近一个月的今天。

宿舍的台灯射出一圈泛着黄的灯光，张新阳打开了设备的包装盒，对照着说明书反复地研究着设备，一个小时过去了，根本没有发现任何端倪。张新阳打了个哈欠，抖了抖包装设备的塑料袋，从塑料袋中掉出了一个绿色的不干胶，不干胶上赫然印着大华煤电。张新阳捡起了这张纸，确实是一个不干胶标签，背面的纸还没有撕掉。

大华煤电是邻省一个大型国有煤电集团，其产能、规模绝不次于顾阳焦煤，甚至在企业内部管理上，较顾阳焦煤更胜一筹。比如这张不干胶就是它的一张名片，这是源于日本的5S管理。很多企业没有听说过的时候，在大华煤电已经搞得风生水起了。张新阳确认这台设备是没有开过包装的，再看包装盒，确实明白无误地印着天仪电子的字样，天仪电子和大华煤电没有任何关系。那么这张不干胶又如何解释？唯一能够解释通的，就是这台设备，甚至几台或一批设备都是给大华煤电发过货的，要不这不干胶就不会出现在这台设备的包装盒内。张新阳关了台灯，仔细地梳理了一下自己的思路，天仪电子、大华煤电、顾阳焦煤，设备，不干胶，事情的脉络渐渐地清晰了。

第 24 章　犹豫不决

查到大华煤电技术部张工程师的电话，张新阳并没有费太大的周折。只要弄清楚大华是否从天仪电子购置过同类型的设备，甚至更进一步弄清楚购置的价格和设备质量，调查就会有质的转机。

张新阳以林阳县兴胜煤业的技术人员的名义，用街头公用电话联系上了张工程师。他自报家门说道："张工您好，我是林阳县兴胜煤业的技术员小张。"

张工程师并没有怠慢这个邻省民营煤矿的技术人员，客气地说道："哦，小张，你好。有什么事吗？"

张新阳说："张工，我听说咱们单位从天仪电子购置过一批瓦斯监测仪，价格也不高，我们也想购置一批，所以想向您请教一下。"

张工程师一听是说这件事，立即问道："小张，你们是从什么渠道联系到天仪电子的呢？"

张新阳答道："是他们上门推销的，报价还是比较便宜的。我们吴总让我了解了解这家公司的情况，我这才冒昧给您打电话的。"

张工程师毫不避讳地说："我们去年是从天仪电子购置过一批设备，但是他们那个质量根本就不过关嘛，我们都给退货了。我说句难听的，你们民营企业更要防范这些厂商，安全设备质量事关重大，不仅可能造成经济损失，更存在重大的安全隐患。"

张工程师也许是出于技术人员特有的固执，一口气劝了张新阳半个小时，这才在张新阳的连连称谢中挂断了电话。

张新阳打出的这个电话有了出乎意料的收获。他不仅了解到了大华采购设备的时间，还弄清楚了大华退货的那批设备的报价和数量。他自言自语道：果不其然呀，和自己猜测的基本一致，这批设备是从大华煤电退货后又卖给了顾阳焦煤。而顾阳焦煤购置这批设备的资金却比天仪电子卖给大华煤电的整整多出了

15万元。显而易见，一定有问题。

刘成功的眼光就是毒辣，从冯远明的只言片语和不是很详尽的问题中，居然能敏感地抓住问题的关键和核心，这就是统御全局的领导能力。查到这一步，已经基本上算是将清问题的逻辑关系了。这批设备是经过招投标手续采购的，是招投标过程违反了相关规定？不，不可能，以刘成功和关峡的老练，是绝对不会让如此明显的问题在眼皮底下发生的。那就只有一个解释，王文吉在合理合法的外衣下做了一笔交易。这也就能解释为什么王文吉在带队检查中能查出劳保问题，但查不出瓦斯监测仪的问题了，但问题是这件事仅仅是王文吉一个人的问题吗？背后还有什么隐情吗？

张新阳确定了自己的分析判断后吸了一口气，再往深查就要涉及预算、标书、账目等，这些都是极为敏感的内容，只要一触及就会让许多人立即警觉起来，自己的调查目的就会一览无遗地暴露出来。而且即使是让他明查，也不是他张新阳能查得了、查得动的。可以了，鸣金收兵吧。

晚上不到8点，张新阳把自己关在了宿舍，写了一份长长的调查报告，翔实地叙述了调查情况，并得出了调查结论。这批设备是天仪电子以83万元的价格卖给了大华煤电，大华煤电发现有质量问题后退货，然后这批设备又以98万元的价格通过集团公司的招投标程序购入，存在15万元的价格差，这些有不干胶和与大华煤电张工程师的电话为证。同时他还提出了自己的建议：第一，公开调查设备预算过程，查清这笔预算的具体编制依据；第二，公开调查设备招标过程，查清标书是如何研究论证通过的；第三，调查技术部公共账户或个别人员的账务情况，重点要查清是否存在与天仪电子私下的账务往来。张新阳反复地看了这几千字的调查报告，又反复地把自己的论点论据推敲了一遍，确认没有逻辑上的硬伤，这才把调查报告誊抄了一遍，锁到了宿舍柜子中放重要物品的盒子里，准备向赖峰汇报。

赖峰坐在刘成功办公室柔软的沙发上，刚点着的烟在他的手指间升起了缕缕青烟，刘成功沏了一杯新买的明前龙井茶，赖峰对刘成功并没有表现出在公共场合时的那种毕恭毕敬，他很享受地喝了一口茶，说："还是董事长的茶好，真好。"

刘成功把整个身体放在了宽大柔软的椅子上，点了一根烟，问道："赖总，老冯发现的问题推进到什么程度了？"

赖峰说："李荣他们的调查组调查着呢，我联系了曹副市长的秘书，老冯是把报告报上去了，但我们的这两个问题只是和一般问题一起报了，并没有大书特书，曹副市长只是批示让盯控问题整改，确保问题整改到位，消除安全隐患。我觉得老冯也没有拿准我们的设备是不是确实就存在质量缺陷。当时我到了现场，他也只是刚刚看了三台设备，即便是有点问题，也不能说明我们的设备全部存在重大隐患嘛。"

刘成功吐出一个大大的烟圈说："曹副市长没有重要批示，我们就能松口气了，但这个事你不能掉以轻心，李荣他们的调查报告出来后，你要亲自去安监局一趟，把问题的整改情况向老冯汇报一下，他是个认死理的人，不懂得变通，又臭又硬，不能让他惦记上我们。"

赖峰说："好，这个您放心，交给我办就行。"

刘成功又问道："调查的事呢，调查得怎么样了？"

赖峰说："我把张新阳放到调查组了，让他秘密调查这批设备的来龙去脉。"

刘成功说："张新阳，这个年轻人可靠吗？一定要谨慎。"

赖峰说："据我观察了解，这个张新阳还是基本可靠的，而且敢想敢做，主意也多，我相信他会找到证据的。"

刘成功说："关书记在会上的讲话是有用意的，我相信其他班子成员是听出来了的，所以这个事没有切实的证据，切不可让人察觉，否则我们下一步工作会非常被动的。"

赖峰又问："那要查实了呢，是不是要交纪委调查？"

刘成功说："启动纪委调查程序，问题就复杂了。我们要掌握主动权，至于是否让纪委调查，一定要慎重，慎重，再慎重。"

赖峰端着茶杯，踱着步子走到了窗前，盯着窗外刚刚抽出嫩绿叶子的柳树怔怔地站着，看了许久，许久。

李荣组织调查组的人员详细梳理了近期的调查工作，张新阳起草了调查报告，详细分析外来务工人员劳保发放和瓦斯监测仪故障问题的原因，提出了处理建议：一是马彬、段树铭对劳动保护用品和瓦斯监测仪的日常使用疏于管理，负主要管理责任，给予经济考核2000元；二是技术部对瓦斯监测仪的技术状态失管失控，部长王文吉负有主要管理责任，给予经济考核2000元；三是安全部安全监控不力，大检查工作推进不扎实，给予部门经济考核1000元，部长李荣承担300元；四是现场职工田磊在没有切实证据的情况下向督导组反映问题，给予经济考核500元。整改建议：由乱石滩矿立即提报预算增拨，按规定给所有外来务工人员配齐劳动保护用品，同时军屯矿、新生焦化厂对照问题自查，发现问题按乱石滩矿的要求一并整改；技术部对所有瓦斯监测仪的技术状态进行一次覆盖监测，有技术问题的一律返回天仪电子免费维修。

调查报告经公司党政联席会议研究通报，董事长刘成功、党委书记兼总经理关峡给予了高度评价，给予调查组 2000 元奖励，以示对其工作的肯定。同时会议研究决定，常务副总经理赖峰、总经理郭志明、总工程师王福阳分别表态负有管理责任，给予经济考核 500 元。会后赖峰去津州市安监局找冯远明进行了专题汇报，冯远明对整改情况非常满意，也委婉地透露出了曹副市长对顾阳焦煤的安全是高度关注的，叮嘱赖峰一定要持续盯控问题整改。问题就这样基本上告一段落了。

公司开完会后，李荣就向调查组传达了会议精神，宣布调查工作告一段落了，调查组的成员可以回各自的岗位了。李荣给张新阳放了两天假，算是对他一个月来辛勤工作的补偿。张新阳回到了宿舍，又从箱子里拿出了自己写的那份调查报告，调查组的工作已经结束了，是时候向赖峰汇报自己的调查情况了。这份报告的分量是非常重的，他会带来怎样的连锁反应呢？王文吉，一个无论是工作能力还是专业能力都毫无建树的年轻人，却在短短的几年时间从一个技术员提拔为正科级干部，在这样一个国有企业，他背后的力量是绝对不容小视的。

天渐渐暗了下来，窗外的柳枝随着张新阳胡乱的思绪不停地摇曳着，直到手机在桌上振动起来，才把他的心思收回到一个熟悉却又好久没有响起的号码上——是冯媛媛。自从主动中断了和她的联系后，他已经好久没有收到冯媛媛的电话和信息了。好多次他试图拨通她的电话，但号码到了手跟前却又没有再按下去，他不知道在逃避什么，或者更准确地说是在害怕什么，总之他极力控制着自己，试图让冯媛媛渐渐淡出他的视野。但这个电话响起的时候，他发现一切的努力和这个电话相比毫无意义，医院病房中转身的微笑，是那样不容易抹去，这次，张新阳向自己妥协了。

第 25 章　自收锋芒

怡馨茶座已改名为怡馨茶语，一字之差，平添出些许小资气息。随之改变的还有其风格，重新装修后已经与大都市的茶社别无二样，只是张新阳和冯媛媛已经好久没有在这里长叙了。

冯媛媛坐在张新阳对面，垂下的头发遮住了半边脸颊。许久，她抬起头紧紧盯住了张新阳，问道："你不是在躲我吗，躲呀，怎么不躲了？"

张新阳没有接冯媛媛的话，眼睛瞥向了远处新世纪大酒店的霓虹。冯媛媛又说："张新阳，你怎么了，说话呀！给你发信息你不回，给你打电话你不接，你要我怎么样？李哲都和你道歉了，你要我们怎么做？"

张新阳扭转了头说："媛媛，你今天就是来兴师问罪的吗？"

冯媛媛说："是又怎么样？"

张新阳喝了一口茶说："我不想因为误会而影响你们的感情，没有什么原因，就这么简单。"

冯媛媛又说："既然是误会又有什么可影响的？况且我们之间有什么？"

张新阳说："是没什么，我们是朋友、知己。"

冯媛媛又说："亏你还能说出知己，有你这样做朋友的吗？我和李哲吵了架都是他主动给我道歉。你呢，我三番五次给你发信息，李哲也给你打电话，你看你那架子，你把我当知己了吗？"

张新阳无言以对，面对眼前的冯媛媛，自己像是一个犯了错的大男孩，他知道自己是做得有点过了，低下了头看着杯中的茶叶慢慢舒展身姿。

冯媛媛看着沉默不语的张新阳，又说："怎么了，我的大英雄？怎么不说话了，你查别人的能耐哪儿去了？"

张新阳猛地抬起了头，两只眼睛闪着猛兽般警惕的光，直勾勾地盯在冯媛媛脸上，冯媛媛被张新阳的这一举动吓了一大跳，本能地往后靠了靠，问道："新阳，你怎么了？"

张新阳看着略有些受到惊吓的冯媛媛，这才察觉到自己的失态，立即又恢复成了那个温文尔雅的张新阳，他问道："媛媛，你说什么？什么查别人？"

冯媛媛也从刚才的惊愕中缓过了神，语气平缓地说："就是什么天仪电子的问题，你不是在查王文吉吗？"

张新阳问："你怎么知道的？"

冯媛媛说："你回答我，是还是不是？"

张新阳稍微犹豫了一下说："是。"

冯媛媛又说："谁让你调查的，为什么要调查？"

张新阳说："这你不用管，你是怎么知道的？"

冯媛媛冷笑着说："我是怎么知道的？好像世界上就你张新阳聪明，除非你不做，做了就会有人知道。"

张新阳说："可这世上不平的事总得有人管不是吗？"

冯媛媛提高了音量说："张新阳，你真把自己当英雄了？这世界大着呢，不平的事多着呢，你是干啥的？怎么着都轮不到你张新阳管，至少现在顾阳焦煤集团的事还轮不到你管。"

张新阳说："媛媛，谢谢，这个事你就不用操心了。我是党员，我有这个责任和义务。我不能眼看着有些人不顾原则、不顾底线，拿着工人的生命去交易，去填饱自己的私欲，拿着职工赋予的权力去……"

张新阳忽然打住了自己的话题，他知道自己失语了，这些仅仅是自己的猜测而已，并没有足够的证据，而且也不适合在这个场合和冯媛媛说起。

冯媛媛见张新阳不说了，又说："张新阳，你能不能不这么幼稚，还真把自己当成纪委了？你知道你在干什么吗？不要以为自己干得很保密，早有人盯上你了。你是不是还要把你调查的这些向你们公司、向纪委、向司法部门举报去？你醒醒好不好？"

张新阳看着冯媛媛着急的样子，又想起了病房里那个给自己煲了一周鸡汤的她。在顾阳，再没有一个人像冯媛媛这样关心过自己，他应该谨慎地对待冯媛媛今天的提醒。是啊，你张新阳算什么？一个农村来的穷小子，在原则面前保持本色固然重要，但是你只是别人的一枚棋子而已，凭你一己之力又能改变什么呢？忽然，他有了一种深深的挫败感，自己真的渺小得不能再渺小了，在这方天地中，凭着这腔热血去寻求自己理想中的世界，似乎太难、太难了。

冯媛媛见张新阳沉默了，接着说："新阳，我今天就是为这事来找你的，到此为止好吗？不要再管这些闲事了，好好地干你的工作，挣自己该挣的钱，你不能让刘诗雅再替你担心了，好吧？"

张新阳看着冯媛媛的脸，久久地凝视着。冯媛媛的脸微微红了起来，不好意思地说道："你盯着我干吗？"

张新阳认真地说道："媛媛，谢谢你。"

冯媛媛觉得这种感觉似曾相识却又想不起何时出现过，这一种没有掺杂任何虚伪和敷衍的真诚与真实，让人无法拒绝又无法释怀。

张新阳没有再追问冯媛媛从何处得到的消息，他相信她说的一定是真的。与其说是冯媛媛的提醒让他有所警惕，不如说是那种深深的挫败感让他不再相信自己的执着。

张新阳回到宿舍后，看着从柜子中拿出的那份调查报告，如果刘成功要彻查这个问题，他的报告绝对是有说服力的线索。但他要是不查或者查不动，或者是……自己的报告无疑是能够置自己于死地的证据。张新阳不禁打了个寒战，这份报告是一把双刃剑！就在把报告锁到柜子中的同时，他下了决心，调查结果只向赖峰口头汇报。

赖峰的办公室，张新阳接过赖峰泡的茶，没等赖峰开口，张新阳便说："赖总，您安排调查的事有些眉目了，我想跟您汇报一下。"

赖峰饶有兴趣地坐到了张新阳旁边的沙发上说："哦，说来听听。"

张新阳清了一下嗓子说道："这批设备是技术部从天仪电子集团购置的，走了正常的招投标程序。涉及货款共计 98 万元。经过我调查，这批产品是去年天仪电子以 83 万元卖给大华煤电集团的，大华煤电将这批货退回了天仪电子，据说是质量问题。值得关注的是同一批货存在 15 万元的差价。我觉得这个是存在问题的。"

赖峰听完张新阳的话，从沙发上站了起来，在办公室来回踱步，踱了两圈又问："新阳，你刚才说的这些有切实的证据没有？"

张新阳干脆地回答道："我从乱石滩仓库的一台新设备中发现了大华集团的 5S 设备管理标签，技术部采购预算是王部长在会上亲口说的。至于大华集团采购的货物和钱款我并没有证据，只是听大华集团技术部的张工程师说的。"

赖峰拍了拍张新阳的肩膀说："新阳，辛苦你了，能查到这个份儿上不容易。还有，你调查的事，没有和任何人透露吧？"

张新阳又干脆地说道："您放心，绝对没有。"

张新阳从赖峰的办公室出来，就一直思考着一个问题，冯媛媛到底是怎么知道的？答案只有一个，是李哲从李荣那儿听来的，看来李荣已经觉察到了自己的动机，他这是借李哲之口在向自己预警呢。

张新阳低着头边想心事边往前走，结结实实地撞在了一个人身上。张新阳忙抬头看去，自己撞上的是总工程师王福阳。

张新阳连忙道歉，王福阳乐呵呵地看着张新阳说："是小张啊，想啥心事呢？"

张新阳有点不好意思地说："没啥，没啥，不好意思，撞着您了。"

王福阳说："新阳，工作做得不错，我们都是有目共睹的，要再接再厉。"

张新阳谦虚地说："王总，您过奖了。"

王福阳又轻轻拍了他两下说："好好干。"便笑呵呵地朝办公室走了过去。

张新阳正要转身上楼，王福阳回头喊了他一声："小张，你不忙的话来我办公室，帮我看看电脑怎么回事！"

张新阳转身快走了几步，跟着王福阳走进了办公室。王福阳笑着说："我这电脑老断网，也弄不清怎么回事，我年纪大了，还真是跟不上这些电子信息技术的更迭速度了。你就说现在这互联网技术，一天一个样，就得让你们年轻人帮助鼓捣鼓捣呢。"

张新阳忙说："王总，您客气了，举手之劳。"

王福阳边看张新阳鼓捣电脑边说："小张，最近还忙大检查呢？上次关于乱石滩矿的那个调查报告是你写的吧，董事长和关书记都在会上表扬了，写得很不错嘛。"

张新阳忙说："都是李部领的人检查的，我只是把大家的劳动成果汇总了一下而已，没有啥。"

王福阳又说："哎，别小看这个汇总，这是要真功夫嘞。听说瓦斯监测仪的问题，并没有冯远明说得那么严重，那个设备是真的没有严重的问题吗？"

张新阳反复找连不上网的故障，怎么也没有找到，听到王福阳把话题转移到了瓦斯监测仪上时，他立即明白了王福阳找他的真正目的就是打听设备质量的事。他赶快回答道："李部长领着人核查的，我听说冯局长当时也没有掌握确切的证据说设备就有严重问题，应该是不会有太大的问题的。"

王福阳听张新阳这么一说，脸上掠过一丝不快，但很快又消失了。他笑着说："没事就好，没事就好。我不是怕负什么责任，主要是瓦斯监测设备事关重大，容不得半点含糊。"

张新阳从办公桌下伸出头来说："王总，所有的程序和线我都检查了一遍，应该是没问题了。电脑现在能用了，要是再断网，您找我，我再帮您处理。"

王福阳说道："好，好，辛苦你啦，坐会儿，喝杯水。"

张新阳赶忙说道："王总您客气了，举手之劳。我先回部里了，李部还等着呢。"

王福阳看着张新阳走上了楼梯，重重地关上了门，狠狠啐了一口说道："不知天高地厚的家伙，走着瞧，有你好受的。"

第 26 章　文吉自救

董事长办公室里烟雾缭绕，刘成功坐在办公椅上默默地抽着烟，烟雾弥漫着整个空间。王文吉把半个屁股放在了沙发上，战战兢兢地等着刘成功说些什么，可刘成功还是沉默着，眼神如尖刀一般盯着他，像是已经看穿了他的所有心事，让他愈发觉得不安起来。

对于今天的谈话，王文吉是早有准备的。前天晚上他就接到了堂叔王福阳的电话，当他听到有人在调查天仪电子的时候，着实吓出了一身冷汗。王福阳对他说，要做好应对准备，从目前的情形分析，刘成功并没有掌握确凿的证据，也没有动手查他的迹象，关峡也没有明确表态支持，而且上次的会议上还刻意强调要保持正确的检查导向，所以王福阳劝王文吉一定要做好应对准备，要有积极认错的态度，但也不能让刘成功抓住大错，处理肯定是免不了的，但只要不进入纪委的程序，一切都有回旋余地。

王文吉已经想好了一切应对措施，但是真正面对刘成功时，却没有了在家排练时的从容，他努力让两条腿紧紧地靠在一起，可腿还是不由自主微微颤抖着。刘成功越是不说话，他越是觉得刘成功知道了一切。汗水顺着脖颈流到了后背浸透了衬衣。

过了许久，刘成功终于开口了，他声音低沉地一字一句地问道："王部长，知道为什么叫你来谈话吗？"

王文吉似乎没有准备好，结结巴巴地说道："知道……不……不……不过不太清楚。"

刘成功继续问道："说吧，天仪电子的设备到底是怎么回事？"

王文吉说："天……天仪电子那批货，确实是有些质量问题，监测数据不准确。"

刘成功看了他一眼又问："还有呢？"

王文吉能感觉到自己额头上的汗正顺着脸颊往下滑落，在下巴聚起一个水珠，嗒的一声滴落到了地上。他吞吞吐吐地说："董事长，其他没有什么了，我没有把住质量关，这个错误确实是低级的，低级的。"

刘成功说："王部长，是不是我把李义山叫来，你去他那儿说？"

王文吉说话更结巴了："董……董事长，真的没有其他了，天仪电子的业务经理请我在津州吃了饭，还在一个夜总会消费了一把。我是不想和他去的，那天喝得有点多了，就迷迷糊糊地跟着去了。"

刘成功又问道："王文吉，你这是和我玩捉迷藏呢吧。我问你，你的预算是怎么算的，100万元的预算是怎么来的？"

王文吉的脸色立即变得煞白，赶快说："董事长，这个预算是在他们厂方报价110万元的基础上，我比较了其他公司的报价，折中算出来的，相比较其他投标的厂家要便宜 20 万元左右，这个是绝对没有问题的。"

刘成功冷笑了两声，说道："便宜？是真的便宜吗？它的质量有保障吗？出了事故谁负这个责任，你王文吉能负得起吗？不客气地说，你这是玩忽职守，是渎职。"

办公室又恢复了安静。王文吉坐在沙发上的半个屁股也快要离开原地了，烟雾，缭绕的烟雾，让他感觉到无法呼吸，他的左手也开始抖个不停，他想调整一下，却无论如何都无法控制自己。

又一阵压抑的沉默之后，刘成功说："你先回去吧，好好想想今天的谈话，我先相信你说的是事实。但我告诉你，我不排除对招投标过程中存在违规问题的怀疑。"

王文吉从董事长办公室出来的时候，才发现自己的衬衣已经湿透了。晚上他再一次敲开了王福阳家的门。王福阳和王文吉的父亲都是清阳县王家湾人，按宗族辈分已经是出了五服的亲戚了。在清阳，出了五服的宗族长辈去世，已经不用再为之服丧了，而且出了服的同宗男女是可以通婚的。但王福阳的父母早逝，王文吉的爷爷看娃可怜，在那个艰难的岁月里，硬是接济着把王福阳养大成人了，这才把这出了服的亲戚关系给拉近了。今天，王文吉一进门就哭丧着脸，把刘成功和他说的话原原本本告诉了王福阳。

王福阳看着王文吉六神无主的样子，不禁又来了气，瞪着眼睛问道："你老实跟我说，到底拿了天仪电子多少好处？"

王文吉哆哆嗦嗦地说："15 万元。"

王福阳一听也倒吸了一口冷气，一个巴掌拍在了王文吉脸上，骂道："不争气的东西，你的胆子也太大了，当初你是怎么说的？你这要牵连多少人？你知不知道？这要让司法部门调查，至少也要判你个十年八年。"

王文吉一听，扑通一声跪在了王福阳面前，近乎哀求地哭道："叔叔，你帮帮我。我知道我错了，我错了，你一定要帮帮我。"

王福阳一屁股坐在了沙发上，看着可怜兮兮的王文吉不禁叹了一声，说："你起来，坐那儿说。"

王文吉一听王福阳的口气，知道叔叔已经答应替他出这个头了，赶忙从地上站起来，把水杯放到了王福阳跟前，恭恭敬敬地坐在了那儿。

王福阳把双手放在脑袋后面，闭上眼睛靠在了沙发的靠背上，过了许久，才睁开眼睛问道："文吉，天仪电子是怎么给你钱的？你动了这笔钱没有？"

王文吉不解地说："我用你侄儿媳妇的身份证开了个户，他们给我转到了那个账上了。上次买房子手头紧，就把那笔钱取了10万元，现在账户上还有5万元。"

王福阳一听，又骂道："你个糊涂蛋，收礼也不会收，这是在专门给人留证据呢。那招投标的过程符合规定不？会牵连到陈晓东吗？"

王文吉一脸的疑惑，既不知道错在哪里，也不敢问错在哪里。听王福阳问他招投标的过程，就赶快说："招投标绝对没问题，完全符合程序，至于质量把关是我的事，顶多算是把关不严，和陈总没有任何关系。"

王福阳叹了口气说："你呀，自己把自己害了。只要刘成功下令查，你是绝对跑不了的，你把责任都揽到自己头上了，连个牵连的领导都没有？就等着别人棒打落水狗吧。"

王文吉忽然明白了，发狠地说："哼，他们要敢落井下石，就别怪我不仁不义。这件事他们是没有责任，但不代表他们有多干净。我把这几年的事都抖搂抖搂，谁也别想好过。"

王福阳听他这么说，立即吼道："混账，你又犯什么浑！你这是想让自己死得快点？他们都是吃素的？不等你说，早就把你量刑定罪了，甚至是罪加一等。"

王文吉见王福阳真的发怒了，赶快收住了话头，唯唯诺诺地说："那怎么办，叔叔您一定要帮我过这一关。"

王福阳挥了一下手，示意他不要再说了，又把头靠在了沙发的靠背上，沉思了一会儿说："刘成功今天的谈话释放出了两个信号。一是他并没有掌握你收受天仪电子好处费的证据，今天的谈话只是在诈你，想通过你的表现确认你是不是真的有问题。二是他没有下定决心祭不祭纪委这杆旗，因为一旦进入了纪委程序就不太好控制了，他还是有所顾忌，顾忌什么就不得而知了。但可以肯定的是，他还没有动上升到法律层面处理你的念头。如果有人能在这个关键的时候替你说话，还是能保住你的。不过，你这个技术部部长肯定是干不成了。"

王文吉连连点头道："叔叔，只要不开除我，不让我坐牢，把我干部身份免了都行，还求您帮我运作运作。"说罢，站起身来又要给他下跪。

"起来！没有点骨气的东西。"王福阳大声呵斥道，接着看了一眼满脸可怜相的王文吉，又叹气说，"现在只有两个人说话能帮上你，一个是赖峰，一个是关峡。"

王文吉咽了一口唾沫，急切地说："叔叔，关书记是您的徒弟，您让关书记帮我说说。"

王福阳站起来在地上走了几圈，下了决心说："你现在这个事，不少人都嗅出点味道来了，我只能是靦着老脸去试试。能不能说动关书记，要看你的造化了。但你要有思想准备，一旦找了关峡，你的这个部长就不用干了。"

王福阳敲开了关峡办公室的门，关峡正戴着眼镜翻看着《人民日报》。看是王福阳，便站了起来说道："师傅，有事吗？"

虽说关峡干了党委书记，但他和王福阳单独相处的时候，还是很客气地称呼王福阳师傅。

王福阳呵呵地笑着，坐到了关峡办公桌对面的转椅上，开门见山地说："那天您和董事长在班子会上通报的瓦斯监测设备的问题，我觉得有必要和您汇报一下，把我的看法和您交流交流。"

关峡一听就知道他是为了王文吉的事来的，于是说："师傅，是王文吉的事吧？李荣他们的调查分析非常到位，也非常准确，不就是考核点钱嘛，没啥大不了的。"

王福阳连忙解释说："不，不，不是为了这个。关书记，我是觉得文吉这孩子没有经过现场的摸爬滚打，基础素质还有些欠缺，这不就惹事了吗？这回的问题我就觉得太低级了，等真出了大事，我们是没法向上级交代的。他不适合担任这个岗位了。所以我建议，把王文吉的岗位调整调整，让他去矿上锻炼锻炼。"

关峡觉得有些意外，就问王福阳道："师傅，这真是您的意思？"

王福阳说："我找你来就是为了这事。把他放下去锻炼锻炼，让他吃吃苦、受受罪，还能再用嘛。年轻人不经历些挫折是不行的。"

关峡说："我前期在会上强调过，不要把查问题的导向给整偏了。之所以这么说，我就是怕李荣他们胡乱查，最后搞成了人整人。师傅，您也是公司的老人了，公司能保持现在的稳定，主要还是依靠中层干部的合力共为，这个氛围、这样的局面来之不易啊。既然师傅说要调整，我想您也是恨铁不成钢。您要舍得让他吃苦，就让他锻炼锻炼，有进步了咱们再用也不迟。不过这个需要和董事长商量商量，毕竟调整一名中层干部，我也不能一个人说了算。"

王福阳听懂了关峡所谓的合力共为，关峡干工作向来小心谨慎，尤其是在干部队伍的建设上，他更是坚持着求稳的原则。所以，就目前的形势而言，关峡一定会去找刘成功的。想到这儿，他客气地说："那就劳烦关书记了，不过我听李荣说他们已拟好通报，研究通过后就要下发了。"

关峡说："师傅，我会尽快找董事长谈这件事的，您放心吧。"

王福阳见关峡一口答应了，就再没说啥，又和关峡寒暄客气了几句就走了。

关峡又翻开了报纸，自言自语道："姜还是老的辣，以退为进。高！真高啊！"

第 27 章　平衡制约

关峡放在办公桌上的手机振动了几声，等他走回到桌前时，振动已经停止了。他看了一眼手机屏幕，是刘成功的电话。他拿起了手机准备回拨过去，手触碰到回拨键时又停住了。他把手机又放回了桌子上，然后转身走到了墙角的盆景树前。

刘成功被任命为董事长后，已经很少主动给他打电话了，有事情都是直接到办公室找他。人们都说这是董事长对他这位老领导的尊重，但在他看来也不尽然，许多事情刘成功是拿着结果来和自己商量的，但这样的商量，其实意义已经不大了。还有一种情况，就是刘成功想做又下不了决心做的，会和他商量，但刘成功这么做，无非是要把他们绑在一起，让决定分量更重一些，今天他打电话，估计又是后一种情况。

一想到这些，关峡就开始变得心烦气躁，他叹了口气，摸出一支烟，用他那支褪了色的打火机点着，狠狠吸了一口，烟雾与窗外透进来的空气融合，飘散，越来越淡……

这几年，刘成功在一些重要的岗位上提拔了许多他信得过的干部。实事求是地讲，刘成功选人用人还算是唯才是用，这些人的品行和为人，他关峡也基本了解，而且一些重要部门副职的选用，刘成功也基本尊重了他的建议。

也就是说，在顾阳焦煤集团的干部队伍中，还没有出现什么"圈子""山头"。可近一两年的时间，他发现刘成功在刻意用一些年轻人，这些人都是刚参加工作的大学生，没有经过历练，自然也就没有坚定的原则，如果刘成功把他们放到中层岗位，公司的干部生态是会出问题的。

还有，这几年关于吴小清是第二人事科长的传言在机关传得沸沸扬扬，以前他关峡只当是个传言，然而最近的事却告诉他，这个传言越来越真实，真实得让他也无法否定自己对事情的认识。

安监局冯远明是和他单独交流过的，公司的瓦斯监测设备绝对有问题，只是他们的证据不确凿。冯远明还提醒他，瓦斯监测设备的问题很可能不是个案，如果是这样，其他设备也很让人担忧。这两天，这几句话也常常在关峡耳边绕来绕去，煤矿设备的安全隐患不消除，是要出大事的。

可现在让关峡感到为难的，还有如何对待眼前的这件事。他是支持刘成功查设备问题，可是又不想让刘成功借设备问题去调整干部。这一点，他在大会上是暗示过、提醒过的，要实事求是查问题，关键是要把问题解决了，不要揪住一个人或者一批人不放，一旦到了查人、换人甚至整人的地步，势必会造成队伍的恐慌，无论是他关峡还是刘成功，想要顾阳焦煤再像现在这样稳定，恐怕就不太好扭转了。

但据他了解，赖峰还是让张新阳去查王文吉了。张新阳这个年轻人虽然做事很谨慎，可他的所作所为，是逃不过自己的眼睛的。刘成功终究还是拿王文吉开刀了，再联想到王福阳的以退为进，能出这一招，也说明王文吉是根本经不起查的。想到这儿，关峡再次叹息一声，看来还是成全了王福阳吧，对于公司的发展而言，也许这是代价最小的一步了。

此时的刘成功正站在办公室的窗前，他目光落在窗外的那棵柳树上，嫩绿的垂枝上落了一层煤灰，绿枝拖着煤灰在风中摇晃，但凭它怎样晃动，终究还是甩不掉这不属于自己的尘埃。就在刚才他拨通了关峡的电话，当听到嘟嘟的等待音时，他又犹豫了一下，按下了挂断键。

他找关峡，是因为王文吉。毋庸置疑，王文吉一定是有问题的，甚至还存在违法乱纪的问题，但他此刻还不想查他，他所顾虑的是这件事情以外的其他事情，他是想干大事的，干大事就必须要有可靠的队伍。公司的发展是需要稳定局面的，可不调整处理王文吉，让他继续在技术部，必然会影响自己的宏大计划！必须要处理王文吉，可这事能提前和关峡商议吗？能吗？按下挂断键的瞬间，刘成功在脑海中画了一个大大的问号。

关峡坐在办公室宽大的椅子上，很自然地把身体放在靠背上，眼睛微闭着想着事情。他不得不承认，他和刘成功之间是有一道屏障的，这个屏障并不是因为刘成功顶替自己担任董事长。在规则中生存就应该遵守规则，他关峡这点原则和底线还是有的。这种隔阂是一种思维、一种理念，或者更准确地说，是因为刘成功的性格，刘成功终究是个强势的人，眼前的平衡和稳定无非是暂时的，关峡深深地明白这一点。想到这儿，他做了一个深呼吸，再一次慢慢闭上了眼睛。

关峡听到办公室的门被人轻轻敲了几下，抬眼看去刘成功推开门不紧不慢地走了进来。关峡见是刘成功，从办公桌后转了出来，把刘成功让到了对面的沙发里。组织部的王干事不知什么时候也进了关峡的办公室，他熟练地给两位领导泡好了茶，轻轻带上门走了出去。

关峡抽出一根烟递给刘成功，然后自己也拿了一根叼到嘴上。他打着了褪色的打火机，两个男人的呼吸，让蓝色的火苗跳了几跳。烟点上火，两个红点一明一暗，两人嘴里吐出袅袅白烟。

关峡笑了笑说："老刘，你怎么过来了？刚才出去了一下，忘带手机了，刚看到有你的电话，正准备给你回过去呢。"

刘成功也笑道："也没有啥事，过来和书记聊聊。这个冯远明还真是个难缠的主儿。曹副市长那儿也没说个啥，赖总也给他汇报了。他倒是盯住问题不放了，昨天又打电话问整改和处理情况呢，我想听听你的意见。"

关峡说："我看这个冯远明盯得也对，这个关系到生产安全，大意不得，我们要认认真真地改，哪怕再投入些资金更换一批设备，也要保证绝对安全。老刘，你也是老干家了，应该晓得这方面的利害。"

刘成功说："他现在是要处理情况，咱们就考核个几千块钱是不是有点儿交代不了？他要再给曹副市长汇报一下，我们还真就被动了。"

关峡知道刘成功是想探探他有没有处理人的想法，这样也好，正好能替王福阳说句话。想到这儿，他说："老刘，你的意思是要处理几个人？"

刘成功并没有接他的话，只是端起茶杯，放到嘴边，却并没有喝。关峡也没等刘成功说话，自言自语似的说道："这个问题的主要责任还是在王文吉。年轻人缺少现场的锻炼，总是要犯错误的。这次给他个教训。其他人不负主要责任，盯住把问题整改了就行，这样也算是给冯局长有个交代了。"

刘成功听关峡这么说，把茶杯从嘴边移开说道："关书记说得在理呀，王文吉干工作毛糙，这次应该给他上一课了，要不是觉得他干到这步不容易，我真想撤了他的干部身份，让他下井锻炼锻炼。"

关峡一听，知道刘成功不是在开玩笑，他已经盘算着把王文吉一撤到底了。之所以下不了决心，是因为他在顾忌有可能牵涉到其他干部。想到这儿，关峡笑着说道："老刘，你这是气话嘛。让他干个技术员，到一线锻炼锻炼就行了，锻炼好了，还可以提起来再用。咱俩呀，这都是恨铁不成钢。"

刘成功知道关峡说的是他的真实想法，撤王文吉职，这个处理他是可以接受的，于是也说道："关书记说得有道理，我们这是恨铁不成钢。就按书记说的办，让他去马彬那儿干技术员去，先把自己的问题整改好了再说。"

刘成功说完，又端起了茶杯，喝了一口，接着说道："书记，你看撤了王文吉，谁接他合适？"

关峡自然明白刘成功这就属于是客套话了，刘成功在处理王文吉的问题上征求了他的意见，那么谁来接替王文吉，他刘成功早就想好了。于是关峡说："老刘你定吧，我也没有个合适的人选。"

刘成功也轻松地说道："那好，那我就先拟个名单，让邢利为给你送过来，你要没啥意见，咱们就开会研究。"

关峡略略带着笑说："行，我看了就给你打电话。"

两人看似很随意的交谈，其实已经把最重要的事情定下来了。等到一本正经谈生产、谈经营的时候，反倒是在闲扯了，刘成功起身走出办公室的时候，王文吉已经不再是那个各路商人围着转的技术部部长了。

邢利为拿着刘成功手写的一份名单走出了关峡的办公室，关峡只是在名单的最后写了"全部同意"四个字，然后龙飞凤舞地签了自己的名字，把名单一合交给了邢利为。刘成功给邢利为的时候也是合住的，邢利为并不知道上面到底写了谁的名字。邢利为是有着过硬的纪律的，这是刘成功反复试验得出的结论，不该他知道的，他绝对不会去打听；不该他看的，他也绝对不会去看。也正因为如此，他才被刘成功引为心腹。

邢利为将名单交给了刘成功，刘成功笑了笑问道："小邢，调整一下岗位愿意吗？"

邢利为立即明白了这份名单中有自己的名字，他稍犹豫了片刻说："我服从组织的安排。"

刘成功又一次从邢利为的眼神中捕捉到了他的忠诚，他是绝对没有看过这个名单的。于是又说："我先提前通知你，组织上准备让你去技术部干部长。"

邢利为的眼神中略略显出了一丝黯然，但这仅仅一闪而过的黯然，却没有逃过刘成功的眼睛。刘成功指了指沙发说："小邢，你坐。"说着又给他沏了一杯茶。

邢利为并没有坐，他一边恭敬地接过刘成功手里的茶杯一边说："我自己来，自己来。"

刘成功却坚持要给邢利为沏这杯茶。刘成功把茶杯放到邢利为手边说："平时都是你给我们服务了，今天让我也给你服务一次，谢谢你。"

邢利为的眼圈红了，此刻这个熟悉的环境，却让他感到无比拘束和陌生。

刘成功又说："调整你并不是因为你在行政部干得不好，恰恰是你干得太好了。技术部的问题你也清楚，我和关书记心里都没底。我希望你去了能把基础抓一抓，让我放心起来。"

邢利为又站起来说："谢谢董事长的信任，我决不辜负您的期许。"

刘成功摆了摆手说："小邢，坐下说嘛。这也只是我的想法和提议，至于最终结果，还要明天会上研究的。名单上有你，明天的会，你就回避一下吧。"

邢利为关上了董事长办公室的门。对刘成功，他始终是心怀感恩的。

第28章　学姐高论

快下班的时候，张新阳接到了吴小清的电话。吴小清想约他见个面。张新阳知道吴小清肯定有事，于是两人就约在了怡馨茶语。等到了茶座，两人要了一壶龙井，在悠悠的音乐声中，张新阳略带轻松地半靠在椅背上。对面的吴小清并没有化妆，但素颜的她反而显得更有韵味了。

张新阳并没有心情欣赏这位学姐的丰韵和气质，自从那次在新世纪酒店偶遇后，吴小清在他的印象中便再也不是那个有气质的学姐了。他已然在心中筑起了一堵墙，既是一种敬畏，也是一种符号，更是某种代表和象征。

吴小清轻轻甩了一下长发，又用双手将长发向后拢了拢，她将一侧的长发别在了耳后。而另一侧的头发柔顺地垂了下来遮住了半边脸颊。她笑着说："新阳，又立功了？"

张新阳诧异地问道："立功？立什么功？"

吴小清笑出了声："怎么？和我还保密呢？王文吉的事，不是你干的吗？"

张新阳也呵呵笑着说："嗨，这事呀，领导怎么安排我就怎么干，没啥大不了的。"

张新阳从吴小清口中听到了这件事，不由自主地产生了一种莫名的激动。如果是别人说起这个事，他确实会感到很诧异，因为，这意味着他的工作泄密了。但由吴小清说出来，他却很释然，这说明刘成功已经把这个功记在了他张新阳的头上。吴小清紧紧盯着张新阳，张新阳和她对视了一下就移开了目光。不得不承认，血气方刚的他确实抵挡不住这个女人的凝视。

吴小清优雅地喝了一口茶，又说："明天要调整人了，可能有你。"

张新阳的心猛地跳了几下，这才知道吴小清找他的目的，他说："是吗？我还不知道呢，让我去哪儿？"

吴小清一脸严肃地说："去哪儿有待开会议定。新阳，我要批评你了，这么重要的关口，你看不出来吗？别人是削尖了脑袋往上爬，你呢？你到底是在想啥呢？"

张新阳愣了一下说："什么重要关口？没人告诉我呀，我怎么……"

吴小清打断了他的话说道："没人告诉你？你等谁告诉你？等有人告诉你的时候，黄花菜都凉了。"

张新阳说："姐，你这不就告诉我了吗？"

吴小清噗的一声笑了出来，脸上也没那么严肃了。她说："新阳，你是真傻，还是逗姐玩呢，你咋这么可爱呢。我可以明确告诉你，我现在告诉你这事儿，已经无济于事或者说是于事无补了。"

张新阳被吴小清彻底搞晕了，他不知道自己到底哪儿做得不好，只是傻傻地看着面带微笑的吴小清。

吴小清慢慢收起了笑容，看着一脸不解的张新阳说："新阳，在没有正式公布前，泄露人事调整的信息是违反纪律的。我和你明说吧，关于你的调整是赖总提议的，虽然赖总的提议也是有分量的，但毕竟不如董事长或关书记提议的分量重，如果有人反对，通不过的可能性很大。你最近和董事长汇报过工作吗？"

张新阳似乎已经意识到自己的失误在哪儿了，他摇了摇头说："没有，我这级别不够和董事长汇报工作吧。"

吴小清瞪了他一眼说："你不汇报，等董事长和你汇报呀？要学会在适当的时机展示自己，董事长不了解你，怎么会用你呢？"

张新阳若有所思地点着头说道："是我考虑不周全，我觉得赖总和李部安排的工作就是董事长布置的，干好了就好，董事长是会知道的。"

此时的吴小清，俨然一副阅事无数的样子，如老师般给张新阳上着课："幼稚！你每次汇报工作会提这事是别人干的吗？都是别人干的你干什么了呢？自己要学会推荐自己，不要一天到晚就知道工作，既要低头拉车，还要抬头看路呀。不要把希望寄托在别人身上，我不否认你这样干是会进步的，但是这种干法是会影响你进步的速度的。在机关工作，有的时候，迟一步就是步步迟，也许你这一辈子都追不回来。"

张新阳手停在茶杯上，听着对面这位学姐的肺腑之言，他忽然觉着吴小清说的每句话都那么在理。心想，自己以前还真是把这个女人看简单了。他给吴小清倒上茶说："姐，谢谢你！说实话，我还真没有这样考虑过事，你要不说，这些道理，我三年五年是悟不透的。"

吴小清说："姐是过来人，这样的事见多了，不想让你走了弯路，但愿明天你的提名能通过，好好把握吧。"

张新阳说："谢谢姐，非常感谢。"

吴小清说："和我还这么客气，你发展好了，姐也高兴不是。今天我和你说的话，你心里有数就行，别四处张扬，有的时候能管住自己的嘴更重要。"

张新阳使劲地点着头，吴小清确实是给自己上了一次深刻的教育课。在这样的企业，如何做人做事是不会有人去提醒你的，全得靠自己悟，但很多时候悟到了，机会也早已错过了。也正因为如此，很多人前半程的职业生涯只能是平平淡淡，波澜不惊，等后半程悟透了，也只能做一个与世无争的退隐者了。而更多的人，却是直至退休也没有悟到，他们用自己的任劳任怨期待着奇迹，直至退出职业生涯。

说完了正事，二人把话题转移到了津州大学，也正是因为有校友这层关系，才拉近了他们的距离，共同的经历也让交流越来越有氛围。就在俩人聊得正起兴的时候，吴小清的手机响了，她看了一眼来电显示便拿起手机，边往外走边接通了电话。

等再回来的时候，她告诉张新阳说，她临时有事要走了，张新阳要送她，她却执意不肯。张新阳猜出了个中缘由，也没有坚持，看着窗外的吴小清上了出租车，朝着霓虹中的新世纪酒店飞驰而去。

张新阳又要了一壶碧螺春，茶香飘起时他已陷入了沉思。赖峰也曾有意无意地向自己暗示过的，从他的只言片语中能听出来是想把自己放到行政部，只是自己还没有做好任何准备，而且事情来得也有些太快了。

吴小清显然知道了明天自己的事儿是存在变数的，这个变数或许是刘成功不太认可自己。更直白点说，是不信任自己，如若不然，他早就亲自提名了，何必由赖峰提呢？那么自己这次也就只能是试着闯闯关了，要成功了那就是副科级干部。张新阳想着这个副科级的职务，还是很心动的，虽说在国有企业行政级别的含金量不能和政府部门比，可怎么着也是有级别的干部了。

不过吴小清说了，是有变数的，变数啊，也许这次真的只能和运气擦肩而过。张新阳不禁问自己，为何不去接近刘成功呢？不，不是不做，是不能做。一个没有任何背景的年轻人，必须是一步一步干出来的，让刘成功从别人口中了解自己、熟悉自己，效果是要比自己毛遂自荐强得多的。目前，自己能跳过李荣、赖峰去接近刘成功吗？不能，不能这样做的。张新阳将那杯香茗一饮而尽，心里暗暗骂了一句，去他妈的，爱咋咋的。在顾阳焦煤，谁他妈不说我张新阳是条汉子！有这，就足够了！

集团公司一个月至少要开两次班子会议，一般都在月中和月底。而这次却是在月初，所以所有参会人员知道要有重要人事调整了。会议室内，刘成功和关峡一左一右坐在会议室中间，赖峰、马文明、李义山、陈晓东、王福阳、常月梅、王大有、郭志明都依次坐在了两边。组织部部长胡文浩、人事部部长赵永生对视了一下，他们见行政部邢利为并没有来，而是秘书小田在做记录，两人心照不宣地笑了一下也落座了。

刘成功习惯性地看了看手表说："到点了，人都到齐了。咱们开会。今天的会议主要是讨论人事调整的问题。这个会是我和关书记临时决定的，所以除赖总外，事先没有和大家打招呼。好吧，下面我先说大概情况，之后咱们再一个一个讨论。这次人员的调整，主要是市安监局检查发现我们的设备管理存在非常大的安全隐患，曹副市长高度关注，冯副局长多次询问整改情况。经过公司调查，我们的安全设备确实是存在安全隐患的，技术部负有主要的管理责任。所以我和关书记研究，建议将王文吉同志调整到乱石滩矿锻炼，同时计划对其他同志也进行一些调整，我建议调整以下几位同志。

"第一，建议将王文吉同志调整到乱石滩矿任技术员，行政级别由正科降为一般干部；第二，建议将行政部邢利为同志调整到技术部任部长，行政级别正科级；第三，建议将新生焦化厂党总支书记张俊调整到行政部任部长，行政级别正科级。下面请大家讨论。"

按惯例主管技术部的总工程师王福阳先发言，王福阳清了清嗓子说："我同意董事长的提议，王文吉同志确实是管理经验不足，应该放下去锻炼锻炼，有提高了、有进步了，我们还能用。"

众人见王福阳这么说了，也纷纷表示同意，尽管有人已经感觉到了王文吉的问题已涉及了某些纪律，但就现在的形势也举手表示了同意。紧接着邢利为、张俊的调整建议也都全票通过。

刘成功说："好，三位同志的调整建议全部通过，下面请关书记提出人员调整建议。"

关峡调整了一下坐姿说道："我提议对三名同志进行调整。第一，建议将新生焦化厂何英成同志由党总支副书记调整为总支书记，行政级别由副科级调整为正科级；第二，建议将新生焦化厂保卫科长王大刚调整为总支副书记，行政级别由干事级调整为副科级，保卫科长由新生焦化厂按公司规定任命；第三，建议将人事部王一飞同志调整至技术部，协助邢利为同志开展工作，享受副科级待遇。

下面请大家讨论。"

刘成功听完，稍稍皱了一下眉头。关峡的调整人选事先并没有和刘成功交流太多，按照惯例，只要关峡同意了刘成功的人选，刘成功对关峡安排的人选基本上都是同意的，这也是两人共同遵循的规则。但这次王一飞的调整建议，却让班子成员都感到有些意外，包括刘成功。事前关峡是没有和他透露一点儿消息的。

陈晓东有些犹豫地说："我对王一飞同志不太熟悉，但他刚来时间不长，不知能不能胜任技术部的工作。"

副书记马文明说："这个年轻人我比较了解，中国地质大学毕业，对当前矿山技术很有认识和见解，应该给年轻人个舞台锻炼锻炼，我同意。其他两名同志的调整建议我也同意。"

王福阳作为主管领导也表态说："我同意王一飞同志的调整建议，其他同志的调整建议我也同意。"

其他班子成员也表示全部同意三名同志的调整建议。陈晓东虽然有些犹豫，但还是同意了关峡的建议。至此6名干部的人事调整建议全部通过。直到赖峰提出了他的调整人选建议，才在众人中引起了争论。

第 29 章　新阳出局

在顾阳焦煤集团的班子会议上有人事建议权的人，只有刘成功、关峡、赖峰三个人。刘成功和关峡作为正处级党政正职自不必说，赖峰虽说和其他班子成员一样都是副处级，但他享受正处级待遇，实质上行使的是副董事长和常务副总经理的职责，是名副其实的三把手，自然也就有了人事建议权。

刘成功见自己和关峡的建议全部通过，就说道："好吧，6名同志的调整建议通过了。下面由赖总提出人员调整建议。"

赖峰向刘成功和关峡点了点头，又环视了一下四周，这才说："我对两名同志提出工作调整建议。第一，鉴于人事部有一个副部长岗位空缺，为加强人事管理力量，建议将人事部吴小清同志提级为副部长，行政级别由干事级调整为副科级。请董事长，关书记和各位议定。"

刘成功说:"我同意。"

关峡说:"我也同意。"

其他人也都表示同意,赖峰关于吴小清的提级提议没有任何异议,一致通过。

赖峰又说:"第二,建议将安全部张新阳同志调整到行政部,代理副部长职务,协助张俊同志处理工作,享受副科级待遇。请董事长,关书记和各位议定。"

刘成功说:"我和关书记想听听大家的意见。"

关峡见刘成功不先表态,也说:"我个人对张新阳同志不太了解,按董事长说的,还是先请大家客观评价吧。"

马文明、常月梅、陈晓东、王大有先后表示同意,就在郭志明准备表态时,王福阳抢先说:"赖总的提议我不同意,张新阳同志参加工作时间短,没有从事过综合管理,我觉得把他放在行政部时机还不成熟,也容易出大纰漏,出于对张新阳同志发展的考虑和对公司负责的态度,我建议暂时不做调整。"

说完,他看了郭志明一眼。郭志明说:我也不同意对张新阳同志的调整建议,我是在行政部干过副部长的,张新阳的文字功底还有待提高,我个人认为目前他还无法胜任行政部的工作,所以我也建议暂时不做调整。"

按照公司民主议事规程,涉及干部人事调整表决时,如果不同意的班子成员超过三分之一,原则上不予通过,须延期再议。此时,除关峡和刘成功外,8名班子成员已经有两名持否定意见了,大家都把目光落在了还未表态的纪委书记李义山身上。

李义山不慌不忙地推了一下眼镜说:"我不同意张新阳同志的调整建议。理由有两个,一是综合管理能力不够,没有在基层从事过管理岗位;二是党龄太短,素养还达不到行政部的岗位要求。我建议暂缓对该同志的调整。"

刘成功听了班子成员的表态,喝了一口水说道:"既然王总、郭总和李书记都对张新阳同志的调整持反对意见,按照公司规定,张新阳同志的调整暂缓。客观地说张新阳同志的工作能力还是很强的,今后我们要重点培养,也是给公司发展储备人才嘛。会后请赖总组织下发安全大检查严重问题的专题通报,前期议定的处理考核建议我和关书记全部同意,关于王文吉的处理按今天的会议议定事项办,下面请关书记讲讲。"

关峡清了清嗓子说道:"今天我们研究了对8名同志的调整建议,7名同志的调整建议通过,1名同志的调整建议暂缓,我们充分发扬了民主作风,把6名优秀的同志放到了合适的管理岗位上,为公司的管理注入了新的活力。同时,对降级使用的王文吉同志、暂缓调整的张新阳同志，在座的各位还要多帮助、多支持、多鼓励，请组织部和人事部按程序进行组织谈话和民主测评，依据测评结果发布人事令。"

顾阳焦煤集团关于安全生产大检查存在严重安全问题的情况通报下发了。王文吉离开技术部的第二天，邢利为、张俊、王一飞、吴小清也全部调整到位，赖峰和孙德平主持新生焦化厂的二级班子会议，宣布了对何英成、王大刚的任命。这次人事调整的最大赢家是王一飞，而最落寞的人是张新阳。

张新阳在起草通报时，已经得知了公司班子会的研究结果，果然不出吴小清所料，自己被淘汰出局了。看着神情多少有些落寞的张新阳，赖峰拍着他的肩膀鼓励他不要灰心，这只是一次投石问路，这块石头不投下去，是不会知道这一池子水究竟有多深的，也不会知道一块石头究竟会泛起多大的涟漪。

张新阳清楚赖峰的提名主要是源于他对王文吉的调查，几位领导的反对或许也是源于他对王文吉的调查。正所谓成也萧何败也萧何。事情已经如此，他也只能黯然一笑，只能安慰自己，日子还长，路还要走，无所谓了。窗外的一抹斜阳穿透乌云，洒下金光，但仅仅一瞬就暗淡了，夜色袭来，一切又恢复了平静。

星期五晚上，一场大雨一直下到了天亮。雨渐渐停下来的时候，天际已经微微地泛起了白色。清晨窗外久违的泥土香气扑来，乌黑的矿区露出了难得的鲜亮色，张新阳仿佛又感受到了家乡淳朴的气息。

昨晚窗外风雨交加的时候，张新阳接到了刘诗雅的电话，刘诗雅说要和父母彻底摊牌，她要向他们宣布，他们的宝贝女儿大学毕业了长大了，而且也有了自己喜欢的人，她要告诉父母，她，恋爱了。

刘诗雅从津州纺织工业学院毕业，从来就没有想过去那儿就业，她的工作问题，父母早已帮她安排妥当了，津州纺织集团财务处。她要做的，就是开开心心地过完最后一天暑假。而最能让她开心的，莫过于告诉父母她有男朋友的消息后，他们能欣然接受她和张新阳的恋爱关系。

清晨，张新阳照例在通往程家村的公路上跑了 5 公里，雨后的空气格外清新，大汗淋漓的他贪婪地享受着此刻的轻松。坐在路边的早点摊前，放任着天马行空的思绪。忙碌的时候也许会抱怨自己的选择，但一闲下来又觉得无聊至极，大抵是因为努力成了习惯，就再也没有了安逸的基因，但凡在人生路上想有所收获的人，想必都是用尽了力气的。他知道，自从告别校门那刻起，他就已经化身飞蛾，用微不足道的身躯，向着自由和幸福一步一步前行，即便是火光，也毫不犹豫，努力才是与生俱来的母语！

当他边想着心思边埋头吃饭的时候，有人在他肩上拍了一下。张新阳回头看时，那人已经挨着他坐下了，正是他的朋友兼同事——王一飞。王一飞也要了一碗馄饨、两根油条，狼吞虎咽地吃起来。王一飞去了技术部干了实质上的副部长，而且他和林笑的关系又进了一步。这个看着不谙世事的年轻人，却成了名副其实的赢家。张新阳虽然替这个朋友高兴，但想到自己的境遇，又有些许说不出的苦涩。

　　两人只顾各自低头吃饭，张新阳先吃完，便把两人的账付了，坐在边上看着王一飞狼吞虎咽地吃。王一飞吃饭的速度也很是了得，不一会儿馄饨和油条就让他风卷残云，一扫而光。吃完又打包了一份，张新阳知道他这是带给林笑的。

　　两人并肩往公司宿舍走，都想说些什么，却又都不知该从哪儿说起。最后还是王一飞先说道："新阳，别往心里去，机会还多着呢。"

　　张新阳似乎一副漫不经心的样子，问道："你是指什么？"

　　王一飞略微迟疑了一下说："我说的是这次干部调整。咱兄弟俩，我也不和你见外，我这次调整是我爸打过招呼的。可是我觉得以你的能力是不应该上不去的，我不懂领导到底是怎么想的，这不公平嘛。"

　　张新阳听王一飞又提起了这个事，做了个无所谓的表情说："一飞，谢谢你信任我，不过我提醒你，要保护好自己，别到处瞎说。至于我嘛，哪有什么应该不应该的，无所谓了。说实话我还真没有太当回事呢。"

　　王一飞又拍了拍他的肩说："你和我还装啥？我能看出来的。"

　　张新阳也坦然地笑了笑说："我没有装。说一定不往心里去那是假话，要说是因为这事儿就想不开了，你还真把兄弟看轻了。"

　　王一飞说："新阳，我觉得他们反对你，肯定和你在调查组期间的工作有关，你触及别人的利益了。"

　　张新阳默默地走着，许久才说道："一飞，你什么都没有说，我也什么都没有听到。我不知道谁在反对我，也不想知道谁在反对我。但我张新阳对得起公司，也对得起自己的良心。"

　　王一飞也沉默。早晨的阳光穿透云层射向了雨水浇透的大地，整个城市很快变得闷热而又潮湿。

　　快到公司门口时，张新阳问道："一飞，你和林笑怎么样了？"

　　王一飞晃了晃早点说："这不？我成保姆了。"

　　张新阳打了他一拳说："你小子，还真行！她家里知道吗？"

　　王一飞说："我和我爸去过她家了，他爸妈都是机械厂的内退职工，他们只说，只要我俩愿意他们就没啥意见。"

王一飞问："你的语嫣呢？"

张新阳说："毕业了。"

王一飞问："然后呢？"

张新阳说："还没有然后。"

王一飞说："是你的终究会是你的。"

张新阳说："但愿吧。"

第 30 章　诗雅的爱

张新阳的手机总是在他准备给刘诗雅打电话的时候响起刘诗雅打来的电话，或许这就是所谓的心电感应。无论如何，刘诗雅告诉张新阳的是一个不算好但也绝不算坏的消息。

刘诗雅在电话中轻声说："新阳，我昨天和我妈聊了一晚上，算是向她彻底交代了，关于你的好，我已经说得天花乱坠了，但我妈却执意认为我太幼稚了，担心会被你欺骗了感情。我问你，我妈说得对吗？"

张新阳的心剧烈地跳动着，有些语无伦次地说："对！啊，不对，不对……"

刘诗雅呵呵地笑着说："我妈说男人是很善于伪装的，尤其是农村来的穷小子，有着与生俱来的善变和狡黠。当年她在东北当知青的时候，是领教过农村青年的厉害的，她也亲眼见过他们是如何把那些涉世未深的女知青忽悠得嫁给他们的。就这样，有的女知青就在当地成家落户了，再没返城。"

张新阳听完，已经平静下来了，他也乐了，说道："那我也要把你骗到我们那个山沟沟，你和我一起放羊、种地吧。"

刘诗雅撒娇说："种地就种地呗，陶渊明不也采菊东篱下吗？反正我愿意。"

张新阳又说："王母娘娘可不愿意让七仙女受罪，你这小仙女啊，我怕是没有福气供养呢。"

刘诗雅又咯咯地笑着说道："我妈说了，她和我爸要见见你。"

张新阳再次紧张起来，说道："什么时候？"

刘诗雅说:"怎么了？迫不及待？还是不想去见呢？"

张新阳说:"当然是迫不及待了，我要看看王母娘娘到底长什么样。"

刘诗雅说:"等着呗，很快她老人家就要召见你了。新阳，我要给你个惊喜。"

张新阳问:"什么？什么惊喜啊？"

刘诗雅神秘地说:"就不告诉你。"

两人依旧是把手机打到没电才挂断了电话。张新阳一想到即将要见的刘诗雅的父母，总是有些忐忑不安。他设想了若干的场景和对话，到最后又觉得没有任何意义。于是自我安慰道：怕啥，该来的总会来的，睡觉。这才关了灯，盖上被子翻来覆去烙起了大饼。

周五，张新阳刚开完早会就接到了刘诗雅打来的电话。

刘诗雅问张新阳:"你干啥呢？"

张新阳说:"还能干啥，刚刚开完会，开始一天乱七八糟的工作。你呢，又要和你那帮小姐妹去哪儿玩呢？"

刘诗雅说:"我呀，要去一个有大槐树的地方。"

张新阳说:"要出远门了？去洪洞县？"

刘诗雅说:"拜托，你认真点儿好不？我去什么洪洞县啊。"

张新阳说:"在津州还没有以大槐树为景点的好玩去处吧？"

刘诗雅说:"你咋就这么不浪漫呢，我这仙女要去有槐树精的地方了。"

张新阳这才醒悟过来，急忙说:"你要来顾阳，开什么玩笑呢。"

"算你聪明，谁和你开玩笑呢，我都在火车上了。"刘诗雅听张新阳并没有想象中的激动，于是又换了口气说，"怎么？不欢迎我？还是背着我在顾阳跟别的女生暧昧呢？"

张新阳看了看表，津州到顾阳的火车还有半小时到站，赶忙说:"仙女妹妹，我哪有那能耐呢。我是说，你来也不提前告诉我。我现在就去找领导请假，一会儿去车站接你。"

刘诗雅笑着说:"我就不应该提前告诉你！让我去好好查查你的岗！"

张新阳挂断电话，就去向李荣请假，李荣爽快地准了，还告诉张新阳女朋友什么时候走，他什么时候再来上班，不过要悠着点儿身体。几句话把张新阳臊了个大红脸。

刘诗雅穿着一身粉色的连衣裙，白色的凉鞋，背着咖啡色的双肩包，加上微微卷着的长发，在出站口的人流中格外显眼。张新阳一眼就认出了她，小跑了几步来到了她面前。许多许多想说的话却不知从何说起，两人默默地对视了足足两分钟，张新阳这才一把拉住刘诗雅的手，疯了一般地跑了起来。

刘诗雅是第一次进张新阳的宿舍，她打量着这个虽有些陈旧但却阳光充足的房间，里面被张新阳打理得井井有条，柜子里整整齐齐码着一本本书，一个饼干盒子里放着一盒盒磁带，都是他们最喜欢的歌曲，小桌子上放着一个小相框，里面是她的照片。房间不大，却很舒服。看过了张新阳的宿舍，刘诗雅又让张新阳陪着她把公司的大院走了一遍，直到她认为张新阳的生活条件还算不错，才让他陪着自己在顾阳逛了一整天的街。

下午快要下班的时候，张新阳给王一飞打了电话，请他和林笑晚上去郭记羊肉馆吃饭。王一飞一听是刘诗雅来了，爽快地答应了。晚上四个人便在郭记羊肉馆见了面。

彼此介绍过，王一飞便口无遮拦地说道："我们新阳老说他女朋友，那就是王语嫣。今天一见，果不其然啊。"

刘诗雅脸微微红着说道："他尽瞎说，还是林笑姐姐漂亮。"

张新阳也附和说："对，还是林笑漂亮，要不是你王一飞，我也追林笑啦。"

王一飞笑着说："我可不介意，你追啊，神仙妹妹要不反对，你尽管追。"

林笑见他们把话题扯到了她头上，就说道："你们怎么都冲我来了，诗雅来了，你俩就不能正经点儿。"

张新阳和王一飞相视而笑，停止了斗嘴。两人要了一小瓶津州陈酿，就把话题转到了单位最近的事儿上。刘诗雅和林笑也是一见如故，聊着一些女孩子聊的话题。不知不觉，张新阳和王一飞已把一小瓶津州陈酿喝了个底朝天，虽说是一小瓶，也有六两多，对他俩来说，三两酒正好喝到位。四个人结了账，在夜色中回了公司。

张新阳对林笑说："林笑，诗雅来了可是没地方住啊，这几天在你们宿舍借住行不？"

林笑说："这还用你说，我宿舍那张床常年空着呢，诗雅来了正好有人陪我。"

王一飞笑着小声对张新阳说："还去林笑那儿干啥，就在你宿舍不就行了。"

张新阳捶了王一飞一拳说："瞎说啥呢，住我那儿成啥了。"

王一飞说："你俩还没有那个？"

张新阳瞪了他一眼说："怎么？你俩那了？"

王一飞看了一眼走在前面的林笑，把头摇得像拨浪鼓似的说："没有，没有。我倒想呢。"

林笑回过头看着正在嘀咕的两人问："你俩是不是喝多了，在后面磨叽啥呢？"

张新阳和王一飞相视而笑后，大步赶了上去。

王一飞洗了些水果拿到了张新阳的宿舍。林笑对刘诗雅说："你俩先聊着，一会儿给我打电话我下来接你。"说完就和王一飞出了宿舍。

房间里只剩下了张新阳和刘诗雅。张新阳拉上了窗帘，一把搂住了自己日夜想着的刘诗雅，还没等刘诗雅说话，就狠狠地吻住了她的双唇。刘诗雅慢慢地闭上了眼睛，任凭这个男人把自己紧紧抱在怀里，然后在自己脸上疯狂地亲吻着、吮吸着。她感受着他强有力的拥抱，闻着他身上淡淡的汗味儿，听着他快速的心跳。她就要融化在这个男人充满雄性的亲吻中，美好而又陶醉。

好久好久，张新阳终于放开了刘诗雅，他捧着刘诗雅清秀的脸庞凝视着，凝视了好一会儿，又把双唇贴到了刘诗雅的嘴上，双手隔着连衣裙感受着她细腻的、光滑的、柔软的皮肤，闻着她幽幽的发香。他贪婪地吻着她，左手穿透了她乌黑的发丝，轻轻地滑在了她的背上。

刘诗雅双手环抱着张新阳，轻轻抚摸着他健硕的身躯，两人的身体紧紧贴着。张新阳有了强烈的想要她的渴望，此刻，仿佛只要冲锋号吹起，那个堡垒就会不攻自破。刘诗雅的手在张新阳背上摩挲着，不经意间触碰到了他的刀伤，她本能地呀了一声，虽然叫声很轻、很低，却让张新阳收拾起了总攻的命令。他停止了自己的想象，刘诗雅是他心中的女神，是一座圣洁的雪山，是一朵纯洁的雪莲，他不想破坏她的神圣和美好！

他轻轻地放开刘诗雅，刘诗雅依旧依偎在他怀里，她像一只小鹿，乖巧、可爱得让人心疼。刘诗雅再一次把手伸到了张新阳背上说："让我看看伤口。"

张新阳脱掉了衬衫，露出了满是肌肉的结实的后背，背上赫然趴着条大蜈蚣似的伤疤。刘诗雅把手放在伤口上问："还疼吗？"

张新阳说："不疼，破了点儿皮嘛，没事的。"

刘诗雅心疼地抚摸着他的伤疤说："以后不许你再这样了，对别人来说，你不就是杆枪而已，何必呢？你这么卖命，还不是落在了王一飞后面。"

张新阳说："人总要干些事不是。第一，我做事要对得起良心，程家的事儿我问心无愧。第二，这世上本来就没有那么多公平可言，我一个没有任何背景和关系的人，如果不努力就更赶不上别人了。起跑线不一样，不努力追别人，只能更落后。"

刘诗雅又把头贴在了张新阳胸前撒娇说："我才不听你上课呢，反正你要答应我，再也不干冒傻气的事了。"

张新阳低下了头，闻着刘诗雅淡淡的发香说："好，我答应你还不行吗？！"

说着，张新阳话锋一转又问道："忘了问你了，你妈知道你来顾阳了吗？"

刘诗雅说："我傻啊。我告诉她去颜州同学家玩两天，一会儿让林笑姐给我做个证就行啦。"

张新阳笑道："看不出来啊，我们的宝贝公主也学会撒谎了。"

刘诗雅脸颊又泛起了红晕，低声说道："讨厌。"

张新阳问："你妈什么时候见我？"

刘诗雅说："她也没说，反正她怕你是个骗子。"

张新阳亲了她一下说："我就是个骗子，我要骗你一辈子。"

刘诗雅说："我爸也想见你，你决定吧，什么时候能去我家？"

张新阳说："随时都行，我可不想让我的语嫣成为别人的新娘。"

张新阳又使劲往怀里揽了揽刘诗雅，两人的唇又紧紧贴在了一起，火一般燃烧着……

墙上的表指向了晚上十点二十分，张新阳轻轻地推开依偎在怀里的刘诗雅说道："不早了，我联系一下林笑，去她那儿早点儿休息吧。明天我们去紫竹山庄玩儿。"

刘诗雅站在镜子前，整理了一下凌乱的衣服，看着脖子上紫红色的吻痕，脸不禁又红了。张新阳给林笑打了电话，不一会儿林笑就出现了在宿舍门前。

林笑意味深长地看了一眼刘诗雅的脖子，然后和张新阳道了别，与刘诗雅有说有笑地走了。房间里只剩下了张新阳，他关了灯，躺在床上。整个房间都是刘诗雅的味道，他贪婪地呼吸着、享受着，他要把这种味道留在身边，最好是一辈子。

他决定下周就去津州。

第 31 章　美丽的梦

张新阳、王一飞向同事借了一部车，两人陪着刘诗雅和林笑在顾阳疯玩了两天。张新阳第一次发现，顾阳除了煤和无休止的工作外，居然会这么好玩、这么有趣。

四个人逛遍了顾阳的每条街巷，吃过了城里所有的小吃，更是把紫竹山庄的美味和美景饕餮了一番，钓鱼、采摘、放牧，简直玩得不亦乐乎。也许是因为两个女孩很快成了无话不说的好友，张新阳和王一飞的关系也自然而然地更进了一步。这两天对他们来说很充实，他们从来没有觉得两天的时间能干这么多事情，张新阳不无感慨，时间是那么长又是那么短。

刘诗雅要回津州了。早晨，张新阳把她送到了顾阳火车站。在进站口，两人四目相对时，刘诗雅趴在张新阳的胸前哭了。

刘诗雅喃喃地说："新阳，我舍不得离开你！"

张新阳说："傻姑娘，我也舍不得你。下周我就去见你爸妈，我要你陪我一辈子。"

刘诗雅说："我妈也不是那种势利的人。我知道她是为我好，不过我还是很担心。"

张新阳说："没事的，我会好好表现，一定会顺利过关的。"

刘诗雅说："我相信你。"

广播里再次响起提醒旅客进站的语音提示，刘诗雅轻轻地吻了张新阳的脸颊，依依不舍地走进了候车室。张新阳呆呆地望着她的背影，直到那朵粉红消失在来来往往的人群中。他的手机上收到了刘诗雅刚发来的信息，只有两个字——爱你。这已经成了两人之间爱的记忆。

张新阳想好了所有可能被刘诗雅爸妈问到的问题，唯一应对不了的，就是如何给刘诗雅一个幸福的家。他想了好多好多的答案，但好像所有的答案都始终绕不过一个钱字。没有经济支撑，所有的承诺都是空头支票，什么好好爱她、好好保护她、好好努力、好好奋斗，都显得那么虚无缥缈。

张新阳忽然想通了，这个社会是现实的，从小听到大的爱情故事之所以能流传下来，无非是因为那些故事在现实生活中是极少数的，是大多数人无法实现的，是所有老百姓所向往的。

之所以永恒，是因为可贵！他被那些爱情故事欺骗了二十年。最后他下定了决心，与其说一些海誓山盟的承诺，倒不如实话实说，自己就是小山村走出来的穷小子，但他对刘诗雅的爱是真的。

又是一个周末，张新阳选择了清晨4点38分发往津州的火车，这样他就可以赶在中午之前见到刘诗雅了。天边刚刚泛起了一点儿白，车站已经是人头攒动，这列车是去往津州最早的一趟车了，顾阳去津州办事的人大多会选择这趟车，虽然要很早起床，但去了津州不会耽误办事。张新阳上了车就把头靠在了椅背上，闭目养神。

列车刚刚启动，对面有人轻轻拍了他一下，用很低却很清晰的声音说："新阳哥哥。"

张新阳睁开了眼睛，一个扎着马尾辫，穿一身暗红色运动服的女孩坐在他对面，正眨着一双水汪汪的大眼睛看着他。借着车厢昏暗的灯光，他认出了是程美丽。真是女大十八变呀，这会儿的程美丽少了许多稚气，多了几分成熟，白净的脸上洋溢着青春的气息，天然去雕饰的美，是任何化妆品所不及的。

张新阳打了个哈欠说道："美丽？这么巧，你也去津州？"

程美丽说："真巧啊，刚才在候车大厅看着就像你，结果上了车发现你就坐在我对面。我去津州给我妈买点儿药，这个药顾阳没有卖的。"

张新阳关切地问："你妈身体怎么样？好些了吗？钱还够不够用？"

程美丽说："我妈还是老样子，现在公司每个月会把钱打到我的账户上，我不用专门去领了。反正就我们娘俩的吃喝开销，省着点儿还是够用的。"

张新阳又问："高考怎么样？成绩出来了吗？"

程美丽的脸上露出了笑意，她说："我觉得考得还行。我还想着给你打电话，让你帮我选选志愿呢。"

张新阳笑着说："看来是胸有成竹了，付出总会有回报的。行，只要你考得好，我就高兴。你说，你想上什么大学？喜欢什么专业？我帮你参谋参谋。"

程美丽说："我不想去外地，我妈没有人照顾，我走远了不放心，所以最好是本省的大学，至于专业嘛，我喜欢金融财会类的专业。"

张新阳抱着手臂，眼睛盯着漆黑的车窗，想了想说道："美丽，是这样。如果你的成绩很好，我觉得你应该报考北京、上海、天津这些大城市的名牌学校。不过你的条件我也清楚，退而求其次，我们省内的几所重点大学也不比大城市差。省城的岳东大学和我的母校津州大学都不错，都是全国知名的大学。津州大学虽然在津州这个地级市，但它是创办于抗日战争期间的名校，方方面面都是一流的。岳东大学虽然比津州大学逊色一些，但也是211学校。我建议你还是去省城读岳东大学，将来在省城就业的机会也大，而且从省城回顾阳又有直通的快车，也就比从津州回顾阳多花一个多小时，每周还是能回来的。你觉得呢？"

程美丽很认真地听着，时而皱起眉头，时而不住地点着头。听到张新阳问她的想法时，她赶忙说道："我原本想着去读津州大学来着，不图别的，就因为离家近。但听新阳哥哥你一分析，我又犹豫了。"

张新阳笑着说："毕竟在省城的眼界宽、机会多，将来要找个省城的男朋友结了婚，把你妈接到省城，就脱离这小小的顾阳了。人生总是会改变嘛，抓住机遇。"

程美丽听张新阳说结婚的事，脸上顿时泛起了红晕。她不好意地说："将来的事情太遥远了，我还没有考虑过。"

张新阳说："美丽，把手伸出来。"

程美丽不知道张新阳要做什么，但还是伸出了左手，掌心向上，放在了小桌上。

张新阳伸出了手指，在美丽的掌心上画了一下问："这条掌纹是什么？"

程美丽说："是命运线吧？"

张新阳说："好，现在你把手握起来。"

程美丽慢慢地把手握成了拳头，不解地盯着张新阳。

张新阳看着她一眨一眨的大眼睛，庄重地说："美丽，你的命运就掌握在你自己手中，要相信自己。"

程美丽怔怔地看着自己的拳头，然后慢慢地松开，随即又紧紧地握起来。好久好久，她若有所思地抬起头看着张新阳说："新阳哥哥，我懂了，谢谢你。"

火车缓缓地驶入了津州火车站，虽然太阳刚出来不久，但津州早已笼罩在了烈日的炙烤之下。刘诗雅撑着一把遮阳伞，站在出站口四处张望着。当张新阳和程美丽走出出站口的时候，她早已跑到了张新阳跟前，高兴地拉起了张新阳的手，旁若无人地在他脸上亲了一口。直到张新阳给她介绍程美丽时，她才发现新阳身边还站着一个脸上泛着红晕的腼腆的女孩子。刘诗雅的脸也红了起来，她不好意思地向程美丽打了招呼。

程美丽有些羞涩地说："姐姐好，我是程美丽，来津州给我妈买药的，火车上遇到了新阳哥哥。"

刘诗雅早就听张新阳说过程美丽，今天一见果然是个聪明漂亮的女孩子，于是也客气地说："早就听新阳说过美丽，不仅学习好，而且还漂亮，今天一见，果然名不虚传啊。"

程美丽说："哪有，哪有，姐姐过奖了。"

刘诗雅说："你俩都还没有吃饭吧？美丽，我们一起去吃个饭，吃完了再去买药也不迟。"

美丽连忙笑着摆手说："谢谢姐姐，我早晨从家走的时候吃过了，不麻烦你和新阳哥哥了。"说完和张新阳、刘诗雅做了个再见的手势，转身朝着站前广场的公交车站牌走了过去。

张新阳说:"这丫头很有眼色的,这是怕当电灯泡呢。我猜她的书包里肯定带着干粮呢。穷人家的孩子早当家啊。"

刘诗雅也感慨地说:"是呀,这么热的天还穿着这身运动服。对了,等会儿我回去收拾一下我不穿的衣服,她要是不介意的话我下次去顾阳送给她。好多衣服我也就穿过一两次。"

"还是我转送给她吧,这孩子自尊心强,你送给她,她未必能要。"说完,张新阳顿了一下又问,"你下次去顾阳?你什么时候又要去看我呀?"

刘诗雅笑着说:"看把你美得,谁要去看你啊?是林笑姐约我去呢。"

张新阳也笑着说:"这林笑,又想让我放血请客呢。"

两人边走边聊,不一会儿就来到了一家快餐店,刘诗雅要了他俩最爱吃的套餐,张新阳抹着嘴问:"我给叔叔阿姨买什么礼物好呢?买两瓶酒两条烟行不?"

刘诗雅算命先生般得意地笑着,仿佛早就猜透了张新阳的心思,乐着说:"张新阳,我就猜到你会来这一套,我爸最反感的就是这些了,多庸俗啊。"

张新阳挠着头说:"那什么合适呢,你不是让我看着办嘛。"

刘诗雅说:"看着办就是烟和酒啊,你能不能别和社会上的那些俗人一样啊。"

张新阳拉住了刘诗雅的手说:"老婆大人,救夫君一难吧。"

刘诗雅只是微笑着喝可乐,并没有接张新阳的话。

张新阳一脸委屈地说:"娘子不能见死不救啊。"

说着站起来给刘诗雅作了个揖,引得周围的人纷纷朝他俩投来疑惑的目光。刘诗雅红着脸狠狠地拧了张新阳一把说:"讨厌,你干啥呢,别人都看我们呢。"

张新阳吐了吐舌头,一脸坏笑地说:请老婆大人献策。"

刘诗雅看了看周围的人依旧向他们投来好奇的目光,不禁瞪了张新阳一眼说:"张新阳,算你赢了。我给你想好了,一会儿跟我走。"

张新阳一听,像是得了赦免令一样,一口气风卷残云般把套餐吃了个一干二净。走出快餐店,刘诗雅领着张新阳来到了书店,挑了一套线装版的《资治通鉴》,这是刘诗雅看着父亲在书店看了好几次却没有买的一套书。又买了一套文房四宝,是送给酷爱书法的母亲的。张新阳看着自己的钱包瞬间扁了下去,轻轻地长出了一口气。这个小小的叹气,还是被刘诗雅听见了。

刘诗雅看着张新阳问:"张新阳,你怎么这样啊,花点儿钱就心疼啦?"

张新阳赶忙说:"什么呀,我是在佩服自己有先见之明呢,亏着昨天又取了些钱,要不这脸可就掉地上捡不起来了。"

店员用礼盒把书和文房四宝包好,递到了张新阳手中,刘诗雅挎着张新阳的胳膊走出了书店，撒着娇对张新阳说："我这是胳膊肘往外拐呢，你怎么感激我啊？"

张新阳看着刘诗雅，轻轻在她的脸颊吻了一下说："够不够？"

刘诗雅瞬间红了脸，说了声讨厌，两人的胳膊挽得更紧了。上了公交车，两人并排坐在了最后排的位置，公交车缓慢地行驶着，刘诗雅把头依偎在张新阳肩上，两人谁也没有说话，各自畅想着幸福的明天。

第 32 章 从容应对

津州纺织集团是津州市老牌国有企业了，医院、学校、家属楼分布在企业的周围，几乎占了北城区半壁江山，形成了一个小社会。刘诗雅家在公司东面的黄金地段，2 栋 19 层的高层拔地而起，人们称其为双子座。

这是公司实行住房改革以来自建的第一批商品房，虽然是商品房，但购房的职工却不多，因为在盖商品房的同时，公司还在盖着两栋福利房，虽然国家已经出台了房改政策，但大部分干部职工都觉得有免费的福利房又何必花钱买商品房呢，于是好的楼层好的户型就由着报名购房的人随便挑选了。

刘诗雅家在双子座东面那栋楼最东边的单元，150 多平方米的房子显得宽大而安逸。站在客厅的窗边，整个北城一览无余。张新阳跟着刘诗雅进门的时候，母亲白惠正坐在阳光充足的客厅临摹着《快雪时晴帖》，父亲刘明桢在书房读着一本厚厚的学术著作。刘诗雅喊了一声爸妈，刘明桢和白惠都停下了手中的事儿，起身迎出来看着女儿领回来的帅气年轻人。

张新阳尽量让自己显得大大方方的，他把手中的礼物轻轻放在了门口玄关处，刘诗雅向父母介绍之后，他恭敬而又得体地说："叔叔、阿姨好。"

刘明桢礼节性地点了点头，算是和张新阳打过招呼了。白惠仔细打量了一番张新阳，这才把他让进了客厅。张新阳坐在了刘明桢和白惠对面，他并没有像平时一样把整个身子都陷在沙发里，只是坐在沙发边上直挺着身子，显得有些拘谨。刘诗雅给他们沏好了茶，孩子般依偎在了母亲身旁。

刘明桢的头发有些花白了，但整齐地向后梳着，一双炯炯有神的眼睛透过眼镜，仔细观察着眼前的这个年轻人。看了一会儿慢慢地问："小张，你现在在哪儿工作呢？"

张新阳说："叔叔，我津州大学毕业后到了顾阳焦煤集团，现在在安全部，本职工作基本上就是写材料，有时也参与安全问题的调查分析。"

刘诗雅插话道："爸，新阳在他们单位是有名的能人，前段时间公司领导还提名他干行政部副部长呢。"

刘明桢并没有搭刘诗雅的话，他依旧看着张新阳说："顾阳焦煤集团和我们津州纺织是我市的两大龙头企业，能在这样的单位挑起担子来不容易。小张，你觉得你们公司的发展怎么样？"

张新阳知道这是在考验自己，稍稍想了想说："从目前国家的经济形势和煤炭行业的发展来看，我觉得煤炭行业已经进入到了快速发展通道，未来几年，随着国家经济的持续增长，市场对煤炭必定会出现很大的需求，而我们当前整个行业的采掘设备也好、工艺也好都不是一流的，所以煤炭的产能并不能满足经济高速发展的需要，这样势必会出现煤炭供不应求的局面，我觉得我们单位的未来还是持续向好的。"

刘明桢推了推鼻梁上的眼镜，又问道："那你认为我们下一个经济增长点会出现在哪个行业？"

张新阳说："我认为会是房地产。"

刘明桢又说："说说理由！"

张新阳说："房改是大势所趋，是阻挡不住的经济改革浪潮，看看北上广深的房价，几乎是一个月一个价，而我们津州这样的小城市，还有很多人没有从福利分房的记忆中苏醒过来。改革开放这么多年，我们老百姓手中有钱了，可是这些钱除了存到银行吃利息，就只有炒股票了。但股票市场是有风险的，如果房改进一步深入，那么在三五年之内，二三线城市势必会启动大城市模式，就会有大量的资金涌向房地产行业，进而形成越买越贵、越贵越买的循环。"

刘明桢把身子往沙发上靠了靠说："小张，看来你日常读的书还真是不少，跟国家的政策也跟得很紧，年轻人就应该关心点国计民生的大事，不能整天追明星，玩游戏。还有，小张你在工作上还有什么打算没有？"

张新阳说："叔叔，不瞒您说，这次虽然提名让我代理行政部副部长，但是被部分领导否决了，我觉得自己需要努力的地方还有很多，还要严格要求自己、历练自己，争取尽快赶上来。"

刘明桢听完点了点头说道："好，年轻人不仅要有志气，还要能看到差距，有奋斗目标才行。"说完，端起茶杯来喝了一口茶，又慢慢把杯子放到了茶几上。

张新阳看出来刘明桢的关基本算是过完了，岳父对自己已经有了基本的判断，不出意外白惠要上场了。正想着，白惠还真是开口了，她问道："小张，你爸妈从事什么工作呢？家里几口人呢？"

张新阳收回了思绪，赶快回答道："阿姨，我爸妈都是农民，没有工作，我还有个妹妹，在厦门上大学。"

白惠又问："小张，你觉得你和我们诗雅在一起，你能给她幸福吗？"

张新阳心想，该来的还是来了。他缓和了一下心情说："阿姨，我是个农村的孩子，家庭条件很一般。不过我觉得只要我努力奋斗，别人能有的，我一定会得到的。除过物质方面的条件，我对刘诗雅的感情是真心的，这点毋庸置疑，请您放心。"

白惠看着刚刚临摹的《快雪时晴帖》说："小张，我并没有歧视你是农村人的意思。我只是觉得如果不在一个好的起跑线上起跑，想追赶前面的人是很困难的，也许你一辈子都追不上。至于承诺也只能是承诺而已。"

张新阳一听，连忙说道："可是，人生不是体育比赛，命运是由许多的因素决定的，我觉得个人的命运不是不会逆转的，关键是想不想逆转。"

白惠把目光移到了张新阳脸上，端详了一会儿又说："现实就是现实，人们相信逆袭者，崇拜逆袭者，那都是因为逆袭的人太少了。毕竟它只是一个小概率事件。你说呢？你有在津州买房的计划吗？没有房子又怎么能有个家呢？"

张新阳一时语噎，刘诗雅也觉得母亲问得有点儿过分了，连忙给张新阳解围说："妈，您这是讲课呢还是辩论呢？您和爸爸还都不是从农村出来，在一线成长的吗？你们能逆袭，别人就不行啊？"

白惠也觉得自己语气有些刻薄了，但她并不打算就此打住，她先是拍了一下刘诗雅的头说："小鬼头，我就问问小张人生规划嘛。"紧接着话锋一转又问，"小张，平时有点啥爱好呢？"

张新阳见刘诗雅给自己解了围，长出了一口气说："平时也就是跑步、健身，锻炼锻炼身体，有时间了看看书、写写字，其他也没有个特别的爱好。"

"哦？爱看书？喜欢哪方面的啊？"白惠又问。

张新阳说："社科类、经济类和历史类的书读得比较多吧。"说着，他起身把那套包装好的书和笔墨一起拿了过来，轻轻放在茶几上说道："也不知道叔叔阿姨喜欢什么，我就按照我的爱好买了套《资治通鉴》和笔墨砚，还请叔叔阿姨不要嫌弃。"

白惠看了看茶几上的礼物，说道："小张，你才挣多少钱，买这些东西不是瞎花钱嘛。多给父母寄回去点儿钱，别让他们太辛苦了。"

张新阳说："阿姨，我这也是一点儿心意，您别嫌不好就行。"

白惠用眼角瞟了一眼刘明桢。刘明桢一看那套书就知道是真的，这一套书的价格还是很贵的，自己看了几次都没有舍得买，这套文房四宝也是白惠最喜欢的。看来，是刘诗雅把他们"出卖"了，女儿是铁定心地喜欢这个年轻人了。让刘明桢感到欣慰的是，这个农村来的穷小子舍得买这么贵的礼物，说明他对刘诗雅是言听计从的。

刘明桢说道："这套书还不错，你还是很有眼光的。不过还是你阿姨刚才说的，以后就别买东西了，过来就行。至于你和诗雅，我觉得你们还应该再相互好好了解了解，毕竟是个大事，大意不得，随意不得。"

张新阳听刘明桢这么一说，感觉他对自己还是有些好感的，至于和刘诗雅的关系，他们只要不反对就有机会。于是说道："谢谢叔叔。"

刘明桢挥了挥手说："不要这么客气，中午就在家里吃饭。下午你再回顾阳。"

张新阳听刘诗雅交代过，父亲只要说留下来吃饭，就是在示意客人可以走了。单位的许多人都知道刘明桢的这个习惯。她怕张新阳真的冒失地等着吃饭，早就把父亲的这个习惯告知张新阳了。

张新阳连忙站起身来说："叔叔阿姨，不用麻烦，单位还有事，我必须赶中午的火车回顾阳，就不吃饭了。谢谢叔叔。"

白惠说："既然这样，那我们也就不留你了，谢谢你的礼物，让诗雅送送你，有时间就来津州玩。"

张新阳听白惠已经在送客了，看了看刘诗雅，刘诗雅也站了起来说："爸，妈，那我去送送新阳。"

"行，去吧。"说完，接着又对张新阳说，"小张，回了老家也向父母亲带好，让你爸爸妈妈也多注意身体。"

张新阳客气说："谢谢阿姨，谢谢叔叔。"

刘明桢还是点了下头，朝两人摆了一下手。张新阳和刘诗雅一前一后出了门。两人一出楼宇门就牵起了手，张新阳问刘诗雅："你觉得怎么样？"

刘诗雅犹豫着说："你的表现还算可以吧，可是我看我爸妈的态度不是很明朗，特别是我妈没有听到你什么时候买房的承诺。要我估计，想要他们接受你，同意我们的关系，还是需要好长时间的。"

张新阳苦笑了一声说："买房？就现在津州一套两居室也要二十几万吧，我拿什么买房呀？”

刘诗雅说：“你对房地产的分析似乎说到我爸的心上了。我妈说得也有道理，买房也是个宜早不宜迟的事，她只是不想让我过得清苦而已。”

张新阳说：“诗雅，对不起，我现在还不能给你有房的幸福，但我发誓，一定要给你一个比别人更幸福的未来。”

刘诗雅看着张新阳，坚定地说：“我又不嫌弃你，不管我爸妈说什么，我对你的爱是永远不会变的。”

张新阳没有再说什么，他紧紧拉着刘诗雅的手，大步走向了前方。

第 33 章　土豪同学

入夜，街边的霓虹渐渐亮了。张新阳和冯媛媛还像往常一样，在怡馨茶语的雅座面对面坐着。两人上次在这儿见面，已经是近两个月前的事了。杯中龙井的香味和着空调的冷气舒服而又惬意，张新阳看着冯媛媛，不知为何，有一种熟悉而又陌生的感觉。

人与人之间是需要沟通交流的。再好的朋友，一旦长时间不联系，一定会产生距离，哪怕是所谓的知己朋友。这种陌生感，很自然地存在于两人相对而视的默默无语中。

就这样沉默了好久，还是张新阳轻咳了一声，先开口说：“媛媛，最近还忙吗？我是想给你打电话来着，可又怕你忙，所以……”

冯媛媛抬起头，做了个打住的手势，说：“好了，新阳，不用解释这些。不就有些失意吗？为什么不给我打电话呢？是把我忘了，还是压根儿就没把我当朋友？”

张新阳无所谓地笑着说道：“什么失意，我的肚量才没有那么小呢。是刘诗雅的事，确实让人心烦意乱。所以没顾上给你打电话，认错了，错了。”

这段日子，在张新阳心里，他和冯媛媛之间似乎多了一道无法冰释的隔阂。可今天，他确实觉得摆在他和刘诗雅面前的难题，只有冯媛媛能倾听。人都有脆弱的一面，他自己也不例外。现在，他需要一个倾诉对象，而这个人只能是冯媛媛。

冯媛媛听说是关于刘诗雅的事，就知道他们之间一定遇到了难题，她问："刘诗雅？她不是毕业了吗，怎么了？"

张新阳边转动茶杯边说："我去她家了。"

"然后呢？"冯媛媛眨着眼睛问道。

张新阳把他去刘诗雅家的事统统说给了冯媛媛，说完的那一刻，他长长地出了一口气，顿时有种轻松的感觉。尽管他知道这是自己的事，但此时能有一个人静静地倾听，也是一种快乐。

冯媛媛听完，把双手捂在了茶杯上，想了一会儿才说："依我看他父母对你还是基本能看得上的，只是对你的条件有点儿不满意。刘诗雅没有和你说她爸妈到底是怎么想的吗？"

张新阳苦笑着说："她要知道他爸妈怎么想的，我还用费这神啊。她给我打电话说她妈比较在意的是我什么时候能买房子，什么时候能被提拔之类的。但这些都不是我所能左右的。"

冯媛媛反问："那你就试试呗，你不试一下怎么知道你左右不了呢？"

张新阳说："试试，我拿什么试呀，买房子是需要钱的啊，我和诗雅看过一套房子，二十几万。那我得去抢银行了。至于提拔？你都知道的。"

冯媛媛说："这才哪儿到哪儿呢，来日方长。"

张新阳说："我只是觉得走升迁这条路太辛苦了、太累了。好在自从上次开完会后，他们都不怎么给我压担子了，我也算是过得自在，难得清闲，也是个好事。"

冯媛媛说："不要纠结一城一地的得失，凭你的实力，提级是迟早的事儿。你现在呀，房子才是个比较棘手的问题。"

张新阳也叹了口气说道："这也是我不吐不快的痛，所以把你约出来了。实话和你说，我上大学的钱都是我爸问亲戚朋友借的，让我买房，别说二十几万，就是三万五万，我也拿不出来，用什么买？"

冯媛媛说："我理解你的心情，但是，这是必须要过的一关。换作是我嫁给你，也是要你先买房的，这是个必备条件。所以我还是建议你回趟家，好好和你爸妈商量商量，再和亲戚们借一借。在津州一套差不多的房子，首付也就是个八九万，我觉得难度还不是很大。"

张新阳说："我爸妈一辈子面朝黄土背朝天，哪有那么多钱。再说，我们那个小山村，几万块钱，简直就是天文数字，我到哪儿借去？"

冯媛媛说："你试一试嘛，不试怎么知道不行呢？还有，我这儿有两万块钱，是我自己存的，你要用就拿上，我能做了主的。"

张新阳很认真地看着冯媛媛，他没有想到冯媛媛如此慷慨，一时间又不知该说些什么了。

冯媛媛说："你这么看我干吗，怎么，不愿意接受帮助吗？"

张新阳这才说道："没，没，谢谢你，媛媛，真心的。"

这次和冯媛媛的交谈，让张新阳下定了回家凑钱的决心。他向李荣请了假，说有事要回趟家，李荣还是痛快地准了假。张新阳依旧是火车倒长途汽车，颠簸了几个小时终于回到了永宁县城。从永宁县去吴家堡还需要近一个小时的车程，没有直达的汽车，只能在汽车站等路过自己家的长途汽车。张新阳坐在马路边候车棚的椅子上，反复想着自己所有的亲朋好友，怎么才能凑几万块钱，如一个大大的问号摆在了自己面前。

一辆白色的面包车慢慢地停在了候车棚前面，一个胖子摇下车窗玻璃，操着浓浓的本地土话喊道："嗨，张新阳，新阳，嗨，嗨，这儿呢。"

面包车里探出一颗光秃秃的肥硕的脑袋，嘴里叼着根烟，正从驾驶座使劲往副驾驶侧的车窗探着，样子有些滑稽但又不那么好笑。他一眼就认出了对方正是自己的高中同学孟强。孟强学习成绩不怎么样，但人际交往、社会经验却很丰富，平时为人豪爽，再加上有个当过村长、办过乡镇企业的老爸，家庭条件好，手头不缺钱，挣了些钱，在这个小县城的高中，算是小有名气的一号人物。作为学习委员的张新阳，对孟强的学习成绩也可谓是帮促不小，虽然一提学习孟强就头疼，但对于张新阳的帮助，他还是很感激的，时间一长，两人就成了死党。

张新阳站起来，背起背包快步走向面包车，边走边高声喊："强子！你小子又不务正业呢？"

孟强已经开了副驾一侧的车门，把吸了一多半的烟弹了出去，大声嚷道："大才子，不带你这么损人的。来来来，快上车。"

张新阳一屁股坐到孟强开了空调的车里，一股凉气吹来，顿时觉得畅快了许多。孟强又从后排座上拿了一瓶矿泉水递给了张新阳，问道："新阳，你这是要回家？"

张新阳一口气喝了半瓶矿泉水，抹了抹嘴说道："请了几天假，回趟家，这不等车呢。"

孟强说："等啥车呀，走，哥们儿送你回去。"

张新阳看了看表说："你快忙你的，这几步地儿还要你送？长途车也快来了。"

孟强一踩油门，车子慢慢启动了，孟强边打方向盘边说："你跟我客气啥，这天气长途车上又挤又臭，受那罪干啥。我还真没啥事，我把你撂这儿，让兄弟们知道了我还混个球呀。"

张新阳见孟强执意要送，也就不再推脱了，他拍着座椅背说道："好吧，我今天也享受享受专车的待遇。"

面包车在新修的柏油路上一路疾驰。孟强问张新阳："哎，听说你去了顾阳焦煤集团了？那可是在全省都叫得响的大企业呀，混好了别忘了兄弟呀。"

张新阳笑道："兄弟我就是一个打酱油的，挣两个小钱。它企业就是在全国都叫得响，也和我没啥太大的关系嘛。"

孟强也笑着说："我说兄弟，你这是守着金山讨饭呢。"

"强子，你这是啥意思？"张新阳不解地问。

孟强神秘地笑着说："靠山吃山，靠水吃水。"

张新阳说："你可别教唆我啊，违法乱纪的事我可不干。"

孟强哈哈大笑起来，拍着方向盘说："谁让你违法乱纪来着，你还真把兄弟当成教唆犯了？这都啥年代了，要有经济头脑，合理合法地挣钱。"

张新阳也笑着说："论赚钱，你孟强可是天才。你现在又在发啥财呢？"

孟强说："前几年我爸开了一个石料厂，这不正好赶上修高速公路嘛，咱们县这个标段的大部分石料都是我家供给的。不过呢，再赚钱，它也是老爷子打的江山，哥们儿这太子说了又不算。这不我就出来单干了，现在在县城开了家川菜馆，虽说一个月也有个万儿八千的收入，可它来钱还是慢呀。哥们儿最近也在找项目，也上一两个小厂矿，等哥们儿赚钱了，赶快把这破面包车扔了。"

张新阳撇了撇嘴说："孟老板，你让不让我这穷上班的过了？真是人比人得死，货比货得扔。我火车倒汽车，好几个小时，一身臭汗才回了县城，你老人家开着有空调的车，还嫌不好呢，这到哪儿说理去？"

孟强摸了摸自己的光头说："哪里的话，你是大学生，大知识分子，比我这土老帽儿不知要高到哪去了。报纸上不是说了吗，我这叫土财主，穷得就剩钱了。土财主，这他妈也不是个褒义词。你看现在的大企业家，都是大学毕业。我当初就该听你的，好好学，怎么着也混个大学文凭，现在后悔呀，算是迟了。"

张新阳叹了口气说："什么知识不知识的，现在会赚钱就行，把生活搞上去才是本事，没有了经济做基础，什么知识分子都一文不值。我说强子，你啥时候也给兄弟参谋参谋，看我这头脑怎么进化成经济头脑。"

孟强看了一眼张新阳说："哥们儿还正想和你说这事呢，把你们单位的情况简单说说，哥们儿帮你参谋参谋，要有合适的项目，咱俩强强联合，肯定能大赚一笔。”

张新阳说："我可是先说好啊，违反乱纪的，有损单位利益的，涉及单位机密的事我可是不干的。"

孟强又笑得肥肉乱颤，他上气不接下气地说："好我的大才子，兄弟也是正经人，咱们要干也只挣合理合法的钱，这没毛病吧？"

张新阳简简单单地把单位的基本情况说了说，孟强很认真地听着，眼睛在肥硕的脑袋上眯成了一条线，但盯着路面的目光却如同猎鹰一般，透着商人特有的精明。等张新阳说完了，他沉默了一会儿说："新阳，我说得没错，你是守着座金山。至于这个金矿要从哪儿采，我一时也想不好，但我觉得你是大有作为的。"

张新阳并没有把孟强的话太当回事，也就是路上俩人一说一笑解闷逗乐子的事儿。他们又从班里的同学聊到了找对象，进而又勾起了孟强的段子瘾，一个接一个的段子逗得张新阳差点儿笑岔气。就这么说笑着，车已经停到了张新阳家门口。孟强要赶着回去招呼中午的生意，就没有下车，和张新阳互相留了手机号，开着他的面包车回县城了。

第 34 章　筹钱购房

在任何一个农村，宗族和亲戚关系都是烦琐而又复杂的，每家每户之间都有千丝万缕的亲戚关系。若干年的时光变迁和宗族文化积淀，让亲戚关系变得庸俗而又市侩。所谓亲戚，也只有在某一户人家出了地位显赫的官员或富甲一方的商贾后，才能凸显出宗族的庞大和血缘的亲近。不过这种亲戚关系，也只有在祭祖或婚丧嫁娶的时候，才能淋漓尽致地表演一下。

更多的时候，当官为富的是记不清到底谁是老姨老舅的，而那些亲戚，即便是叔叔爷爷辈，也是不能轻易见到那些成了大人物的晚辈的，只是在和外人吹牛时能说一句某某是我的侄子外甥之类的，在众人羡慕的眼神中满足自己的虚荣心。除此之外，普通人家的亲戚，整日为一些生计奔波。所谓亲情，也只剩下逢年过节的牛奶和蛋糕了。

张新阳回到了吴家堡就是要盘一盘这些亲戚。父亲张有才料定儿子此次回来一定是有什么事情。吃过晚饭后,一家人还和往常一样坐在院子里乘凉,张有才聊东聊西的,就想听听儿子到底为啥事回来,可张新阳所说的事情,他又一概听不出个所以然来。一个没有出过几次远门的农民,又哪能知道职场到底是怎么一回事,于是他也只能说一些好好干、听领导话之类的。而张新阳看着这个并不富裕的家,几次想说借钱买房的事情,却怎么也张不开嘴。

母亲江大英点破了张新阳的欲言又止,她操着浓浓的方言说:"新阳,你是不是遇到啥事情了,有事就说嘛,家里人一块儿商量商量,再大的事情都会扛过去的。"

张新阳最终还是低声说道:"爸、妈,我找了个对象。"

父亲和母亲的脸上同时露出了惊喜的神情,有些激动地说:"这是好事啊,好事,好事,哪儿的姑娘呢?"

张新阳说:"她叫刘诗雅,津州的。"

母亲捂着嘴笑道:"我娃还是蛮有本事的,对象都是城里的妮子。好事,好事。她家是干啥的呢?"

张新阳说:"他爸妈都是津州纺织集团的领导。"

父亲的脸上划过了一些忧虑,他试探着说道:"当官的?怕是咱们配不上人家呢。你是不是就是为这事儿回来的?"

张新阳又轻声说:"是,前些日子我去过她家了,他爸妈对我倒是基本满意,只是……"

"只是啥呀?你快说嘛。"母亲着急地问道。

张新阳说:"她家想让我在津州买套房子,我在津州看了一套房,要二十大几万呢,就是分期购房,也需要首付八九万。"

夜幕掩盖住了张有才和江大英凝固了的表情,他们意识到儿子这次是为买房子的事回来的。可是八九万块钱,家里是无论如何也拿不出来的。十几亩地再加上他们养的几头猪和几只羊,一年到头的收入也就是两万块钱,除过妹妹新雨的学费,省吃俭用也刚刚不用借外债,这么一笔钱,又从哪儿筹集呢?

张新阳虽然没有看到父母的表情,但从他们的沉默中已经感受到了两人的为难。好一会儿,张有才说道:"新阳,爸妈都没啥本事,家里你也知道,就这点儿收入。咱们把存粮和猪羊都卖了能凑个一两万。明天我再出去问亲戚朋友借一借,估计还是能借个一两万块钱。剩下的,咱们再想办法。"

张新阳心里一酸,眼泪差点儿掉下来。他低声说:"爸妈,猪和羊还没有长成呢，是断然不能卖的。我这次回来不是想要你们给我多少钱的，我在单位已经筹了一部分钱，主要是想找找亲戚朋友，能借就借点儿，要实在凑不够，就先不买了，也不是个着急的事儿。"

江大英不放心地说："你要不买房了，人家姑娘还跟你吗？"

张新阳说："不跟就算了，我一个大学本科毕业生，不愁找不到对象。你们放心吧。"

江大英还是掉下了眼泪，嗫嚅地说道："这个社会怎么还是这样啊，本想着娃儿上了大学就走出这农村了，可这大学毕业了，怎么还是这么难呢？"

张有才推了江大英一把说道："嗨，哭啥呢，还不是怨咱们没文化。你看看电视，外面一天一个样地变，没文化你就挣不到钱。娃都大学毕业了，将来一定有出息的。眼前只是个小关口，明天一早我就和娃找找亲戚们，看能不能再借些钱。"

江大英抹了一把泪说道："要说咱这几门亲戚，日子过得还算不错的，三千五千的还是能借到几个的，可就是不知道人家肯不肯借给咱。"

张有才没有理江大英，他拍着儿子的肩膀说："甭听你妈的，按我刚才说的办，明天一早咱就走走亲戚。"

第二天一早，张新阳就和儿时拜年一样，跟着张有才踏进了亲戚家的门。张新阳的叔叔姨姨姑姑舅舅都在附近几个村子，一天的时间也能打个圈。亲戚们就像约好了似的，先是询问工作，接着是各种夸奖，等说到钱的时候，就成诉苦大会了，总的意思就是两个字，没钱。一直到天黑，也只有在大岗村当村主任的舅舅江大成拿出了五千块钱，但张新阳看到舅舅还挨了舅妈不少白眼。

张有才和张新阳回到家的时候，天已经黑透了。江大英看着气呼呼的张有才，就知道事情并没有那么顺利。张有才边掏出借来的五千块钱边对江大英说："太小看人了，太小看人了，我娃好歹是大学生，就这样低声下气地上门求他们，就你兄弟借给了五千块钱。这些亲戚，没有也罢。"

江大英说："你生什么气嘛，人家借你钱是人情，不借是本分，哪条王法规定亲戚就必须得借给你钱了？"

张有才说："我知道他们有钱，不借没关系，咱也不挑人家的理儿。可你别损人呀。他们怎么和新阳说的，借钱买楼房，那是我们村里人干的事吗？你借那么多钱，就那两个死工资，拿什么还呀？你说气人不气人？"

张新阳给父亲倒了一杯水，说道："爸，消消气。亲戚们说得也对，话不好听，可理是那么个理，人家急用钱怎么办，我一下还不上咋办？他们也不容易，都是一分一分攒下的辛苦钱嘛。"

江大英说道:"看看,还是娃有文化,说话就是有水平。"

张有才说:"我明天再找找朋友,问发奎他们兴许也能借几个。"

张新阳一口气喝了一碗水,边抹嘴边说:"爸,不行就算了,我就等单位盖了房子再买,单位的房子要便宜很多的。"

张有才却固执地说:"不行,我得试试他们。他们要不借,以后我娃出息了,他们也别想沾我娃的光。"

江大英好像想起什么似的说:"新阳,你们领导不是挺器重你的,当官的怎么也比咱们强,你不问他们借借?"

张新阳叹了口气说:"妈,你不懂。他们是领导,不是同事,也不是朋友。这个钱是不能向他们借的。"

江大英似懂非懂地哦了一声,就不再说什么了。倒是张有才的话提醒了张新阳,何不向高中的这些朋友们开开口呢?自己上班挣钱以后可是没少请他们吃吃喝喝的,一个个也都称是铁兄弟,何不试一试他们?打定了主意,他挨个打了一遍电话,只说是借两千块钱有急用,只有孟强、陆伟宁、王佳妮爽快地答应了,其余人都以各种理由拒绝了。张新阳感慨道,所谓的兄弟友情,都不值两千块钱。

第二天,张有才问张发奎他们还是借到了一些钱的,总共也就两万左右,加上舅舅的五千和家里的一点儿积蓄,凑了三万块钱。张新阳接过张有才的钱,用旧报纸一层层包好放到了包里。

张新阳对父亲说:"爸,这些账都是我张新阳借的,你和我妈就不用操心了,我一定会还上的。"

张有才呵呵说道:"臭小子,什么你的我的,咱们紧一紧日子会好起来的。"

父子俩相对一笑,不知是为了感慨生活的不易,还是在憧憬未来的美好。三万块钱,称量出了父子两代人在这个村庄的分量。第三天,张新阳接到了李荣的电话,单位有事,需要他回去一趟。他的休假就此结束。

孟强听张新阳要回顾阳,执意要接他一趟,张新阳再三推脱,孟强还是把面包车停在了他家门口。面包车一路开到了县城,孟强把他和另外两个朋友的六千块钱扔给了张新阳,痛快地说道:"哥儿几个都不急,你先办正事,多会儿有了多会儿再说。至于我的有了就还,手头要紧张就算了。"

张新阳看着孟强的大脑袋,总觉得有什么事情要和他说,但又怎么也想不起想要和他说什么。他拍了拍孟强的肩膀说:"谢谢,兄弟。"

津州开往顾阳的火车上虽然人不多，但车厢内又闷又热，汗水浸透了张新阳的衬衣，他似乎没有感觉到这种让人难以忍受的闷热，只是将头靠在椅背上，怀里紧紧抱着准备买房的三万六千元，无论如何算，即便加上冯媛媛要借给他的两万元，他所能筹集到的钱还是不够付首付的。况且，能问冯媛媛借钱吗？真张不开这个嘴啊。

这么多年，张新阳相信奋斗是能解决问题的，但眼下，奋斗根本不值得一提，任凭你是什么学霸，有多大的理想和抱负，最终还是绕不过一个钱字。区区几万块钱，已经让他束手无策了。亲戚们说得对啊，一个月三两千的工资，如果每月还了房贷，再还这些借来的首付钱，这个日子简直紧张到不能再紧张了。

张新阳对刘诗雅的爱是经得起检验的，但他不能不尊重她父母的选择。他不想把刘诗雅的青春都消磨在跟着自己奋斗的路上，爱她就应该给她幸福，如果给不了，就应该选择放手。张新阳下决心，他准备和刘诗雅认真地谈一次，也许她俩的感情真的缘尽于此了。

第 35 章　为爱之名

张新阳点了一个全家桶和两杯咖啡，端着满满当当的餐盘坐到了刘诗雅对面。刘诗雅并不奇怪张新阳约她来这家位于纺织学院附近的快餐店，他俩已经数不清是第几次在这家快餐店吃饭了，也数不清是第几次坐在这个座位上聊他们的诗与远方了，这里留下了两人太多的回忆。

张新阳呆呆地看着温文尔雅的刘诗雅，他不知道要从哪儿说起、该如何说。刘诗雅并没有注意到张新阳的神情，边喝咖啡边和张新阳讲着自己的工作安排，直到她问张新阳自己是该干会计还是出纳时，才发现张新阳在走神，根本没听她在说什么。

刘诗雅问："新阳，你怎么了，想啥呢？"

张新阳赶忙答道："嗯？没，没想什么，怎么了？"

刘诗雅说："那人家刚才问你话呢，你怎么和没听到似的？"

张新阳说："没有，没有，我只是不太懂嘛。叔叔阿姨安排啥干啥呗。"

刘诗雅觉察到张新阳今天有些反常，她意识到，张新阳一定是有什么事要和自己说。于是刘诗雅又问："你说实话，是不是有什么事要和我说，你要不说我可是要走了。"

张新阳的内心充满了矛盾和纠结，他知道刘诗雅是没有认真考虑他们两人之间的关系的，只要她认准的东西，根本不会顾及父母的意见。但刘诗雅如果真的孤注一掷的话，自己能承担起她的不顾一切吗？能给他一个幸福的未来吗？一切都是虚无缥缈的，一切都还是未知数。谈与不谈，他已经纠结了许久。而现在，说与不说，他必须做出最后的决定。

张新阳觉得现在的自己比任何时候都紧张，比任何时候都惴惴不安，比任何时候都难以抉择。他狠狠地掐了自己一把，下定了决心，开口说道："刘诗雅，我想和你正式地谈一谈。"

刘诗雅看着张新阳严肃的表情，说道："怎么了，这么严肃，你这是要干啥呢？"

张新阳说："我觉得我给不了你幸福，你可以选择一个更优秀的人。"

刘诗雅目瞪口呆地看着张新阳，张了几次嘴，又什么也没有说出来，眼泪簌簌地掉了下来。张新阳伸手将刘诗雅的眼泪抹去，轻声地说："怎么哭了啊，听我说完嘛。前几天我回家筹钱去了，我想把我们看的那套房子买下来。不瞒你说，只借了不到四万块钱，这点儿钱连首付都付不起啊。就我这点儿工资，怎么能给你一个幸福的未来？我们的开始本身就是一个错误，我不想耽误你。"

刘诗雅抽泣了一会儿，哽咽着说："你把我当成什么人了，谁说非得让你买房了，我喜欢你张新阳这个人，不是房子，你听懂了吗，不是房子。没有房子怎么了，我宁愿和你租房子，宁愿和你一起吃苦。我们当初许下的诺言呢，你给我的承诺呢？你说呀！"

张新阳的眼圈湿润了，他没有想到刘诗雅会这样说，一时间不知道该如何应对眼前这个自己深爱着的女人。想了许久他才说道："可是，可是没有经济基础和物质保障的生活是谈不上幸福的。而这一切，目前为止，以及能预想到的将来，我是给不了你的，我不能把你的青春耽误在我未知的未来和不确定的奋斗路上。"

刘诗雅停止了抽泣，一字一句坚定地说："选择你做我的恋人，我就没有后悔过。请你相信我对爱情的忠贞。"

张新阳一把握住了刘诗雅的手，硕大的、滚烫的泪珠夺眶而出。一个女人把自己最美好的青春和一生的幸福毫不犹豫地交给了一个她深爱着的男人，他又有什么理由不为这个女人奋斗一生呢？张新阳把刘诗雅的手放到了自己手心，狠狠地握住，又慢慢地松开，这是一个男人无声的承诺。张新阳没有再说什么，一桌子的快餐瞬间风卷残云般一扫而光。

安全部的工作依旧按部就班，赖峰看着有些心不在焉的张新阳，郑重其事地找张新阳谈了一次话。自从上次他提议张新阳代理行政部副部长职务的提议被否决后，赖峰着实有些放心不下张新阳。毕竟这个年轻人已经进入了他的视野，如果因为承受不住这次小小的打击而消沉下去，还真是有点儿可惜了。

年轻人一路顺风顺水并不是一件好事，真正的成长，是需要一次次地遭受挫折，再一次次地战胜挫折的。如果经历一次挫折就消沉下去，那说明他是不适合在职场生存的。赖峰最担心张新阳的就是这一点，当他彻底证实了张新阳不是为了上次调整的事而懈怠时，才松了一口气。

张新阳缺少的，不是他的能力，不是他的水平，而是刘成功的信任。在顾阳焦煤集团，特别是在行政部，如果得不到刘成功的彻底信任，即便代理了副部长，也不一定能干长久。赖峰虽然没有明说，但这层意思还是给张新阳点到了，能不能悟到就全看张新阳自己了。

回想着工作后林林总总的事情，张新阳静下心来认认真真地思考着，他需要重新规划自己的人生。在这样一个国有企业，你的收入是和职务挂钩的，无论你如何努力，你的收入是永远赶不上上一级的，即便你的上级是碌碌无为毫无建树的无能之辈。

王一飞自从到了技术部代理副部长，收入明显高了一大截，他已经和林笑在津州看了一套房子，可谓是顺风顺水，与之相比，自己只有借来的几万块钱，房子，简直是天方夜谭。就凭着自己的这点儿收入，什么时候能攒够在津州买一套房子的钱呢？

过日子，无非是开源节流。节流，这点儿钱都是在一分一分地掰着花，那只有开源了。要改变，必须要改变！在目前没有其他路子的情况下，提一个级别，也算是一个出路。对！必须要提一级！赖峰的话，点到了要害，想要得到提拔，必须要得到刘成功的信任，这一点，吴小清也和自己提到过。但如何接近刘成功？如何取得刘成功的信任？这里面是有大学问的，是大有文章可做的。

随着国家政策的支持和经济形势的好转，整个煤炭市场彻底被激活了。山西、陕西、内蒙古等煤炭大省一夜之间成了各路资本群雄逐鹿的战场，操着各种方言、略显土气的晋陕蒙的暴发户，搅动着全国的楼市、股市，整个社会充斥着一夜暴富的神话。

煤炭市场的躁动，让津州捕捉到了一个大大的经济增长点。20世纪80年代津州在全省的排名一直靠后，要不是有驰名全国的津州大学，这个城市还真就不为人知了。

而现在，津州有全省唯一的大型煤炭企业——顾阳焦煤。据专家勘探，顾阳、清阳、林阳三县的煤炭储量，足够开采50年，而且顾阳还有全国少有的无烟煤，据说当年英国王室壁炉中用的无烟煤就是从顾阳开采的，其品质丝毫不逊于山西阳泉的无烟煤。

顾阳火车站的运煤列车一天能开到十几列，军屯、乱石滩两个矿加班加点都供不上专用铁路线上等候装载的车皮。而刘成功下的命令是十六个字：开足马力，保证供给，安全生产，万无一失。李荣的压力骤然增大，所有监察人员24小时盯在现场。张新阳整理好了情绪，打起了精神，再一次投入到了繁忙的工作中。

刘成功给李荣布置了一个课题——如何把握安全与生产的关系。这个题，着实让李荣费了一番心思，开足马力势必会有安全隐患，不顾安全，出了事谁也负担不起这个责任，真是一对矛盾啊。李荣抓耳挠腮的时候，想到了张新阳。

李荣把张新阳叫到办公室，问他有什么应对措施。张新阳思考了一会儿答道："安全大于一切，责任高于一切。安全是服务于生产的。管理人员是应该为安全负责。所以有安全隐患一律停产整顿，如若不听，造成了损失一律追究第一责任人的责任，这样层层下传压力，就能保证安全高效地生产。"

李荣听了使劲拍着张新阳的肩膀说："好，很好，还是文化人有水平，可算是帮我解围了。"

李荣把张新阳的建议又深入思考了一番，加入了一些自己的想法，当他向刘成功汇报的时候，刘成功眯着的眼睛睁开了，他说道："李荣，你还是有点儿水平的嘛，能上升到理论高度了。"

李荣挠挠头说："董事长过奖了，我一个大老粗哪有这水平呢，这是张新阳想出来的，我不过是结合我的经验拔高了一下，要说有水平，这功劳算是小张的。"

刘成功饶有兴趣地问："张新阳？这小子最近干啥呢？上次班子会否决了对他的调整建议，这小子骂娘没有？"

李荣说："没有，没有，这小子该干啥干啥，好像没这回事似的。再说，年轻人，哪有那么一路顺风顺水的。我当年，在井下就待了五年，还不是从班组一步步干起来的。这臭小子，罪还没有受够呢。"

刘成功说："时代不一样了嘛，我们都是大老粗，人家是正牌大学生，是人才就要用起来。不过磨炼磨炼还是必要的，磨炼也是一种培养。"

李荣说："董事长说得对，这孩子确实是个好苗子，您还得多关照。"

刘成功扔给了李荣一根烟，自己也抽了一根。李荣忙探身给刘成功点着了烟，刘成功吐了一个烟圈说："成绩都是自己干出来的，是人才我就支持。这次，我也没有反对啊，班子成员不同意嘛，我们还是要坚持原则的。"

李荣不禁在心里竖起了大拇指，不愧是刘成功，一句话就把矛盾扔给了提出反对意见的班子成员，这就是领导艺术。不过这也说明张新阳已经进入了董事长的视野，这个年轻人，还是大有前途的。

第 36 章　一道曙光

人做一个决定是不容易的，之所以不容易，是因为能预见的困难和无法预料的阻碍往往让很多的决定半途而废，甚至努力到最后也可能一无所获。因此给人带来的挫败感是要远远大于一事无成的，让人觉得做了还不如不做。

张新阳虽然下了要在职场上有所突破的决心，但该从什么方向努力，又该如何努力，对于孤身一人在外打拼的他来说，确实是一个很费解的难题。或者说，要想有突破是可遇不可求的，随着煤炭行业的蓬勃发展，顾阳焦煤早已成了津州的香饽饽企业。刘成功的案头已经压了无数的人情账单，有调动工作的，有调整岗位的，有寻求升迁的。在如此的职场环境下，张新阳想要寻求晋升提拔的机会又谈何容易？

从刘成功办公室出来以后，李荣给了张新阳一个课题，思考安全与发展的关系，写一篇高质量的文章。虽然前期的题是张新阳破的，但是也仅限于说一说而已，真要形成一篇高质量的文章，无论是从理论层面的思考还是从文字层面的撰稿，都不是一件容易的事。

张新阳把自己关在办公室，用了将近一个星期的时间完成了一篇《关于在新的经济形势下加强矿山企业安全管理的思考》，在李荣和刘成功简单修改后，发给了《津州日报》的牛总编。牛总编是李荣的同学，是个非常严谨的人，在多次与张新阳核对内容后，才拍板肯定这篇文章是有一定理论水平的，随后刊发在了《津州日报》的理论专栏中，署名"刘成功"。

这篇文章在津州引起了不小的轰动，曹副市长还特意为此事给刘成功打了电话，听了刘成功的想法和意见，并让刘成功在全市安全工作会议上做了发言。正是这篇文章，让张新阳开始正式进入了刘成功的视野。

正当张新阳准备撸起袖子大干一场的时候，孟强的一个电话给了他另一个选择。周五晚上，张新阳刚洗完澡，慵懒地躺在床上听着音乐。电话不紧不慢地振动起来，晚上10点半了，张新阳懒得接任何电话，任由它在桌子上嗡嗡地振动着。但对方很执着，手机刚停了一会儿就又振动起来，反反复复响了三四次，张新阳终于不耐烦地接通了电话。

孟强大声嚷道："嗨嗨嗨，我说新阳，干啥呢不接我的电话。哎哟，怨我，忘了，忘了，没打扰你和嫂子的好事吧？"说着哈哈地笑出了声。

张新阳呸了一声说道："有屁的好事，我一个单身汉，正孤枕难眠呢。我说你还真执着，一遍又一遍地打个没完，我好不容易攒了点睡意，全让你的破电话给嗡嗡没了。"

孟强说："哎呀，你们文化人就是矫情。兄弟我给你打电话是真有事，送你个老婆要不要？"

张新阳说："我说强子，你啥时候干起人贩子的勾当了？云南的还是贵州的？"

孟强说："你怎么老把我往坏人堆里推呀。我是有大生意，问你干不干？干成了可是一笔不菲的收入啊。包你买房、买车，抱得美人归。"

买房、买车，像一叶羽毛般在张新阳心底最痒的地方撩拨着，但他努力克制着自己的情绪，依旧不紧不慢地问："什么大生意？不违法吧？"

孟强再次哈哈地大笑道："我说什么来着，我在你嘴里迟早是要被枪毙的。我的大才子，我保证肯定不违法，我就问你干不干？"

张新阳也笑了，肯定地说道："有钱不赚王八蛋，干！你和我说说，到底是什么大生意？"

孟强说："现在焦炭市场火爆，兄弟我想干个小型的焦化厂，咱俩合作，成不成？"

张新阳说："我穷得口袋比脸还干净呢，和我合作开焦化厂？你逗我玩呢吧？"

孟强说："这年头知识和智商就是资本。实话跟你说，我不需要你投资，只要你帮我出谋划策就成了，等盈利了，我给你 20% 的利润。"

张新阳稍稍沉默了一会儿，说道："强子，无功不受禄，不管你这焦化厂有多大，20% 的利润可不是个小数目，我凭什么拿这钱？"

孟强说道："新阳，我知道你谨慎，但兄弟绝对不会害你。现在手里赚着大把钞票想开焦化厂的大有人在，但是弄不到煤是最大的困扰，所以能批到煤就是万事俱备所欠的东风，没有这点儿风，啥都是假的。所以说，你只要帮我牵线搭桥联系上人弄到煤，就值这 20% 的利润。这样不违反你的原则吧？"

张新阳稍稍思考后说道："这也没什么，给你介绍一个朋友而已嘛。可是，你这 20% 的利润，我确实承受不起。"

孟强这才又笑了起来，说道："实话给你说，我这投资也就是二三十万，说白了就是个土焦炉。你这 20% 的利润也没多少。况且是赔是赚还两说呢，要挣不了钱，兄弟许你的利润也就是水中捞月了，到时候你别怪兄弟就成。"

张新阳听孟强这么一说，释然了许多，他笑道："你他妈这也是蒙事儿的吧，听着挺响亮，也就是土财主的小作坊。这国土、环保什么的能批了吗？"

孟强说："先干开再说，有多少企业家是办了工商税务起家的？一步步来嘛，相关部门我都打好招呼了，民不举、官不究，等赚到钱了，再慢慢往正规走。"

张新阳笑着说："奸商，十足的奸商。"

孟强也笑着说："怎么这么难听呢，兄弟这叫闯关，闯成功了就是企业家。"

张新阳说："你准备在哪儿开？"

孟强说："大岗村。"

张新阳顿了一下说道："你他妈不是还打我的什么主意吧？"

孟强说："聪明，聪明。"

张新阳的舅舅江大成是大岗村的村委会主任，大岗村虽然不大，但是民风彪悍，外来人是不太好在村里立足的，而江大成在村子里还是很有威信的。孟强一定是看上了张新阳的这层关系。关键时候还要请江大成出马协调关系。别看孟强上学的时候成绩不怎么样，但论起做生意还真是精明人。

张新阳说："你要在大岗村干，可不能在村子里糟蹋，要是真给村子弄出点儿损人不利己的幺蛾子事，你不要指望我出面找我舅舅帮忙。"

孟强说："你看你还是顾阳焦煤的专家呢，这炼焦有啥污染，你们的新生焦化厂不也是炼焦吗？附近的居民不一样该干啥干啥？我是请专业人士设计的土焦炉，不一定就比你们的焦炉差，不就是身份不一样嘛。再说，我在这儿真要是做大了，咱就搞正规企业，将来村民又能来上班，企业效益好了还能给村民点儿福利，这等大好事，何乐而不为呢？"

张新阳听孟强说得也在理，就说："强子，你说得也对，只是这个风险，你还得三思而后行啊。"

孟强说："嗨，赔就赔了，二三十万就算我赔不起，我老爹也能赔起，不是个啥事。你考虑考虑，后天给我个答复。"

挂断了孟强的电话，张新阳关了灯，让自己完全融入黑暗之中。夜，能让一切安静下来，包括人的思维。许多事情在夜里静静地思考，一切就会豁然开朗。孟强所说的基本上是事实，就当前的行情来说，做焦炭生意肯定赚钱，市场对焦炭需求旺盛，从每天新生焦化厂专用线开走的一列列火车就可窥一斑。

新生焦化厂的焦炭，只供应有合同的外省大企业，而本地中小用户几乎都是使用从山西、内蒙古运过来的焦炭，光是运费就快接近成本价了。只要能搞到本省的煤炭，做焦化生意稳赚不赔。

谁也知道这个道理，但要做成却不容易，必须同时具备几个条件。第一，必须要有煤，在岳东省只有津州产煤，而津州的煤矿又主要集中在顾阳，顾阳的煤根本供不应求，一个小老板是没有能力从顾阳弄出点儿焦煤来的。第二，必须要有实力，即便是个小得不能再小的草台班子，赚不赚钱先拿着几十万投进去，不是谁都有这个实力的。第三，要有人脉，小型焦化厂游走在合法与不合法之间，不需要有多高层次的人脉关系，但在县乡政府必须有人脉资源，民不举，官不究。第四，要有合适的厂址，干焦化厂必须选址在经济不发达的穷乡僻野，但穷乡僻壤民风自然彪悍，处理不好这些关系，有几个村民一捣乱，你是啥也干不成的。

孟强绝对是个聪明人，他把这些都想明白了，他唯一缺少的就是资源，稍有些困难的，是合适的选址，但这两个短板是可以从张新阳这儿得到互补。对张新阳来说，工作是他唯一可以遮挡与生俱来的贫穷处境的华丽外衣，他不再是当年那个敢说敢干，敢拼敢打的张新阳了。要维护自己的羽毛，就必须小心翼翼，万分谨慎。所以要答应孟强，他必须考量风险。牵线搭桥的事，他可以做，往后的事情如何运作由孟强操作，这是绝对没有风险的。但是否要接受孟强 20% 的利润呢？他反复权衡了一下，凭啥不要利润？有什么可怕的呢？干！

这个世界很精彩，而精彩终究是给敢想敢干的人准备的，人一辈子不长，青春更是短暂，许多事情总要做一做的。下定了决心，张新阳拉开了窗帘，窗外的霓虹穿透了夜色，妖娆地闪耀在夜色中。

天边的那颗星依然闪烁着，这么多年，无论是在简陋的中学教室、贫瘠的乡村小院，还是在大学的空旷操场，每当他在夜色中思考自己的未来时，这颗穿越了时间和空间的遥远的星，总是给他以无穷的力量和勇气。今夜，闪烁的星光依旧穿越了几十万或上百万光年，在霓虹中保持着它的坚毅和执着。星光在闪耀间穿透了张新阳的灵魂。

第 37 章　孟氏商道

　　紫竹山庄的生意依旧红火，张新阳、马彬、孟强在窑洞包间落座，除了必点的烤羊排、瓦罐鸡、油烹野菜外，又加了几个常吃的特色菜。菜还没有上，孟强晃着他满是肥肉的硕大脑袋，张罗着打开一瓶津州陈酿，满满地倒了三大杯，端起一杯毕恭毕敬地递到了马彬面前。

　　张新阳和马彬是第二次坐在这个窑洞里喝酒，但两人的关系可以说是非常不错了，否则就凭他张新阳一个小小的分析员，是绝对邀请不到堂堂的乱石滩矿的马经理的。

　　马彬他们这些在厂矿干一把手的，执掌一方大权，想请他吃饭的人太多太多了。上次也是在这个包间，李荣、赵永生、孔严、孙德平照例在这儿消费，张新阳依旧被李荣叫来陪酒。和以往不同的是，马彬也出现在了酒桌上，正是那次吃饭，马彬才真正知道了张新阳和李荣、赵永生、孔严他们这些集团重要部门一把手的关系是如此亲近，也了解了赖峰对张新阳的器重。

　　在这之前，他是从来没有把张新阳当回事的，即便是上次张新阳调查乱石滩的瓦斯设备，他和段树铭都没有在意这个年轻人。此时再想想，王文吉的一降到底想必和这个年轻人是有扯不清的关系的，马彬叹了一声后生可畏，把张新阳的名字悄悄写到了陪伴了他二十几年的小本子上，备注为"重点关注"。

　　马彬眯着一双小眼睛看了看桌上的酒和菜，又上下打量了一番孟强，面无表情地问道："新阳，这个就是你的朋友？"

　　还没等张新阳说话，孟强又掏出了他的中华烟，给马彬递了一根说："马经理，我叫孟强，是新阳的铁哥们儿！"

　　马彬接过了孟强的烟，孟强麻利地为其点着。马彬很是享受地深吸了一口，紧接着从鼻孔中喷出两股青烟，说道："这烟味还行。"

张新阳赶忙说道："马经理，这兄弟是我的发小，想认识认识您。我也是不能驳了兄弟的面子，这不就厚着脸给您打电话了，还得谢谢您给新阳这个面子，也感谢您大驾光临，我敬您一杯。"

说着，张新阳便端起了桌子上的酒杯，三两多酒，一口喝了个底朝天。马彬让张新阳给惊住了，眯着的小眼睛立即睁开了，看着张新阳空空的酒杯，赶忙把他拉着坐下，笑呵呵地说道："新阳，你看你客气了不是。酒桌上什么经理不经理的，都是兄弟嘛。我也想多和你们年轻人交流交流，要不就跟不上时代了。"

张新阳不慌不忙地吃了两口菜，说道："马经理您客气了，今天能邀请您光临，一来是帮我兄弟的忙，给他牵个线。二来是想听听您的高论，提升提升我的工作能力，还望您指教。"

马彬的眼睛再次眯成了一条线，但这次是打心眼儿里的高兴和舒服，语气平静却又很有亲和力地说："新阳，不说这见外的话，以后叫马哥就行，啥指导不指导的，兄弟们互相支持，干工作都是为了公司好，都是在给董事长抬轿子。你还年轻，好好干，大有前途！"

张新阳气定神闲，显然刚下肚的那杯酒并没有搅动他的胃，他呵呵笑着说："谢谢马哥，也替我兄弟谢您了。"

孟强见张新阳干了一杯酒，面不改色心不跳，而马彬眯着的眼睛睁开又眯了起来，不禁打心底给张新阳竖起了大拇哥，这兄弟够意思，绝对值得交往。孟强见张新阳给他使眼色，连忙说："马经理，我也敬您一杯。"说完一仰脖子也把一杯酒喝了个精光。

马彬看着孟强也干了，立即来了精神，拍了下桌子说道："好！年轻人，后生可畏，我也陪你们干了！"说着就要端起酒杯喝。

张新阳赶忙挡住了马彬说："马哥，您不能这么喝，您用小杯，用小杯。"说着拿了一个小杯，给马彬倒上了酒。马彬也只是一时兴起，真让他把这一大杯干了还是有点儿发怵。张新阳这么一劝，也就自找台阶，把张新阳倒的一小杯酒干了。

孟强的酒量不如张新阳，一大杯下去胃里火辣辣地难受，急急吃了几口菜，这才压住了胃里的翻腾。

马彬看着有些难受的孟强问："小孟，没事吧？年轻人，喝酒不要太快了。"

孟强挤出了一丝笑说道："没事，这点酒，不算啥。"

马彬把头往后仰了仰说："说吧，小孟，你找我有啥事？"

孟强听马彬把话引入正题，赶忙笑着说："马经理，我找您，主要是想从咱们矿拉点儿煤，想让您关照关照。"

马彬听孟强说完，又坐直了身子，夹了一块肉慢条斯理地嚼了起来，边嚼边说："小孟，新阳在这儿呢，我也不和你藏着掖着，矿上确实有点儿供应省内企业用煤的指标，但实在是僧多粥少，确实是不够分的，这个事不好办啊。"

孟强说："马经理，您帮我想想办法，我一个月也就一二百吨，就您那铁路专用线装车漏下的也不止这么多。我们价格还可以高一点儿。"

马彬听孟强提起了价钱，随即大笑起来说道："小孟，咱们是国有企业，价格也不是我马彬定的。办这个事情和钱没关系。你既然是新阳的发小，我就帮你想想这个办法。但是，行还是不行，就要看你小孟有没有这个命了。"

孟强看这事有门儿，立即赔笑道："新阳就说马经理爽快，果不其然，谢谢您了。"

马彬继续笑着说道："谢啥嘛，只要不违反规定，帮朋友个忙，不算啥事，我们也要支持小微企业发展嘛。"

张新阳看着笑呵呵的马彬，忽然想到了什么，进而便佩服起马彬来。老同志就是老同志，说话简直是滴水不漏，就这么几句话，既讲了原则，又卖了人情。或许，这就是所谓的江湖！

张新阳自然知道，在顾阳焦煤，除了津州市政府下达的统购统销的生产任务外，还会给企业一些自主经营权，这部分自主经营的收入全部列入企业职工的福利和集团的预算中。政府规定，自主营销的计划主要是和津州市属企业签订合同，但是和谁签合同，只有刘成功和关峡有提议权，合同必须由集团公司董事会和常委会研究。但每年的计划总是要比合同多出一些，这多出来的，由各矿和集体经营公司共同销售，所以马彬是有一定的决定权的。

酒桌上最冷场的话题往往是最重要的事。煤的问题说定了，三人自然也就放开了，推杯换盏之间，两瓶津州陈酿都见了底儿。张新阳和孟强都喝得有点儿多，只有马彬喝到了位，拍着圆滚滚的肚子，喝起了茶。

孟强给弟弟孟勇打了个电话，不多一会儿，一辆崭新的别克停在了紫竹山庄前。这车是父亲刚买的新车，让孟强好说歹说开出来装门面的。孟勇结了账后，三个人众星拱月般把马彬扶上了车。先把张新阳送到了集团公司门口，张新阳快速下了车。孟强和他对视了一眼，车子风驰电掣般开走了。

张新阳回到宿舍倒头就睡，一觉醒来天已经黑透了。口干舌燥的他从床底下摸出了一大瓶罐头，一口气吃了个精光。这还是林笑传授的醒酒秘诀呢，他试了几次超级管用，至此罐头也就成了他喝酒的标配。

一瓶罐头下肚，他呆呆地坐在床边，睡意和酒意渐渐消退，这时桌上的手机又嗡嗡地响了起来。张新阳接起了电话，听筒里传来了一个略显沙哑的声音："新阳哥，我是孟勇，给你打了好几个电话你都没有接，你没啥事吧？"

张新阳听孟勇这么问，心想孟强一定是喝多了，他说："啊，是小勇啊，不好意思，确实有点儿多了，睡了一觉，刚醒。你们在哪儿？你哥呢？"

孟勇说："我们在新世纪大酒店开了个房，我哥也喝大了，还睡着呢。我是想问你顾阳有啥好吃的，我这一天还没吃过正经饭呢。"

张新阳说："郭记羊肉，也算是顾阳的一绝。一会儿你哥醒了拉他过来，我们陪你饱餐一顿。"

孟勇像一个地质工作者忽然找到了矿藏一样兴奋地说："好的新阳哥，一言为定，咱们就吃羊肉了，我一会儿到了给你打电话。"

孟勇中午只在车上对付了一碗泡面，肚子早已饿得咕咕叫了，又不忍心把呼呼大睡的孟强叫醒，就自个儿烧了一壶水，准备再泡碗面垫垫肚子。刚泡上面，孟强便从床上摇摇晃晃地坐了起来，满房间都是酒气。

孟勇看孟强醒了，赶忙上前问道："哥，你醒了？还难受不？"

孟强揉了揉太阳穴，打着哈欠说："你哥酒量不行，可醒酒快，喝再多睡一觉啥事都没了。哎，你这是干吗，又泡面？"

孟强还真不吹牛，每次喝大了只要是睡醒了还真就没事了，晚上还能连续战斗。张新阳虽然酒量比他大，但这方面却比不了孟强。

孟勇见哥哥没事，就说道："哥，我刚才给新阳哥打电话了，他说顾阳有一绝，叫什么羊肉来着，咱们尝尝去？"

孟强看着兄弟的泡面说："把这泡面扔了，咱们吃他娘的特色去。"

兄弟俩走出了酒店，钻进了那辆崭新的别克轿车，孟勇麻利地打着了车，车子稳稳地开出了停车场。孟勇想着下午和马彬在怡馨茶语的面谈，似乎又想到了什么事情，但又想不起来具体是什么事，他用眼角瞅了一下副驾驶座上的孟强说道："哥，这个事还真办成了。"

孟强得意地说道："那是，你哥读书不行，这做生意的道道还是懂一些的。"

孟勇说："哥，下午和马经理喝茶的时候，我想到个事情来着，想和你商量商量，可是现在又想不起来是什么事了。"

孟强说："那就不说了呗，反正这个事情基本上算是办成了。一会儿我要好好感谢感谢新阳。"

孟勇听孟强说感谢张新阳，猛地一拍方向盘说："对了哥，我想起来了，我是想说，我们何不让新阳哥入一股呢？现在我们靠的是交情，他有个帮与不帮的问题，但只要他有了股份，往后自然会替我们操心的，我们也就不怕他不管了。"

孟强很是欣赏地看了孟勇一眼说："行啊，老二，没白跟着老爷子混。你说的我早想到了，我已经答应给新阳20%的利润了。"

这下该孟勇吃惊了，他放慢了车速，瞪着孟强问："20%的利润？这利润怎么比得上股份啊？有股份才是自己的生意，挣利润那就是空手套白狼。赚不赚钱和他是没有什么关系的。你为啥不让他象征性地拿点钱入个股呢？哪怕是三五万呢，也能拴住他不是。再说，有了股本再给利润也名正言顺嘛！"

孟强神秘地笑了笑说："这你就不懂了，此事不宜操之过急！"

孟勇又问："为什么？"

孟强笑出了声，做了一个神秘的手势说："哈哈，你还是没有学到老爸的能耐啊，这要靠你慢慢去琢磨、慢慢悟，以后好好跟着老爸学吧！"

车子缓缓地停在夜色中的顾阳焦煤集团门前，张新阳不紧不慢地从院内走了出来，钻进了汽车后座。别克车像一道白色的精灵，不多时就消失在了顾阳的夜幕中。

第38章　万事俱备

夏天的郭记羊肉虽然没有冬天那么火爆，但也绝对不会像其他卖羊肉的小店一样冷清。张新阳和孟强兄弟找了座位坐下，要了一大盘羊肉，一人一碗老汤。张新阳和孟强都没有缓过劲来，孟勇还要开车，仨人也就没有再要酒，肉和汤一上来，仨人谁也顾不上说话，汗流浃背地吃了起来。孟勇一人吃完了一盘羊肉，连声喊爽，便又要了一盘。张新阳和孟强对视了一眼，看着狼吞虎咽的孟勇笑出声来。

孟勇看两人笑他，就嘀咕起来："你俩是饱汉子不知饿汉子饥，你们中午大快朵颐的时候，我在车里泡方便面呢。"

孟强说道："辛苦啦，老哥领你的情还不行吗？这次办成事，你是大功一件！"

孟勇说："哥，我可不敢冒功领赏，要说立功，新阳哥才是立了大功呢。"

张新阳听兄弟俩一说，便知道他们把马彬搞定了。于是说道："有我啥事呢，给强子介绍个朋友而已嘛。"

孟勇立刻反驳道："新阳哥，要没有你的面子，马经理会和我们到怡馨茶语吗？我们拿着的……"

张新阳立即给孟强递了个眼色，孟强狠狠地踹了孟勇一脚说道："你哥和朋友喝个茶有啥大惊小怪的，朋友们互相帮个忙又有啥呢，看把你嘚瑟的。"

孟勇虽然被孟强莫名其妙地踢了一脚，但他的嘴还是没有闲下来，继续嘟囔道："新阳哥，你是不知道……"

张新阳皱起眉头说："我是不知道，也不想知道什么。"

孟强看着一脸不知所措的孟勇说："这么烫的汤也堵不上你的嘴，哪儿来的那么多话呀。"

孟勇见孟强的语气变了，这才不再往下说了，低头呼噜呼噜地把一碗汤喝了个干干净净。

孟勇把张新阳送到了公司门口，看着张新阳的背影消失在了夜色中，这才掉转车头往酒店驶去。孟勇把车开得慢悠悠的，车窗全部摇了下来，深夜的风稍稍有些凉意，轻轻地吹在两人脸上，惬意无比。

孟勇不解地问孟强："哥，为啥新阳哥和你都不让提马经理的事呢？"

孟强笑着问道："我们和马经理有什么事吗？"

孟勇更不解地问道："你不是真喝大了吧？忘了？"

孟强笑着说："忘了什么了？我们不是要按市场价从乱石滩煤矿购煤了吗？"

孟勇说："是呀？可那是……"

孟强说："是什么，我们明天签了合同，按规矩办事，可是什么？"

孟勇沉默了许久，他还不懂得什么叫规矩。其实，所谓规矩就是规矩，规矩是看不到的，是摸不着的，但又是必须守的。规矩是用来做的而不是拿来说的。生活有生活的规矩，游戏有游戏的规矩，自然生意场也就有生意场的规矩，按规矩出牌，相安无事；坏了规矩，一事无成。

无论在哪个圈儿，在圈子当中自然要遵守规矩，孟强懂，张新阳懂，马彬也懂。孟勇似乎想通了什么，使劲拍了一下腿，看了看哥哥孟强，呵呵地笑了。车子已经停到了新世纪酒店的停车场，兄弟俩下了车，孟勇潇洒地用遥控器锁了车，快步走进了夜色中富丽堂皇的新世纪酒店。

周五是办公室人最全的时候，沈浩照例吃过油条后把头埋在了报纸间，张子健和王春亮有一搭没一搭地闲聊，赵力依旧坐在张新阳对面翻着一沓单据，似乎是在算着账，又好像没有见他干什么。张新阳一边心不在焉地干着活，一边听张子健和王春亮侃山。不知不觉就到了中午吃饭的时间，张子健和王春亮喊了一声张新阳，就走出了办公室。沈浩照例以吃不惯食堂的饭，出外面去吃为由，拿起他破旧的公文袋开溜了。张新阳和赵力收拾完办公桌上的资料，正准备出门，张新阳的电话响了，是孟强。张新阳冲赵力点了点头，示意他先去吃饭，不用等自己了。赵力也点了一下头，带上门出去了。

电话里传来了孟强略微有些兴奋的声音："新阳，合同签了。下星期就能从矿上拉煤。我一会儿过去接你，咱们庆祝一下这万里长征走出的关键一步。"

张新阳笑着说："恭喜孟老板了！庆祝就免了吧，我下午还得在单位坚守呢，再说你们来单位，人多眼杂的也不好。对你我这个年纪的人来说，这也算是个大摊子了，早点回，需要你干的事还多着呢。"

孟强也嘿嘿地笑着说道："好，领导说免了就免了。那我下午就和小勇回了。那边也没有啥，一切我早已都安排妥当，只等着点火开窑了。不过我还得劳烦你老兄两件事，一个是帮我找一个经验丰富的看炉师傅，焦炭的质量全靠师傅的技术了，一次 2000 块钱，按次结算。再一个有时间帮我和你舅舅江大成说一声，我前期都拜过他的码头了，但毕竟在人家的地盘干，免不了要有些是非，你老兄要再打个招呼，就万无一失了。"

张新阳说道："强子，老奸巨猾啊！成，我已经托人物色合适的师傅了，物色好了把电话给你，你再和他单独联系。你下次来顾阳的时候就别到我单位来了，咱们电话联系。还有也别和工人师傅提起咱俩的关系。强子，你别笑话我谨慎，我是个除了这个工作之外一无所有的人。"

孟强也严肃地说："新阳，咱俩这么多年的交情，我还不了解你吗？你放心，兄弟知道规矩。"

张新阳又说道："至于我舅舅那儿，我已经和他通过电话了，他对你是赞不绝口，有事尽管找他。不过我还是要提醒你，哪怕是少赚钱，也绝对不要干对乡亲们有害的事，这是良心，也是底线，你要是守不住这个线，别怪我张新阳翻脸。"

孟强说："新阳，你放一百二十个心，这我还是心中有数的，昧良心的钱，好挣不好花。还有，新阳，我们按规矩办，你也放心。"

张新阳没有接孟强的话，所谓规矩说一次就算定了，多说则无益。他又说道："你们早些回吧，好几个小时的车程呢，尤其是顾阳到津州的路况不好，开车小心些，注意安全。"

孟强说："好，放心吧，那我们走了，你也保重。下次再回县城，我把饭店打了烊，咱俩一醉方休！"

张新阳说："好，一言为定，一醉方休！"

张新阳把赖峰和李荣交代的工作梳理了一下，这周的工作还有一项没干完，不过还有一下午的时间，这点儿小活对他来说不在话下，如果不出意外，这个周末终于可以去趟卧龙山了。

卧龙山位于顾阳与津州之间，虽然属于顾阳县管辖，就地理位置而言，离着津州市的华峪区更近些。前几年卧龙山出土了一大批三叠纪海生爬行动物化石，再加上顾阳有着丰富的煤炭资源，津州市政府就在卧龙山投资建成了省内最大的地质博物馆。最近几年顾阳县政府又相继投资，开发了卧龙山的自然资源，还引进了游乐项目，卧龙山已经被开发成了综合性的休闲娱乐场所。

张新阳想去卧龙山，自然不是为了去游乐场，他感兴趣的是地质博物馆正在展出的鸟龙、中华龙、山东龙、山西鳄等一批从各地博物馆运来的国宝级古生物化石。这个难得的机会，他是说什么都不会错过的。

第二天早晨，张新阳照例跑完了5公里，吃过早饭后便坐上了去卧龙山的公交车。虽然是周末，但公交车上的人并不多，这趟车要开一个多小时，张新阳摊开一本财经作家吴晓波的书饶有兴趣地读着。

车刚开了两站，上车的人开始多了，但并没有影响张新阳坐在角落里看着书，他任由周围渐渐变得嘈杂。当他再抬头时，前面空着的座位上已经坐了一对情侣，女孩留着长发，头靠在男子的肩上，两人都戴着墨镜，并没有说话，耳朵里各自塞着一个耳机，很显然在听同一首歌。张新阳看了一眼两人熟悉的背影就认出了他们，是冯媛媛和李哲。

两人上车时，张新阳正把书挡在脸上，仰着头思考问题，所以他俩并没有注意到后面坐的是张新阳。张新阳正准备和他们打招呼的时候，李哲低下头亲了冯媛媛，这让张新阳觉得有些尴尬，硬生生把话咽了回去。冯媛媛说了声讨厌，把头从李哲的肩上移开，下意识地回头看了一下，正好与张新阳对上了眼。

冯媛媛的脸立刻红了，有些害羞地说："这么巧，是你啊！"

李哲听冯媛媛与后面的人打招呼，回头看去见是张新阳，也有些不好意思地说："新阳？好巧啊，你也去玩？"

张新阳说："我想去地质博物馆看看，刚才只顾看书来着，还真没注意你俩什么时候上来的。"

李哲听出了张新阳是在化解尴尬，也就顺着说道："我俩前一站上的，戴了墨镜臭美呢，没有看到你，我们去趟游乐场，媛媛想坐过山车。"

冯媛媛摘下了墨镜，脸上的红晕和淡淡的妆容相得益彰，衬托得她更加娇美漂亮。她回头对张新阳说："要不我们一起玩过山车去，超刺激的！"说完不自觉地看了李哲一眼。

李哲也说："就是，一起走，我也好久没玩过山车、大摆锤了。"

张新阳把头摇得像拨浪鼓似的说："不去，倒给我钱也不去，我恐高，受不了那刺激，不去。"张新阳不是客气，他确实有恐高症，前些年和同学去华山，上山的时候不觉得，等到下山的时候两条腿就再也不听使唤了，让同学们在山下整整等了三个小时，这也成了同学们开他玩笑的最大资本。

冯媛媛见张新阳摇头的样子不禁笑出了声："我还以为你天不怕地不怕呢，原来你也有不敢干的事啊？"

张新阳也觉得自己的表情有些夸张了，调整了一下，笑着说："我怎么就不能有怕的事了，不敢就是不敢。我这人也不爱凑热闹，还是适合去博物馆研究研究地质。"

李哲附和着说道："这地质博物馆的东西，在我看来都差不多，就几块石头嘛，可在新阳眼里就是宝贝。"

张新阳笑着说："术业有专攻嘛，论经济金融，你不也是行家里手嘛。"

冯媛媛笑着打断了他俩的对话说道："嗨嗨嗨，我说你们两个大老爷们儿干啥呢，我就没见过你们这样互相吹捧的。"

张新阳和李哲不约而同地哈哈大笑起来。公交车吃力地哼哼着，走过这段山路，前面就是卧龙山了。张新阳下意识地朝窗外看了一眼，马路边是三四米高的土崖，土崖下一大片玉米黑绿黑绿地拔着身子，再往远处便是层层递降错落有致的梯田，而更远的地方，楼房已变得十分矮小了。他们已经到了半山腰间，忽然张新阳心里咯噔一下，一种莫名的恐惧感从心底袭来，一个寒战直至发梢，胳膊上起了一片鸡皮疙瘩。

第 39 章　奋勇救人

公交车继续吃力地沿着盘山公路爬行，车上的嘈杂声越来越大，刚才瞬间的恐惧感搅得张新阳心神不宁，李哲和冯媛媛说着什么，他一句都没有听到。

李哲转过身来拍了他一把说道："嗨，新阳，发什么呆呀，和你说话呢！"

张新阳回过神来，不好意思地说："没，没什么，想到件事儿，走神了。"

冯媛媛说："好久没有一起吃饭了，晚上找个地儿吃一顿？"

张新阳看了看李哲说："行啊，去哪儿？李哲定吧。我做东。"

李哲笑着说："看你说的，那咱们还去头一次吃饭的地方，郭记羊肉馆。有我在，还轮不到你出血呢。"

张新阳也笑道："好吧，恭敬不如从命，那我可就不客气啦，好好吃你俩一顿。"

李哲痛快地说："好久没有领教你的酒量了，那咱们就一言为定。下午回去的时候我们电话联系，一块儿回城，直奔饭店，今天咱也来个不醉不归。"

张新阳冲冯媛媛说："这可是李哲要和我喝的啊，我俩喝多了你可别怪罪我。"

冯媛媛看着窗外说道："喊，我才不管你们呢，爱咋的咋的。"

车上的人声更嘈杂了，张新阳又看了一眼窗外，路边的玉米地和公路的落差更大了，一阵头晕，刚才的恐惧感再次袭来。

大货车的喇叭声尖锐刺耳，由远及近。眼看着迎面而来的货车要撞上公交车了，司机使劲往右打了一把方向盘。大货车贴着公交车呼啸而过，向左侧的土崖冲了过去，右前轮卡在排水沟中。一声巨响，整个车侧翻着甩在了土崖上，拖挂横在了路中，车尾重重顶住了公交车。公交车瞬间失控了，后轮离开了地面，悬在了公路右侧的田地上空。十几秒的时间，整个公交车坠了下去，车厢内一片尖叫声。一声撞击声过后，车内没有了声音。

张新阳眼前一黑，他拿着一只风筝，奔跑在漆黑的山冈上，他边跑边喊，四周空旷而寂静，风筝飞在漆黑的天上，追着奔跑的他，他啊啊地喊着，和着回声响彻山冈。

阳阳，阳阳……

这熟悉的叫声，是死去多年的奶奶，亲切，熟悉，他好想奶奶。

奶奶，奶奶，你在那儿啊？

四周依旧空旷无声……

阳阳，回去吧，别玩了……

奶奶的声音越来越远，张新阳站在山冈上，风筝已经不见踪影。他茫然地看着四周，光秃秃的山冈上，一棵树一株草都没有。风呼呼地在耳边叫着，天更暗了，暗得让人无法呼吸，仿佛一切都要在他眼前终结。一道闪电刺穿了四周的寂静和昏暗，让他看清了四周的一切，扭曲的公交车散在他眼前，如同无声的黑白电影胶片，一帧一帧地推进着时间。

眼前的画面慢慢地从黑白变成了彩色，耳边风的呼啸慢慢变成了低声的哭泣和痛苦的呻吟，张新阳渐渐清醒了。刚才公交车从头顶的公路上摔落了下来，整个公交车侧翻在了玉米地里。庆幸的是公路与玉米地只有四五米的落差，如果再往前开个几百米，下面就是十几米深的山崖，后果不堪设想。

张新阳看了看四周，有人已经打碎了车窗玻璃正吃力地往外爬，有人流着血不停地叫喊着，还有人歪歪斜斜地躺在座位上一动不动。张新阳下意识地活动活动身体，手脚还都听指挥，也并没有剧烈的疼痛感，意识到并没有伤到筋骨，他这才松了一口气。

确认自己并无大碍后，他想到了李哲和冯媛媛，于是使劲往外一挺身，头已经探出了挡在面前的座椅靠背，只见冯媛媛歪斜着身子，倚在一个座椅上，李哲趴在冯媛媛腿上，鲜血染红了冯媛媛的裙子。变形的公交车内一片狼藉，张新阳从侧翻的座位中吃力地抽出身，爬到了李哲和冯媛媛身边。他伸手探了一下两个人的鼻息，李哲的呼吸正常，只是头上流了许多血，但冯媛媛的呼吸很弱。

张新阳把李哲从冯媛媛身上搬开，使劲拍着他的脸喊道："李哲，李哲，快醒醒！"随即又从李哲的包里掏出一瓶矿泉水，拧开盖全部倒在了李哲脸上。李哲啊地叫了一声醒了。当李哲明白发生了什么事情的时候，整个人呆在了那儿。

张新阳看着发呆的李哲，大声冲他喊道："试试手脚还好使不？"

李哲动了动手脚冲张新阳点了点头，又呆住了。张新阳比画着说道："媛媛状况不太好，必须赶快把她先弄到车外，我从这儿先爬出去，我往外拉，你往外推，注意别让玻璃划着了，听明白了吗？"

李哲看着冯媛媛惨白的脸，手脚已经不听使唤地抖作一团，张新阳又大声问道："听明白了没？"李哲终于反应了过来，使劲地点着头。

张新阳从破裂的窗户爬了出去，伸进手从腋下抱住了冯媛媛，他使出了浑身的力气往外拽，李哲扶着她的腰使劲往外递，两人一起使劲，终于将冯媛媛拉出了车外。张新阳压倒了几根玉米秆，把冯媛媛平放在玉米叶上，又试试她的呼吸，依然微弱！

李哲爬出来再看到冯媛媛时，已经浑然不知所措，只是蹲在她身边，手不停地在抖，嘴里反复嘟囔着："这可咋办？这可咋办？"

张新阳看着李哲大声说："快给媛媛做心肺复苏，快呀！"

李哲整个身体颤抖着，嘟囔着说道："新阳，快救救媛媛，救救媛媛。"

张新阳看看李哲，叹了一声说道："李哲，你可别介意，我给她做人工呼吸。"

李哲说："啥时候了，说这些干啥，快，快救救媛媛。"

张新阳反复压着冯媛媛的胸腔，一遍一遍地做着人工呼吸，汗一滴一滴落在了冯媛媛的脸上。十几分钟后冯媛媛的呼吸正常了，脸上也渐渐有了血色，不一会儿慢慢地睁开了眼睛。张新阳见冯媛媛终于脱离危险了，像泄了气的皮球似的躺在了地上，大口大口地喘着粗气。

李哲也渐渐平静了下来，他紧紧抱住冯媛媛，眼泪哗哗地流着，语无伦次地说着刚才的经历。当冯媛媛知道是张新阳把自己从鬼门关拉回来的时候，豆大的泪珠夺眶而出。张新阳安慰了一番冯媛媛，起身冲向着侧翻的公交车。

这时，已经有不少人从车窗中爬了出来，茫然地站在玉米地中，似乎还没有从刚才的车祸中缓过神来。车里还有不少受伤的人，啼哭声和呻吟声不绝于耳。公路上已经听到了警车和救护车的鸣笛声，显然已经有人报了警。但这三四米的落差，救护人员要想下来，也不是那么容易，当前救人是第一要务，刻不容缓！

张新阳冲着爬出来的人大声喊道："快救人！"人们没有反应。张新阳又喊道："共产党员，站出来！"

两个中年人走了出来说道："小伙子，该怎么办，我们听你指挥！"

这时其他人也反应过来了，齐声说道："对，小伙子，我们听你的，救人！"

张新阳有些感动了，一种义不容辞的责任感涌上了心头，他说道："共产党员跟我进车里去，其他人在外面接应，我们先救昏迷的和受重伤的人，让受轻伤的先把通道让出来，现在我们是在和生命赛跑，这一车人的安危全靠我们几个了，拜托大家了！"

说完，张新阳和几个挺身而出的党员再一次钻进了车。逃生是人最原始的欲望，在这种情况下，不能用任何批判的眼光去看待每一个努力想逃离车厢的人。在这个扭曲的空间里，谁也不知道下一秒钟会发生什么事情。

张新阳费尽了力气才说服受轻伤的人员让出了逃生通道，整整抬出了16名昏迷和重伤的乘客。车外消防人员搭起了梯子，医务人员已经给昏迷的人员实施了救治，看着最后一个轻伤乘客钻出了车厢，张新阳和另一名救援的乘客长出了一口气。那名救人的乘客掏出了一根烟叼在嘴上，手里拿出了一盒饭店送的火柴，刺啦一声划着火柴，点燃了香烟。

当张新阳意识到危险的时候，对方已经顺手将火柴扔到了出去。张新阳推了一把那名乘客，大声喊："不好，快跑！"话音未落，身边已经着起火来。两人艰难地爬出车时，车子已经被火焰包围。两人坐在地上，望着燃烧着的车辆，惊魂未定，大口大口地喘着粗气。

冯媛媛并没有看到张新阳钻出公交车，眼见车辆突然起了大火，她声嘶力竭地喊着张新阳的名字跑向公交车。等确认坐在地上的灰头灰脸的张新阳并无大碍时，她使劲捶打着张新阳的肩膀，泪流不止地说道："就你能逞英雄，你今天要出了事，怎么办？"

张新阳嘿嘿地笑着不说话，旁边的中年人不明就里地说："小兄弟，找这么个对象，有福气啊！"

张新阳和冯媛媛的脸一下子红到了耳根。

这次张新阳要出名了！津州电视台《晚间新闻》滚动播报着卧龙山公路上的车祸。医护人员和消防人员介绍道，正是因为张新阳他们施救及时，除两名重伤人员还未脱离危险期外，全车乘客全部得救。一个乘客用随身携带的数码摄像机拍下了张新阳带领乘客冲进车中救人的视频，张新阳喊的那一声"共产党员站出来"被群众反复播放着，他们全城寻找着救人英雄。当天晚上就有热心观众打电话到电视台确认张新阳的身份。

第二天一早，一拨拨的记者来到了顾阳焦煤集团要采访张新阳。刘成功和关峡把张新阳叫到了办公室，笑着说道："好小子，本事不小啊，给咱们单位招来了这么多媒体，要不我们给你开个新闻发布会吧！"

张新阳不好意思地说道："能不让媒体进来吗，我真不想接受采访，换谁都会这么干的。"

刘成功说道："哎？你还不好意思了。我告诉你，就你那句共产党员站出来，我和关书记也都很受感动嘞！"

关峡看着张新阳，认真地说："新阳，关键时候，危难时刻，敢亮出身份，敢冲到前面，这才是我们党培养的干部，才是一名真正的共产党人。我关峡打心眼儿里敬佩你！"说着将宽厚的手掌重重地拍在了张新阳的肩膀上。

刘成功说道："小张，接受一下采访吧。正如关书记所说的，你不仅代表你自己，还代表着公司，甚至可以说代表着党员的形象。我和关书记并不是想让你出名，也不是想为公司造声势，我们是觉得这个时代需要像你这样有担当的年轻人，党需要像你这样的好苗子。有你作为榜样引领着，会聚集更多的正能量。只有让更多的人学习你的担当，我们的国家才会有前途，民族才会有希望，听懂了吗？"

张新阳听了关峡和刘成功的一席话，不知为何，眼泪在眼眶里打着转儿，他使劲地点点头，走到了媒体早已等候着的会议室。随后顾阳、津州，乃至省城的大小媒体都报道了张新阳的事迹。张新阳并不在乎媒体如何报道他。特别在乎这些报道的还有一个人——刘诗雅。

第 40 章　平民英雄

傍晚的时候，突然而至的雷雨浇透了顾阳城。耀眼的闪电伴着沉闷的雷声，插入了远处的山坳。雨打在玻璃上噼啪作响。窗外顿时漆黑一团，让人忘却了这座城市的夜晚应有的霓虹和娇美。张新阳沏了一杯茶，半躺在床上听着窗外的雨声。公司给宿舍装了有线电视，电视中正播着纪念 beyond 的演唱会。他把音量调得很低，窗外的嘈杂和屋内的安静，正如此刻的他，无所谓有、无所谓无，一切都随着他的心境在慢慢改变。

这段时间张新阳救人的事轰动了全省的新闻媒体。对媒体人来说，没有人员伤亡的事故，挺身而出的党员，积极救人的群众，既有正能量又有报道价值的新闻，无疑是最好的报道题材。而顾阳县委、县政府更是不遗余力地宣传，因为新闻报道不仅有顾阳精神文明建设的成绩，更深层次的，还有助于卧龙山旅游资源的宣传和争取上级道路改造的投资。

就这样，张新阳救人的照片和视频覆盖了大大小小的电视、广播和报纸。亲戚和朋友也纷纷打电话问候，有羡慕他出名的，有夸他能干的，还有酸溜溜的有点儿忌妒的。张新阳不看重这些，也不在乎这些。从小姥爷就和他叨叨一句"但行好事，莫问前程"，虽然他并没有真正理解这句话的意思，但他知道，做一个好人，是与学历高低、财富多少没有必然联系的。这么多年他是这么想的，也是这么做的。救人本就天经地义，至于媒体的报道，他并不是很当回事的。

刘诗雅再一次数落着他的鲁莽，但张新阳能听出电话中的刘诗雅更多的是作为他女朋友的自豪以及对男朋友的敬仰。刘诗雅说："新阳，你知道吗，爸爸看到电视上的你时，不住地点头，脸上露出了我从未见过的赞许的笑容。妈妈戴着老花镜看了好几遍《津州日报》上关于你的报道呢。"

听到这些，张新阳欣慰地笑了，对他而言，什么荣誉都比不上刘明桢和白惠的赞赏。

冯媛媛只是给他发了条短信，短信的内容也只有两个字——谢谢！张新阳知道，这并不是简单的感谢语。那天公交车着火后，冯媛媛歇斯底里地呼喊着他。

那时他们之间的感情就已经升华了。

那次事故后，张新阳和李哲、冯媛媛再次聚在一起吃了饭，庆贺他们的劫后余生。张新阳很认真地对李哲说，请他不要介意他在事故现场对冯媛媛做的一切。李哲干了半杯酒，并没有说什么。李哲无数次质问过自己，当时为何变得那么差劲。打心底讲，他是感谢张新阳的，那天如果没有张新阳在场，也许他会永远失去冯媛媛。

李哲想对张新阳说些什么，但一想到张新阳给冯媛媛做人工呼吸，以及冯媛媛不顾一切冲向着火的公交车，感觉仿佛他们才是一对生死不渝的恋人，而自己只是一个站场上的逃兵。每每想到这些，那份对张新阳的感谢就烟消云散。他把感激和客气的话生生咽了回去。但不管李哲是何感受，在张新阳心里，冯媛媛无疑是他真正的朋友。

夜深了许多，窗外的雨也小了许多，张新阳又给茶杯中蓄满了水，思绪依旧漫无边际。在接听的众多的电话中，一个陌生的固定电话号码让张新阳很欣慰。

打来电话的是程美丽。美丽抱歉地说刚刚才看到新阳哥哥的事迹，同时还告诉了张新阳一个消息，她被岳东大学经济管理学院经济与金融专业录取了。

对张新阳来说，这确实是个好消息。程三三的自杀，始终是他心头挥之不去的阴影。他无数次梦见在一个寒冷的傍晚，程三三穿着破棉袄冲着他笑，而他总是在程三三正准备和他说什么的时候，便再也找不到程三三了，眼前只留下一件破旧的大衣。

在他内心深处，始终是对程三三的死有所愧疚的，程美丽考上大学了，还是知名的岳东大学，也算是对程三三的一个交代。等挂断了程美丽的电话，他决定给美丽买部手机，作为送她的开学礼物。

电视机中黄家强的一曲《冷雨夜》响起，那熟悉的吉他声，让张新阳记起了在津州纺织学院外的夜市，他陪着刘诗雅丈量着幸福的距离。那夜不期而至的大雨把两人困在了路边的小面馆。那个冷雨夜，他把刘诗雅送回学校的时候已经是11点了，就在公寓楼旁边的大树下，张新阳第一次吻了刘诗雅。那是他的初吻，吻了自己最心爱的女人，至今记忆犹新。音乐伴着回忆，在这个雨后的夜不停地激荡，激荡，泛起了一个又一个涟漪，扩散着渐渐远去……

钟表的指针指向了深夜11点钟，放在枕边的手机却亢奋地响了。张新阳没有看手机，就已经猜到是谁了。

"新阳，了不得啊，时代楷模，全省的名人了！这下县长得请你回来做报告了！"手机中传来了孟强亢奋的声音。

张新阳并没有接孟强的话茬儿，平静地说道："孟总，大半夜的不是为了给我读报纸吧？"

孟强还是继续爽朗地笑着，显然很兴奋，大声地嚷道："你有你的喜事，我也有我的喜事。不过你的喜事是你自己的，我的喜事呢，是咱俩人的。焦化厂第一笔买卖成了，猜猜赚了多少钱？"

张新阳说："刚开张，不赔就行，赚多赚少都无所谓啦。"

孟强笑声更大了，继续兴奋地嚷道："我孟强的字典里还没有赔钱这两个字呢。第一单，净赚10万。按咱们的约定，有你的两万，你给我个账号，三天后我就给你汇过去。"

两万块钱对张新阳来说确实是一笔不小的收入了。张新阳的心猛地跳了几下，他尽量压抑着自己的兴奋，平静地说："先在你那儿放着呗，着个啥急。我也不用。"

孟强说："新阳，既然你这么说了，我也打开天窗说亮话。你是不当家不知柴米贵呀。这一单赚的10万块钱，除付了你的分成，再打点打点关系，也就所剩无几了。哥们儿有个建议，想和你商量商量，你拿10万，算入股，哥们儿把利润分成再给你提一成，咱们三七开。你的股本，我保你一半。就是说，真要赔钱了，我保你5万。哥们儿手头确实紧，就算帮我一把了，怎么样？"

张新阳的脑子快速运转着。当孟强说的时候，他已经把这个账算清了。他听着孟强侃侃而谈，不禁挑起了大拇指，暗暗想道：这个孟强，真不是白给的，他这是把我算透了呀！有进有退，可攻可守，还给自己留足了面子。就这一个月10万的盈利和三七开的诱惑，是任何人都无法拒绝的。

孟强话音刚落，张新阳就说："咱哥俩客气啥，我这手头还有借来准备买房的几万块钱，明天给你汇过去。至于盈利还是二八开！"

孟强说："好，不愧是好兄弟，真他妈的敞快！这次的两万我就先给你入了股了。至于盈利，我说三七就三七，你也别和我客气。因为我还有个条件，你这股份只分哥们儿的盈利，不算资产股本。行不？"

张新阳哈哈大笑道："听你的，你说咋办就咋办！"

孟强也大笑道："成！就这么定了。你就等哥们儿从胜利走向更大的胜利的好消息吧！"

雨彻底停了，一切都安静得出奇。若不是听到钟表的指针发出的声音，张新阳还以为这个世界已停止了运行。他在屋里来回踱着步，刚才一咬牙答应了孟强，可这10万块钱，还真差着些，要从哪儿来解决？王一飞、王春亮、李荣，一个个面孔都在他眼前过了一遍，又被他一个个否定了。直到那个熟悉名字划过他的眼前——冯媛媛。

张新阳再次拿起了手机，编了一条短信：媛媛，有事用钱，能借点儿吗？编好后他反复地看了又看，犹豫了一会儿，发了出去。不一会儿，手机响了，冯媛媛发了一行字：我有两万，明天中午，我带到怡馨茶语。晚安！

中午的怡馨茶语人并不多，橱窗边的雅座上，张新阳和冯媛媛相向而坐，良久不语。张新阳接过冯媛媛用报纸包着的钱装到包里。冯媛媛只是叮嘱他别和李哲提这件事，这是她的私房钱。一壶茶飘着袅袅茶香，两个人却相视无语。经过上次公交车事故，他们都觉得彼此之间似乎多了些什么。

冯媛媛几次梦到了她和李哲牵着手走在夕阳的余晖中，而每次回头时都会发现，把她拥进怀中亲吻她的，却是张新阳。她告诉自己，这样的梦只是源于自己对张新阳的感激，可是每次的梦境却那样真实，她几乎能感觉到他的心跳，恍惚是那年在病房里给张新阳换药时的兴奋与羞涩。她内心深处的某种情愫久久挥之不去。

张新阳看着走神的冯媛媛问："媛媛，你怎么了？"

冯媛媛这才回到现实中，当眼前的这个人与梦境中的他重叠时，她的脸微微泛起了红晕，她试图转移话题，却又不知该说些什么，只是喃喃地说："没什么啦。新阳，要买房了吗？"

张新阳并不想让任何人知道他和孟强的生意，这是他的底线，于是含糊其词地说："嗯，是，计划是。"

冯媛媛说："那就快和刘诗雅结婚了吧，祝福你！"

张新阳点点头说道："媛媛，谢谢！真心感谢你！"

两人再次相视无语，刚才还遮住太阳的云飘到了更远的天边。正午的阳光透过橱窗，小提琴拉奏着一首《梁祝》，白色的杯盘折射着瓷白的阳光。一个恬静、安然的午后。两人静静地坐着，默默地看着对方。音乐停下时，两人会心一笑，起身走出了怡馨茶语。世间所谓知己，有时并不需要过多言语。

第41章　新阳献计

孟强的"子为"焦化厂渐渐步入了正轨。"子为"两字是张新阳的提议，取"孟"字的"子"和有所作为的寓意。尽管厂子不大，也不是多么正规，但生产、经营、财务管理却都井井有条。

　　起初，张新阳对这个有点儿玩世不恭的同学多少有些不放心，但是去过几次焦化厂后，见孟强确实是按照正规厂子的标准去管理的，他悬着的心才放了下来。在张新阳的暗中帮助和马彬的大力支持下，焦化厂生产用的焦煤基本上能足量供给。在焦炭市场持续向好的形势下，焦炭根本就不愁销路。

　　虽说张新阳和孟强有利益分成的约定，但这几个月，张新阳并没有从焦化厂拿走一分钱，除了入股的 10 万元，所有的盈利全都放在了孟强那儿，算是借给孟强的流动资金。这些钱在厂子最初的运作中，起了不小的作用，一个只有十几个工人的小小子为焦化厂，短短几个月就已经在永宁县颇有名声了。

　　这次张新阳请假回到大岗村，是因为接到了孟强火急火燎的电话——子为焦化厂有人闹事了。在北方的农村，当几百年、上千年的淳朴民风忽然遇到剧烈的变化时，所表现出的是村民心理上的无所适从和行为上的过激蛮横。

　　大岗村的村民传承着千年来自给自足的生活方式。地里刨食的生活虽然艰辛，但比起背井离乡的打工生活，却又逍遥自在。虽然这些年有不少的青年外出打工，但毕竟没几个人混出个模样来，即便是十里八村有名的大学生张新阳，也无非是抱着个铁饭碗在讨生活。张有才低声下气地四处借钱的事儿，早就成了人们茶余饭后的谈资。于是又有人感叹，考上大学了又能咋样？还不是照样没出息？还不如待在村里种地自在。

　　但这次不一样了，子为焦化厂开在了大岗村，几个村民在那里上班，这才几个月家里就买了电视机、买了摩托车。这还了得，当初去那儿上班的这几个人，可都是大家眼里天生卖"苦力"的人，他们怎么一下就过得比自己好了呢？于是，村民们陆陆续续要到厂子里上班，可孟强的厂子毕竟只是个小厂子，哪能容得下这么多人？如此一来，有的人便威胁说如果不安排他们进厂，就堵了厂子的路、断了厂子的电。

　　孟强本不怕这些村民的威胁，他给乡派出所打个招呼，带走几个人还是有这个能力的。但他并不想激化矛盾，要想把生意做大，还是要和气生财，让村民们支持自己、维护自己，这才是治本之策。就在他和江大成商量着下一步该怎么办的时候，厂子门口出事了。

　　70 多岁的江玉苟和三个侄子堵了厂子的门，其实所谓厂子也就是用红砖垒围起来的一块地。简单的大门旁是几间简易房，往里就是几个小焦炉和存放场地了。江玉苟是村里最穷的，却是辈分最高的。所谓穷横穷横的，也许就是指江玉苟这类人。村里人都叫他苟爷爷，谁也不愿意招惹他。今天他来的目的，是要让他的三个侄子都到厂子里上班。江玉苟没有儿女，而这三个侄子都30岁了，这要是打了光棍，他爹这支香火到了他和他哥这儿就算是断了。

四个人在门口坐了一上午也没有见到孟强，有和江玉苟关系不错的工人给他们端了水。江玉苟站起来喝水时，一捂心窝，躺在地上再也没起来，他一动不动地死了。孟强得到消息赶到大岗村的时候，三个侄子已经把棺材抬到了厂门口。

无论孟强怎么说，侄子们只有一个条件，要不给50万，要不就把死人放在大门口。最后就连江大成都出马了，三个人还是不松口，扬言谁要再敢给孟强干活，见一次打一次。这样一折腾就是一个星期，厂里的工人根本无法生产了。眼看着场地待售的焦炭越来越少，焦煤越堆越多，这样下去是要影响信誉的，孟强有些焦急了。

孟强再次去江大成家商议这件事的时候，江大成说道："小孟，你怎么不和新阳商量商量呢？"

提到了张新阳，孟强眼前一亮，连忙拍着脑门儿自嘲道："舅，看我这脑子，怎么把新阳给忘了。他张新阳处理大事的能力，那在顾阳焦煤是尽人皆知的。这点儿事对他来说，也许不过就是小菜一碟。"于是，孟强火急火燎地拨通了张新阳的电话。

张新阳和孟强坐在江大成家的餐桌上。看着一桌子丰盛的饭菜，张新阳不禁暗暗想，舅舅没少在孟强那儿得好处，否则，以尖酸刻薄出名的舅妈是不会下厨做这么一桌子丰盛的菜的，至少他张新阳这么多年是没有在舅舅家享受过这样的高规格待遇的。孟强从车里拿了一瓶茅台，倒了满满三大杯，不一会儿的工夫，三人的酒杯就见底了。

孟强晃悠着大脑袋说："这三个孙子，好说歹说都不顶用，惹急了老子，找两个兄弟收拾了他们算了。"

江大成接过话茬说："老话说得好啊，光脚的不怕穿鞋的，他们三兄弟，连裤衩也没的穿了。你找人收拾他们，犯得着吗？再说，别看我在这穷乡僻壤干村主任，外面的事还是知道些的。知道做生意忌讳啥不？一是不能涉黑，沾上了社会上不三不四的人，你迟早要跟着受害。二是不能涉腐，和官员保持一定的距离，不要以为和谁谁谁是铁哥们儿就可以为所欲为，政府一旦和你认真起来，谁都是白扯。"

张新阳还是第一次听江大成说得这么头头是道，不自觉佩服起自己的舅舅来，他乐呵呵地说："舅舅，看不出来呀，您还真有水平，我以前怎么就没发现呢？"

江大成也笑了，呵呵说道："我有个屁本事，这是我到县里开扶贫工作会，听一帮老板们吃饭时说的，听着有道理就记下了。"

孟强早就把羊毛衫脱了，只穿着秋衣，依旧是汗流满面，他擦了擦头上的汗，说道："舅舅，你说得太有道理了，我爸也是这么说我的，可他就没有你说得这么精辟。要不是我觉得你们说得对，我非好好收拾收拾这三个家伙。"

江大成说："新阳，你主意多，你说说该怎么办？"

张新阳闭上眼睛，仔细地思考着，过了好一会儿才说道："舅舅，强子，你们觉得现在问题的关键是啥？"

孟强说："要说问题的关键，还不是老头的棺材埋不了，三个家伙想要点儿钱嘛。"

张新阳又问："强子，你是咋想的呀？准备怎么办？"

孟强说："要是没有别的办法了，我准备和三个家伙谈，最多给他们5万，他们爱要不要。实在不行我就找乡派出所、找县公安局，狠劲收拾收拾这三个王八蛋。"

张新阳神秘地笑着说："5万块钱？太破费了吧。我有个主意，花不了几个钱就能把这个事办了。"

孟强和江大成都瞪圆了眼睛，等着张新阳说下文。张新阳甩开腮帮子，抓了一大块脊骨，大口大口地啃了起来，吃得满嘴满手都是油。

驼三爷是方圆几十里有名的风水先生，他大名叫什么早已被人们忘却了，只知道他年轻的时候给别人挖墓地，被坍塌的撑木砸在了身上，后来就成了驼背，于是得了个驼三的绰号。也许是人们都迷信"奇人必有异相"的原因吧，驼了背的他在阴阳先生圈中的名头越来越大，善于观风水点穴的名声也越传越远，甚至经常有外地人开着轿车接他去看风水。凭着这本事也供养着一双儿女上完了大学。如今驼三的年纪越来越大了，在迷信风水的农村，人们都尊称他为驼三爷。

驼三爷出现在江玉苟的棺材前时，江家三兄弟都不禁吃了一惊，这个永宁县鼎鼎大名的风水先生怎么会出现在这儿呢？

老大江成柱过来很客气地说："三爷，您怎么来了？"

驼三爷并没有搭理成柱，围着棺材一圈一圈地转，边转边自言自语地说道："天数啊，真是天数啊！"

老三江玉柱听驼三围着棺材说什么报应，立马瞪圆了两只眼睛，一把抓住驼三骂道："你个老家伙在胡说什么，我叔死了怎么就是天数了？你再敢放屁，我打死你个老东西。"

老二江银柱赶忙拉住了老三，朝他吼道："你犯啥驴脾气，三爷说话自有三爷的道理，你懂个屁。"随后又弓着身子朝驼三爷赔着笑脸说，"三爷，我家老三不懂事，您别和他计较。"

驼三爷并没有理会江家兄弟,整理了一下衣服后,口中念念有词地坐在了棺材边。架在鼻梁上的墨镜耷拉着,眼镜后面露出了一双狡黠诡诈的眼睛。驼三清了清嗓子说:"成柱,你过来,我驼子问你几个事儿。"

江成柱赶快到来驼三爷跟前,毕恭毕敬地站在那儿等着驼三发问。驼三见成柱过来了,不紧不慢地说道:"你叔死了几天了?入祖坟还是另外选地儿埋呀?"

成柱赶忙说道:"三爷,要算上今天就是第十二天了。我叔是死在这个子为厂门口的,他们不给个说法,我们就把棺材一直放这儿,让他们不得安生。"

驼三爷又问道:"这是你们的私事,我不管,我只是问你将来入不入祖坟?"

成柱说道:"当然要入了,我叔叔是当过政治队长的人,根正苗红,虽说没有一儿半女,可还有我们哥仁呢,凭啥不入祖坟,他们谁敢不让入祖坟?"

驼三爷说道:"既然要入祖坟,你们这就是瞎胡闹!你们还想让老江家人丁兴旺、香火不绝吗?

成柱一听驼三爷这么一说,料定不是在吓唬他们,于是恳切地说:"愿听三爷赐教,要真有问题还请您指点。"

驼三爷说道:"不瞒你们兄弟三个,我这次到这儿来,就是受了你们江家族长江大元老爷子的委托来的。我已经去你家祖坟看过了,你们那个祖坟是鸾凤驾辇的绝佳风水宝地。只可惜从东南到西北一条小路破了这风水,以致江家后辈儿孙并没有什么造化福气。眼见着江玉苟要下葬的阴宅占了那条小道,这个穴脉就通了,可老江头并没有下葬,过了吉时,恐怕江家这个风水就要破了。所谓天意不可违、天命不可求,这风水要一破,大吉变大凶,恐怕祸事也就不远了,你说,这不是天意是什么?"

听驼三爷这么一说,江家三兄弟面面相觑,不约而同地呆立在那里,看着驼三爷的墨镜,惊得说不出一句话来。

第42章　风水秘术

江成柱想想驼三爷的话也并非虚言。他的曾祖父曾经做过颜州通判知事,朝廷正九品官员。听祖父说过,曾祖父想为其父选一新坟,于是请了颜州有名的风水先生，四处找寻未果，就去看了祖坟。祖坟从曾祖父往上数已经埋了三代人了，当然也包括现在的族长江大元的先人。风水先生说这个祖坟叫鸾凤驾辇，后辈儿孙非富即贵，何必再另寻他处。可民国以后，他们家这一支家道中落，祖父不止一次说曾祖父找了个骗子，害得他江家一代不如一代。

至于驼三爷说的那条小道，他小时候跟着祖父上坟的时候就听祖父说起过，坟地边本来是没有这条小道的，但当年兵荒马乱的，鬼子在官道上修了炮楼，附近几个村子的人谁都不愿意从官道走，只好从田地里抄近道，久而久之形成了这条小道。如今走的人是少了，但每年春忙秋收还是会有各种农用车从这儿走过，把条小道轧得结结实实的。

今天，成柱听了驼三爷一番说辞，忽然觉得曾祖父请的风水先生并非骗子，只是因为有了这条小道破了风水，让祖父骂了风水先生多半辈子，害得父亲穷困了一辈子，二叔一辈子无儿无女，而自己兄弟三人三十好几了还打着光棍。就连自打清末一直由他们这一支负责的地保也让给了别人，直到现在，大岗村村委会主任还是由另一支江姓的江大成干着。

江成柱想到这些，已经对驼三爷的话深信不疑了。此时的驼三爷仿佛就是一尊神，仿佛他的一句话就能改变他们子孙后代的命运一般。成柱哀求道："三爷，您真是活神仙，还请您多指点指点，给我们兄弟三个指条明路。"

驼三扶了扶眼镜，把一双眼睛隐藏到了黝黑的墨镜后面，他掐着手指头说道："不可说啊，不可说啊，这是有悖天机的，说了会折我的阳寿的。"

老二银柱说道："三爷，您就帮一帮我们兄弟吧。再说，我们弟兄要是有个好前程，您这是行善积德的大好事呀，还请您指教。"说着银柱竟然跪下给驼三磕起了头。

驼三叹了一声说道："既然你们兄弟把话说到这儿了，我就心软一次，但你们兄弟今后可要老老实实，本本分分，自然会有福报。就像银柱所说，你们积德行善或许能抵消我这泄露天机的罪过。"

厂里的工人们也围了过来看热闹，有人给驼三爷搬了把椅子，成柱和银柱千恩万谢，只有玉柱闷头坐在那儿一声不吭。驼三爷从他那绣着八卦图样的包中拿出了水壶，喝了几口后才缓缓说道："玉苟下葬有两个吉时，一个是头七的未时三刻，为大吉；第二个吉时是二七的酉时二刻，稍次之。如若错过了这两个吉时下葬，即使穴脉通了，风水也就破了，只是不至于由吉转凶。"

厂里的工人有和三兄弟是近支的本家，听驼三爷这么说，哪个不想为子孙后代添点儿福荫，于是众人七嘴八舌地劝起了三兄弟，这都停了十二天了，眼看就要错过第二个吉时了，要抓紧打坟墓下葬。成柱和银柱在众人的劝说下，点头说道："行，我们下午就张罗打墓地，可是两天时间，就我们三兄弟也办不了这事啊。"

人群中有人说道："柱子，还有咱们本家人呢，我们哥几个一块去，争取明天下午打好墓地，不误老爷子吉时下葬。"

这时坐在地上的老三玉柱突然站起来吼道："不行，别听这个老家伙胡说八道，哪个敢动一下棺材，我他妈打死他！"

众人被他这一声吼惊到了，现场瞬间又安静下来。成柱赶忙呵斥道："老三，你又犯啥浑呢！"

玉柱头上的青筋一跳一跳的，站起来喊道："把老爷子埋了谁给我们钱，别上了这老家伙的当。"

成柱和银柱听玉柱这么说，也蔫了下来。是呀，他们现在需要的是钱，老爷子要是埋了，他们再去厂子里要钱，恐怕是一分钱也要不到了。

随着一声刺耳的刹车声，孟强的面包车停在了厂门口。车门一开，孟强和孟勇两兄弟跳下了车。看热闹的工人一看孟氏兄弟来了，急忙让开了道，把两人让了进来。孟强冲工人们嚷嚷道："怎么了，这是怎么了，都围在这儿干吗，还嫌厂子不够乱吗？"

有腿快的工人已经搬了两把椅子，等孟强和孟勇坐下后，就把刚才的事简要讲了一遍。孟强这才看到有个驼背老爷子端端正正地坐在那儿，手里拈着几缕胡须，更显出了对方的高深莫测。

孟强站起身，很有礼貌地和驼三爷打了个招呼。驼三爷只是点头，并没有和孟强说话。孟强对成柱和银柱说："老爷子是突发疾病死亡，和我们没有啥关系嘞。你们要钱没有道理嘛。"

玉柱忽地站了起来说："老爷子是在你们门口死的，你们就要负责！"

孟强说："是我的事我孟强担，不是我的事你们也不要痴人说梦，我他妈也不是吃素长大的，放，你们就一直放的，我看谁能耗过谁去。"

玉柱见孟强还是一毛不拔的神态，顿时火冒三丈，冲上来就要动手。成柱和银柱赶忙拦住了玉柱，哥俩听了驼三爷的话后，已经决定要赶在吉时将叔叔下葬了，只是没要到一分钱有点儿不甘心。玉柱说的话也有道理，人要是一埋，再想要钱就难了。兄弟三人僵持在那儿，围观的工人也你看我、我看你，都不知道眼前的事该如何处理。

这时候，驼三爷咳嗽了一声，看着孟强说道："这位老板，老汉看你也是仪表堂堂，大丈夫必有容人之量。老汉斗胆给你们牵个线、搭个桥。据老汉看来，这江家三兄弟也都是顶个的汉子，你就让他们来你厂里上班。"

说着又看着江家兄弟说："老汉看你们的祖坟也是出龙出凤之地，如若老江头能在吉时下葬，以后你们也会有大好前程的，下葬千万误不得。你们也别计较要多少钱了。我看这样，你们去这位老板厂里上班，好好干，也许这儿就是你们家道中兴之地，你们看我的建议行还是不行？"

三兄弟互相对视了一下，就算达成了协议。经过这十几天的较量，他们已经对孟强能给 50 万元不抱什么希望了，只是要不上钱有些不甘心，可就目前的形势来说，孟强也不是什么善男信女，从他身上要榨出点钱来，基本上是没啥指望了。

可驼三爷看的风水他们是真信，这祖坟是从他们曾祖那辈就看好的风水宝地，真如驼三爷所说，错过了吉时，他们会后悔一辈子的。想到这些，成柱说道："行，我们兄弟听三爷的。"

驼三爷看着孟强说："老板，让这三兄弟去你哪儿怎么样？这话又说回来了，这哥仨日子确实过得紧，你也给个方便，通融通融，也算你行善积德吧！"

孟强站起来说："行，我也听三爷的。今天开始，你们哥仨就算是我的员工了，我的员工有了事，我就得担着。这样，江老爷子的丧葬费用我孟强出了，下午厂子里出人，去给老爷子把墓地打好，凡出了力的兄弟，一人一条芙蓉王，后天吉时我们就把老爷子葬了。"

说完孟强又对成柱说："成柱哥，办完老爷子的丧事，你们就来上班，底薪和他们大家都一样，每月一千五百元，干得好有奖金，五百元起，上不封顶。"

兄弟三人听了孟强说话够意思，办事够爷们儿，也不再说什么了。成柱一双大手抓住了孟强说："行，孟老板，我们跟着你干！"

孟强又从包里掏出五百元钱递给了驼三爷，说道："三爷，这是我代三兄弟给您的辛苦费，江老爷子的安葬事宜还得劳烦您。"

驼三爷推让了两下，还是接过钱装进了上衣口袋，随后他慢悠悠地站了起来说道："孟老板客气了，我是受族长江大元的委托来的，该着和这三小子有这么一段缘分。孟老板大气，必然会财源广进的。事说定了，老汉也就走了，后天吉日老汉我去江家祖坟操持下葬。"

第三天，江玉苟按时下了葬。祖坟的江家后代无论男女老少都求个子孙兴旺、富贵绵长，于是按照驼三爷的指点，凑钱在坟地周围种了几十棵云杉树，把坟地围了个密不透风，江大元还找了辆挖机，彻底挖断了走了几十年的小路。

随后的几个月，子为焦化厂开足了马力生产，焦炭依然供不应求。江家三兄弟自从进了厂子后能吃苦、能干活，一个人顶两个人，孟强自然按劳效给予报酬，时间不长三兄弟多年的外债就还清了。再往后，孟强焦化厂的生意越做越大，三兄弟也都进了厂子的管理层，先后盖了新房，买了汽车，娶上了媳妇。当然，这些都是后话，暂且不提。

总之，从这件事情之后，村里人都说驼三爷看风水特别准，驼三爷的名气也就更大了。只有孟强在自斟自饮的时候才感叹，张新阳就是张新阳，就凭这装神弄鬼的主意，花了几千块钱就解决了如此难缠的事，还让焦化厂得了三个得力干将，顺带还解决了他舅舅退耕还林的任务指标。这才是真正的四两拨千斤。张新阳这家伙脑子太好使了，这三七开利润分成的约定，往后怕是会惹麻烦的。

到了年底，子为焦化厂已经运营了将近半年的时间，盈利颇丰。在张新阳的多次建议和亲自操刀下，子为焦化厂建立了规范的管理流程和技术规定。这些规范让搞乡镇企业出身的孟兆和都刮目相看，赞叹不已。正因为有了规范的管理和充足的准备，焦化厂很顺利地通过了各个部门的验收，成了正式的乡镇企业。企业法人代表为孟强，父亲孟兆和、弟弟孟勇为共同出资人。按先前的约定，张新阳的股本只算分红的股本，不算厂里的资产股本，也就是说，张新阳只有分红的权利，不拥有厂子的资产股份。张新阳自知，对于这样一个家族资本的焦化厂而言，自己只是一个出谋划策的局外人，他坚持着先前的约定，没有提出任何异议。

焦化厂正式挂牌的那天，张新阳从厂子里分到了近 40 万元的利润，不仅还清了冯媛媛、江大成等人的所有外债，又给了孟强 10 万元算是追加的股本。当他处理完所有债务，把剩下的一沓一沓现金装进手提包的时候，他在内心深处大吼一声，他终于不用再为五斗米而折腰了。

第 43 章　名利双收

年终岁尾，张新阳盘点着自己的成长历程。这一年，他在顾阳焦煤集团经历了人生中的第一次失落，就在他无法释怀的时候，上天却给他开启了另一扇门。他从子为焦化厂分到了一笔"巨款"的时候，不由得开始怀疑自己的人生定位了。

仅仅半年多的时间，就赚到了三十几万，以他目前在顾阳焦煤还不算太低的工资收入，要挣到这笔钱也要近 10 年。那可是 10 年的时间啊，它足以让一个意气风发、踌躇满志的年轻人成为头发稀疏、大腹便便的中年人。人的一生有几个 10 年可供挥霍呢？

从小爷爷、姥爷教育他要耕读传家，他早已不自觉地接受了传统儒家文化的洗礼。在这个历史悠久的国度，学而优则仕的思想深深地融入到了这个古老民族的血液中，与生俱来的仕途思维早已植根于一代又一代人的生存基因。

从高中到大学，他也一直坚持和信奉着这个信念。直至进入顾阳焦煤集团，成为一名国有企业干部，他觉得自己离那个目标更近了一步，只要坚定地走下去，自己是会实现祖辈延续着的那个耕读梦的。

然而就是在顾阳焦煤的这段时间，他经历了太多的事情，任何事情都绕不开一个钱字，包括亲情、友情、爱情。钱考量着人情冷暖，世态炎凉。

张新阳看着这些钱，不禁感慨道，自己这些年一直坚持着的未必就是对的。在历史改革的大潮中，官本位的基因似乎正在慢慢消逝，许多没有进入体制内的人也干出了一番成绩，闯出了一片天地。而且，还有越来越多的人选择离开体制，在市场的大潮中激荡着、昂扬着，燃烧着自己的青春，成就着自己的梦想。

如今在顾阳、林阳两个县，游离于合法和非法之间的小厂小矿不计其数，在煤炭市场大行情的带动下，赚个几十万根本不是问题，就连一些有技术的工人也都接着小厂小矿的私活，日子过得不亦乐乎。

公司的很多人都在转变，但凡有点儿职权的都或多或少染指煤炭交易，但这是需要成本的，只要"伸手"就必然会有风险和代价。王文吉就是例子，说到底无非也就是 15 万，但他却付出了沉重的代价。在体制内若想安稳，就必须要能耐得住清贫，可在物欲横飞的年代，耐住清贫确实不是谁都能做到的，张新阳也不例外。无论如何，一年就这样结束了，这一年他初尝人生便觉不易，太多的艰辛已经让他快速地成长了起来。

春节过后，安全部的工作依旧按部就班地推进。在乍暖还寒的季节，一切似乎都那么有希望，但光秃秃的原野上，又看不到任何希望。晚上，张新阳又来到了怡馨茶语，独自坐在熟悉的座位上默默地喝着茶。这些日子你的工作懈怠了，这是昨天李荣和他说的。

自从参与了孟强的焦炭生意，确实是分了他太多的精力。他不再像从前一样把每件事都办得有条不紊。在赖峰和李荣看来，张新阳的工作之所以懈怠了，主要原因还是和提职有关。自从班子会议暂缓了张新阳的提级提议后，公司也提拔过几名干部，但张新阳再没有被提上议事日程。虽说上次刘成功在市里的大会上做了汇报，回来以后对张新阳大加赞赏地表扬了一番，但也仅仅是给了1000元的奖励，并没有像人们预期的那样把张新阳调到身边。张新阳依旧在安全部没日没夜地忙着。行政部副部长的岗位依然空着，再没有人看好张新阳能调到这个岗位上了。

李荣语重心长地劝张新阳思考问题要有战略思维，看待事物要有深度，低不下头，受不了委屈，放不远眼光，终究是成不了大事的，在事情走向不明朗或看不到希望的时候，把眼前的工作干好就是成熟的表现。

这番话是很高深的，张新阳可以十分肯定地认为，李荣能这么想，但绝对做不到组织这样的语言来表达。所以，这应该是赖峰的意思，赖峰并不想和张新阳这样推心置腹交流的原因主要有三点：一是他想用这个年轻人，但又不想让他成长得太快、太顺利，不经过时间的考验是不能真正成长起来的；二是他不想让张新阳自以为是他的心腹，否则张新阳就会对某些事某些人失去应有的敬畏；三是他并不想看着这个受到小小挫折的年轻人消沉下去，不经常提醒一下，他是会走弯路的。而在职场，有些弯路是不能走的，有些事情错过了是无法再弥补的。

张新阳又续了一壶茶，任凭茶香悠悠地飘起。有了对人生的重新思考，能不能快速地提拔，在他看来似乎已经不是特别迫不及待了。但赖峰的建议他必须要听，还必须认真地、当回事地听。虽然眼下的当务之急是赚钱的问题，但从他内心深处，还是想在仕途上有所作为的。以前不太懂，但现在他似乎明白些了，有了经济做支持，才能让自己升迁到合适的位置上，干干净净地干成一些大事，也不枉父亲的期待和这二十几年的追求和执着。所以现在的他才对赚钱那么迫不及待，才有那么强烈的冲动。

理想总是漫无目的的遥想，而当下摆在他面前的有三件重要的事是迫在眉睫的。一是尽快完成近期欠下的工作，认真地向赖峰进行一次汇报。二是尽快解决子为焦化厂焦煤供应的问题，因为乱石滩矿的书记段树铭开始过问子为焦煤厂的问题了，显然他和马彬之间是有某种隔阂的。孟强去找过段树铭，但这个书记并不买账，焦化厂已经有两个星期没有足量拉上煤了。要想解决这个问题，关键还是要摆平段树铭。三是要和刘诗雅认真地谈一次，现在他们买房已经不是什么问题了，关键是刘诗雅的母亲白惠又提出了新的问题，将来两地分居的问题该如何解决，毕竟顾阳和津州是需要坐几个小时的火车的，这个问题必须以最快的速度解决了。张新阳想清了这些事情，顿时觉得轻松多了。他穿上了刘诗雅给他新买的呢子大衣，把衣领竖了起来，走出了茶馆，拦了一辆出租车，飞一般地消失在了夜色中。

赖峰的办公室依旧是烟雾弥漫，烟蒂横七竖八地散在烟灰缸中，显然这里刚刚开完一个小会。张新阳坐在赖峰对面的沙发上呛得差点儿咳出声来，但他还是忍住了。赖峰看着张新阳的样子，似笑非笑地说："新阳，最近忙啥呢？我去了几次安全部都没有见到你。"

张新阳稍稍顿了一下说道："女朋友家要求买房呢，这不请了几次假，回家借钱去了，您去的几次，正好我都不在。王工他们说您并没有安排具体工作，我也就没敢来打扰您。"

赖峰继续笑着说："是我叮嘱他们的，我也是顺路到办公室转转，就怕你多想。单位的工作重要，个人的大事也重要，统筹兼顾吧。"

张新阳正色地说："谢谢赖总关心，李部长让我把最近的工作捋了一下向您做个简要的汇报。"

赖峰的眼睛眯了起来，看来李荣是把自己的意思和张新阳说透了，他向张新阳点了点头，示意他说下去。

张新阳清了下嗓子说："最近主要工作有三项，董事长和您都有批示。一是关于开展矿山安全专项整治的工作，我已经拟好文件，开展五类二十八项的检查，采取车间自查、厂矿集中查、公司各部门督导查的方式综合督导推进。特别是对市安监局发现的问题，由安全部、技术部、行政部、财务部成立专项组，进行全覆盖的'回头看'专项检查和现场办公，态度坚决地把问题彻底解决。二是关于消防安全的工作，主要由安全部和保卫部负责，抽调各厂、矿安全巡查队和保卫部门的精干力量，对全公司生产生活设施和场所进行一次地毯式检查，特别是有家属的职工宿舍楼，我感觉隐患还是特别大的。按照董事长和您的批示，我们决定再成立一个专项组，对顾山的棚户区进行一次消防排查。棚户区是我们监管的死角，风险也是最大的，一旦出了消防问题，我们难逃干系，所以我觉得再难也要把这个地方的隐患消除了。第三是一线职工的劳保问题，我们井下人员的服装真的不能满足当前的需要了，主要存在两个方面的问题：一来是衣服又笨重、又不透气，职工反映穿着太难受；二来呢，现在符合国家标准的生产企业基本上都不生产这种标准的劳保服了。我们建议选几套符合国家标准的衣服让职工试穿，组织召开职工代表研讨会确定样式，再召集几家企业按程序招标。这三项工作的具体方案和文件我全部拟好了，请您再具体审阅批示。"

赖峰边听张新阳的汇报，边看着手里的文件，不住地点着头，有的地方还用笔勾画着，等张新阳说完了，赖峰抬起头来说道："不错，这几个文件李荣和你的思路各占一半，你所说的我基本上同意，个别地方我画出来了，你和李荣再研究研究，认真思考思考。你能在工作中做到主动思考，这就是进步，就是你成长的资本。其实安全部应该再多一个副部长，主管内务。可是我们的编制是有限的，没有这个编制。我和董事长、关书记提过建议，从下个月起，让你享受副部长的待遇，你要好好研究管理，管理没有那么简单，这是一门学问。"

张新阳的心中猛地跳了几下，脑袋嗡地响了一声，赖峰的这个提议还真出乎了他的意料，他的脑子飞快地转着，这到底是为什么。一是证明了赖峰对自己还是很信任的，也是寄予厚望的。二是刘成功对自己还是比较认可的，对自己的工作还是肯定的。三是暂时没有提拔计划，否则他们是不会开出这样的条件的。想到了这些，张新阳说："谢谢赖总的关心，新阳一定好好干工作，不辜负您的厚爱。"

赖峰又点了一根烟，有条不紊地说："谢我干吗，是董事长同意的。记住董事长的好，好好干，没错的。新阳，你刚才说女朋友怎么了？什么时候找的女朋友啊？"

张新阳听赖峰问，就把他和刘诗雅的事大概讲了一遍，赖峰听完后哈哈笑道："丈母娘要求多，说明你小子是进了她的法眼了，她这叫考验，你一定当回事。那你的房子看得怎么样了？钱不够和我说，我也没有个花大钱的地方，你需要用多长时间就用多长时间。"

张新阳赶紧答道："谢谢赖总，她家附近有一个叫盛世嘉园的楼盘，今年刚开发的，我们初步计划在那儿买一套。至于钱嘛，我爸帮我借了点儿，基本上够首付了。"

赖峰叹了一口气说："可怜天下父母心啊，好好干，将来出息了，一定要好好孝顺父母。"

张新阳再次感谢过赖峰后，走出了他的办公室，看看手中的文件，又回想了一番刚才的对话，确认自己并没有说错什么，这才回到了安全部。李荣说得对，看不懂形势时就把眼前的工作干好。当你看不清方向的时候，就只管埋头干，一定会受益匪浅的。

第 44 章　后生可畏

张新阳向李荣汇报了赖峰的意见和建议，李荣全部同意，要求张新阳全权负责，完善方案后报董事会研究，下发正式文件。李荣也把刘成功和赖峰给予他副部长待遇的决定告诉了张新阳，张新阳再次表达了谢意，特别对李荣的推荐和培养表示了感谢。李荣自然又鼓励了张新阳一番，随后的一切工作按部就班，三项重点工作持续推进着，并没有什么大的阻碍。张新阳作为文件的起草者，陪着李荣对乱石滩矿进行了"回头看"检查。王文吉就是在这个矿上栽了跟头的，容不得李荣不重视。

李荣、张新阳和乱石滩矿的经理马彬、书记段树铭都很熟识，不过这种熟识也仅仅限于工作。对待安全工作，李荣和谁都不熟，也不能熟，张新阳自然更不能视之为儿戏。他们的检查是非常严格、非常认真的。李荣只是表明了态度，并没有具体查看问题，检查的事自然而然地落在了张新阳头上。张新阳带着三个专项组的成员，对照上次安监局冯远明提出的问题，一件一件核对着问题的整改，他不仅看台账和资料，还下到井下亲自看，亲自和工人对话。马彬多次想和张新阳套近乎，还没说几句话就让张新阳打断了，直到张新阳在他办公室问段书记的安全责任制的时候，他才明白张新阳这次为什么这么认真，马彬长长地出了一口气。

马彬满脸带笑地说："党政同责，一岗双责，段书记虽说工作重心是党建，但对安全生产还是亲力亲为管控着的。特别是部分安全劳保工具，都是段书记亲自上手主抓，给我分担了不少压力，让我省了不少心呢！"

张新阳就佩服马彬说话的能力，明明是两人之间的矛盾，让他这么一说，好像两人好得和亲兄弟似的。张新阳除了佩服外，没有其他更合适的词来形容马彬了，于是他也就顺着马彬的思路说道："马经理，我是很佩服您和段书记这种工作氛围，也非常相信段书记的能力。之所以问段书记的安全生产责任，主要还是怕您放松了段书记分管范围的盯控，全矿一盘棋，段书记毕竟还有党建方面的一大摊子工作，稍有松懈就会出现短板，您也得高度重视，做好互补啊。"

马彬笑着说："新阳跟着领导，站位确实是高，你还别说，我还真没有你想得那么周全，我把老段叫过来，咱们好好研究研究，你也给我们把把脉。"正说着，段树铭一推门进来了。

马彬看到段树铭进来了，就大声嚷道："说曹操曹操就到，我正准备找你去呢。老段，坐，坐。"

段树铭听到有车间主任向他汇报张新阳发现了不少劳保工具方面的安全问题，而恰恰是自己同学供应的矿灯问题最多。这批灯，他多少是拿了好处的。马彬当然知道张新阳的厉害，问题到底严重到什么程度，全都在于张新阳的报告中怎么写。所以段树铭才急忙赶到了马彬办公室。

段树铭坐下了，马彬给他沏了一杯茶，说道："新阳刚才还在提醒我呢，多和段书记互补，别出现空缺。新阳看问题准，进步快。老段，说实话，要不是新阳这么一说，我还真没发现，平时很多事情我都依仗你了，辛苦了老段，都是我的错啊！"

段树铭看着马彬的表演，也说道："老马，你这就见外了，党政一盘棋，咱俩还说这些干啥，还不都是为了矿上好。"

张新阳见时机差不多了，就把发现的问题摆了出来，其他问题他都点了些皮毛，只有矿灯的问题上纲上线。段树铭和马彬都从中听出了通报王文吉时的味道。马彬心里已经有了底，只是说着高度重视，一定严肃分析，多余的话也就不再说了。段树铭紧张起来，张新阳要是上纲上线把这些问题抖出来，如果让刘成功和赖峰盯上了，他的日子还真就不好过了，可无论如何解释，张新阳只是抱着一个态度，这个问题绝不能放过。晚饭后段树铭找到了李荣，想让李荣通融通融。李荣没有接他的茬，让他找张新阳。段树铭已经摸到了张新阳的底线，再去找张新阳也无济于事了。

段树铭把自己关在了办公室，想着张新阳为什么会揪住这个问题不放呢？想着，想着，忽然想到了张新阳的口音，这个口音他似乎和谁对话时听过。对，是颜州什么焦化厂的那个胖子。前段时间他在销售科检查时发现，有一批煤很稳定地发给颜州的一个叫子为的焦化厂。这个计划是马彬批的，但是并没有和他通气。这批次计划虽量不大，但是长期、稳定，他心想这马彬也太不把他当回事了。

于是他授意销售科故意刁难一下这个焦化厂，从那天起，子为焦化厂就再没有足量拉过煤。那个胖子曾经来找过自己，还放了个信封，不过他并没有要，他只是想将马彬一军。想到这儿，他拨通了安全部沈浩的手机，在确认了张新阳是颜州人时，他如同窥到了电视剧的结局，拧着的眉头舒展开了。他给销售科科长赵斌去了个电话，从今天起颜州子为焦化厂的煤，还和以前一样，足额供应。

随后的几天，段树铭的态度来了一个180度大转弯，任凭检查组如何通报问题，他也和马彬一样，态度中肯，不急不躁，一一答应整改。张新阳注意到了段树铭的态度变化。随后，便是孟强打电话给他戴了一顶又高又大的高帽子，他知道自己此行的主要目的达到了。检查组离开前和厂里的中层干部开了一个交流会，李荣把主要情况简单介绍了一下，张新阳通报了具体问题，检查组共发现问题51件，其中涉及"回头看"的问题38件，其他问题13件。总体上这些问题客观反映了当前矿上的安全管理现状和问题整改质量。至于前期的灯具问题，通报的时候只是轻描淡写，一笔带过，段树铭在心底叹了一口气，后生可畏呀，看来我们这批人是老了。

张新阳手头不再拮据了，至少和以前比是这样。周末，张新阳和刘诗雅手牵着手，漫步在充满现代化商业气息的津州商城。津州商城是在津州百货市场的基础上发展起来的。前几年郑州亚细亚广场正火爆的时候，商场的领导决定引进亚细亚的管理模式，在岳东省建成了第一家现代化销售企业。刘诗雅在津州纺织集团财务处的工作非常出色，不仅仅是因为父亲刘明桢的面子，更是因为她出众的业务能力。

张新阳边走边绘声绘色地给刘诗雅讲着驼三爷的故事，他把小时候从奶奶那儿听来的墓虎敲门、夜探孤坟、墓道求生这些事统统安到了驼三爷的头上。刘诗雅虽然将信将疑，但却不影响她津津有味地听。

当说到驼三爷给江玉苟点穴下葬的时候，刘诗雅差点儿笑得直不起腰来，她狠劲掐了一下张新阳的胳膊说："就你鬼主意多，不带这么忽悠人的，害得半个村子的人都给你舅舅冲指标，说，你忽悠人民群众，该当何罪！"

张新阳正色道："我这是响应国家号召，造福乡里，怎么让你一说我成了祸国殃民的罪人了。"

刘诗雅瞅着张新阳一本正经的样子，笑得更厉害了，她说道："反正我是觉得你够坑人的，忽悠得三兄弟一分钱都没有要上，反而给你那土豪朋友打了工，你就不能干一次劫富济贫的事啊？"

张新阳又一本正经地说道："谁说我坑人了，这三兄弟现在在孟强那儿每月领的工资比我还多呢，我这才是真正的扶贫呢，我这叫精准扶贫！"

刘诗雅又掐了张新阳一把，张新阳摸着被刘诗雅掐红的胳膊说："我说你能不掐我吗，这让我妈看见了不心疼死。"

刘诗雅做了一个不屑一顾的表情说："打是亲，骂是爱，掐是心疼。"

张新阳伏到刘诗雅耳边轻声问道："那，吸是什么呢？"

张新阳指的是他们亲热的时候留下的红色吻痕，刘诗雅下意识地把手放到了脖子上，脸一下红到了耳根。她把张新阳的手拉得更紧了，一种暖暖的幸福感在两人心头激荡着、回味着。

许久，刘诗雅又问道："你上次不是说在他那儿入股了吗？他挣钱了，当初他说的话还算数吗？"

张新阳脸上露出了得意的神情，在刘诗雅脸颊上吻了一下说："当然算数了，现在我买得起房了。"

刘诗雅害羞地拍了他一下说："讨厌。这么多人看着呢。"

张新阳更得意了，他不屑一顾地说："怕啥，我亲我媳妇还犯法啊？"

刘诗雅说："瞎说啥呢，你还想亲别人媳妇吗？"

张新阳说："你要同意，也行。"

刘诗雅又掐了张新阳一把，张新阳一龇牙，再也不敢插科打诨了。

商场的三楼几乎全部是首饰，国内知名的珠宝首饰公司都在这儿开了摊位。灯光打在柜台上，整个商场呈现出高贵的典雅。穿着职业装的年轻导购，漂亮而又有气质，优雅地迎接着前来选购首饰的客人。张新阳和刘诗雅挽着手，慢慢地掠过一个又一个珠光宝气的展柜。

"喜欢什么？"

"没有喜欢的，看看就好。"

"不要给我省钱。"

"就是没有喜欢的嘛。"

其实，没有哪个女孩子不喜欢首饰，刘诗雅只是不想让张新阳花钱而已。而此时的张新阳觉得自己欠刘诗雅太多了，他注意到刘诗雅目光在一款手链上停留了一瞬，于是便拉着她走到了展柜前。

这是一款潘多拉的手链，蓝色的几何切面翡翠，银白色的雪花吊坠，这款海洋之心串饰仿佛就是为刘诗雅量身定做的一般。

导购小姐对张新阳说："先生，爱她就送她潘多拉，爱的魔盒为您而存在。"

张新阳示意导购员这款手链他买了，刘诗雅看了看吊牌，摇了摇头说不喜欢。张新阳看着她此时的口是心非，心头暖暖的，这是她对他真正的爱。张新阳不容分说地付了钱，把手链轻轻戴在了刘诗雅纤细的手臂上，"这是干吗，很贵的。"

"没关系，只要你喜欢。"

"喜欢！"

"我要娶你，我的一切，都属于你！"

刘诗雅紧紧挽着张新阳的臂膀，海洋之心闪过一道蓝光，真的打开了爱的魔盒。

第 45 章　盛世嘉园

盛世嘉园是津州最新开发的中高档楼盘，欧式的建筑风格，专业的物业管理，园林式的绿化，处处透露着高端大气的绅士风范。这个楼盘要远比张新阳前期看的纺织集团附近的房子上档次，当然价格也高出许多。张新阳和刘诗雅出现在了人头攒动的售楼部，一个年轻的售楼小姐就把两人带到了客户室。

售楼小姐自我介绍说她叫李莉。这个女孩子显然是训练有素的，不到半个小时的时间，就把张新阳最关心的事情和开发商最想推销的亮点介绍清楚了。听完她的介绍，张新阳觉得有些尴尬，他似乎已经没有什么可问的了。李莉打量了一番张新阳和刘诗雅，微笑着说："您二位是准备结婚用吧？您选我们的楼盘没问题的。我们是大开发商，北上广深都有我们的楼盘，而且我们都是精装修的，提包就能入住。以我们的施工速度，预计明年上半年就能交房，相信不会耽误二位的婚期的。"

刘诗雅看着张新阳以一副马上就要结婚的架势和李莉聊着天，莫名地有一种幸福感。她想象着未来的生活，畅想着在这栋房子中的每一个生活场景，两人做饭、做家务、读书。想着想着，她的脸上飞过了一朵朵幸福的红晕。

张新阳指着沙盘上一套 126 平方米的房子问道："这个户型还有多少套，合适的楼层有多少？"这个户型是他和刘诗雅看遍所有样板间，感觉最好的一个户型。

李莉说道："先生，您真有眼光，实话和您说，这个户型是我们老总最得意的。好楼层基本已经预订一空了。就这个户型，已经比一个月前涨了 300 块钱了。"

李莉并没有夸大其词，盛世嘉园的房子从开盘到现在已经调整过两次了，平均涨幅达到了 500 元。

张新阳追问道："还有好楼层吗？"

李莉翻看着销售簿说道："这个户型，好的楼层已经卖完了，剩下的只有 1 到 3 层和顶层了，虽然楼层不太好，但也不错，您买了不会有后顾之忧的。"

李莉说着停顿了一下，好像想起了什么，她很快掏出了一个精致的记事本，仔细翻看着中间几页，随即停了下来说道："有，有，6 号楼，21，22 层，两套。这是最好的楼层，昨天两个客户退订的，还没有在销售簿上登记呢。您要是要，必须赶快订，要上了销售簿，估计很快就没有了。"

张新阳快速计算了一下，自己手头的钱差不多能把房款全款付清，想到这儿，他问道："全款有什么优惠政策呢？"

李莉说："现在的政策是这样的，全款 98 折。如果是要做按揭呢，首付需不低于 40%，按揭 15 年，月供大概在 1500 吧。这个要看您的经济条件，全款合适还是按揭合适。"

张新阳本来准备全款付清，可听完李莉的介绍，他改变主意了，又问："按揭从什么时候开始还贷？"

李莉说："交钥匙时网签，随后就办理还贷手续。"

张新阳沉默了，头靠在沙发靠背上闭上了眼睛。看似平静的他，内心正在飞速地盘算着。120 多平方米的房子，户型、结构都相当合适。按照现在的形势，房价上涨是必然的。自己手头的钱，紧一紧是能付起两套首付的，两套房子的月供也就 3000 元，自己的工资足够还了，焦化厂的分红虽不能保证像第一次那么多，可每月还是会有一笔可观的收入的，也不是什么大问题。就这么定了，按揭，两套！将来可以让父母来津州，辛苦操劳了大半辈子，也该享享清福了。

李莉看着张新阳许久沉默不语，怕他打了退堂鼓，于是轻声说道："先生，放心吧，我们是大地产商，没问题。省城华州也有我们的楼盘，均价已经接近 5000 元了，依然是供不应求。至于这边的四成首付，都是津州的银行规定的，他们不允许做三成首付的按揭，所以我们也就不能像其他大城市的楼盘一样做三成首付的，但我们的资金实力绝对没问题。"

张新阳把头从靠背上抬起来，看了看正在翻看着杂志的刘诗雅，又看了看满是期待的李莉，淡定地说："李莉，这两套我都要了，全部先按五成按揭签合同，如果有可能，网签前我会将剩余的钱付清。"

听张新阳说完，李莉和刘诗雅不约而同地把目光投到了张新阳的脸上。刘诗雅之所以惊讶，是因为张新阳从来没有和她说过要买两套房子。而李莉惊讶，是因为她本以为这个年轻人是在考虑要不要买的问题，没想到他考虑的是买几套的问题。这着实出乎她的意料。

李莉的脸上顿时有了猎鹰看到目标的表情，她稍稍有些激动地说："先生，您不是和我开玩笑吧？"

张新阳盯着李莉说："为什么要和你开玩笑呢？"

李莉确认张新阳说的并不是玩笑话后，麻利地拿出对讲机，呼叫销售部总台："总台，1028李莉，6号楼2102，2202。客户张先生预订。"对讲机中传来一声"收到"。

不一会儿，售楼部的广播中传来一声标准的播音："6号楼，2102，2202预订成功，恭喜张先生。"

售楼大厅所有销售人员都鼓起了掌，掌声持久而热烈，仿佛在欢迎凯旋的战士，也仿佛是在赞扬战士手中的战利品。

张新阳在掌声中把目光移向刘诗雅，刘诗雅的眼角湿润了，那是满满的幸福，从她的双眸中动情地溢出。一滴晶莹的泪滴落在手臂上的潘多拉上，映着海洋之星的光，闪出一个未来，一个希望。李莉提醒张新阳，需要先付两万的定金，张新阳笑了笑说："不用定金，我现在就可以把首付全交了。"

从盛世嘉园售楼部出来，刘诗雅紧紧抱住了张新阳问："你犯什么傻啊，两套房按揭，那都是需要付月供的，你能挣多少呢，把自己弄成这样，有必要吗？"

张新阳摸着刘诗雅的头发说："放心，我有计划的，买房子是保准不会吃亏的。付不起大不了卖了，还能赚一笔呢，怕啥。再说，有两套房子，就可以把父母接过来住了，将来离咱们也近，便于照顾，又能避免生活在一起的麻烦。"

刘诗雅抬起头看着张新阳问："说真的，你一定会娶我吗？"

张新阳看着她的脸，慢慢说道："不。"

刘诗雅一怔，瞬间脸色很难看地说："为什么？"

张新阳看刘诗雅认真了，立即眨眨眼说："因为我没钱，现在卡上只剩下127块钱了。"

刘诗雅看着孩子般顽皮的张新阳，正准备说什么，张新阳已经吻在了她湿润而柔软的双唇上。

解决了房子的问题，压在张新阳心头的一块石头终于落地了。张新阳再次走进刘诗雅家的时候，已经没有了第一次的紧张。他欣赏着这个书香气极浓的家，窗外的阳光斜着穿透落地窗照在客厅的沙发上，整个家无比温暖而又温馨。白惠和刘明桢依旧是不紧不慢地起身，客气地将张新阳迎到了客厅。

刘诗雅如中了彩票一般，拉着母亲的手说："妈，我和新阳看房去了，盛世嘉园。"

白惠说："你俩也是不知天高地厚，盛世嘉园是津州最贵的房子，瞎耽误工夫。"

刘明桢整理了一下看到一半的书，扶了扶眼镜说道："我说白惠啊，你不能打击孩子们嘛，怎么，最贵的房怎么了，还不让看看？年轻人必须要有敢想敢干的冲劲。"接着他又话锋一转说道，"听几个朋友说，盛世嘉园那么贵的房子还是供不应求，这人是怎么了，到底是有钱还是没钱呢？"

白惠又说："就是好高骛远嘛，年轻人能挣几个钱？新阳，我们不是那种不近人情的家长。你和诗雅交往我们也没有反对，但我们也不是特别同意，我们担心的是你给不了诗雅一个幸福的未来。阿姨说句中肯的话，你的条件我们也清楚，不论你最终能不能和诗雅走到一起，能买什么样的房子就买什么样的房子，要量力而行，懂了吧。"

白惠能说出这番话，张新阳打心底里感动，他边听边诚恳地点着头。

刘明桢似乎对张新阳买房不感兴趣，反而对为什么有那么多人买那么贵的房子好奇心十足，他又接着问道："新阳，你说说，这人到底是有钱呢还是没钱呢？国有企业改革以来，一大批企业倒闭，光津州中小型国有企业破产的就有十几家，那么多职工下岗在家，如此不好的就业形势，又是谁在哄抬楼价呢？"

张新阳听刘明桢这么一说，也接话道："叔叔，我也想过这个问题。其实想通了很简单。除过少数真正有钱的人外，一部分先知先觉的老百姓已经意识到了房子将成为财产保值升值的最好方式，他们贷款、借钱购买住房，而那部分有钱人也看到了房子的升值空间，他们也在不停地买房子。那些准备买房的人眼看着想买的房子越来越贵，干脆也进入了购房大军。人们没有真正富起来，只不过是将银行的储蓄流动了起来，用借贷的方式投资未来，这样一来，经济增长就有了推动力。"

刘明桢不住地点着头，眼角逐渐露出了欣赏的目光，等张新阳说完了，他摘下眼镜，揉了揉眼说道："小张，说得还有那么点儿道理。这趟盛世嘉园没有白去。"

刘诗雅听着父母对张新阳的评价，意识到两人真以为他俩去盛世嘉园是为了满足自身对未来的任性畅想，于是噘起嘴说道："这算什么收获呢？我们还有更大的收获呢。"

白惠最懂自己这个宝贝女儿了，她一定又有了什么炫耀的资本，从小到大，只要是考了好成绩，得了奖，她都会是这个神态。

白惠刮了一下刘诗雅的鼻子说道："哼，大收获，难不成你俩捡到钱了？"

刘诗雅拉起白惠的手摇着说道："哼，你们就瞧不起新阳吧，我告你们，我们下午在盛世嘉园买房了，6号楼，21层、22层，126平方米的房子，两套！"

这话一出，白惠和刘明桢互相看了一眼，呆呆地坐着，一言不发了。

第46章　倾心释疑

刘明桢听说张新阳在盛世嘉园买了两套126平方米的房子，似乎不太相信自己的耳朵，过了许久他才问刘诗雅道："诗雅，你俩不是和爸爸妈妈开啥玩笑吧？"

刘诗雅笑着说："谁和你们开玩笑了，不信你们自己看。"

说着就把购房意向合同递给了刘明桢，白惠也凑到了刘明桢跟前，一页一页地翻看起来。待他们确认这两份购房意向合同真实无误后，疑惑随即挂在了两人脸上。

白惠问："新阳，你哪来的钱买这么贵的房子？而且我看两套都是按揭，这是要还贷款的，你那点儿工资，能够嘛。你实话跟阿姨说，没有干什么……"

白惠本来是想问张新阳是不是干了什么违法的事，拿了什么不该拿的钱了。她知道，现在的年轻人胆子大，容易冲动，如果真是那样，买这两套房子的钱足够让他的下半生在牢里度过，但她又转念一想，为什么要把孩子想得那么坏呢，于是生生把后面的字咽了回去。

刘明桢倒是没有再说什么，但是从他焦虑和疑惑的眼神中能看出来，他和白惠一样想知道答案。

张新阳看着两人惊愕的神情，差点没有忍住而笑出声来，他平复了一下情绪，这才说道："叔叔，阿姨，请你们放心，我买房的钱绝对干净，我张新阳也绝对不会干那些违法乱纪的事情。"

于是张新阳就把自己入股孟强开焦化厂的事一五一十地说了一遍。听着张新阳侃侃而谈，刘明桢和白惠时而露出赞许的神色。当讲到请驼三爷处理江玉苟死亡的事情时，刘明桢和白惠乐得笑出了声。等到张新阳讲完了这些，两人悬着的心都落到了肚子里。刘明桢和白惠交换了一下眼神，虽然只是一瞬间的事情，但这个眼神还是被张新阳敏锐地捕捉到了，他从两人的眼神里读到了让他兴奋的信息，他们对他已经算是基本认可了。

白惠换了个语气说道："新阳，诗雅没有看错人，只要你们的感情好，我和你叔叔是没有什么大的意见的。只是有个事我还是放心不下，要提醒你认真考虑考虑。你和诗雅要面临异地工作的问题，这津州和顾阳怎么说也要坐几个小时的火车呢，你们将来怎么办？"

张新阳听白惠又点到正题了，他拿出了早已想好的台词："阿姨，这个问题我早就想过了，您也知道华州到颜州的华颜高速已经开工了，顾阳到津州这一段也属于华颜高速，等到这高速路修好了，两地的距离就会大大缩短，开车也无非就是一个小时。到时候我买辆车，晚上6点下班7点多也就回到津州了，这些事都不是什么大事情。"

刘明桢端着茶杯踱着步来到了落地飘窗前，他不紧不慢地说："新阳，我还想问你个问题，你是要做生意还是要走仕途，你想好了没有？"

张新阳还真没有思考这方面的问题，刘明桢的提问让他无言以对。他快速地想了想说："我觉得这是两不误的事情，一起干。"

刘明桢又说道："你之所以这样想，是因为无论你的工作还是焦化厂的事务，都不是由你负第一责任的。你要想在国有企业干出个名堂来，就不能经商，太多的功利心会让你急功近利，毫无建树。你要想经商就不能在国有企业干领导岗位，时间长了就会犯原则性错误。这个事情要思考好，一个对未来没有规划的人，即便是有了收获，也是暂时的成功，注定不会走远的。"

刘明桢的话是经验之谈，能在两个鸡蛋上跳舞的人，都是有能力，有胆识，智商和情商都很高的人，但往往也是这些人，更容易犯错误，更容易栽跟头。极度的自信让他们失去了对规矩的敬畏，失去了自我约束、自我净化的主动性，他们总是把所有的成功全部归功于敢于突破底线。正是这种在规矩和制度间游刃有余的行走心态，引诱着他们一步一步走向了违法犯罪的深渊。

张新阳并没有真正听懂刘明桢的话，以他现在的阅历也不可能真正听懂这些道理，他很有礼貌地点着头说道："叔叔的话我记住了，一定认真地思考，下次再向您汇报我的心得。"

刘明桢坐回到沙发上，微笑着说道："记住就好，要趁着年轻规划好自己的人生。少年得志，不是坏事，但也绝非是好事。许多时候，一个人的成功与否不是靠金钱能够衡量的，一定要把握好自己。"

张新阳嘴上应承着，心底却多少有些说不出的感觉。这些话都不无道理，却都是大道理，于他而言，似乎又没有什么用处。张新阳觉得如果不是有了这一笔钱买了房子，他们也许不会这么快接受自己。但在往后的经历中，刘明桢的话一次次得到了印证，他才意识到刘明桢说的真的是至理名言。

不管怎样，此刻的他能得到刘诗雅父母的认可，绝对是件值得庆幸的事情。他又想起了姥爷教他的那几句启蒙诗：朝为田舍郎，暮登天子堂，将相本无种，男儿当自强。他再次默默地念了一遍，这些年，他遇到过窘迫，遇到过绝望，遇到过嘲笑，遇到过不公，他总是用这几句话激励自己，一次次超越自己。

刘诗雅挽着张新阳的胳膊，走在小区四季常青的小道上，小道幽幽曲曲，一直通向人来人往的小区大门。白惠本打算留张新阳在家吃饭的，可刘诗雅执意要和张新阳出去吃。白惠也就没有坚持，任凭两个年轻人穿戴整齐出了门。

站在窗边看着两人的背影消失在了大门外，白惠问刘明桢道："明桢，你觉得怎么样？"

刘明桢似乎有些漫不经心地说："什么怎么样？"

白惠说："张新阳啊？"

刘明桢说道："聪明，上进，好学，是个好苗子。只是阅历浅点儿，将来怕是要吃亏的。"

白惠说："别拿你副经理的架子，我们是选女婿，不是给你选秘书。"

刘明桢也觉得自己关注的点有些偏了，于是说："只要他对诗雅好，只要他们的感情深，我们做父母的有必要干涉吗？再说，这孩子凭借一己之力买了盛世嘉园的房子，就冲这一点就比当年的我有出息，我没意见。"

白惠说："可是，他的家庭是那样的，是不是有些门不当、户不对啊？"

刘明桢呵呵地笑出了声，接着说道："都啥年代了。要说门当户对，你这当年知青中的一枝花，还不是跟着我这放牛的穷小子跑了吗？那时候你怎么没说我们门户不相当呀？"

白惠听刘明桢提起了当年他们私订终身的事，脸一红，伸手在刘明桢的肩上打了一拳说道："哪壶不开提哪壶，都怪当年的我涉世不深，让你这老奸巨猾的人给骗了。"

刘明桢把白惠搂在了怀里说："我这一骗就是一辈子，我们都老了。"

白惠没有再说什么，想想这么多年的奋斗，一颗颗泪滚落下来，沾湿了刘明桢的衬衣。

张新阳和刘诗雅坐在熟悉的快餐店，张新阳边吃边问道："诗雅，我今天的表现怎么样？"

刘诗雅说："挺好的啊，能和我爸那个顽固的理论分子大战若干回合，已经非常不容易了。"

张新阳说："你爸高深莫测，有大家风范啊。说实话他后面讲的我有些听不懂。"

刘诗雅一听笑出了声，呵呵说道："啊，张新阳，你可真能装啊，一个劲儿地在那儿点头，我还以为你和他有了共鸣呢。"

张新阳说："懂不懂不重要，态度才是最重要的嘛！"

刘诗雅也说道："不过也不能怪你，我爸说的我也听不懂，他这个人，做事严谨，又特别认真。听我妈说，要不是他老顽固，早就提了老总了。"

张新阳说："认真点、严谨点有什么不好，做人做事还是踏实点儿好，心底无私天地宽嘛。"

刘诗雅说："是，我妈也常说，拿了别人的，再想堂堂正正地干事，就难了。"

经过这几次和刘诗雅父母的交谈，张新阳已经感受到了他们的正直和严谨，看着正在大快朵颐的刘诗雅，心里涌上了些许的温暖和激动。刘诗雅抬头看到张新阳正呆呆地望着自己，有点儿疑惑地问："嗯？你咋了？"

张新阳不知为何，脱口而出："我爱你！"

张新阳这么一说，刘诗雅有点儿无所适从，她舔了一下手指上的番茄酱说："又显摆诗人气质了吧？"

张新阳不置可否地点点头，一口气喝完了一大杯咖啡。

刘诗雅提出请假去三亚放松几天，张新阳没有立即答应，他想探探李荣的口风再说。近期安全形势不稳定，全国出了好几起煤矿事故，中央领导都做出了重要批示，从岳东省到津州市都召开了专题会议。顾阳焦煤集团是津州市重点关注的企业，为了尽快把省市领导的讲话精神落到实处，公司已经召开了三次专题部署会议，安全部上下都忙得不亦乐乎。

不过张新阳是清楚的，这种全国性质的活动其实没有什么实质性的工作，只要安全部不出事，所有工作就都是文字游戏而已。于是在忙完了几份文件，撰写了汇报材料以后，张新阳向李荣请假了。李荣并没有张新阳想象中的犹豫，很爽快地答应了，并安排王春亮替补张新阳的工作。张新阳按规定填写了外出请示报告单找赖峰签字。赖峰正在看张新阳刚刚下发的文件和写好的汇报材料，听张新阳说是要陪家人外出散心，呵呵笑着说了句工作生活都要兼顾，就大笔一挥在报告单上签了字。

津州的初春让人有着无限的憧憬和遐想，但无论如何，包裹在春寒中的人们还未见到春暖花开，寒风裹挟着枯叶，吹得人脸生疼。夏季终究是会来的，而在此时那抹绿色已经让张新阳心驰神往了。

张新阳买好了去往三亚的飞机票，同行的还有刘诗雅的闺密王梦华和她男友于鑫龙。王梦华毕业后考入了津州市工商局，在朋友的撮合下，和津州刑警队的刑警于鑫龙恋爱了。

凛冽的寒风中，四个人在机场碰了面，登上了飞往南国的飞机。飞机滑行着起飞了，城市渐渐小到没有了踪影，只留下洁白的云从机翼下掠过。云，白极了，像极了儿时在田地中仰望的云，云还是洁白如雪，只是曾经明亮的双眸因成长而浑浊了。刘诗雅靠在张新阳的肩头，如云一般温柔。张新阳此刻只想将这份美好珍藏在记忆里，如牢记儿时的云一般，直到永远，永远……

第 47 章　海南之美

张新阳穿越了大半个中国来到了三亚。初春的南国，不同于北方的萧疏与寒冷，置身于此，总会给人穿越时空的感觉。夜幕下的三亚透着浓厚的现代都市气息，飞机平稳地降落在三亚凤凰国际机场。四人走出机场的时候，于鑫龙的同学早已经等在了机场外边。

他们之所以没有选择旅游团，是因为于鑫龙毕业于海南大学政法学院，他对海南的了解绝不亚于张新阳对津州的熟悉程度。四个人坐上了于鑫龙朋友的商务车，车子一直开到了亚龙湾的鑫豪酒店。

朋友早已帮他们订好了两个房间，电梯平稳地停在了 9 层，四个人拖着行李走出了电梯。张新阳掏出钥匙卡，打开了 913 和 914 的房门。两个房间宽敞、整洁、干净。

王梦华卸下了气质美女的伪装，把高跟鞋一甩，重重地躺在了床上叫嚷道："累死我了，明天谁也别打扰我，我要睡到自然醒！"

刘诗雅看她又要耍疯，就说道："王梦华，你能不能淑女些，这儿还有两位男士呢。"

王梦华说："无所谓，我又不是不认识他俩，本宫就是这么任性。"

张新阳和于鑫龙相视一笑，无奈地摇了摇头。

王梦华又想起了什么，从床上坐了起来说道："我和刘诗雅就睡这间房了，于鑫龙，你和张新阳到隔壁去。"

刘诗雅冲张新阳挤了一下眼，张新阳立即明白了刘诗雅的意思。王梦华和于鑫龙谈恋爱只有几个月，大概他们两人还没有发展到那种地步。

张新阳看到于鑫龙脸上掠过一丝失望，不过这种失望也只是在他脸上停留了一瞬，然后于鑫龙笑呵呵地冲张新阳说道："这女人呀，两人聚一起就能唱戏了。那就让她俩说说悄悄话，咱哥俩同榻而眠得了。"

张新阳也笑着说："正好，听王梦华说你可是刑警队大神级的人物，正想听听你破案的故事呢。"

于鑫龙挠挠头说道："尽听王梦华瞎说，我们处理最多的也不过是些家长里短的事，至于破案嘛，也没啥，不过是多加班、多蹲点而已，要都和电视上演的那样，早就天下太平了。"

王梦华又说道："嗨，你俩能回你们房间聊吗？一点也不怜香惜玉，我俩快累死了，我们要洗澡啦！"

于鑫龙拍了拍张新阳的肩说道："走吧，下逐客令了。"说完两人又相视一笑，再次摇摇头，带上房门去了隔壁房间。

清晨五点半，手机闹钟吵醒了熟睡的于鑫龙。

"该死，忘关闹钟了，打扰了。"于鑫龙边嘟囔着，边不好意思地看向旁边床上的张新阳。

张新阳正抱着本书津津有味地读着，看于鑫龙醒了就说道：失眠，换了地方就睡不着了。"

于鑫龙见张新阳也醒了，索性起身走到窗边，一把拉开了厚实的窗帘。当张新阳把目光投到窗外时，他被眼前的美景惊呆了。太阳透过薄薄的云，从远处的海平面上升起来了。海天交汇的地方，已经被染成了橙色。路边的两排椰树挺拔而高耸，摇曳着枝叶。三三两两的人戴着斗笠，挑着担子，朝远处走去，担子很有节奏地上下颤动着。对于在海南上了四年大学的于鑫龙，这已经是司空见惯的场景。但在张新阳眼中，这景色如梦如幻，仿佛是当年挂在姥姥家墙上的风景画似的。

于鑫龙看着张新阳的表情说道："美吧，要不说海南是旅游胜地呢？咱们下去跑两圈？有兴趣没？"

于鑫龙作为刑警，保持着每日晨跑的习惯，这与张新阳的习惯不谋而合。于是两人穿了运动服，轻轻地敲了敲隔壁的门，听里面没有反应，就知道王梦华和刘诗雅还没醒呢。于鑫龙给王梦华发了短信后，就和张新阳出了酒店。

清晨的街头微风吹来，有种海岛特有的味道，直教人心旷神怡。张新阳狠狠地吸了一口气，痛快地吼了一声——爽！接着又转过头对于鑫龙说："这地方，让我待一辈子，我都愿意！"

于鑫龙看着张新阳的样子觉得很搞笑，忍不住哈哈地笑出声来。两人顺着大街一直朝东跑，直到浑身大汗淋漓才停住了脚步。于鑫龙看着体力与自己旗鼓相当的张新阳不禁伸出了大拇指，张新阳也拍了拍于鑫龙，直夸刑警就是刑警，体能真好。两人有了一种相见恨晚的感觉，于是一路上交流着体能训练的心得走回了酒店。于鑫龙再次轻轻敲了敲914房间的门，门吱的一声开了，张新阳和于鑫龙看到眼前的刘诗雅和王梦华，不约而同地"哇"地大叫了一声。刘诗雅和王梦华的美，让他们的眼都直了。

两人都化了淡妆，刘诗雅穿着灰色西服款的九分裤和丝质的白衬衣，系着一条细细的橘色皮带，穿着小跟鞋，手上戴着潘多拉手链，一头长发披散下来，脖子上细细的玫瑰金项链若隐若现，展露出清水出芙蓉般的天生丽质。

王梦华穿着九分紧身牛仔裤，白色的T恤，胸前绣着一朵黑色的玫瑰花，墨镜架在咖啡色的卷发上，使得原本就白皙的皮肤越发显得水润光滑。张新阳从来没有发现两人竟然如此漂亮。

王梦华看着两个目瞪口呆的男人，瞥了他俩一眼说道："怎么了，没有见过美女啊？"

张新阳也调侃道："刚才我还以为进错房间了，不过你这一开口，这个独特的声音就证明我没走错。"

王梦华给了张新阳一拳说道："你啥意思嘛！"

张新阳说："你这声音，堪比林志玲了，让人过耳不忘。"

王梦华这才收回了手说："这还差不多。张大总管，白天的行程怎么安排？"

张新阳说："这你得问你家于警官，他是半个地主嘛。于警官带好队，今天的单我全买，这行不？"

王梦华看着于鑫龙说："于警官，张总表态啦，你呢？"

于鑫龙说："服务二位美女责无旁贷。这样，蜈支洲岛、天涯海角、亚龙湾、南山，我们一天一个地方，慢慢玩，你们最想去哪儿？于某人带路到底。"

刘诗雅也笑着对于鑫龙说道："老于，考验你的时候到了哦！"

于鑫龙敬了个礼说道："保证完成任务。"

看着一本正经的于鑫龙，王梦华、刘诗雅、张新阳都乐了。

三亚的美是无法用语言和文字描述的，这种美是身临其境的感受。但对张新阳来说，比这种美更为重要的是，彻底放松的惬意和休闲。张新阳躺在亚龙湾海边的沙滩上，刘诗雅和王梦华在海滩上孩子般尽情嬉戏着，远处海天一色，耳边海浪声声，好久没有这样惬意了。记忆中他不舍得浪费一丁点时间，过的全是些没日没夜的日子。他曾经满是忧虑，甚至怀疑自己做的一切值不值，可是如果不做，日子还是一样过，梦也只能是梦，就这样日复一日，让时间雕刻一副苍老的容颜。他不止一次鼓励自己，既然如此，何不拼一把，即便没有什么成绩，毕竟做了一回真正的自己。他想做一个自由的人，哪怕是身静，但心远；哪怕是艰难，但志坚。他想，他还年轻，日子还长，还有一湾海都盛不下的梦。

傍晚的海滩，夕阳西下，两对情侣坐在海边，看着夕阳的余晖洒满了波光粼粼的海面。海风吹起了爱人的长发，张新阳将刘诗雅搂在怀中说着情话。四目相对，两个年轻的心早已融在了一起，刘诗雅任由张新阳亲吻着她。海浪送来的不止曾经的甜蜜，还有两人对未来的期许。

夜的帷幕渐渐拉了下来，于鑫龙领着三人来到了距离酒店不远处的一个店面不大、但生意却异常火爆的海鲜馆。吃饭的人里外地游客并不多，顾客和服务员都说着本地的方言，只有于鑫龙能听得懂他们在说什么，其他三人好像置身于国外一般，唯一共通的是菜单上的汉字和结账时的人民币。餐馆的海鲜是津州的任何海鲜馆所无法企及的，四个人恨不得吃完所有的菜，只可惜眼饥肚饱，刚九点半，他们已经再也吃不下任何东西了，只剩下了桌上的杯盘狼藉。

于鑫龙要叫出租车回酒店，但王梦华非要走一走，于鑫龙拗不过王梦华，只好顺着她。四个人在路灯下散着步，于鑫龙一声不吭地低头走在最后边。走过一个十字路口，顺着指示牌左拐，走入了一条不是很宽敞的马路。路上的车辆和行人也渐渐少了，张新阳在前面走，王梦华和刘诗雅说笑着，谁也没有注意到，五个二十来岁的青年亦步亦趋地尾随着他们，也拐到这条灯光昏黄的街巷上来了。于鑫龙已经觉察到了异常，他停下脚步准备回头的时候，五个人已经冲了上来，横在了他们面前。

一个染着红色头发的高个青年操着方言很重的普通话说道："别动，乖乖把钱拿出来，否则别怪我们不客气。"其他四个人也从兜里掏出了匕首，吓得王梦华和刘诗雅花容失色。

张新阳知道遇到抢劫了，他很快镇定下来，从兜里掏出了三百块钱，给了高个青年说道："兄弟，就这么多了，哥几个买包烟抽。"

一个矮胖的青年说道："哥们儿，逗我们玩呢？全给我拿出来，再耍滑头，别怪我们不客气。"

张新阳说道："不开玩笑，真的就这么多了。"

高个青年吼了一声说道："少他妈装，我们兄弟只要钱，别逼着我们动手。"

另一个光头青年淫笑着说："没钱是吧，这两个阿妹也蛮靓的，陪兄弟们玩玩也行。"

张新阳看了一眼于鑫龙，于鑫龙的双手早已紧紧地攥成了拳头，两人的目光一对，心照不宣地点了一下头。

一个年纪稍大的青年晃悠着匕首靠了上来，伸手对王梦华说道："阿妹妹，阿哥会按摩哦，给你摸一把好啦。"

其他四个人分别向张新阳和于鑫龙靠了过去。刘诗雅和王梦华吓得大叫起来，可是除了来往稀少的车辆，并不宽敞的街道上没有一个行人。

今晚，他们四个人真是在劫难逃了。

第 48 章　化险为夷

五个拿着匕首的歹徒围住了张新阳他们，张新阳本想着破财消灾，把这帮人打发了，可这几个家伙并不是那么轻易对付得了的，刘诗雅和王梦华早已吓得面无血色，眼看着要吃亏，一场恶仗不打是不行了。

只听于鑫龙大喊一声"动手"，说时迟那时快，张新阳一个侧踢，高个青年的匕首就掉在了地上。还没等高个青年反应过来，张新阳又飞起一脚，踢在了他的小腹上。高个青年哎哟一声，躺在地上打起了滚。

另一个青年见张新阳动手了，骂了一声听不懂的方言，举刀便向张新阳刺去。张新阳眼疾手快，左手抓住了他拿刀的手腕，右手一个直钩拳打在了他的面门上，顺势拉住了他的手臂，往大腿上使劲一磕，使得攥着的匕首落了地。张新阳用拳头猛击青年的腹部，打了几下，青年就失去了还击能力。张新阳拽住了他的头发使劲一拉，又使劲一甩，青年脸朝下趴在地上不动弹了。

于鑫龙更是出手极快，三下五除二就把另外两个持刀青年打倒在地。年纪稍大的青年看张新阳把自己一个兄弟打得不动弹了，端着匕首就冲张新阳的后背刺来。刘诗雅大叫了一声，张新阳想躲已然来不及了，就在匕首即将刺到张新阳的瞬间，于鑫龙扔的砖头飞了过来，重重砸在了歹徒的头上。歹徒发出一声惨叫，倒在了地上。

于鑫龙飞快地收起了五把匕首，远远地扔到了前面的垃圾桶里。看着地上躺着的五个人，惊魂未定的刘诗雅和王梦华这才长长地出了一口气。

四个人检查了一下东西正准备走，一辆警车和一辆警用摩托车停了下来。车灯晃得他们睁不开眼，显然是刚才有路过的司机打电话报警了。

五六个警察拿着警棍，大声喊叫着："都不许动，蹲在原地，把手放在头上！"

张新阳刚要解释，于鑫龙用津州话说道："听他们的，别动，蹲下。"

那五个被打翻在地的青年也蹲在了地上，高个青年操着本地话说："我们走路不小心碰了他们一下，他们就动起手来，还打伤了我的朋友，警察同志，请逮捕那两个人，人民警察要给我们做主啊。"

一个警察又和他们聊了几句，随后看了看让于鑫龙打开瓢的青年的伤势，不容分说地指挥着众人把张新阳和于鑫龙铐了起来。这时又开来了两辆警用面包车，九个人被分别押上了车。警车拉着警报，驶向了派出所。

派出所的审讯室，五个年轻人一口咬定他们走在路上发生了摩擦，张新阳和于鑫龙打伤了人。张新阳解释说是他们五个人要抢劫，他和于鑫龙正当防卫，这才打伤了人。派出所反复审了几遍，五个年轻人和张新阳各执己见，让审讯的民警也失去了耐心。张新阳注意到询问他们的民警接了两个电话后，态度明显倾向于他们是凶手。张新阳在心底骂了一句，他妈的什么世道，看来还真是要在这儿吃官司了。

想到这儿，他又不禁骂起于鑫龙来，自从来了派出所，于鑫龙就没怎么说过话，而且也没有交他的证件，这个家伙到底在琢磨啥。警察打了歹徒，反而被警察给审了，这要传出去还不让人笑掉大牙。墙上的指针指向了 11 点半，一个三十出头的警察走了进来。审讯他们的民警喊了一声指导员，于鑫龙的眼睛忽然开始冒光了，他用不太标准的海南话叫了一声侯哥。指导员一愣，看了看于鑫龙，两步走到人跟前，抓住了于鑫龙的手说道："是小龙，你怎么跑到这儿来了？"

谁也没有想到指导员和于鑫龙认识，更让那名民警没有想到的是，这个外地人居然会说海南话，想着自己刚才打电话根本没有避讳两人的事，脸色一下子难看起来。

指导员赶快叫民警打开了于鑫龙和张新阳的手铐。于鑫龙向张新阳介绍道："这是侯健，侯指导员，我在海南政法大学时的学长，我们的学生会主席。"于鑫龙又向侯建介绍道："侯哥，这是我朋友张新阳，我女朋友闺密的男朋友。"

侯建和张新阳握了握手说道："不好意思啦，我们这也是例行公事，让你受委屈了。我也是刚才听汇报说有人持械斗殴，有两个男的是外地人，受害人是本地几个小混混儿，他们也拿不准，这才把我叫了过来。"

张新阳赶忙说："哪里，哪里，兄弟们执行公务，按规矩办嘛，完全理解。"

侯建又问于鑫龙到底是怎么回事，于鑫龙简单把事情经过说了一下，侯建听完哈哈地笑了。他吩咐民警把那五个小子带到这儿来。不一会儿五个青年就被民警带来了。

侯建骂道："又是你们几个家伙，瞎眼了吧，你们和他动手，简直是自讨苦吃。"

高个青年显然认识侯建，他装作委屈地说道："侯领导，我们不知道他是您的朋友啊，我们承认是我们先动的手，我们认罚，我们认罚。"

侯建说："我这位学弟可是海南政法大学一等一的格斗高手，就你们几个小地痞，再来十个也白搭，感谢他手下留情吧。"

被打破脑袋的青年满脸赔笑地对于鑫龙说道："谢谢大哥手下留情，哥几个今天喝了点酒，您大人有大量，我给您赔罪了。"

于鑫龙摆了摆手说："既然是喝多了就算了，以后谋个正经活计干，少给侯警官添乱。"接着他又转头对侯建说："侯警官，我们也没受伤，反倒是他们让我们打得够呛，这个事就算了，让他们走吧。"

侯建又对几个人说道："听到了没有？这次看在我学弟的面上再给你们一次机会，好好干你们的工作，别喝上几口马尿就寻衅滋事，再让我逮住现行，决不轻饶，走吧！"

五个人连说再也不会了，再也不会了，并连着给于鑫龙和侯建鞠了躬，这才离开派出所。

侯建把于鑫龙和张新阳让到了办公室，又让人把在会议室等候的王梦华和刘诗雅请了过来，她们一看张新阳和于鑫龙没事，悬着的心才放了下来。于鑫龙把侯建介绍给了王梦华和刘诗雅，侯建直夸于鑫龙和张新阳有眼光，找了这么漂亮的女朋友，难怪那几个酒鬼要寻衅滋事呢。侯建和于鑫龙叙叙旧，看看手表已经是十二点多了，执意要开车把四个人送回酒店。

等回到了酒店，四个人聚在一块，回想这一天的经历，如同演电影一般。张新阳问于鑫龙警察给他们戴手铐的时候，为什么不让他辩解。于鑫龙便从头到尾把事情给三个人还原了一遍。

于鑫龙告诉众人道："这几个家伙吃饭的时候坐在我们斜对面，起初我看他们盯着王梦华和刘诗雅看，也没当回事，谁让咱的女朋友漂亮来着，爱美之心人皆有之嘛！"

说着，他瞟了王梦华和刘诗雅一眼，王梦华打了他一下说道："别搞语言腐败，说正经的。"

于鑫龙笑着说道："后来我见光头盯着新阳结账时的钱包，就开始注意他们了。他们看我们是外地人，就肆无忌惮地用本地道上的黑话交流着。光头说新阳光足，光足就是钱多的意思，可以挑挑灯，挑灯就是抢劫的意思。那个年纪稍大点的说，这两鱼羽靓，就是说你俩漂亮，可网一兜，网一兜就是占点儿便宜。"

张新阳一听于鑫龙解释的黑话，顿时来了精神，就问道："这劫财又劫色的勾当，你怎么不和侯建说，办他们一把。"

于鑫龙做了个等一等的手势说："别急嘛，我慢慢和你说。这挑灯的意思只是用恐吓的手段去索要钱财，要是准备行凶，他们会说收收光。而这网一兜也仅仅是指占占小便宜等不严重的流氓行为，要是有严重的流氓犯企图，他们会说披把羽。所以，我料定他们也就是几个街头小混混儿，并非大奸大恶之徒。但为了安全起见，我提议打车回来，可王梦华执意要步行，我也只能跟在后面随时警戒了。"

王梦华又在于鑫龙肩头打了一拳说道："我说啥你都听啊，你告诉我真相，我肯定同意打车的。"

于鑫龙说道："我告诉你，你们明天还能有心情玩吗？要是那帮家伙是说说而已呢？因为从饭店出来我一直警戒着，并没有发现他们，谁知一拐到这条小街道上，他们就不知从哪儿冒出来了。"

说到这儿，于鑫龙又把胳膊搭到了张新阳肩上，拍了拍张新阳继续说道："让我始料不及的是，这几个家伙居然带了匕首。幸亏新阳也是出手不凡，否则，我今天也一定会吃亏挂彩的，毕竟是双拳难敌四手。"

张新阳又问："你既然有派出所的朋友，为什么当时不让我申辩呢？又为啥不把他们拿着匕首抢劫的实情告诉侯建呢？"

于鑫龙看着张新阳疑惑的眼神说道："公安办案，在开始调查以前，对双方都是持怀疑态度的，也就是说，我们都是嫌疑人，所以你现场辩解是没有任何意义的，再加上受伤的是对方，对方又是本地人，我们并不占优势。我听他们给警察的解释，完全合情合理。当时如果警察不听你的解释呢？在受到冤枉的情况下，你难免会做出不理智行为，到那个时候，就更解释不清了，所以说，当时最好的态度就是配合。我之所以把匕首扔了，是因为防止那几个人狗急跳墙，如果其中某个人再捡起匕首，来个突然袭击。就算咱俩身手再好，也保不准要吃亏受伤。至于侯建，我一开始也并不知道他在这个派出所，但我觉得应该能遇到个校友。一般派出所都会在门口的公示栏内公示民警的照片和职务，所以我一进派出所就往公示栏看，当我看到侯建的照片时，心里自然就有底了。至于为什么放那几个人，是因为我听懂了民警打电话的内容，正是他打电话把案子汇报给侯建的，他以为我们听不懂当地方言，也就没有避讳我们，他说的大概意思是这几个家伙是派出所的常客了，这次确实是让两个外地人打了，而且被打的一个人是某某的亲戚，这个某某人可能是个人物。那个某某人的意思是让派出所批评教育一下五个人就算了，同时让两个外地人给点儿医药费。只是他觉得不太好处理，所以就汇报给了值班的所领导侯建。"

张新阳听到这儿才明白，民警接的那个电话是那个所谓的人物打的，所以挂了电话才会对他们那样。于鑫龙接着说："至于说为什么把他们放了，自然是我不想让侯建为难，做个顺水人情就算了，事情就这么简单。"

王梦华和刘诗雅早已听得入了神，王梦华说道："于鑫龙，你这警察还真不是盖的啊，我咋听着像推理小说呢，过瘾，过瘾！"

张新阳佩服于鑫龙分析能力的同时，不禁打了个寒战。今天于鑫龙是实实在在给自己上了一课。任何眼前的危险并不是最可怕的，真正可怕的是那些帷幕后看不见的真相。

第49章 爱的见证

小小的波折并没有影响到张新阳他们的心情，站在天涯海角的巨石边，试想当年大文豪苏东坡来到这蛮荒之地，站在海边极目远眺，发出"我非徒跣相，终老怀未央"的感叹。或许当年的苏大学士并没有想到，当年他政治失意的被贬之所，千年后却成了人人心驰神往的度假圣地。时过境迁，造化弄人，岁月的沧桑感在张新阳心底油然而生。张新阳牵着刘诗雅的手在天涯石下合了影，两人在往后的日子中如影随形，再没有离开过彼此。

海誓山盟的两对情侣回到了酒店，于鑫龙接到了侯建的电话，说约了几个熟识的校友见见面，一起吃个饭，缅怀一下当年的青春岁月。于鑫龙邀张新阳同去，张新阳觉得有些尴尬，就婉拒了于鑫龙。于鑫龙领着精心打扮了的王梦华赴约去了。

张新阳坐在刘诗雅房间的藤椅上看着电视，刘诗雅问张新阳："你觉得于鑫龙怎么样？他对王梦华怎么样？他和王梦华能成吗？"

张新阳说："于鑫龙是个有勇有谋的汉子，凭我的直觉，他人品也是没问题的。至于感情嘛，那就不好说了，爱情是要讲缘分的。"

刘诗雅嗯了一声，又吞吞吐吐地说："可王梦华说，于鑫龙从来没有和她提出过那个方面的要求？这正常吗？"

张新阳先是愣了一下，随后就明白是哪个方面的要求了，他喃喃地说道："你们可真奇怪，男朋友要是主动点儿，你们觉得不靠谱，不主动了又怀疑人家有问题。我看于鑫龙这点做得没错，大丈夫，真男儿。"

刘诗雅有点不好意思地说道："你别看王梦华大大咧咧的，其实她也没有真正交过男朋友。我也觉得于鑫龙人不错，就是不知道他是装的还是真的。"

张新阳听刘诗雅说着王梦华的秘密，不由得把目光移向了刘诗雅。刘诗雅穿着一条白色的九分裤和一件宽松的T恤，双臂抱膝坐在床上，长发自然地垂在肩前，漂亮的脸庞在发丝中若隐若现，灯光打在了蓝色的手链上，俨然是不食人间烟火的仙女。张新阳正看得出神，刘诗雅抬起了头，两人目光相遇的时候，都羞红了脸。

张新阳起身坐到了刘诗雅身边，轻轻地把刘诗雅揽在怀中，一个深深的吻，让两人坠入了爱的长河。张新阳又嗅到了她悠悠的发香，尝到了她唇边淡淡的甜味。刘诗雅伸出了双臂，紧紧地抱着她，任由张新阳疯狂地亲吻着自己。张新阳感受着刘诗雅的呼吸，享受着她的热情。

这时刘诗雅的手机响了，她红着脸拿起了手机，是王梦华。王梦华说于鑫龙和这帮同学酒意正浓，他同学还在酒店开了几个房间，说是要彻夜长谈，她告诉刘诗雅今晚不回去了，不用等她了。张新阳同时收到了于鑫龙的短信：今晚走不了了，不用等我。

等刘诗雅挂了电话，张新阳看了看手表，已经是 10 点半了，他亲了亲刘诗雅的额头说道："不早了，你休息吧！"刘诗雅嗯了一声，张新阳带上门回到了隔壁的房间。

热水冲在张新阳结实的肌肉上，使得每一个细胞都随着水流的温暖舒张开来，倦意一丝丝地消散而去。等他穿了睡衣走出浴室，手机的感应灯亮了起来，刘诗雅发来一条短信：陪我一会儿。

张新阳拿了房卡和手机，轻轻敲开了刘诗雅的房门。穿着一席红色丝绸睡衣的刘诗雅站在了他面前。张新阳迅速走进房间，随手关上了门。厚厚的窗帘遮住了窗外的霓虹，桌上的随身听正播着一曲理查德·克莱德曼的《梦中的婚礼》，刘诗雅湿漉漉的头发垂在胸前，真丝睡衣薄如蝉翼，轻轻地覆盖着她没有任何束缚的曼妙的身体，橘黄的灯光下，隐约可见她的双峰剧烈地起伏着。

张新阳再也没有像往常那样控制自己，他一把将刘诗雅抱在了怀里。狂风暴雨般的亲吻，在刘诗雅散发着沐浴露芳香的身体上激荡起了无数个滚烫的涟漪。刘诗雅轻轻地闭上了双眼，微微扬起了头，仍由张新阳亲吻着、抚摸着。两个年轻的身体紧紧地抱在了一起，海草般摇曳着。

张新阳喘着气，胸口剧烈地起伏着，他不容置疑地在刘诗雅的耳边说："诗雅，我爱你！"

刘诗雅依旧闭着眼睛，涨得通红的脸更加娇艳欲滴，她轻声在张新阳耳边呢喃着说："新阳，今晚，我是你的，我要让你永远记住今天。"

张新阳像得到了总攻命令的勇士，更猛烈的热吻如狂风暴雨般袭向刘诗雅。眼前是一座盛开着雪莲的神圣的雪山，洁白的雪地上，女神比白雪还要白，一个爱的教徒，朝着他心目中圣洁的女神顶礼膜拜，整座雪山疯狂地摇曳着，晃动着。炙热的烈火似乎要融化千年的积雪，滚滚的雷声不绝于耳，阵阵春潮伴着云起云散，天地间激起了火一般的热浪，那火山，那烈焰，激荡着，喷发着，搅动着四周天昏地暗……

许久，《梦中的婚礼》又回响在了空旷的房间，疯狂的激情消退，爱情静静地在床尾绽开了一朵血红的玫瑰。张新阳搂着自己最爱的女人，看着她脸上渐渐消失的潮红，依偎在自己厚实的臂弯中，婴儿般乖巧地睡着了。这一夜，他得到的不只是自己的女神，还有为爱承诺一生的责任。张新阳轻轻地亲吻了睡梦中的刘诗雅。黑暗中，一颗滚烫的泪从刘诗雅的脸颊滑落下来。

厚重的窗帘遮挡住了早晨的阳光。张新阳睁开眼睛的时候，战场早已没有了激情的印记，刘诗雅已洗漱完毕，化了典雅的淡妆，她抱着本随笔集，坐在藤椅上听着音乐。看到张新阳醒了，刘诗雅起身拉开了窗帘，一束阳光照了进来。那让爱情升华的一夜，已经成了他们记忆中永恒的瞬间。

张新阳穿好衣服问道："你怎么不叫醒我，王梦华他们回来多尴尬呀。"

刘诗雅脸微微一红说道："王梦华昨晚就说让我睡个懒觉，他们不会那么早回来。"

张新阳走到窗前抱住了刘诗雅，两人依偎着看着南国清晨的美景，张新阳轻轻吻了刘诗雅，说道："我爱你，永远，永远。"

刘诗雅说："那就让时光来见证我们的爱情吧。"

张新阳看着不远处一座高楼拔地而起，他在刘诗雅耳边轻声说道："不仅是时间，还有空间。我要在那座楼盘买套房子送给你。每年的这个时候都来小住几天，纪念我们生命中最美好的一夜。"

刘诗雅说："新阳，有你就好。其他都不重要。"

张新阳说："为了你，我什么都愿意！"

快中午的时候，王梦华和于鑫龙回来了。于鑫龙一进房间就把自己交给了床，大声嚷道："新阳，你陪刘诗雅和王梦华出去吧，我实在不行了。这帮子家伙真能喝啊，我的胃都快吐出来了。"

一旁的王梦华说道："那你怨谁呢，别人都到位了，你还一个劲儿地劝酒，我还以为你多能喝呢。"

于鑫龙说："嗨，你别看他们几个装，我要是不拿出点儿架子来，我这面子就栽这儿了。"

王梦华还要说什么，于鑫龙的呼噜声就起来了。

张新阳无奈地笑笑说："是条汉子，喝多了，我也敬佩。"

王梦华伸手打了张新阳一拳说道："还给他戴高帽子呢，还嫌他喝得少吗？"

张新阳笑着说："没有，没有，实事求是嘛。"

随后他又看了一眼呼呼大睡的于鑫龙说："二位准备去哪儿？我张导全程奉陪。"

王梦华说："我哪也不想去了，于鑫龙吐了一晚上，我陪了他一晚上，累死我了，我要睡觉。"

刘诗雅也说："那就让新阳招呼于鑫龙吧，你睡觉，我看书，咱们今天哪儿也不出去了，中午就吃新阳刚才买的文昌鸡和竹筒饭。等晚上老于酒醒了，我们再找个地儿，好好饕餮一顿。"

张新阳说："好吧，我也补补觉，这几天还没有轻松过呢。"

王梦华说："行，那就麻烦张大总管了，我和诗雅就先回你们屋啦。"说着就拉着刘诗雅去了隔壁房间。

张新阳给鼾声如雷的于鑫龙盖了被子，又打开了空调，房间的温度很快舒适起来。张新阳戴上了耳机，翻看着一本小说，不多时，也迷迷糊糊地睡着了。等他醒来时已是日头偏西，于鑫龙已经醒了，正在狼吞虎咽地吃着泡面。张新阳问他为什么不去隔壁找刘诗雅拿些文昌鸡和竹筒饭，于鑫龙说敲了两次门都没人应答，估计两人都睡着了，就只好拿泡面对付了。

于鑫龙边吃面边苦着脸说："昨晚真是喝大了，抱着马桶吐了一晚上。王梦华也坐在马桶边陪了我一晚上，这个人丢大了。"

张新阳颇有同感地说："每次抱马桶的时候发誓以后再也不喝了，可等到上了酒桌就又身不由己了。"

于鑫龙说："我师傅说，这男人喝醉和女人生孩子一样，在产房待产的时候痛不欲生，女人恨不得把使之怀孕的丈夫给活吃了。可等再行夫妻之事的时候，又是酣畅淋漓，又恨不得把使之飘飘欲仙的伴侣给吃了。我这话糙理不糙，这说明啥，说明人是复杂、多变的动物，人心难测啊。"

张新阳笑了笑，做思考状说道："你别说，还真是这么回事儿，人民群众的语言虽然朴实，但道理还真他妈深刻。"

他俩有一搭没一搭地闲侃，就听着房间外有嘈杂的声音，好像隔壁刚住进来的客人和服务员争吵着什么，两人也都懒得理。可是外面这么一吵，却把爱管闲事的王梦华给勾出来了。

等外面的声音消停了，王梦华敲开了他们的门，她一进门就没好气地说："看着人模人样的，竟然和一个服务员纠缠不休。"

于鑫龙说道："那你也少管闲事。"

王梦华说："本来嘛，服务员以为没客人呢，就把房门打开了，可他们这就不依不饶了。"

于鑫龙："人家不依不饶也没啥不合适的，人家有隐私权呢。"

王梦华说："那我也看不惯她那么趾高气扬的。不过那女的确实挺漂亮，男的也挺帅气，倒是挺般配的一对儿。"

她正说着，看到了桌上于鑫龙吃剩的方便面，好像想起了啥似的说道："老于，你吃泡面是啥意思，早晨不是说要领我们去吃饕餮盛宴吗？我和诗雅可等了一天了。"

于鑫龙说道："我先垫垫底儿，一会儿领你们见识见识什么是海南的特色。"

宅了一天的四个人迫不及待地等着夜幕的降临，不到五点半，四个人穿戴整齐出了酒店，朝着于鑫龙所说的海南特色杀了过去。

第 50 章　尴尬至极

于鑫龙所说的盛宴，无论如何也绕不开海鲜。这家大排档看着不上档次，但无论食材、环境，还是带给人的享受，都是大饭店所无法企及的。带着咸味的海风中，拉着音响的流浪歌手，弹唱着一首首那年的歌曲，四个人的思绪都飘回到了学生年代，讲述着各自记忆中的那个离别之夜，那些眼泪，那些狂欢。

等酒足饭饱了已经将近 11 点了，四个人打车回到了酒店。张新阳和于鑫龙洗漱完毕，于鑫龙昨夜的酒还未散，晚上一高兴又喝了啤酒，一上床就睡着了。张新阳继续发扬着自己睡不着觉的优良传统，把床头的灯光调暗，继续捧着那本读了一半的书津津有味地看着。

将近 12 点的时候，隔壁传来了大声说话的声音，是今天刚住进来的客人。张新阳无奈地摇摇头，心想怪不得王梦华看不惯，这么晚了还这么吵，不知道酒店的隔音都不是太好吗。可没过一会儿说话声音渐渐小了，变成了似有似无的呢喃，再也听不清他们在说什么了。

就在张新阳就要睡去的时候，隔壁的声音渐渐高了起来。张新阳分明听到，那是女人呻吟的声音，男人喘息的声音，如初中语文课本中的《口技》一般，再加上王梦华对两人长相的描述，张新阳霎时在脑中勾勒出了一幅香艳的春宫图。战斗持续了许久，随着声音的减弱，战斗也慢慢进入了尾声，直至最后变得悄无声息。

张新阳的心并没有随着战斗的结束而平静下来，刚才刺激的声音依然让他心潮澎湃，血气上涌，他努力压抑住了自己的欲望，戴上耳机听了好久的歌，这才慢慢地睡了。

不知过了多久，睡梦中的张新阳被于鑫龙推醒了，他拿了手机一看才 4 点50 分，正要问于鑫龙有啥事呢，只见于鑫龙一脸坏笑地指着隔壁。张新阳摘下耳机，仔细一听顿时清醒了，原来隔壁又开战了，喊叫声、喘息声比前半夜更大、更激烈！等着战斗再次结束，两个男人早已睡意全无。

早晨 7 点刚过，刘诗雅和王梦华就敲开了张新阳他们的门，听于鑫龙说了今天的行程和安全注意事项。四个人收拾妥当出了门，准备开始他们一天的旅行。

四个人刚走进电梯，隔壁的房门开了，一对年轻的情侣走了出来。女孩看电梯门就要关上了，赶忙说等等，然后跑到电梯前挡住了电梯门，并催促着男友快点锁门。张新阳和于鑫龙不约而同地将目光落在了穿着一席长裙的女孩身上，只见女孩皮肤白嫩、五官清秀，怪不得王梦华说女孩漂亮呢。张新阳和于鑫龙从上到下打量了女孩一遍，对视了一眼会心地笑了。她的男友迅速锁好了房门，也快步走进了电梯。

电梯门关上了，当男子转过头的时候，目光正好和张新阳对在了一起。男子的脸刹那间由正常变得惨白，随后又变成了大红，进而变成了铁青色。张新阳同样也呆在了那里，脸上的表情瞬间凝固了，眼神中带着深深的不解和诧异。眼前站着的男人不是别人，正是冯媛媛的未婚夫——李哲，而这个和李哲一夜激情的女孩并不是他的知己冯媛媛。女孩没有注意到李哲的表情，依然揽着李哲的胳膊左一个亲爱的、右一个亲爱的喊个不停。电梯短短几秒钟的运行时间，对张新阳和李哲来说时光仿佛凝固了一般，李哲没有和张新阳打招呼，张新阳也没有和李哲说话。电梯停了下来，门刚刚打开，李哲拉了一把同行的女孩，快速走出了电梯，很快就打了出租车，消失在了车辆川流不息的大街上。

于鑫龙看着张新阳的表情问道："认识？"

张新阳含糊其词地回答道："不，不认识，像一个朋友。"

于鑫龙并没有再追问什么，以他的职业敏感性，已经断定张新阳和这个男的是有什么事情的。

一整天，李哲的影子始终在张新阳的眼前晃来晃去，他无论如何也不能把与另一个女孩子在床上尽情放纵的人和自己好朋友的未婚夫联系起来。尽管他以前觉得李哲是有些不学无术，有些胆小怕事，但他也觉得以李哲娇生惯养的家庭出身，这点毛病不算什么。李哲总体上还是老老实实、中规中矩的，他对冯媛媛也是百般呵护、疼爱有加的。

但今天在异乡的相遇，却彻底改变了张新阳对他的印象。张新阳有种强烈的被人背叛的感觉，他对李哲的感觉由厌恶进而升级到了憎恨。他不禁问自己，为什么会有这种心情？但无论如何也找不出答案，想来想去，似乎只有他是在替冯媛媛鸣不平这一个答案。他默默地想着，看来自己真的把冯媛媛当知己了。

晚上回到酒店，张新阳早早就躺到床上想起了心事。这一夜隔壁再没有传出销魂的声音。让等了大半夜的于鑫龙难免有些失望，他摇了摇头，扯过被子盖了半个身子，呼呼地睡着了。张新阳却怎么也无法入睡，他满脑子都是冯媛媛的身影。他想把这件事情告诉冯媛媛，绝不能看着冯媛媛和这样一个花花公子过一辈子，让她无知地活在背叛中。作为朋友，作为知己，不把这件事情告诉她，也显得太不仗义了。

可他又转念一想，冯媛媛准备和李哲结婚了，现在把这件事情告诉她，她会更痛苦的，他这样做算什么？在别人最幸福的时候来这么一出，冯媛媛能受得了吗？他这样做是为朋友着想吗？话又说回来，现在的男人，又有几个能抵挡得住外边的诱惑呢？只要李哲对冯媛媛好，偶尔的偷腥，倒也不算什么事情。可是无论如何，告不告诉冯媛媛只是他需要做的一道选择题，而李哲背叛了冯媛媛，却是一个不争的事实。

这天晚上，他辗转反侧始终没有睡着，他竟然有了那个人不是李哲的想法。第二天再问前台隔壁的客人还在不在的时候，服务员说 912 的李先生昨天下午就退房了。李先生！没错，是李先生！张新阳瞬间对李哲失望透顶。

海南的度假在遇到李哲的小插曲中结束了。张新阳的心情虽然有些小郁闷，但和刘诗雅在一起的日子却是无比幸福的。三亚，留下了张新阳和刘诗雅一生最幸福的时光和最美好的记忆。

刘诗雅靠在张新阳肩上，看着云朵划过机翼，轻声说："新阳，我们结婚吧。"

张新阳抚摸着她的长发，说道："我要到你们单位门口向你求婚，让全公司的人都知道，刘诗雅的另一半叫张新阳。"

刘诗雅脸上飘过一丝绯红，畅想着幸福的明天，不多时，她在张新阳肩头睡着了。

顾阳的倒春寒毫不逊色于三九天的严寒，风依旧凛冽地刮着，张新阳出了单位，裹紧了呢子大衣，没走几步，招手拦了辆出租车，飞一般地向怡馨茶语驶了过去。

从海南回来之后，张新阳考虑再三，还是决定不把在海南遇到李哲的事告诉冯媛媛。他不敢想象冯媛媛听到这个消息后会是怎样的心情。随后经过半个月的忙碌，这件事渐渐被张新阳放在了脑后，既然都决定不说了，干脆就把它忘掉好了。然而当他想要忘记这件事的时候，李哲的电话却打来了。李哲说有事要和他说，约他下班后到怡馨茶语。

在他和冯媛媛常喝茶的雅座上，李哲手里捂着一杯热气腾腾的咖啡，低着头想着什么，连张新阳坐到了他对面也没有发觉。张新阳轻咳了一声，李哲慢慢抬起头来，把一壶早已泡好的龙井茶推到了张新阳眼前。

没等张新阳倒好茶，李哲便开口说道："新阳，你知道我为什么约你出来的。"

张新阳不置可否地喝了一口茶，并没有回应。

李哲也没有等张新阳回应什么，又继续说道："我想说那天的事情，你可能有些误会了，我和几个朋友一起去玩，我住在六层，早晨上去找她一起走的，她这个人嘻嘻哈哈的，爱开玩笑。其实你也知道的，我这人还是很专一的。"

张新阳本以为李哲会和他认认真真地说出实情，没想到他居然还在为自己辩解，敢做不敢当，真不是个爷们儿。没等李哲说完，张新阳冷笑道："好了，不用再说了，我就住你隔壁房间，前一天晚上的事儿，还要我描述描述？"

李哲的脸僵住了，表情变得极不自然，嘴唇微微动了一下，再没说出一句话。

张新阳本来对李哲还抱着一丝幻想，也许李哲是出于好奇或者寂寞，找个小姐。如果是皮肉交易，露水夫妻，也算不上大错。想到这儿，他问道："她是谁？不会是小姐吧？"

李哲低下了头，等了一会儿他说道："她是我同事。就我们俩人去的，没别人。"

张新阳说："你这样做对得起媛媛吗？"

李哲沉默了，他低着头一言不发。

张新阳又说道："李哲，我对你很失望。我真的看错你了。你马上就要和媛媛结婚了，她如果知道这件事，该有多痛苦，你怎么能……"

没等张新阳说完，李哲猛地抬起了头，两眼狠狠地瞪着张新阳，大声地嚷道："你给我住嘴，别假惺惺的，左一声媛媛、右一声媛媛的，也不想想你俩那点儿破事，给我上什么课，上什么课？"

第 51 章　媛媛结婚

李哲彻底把张新阳激怒了。他曾因避讳李哲的猜疑，试着疏远李哲和冯媛媛，但后来发生的事情让他觉得自己这样做有失风度，也对不起冯媛媛的推心置腹。人凭什么不能有异性朋友？他们仅仅只是朋友而已，走得端、行得正，又有什么要躲避的呢？

李哲曾说很羡慕张新阳能有冯媛媛这样的朋友，就冲着李哲这份坦诚，张新阳也曾把李哲视为朋友。但今天李哲的话深深刺激到了他，原来李哲的一切都是伪装的，李哲一直对他和冯媛媛的来往耿耿于怀，更让张新阳接受不了的是，李哲居然这样诋毁冯媛媛，诋毁一个深深爱着他的女人，诋毁一个愿意和他共同度过漫长一生的未婚妻！浑蛋，简直就是浑蛋！

李哲吃了张新阳一拳，捂着腮帮子盯着张新阳说："好，你动手，让我说中了是不是？你俩也不是什么清白的，还装着圣人似的在这教训我？"

张新阳像一只愤怒的狮子，一把抓住了李哲的领子，两只眼睛血红，像是要吃人似的，一字一顿地说："你给我听好了，我和媛媛是清白的，我不允许你侮辱我，更不允许你这样侮辱你的未婚妻！"说着放开了李哲的衣服，一把将他推回到了座椅上。

李哲用手捂着脸，孩子似的呜呜哭了。张新阳没有理会他，自顾自地喝着茶。等内心的愤怒稍稍平静下来时，张新阳看着眼前呜呜哭着的李哲，觉得李哲很好笑。温室中成长的孩子，个头儿长大了，心智并不成熟，幼稚，简直太幼稚了。感情这东西有时候真的很奇怪，冯媛媛到底看上他什么了？家庭条件好？人帅气？不可理解。

李哲呜呜了半天，终于把手从脸上拿开了，他掏出一张面巾纸擦了擦脸说道："新阳，对不起，刚才在气头上，随口说的，你别介意。我就是觉得我的事让你撞见了，怕你告诉媛媛，绝对没有诋毁你和媛媛的意思，绝对没有。"

张新阳说："李哲，既然话都说到这份儿上了，咱们今天就把这个事说清楚，我和媛媛真没有什么，你要不放心，我们以后可以不来往。但你拿你的未婚妻做筹码说事，这不地道。"

李哲说："我就是觉得你什么都比我强，害怕时间久了媛媛会移情别恋。你知道上次车祸，公交车着火时，她的不顾一切，她的歇斯底里，都让我觉得她对你的感情要比我深。"

张新阳说："狭隘，那是战场上同生共死的战士，'非典'时共生死的医护人员，他们都有恋情？男人和女人之间，不只爱叫感情。何况一个死心塌地准备要嫁给你的女人，你能怀疑他不爱你吗？这个世界上值得一个女孩欣赏和敬仰的人太多了，但她愿意共度一生的却只有你一个人。可是，你做了些什么，你在背叛她。"

李哲不说话了，沉默了一会儿，好像是做了什么决定似的，说道："我错了，我真的错了，我看问题，想事情太肤浅。那个女孩是我们单位新来的大学生，对我有点儿好感，她说要出去玩玩，我没有把持住，就和单位请了假，瞒着媛媛和她去了海南，万没想到遇上了你。我这真的是第一次，我求你别告诉媛媛，我们就要结婚了，求你了。"

张新阳也长长地叹了口气说："俗话说，两害相权取其轻，作为她的朋友，我要对她负责，这件事不告诉她要比告诉她，造成的伤害小。我不会告诉她的。只是，从今往后，你一定要对她好些，绝不能再背叛她。能有一个死心塌地爱你的人不容易，要懂得珍惜。"

李哲一把抓住了张新阳的手说："行，行，我听你的，我一定改。谢谢新阳，谢谢你。"

张新阳说："不必谢我，我只是觉得你俩能走到谈婚论嫁不容易，想让你俩过得幸福，并不代表我能理解你的背叛行为。"

李哲说："不管怎么说，我还是要感谢你的，我保证今后再不会有这样的事情了。"

张新阳说："这件事到此为止，希望你能好自为之。"

日子一天天地过着，忙碌、重复而又单一。五一长假过后，刚从颜州回到顾阳的张新阳收到了一条短信——李哲和冯媛媛要结婚了。张新阳透过短信，似乎看到了冯媛媛脸上的幸福和甜蜜。他想回复什么，但又不知道该回复什么，只是将恭喜两个字回了过去。

婚礼当天，穿着一身白色晚礼服的冯媛媛和穿着黑色西服的李哲手牵手走向舞台的时候，一个端庄漂亮，一个年轻帅气，所有人的目光都集中到了两人身上。宾客们不禁躁动起来，人们都嘈嘈地议论着，俩人简直太般配了。冯媛媛路过张新阳身边时，张新阳分明看到了冯媛媛脸上洋溢着的幸福。两人的目光对视了一下又迅速移开。冯媛媛浅浅一笑，勾起了张新阳在这个城市打拼的无数个回忆。他几乎每次遇到大事时都有冯媛媛在身边。今天是她最美好的日子，他在心底默默地祝她幸福。

新郎和新娘面对面站着，在司仪的引导下，说着海誓山盟的诺言。张新阳不知为何又想起了三亚的那个夜晚，隔壁的激情、香艳在脑海中久久挥之不去，让此刻的诺言变得那么轻浮，那么单薄，那么无力，那么不值一提。

孟强的子为焦化厂干得有模有样，厂子的产量几乎增加了一倍，但焦炭依然是供不应求。张新阳隔一段时间就要回趟颜州看父母，只要回家就一定去厂子里看一看，他担心的是孟强弄出什么大的安全隐患来。无论什么性质的企业，出事故都是经营管理的大忌。看着一切井然有序，他悬着的心也就自然放下了。于是就站在专业管理的角度给孟强提提建议、做做指导，至于股权分红之类的事情，再也没有提起过。

而孟强并没有食言，每个月准时给张新阳打电话告知"利润"，并按三七开的承诺将张新阳的那份钱给送过来。张新阳知道孟强给他报的"利润"是有水分的，但他并不在乎，也不计较。每次孟强让孟勇把钱送过来的时候，他都是看都不看，往柜子里一塞就领着孟勇喝酒去了。

好几次，孟强都提议想给他转账，但张新阳非要坚持让孟勇辛苦一趟，说喜欢和他这个弟弟喝酒。孟强也觉得张新阳一定不是为了一顿酒，但他没问刨根问底，他觉得张新阳这样做，一定有他的道理，也就不再坚持了。于是还是旧例不倒，每月安排孟勇跑一趟顾阳，而孟勇每次来顾阳好酒好饭招待着自不必说，还能在新世纪大酒店潇洒地玩一把，而且所有的这些消费都是张新阳埋单，当然也就乐此不疲了。

张新阳又一次送走了孟勇，看着柜子中的现金，他想过把盛世嘉园的贷款还上，但联系李莉的时候，却得到了否定的建议。张新阳问李莉为什么，李莉也不避讳行业内幕，将她的所见所闻详细说了一番。张新阳听完茅塞顿开，然后做了一个对自己而言异常重要的决定。

第 52 章　职场困惑

顾阳焦煤集团的月度工作会议如期在新世纪大酒店召开，张新阳坐在会场的后排，漫不经心地听着主席台上的讲话。领导们的讲话稿是行政部和他写的，文稿什么结构、什么内容他都了然于胸，听与不听已经没有什么意义了。

他想着第一次在这里参会时的紧张和对工作的踌躇满志，不禁摇摇头。和自己同一批的王一飞，现在已经是技术部副部长了，单就工作能力而言，王一飞的业务水平不敢恭维。就因为他爸和某位领导打了招呼，他就顺利地代理了副部长，随后又坐稳了这副科级职务，他的父母又在津州买了房，现在他就要和林笑结婚了。

而自己自从上次提名被否定后，只捞了个副部长待遇，去行政部干副部长的事就再没有了下文。虽然赖峰还是很信任自己的，津州市、集团公司给的荣誉也不少，但那是自己拼了命换来的。好在自己在经济上不是太拮据了，不用为了多挣几百块钱把自己拴在单位，拼死拼活地奉献了。

张新阳环顾了一下四周，看到了同一批来到单位的中专生王玉平正埋着头，快速地记录着。他和自己一样也是从偏远的农村出来的，从军屯矿调到技术部就费了好大劲，如今在技术部是上班最早、下班最晚、加班最多的人。别人都在嘲笑他傻，他总是呵呵笑着不置可否，不管哪个领导安排工作他都不会拒绝，干不完就熬夜加班，领导们都说他踏实、肯干、老实，偶尔也给个三百五百的小恩小惠，但这又能如何呢？表扬是不能当饭吃的。

张新阳也曾笑他的木讷，有一次两人喝酒，喝多了的王玉平大哭一场，他说："我知道，他们都笑我是傻帽儿，谁愿意当这个傻帽儿？我从偏远的农村走出来，举目无亲，我要买房、要成家，我不傻一点儿，谁他妈给我一条出路？可他们都是喂不熟的白眼狼，是王八蛋，是牲口，是畜生。"说到激动处，王玉平竟然号啕大哭。

张新阳开始还对王玉平有点儿偏见，但仔细想想自己，又何尝不是这样？如果不是本科生起点高，哪有替赖峰挡砖卖命的机会？如果不是有子为焦化厂这一档子事，自己又怎能不为五斗米折腰？想着第一次领到工资的兴奋，何尝不是和王玉平一样的心情？

那次之后，王玉平再没有和他发过牢骚，依旧是加班加点、早出晚归，依旧是见到领导唯唯诺诺。他知道王玉平的心中不知道骂了几次娘，可一到单位还是拼死拼活地奉献着，没有一点儿抱怨，还是部分人眼中的傻帽儿。这个世界就这么不公平！想着，他在笔记上用力地写下了几个字：经济是一切的前提条件。

散会后已将近中午，张新阳跟在李荣身后走出了会议大厅。李荣照例和赵永生、孔严、孙德平几个人找饭局。张新阳和他们已经相当熟了，有时喝多了也称兄道弟，所以每次开完会喝酒，都少不了张新阳。只是今天张新阳有点儿发怵，昨天晚上他替李荣喝酒喝多了，现在还没有缓过劲儿来。

李荣悄声说了句："今天你就别去了，缓一缓。"张新点了点头，李荣和其他人说："新阳下午手头还有个活，让他回去休息休息，下午好甩开膀子干，这次他就不用去了。"

其他人见李荣这么说，都没有为难张新阳。赵永生发动了车，几个人跳上了那辆桑塔纳走了。

张新阳站在酒店门口准备打车回宿舍，吴小清从后面走了过来和他打了招呼。看吴小清一个人，张新阳立即改变了回宿舍的主意，他快走几步上前问道："姐，就你一个人？"

吴小清妩媚地笑着说："是啊，他们都喝酒去了，我一个女人，就不和他们凑热闹了。"

张新阳说："姐，你要没其他事，中午我请客，咱姐弟俩好久没一起吃饭了。"

吴小清本也不愿意回家，孩子中午在小饭桌吃饭，老公王岩在矿上吃饭，只剩下她一个人，回家还得自己做饭。听张新阳邀请她吃饭，也就欣然接受了。顾阳新开了一家西餐厅，无论是环境还是菜品，都是相当不错的。张新阳和吴小清找了个相对安静的座位，吴小清两手拢了一下头发，麻利地将一头长发扎成了马尾，越发显得清秀和妩媚。

吴小清打量了一眼张新阳问："新阳，最近忙啥呢？"

张新阳说："还能干啥呢，加班，熬夜，谈女友。"

"哟，我们的帅哥也谈女朋友了？怎么样，什么程度了？"

张新阳说："其实，我们早就处上了，只是我这条件不好，没有房子，要不也就谈婚论嫁了。"

吴小清叹了一口气说："我就说嘛，无论从哪个方面说，你都要比王一飞优秀吧，我觉得你和林笑更般配，可人家现在要结婚了。"

张新阳苦笑着说："姐，你就别开我玩笑了。我哪有一飞那条件呢，出身好也算一种优秀，况且其他方面一飞也不比我差，他和林笑很般配呢。"

吴小清说："你也优秀着呢，谁要找了你，也是她的福气。当务之急是赶快把房子搞定了，没有住房是不行的。"

张新阳听吴小清说房子的事，做了个无奈的手势说："父母拿出了所有的积蓄，我又和亲戚朋友借了点儿钱，在津州按揭贷款买了一套，还没有交钥匙呢。"

吴小清说："怪不得呢，我有两次去你们安全部都没有见到你了，姐劝你一句，恋爱要谈，工作也要干，不能顾此失彼。我呀，就是怕你懈怠了工作。上次我和你说的，你别不当回事，好事多磨，低头拉车，抬头看路，机会迟早会眷顾你的。"

张新阳赶忙说："谢谢姐，你和我说的，我都记得呢。"

张新阳要了一瓶红酒，给他和吴小清各倒了半杯。张新阳切了一小块七分熟的牛排，嚼了两口就吐了出来，看着吴小清略带坏笑的眼神说："这洋人就是没有净化干净，咋还保留着茹毛饮血的习惯呢。姐，你能接受得了吗？"

吴小清还在笑着，不置可否地点着头。

张新阳扯起了嗓子喊服务生，服务生赶忙过来问："先生，您有什么吩咐？"

张新阳说："这牛排不行。"

服务生看了看牛排，不解地说道："是按您的要求料理的呀，七分熟嘛。"

张新阳说："吃不了，吃不了，再烤烤。"

服务生忙说："先生，是煎，不是烤的，那您看几分熟好呢？"

张新阳说道："我不管你是煎还是烤，要焦点儿，焦，懂吗？就和羊肉串一样。"

服务生还想解释什么，张新阳一本正经地说道："别啰唆啦，就按我说的弄，快去吧。放点儿辣椒和孜然。"

服务生强忍着笑，端着牛排走了。吴小清看着服务生走了，扑哧一声乐了出来，上气不接下气地笑着，指着张新阳说："这是西餐，你个土包子。"

张新阳做了个鬼脸，吴小清笑得更厉害了。

等吴小清的笑渐渐停了，张新阳才说道："姐，有个事我一直想问，可又不知道合适不合适，所以又一直没说。"

吴小清说："你咋也变得吞吞吐吐的了，你和我还客气啥？"

张新阳说："自从上次我的提名被否决了以后，就再没有人提过这事，您说到底是哪儿出了问题呢？"

吴小清听他说的是这事，立即收回了笑容，略略想了一下才说："现在不是给了你副部长待遇了吗？这就说明董事长、关书记、赖总都没有忘了你的事儿，可能是有方方面面的原因吧。不错，公司后来是调整了几次人，但都是提拔到二级班子干副职的，虽然级别一样，但毕竟不是能和公司主要部门的人事变动相提并论，没有提名你，也属正常。不过以我对董事长和关书记的了解，你的事都放这么久了，应该给个结果了，至于为什么迟迟没有提这件事，就不得而知了。"

张新阳说："这也正是我担心的啊，行政部副部长的岗位空的时间太长了，要不能尽快有个结论，就怕夜长梦多啊。"

吴小清说："新阳，该是你的就是你的，这事儿急不得。"

张新阳接话说道："还请姐多帮忙。"

吴小清说："放心吧，有啥情况我会及时通知你的。"

张新阳听吴小清已经基本上把核心意义说透了。张新阳的本意是想让吴小清给刘成功递话，但这个话又不能说透，点到为止，多说无益，张新阳也就此打住了话题。两人边吃边聊，话题怎么也离不开津州大学。后来，张新阳试着把话题引到了她的孩子和丈夫王岩身上。和提到女儿时眉飞色舞的激动不同，提到王岩时吴小清的神情立刻暗了下来。张新阳捕捉到了她的表情，她和王岩之间一定有着深深的裂痕。

作为军屯矿化验员的王岩，虽然没本事但他不傻，吴小清是第二组织部部长的闲言碎语早已传到了他耳朵里，而吴小清和刘成功的关系，对王岩来说早已是被他证实了的事实。两年前的那个晚上，吴小清很晚才回家，她喝了很多酒，喝醉了的她显得更加楚楚动人，让一向老实的王岩也不安分起来。他迅速地卸掉两人所有的防御，吴小清散发着让人难以抵挡的诱惑，两人倒在床上，滚在了一起。那天晚上，王岩见识了他从来没有见过的吴小清，她的狂野，她的放纵，她的激情！就在王岩尽情享受着从来没有过的新婚般的快感时，他看到吴小清一甩一甩的长发下的醉眼迷离不已，在近乎要窒息的喘息声中，她喊出了刘成功的名字。王岩浑身的燥热瞬间变成了透骨的寒意，他知道了一切传言都是真实的。

第 53 章　创造条件

张新阳和吴小清走出西餐厅后打了辆出租车，先把吴小清送回了家。他下午不想去单位了，也就不想在宿舍出现。于是他让出租车朝着新世纪大酒店开去。他给孟勇办了新世纪大酒店的贵宾卡，上次孟勇走的时候把卡给他留下了，说自己不常来，每次走的时候还得惦记着把卡装上，索性就放在张新阳这儿更方便些。有时张新阳加班熬夜后白天不去办公室，但待在宿舍又太扎眼，就索性去新世纪大酒店开个房间美美睡一觉。

躺在酒店舒适的床上，提职这一念头又犹如魔鬼般涌入脑海。自从经济问题不再是困扰他的主要问题后，他就又开始起心动念，想到了职务的问题。主要原因有三：一是为了父亲。在父亲的传统观念里，学而优则仕，哪怕是在企业，也要当个一官半职，这才是耕读人家的正道。二是为了刘诗雅。刘明桢对张新阳的想法和思路非常赞成，可以说刘明桢关注更多的是意识形态方面的认知统一，但白慧却很现实，她的观点是年轻人应该以工作为主，既然在国有企业就应该奋斗个前程，过了30岁还没有干到副科级，在企业里也基本上就是这样了。没有经济基础和社会地位，所有的罗曼蒂克都会在锅碗瓢盆的生活中彻底死亡。三是为了自己。不得不承认，经历过大风大浪的祖父、外祖父早已把"修齐治平"扎根在了他幼小的心灵中，他知道这个企业只是一个小小的天地，但他想在这方小天地中干一番真正的事业。

他深深体会到当一个人空有想法和热情却没有与之相匹配的地位时，想要把思路变成行动是多么难的一件事。有几次和王一飞到军屯矿去调研，对张新阳的提议，二级班子的科长们显然不当回事。王一飞身边却围着一圈人侃侃而谈，其中更不乏溜须拍马之徒。还有几次，他拟发文件，想要向其他部门的副部长了解工作，有的副部长根本就不予理睬，还没有等他说完，就把电话挂断了。

甚至有人善意提醒他，干工作不能太认真，别和王玉平一样，可见，在某些人眼中他也是一样的傻。自己把职务看得很轻，可别人却看得很重，这不仅仅是认知层面的问题，而且也决定着行动的成效。要想干成事，必须让自己和对方处于同一层次、同一平台。这与你在乎不在乎这个职务并没有关系，职务对等是事务落实的前提，否则，许多事情你就是办不成。于是他深刻地意识到，要想干成事就要不择一切手段为自己创造干事的条件。这与人品道德无关，只关乎目的！

关于职务问题，赖峰已经示意要给他办了，但这是要等机会、等条件的。他对赖峰来说是很重要，但远远没有重要到对方会为了他的提拔而专门运作的地步。赖峰不能专门运作，那只有刘成功和关峡亲自提议了，自己和关峡是没有什么交集的，这条路自然走不通。这样就只有让刘成功提议了，自己和刘成功的关系更是一般，若想让刘成功动提拔自己的念头，那么，突破口只能是在吴小清身上。

想到这些，张新阳很庆幸自己当初和吴小清建立了联系，张新阳不想通过送礼这样的庸俗手段去说服吴小清。赤裸裸的金钱关系会彻底葬送了他们之间的校友情谊。是啊，要让吴小清主动去帮自己这个忙，就要大打感情牌。感情这东西，看不见，摸不着，但许多时候，却比钱要顶用得多，想让吴小清给自己出力，那就要好好动动脑筋，大做一番文章了。

张新阳冲了一袋速溶咖啡，咖啡的香气使劲往鼻子里钻，他仿佛又嗅到了海南的味道，三亚那个早晨的海景，已经深深地刻入了他的脑海中，每每想到，就会给他强大的动力。他的思路突然开阔了，要让吴小清发自内心地帮忙，最好的途径就是解决她最头痛的问题，而她现在最头疼的事儿莫过于王岩了。

吴小清多次想把王岩从军屯矿调到公司的后勤部门。以她目前的能力，这是轻而易举的事情，可王岩就是不同意，为此两人吵过几次，吴小清也只能作罢。王岩是个老实人，他的懦弱也仅仅是懦弱而已，他对吴小清的背叛是无法释怀的，可他又不敢做什么，也不能做什么，只能用拒绝调动工作来维护他作为男人的可怜的尊严。张新阳把思绪定格在了这个可怜的男人身上，何不在王岩身上做做文章呢？

王岩在吴小清面前是有深深的自卑感的，他和刘成功根本没有可比性，所以拒绝吴小清背叛婚姻所换来的一切。如果欣然接受了吴小清的安排，对他而言，那简直就是莫大的耻辱。而吴小清对丈夫王岩有着深深的愧疚感，她知道王岩对她和刘成功的关系是心知肚明的，但王岩越是不说，她内心的自责就越强烈。这个男人虽然没有本事，可对她的感情却是认真的，他是真心爱着她的。许多次争吵时，她甚至幻想着王岩就像电视剧中发现老婆出轨的男人那样，用婊子、贱人这样的词去辱骂她，甚至是动手打她。可王岩没有这样，发生争吵后的他，只是坐在沙发上默默地抽着烟，铁青着脸，一言不发。

王岩越是这样，吴小清就越难受。有一次她很晚才回家，走到卧室门口，就见喝得一塌糊涂的王岩正对着他母亲的遗像在那儿喃喃自语。他说着他们刚结婚时的幸福，他说着自己此时的不幸，他说着他对吴小清的爱有多深，最后竟涕泪齐下，狠劲地抽着自己耳光，骂着自己没本事。吴小清轻轻关了门，她跑到了办公室，把自己锁在屋里哭了一晚上，但路已经走到了这一步，那些年的美好就再也回不去了。自此以后她再没有提起过给王岩调动工作的事情，王岩依旧默不作声，甚至连夫妻生活都没有主动提出过。曾经充满温馨的家，如今只是三个人的旅店，早晨一梦醒来，各自散开。

张新阳想到了孟强的弟弟孟勇。这小子虽然刚刚二十几岁，但同样遗传了他父亲的基因，在做生意方面的情商一点儿也不比孟强差。来往顾阳的这几次，虽然吃喝玩乐一样没少，但正经的事情一件也没有落下。他敏锐地发现卧龙山的旅游业发展得渐成规模，景区离着城区较远，但景区附近却没有什么像样的饭店，而且饭着实贵，让来这儿的游客不得不挨着宰，游客骂着娘，却又无可奈何。孟勇曾和张新阳提过，在这儿开个快餐店绝对挣钱，只是他遇到的问题和他哥开焦化厂遇到的问题一样，强龙不压地头蛇，没有本地人招呼着，生意不容易做下去。

张新阳之所以想到了孟勇，是因为他记得王岩曾经说过，他家就在卧龙镇。王家是卧龙镇的大姓，王岩虽然老实，但他爸和他叔叔却是在卧龙镇能叫得响的人物，要是让王岩给孟勇看住店，那还有什么后顾之忧呢？

张新阳狠劲拍了一下大腿，心想，真是功夫不负有心人！说干就干，他立即拨通了孟勇的电话，孟勇听张新阳又提起了他想在卧龙山开饭店的事儿，而且还给他物色了一个本地人，赚钱的欲望立即躁动起来。

兴致勃勃的孟勇大声说道："谢谢新阳哥惦记着老弟的事儿，你给推荐的人我绝对放心，只是开这个店也需要一笔费用，我手头暂时紧张，需要向我爸求援，我爸要能支持我一部分，我下周就过去实地考察。"

张新阳说："好，小勇。那我就等你电话，定下了你就和说一声。"

孟勇满口答应，笑呵呵地挂断了电话。

孟勇有着惊人的判断力和执行力，没两天就得到了父亲的资助，开着那辆别克轿车就出现在了卧龙山，等他考察完了，方案就已经基本上定了下来。张新阳和孟勇坐在紫竹山庄的窑洞内，听着孟勇海阔天空地说着他的考察心得，每一个环节都直击要害，而且每个能预想到的问题，都想好了解决对策。张新阳把王岩的具体情况和孟勇详细说了，当然是隐去了王岩和吴小清的事。这些他没必要让孟勇知道，也不需要孟勇知道。

孟勇听完狠劲儿拍着桌子说："我说什么来着，新阳哥就是新阳哥，给我物色的这人选，打着灯笼也找不着。"

张新阳边喝酒边说："嗨，咱兄弟客气啥，你们哥俩发展得好了，我张新阳讨饭不也有个大去处吗？不过有一件事情要提醒你，什么时候都不要和这个人提到焦化厂的事情。"

孟勇很自然地认为，张新阳能这么用心帮自己，大概还是入股焦化厂的原因。他们本来就是绑一块儿的利益体嘛。想到这儿，孟勇心安理得地吹着一瓶啤酒说道："哥，你就放心吧，我孟勇哪能犯这种低级错误呢。"

张新阳又说："小勇，你要用这个人，就把他的工资和身份定下来，我也好去找人家谈。"

孟勇眯着狡黠的眼睛说："哥，这样，年薪 5 万，我把整个餐馆的管理全权委托给他，他就是总经理，怎么样？"

张新阳看看孟勇笑着说道："小勇，你和我还玩弯弯绕呢？这么个店，还安排个总经理，你要笑死人吗？快说，你的采购和财务准备让谁干？"

孟勇见张新阳看穿了自己的算盘，立即换了个嘴脸说道："哥，刚才我是和你开玩笑呢，说实话我是想着让孟虹来负责这一块，要不我还真有点儿不放心。"

张新阳说："小勇，以后别给我玩这弯弯绕。你想把小妹放过来，她还得愿意来呢。不过你的担心也有道理，我给你出个招你看好使不？你让王岩先名义上全权负责，让小虹打个下手，暗中观察一段时间，如果王岩没问题，再把权交给他。以我对王岩的了解，他绝对不是那种假公济私的人，我也相信他一定能给你把这个店管好。"

孟勇挠着脑袋说道："哥，你推荐的人我绝对放心，这个月我就能把所有工作准备好，下个月我找驼三爷，咱们选个良辰吉日，开张赚钱。"

张新阳听他说要找驼三爷选日子，不禁乐出声，笑着说道："先别得意，人家王岩还不一定愿意呢。不过你开出条件就好办了，明天我就到家里找他去。"

孟勇说："哥，感情王岩愿不愿意你还不知道呢？咱们可不带这样玩的。我都考察好了，你可不能给我整得没有大将了。"

张新阳眯着眼睛说："小勇，你就放心吧，我明天就去趟王岩家，一定把这个事办成。"

说完两人举杯，在预祝成功中，一口干完了杯中的酒。

第 54 章　曲线救国

张新阳提着从吴家堡带回来的蜂蜜，敲开了吴小清家的门。王岩正围着围裙做饭，女儿西西蜷缩在沙发上，抱着本童话书津津有味地读着。王岩搓着手上的面，把张新阳让到了客厅。西西礼貌地向张新阳问了好，张新阳拍拍她的头说，西西又漂亮了。西西听叔叔夸她漂亮，高兴地笑了。

王岩用满是面粉的手刮了刮她的鼻子说："西西去卧室看书，让叔叔坐沙发。"

西西嗯了一声，拿起了她的童话书，像只小兔子似的连蹦带跳地跑进了卧室。

张新阳把土蜂蜜放在了茶几上对王岩说："姐夫，这是我从老家买的土蜂蜜，您和我姐尝个鲜。"

王岩有点不好意思地说："新阳，你老带东西过来，这多不好意思呢。"

张新阳说："姐夫，您和我还客气啥，我在顾阳人生地不熟的，全靠您和我姐照顾呢。"说着又环顾了一下客厅，问道："哎，我姐怎么还没回来？"

王岩说："小清打了个电话，晚上他们部有个接待，早回不来。"

张新阳恍然大悟似的说:"看看我这脑子,公司早上还通知大华煤电要来人参观我们的人事改革工作呢,我怎么就忘了。不行了,这脑子呀,记不住事儿了。"

王岩以为张新阳是来找吴小清说什么事的,于是就说:"新阳,我做拉面,一会儿就在这儿吃了饭,等小清回来,你们再唠会儿。"

张新阳说:"不用了姐夫,我就先回,我姐他们的那个接待早不了,我改天再来吧。"

王岩热情地说:"来都来了,吃了饭再走,你一个单身男人回去吃啥?再说,外面的饭不干净。"张新阳说着不用了,站起身就要走,王岩拉住了他说:"咋,嫌我做的饭不好吃?"

王岩本就是实在人,他要是留人吃饭也一定是真心想留,张新阳这次来,本也就是瞅准了吴小清晚上早回不来,想把孟勇开餐厅的事儿告诉王岩,并说服王岩加入。于是张新阳顺势坐回到了沙发上说:"那我就恭敬不如从命了。尝尝姐夫的手艺。再陪姐夫喝两口。"

王岩虽然性格内向,但喜欢喝点儿酒,听张新阳要陪自己喝两口,立刻又忙活起来,不一会儿就炒了几个菜,炸了花生米,切了熟肉,摆了满满一餐桌。王岩先给西西安顿好,让她吃完了饭,又从床底下拿出了一坛汾酒,得意地说这是山西的同学从杏花村给买的原浆酒,自己平时是不舍得喝的。

张新阳打开了酒坛子,顿时觉得香气扑鼻,馋虫立即被勾了起来。王岩的手艺确实不错,几个菜炒得颇有大饭店的味道,美食配着美酒,推杯换盏之间,两人已是脸上泛红,微微醉了。

张新阳和王岩碰了杯,将杯中的福根一饮而尽,又夹了一块肉,大口嚼着,边吃边说:"姐夫,好手艺,好手艺,单位周边的饭店我都吃过了,没有您这味道。您能到大饭店干个大厨了。"

王岩略带着忧郁地说道:"没啥本事,就研究吃了,憋屈呀。"

张新阳顺着王岩的话说道:"听小清姐说,想给您调整调整岗位,您不愿意?"

王岩说道:"调整?调整到哪儿我不还是我?像我这样的人到哪儿能吃得开?再说,我也不想让别人指指点点的,靠老婆的关系调动,我丢不起那人。"

张新阳听王岩说"丢人"时意味深长,他略带安慰地说:"您咋就吃不开了,那是没有给您展示的平台,谁也不比谁笨,有啥呢?也许换个地方,您还就真有了平台呢。"

王岩说："新阳，你还是太年轻。国有企业，谁会专门给你搭个台子，让你唱戏呢？这些年我见多了，小进步靠运气，大进步靠能力，想提拔靠关系。没有关系，任凭你有多大的本事，都得老老实实挖煤去。"

张新阳想到了自己当下的境遇，现在自己不就是在费尽心思给自己搭台子吗，看来王岩是真把职场的人情冷暖看透了。他赞同地点了点头又问："那您就准备在化验室干一辈子？"

王岩把头仰了起来，但还是没有控制住自己的情绪，一行热泪滑出了眼眶，他长长地叹了一口气，一字一句地说："也许，这就是命吧。"

张新阳看着王岩的脸，心底莫名地生出了酸楚，他真的同情起了这个男人，随即他又觉得时机到了，话锋一转说："姐夫，此处不养爷自有养爷处。我一个朋友打算在卧龙山开一个中式快餐店，早就托我找个人呢。刚才品尝您这手艺的时候，我想起了这个事，您不就是最合适的人选吗？"

张新阳敏锐地捕捉到王岩的眼里放出了光，不过紧接着又暗了，他不自信地说："新阳，你这是开玩笑呢，我这就是家常菜的水平，还能当了大厨？"

张新阳接着说："不是让您当大厨，是让您帮着把店管起来，往大了说叫经理，往小了说叫店长，往实了说叫掌柜的。"

王岩说："我可从来没有管过人管过事，把我弄过去，不是给你朋友砸场子吗？不行，不行。"

张新阳又说："您不试试咋就知道不行？我看您最合适，又是本地人，又喜欢做饭，又正是年富力强的时候。这不就是个平台吗，您要干得风生水起，看他们还说啥？"

王岩让张新阳一番鼓吹，情绪高昂起来，他略有些激动，嘴唇微微地哆嗦着问："我能行？"

张新阳说："姐夫，我看一定行！我朋友给我交过底儿，只要是效益好，他开出的价码是年薪5万。"

听了张新阳的话，王岩呆住了。5万块钱可不是个小数目，自己上一年班顶多挣两万，即便是吴小清这样重要部门的副科级干部，一年的收入无非也就是4万多块钱，现在摆在眼前的是5万块钱，要真能把这笔钱回来，足以证明他王岩不比谁差。王岩狠狠地下了决心，干，一定要干好，他要通过他的努力向吴小清证明，他王岩也是条汉子。想到这些，王岩狠狠地喝了一口酒说："新阳，我听你的，干！"

那一夜王岩和张新阳喝多了，张新阳趁热打铁，帮王岩畅想着餐厅的未来，撩拨得王岩心潮澎湃。王岩不仅欣然接受了张新阳的建议，而且对自己充满了信心。两人喝到 12 点半，张新阳才跟跟跄跄地下了楼。站在楼底看着楼上亮着的灯，吴小清还没有到家，也许今晚她又要在新世纪酒店过夜了。

经过一番精心准备，孟勇的"梦想吧"中式快餐店开业了。王岩请了长假，正式成了餐厅经理。开业一周，生意格外火爆，惹得附近几个饭店的老板带着人到餐厅来找碴儿，可当他们进店后才发现，招呼生意的人竟然是卧龙村大名鼎鼎的二阎王的儿子、三阎王的侄儿，这几拨想找碴儿的人心头一哆嗦，灰溜溜地悄悄地撤了。

王岩把十二分的热情投入到了餐厅的管理中，半个月后负责观察的孟虹就告诉孟勇，王岩，可以绝对放心了。开业当月，梦想吧的日营业额已经达到了3000 元，赶上节假日甚至能达到七八千，孟勇高兴得嘴都合不拢，打通了张新阳的电话，使劲儿夸着张新阳慧眼识珠。

王岩也在孟勇的餐厅找回了自信，国庆节前，王岩索性办了停薪留职，把自己的全部精力都投入到了餐厅的管理中。孟勇很慷慨地预付了王岩半年的工资。王岩拿到了这笔钱，第一件事便是给吴小清和西西买了礼物。当王岩把一条挂着和田玉吊坠的黄金项链戴在吴小清脖子上的时候，吴小清把头埋在王岩的胸前，呜呜地哭了。

午后的西餐厅，音响中播着钢琴曲 Love Story，吴小清和张新阳坐在角落中一个半封闭的包厢。吴小清倒了半杯红酒，很优雅地把酒杯放在唇边喝了一小口，她的身上依旧散发着淡淡的香水味，张新阳依旧不敢正视她那张清秀的脸，这样一个成熟女人总有一种抵挡不住的诱惑。

吴小清看着腼腆的张新阳，心中充满了对这个年轻人的感激之情。王岩的转变又让她找回了曾经的感觉。刘成功给予她的，是非常强大的、充满爆发力的感情。和刘成功在一起，有一种被呵护的感觉，那是她儿时就有的英雄情结。可是刘成功毕竟是有家室的人，她想要的温暖，是刘成功无法给予的。

而此时的王岩给予她的，则是温柔而细腻的感情，是当年初恋般的感觉。此时的她，所拥有的感情是完整的，尽管这种完整来自两个男人，但她已不在乎这些，她所在乎的是被爱着、被呵护着。

吴小清和张新阳碰了杯，波尔多红酒的味道穿透了张新阳舌尖的每一个味蕾。吴小清非常享受地品着红酒，温柔地说："新阳，姐谢谢你。"

张新阳摇摇头说："姐，你客气了，没什么，帮朋友的忙。"

吴小清说："西西都和我说了，你们那天晚上喝到那么晚，喝了那么多。能把老王的工作做通了，也着实不容易。姐是真心感谢你，谢谢你的良苦用心。"

张新阳感慨道："你不是说过我们之间不用客气吗，姐夫是个很有想法的人，只是不善言辞。有了干事创业的平台，谁都可以成就一番事业的，姐夫的能力在那儿放着呢，我无非就是干了个牵线搭桥的事儿。"

吴小清浅浅地笑了，她举起酒杯，对张新阳说："你的好，姐记住了，来，姐敬你一杯。"

第55章　成功上位

这几年，顾阳焦煤集团的利税总额一跃成为全省第二，津州第一，正式跻身为受省市领导关注的一类企业。随着集团公司效益的增长，它在岳东企业界的地位也在不断提升。

风头正盛的董事长刘成功，以正处级国有企业领导干部的身份被推选为省人大代表，而党委书记关峡也被选举为省党代表。顾阳焦煤集团的大院依旧是灰砖灰瓦，但公车来往繁忙，给予了这栋老旧大院以新的生机。一场势在必行的改革正在这灰砖灰瓦之间悄悄酝酿着。

国庆节过后，津州市连续开了几次工作会议。推动国有企业改革发展提上了市政府的会议议程。所有人都知道，这是在为来年的工作定调子、做谋划，公司上下已经连续组织了几次会议进行了专题研究，而这一切似乎和张新阳并没有太大的关系。

此时的张新阳正坐在办公室里一筹莫展。他要完成的，是依据津州市安监局矿山企业从业人员人身安全管理指导意见，修订公司的相关制定办法。实事求是地讲，矿山行业的安全事故是不可避免的，但如何把人为因素降到最低，能让人员伤亡减到最少，一直是困扰安全部门的一个大事。各级安全部门不断出台文件、不断修订文件，也是要通过实践验证理论，再通过理论指导实践，反复提升安全管控的能力。

张新阳接到最新的任务是重新修订《顾阳焦煤集团从业人员人身安全管控实施细则》。这是一个庞大而又系统的文件，涉及人身安全管理的方方面面，此前已经修改了三稿，昨天公司开会研究时，领导又提出了许多建议和意见。张新阳只好把头埋在文件之中，继续思考着完善文件的事儿。

沈浩还是老样子，吃完油条后把头埋进报纸中，半躺在座椅的后背上，晃悠着脑袋看新闻，看了一会儿，见办公室中只有他和张新阳了，就放下报纸，踱步到了张新阳身边，神秘兮兮地说道："好小子，有本事啊，要高升了也不给我们透个信儿？"

张新阳被沈浩问得一脸茫然，他真的没有听谁说过要调整他的消息，可看着沈浩，又觉得他不是在和自己开玩笑，于是有些疑惑地说道："沈科，您和我开玩笑呢吧，谁说要提拔我的？"

沈浩依旧一脸神秘，就像是偷看了圣旨似的，肯定地说道："马上就要上会了，你是真不知道还是在逗我老汉呢？"

张新阳肯定地点点头说道："是真不知道，我要知道了，能不找您沈科商量商量吗？您给我透露点儿消息。"

沈浩见张新阳的表情是真不知道，又把话收了回来，呵呵地说道："我也是道听途说，想和你证实一下，既然你都不知道，估计就是流言蜚语了。"说完摇摇头又坐回到椅子上看起了报纸。

张新阳知道沈浩的消息是很灵通的，既然他问到了，这个事情八九不离十了。但为什么赖峰、李荣都没有任何提醒呢？答案只有一个，他们都没有给自己出什么力。这次如果提名有他，那肯定是吴小清的功劳。

顾阳焦煤集团班子会议按时召开，刘成功、关峡、赖峰、李义山、马文明、陈晓东、王福阳、吴月梅、王大有、郭志明等班子成员一一落座。列席的行政部部长张俊、组织部部长胡文浩、人事部部长赵永生也都打开了记录本。会场立即安静下来，刘成功看人到齐了，示意赖峰可以开始了。

赖峰拿起桌上的稿件说道："人到齐了，开会吧，今天的会议有三个议程，一个是人事问题讨论，第二个是学习《津州市关于全面落实中央和岳东省两级经济工作会议精神和岳东省关于经济改革发展若干建议》。第三个是集中讨论顾阳焦煤集团经营改革和经济发展的思路。下面请董事长提议人事调整建议。"

刘成功翻开了工作笔记本，一字一句地说道："按照集团公司人事任免的相关规定，经人事部、组织部个别酝酿，我和关书记建议对两名同志的职务进行调整。一是建议将安全部张新阳调整到行政部副部长岗位，行政级别副科级。二是建议任命技术部王一飞同志为技术部副部长，行政级别副科级。下面请大家发表意见。"

刘成功代表关峡提出了两人的调整建议，毋庸置疑是他们已经沟通过的，赖峰首先发言表示同意，紧接着吴月梅、王大有、陈晓东也表示同意，而上次否定了张新阳的王福阳、郭志明又互相看了一眼，王福阳说："这一年多的时间，张新阳同志确实有些进步，只不过，年轻人心高气盛，是不是再磨炼磨炼为好？再缓一缓，再锻炼锻炼，才能有个好的前途。"

赖峰一听王福阳又要投反对票，想到了上次自己的提议就是被王福阳带头否定了的，张新阳不就是把王文吉办了吗，我的提议你可以否定，现在连董事长的提议也要否，他妈的，仗着资历老，仗着是关峡的师傅，竟然如此公报私仇，真不是东西。想到这儿，赖峰气就不打一处来，他狠狠瞪了王福阳一眼说："王总，人总是要在进步中锻炼，在锻炼中再进步的，哪个人能含着奶头锻炼一辈子？我觉得是人才就应该放到岗位上锻炼，是千里马就应该放到草原上去驰骋，关在笼子里也叫锻炼，那我们啥都不用干了，就坐着等吧。"

王福阳被赖峰呛了一顿，正准备再说什么，就听关峡说："赖总说得有道理，王总我们尊重你的意见，但是要站在公司发展和人才储备的高度去看待问题。"

王福阳见关峡表态了，悻悻地端起了茶杯喝了一口茶，不再言语了。郭志明眼见关峡和赖峰都对王福阳的提议不感冒，自己也就不再给王福阳这个面子了，他说道："新阳的进步我们是有目共睹的，年轻人大有前途，我同意对他的调整提议。"

这时所有人的目光都集中在了李义山身上，李义山上次是投了反对票的，这次却只说了四个字："完全同意。"

这样，关于张新阳的调整建议以一票反对结果通过，关于王一飞的职务调整建议全票通过，会后由人事部安排组织谈话和民主测评等工作自不必说。

最为敏感和最为重要的人事议程通过了，赖峰提出了第二项、第三项议程，关于集团公司发展决策的讨论和学习省重点工作会议精神。这些工作说重要当然也非常重要，关系到了公司下一步的发展，说不重要也不是很重要，只是学习传达文件精神，至于该如何发展，朝着什么方向发展，还是要看上级的具体政策和刘成功掌舵的方向，所以这样的讨论也只是讨论。按照津州市工作会议精神，要审时度势把握住当前岳东省经济发展形势，进一步做大做强国有企业。

津州市政府将顾阳焦煤集团、津州纺织集团、津州重型机械制造公司、津州商城四个大型国有企业列为重点改革对象，总体要求就是要进一步盘活资产、创新机制、释放效益，进一步提升企业经营能力。行政部已经把文件和市领导的讲话精神印发给了班子成员，班子成员翻着文件，挨个发表意见，每个人的发言都逻辑缜密、思维清晰，但又没有涉及实质性的方案，充分体现了领导们的讨论艺术。最后在刘成功和关峡的总结发言中，形成了抓住当前煤炭行业的发展机遇，进一步优化管理机制，扩大经营规模，激活内在潜力，提升顾阳焦煤的综合发展能力的决定。班子成员纷纷举手表示赞成。刘成功要求尽快确定经营改革发展的思路和方向，呈报津州市国资委和曹副市长。

会议刚刚结束，张新阳就收到了若干条祝贺信息，他把手机扔在了办公桌上，双手抱着头朝后仰着。这一次，他终究还是追上了王一飞，两人同时成了顾阳焦煤集团重要部门的副科级干部，张新阳不禁感慨万千，做了若干工作，写了若干材料，熬了若干个大夜，都没有得到提拔的他，最后还是要通过一个女人完成了曲线救国。他没有感到太多的兴奋和喜悦，反而有种淡淡的悲哀和迷茫，久久地挥之不去。

拿到人事调令的前一天晚上，赖峰把他叫到了一个不起眼的小饭店，两人简单地要了几个菜和一瓶酒，边吃边聊。张新阳有些紧张地看着赖峰，他有些迫不及待地想知道，赖峰叫他出来到底是因为什么。

可赖峰始终不慌不忙，等到连干了两杯酒后才缓缓说道："新阳，知道这次董事长为什么要提拔你吗？"

张新阳听赖峰是说这事，心想赖峰这是要表功买好拉拢人心啊，为什么？还不是因为王岩，还不是因为吴小清。

张新阳装作一脸懵懂地说："谢谢赖总，还不是全靠您的栽培。"

赖峰放下了筷子说道："谢我？谢我干啥。这次我还真没有帮上你什么忙。这次是董事长主动提出的。"

张新阳听赖峰这么一说，从心底为自己的浅见而自责，自己怎么会把赖峰想得这么没水平呢？他怎么会因为这点儿小事单独找自己出来呢？随即他意识到，赖峰找自己一定有更重要的事情。他做了个感激的手势说道："没有您的极力推荐，董事长又怎么能认识我这个毛头小子呢。追根溯源，还是因为有您这么一位贵人。"

赖峰用筷子指着张新阳笑着说道："你小子也学会拍马屁了，不过这个马屁拍得很有水平。"

说着夹了一块牛肉嚼了起来，吃了一会儿后说道："提名你之前，董事长找过我，他详细地问了你的情况，也听了我的意见，才做出决定的。提拔你的一个最重要的原因，是想让你在行政部副部长的岗位上干一件大事。我是向董事长拍了胸脯打了包票的。包括这次谈话，也是董事长要求的，希望你上任后就认真研究这件事情，必要时可以不受张俊领导，直接对董事长负责。新阳，这个岗位不好干，这个骨头也不好啃，你有没有这个信心，有没有这个勇气，有没有这个能力，对你来说很重要，你将来的路能走多远，也全在此一役。如果成功了，你的前途是不可限量的。"

赖峰少有的凝重让张新阳感到了被领导尤其是第一领导认可后的欣慰和愉悦。但这种感觉转瞬即逝，随之而来的是前所未有的压力。他已经察觉到了，从赖峰嘴里说出的这件重大任务，很可能是涉及即将开始的改革。

果不其然，赖峰说道："企业的改革是势在必行的，如何改，改成什么样子，事关企业的命运和前途。改革不是一个人两个人能推动完成的，但是一个人、两个人是起着关键的、决定性的作用的。董事长需要一个强有力的推动团队，而你就是他看中的团队成员之一。所以你要做好打硬仗，打胜仗的思想准备。"

张新阳知道这项工作的复杂性、艰巨性。也许这就是弄巧成拙，自己只是打算提一级，但这个劲却使大了，吴小清的极力举荐，已经远远超出了自己的预期目标。真要把这担子压在肩上，不死也要脱层皮的。难，真难！

事已至此，又能如何？逆水行舟，不进者退。怕个球，干他娘的。张新阳端起一杯酒，一饮而尽，他对赖峰说："请董事长和赖总放心，新阳一定全力以赴！"

第 56 章　小试牛刀

行政部副部长张新阳正式报到了，张俊组织行政部全体人员召开了会议。任何国有企业行办都是必不可缺的部门，有的企业叫办公室，有的叫行政部，有的叫事业部，还有的叫企业发展部。尽管称呼不同，但它们的职能都是一样的，也是任何一个企业的机关不可缺少、不能忽略的部门。可以说一个机关运转是否正常，领导的决策是否科学，部署是否能落实都与这个部门的工作效率密不可分。

行政部的管理干部坐满了会议室，张俊热情地介绍了新来的副部长张新阳。对行政部的人来说，张新阳早已熟悉得不能再熟悉了，而对张新阳来说，眼前一个个或熟悉或陌生的面孔，都让他对未来的日子充满了焦虑和期望。

张俊笑着说道:"新阳,按惯例,我还是想简要给你介绍一下咱们行政部,咱们行政部设一名部长,两名副部长,今天你到了,咱们这两名副部长就配齐了。今后你和副部长李国庆同志互补,同时协助我管理行政部的其他事务。咱们行政部下设一室两科一队一部,文秘室主要负责公文材料、法律合同等,主任由副部长兼任,也就是由你直管。

国庆同志呢,主要管理两科一队。后勤科有一名股级科长,负责会议接待、后勤保障、办公保障等,环境科有一名股级科长,负责环境卫生、绿化管理等,汽车队有一名股级队长,负责集团公司的车辆调度、司机管理和车辆管理。这三位同志你都认识,会后呢,你再和大家熟悉一下。

咱们行政部还有一个相对独立的部门就是餐饮管理部,主要管理着集团公司的机关食堂,对两矿一厂一公司的食堂进行监管,管理部的主任是李延道,他今天有事,没有过来。李主任跟着董事长从军屯矿伙食管理员干起,一步步走到了今天主管全集团餐饮伙食的管理部主任的位置。延道同志精明能干,经验丰富,你也要多向他学习。"

张俊介绍完,张新阳依次与各个部门的负责人打了招呼,随后又客气地说:"我工作时间不长,工作阅历不多,往后还得大家多多支持、多多帮助,心往一处想,劲往一处使,齐心合力为张部长抬好轿子,把我们的工作再上一个新的台阶。"

会议室响起了热烈的掌声,各个部门也简单地汇报了一下本部门近期的工作。张新阳与部门负责人都进行了简要对话,张新阳一开口,众人就发现他对集团公司当前各项工作的掌握和熟悉程度是他们所始料不及的。个别资历比较老的负责人本来是把张新阳当毛头小子看待,打算简单应付几句,打发了这个不算工作会议的会议,但听到张新阳对每个人分管的工作掌握得比自己还清楚的时候,不禁打心底生出了一股凉意,再也不敢小瞧眼前这个年轻人了。所有人都意识到行政部既有的安逸局面就要打破了。

见面会结束后,张俊留下了文秘室的人又开了个小范围的会议。文秘室以前一直由邢利为直管着,邢利为本身就是大笔杆子,对文秘室的要求自然也很严格,而且许多大的材料都是出自邢利为之手。张俊干了行政部部长后,他自己写不了材料,所有的文字性工作全部压在了几个秘书身上,而几个秘书又没有邢利为那么高的水平,以致不少材料都受到了刘成功的批评,让几个人都苦不堪言。现在他们终于盼到了张新阳。

文秘室两名行政文书,两名专职秘书,两名督查员,一名法律文书分别汇报了自己手头的工作，张俊说："新阳部长是安全部的大笔杆子，以后大家要全力配合新阳部长的工作，同时也要好好跟张部学习，提高自己的能力。"

张新阳的手笔他们几个人是早就领教过了的，虽说除了秘书小田外都比张新阳年龄大，可是写材料这个活无论年龄大小，文字见高下，所以从一定意义上说，这个工作对每个人来说都是公平的，不管你资历多老、年龄多大，不行就是不不行，不服都不行。于是几个人相继表态，一定全力配合张部长的工作，虚心接受张部长的领导。

张新阳很快进入了工作状态，他让小田把近期领导安排的所有工作全部整理出来，一项一项地分解，一项一项把关过筛子，半个月的时间，文秘室的七个人加班加点，所有的工作总结、督查调研、报告材料全部办结。当张新阳把厚厚一摞材料放到刘成功办公桌上的时候，刘成功先是认真地翻看着，每份材料都紧扣自己的要求，有观点、有数据、有依据、有支撑，随即他便来了兴趣，竟一页一页地认真读起来。就这样看了有五六分钟，他才发现张新阳还站在办公桌前等着，脸上立即露出了满意的笑，他指了指沙发说道："新阳，站着干吗，坐，快坐嘛。"

张新阳刚坐到对面的沙发上，刘成功又说："不错，不错，这些材料很有建树，也很有价值。怪不得赖总推荐你呢，用你算是用对了。"

张新阳立即起身说："领导过奖了，这都是文秘室的几个人没日没夜地干了半个月的成果，我只是组织了一下，把了把关。"

刘成功说："张俊是个大老粗，干不了这细活，我批评他不是一次半次了，以后你把这一块全面管起来，我要提示你的是，要多向利为请教，一是要学会管理，不是非要你趴那儿干，要把这几个秘书室的人都管起来、带起来，打好团队战。二是要学会思考，及时给我提出一些意见建议，帮我做好参谋。第三要管好自己，岗位性质不一样，不该说的不说，不该做的不做，这点是最重要的，这点上出了问题，你所有的努力就会全部归零，切记。"

张新阳快速地把刘成功的话在脑子里过了一遍后说道："请董事长放心，管理和思考也许会有些差距，但管好自己这点，请您放心。"

刘成功又翻看着材料说："好，这些材料我再好好看看。有什么事情要及时汇报。"

张新阳见刘成功案头上还堆着一堆文件，于是起身说道："好的，董事长，新阳记住了。那您先忙，我先干活去了。"

刘成功冲他点了点头，张新阳走出了董事长办公室，轻轻带上了门。这时他才发现，自己的手心竟全是汗。回到自己办公室，张新阳仔细回味着刘成功的话，看来他还是对张俊不太满意。张新阳很快就意识到，刘成功所需要的，也许正是自己所具备的，看来这半个月干出的活是非常正确的，算是纳了个投名状。想到这儿，他既有莫名的兴奋，也有莫名的压力。各种情绪交织在一起，让他一圈圈地在办公室踱起步来。

张新阳不知道的是，刘成功之所以用张俊，主要还是出于张俊对他的忠诚，但就能力而言，张俊和邢利为根本不在一个档次。邢利为在的时候，刘成功想到的、想不到的邢利为都为他想到了，但张俊显然不具备邢利为的这种素质和能力，他只是能把交代办的事情办合适，只能算是刘成功的腿，而刘成功要的是能帮助他思考的大脑，是智囊。他想把邢利为再调整回来，但技术部这个关键部门实在让他不放心。

邢利为到了技术部，用了半年的时间将公司的所有设备都摸了个一清二楚，同时还秘密做了一份履历，锁在刘成功的保险柜里。刘成功拿到这份设备履历的时候，吓出了一身冷汗，这里面任何一个问题都有疑点，都是可以让某些人付出代价的，而他刘成功作为主要负责人，也是负有领导责任的。

刘成功之所以还不能让邢利为回来，就是要邢利为帮他把这些存在威胁的地雷排除掉。只要把这个口子堵上了，他手头的这份履历就会从悬在自己头上的达摩克利斯之剑变成让所有人闻之变色、不寒而栗的利刃，所以邢利为责任重大。但是目前又没有人能顶替邢利为，就在他犯愁的时候，吴小清说出了张新阳。

这个名字让刘成功瞬间来了兴趣，这个人他观察许久了，从处理程三三事件，到调查王文吉案件，再到卧龙山救人，无论是思路、胆识、能力、素质还是文笔，都是无可挑剔的，只是刘成功对他的忠诚度始终不放心。据赖峰说这个小伙子的忠诚度是绝对没有问题的，可是细细分析他办事的套路，似乎什么地方不对劲，但他又说不上来，总觉得张新阳的这种忠诚似乎与邢利为、张俊有所不同，好像又掺杂着什么。不过他最亲近、最信任的吴小清和赖峰都说可以用，那就先试一试吧，于是就有了张新阳的副部长职务。

刘成功认真地翻看着张新阳送来的资料，关于新生焦化厂扩能的建议引起了他的关注。这个报告直指当前集团公司的发展瓶颈，焦炭产量不足，发展水平不高，大量的优质焦煤都廉价卖到了外地，变相地造成了利润的流失。如果在扩能提效上下一番功夫，一年至少会有大几千万的盈利，这样既提升了利税，又能提高工资水平，同时也完成了市里增产提效的目标，可谓是一举多得。

这份材料所说的正是他最近思考的，这个提议的核心难题就是资金，要扩能必须要投入，而这笔钱绝对不是一个小数目，这么一大笔钱市里是绝对不会拨款的，而靠公司自己解决，势必会影响到企业的发展和职工收入。要想破解这个难题，还有一个途径，那就是收购民营企业，可以立竿见影，立马获得盈利。

班子会上他试着把这个想法提了一下，但关峡立即就提出了反对意见，其他班子成员也支支吾吾，谁都知道，要收购一个企业，牵扯的利益太多、阻力太大。

刘成功现在需要一个能帮他把这个事情策划到完美的团队，只要上了议事日程就能通过，只要上了报告就能批准，他要打个漂亮的攻坚战。至于收购对象，他已经有了目标，但必须要慎之又慎。他需要一个智囊团，赖峰、邢利为、张俊都在他调度范围之内，但毕竟这几个人目标太大，不易抛头露面。张新阳行吗？虽然赖峰也打了包票，但他始终对张新阳放不下心。他在办公室来回踱着步，思考了许久，忽然来到了办公桌边，把抽了一半的烟戳在了烟灰缸中，自言自语道："就这么办！"

第 57 章　秦州之行

张新阳的办公室和张俊的办公室并排着，对面就是刘成功的办公室，这样的布局主要是为了随时服务领导。因此，只有对领导绝对忠诚，领导绝对信任的人，才能成为这两个办公室的驾驭者。张俊自不必说，而张新阳能否胜任，无论是对刘成功还是张新阳，都还是一个大大的问号。

张新阳上任以来，分内的工作质量自不必说，刘成功对他整出来的材料是基本满意的，但他的工作也仅限于分内，一些涉及服务领导的工作，刘成功从来没有交给过张新阳。张新阳到任后请邢利为吃了几次饭，邢利为有意无意地询问过张新的日常工作，并且婉转地提醒他，在这个岗位要尽快进入角色，否则是干不长久的。

张新阳听出了邢利为的言外之意，尽管赖峰和他谈过话，他也有了充分的准备，可要想尽快进入角色，更准确地说要想尽快取得刘成功的充分信任是双向的，不仅要靠他张新阳努力，还需要刘成功提供平台和机会。而这个机会在这一年即将结束的时候来了。

这天下午，窗外飘起了大雪，厚厚的雪把整个世界包裹得严严实实。刘成功刚刚从军屯矿回来，带着一身寒气上了办公楼。在经过张新阳办公室时，张新阳正盯着门外思考问题，看到刘成功冲他摆了摆手，立即跟着刘成功走进了办公室。张新阳接过刘成功脱下的大衣挂到了衣帽钩上，拿出茶叶柜里的大红袍，按刘成功的习惯洗了一遍，又往茶杯中冲了开水，整个办公室瞬间茶香弥漫。

刘成功坐在宽大的办公桌后，点了一支烟，很享受地吸了一口，这才冲张新阳说道："这几天张俊家里有点儿事，你把手里的其他工作停一停，有个事情需要你和我一起去办一下。"

张新阳意识到他所期望的机会可能来了，于是立即回答道："请董事长安排，我立即去办。"

刘成功压了压手，示意张新阳坐下后又说道："是这样，我想看看老领导王诚。老领导退下来后就回了秦州老家，往年我就让利为或张俊代我去了，今年我想亲自去，你辛苦些，陪我去一趟，几百公里的路程呢，需要麻烦你的事不少。"

张新阳赶忙说道："您客气了，这就是我的职责。您看什么时候出发，我随时都能走。"

刘成功从抽屉中拿出了一张购物卡放在了桌上："明天是周五，那就明天吧，也不要耽误工作。你下午去把火车票订好，拿这张购物卡去买点儿津州和顾阳的特产，老领导虽说是秦州人，但在顾阳工作生活了半辈子，也就好这一口儿。订票的钱我回头给你，记住这是我们的私人行为，不要扯报销什么的。"

张新阳快速把刘成功交代的事儿捋了一遍说："好的，董事长，我这就去办。"

说完拿了购物卡，退出了刘成功办公室。刘成功坐在办公桌后，吐了个大大的烟圈，棱角分明的脸上闪过了一丝笑。张新阳很快就把火车票和土特产买好了。

开往秦州的火车上，张新阳和刘成功面对面坐在卧铺车厢的边座。张新阳第一次这么长时间、这么近距离地和刘成功接触，难免有些拘束，给刘成功沏好茶后，就有些不自在地把目光移到了窗外。光秃秃的杨树、空旷的田野和村落中袅袅的炊烟，寒冷的北方，似乎只剩下了黑白的线条。

刘成功忽然开口问张新阳："新阳，家里兄妹几个？"

张新阳赶忙把心思从窗外收了回来答道："我还有个妹妹，在上大学。"

刘成功又问："父母呢？干啥工作？

张新阳说："爸妈都是农民，种地的。"

刘成功说："一个农村家庭培养两个大学生，不容易啊。"

张新阳说："您说得没错，我爸妈种着 40 亩地，家里还养着猪、养着羊，一年到头没有闲的时候。可就这样，也没有多少收入，除去妹妹的学费和家里的开销，基本攒不下钱。"

刘成功叹了一口气说道："是啊，在中国这块土地上，最辛苦的、最了不起的就是农民了。城里人都看不起农民，但往上数三辈，谁不是农民啊？农村是我们这个民族、这个国家的根基。"

张新阳接过了刘成功的话说道："您说的是实话，农村人虽没有文化，有时候还有些狡黠，但骨子里却传承着我们民族的基因和文化，农民才是我们华夏民族的脊梁。"

刘成功赞同地点着头，又把目光移到了窗外的田野上。张新阳看着鬓角稍微泛白的刘成功，已经不再是高高在上的董事长了，此刻的他就是一个随处可见的邻家大叔，一种亲切感油然而生，再和刘成功交流，已经没有任何的紧张感了。

一路上，刘成功的饮食起居，张新阳都办理得像模像样。火车停在了秦州车站，张新阳背着装了土特产的大背包，提着刘成功的公务包，陪着刘成功随着人群走出了秦州火车站。

对刘成功来说，老领导王诚对他有知遇之恩。王诚年轻时参加过抗美援朝战争，在那个寒冷的冬夜，部队和敌人打了遭遇战，他怀里揣着一小布袋炒面，背着受伤的营长走了几十里地，硬是从鬼门关把营长救了回来。回国后营长到了某部委，多年后成了国家重要部门的首长，而王诚在自己拼命地工作和老首长的提携下，从一名宣传干事一步步成为顾阳焦煤集团的董事长兼党委书记。

刘成功能顺利地接过董事长这个班儿，与老领导王诚的支持是分不开的。自从老领导退下来后，他每年都要派人去拜会老领导，而今年他则找了个借口，亲自带着张新阳来到了老领导家。刘成功和张新阳敲开了老领导家的门，老领导满头的银发整齐地向后梳着，精神矍铄，他笑呵呵地把两人让进了客厅。

刘成功向老领导介绍了张新阳，老领导打量了一番张新阳说道："我听小赖说过，你们那儿来了个大学毕业的小伙子，机灵能干，今天这一见啊，果不其然。成功，你要好好地带这些年轻人，顾阳焦煤未来还要靠他们。属于我们的时代已经过去啦。"

刘成功挨着老领导坐了下来，拉着他的手说："老领导，您就放心吧，这批大学生素质高、能力强，我已经用起来一批了。现在小张是我们行政部副部长，我的大笔杆子咧。"

王诚说："那就好，一个单位要想有个好的将来，人才队伍是关键，在人才的选拔和任用上不能懈怠，不能吝啬，更不能断档。我还要提醒你，关系可以照顾，有些人打的招呼也得接着，但绝不能任人唯亲，关键的部门关键的岗位，必须是有能力、有担当、有素质的人来干，否则企业的发展长久不了，也兴旺不了。"

刘成功连连点头说："老领导提醒的是，关于企业的用人上，我也认真地思考过，我的思路基本上和您的要求是一致的，只是近两年用人制度越来越规范，再加上企业效益好了，打招呼递条子的人也越来越多，想把一个人才放到合适的岗位上，难度还是很大的。"

王诚说："成功，不要放不开手，有些人的面子该不给就不能给，当你太在意别人的意见和看法的时候，也就意味着你要放弃原则了，这是危险的开端。"

刘成功又说："是，是，现在我也意识到这一点了，人情都是债啊。这不，这次提小张，就是顶着很大压力，力排众议才把他提到这个岗位的。老领导，这次来呢，还有个事想听听您的建议，这几年形势变化非常大，上面改革的呼声都很高，我这儿面临的压力也越来越大。这不，今年市里的经济工作会议，点名要我们率先进行经营改革，要我们进一步盘活资产，这个难度和阻力是非常之大的。"

王诚说："成功，你身上的那股冲劲可不能丢啊，事情总是要有人来干的，改革也总是会遇到阻力的，就看你以什么心态对待了，用心了就能在这个舞台上唱好这出戏。我老了，改革发展的事情我提不出啥建议来。不过我就一条要求，不论如何改革、如何创新，一定要服务于国家利益，有利于干部职工的利益。只要不是为了个别人谋私利，你就不要怕得罪人，尽管放开手去干，我老头子一如既往地坚决支持你。"

刘成功激动地和老领导说："谢谢老领导支持，成功一定牢记老领导的指示，一定把企业管好治好，请您放心。为了我的事，您也操了不少心，成功要干不出个样子来，还有啥脸来见老领导呢。"

王诚说："你有这个决心就好，我在顾阳焦煤干了三十年，这个企业就和我的孩子一样，我一步步看着它发展壮大，我们这一代人的青春和汗水都奉献给它了。所以为了企业发展的事要坚决办，再大的阻力也不要退缩，不仅我支持你，老首长也会支持你的。"

刘成功听老领导说出了老首长，忙问道："老首长的身体还好吧？"

王诚的目光落在了墙上的镜框里，看着他穿军装的照片，满是回忆和感慨地说:"老首长身体还行,就是腿脚不方便了,当年我们在朝鲜战场的时候,都是意气风发的年轻人,一转眼就都满头白发了。"

说着他就开始讲朝鲜战场上经历过的大小战役,这一讲就是将近两个小时,讲完的时候,日头已经偏西了。刘成功示意张新阳告辞,临出门前,张新阳把从顾阳带来的土特产放到了桌上,老领导说什么也不收,直到刘成功说这是他自己花钱买的,老领导才没再说什么。两人辞别了老领导,张新阳在附近找了一家酒店,第二天他们便坐火车离开了秦州。

第58章　老马深谋

距离春节还有不到两个月的时间,元旦近在眼前,顾阳焦煤集团的年度工作会议召开在即。张新阳组织文秘室的人员加班加点奋战了一个月,反反复复、几易其稿,行政工作报告终于定稿了。

张新阳领着文秘室的一班人马聚到了新开业的重庆火锅店。沸腾的火锅驱赶走了冬日的严寒,秘书田强吃得满头大汗,端着一杯酒走到张新阳面前说:"张部长,这次跟着您写报告,我可是提高了不少,我敬您一个。"

小田是这次起草行政报告的主笔,也是付出最多、贡献最大的。张新阳端起了酒杯和小田碰了杯,一仰头小半杯白酒全下了肚。

张新阳吃了几口菜,又倒了满满一杯酒,站起来说道:"各位,感谢大家的竭力配合,尤其是这半个月,大家都辛苦了,我敬大家一杯。"

众人也端起了酒杯,脸上都洋溢着打完胜仗后的放松。酒杯敲击在桌子上,发出胜利的庆祝声。

张新阳再次干了杯中酒,文秘室的人酒量都不差,见张新阳干了,也都一口把杯中的酒送到了胃里。调研员马俊杰给张新阳倒了杯茶说道:"张部长,酒喝得太快了,先喝口茶。"

老马是文秘室年龄最大的,年轻时也写得一手好文章,可就是啥事也看不惯,为此得罪了不少人。公司曾准备给他提级的,可是在公示期内,竟让人联名举报了,虽然最后查无此事,但还是中断了对他的考察,于是四十出头的他一赌气写了申请，调整到了相对清闲的调研员岗位，再也不主笔写材料了。

张新阳到岗后和老马交流了几次，发现这位人们口中脾气古怪的人，其实人品不错，思路也比较广，只是性格有些清高和孤傲。他给张新阳提了几次建议，都很实际、很中肯，也很有发展眼光，张新阳自然也就对老马尊重起来。

三杯酒喝完，桌子上的气氛就活跃了，平时沉默寡言的几个人此时变得滔滔不绝。老马挨着张新阳，放低了声音对张新阳说："张部，我想和你说个事。"

张新阳看着老马严肃的脸，就知道他是有正事，于是把头往老马这面凑了凑说："老马，你说。"

马俊杰说："张部，你有没有发现董事长对你的态度有所转变了？"张新阳摇了摇头，示意他继续说。老马又说道："你是当局者迷呀。我观察到了最近他和你交谈时，明显有了和邢部说话的语气。"

张新阳不置可否地笑了笑说道："那又如何？"

老马意味深长地说："那就说明你这个位子可以坐稳了。"

张新阳仔细回忆了一下，自从上次从秦州回来，刘成功对自己是有些不一样了，可到底为什么呢？张新阳快速地思考着，忽然脑中过电影似的闪过张俊、邢利为、吴小清、王一飞，他们似乎都有意无意地打听过刘成功不在单位的那几天去哪儿了，自己一概含糊其词，搪塞了过去。莫非，是有人授意他们这么做的？想到这儿，张新阳的背上升起了一股股凉气。

马俊杰看张新阳在愣神，又说："张部长，还有件事不知道你注意没有，你有没有发觉行政报告中少一块很重要的内容？"

张新阳不解地看着老马说："报告提纲都是董事长亲自看过的啊？要少内容他早提出来了。"

老马说："那就说明在这件事上，领导们还没有形成一致的意见。"

张新阳立即来了兴趣，问道："老马，那是指？"

老马继续说道："关于改革的问题，这是省、市两级的重点工作，但偏偏是少了这项工作的具体安排。"

张新阳这才意识到，涉及公司改革的问题，只是从上级的文件中摘了几个关键词，并没有什么实质性的内容。

老马说道："依我的建议，你应该主动行动，抓住主动权。"

张新阳更加不解地看着老马问道："老马，你把我说迷糊了，怎么个主动行动，下一步该怎么办？"

马俊杰看了看其他人发现没人注意他俩的谈话，就压低了声音说："你没发现上次你送到领导办公室的那一摞子材料中，有一份材料领导并没有批示，也没有给拿出来吗？"

张新阳想了想说："马哥，我还真没注意。"

马俊杰见张新阳改了称呼，又说道："就是我写的关于新生焦化厂扩能的建议。这也说明，领导的经营改革思路是进一步释放焦炭产能。如果我没有猜错的话，董事长可能想要采取收购兼并的方式来完成这一任务。这是见效最快的途径，但是兼并收购势必会受到巨大的阻力。一方面，是保守思想的阻力，收购兼并是有资金风险的，有些人不愿意担责。另一方面，是既得利益者的阻力，收购兼并不像扩能升级和资产重组，或多或少是有灰色地带的，而是一步到位的，所以一定会有人反对。"

张新阳看着老马，忽然觉得这个人简直是深藏不露，他又紧跟一步问道："马哥，那我该怎么做？"

老马稍稍想了一下说："我手头有个兼并扩能的可行性材料，详细陈述了我对兼并扩能的意见和建议。你把这个建议递交给董事长，你的前途就有了。"

张新阳不解地问："马哥，那我这不是在抢你的功劳吗？不行，不能这么干。"

老马叹了一口气说："张部长，我这年纪已经是等着退休的人了，我只是想证明自己是能干成事的，你把这个递上去，要能有个好的前程，也算是帮我了了一个心愿。"

忽然间，一种英雄迟暮的伤感涌上了张新阳的心头，他盯着马俊杰眼角的皱纹，使劲握了握他的手，一口喝完了杯中的残酒。

刘成功在台灯下反复读着张新阳送来的可行性报告。这份材料几乎和他的思路不谋而合，而且站在理论的高度分析了利弊，给出了说服班子成员和争取上级支持的理由，只要把自己的收购目标和具体方案加进去，就是一份完整的报告。刘成功闭上了眼，听着墙上钟表的嘀嗒声，许久，自言自语道："看来张新阳可以过关了。"

他走出了办公室，斜对面张新阳办公室的门还开着，传出了噼里啪啦的敲击键盘的声音。张新阳正在聚精会神地起草年度工作会议的通知，看见刘成功走了进来，立即站了起来，毕恭毕敬地说："董事长好！"

刘成功点了点头，坐到了张新阳办公室对面，说道："新阳，这些工作让他们去干，你把好关就行。"

张新阳说："兄弟们已经连着干了半个月了，让他们也放松放松。我单身，也没啥事，多干会儿也无所谓。"

刘成功欣慰地笑了笑，随后对张新阳说："难得你能这么想。你的材料我看过了，理论性和指导性都非常强，我还想听听你的看法。"

老马在给张新阳材料的时候，已经给他详细地讲了自己的思路，张新阳早已吃透了这个材料的核心思路，再加上自己平时研究国有企业改革的心得，对顾阳焦煤的经营改革和收购兼并的发展思路已经了然于心。于是他条理清晰地向刘成功阐述了自己的观点，刘成功听得十分认真，还不时地提出一些问题，张新阳也一一发表了自己的看法，等到两人谈话结束，时针已经指向了凌晨1点。

刘成功满意地说："新阳，你的思路还是很清晰的。你所说的和我的思路基本合拍，我刚才问你的问题，也正是我要向班子成员和上级领导回答和陈述的问题。现在我就给你交个底，我的兼并收购目标是万顺焦化厂，这个民营厂设备新、产能高、见效快，如果能够顺利兼并，我们的焦炭产能至少提高五成，而且是立马见效，再稍稍下些功夫，产量就能翻番。这样，到明年年底就是几千万的盈利，这样我们又创造了利税，又提高了职工的工资水平，也完成了市里增产提效的目标，可谓是一举多得。上次去秦州你也听到了，只要我们方向正确，老领导是绝对支持我们的，而且关键时候老领导还会帮我们寻求老首长的支持，只要我们决心不动摇就一定能够办成。当然，这仅仅是理论的上分析，这个方案正确与否的关键，还在于我们是否有充分的数据支持。所以当务之急，还是要深入调研、科学论证，确保我们的方案万无一失。新阳，这个事我决定交给你办，有没有信心？"

听了刘成功这一番话，张新阳顿时觉得血往上涌，这个强烈的信号说明刘成功已经信任了他，并给他压上了重重的担子。对张新阳而言，这绝对是件好事。张新阳有些激动地站起身，严肃地说道："我有信心和决心把这项工作干好。"

刘成功看着信心满满、干劲十足的张新阳，拍了拍他的肩膀说："好，我就需要你的这个态度和决心。明天你就把手头的所有工作都放下，去万顺焦化厂调研。"说着，他又看了看手表说："好了，不早了，休息吧，明天中午出发。"

张新阳把刘成功送出了办公室，其实也就几步的距离，可张新阳却觉得走了许久。等刘成功锁上了办公室的门，张新阳才坐回到自己的办公桌后感慨道：老马真是神机妙算，这么个人才，可惜了。随即他又佩服起了刘成功，通过研究老马的材料，他发现刘成功的收购兼并扩产能的思路对公司的发展来说，是具有非常重要的战略意义的，相比较关峡的保守和个别领导的畏首畏尾，刘成功有着长远的战略思维。

回顾今年顾阳焦煤的成长和发展，公司的盈利和职工收入的增长，这些都与刘成功的决策和管理密不可分，不能否定，在这个公司每个人的努力都很重要，但决策者的决策是否正确，则起着至关重要的作用。想到这儿，张新阳更加佩服这个刚毅的中年人了。

第59章　调研万顺

万顺焦化厂离新生焦化厂并不远，赖峰和张新阳从集团公司出发后不到二十分钟，车就稳稳地停在了万顺焦化厂办公楼下。早已等候在门口的老板杜天笑呵呵地迎了上来，恭恭敬敬地拉开车门，热情地把赖峰和张新阳迎进了总经理室。

办公室内暖风徐徐，几盆绿色植物枝繁叶茂，俨然与外边两个季节。一个穿着制服的年轻女子进到了办公室，给赖峰和张新阳沏了两杯茶。张新阳打量了一下这个小个子老板，嘴上留着小胡子，头发梳得油光锃亮，一身高档西服穿在他肥胖的身上丝毫没有高贵的感觉，手腕上的金表金光闪闪，手上戴着镶着绿宝石的黄金戒指，俨然一副暴发户的装扮。

杜老板打开桌上的一盒中华烟，客气地递给了赖峰一支，又熟练地拿出打火机给他点着。随后又递给张新阳一支，张新阳连忙摆手说不抽，杜老板推让一番这才把烟放回到烟盒中，乐呵呵地坐在了赖峰和张新阳对面。他给自己也点了一支烟后，才笑眯眯地问道："赖总，好长时间不见你啦，瘦了，瘦了。要说你们干部也真不容易，一天天操不完的心，图个啥呢？真不如和哥哥我一起落草为寇，大块吃肉，大碗喝酒，去他娘的什么铁饭碗。"

赖峰笑道："是啊，不能和你杜老板比呀。你说咱俩干的一样的活儿，凭啥你一年就挣我一辈子的钱呢？"

杜老板又笑着说："不过呢，这铁饭碗有铁饭碗的好处，最起码是旱涝保收，我们呢，是过了一天算一天，好活一日算一日，哪天市场不景气了，裤子都要当了的。我这不就快让你们招安了？"

赖峰也笑着说："唉，老杜，你这不是招安，你这是要当太上皇了，只管享受，不理政事。再说，你一年享了我们一辈子的福，值了！"

杜老板咧开了嘴，露出了一口大黄牙，哈哈地笑着道："兄弟我从来不亏待自己，吃喝玩乐，就这么点儿小爱好，小爱好。"

杜天边笑眼睛边往张新阳这儿瞅，张新阳和他目光相遇的刹那，对杜老板暴发户的印象瞬间一扫而光，这分明是一道机智、狡黠的目光。张新阳一愣神的工夫，杜天收回了目光，一脸憨厚地问："赖总，这位小兄弟很面生啊，给老哥引见引见。"

赖峰说："哎哟，忘了，忘了。这是我们行政部副部长，张新阳。新阳，这是万顺焦化厂的杜天，杜老板。"

张新阳欠了欠身说道："杜老板，幸会，幸会。"

杜天哈哈地笑道："小兄弟这么年轻，就挑上大梁了，大有前途啊，佩服，佩服。"

张新阳客气道："我也是初来乍到，全凭董事长和赖总支持与提携呢。"

杜天说："这念了书的人，就是会说话，不像咱这大老粗，没文化，张部长不要介意啊。"

张新阳摆着手说："哪里，哪里，赖总说杜老板的经历就是一部奋斗史，一辈子都学不完的。"

杜天的笑声更大了，指着赖峰说道："赖总，你这是让我找地缝钻呢，哈哈……"

杜天和赖峰说笑着东拉西扯地闲聊了半天，这才逐渐转入正题。杜天问："赖总，这次来有啥新指示？"

赖峰说："还是意向的事情。这个事现在内部和外部的阻力都很大，需要一些资料支撑。"

杜天嚷道："这群蠢货，要不是老子急需资金，这个厂子说破天也不会卖掉的。"

赖峰说："我们也知道万顺焦化厂的设备、工人、销路都是一流的，只是我和董事长知道不顶用啊，要上面和下面都认可了才行。这次来，就是让张部长入驻你这儿先行调研，掌握基本数据，说服了公司的其他领导。随后我们再组织专业部门来综合调研，最终形成正式报告和方案，呈报市里，征得同意后才能实施，这是需要一个过程的。"

杜天说道："和你们公家打交道就是费劲，你们这个过程也太麻烦了。赖总，您就痛快点儿给个时间，什么时候我能拿到钱？"

赖峰说："早则三个月，迟则半年。"

杜天说："我说赖总，你们能不能快些啊，要拖个半年，黄花菜都凉了，到时候我要不出手了，你们可别怪我不讲信誉。"

赖峰笑着说道："好我的杜老板，啥事都要讲个规矩嘛。我知道你要投资大项目，可也不急于这几个月不是嘛。我们也积极做工作，你的人也要配合，这样才能加快进度嘛。"

杜天说道："我的人没问题，谁要不配合我立刻让他滚蛋。不过我前期提出的条件，你也必须满足。一个是这些跟着我干的工人，一定不能解聘。再一个，我开出的价码没有商量的余地。"

赖峰不屑地瞅了杜天一眼说道："瞧你这话说的，我们这么大的企业，还能骗你不成？"

杜天知道自己失言了，连忙说："哈哈，我这也是杞人忧天，国家能亏待我？"说完，又露出大黄牙哈哈大笑起来。

赖峰看了看手表，站起身对杜天说道："杜老板，我们也别老在你这温室待着了，去看看生产车间吧。"

杜天说："好，好，让赖总和张部长看看我这个厂子到底值不值得你们并购。"说着起身打开了办公室的门，用浓厚的顾阳方言喊了一声，对面办公室立即出来个30多岁的年轻人，杜天向年轻人介绍了赖峰和张新阳后，又对赖峰说道："这是我们的技术工程师于振东，一会儿有啥专业问题让振东给二位讲解。"

赖峰、张新阳和于振东握了握手，于振东做了个请的手势，便在前面带路，四个人径直朝着生产车间走去。办公楼距离生产车间并不远。但一路上，赖峰还是不停地向于振东提出各种各样的问题，于振东给赖峰和张新阳讲解时，杜天也不时地插话说道："赖总，我这个厂子是下了大力气、投入了大成本的。你们看，我这设备全部是新的，有些设备比你们新生焦化厂的都要好、都要先进。虽说现在的产能只有你们的三分之一，那是我们弄不到那么多的煤，等你们兼并了以后，有的是焦煤，自己的棒子面养自己家的猪，只要开足马力生产，肯定能赶上新生焦化厂。"

赖峰笑道："老哥啊，你这个就叫哄抬加码，行不行，你说了不算，我说了也不算，要市场说了才算。新阳，老杜说的这个好好给我考察考察，这个杜老板肺活量大着呢。"

张新阳笑着边点头边在笔记本上记着。杜天没有听懂赖峰的意思，问于振东说："赖总说我这个肺活量大是个啥嘛？"

于振东把胸前抱着的笔记本往上移了移，捂着嘴笑而不语，赖峰又说道："我是说你能吹牛！"

杜天听了哈哈大笑着说:"赖总,和我这大老粗说文辞,我让你卖了都得帮你数钱呢。"说完,四个人都愉快地笑出了声。

从生产现场再回到办公室的路上,赖峰悄声对张新阳说:"这次调研一定要掌握真实可靠的数据,遇到啥问题必须第一时间向董事长请示,随后必须告知我,时间紧,任务重,辛苦你了。"

张新阳说道:"我一定高质量完成任务。"

回到杜天的办公室后,赖峰就要告辞,杜天说什么也要挽留赖峰一起吃晚饭,赖峰推迟了好半天,还是走了。

张新阳和杜天又坐回到办公室,年轻女秘书又给张新阳换了茶。赖峰走了,杜天也就没有那么拘束了,他的目光始终在女秘书的身上游移着,恨不得穿透包裹着曼妙身材的职业装。

张新阳有些尴尬地把目光移到了墙上的字画上,这幅字画临摹的是王羲之的《兰亭集序》。张新阳看着苍劲的笔锋入了神,不禁念出了声:"固知一死生为虚诞,齐彭殇为妄作,后之视今,亦犹今之视昔……"

杜天听张新阳叨叨着什么,便从女秘书身上收回了目光,顺着张新阳的目光看到了墙上的字画,看着张新阳陶醉的神情问:"小兄弟,你这是说个啥?"

张新阳愣了一下才反应过来自己一时兴起竟然念出了声,他不好意思地说:"哦,杜老板,我是念您这幅字呢,写得真不错。"

杜天听了说道:"是吗?老王写得文绉绉的,谁知道他要说个啥呢。你要喜欢回头我让人给你送过去。"

张新阳这才看到落款写着"王耀臣临"四个字,看来老王就是指这位了。张新阳听杜天要把字画送给自己,赶忙说道:"不敢,不敢,君子不夺人所爱,这位王先生的功底确实不一般,写得真好。"

杜天哼了一下说:"这老王,小时候穷得连裤子都没有,初中没毕业就和我一块到煤矿拉平车去了,后来不知怎么搞得,靠着这鬼画符就成了市书法协会的人了,据说,现在他的字很吃香咧。前段时间给我送来了一幅,我他娘的也不知道他写了点儿啥,不过挂墙上还真像那么回事。反正大家都说好,看来老王的这鬼画符是真好了。"

张新阳站起来走到字画跟前说:"杜老板,这是东晋大书法家王羲之写的《兰亭集序》,这几句话是非常有深意的,大概意思是把生和死等同起来的说法是不真实的,把长寿和短命等同起来的说法是妄造的,有一种好景不长、生死无常的感慨。"

杜天说道："嗨，要你这么一说，这个王什么之的老小子说得也有道理，人活着就要及时行乐，明天死了也不枉来这世上走一回。"

张新阳说："杜老板，我觉得人要及时行乐虽然是大实话，但也要有所信仰、有所追求，否则人活着也就太没意思了。"

杜天哈哈笑着拍着张新阳的肩膀说道："老弟，你们这些文化人说话太深奥，老哥我也听不懂。哈哈，不说了，一会儿咱们行乐去。"说着拿出手机拨通电话说道，"老梁，通知司机五点半过来接我，再通知于振东、赵文廷跟我一起去新世纪大酒店，我们要给顾阳焦煤的张部长接风。"

杜天挂了电话不一会儿，有人敲办公室的门，杜天喊了一声进来。门开了，一个30来岁的胖子推门进来说道："老板，车准备好了。"

杜天对张新阳说："张部长，咱们吃饭行乐去。"

办公楼外一辆奔驰商务车停在了楼门口，于振东和另外两个人站在车跟前等着杜天。张新阳打量了一下两人，一个和于振东年纪差不多的年轻人，西服笔挺，应该是赵文廷，还有一位50岁上下的中年人，梳着整齐的头发，鼻梁上架着金边眼镜，应该就是老梁了。杜天让张新阳先上了车，于振东和赵文廷紧随杜天也钻进了车里。最后老梁坐在了副驾驶的位置上，胖司机发动了车，奔驰车缓缓地驶出了大门。

第 60 章　杜天设宴

新世纪大酒店对张新阳来说再熟悉不过了，不论是单位开会，还是和孟强兄弟谈论生意，这个地方已经成了他的根据地了。但今天杜天领他们来的地方，对他来说却十分陌生。

张新阳跟着几个人左转右转，来到酒店角落一部停用的电梯前。老梁掏出手机拨了一个电话，电梯的指示灯亮了。一行人进入电梯后，张新阳才发现这部电梯是一部直达电梯。电梯门再打开的时候，两个穿着朝鲜族服装的迎宾小姐立在门口，他们走出电梯，来到了一个富丽堂皇的包间。

杜天咧着嘴一屁股坐到了椅子上，老梁把张新阳让到了杜天的左侧，他坐到了杜天的右侧，于振东和赵文廷一左一右陪在张新阳和老梁的两侧。两个迎宾小姐行了一个朝鲜族的欢迎礼，细声细语地说道："欢迎杜总和各位贵宾。"

杜天露着大黄牙问："你俩都叫个啥？"

一个女孩答道："我叫俊秀，她叫英爱。今天专门为杜总和各位贵宾服务。"

杜天又问："你俩是朝鲜人？"

女孩答道："我们是吉林延边的，朝鲜族。"

杜天一听来了兴致，拍着手连声说："好，好！一会儿跳个阿里郎，给大伙儿助助兴！"

老梁拿脚轻轻地踢了一下杜天，杜天意识到了自己的不妥，又改口说道："你们先出去，我们说点儿事。"

两个女孩应了一声就要往外走，老梁快步走到他们跟前嘀咕了几句，两个女孩点了点头带上门离开了。不大一会儿工夫，服务员上了满满一桌子菜。杜天开了一瓶茅台酒，不由分说地给张新阳倒了满满一杯，随后给自己倒了一杯，看着桌上还有空酒杯就说道："振东、文廷，你俩自己倒上，但必须倒满。"

于振东又开了一瓶酒边倒边笑着说："老板，您就是不吩咐，我和文廷今天也必须把张部长招待好。"

此时，除了老梁的杯中倒了矿泉水外，其余四个酒杯中的酒都满到要溢。杜天带头拉开了架势，一股酒场上的杀气腾空而出。杜天举起了酒杯说："张部长，所谓入乡随俗，我们的规矩是先干三杯！来，这是第一杯。"

张新阳也举起了酒杯说："杜老板，我这个酒量可一般。不过今天就客随主便，我舍命陪君子了，来，干！"

于振东和赵文廷自然也懂这个规矩，四个人的酒杯碰在了一起，发出了清脆的响声。三杯酒下肚，整个酒桌上的气氛逐渐活跃。张新阳也逐步弄清了几个人在万顺焦化厂的分量，老梁是杜天的智囊兼财务管家，于振东管着厂子的技术核心，赵文廷管着厂子的销路，可以说，这三个是杜天的左膀右臂，也是这个厂子的核心人物。

张新阳看着这三个人精明的面相和侃侃而谈的口才，不禁对杜天肃然起敬。这个没啥文化的土鳖老板，看似有些相貌猥琐，实则精明过人，他善于用人，也善于拉拢人，牢牢把住了企业的命脉。要知道，对于民营企业来说，知人善用就是经营的核心和关键，很多企业之所以倒下了，就是因为没有用好关键的几个人，没有处理好与掌握着企业关键命脉的重要人物的关系。

杜天晃着油光可鉴的脑袋对张新阳说："老弟，我跟你说实话，我这个厂子是废了大力气的，现在让我出手，还真有些舍不得哩。咱们明人不说暗话，新阳老弟，老哥也不图别的，只要你老弟如实地把我这个厂子的实力写成文章，老哥绝不会亏待你的。"说着又冲于振东和赵文廷说道："你俩全力配合张部长的工作，他要什么提供什么，听到了吧？"

于振东说："老板，这你放心，就咱这实力，就是张部长不要我也得主动说。我要说不出个一二三来，才丢人哩。"

张新阳听着杜天和于振东一问一答，心里想道，这几个人这是要抬高筹码，坐地涨价呢。可惜，他们这个劲儿，使错地方了，我的一个可行性调研材料撑死也就是一个参考，顶不了多大的事，他们真把我当个人物了。不过这个场合绝不能让杜天笑话，但该如何把握分寸呢？于是"不卑不亢"这个词跳了出来，张新阳的思路渐渐清晰了。

他端着酒杯站起来说道："这次，小弟是受董事长之托来杜老板这一方宝地调研的，为了公司和杜老板的利益双赢，一定会实事求是地反映真实情况，这是小弟的职责所在，请杜老板放心。同时呢，提前感谢哥和赵哥的支持，往后的工作少不了麻烦二位，新阳在这儿敬各位一杯，我先干为敬！"说完一仰脖子一杯白酒又见了底儿。

杜天见张新阳又干了一杯，一拍巴掌说："好，不愧是刘成功的手下，是条汉子。我杜天就喜欢和豪爽的人交朋友，我也干了。"说完，杜天也喝干了杯中的酒。

张新阳抹了一把嘴说："杜老板，有个事儿我很好奇，可又不知道该不该问？"

杜天咧着大嘴笑道："什么老板不老板的，张部长要能看得起我这大老粗，以后管我叫老哥就行。有啥就问就说，别和你哥客气。"

张新阳说："您太抬举新阳了，哪能称呼您哥呢。我还是叫您叔合适。"说着他把身体朝杜天身边凑了凑说，"新阳不明白的是，既然这个厂子这么好，盈利也客观，那您为啥要出手呢？"

杜天哈哈大笑，依然称呼张新阳为老弟说道："好，好，年轻人脑子就是快。这个问题问到点子上了。有些想不通是吧？他们也想不通。"他用手指了指老梁和于振东，接着说道，"老弟你也不是外人，我就跟你们挑明了说，你们说今后干啥最赚钱？不知道了吧，我告诉你们，炒地皮，卖房子。靠山吃山会坐吃山空，岳东不同于山西、内蒙古，也就我们顾阳有点儿煤，靠挖煤炼焦炭赚钱的日子迟早是要到头的。我和老二商量过了，趁着现在华州、津州的地还便宜，我们准备拿两块地，捂个几年，即便不开发转手一卖也是大把大把的钱。"

张新阳听了杜天这番话，杜天在他心目中猥琐的暴发户形象顿时烟消云散，岳东省的房地产虽然刚刚起步，但许多嗅觉灵敏的商人都已经看到了其中的巨大利益。平心而论，就刚才到万顺焦化厂的车间简单一看，他已经知道这个厂子的效益是不错的，杜天却能放下眼前碗里的汤去搏锅里的肉，单凭这一点，杜天这个人就不简单。

张新阳带着有些敬佩的眼光看着杜天道："叔，听您一席话，新阳茅塞顿开。您高见啊！来，我再敬您一杯。"说着，杜天和张新阳的酒杯又碰到了一起。

于振东端起了酒杯，小声对赵文廷说："看人家这马屁拍的，学着点儿。"

赵文廷笑着摇了摇头和于振东碰了下杯说："人家是外人嘛！干吧！"

四个人酒意正浓，老梁悄然离开了酒桌，等他再回来时，身后的服务生已经端上来了口蘑野山参汤。两个朝鲜族女孩也站到了桌边，拿着汤勺给四个人各盛了一碗汤。张新阳接过汤，扑鼻的香气立即让他馋涎欲滴，张新阳一口喝了个底朝天。他正要伸手再盛汤，那个叫俊秀的女孩子一把拉住了他的胳膊，轻声说道："老板，我帮您盛。"女孩接过了他的碗，手轻轻从张新阳的胳膊上划过，女孩手掌凝脂般的绵滑，搅得张新阳心猿意马。

好酒就是好酒，张新阳为了"不卑不亢"，足足喝了有一斤。此时的他头已经晕了，倘若是再来一杯，恐怕就支持不住了。老梁扶着摇摇晃晃的杜天站了起来，杜天两手拍着圆滚滚的肚子说："今天的这个饭不错，告诉老二，给厨师500块钱，就说是我奖的。"说着又拍了拍张新阳说道，"老弟，走，咱们去放松放松。"

张新阳不知道杜天要去哪儿，但又不好意思问，只能是客随主便。杜天的身子又晃了一晃，张新阳伸手扶住了他的胳膊，本打算再叫叔，可杜天一口一个老弟，这个叔也就没叫出来，迟疑了一下改称呼说："杜老板，您慢点。"

杜天笑着说："我没喝多，走，老地方。"

老梁和张新阳扶着摇晃的杜天跟着两个朝鲜族姑娘往外走，于振东和赵文廷也起身跟在后面，铺着厚厚地毯的走廊安静得出奇，走廊的灯光昏黄而又典雅，把奢华体现得淋漓尽致。

几个人左拐右拐，在一处对开的门前停下了脚步，两个女孩推开门时，张新阳醉眼蒙眬地看到，这扇门的后面别有洞天，假山隐隐，流水潺潺，干冰做的雾气影影绰绰，一曲低柔的古筝禅意幽远，把这儿衬托得犹如仙境一般。两个女孩再次做了一个请的手势，杜天眯着眼睛，笑着走到了云雾深处，几扇门出现在了假山和盆景之间。张新阳这才看清，门里是冒着气泡的温泉池。

杜天晃着脑袋对于振东和赵文廷说："振东，你陪我去隔壁。文廷就在这儿陪着新阳老弟。"随即又对张新阳说："老弟，这可是从地下抽上来的温泉，泡一泡特舒服，完了再按摩按摩。今晚咱们就在这儿过夜。老哥今儿喝得有点儿多，就不奉陪了，多担待！"

张新阳笑着说："不敢，亏您想得这么周到，谢谢杜老板了。"

杜天拍了一把赵文廷，在于振东的搀扶下跟跟跄跄地走进了隔壁房间。赵文廷关了房门，从池边架子上拿了两套崭新的泳衣，递给了张新阳一套。两人换好了泳裤慢慢下到了温泉池中，池子中是几个带着靠垫的橡胶座位。赵文廷帮张新阳把一条柔软而又结实的安全带扣在了腰间。这个装置是酒店自己创新的，目的是为了防止喝了酒的客人睡着后滑入水中发生危险。

温泉不同于加热的自来水。透着淡淡硫黄味的水滋润着张新阳的每个毛孔，缎子一般光滑地裹在身上，冬天的严寒早已没有了踪迹。张新阳把头靠在池子边柔软的进口橡胶靠垫上，酒精随着血液一遍遍地在脑海中涨潮、退潮。

第 61 章　邂逅分别

在酒精和温泉的双重作用下，张新阳彻底放松了疲惫的身心。朦胧中他似乎又和刘诗雅来到了三亚的酒店，刘诗雅伏在他的肩头呢喃着。他觉得头有些痛，刘诗雅就让他躺在自己怀中，纤纤细指在他头上轻轻地按摩着。张新阳闻着刘诗雅的香味，淡淡的香气渐渐穿透了他的身体，在每个毛孔、每个细胞中膨胀，他贪婪地、使劲地呼吸着，他喜欢这种温暖的爱的味道。

窗外忽地响起了一声惊雷，顷刻间，香味变成了消毒水的味道。张新阳抬头看时，早已没有了刘诗雅的身影，他正躺在冯媛媛的怀中，粉红的护士服上弥漫着消毒水的气味。冯媛媛的长发垂着，温柔地凝视着他，双手在他的头上按着，好像说着些什么。张新阳觉得十分尴尬，就在他准备从冯媛媛的怀中离开时，她的双臂紧紧地抱着自己，脸慢慢地贴近，他终于听清了冯媛媛低沉的声音：张新阳，我要杀了你！

张新阳猛地一惊，他看到冯媛媛的脸渐渐变得狰狞，薄薄的嘴唇下露出了光秃秃的牙床，一层层脂粉从僵硬的脸上脱落。张新阳惊恐地睁大了眼睛，不，她不是冯媛媛，这张脸分明就是小时候看到的吊死在村头的吴三的媳妇。对，就是那张惨白的、僵硬的脸。张新阳啊的一声大叫，恐惧让他拼了命地挣扎着，猛地一使劲，终于挣脱了她的臂弯。

张新阳睁开了惺忪的睡眼，古筝的琴声依旧若有若无地环绕在四周，池子中的水时而冒出一串串珍珠般的气泡，左手边的小桌上放着干果和香茶，赵文廷早已经不见了踪影。环顾四周，一位穿着粉红色泳衣的女孩受了惊吓般坐在他旁边，不知所措地看着他。张新阳打量了好半天，这才认出这个女孩正是在餐厅见过的朝鲜族女孩英爱。

张新阳伸了个懒腰，打着哈欠问道："你怎么在这儿？"

英爱说："杜老板让我来给您按摩，刚才进来的时候，看着您似睡非睡地躺着，我和您打招呼时，您说头痛，我就给您做了按摩，刚才您忽然大叫起来，把我吓了一大跳。"

因为刚才的噩梦，张新阳的酒已经醒了一半，吴三媳妇的那张脸还在他眼前晃悠着，他使劲拍了拍脸，又把两手放在太阳穴上，边揉边说："做了个梦，不好意思，吓着你了。"

随即又想起了没有看到赵文廷，就问道："赵文廷呢？"

英爱说："他喝多了，头有点儿晕，回房间睡觉去了，让我好好招呼你。"

张新阳哦了一声，也没有再多问，指了指旁边说："你叫英爱？坐吧，陪我聊会儿。"

英爱点了点头，很听话地坐到了刚才赵文廷的位置，拘谨地看着张新阳。

张新阳问："你怎么大老远从东北来到了这儿呢？就在东北找个工作不好吗？"

英爱俊俏的脸上掠过了淡淡的忧伤，随即又恢复了标准的微笑，轻声细语地说："东北的许多企业都破产了，爸妈下岗了，我是技工学校毕业，在学校学了礼仪服务和美容按摩。不过在我们那儿不好找工作，我妈厂子的一位大姨在这边做生意，说顾阳的经济好，工作也好找，收入也高，就把我们介绍到这儿来了。"

张新阳没有再作声，这些年许许多多的国有企因经营不力纷纷破产，这是不争的事实。而这种企业在华州和津州也比比皆是，更何况东北这个老工业基地。这些破产企业，有级别的领导借着企业破产改革，趁机捞一把，然后在人大、政协找个闲职，颐养天年。一般干部职工，只能是随波逐流，年轻人再找个工作也不是什么大问题，四五十岁的老职工，早已把最好的青春年华献给了他们以为可以依靠终身的企业，而企业却在他们人到中年之时无情地抛弃了他们。报纸上也曾报道过，津州市某企业的一对干部夫妇，在企业破产后，既无一技之长，又拉不下脸来出去打工，终于在一天夜里，两口子把这么多年获得的奖状和荣誉证书整齐地摆放在地上，双双喝农药自杀了。

张新阳曾经思考过，到底是谁导演了这场悲剧？如果不是他们的责任，也不是企业的责任，那到底是谁的责任？张新阳思考了许久，得出了一个似是而非的结论。是历史的责任，对，是历史。时代的车轮是向前的，跟不上时代的人，就注定会被淘汰。被淘汰就要付出代价，只是有些人付出的代价太大了。

英爱看张新阳沉默不语，也若有所思地想着心事。许久，张新阳才想起旁边还有一个女孩子。他轻轻咳嗽了一声问："英爱，这是几楼呢？我以前怎么不知道这酒店还有这么个地方？"

英爱说："先生，这是我们的贵宾厅，不对外开放的。您需要什么就吩咐。"

张新阳觉察到了英爱并没有正面回答他的问题，或许这是他们的规矩，那就不必为难这个小姑娘了。

英爱见张新阳没有再追问，长出了一口气，同时也对这个比自己大不了几岁的客人产生了几分好感。张新阳又说："贵宾厅？这么说，我也算是贵宾了？"

英爱的大眼睛眨了眨说："您当然算了，杜老板是不轻易领人来这儿的。"

张新阳说："这么说，杜老板是这儿的常客？"

英爱说："那当然，这儿本来就是他家的产业嘛。只不过我们认识他，他不认识我们。"

张新阳这时才反应过来，杜天，杜宇，天，宇，天宇，这不就是兄弟俩吗？怪不得一开始就觉得这个杜天眼熟呢。说起来他和新世纪大酒店的老总杜宇也有过一面之缘，去年省环保厅一位副处长来顾阳检查，因为是赖峰的同学，所以赖峰以个人名义请他在新世纪大酒店吃饭，那天正赶上赖峰身体不舒服，张新阳就被赖峰拉着去陪酒了。席间杜宇进来敬酒，张新阳还和杜宇喝过一杯呢。想到了杜宇的模样，这个杜天简直就是胖版的杜宇，只是缺少了杜宇精明的气质，谈吐之间多了一些俗气。

张新阳伸手拿起了小桌上的茶杯，一闻就知道是上好的武夷山金骏眉，这茶是这几年最火也最贵的茶叶了，他端起茶杯尝了一口，果然名不虚传。喝完了茶，又似乎自言自语地说："杜总兄弟俩的生意真是干得风生水起啊，光是这个贵宾厅，就足见杜总的气魄，没有理由不赚钱的。"

英爱起身把茶水蓄满说："可不是，听说杜总的生意已经做到上海、深圳去了，这个酒店也就是他请客吃饭的地方。"

张新阳呵呵笑着说："哦？是吗，你这是在给你们杜总脸上贴金呢，杜总有你这样的员工，可见企业文化做得也是面面俱到嘛。"

英爱的脸微微一红，不再言语了。张新阳看了看手表，已经足足泡了一个半小时了，此时他觉得浑身发热，酒也醒得差不多了，于是站起身说道："不泡了。"

英爱赶忙起身去池子旁边帮张新阳拿浴袍，张新阳看着走出池子的英爱，一身合体的泳衣裹着匀称的身材，雪白中缀着点点红粉，宛若一朵出水的芙蓉。英爱拿来了雪白的睡衣，张新阳赶忙披在了身上。英爱也穿了一袭睡袍，见张新阳盯着自己，脸微微一红说："先生，杜老板交代过的，让我给您好好按摩一下，放松放松。"张新阳知道一男一女在这幽闭的空间是很危险的，可他还是鬼使神差地跟着英爱来到了旁边的房间。

张新阳趴在柔软的按摩床上，英爱轻轻脱下了他的睡袍，两只手在张新阳的背上反复揉捏着。英爱没有撒谎，她的手法和盲人按摩的手法基本一致，张新阳立即感觉到背上的肌肉一块块地放松了，酒意又涌上了头，眼前一阵阵迷糊。英爱在他背上按了好长时间，又轻声说："先生，请您翻一下身，好吗？"

张新阳很配合地翻了身，仰面躺在床上，眼睛微微地闭着，露出了结实的胸肌和腹肌。英爱把手放在了张新阳的腹部，慢慢地向上按压着经络和穴位，不多时她的手有些颤抖地放在了张新阳的胸前，按摩渐渐变成了轻轻的抚摩。张新阳感觉到了什么，他睁开了眼，英爱的胸脯在半敞开着的睡袍中若隐若现。张新阳与她四目相对，那张标致的脸上立即泛起了一朵朵红晕，张新阳的身体不由自主地有了反应。

面若桃花的英爱慢慢俯下身子，温润的双唇亲在了张新阳宽厚的胸脯上。张新阳浑身着了火一般燥热，任凭这个素不相识的女孩子在自己胸前亲吻着。他的双手不自觉地伸到了女孩的腰间，蛇一般地缓缓向上游动。就在即将接近两座坚实的堡垒时，他看到了英爱泛着红晕的脸上带着微笑，此时脑海中浮现出了刘诗雅的影子，她仿佛在说着些什么。张新阳打了一个冷战，进而看到英爱的脸开始变得狰狞，薄薄的嘴唇下露出了光秃秃的牙床，一层层脂粉从僵硬无比的脸上脱落。张新阳惊恐地睁大了眼睛，不，她不是英爱，这张脸分明就是儿时看到的吊死在村头的吴三家媳妇，就是那张惨白的、僵硬的脸。

张新阳忽地一下坐了起来，满头大汗地看着一脸茫然的英爱。他使劲拍打着自己的脸，眼前的英爱还是那个身材匀称、年轻漂亮的朝鲜族姑娘，可张新阳却再也没有任何欲望了。他重新把浴袍披上对英爱说："对不起，我不能这样，不能这样。"

英爱显然被张新阳的这一举动给吓住了，她呆呆地站在那儿。就在刚才，她已经做好把自己的第一次给这个男人的准备，而此时的张新阳却像一头受到了惊吓的野兽。她知道张新阳把自己当成什么人了，委屈的眼泪夺眶而出。

张新阳彻底冷静下来后走到了池子旁边，一口气喝完了一大壶茶。英爱跟了出来，脸上还挂着泪痕。张新阳觉得自己刚才有点儿失态了，伸手抹去了英爱脸上的泪痕。

英爱说道："对不起，我不是你想的那样的人。过几天我就要去北京了，我不想做筹码，也不想把自己清白的身子给一个我不喜欢的人，但我也是迫不得已。"

张新阳呆呆地看着眼前这个女孩，从她的眼神和表情，他能判断出英爱并没有说谎。张新阳不想打听她即将面对的事情，于是勉强挤出一丝笑容轻声说道："我有女朋友，我不能那样做。"

英爱扭过头抽泣了一会儿，转过身来红着眼睛说："先生，抱歉。"

张新阳说："我累了，送我回房间吧。"

英爱再没说话，拿起了装有张新阳衣服的袋子，领着他回到了客房。英爱把装有张新阳衣服的袋子放到了床尾，行了一个朝鲜族的礼，转身出了房门，门锁嘎嘣一声关上了。张新阳的心乱极了，他知道今生未必能再遇见这个叫英爱的女孩了。

第 62 章　调研结束

张新阳呆呆地躺在床上回想着刚才的一幕，若不是那个噩梦，他相信自己是克制不住的。冲着那个女孩的按摩手法和眼泪，可以肯定她绝对不是从事色情工作的，而她所说的去北京的事，也未必是开脱之词。再说以自己的身份，杜天根本没必要安排这种服务，他犯不着用女人来抓自己的把柄，即便是抓到了又能怎样？毫无意义。杜天和自己刚认识，虽说在许多人的定义中，没有不偷腥的猫，但在拿不准对方喜好的前提下，贸然安排这种服务，有时候不但起不到效果，反而还会适得其反，杜天绝不会这样做的。这么想来，理由也只有一个，这个女孩是自愿的。

张新阳又想起了女孩说的要去北京的事情，这个世界上就是有那么多无奈的选择，也许她真是想在他的身上留下什么回忆。可自己又怎么能用背叛去救赎一个素不相识的女孩呢？进而他又想起了《镜花缘》等神话小说中的那些故事，也许真是前世有一瞥之缘，才有今世这一遇之情。想到这些，他不禁唏嘘不已。

早晨7点钟，服务员轻轻地敲了敲门，早已醒了的张新阳兴冲冲地打开了房门，门外并不是英爱，一个穿着酒店标准制服的服务员礼貌地说："先生，杜老板请您去餐厅用餐。"

张新阳有些失望地说："知道了，请稍等一下，我换身衣服。"他转身回房间换好了衣服，跟着服务员来到了餐厅。

杜天、老梁坐在餐厅聊着天，看张新阳过来了，杜天笑着把张新阳迎到了他的座位旁，笑着问道："老弟休息得怎么样？"

张新阳笑着说道："谢谢杜老板，这儿的环境真不错。"

老梁接话说："张部长，老板可是用最高的接待规格接待您的啊。这儿的温泉平时是不开的，那两个女孩也是这儿的一级按摩师，只为贵宾服务的。这不北京一家酒店的老总享受了她们的按摩服务后，点名要英爱去他们那儿干部门经理呢，杜总还不舍得放嘞。"

杜天瞅了老梁一眼说："老梁，瞎扯这些闲话干吗。"接着又对张新阳道，"老弟见笑，老梁这个人就是爱絮絮叨叨，你吃好喝好休息好，老哥就高兴。"

张新阳不好意地拱拱手说："杜老板抬爱了，新阳愧不敢当，愧不敢当。"

正说着于振东和赵文廷也走了过来，赵文廷一看见张新阳就说："张部长好酒量，昨晚我泡了一会儿支撑不住了，跑回房间狠狠地吐到了后半夜，一头栽到床上，就睡到这会儿了。"

于振东也说道："我也是，现在呀，看见饭就恶心，早晨啥也不吃了。"

杜天哈哈笑道："我看呀，你俩加起来也不是新阳老弟的对手，还是乖乖地给张部长打下手吧。今天上午，你俩就配合张部长开始调研，我就一个要求，张部长要啥给提供啥，不管是好的还是不好的，不要藏到裤裆里不敢亮，但凡是有隐瞒材料的，我就找你俩算账。"接着又对老梁说道："老梁，告诉胖子，一会儿来接我们。先把他们几个送回去，完了你和我去趟津州。"老梁边答应，边给司机打电话去了。

杜天又对张新阳说："老弟，我要去津州办点儿事，事情着急，估计三两天回不来。你这儿我就不能奉陪了，有啥需要就找于振东和赵文廷。还是昨天说的，请老弟切实把厂子的真实实力给咱写出来，老哥这儿拜托了。"

张新阳连忙说："杜老板，您忙您的，至于我这儿还请您放心，我这次调研不仅要对我们公司负责，也要对您负责，一定公平公正地完成任务，保证双方的利益共赢。"

杜天接着说："我是绝对信任老弟的，等和贵公司签订意向合同了，我再给老弟摆庆功宴。"

这时，服务生端上了香气扑鼻的羊肉汤，给每个人都盛了一碗。除了赵文廷喝多了酒胃难受外，几个人风卷残云般地连汤带肉喝了个一干二净。

吃完了早餐，胖子的车也等在了门外，大家都回房间拿了各自的东西，在服务生的带领下七拐八拐地来到专用电梯前，乘着电梯下到了一楼。冬日的阳光泛着一圈白晕，懒懒地照着这座城市。车子启动了，张新阳透过车窗看了一眼酒店，有一种恍如隔世的感觉。

严寒中的万顺焦化干得热火朝天，杜天下了死命令，过年放假前必须将代售焦炭的储备达到 7 天以上，完成了任务人均奖励 2000 元，完不成任务倒扣 500 元。对工人们来说，这 2000 块钱，足够一家人舒舒服服地过个年了。这道命令下来，工人们个个像打了鸡血一样亢奋，甩开膀子铆足劲，处处都是热火朝天的场面。张新阳和于振东戴着安全帽，穿梭于各个生产现场，所有的设备技术指标、所有焦炭的生产质量、所有工人的业务素质，张新阳都一项一项地亲自查、亲自看，每项指标、每个数据都确认无误后才在他的笔记本上用红笔挑上对钩。

就这样，张新阳白天穿梭在生产现场，晚上就在杜天给他安排的单人间办公室内写材料。几天的时间于振东一直跟在张新阳左右，也就是短短的几天，两人已经建立了基本的信任和深厚的感情，之所以深厚，是因为彼此都对对方相当佩服。

让张新阳没有想到的是，这个叫于振东的年轻工程师对厂子里的所有技术数据如数家珍，从他嘴里得到的数据和现场考察得来的数据高度一致，有些重要数据都是一模一样。相比自己公司技术部的那帮子技术人员，简直是天上地下，根本没有可比性。怪不得杜天把他当成了心腹，没有这样的技术人员，他的万顺焦化厂根本不可能这样高效运转。

而让于振东佩服的，则是张新阳过人的理解能力和不知疲倦的工作劲头。从他一开始接触张新阳，就感觉到他在专业技术方面并不是专家，甚至有些方面纯粹是外行，但是只要把这个问题讲清楚了，张新阳很快就会理解，并且可以融会贯通到其他方面。

再有就是他拼命干工作的劲头，白天在现场考察一整天，晚上就把自己关在办公室写材料，一干就是12点往后，第二天依然精神矍铄。有几次陪着张新阳写材料，于振东困得实在不行了，可张新阳依然执着地和他研究数据，整得他都快要崩溃了。

两个互相佩服的人在一起工作，自然就有了更多的默契，于振东很快就帮张新阳完成了所有的现场调查数据。至于赵文廷负责的营销数据，只是作为产能产值的参考，因为顾阳焦煤集团是根本不用操心销路问题的，但即便是这样，张新阳还是认真地查阅了所有的账目，用逻辑清晰的营销数据佐证了万顺焦化厂的产能产值。

所有数据均已齐备，张新阳把自己关在了办公室开始认真地分析研究。三天后一份数据翔实的调研报告出炉了。张新阳反复地看着这份材料，逐字逐句地推敲着，反复分析验证着，直至他认为逻辑清晰条理清楚了才正式定稿。从数据分析来看，杜天说的虽然有一定的水分，但大体上出入不是很大。目前万顺焦化厂的产量大致保持在15万吨左右，如果焦煤能够充足供给，那么产能是可以达到20～30万吨的，而且万顺焦化厂还有扩能的余地，也就是说这个厂子还有战略储备。看到这些数据，张新阳也感叹，杜天这个人其貌不扬但绝对有眼光，就冲这个战略储备，就不是一般民营企业能想到的。如若不是他另有发展，这个厂子说啥也不应该出手的。

张新阳看着眼前的这个焦化厂，又想到了救自己于水火之中的子为焦化厂。孟强的子为焦化厂和万顺焦化厂比起来，顶多也就算是个加工作坊。他想到了一个并不恰当的比喻，万顺焦化厂如同解放前国民党军的正规部队，至少也是地方军阀，而子为焦化厂顶多算是个座山雕似的土匪。看来孟强想要在颜州，不，更准确地说要在永宁县成为个人物，路还长着呢。

提到孟强，张新阳又想起了另一件事，他必须下定决心从孟强的子为焦化厂退出了，虽然孟强并没有爽约，依旧每月按时让孟勇送钱过来，钱还是那么多钱，但他私下查过了孟强从乱石滩矿的拉煤量，子为焦化厂的产量已经翻了两番了，张新阳并不嫌自己分得的钱少，毕竟要没有孟强，自己还是穷光蛋一个。

就目前的情况而言，他相信孟强已经把马彬和段树铭搞定了，而且自己的舅舅江大成也成了孟强的忘年交。对孟强来说，自己已经基本没有什么利用价值了。现在子为焦化厂正在走上坡路，虽说在一定程度上是自己成就了孟强，但根本上是孟强成就了自己，可水满则溢、月满则亏，这个道理张新阳是懂的，他下定了决心，等过年回了永宁，就从子为焦化厂全身而退。

张新阳向赖峰和刘成功汇报了调研的基本情况和主要数据。刘成功和赖峰听了张新阳的电话汇报后都表示基本满意。刘成功又提出了几个专业性非常强的问题，张新阳翻看了一遍，材料中只是一笔带过，并没有详细地调查取证。于是张新阳再一次和于振东下到现场补充论证，进一步补充完善了调研材料，等再次向刘成功汇报后，张新阳得到了收工的指示。

清晨，窗外刮起了西北风，大风扯着光秃秃的杨树发出了狼一般的嚎叫。张新阳打开了电脑，把所有数据和文档全部拷贝到了自己的移动硬盘上，再次确认电脑上没有任何数据了，这才重新关了机。墙上电子钟表的红色数字一闪一闪地跳动着，日历显示离春节越来越近了，张新阳决定向杜天汇报调研情况后立即回集团公司复命。

第 63 章　核心要义

张新阳敲了敲杜天办公室的门，门紧闭着并没人答应，侧耳听去门里好像有窸窸窣窣的声音，张新阳确定办公室内有人。张新阳透过门缝朝门里看去，只见那个女秘书正在整理着自己的衣服，杜天则坐在老板椅上点着了一根烟，眯着眼欣赏着女秘书手忙脚乱的样子。张新阳呵呵一笑，只好在走廊又走了一圈，再返回办公室时，门半开着，张新阳还是礼貌性地敲了一下门，杜天看是张新阳，站起身来把他让到了沙发上，女秘书照例进来给张新阳沏好了茶。

杜天问："老弟，听说大功告成了？于振东和赵文廷没有拖后腿吧？"

张新阳说："全凭于哥和赵哥的支持，要不哪能这么快完工呢？也非常感谢杜老板的支持，这几天无论是生活条件还是办公环境，都非常好，新阳感谢杜老板了。"

杜天说："感谢个啥嘛，来我这一亩三分地，我再招待不好老弟，我这脸往哪儿搁呀。"

张新阳客气了一番又说:"杜老板,我今天想把我调研的基本情况向您汇报一下,汇报完就要回集团公司了,还请您安排车送一下。"

杜天笑着道:"着急个啥嘛。这都 10 点多了,中午咱们去新世纪大酒店,我给老弟送行,咱们饭桌上再慢慢说。"

张新阳赶忙说:"您就别客气了,我都向董事长汇报了,今天必须回到公司述职。"

杜天说道:"哎呀,老弟,见董事长也不在这一顿饭的工夫上,中午我们只吃饭不喝酒,吃完了我派车把你送回去,绝对不耽误事。现在咱们不谈工作,我请老弟喝茶,喝好茶。"

张新阳见杜天执意要吃中午饭,也只能客随主便。中午胖司机开着商务车载着杜天、张新阳、老梁、于振东、赵文廷来到了新世纪大酒店,还是上次吃饭的房间,张新阳简要汇报了调研报告的主要内容,杜天对张新阳的材料内容非常满意,拉着张新阳的手直呼其才子。张新阳起身向于振东和赵文廷表示了感谢,于振东和赵文廷纷纷夸赞张新阳的能力,谈笑之间一桌饭菜只剩下了残羹。杜天看了看时间,便让老梁联系车送张新阳回集团公司。车子很快就来了,一个穿朝鲜族衣服的女孩走在前面,几个人在后面说笑着来到了专用电梯边。电梯门关上的时候,张新阳顿时觉得心里空空的,随即他明白了这是为什么了。是的,他并没有见到那个叫英爱的女孩。

刘成功办公室的小会议桌上,整齐地摆放着三份《关于并购万顺焦化厂的可行性调研报告》打印稿。刘成功坐在了会议桌中间,赖峰、陈晓东分别坐到了两边。张新阳给三位领导沏好了茶,坐到了会议桌的最边上摊开了笔记本。

刘成功翻看着材料说:"新阳在万顺焦化厂调研了 10 天,拿出了初步的调研材料,赖总是管理焦化厂的行家里手,管理这方面我想听听你的意见。晓东呢,着重从经营和财务这方面分析分析、把把脉,年前务必形成基本报告。等过了年,我们就正式把这个事提上议事日程,力争在 3 月份前给国资委提交报告。大家说说吧。"

赖峰又认真地翻了一遍材料,随后才慢慢说:"从这些数据来看,万顺焦化厂的管理虽然有些粗放,但是设备、布局、工艺、产能等方面的条件基本上都是行业一流的,这方面没有问题。单从现在的生产状态来看,产量明显没有打满。至于产量这个事,我最近也安排人调查了一下,我们公司和林阳县的兴胜煤矿等几个煤矿给万顺焦化厂的焦煤是非常有限的,这是产量打不上来的根本原因,所以其生产能力没什么问题。我比较关注的是，杜天在建厂的时候就留了战略空间，这个非常难能可贵，进可攻退可守。这方面，即便市里的专家来评估也是没有任何问题的。"

说到这儿，赖峰停顿了一下。刘成功插话说："这个杜天还是有些本事的，看来人不可貌相呀。赖总，你接着说。"

赖峰说："问题呢，也不能说没有。这个杜天为了省钱，有些设备省去了一些必要安全设施，这是个大隐患。我们真要接手了，必须投入资金进行改造。"

刘成功说："这个不是大事，买些设备装了就行。"

赖峰说："单就材料来说，我认为以新阳的能力，已经调查得非常全面了，基本情况这方面没有什么问题，至于详细情况，还需我们正式敲定后，派出综合调研组进行详细调研。我就说这么多。"

刘成功点了点头，又说道："那晓东，说说你的看法。"

总经济师陈晓东四十来岁，干瘦干瘦的，不知底细的人都以为他是南方人，其实他是地地道道的岳东人。陈晓东扶了扶眼镜说："好吧，我也认真地看了看这份材料，从收支上来看，万顺焦化厂的盈利是相当不错的，而且还保持着逐步上升的趋势。当然这主要归功于煤炭行业整体向好，但与厂子的基础管理、设备设施也有着相当大的关系，顾阳、林阳还有一些小焦化厂，就在这样的大环境下依旧有亏损，原因不外乎是管理不好、设备不好、基础不好。但就经营方面，我觉得万顺焦化厂没有问题。"

刘成功依旧点着头说："晓东，你说说厂子估值和资金等方面的建议。"

陈晓东思考了一下说："是这样，我们没有系统地评价过，我只能按照岳东省和津州市可参考的标准大致估算一下。客观说，这个规模的厂子估值应该在7000万元左右，按照惯例，一般并购时，是要在估值的基础上打折扣的，这样下来5000万元左右是在合理范围内的。"

刘成功又问："晓东，我想知道的是，上限是多少？"

陈晓东愣了一下，他知道这是一个非常敏感的话题，老百姓菜市场买菜都是问最便宜多少钱，哪有问最贵多少钱的道理。作为一个高级会计师，他是深深知道这里面的风险的。他迟疑了一会儿说道："要说上限，据我估算，6000万元是绝对的上限，再高，恐怕就……"

刘成功看到陈晓东有些犹豫，便哈哈大笑道："晓东，你呀，就是太小心谨慎。当然了，你的职责，就应该小心谨慎，你能谨慎了，我也就更放心了。我的意思是，知己知彼才能百战百胜，我们要不知道政策、不清楚底线，又拿什么去和别人谈判，这么优质的厂子，即便是多投资点儿也是值得的。所以我们必须给自己留有余地，这个道理，你应该是懂得的。"

说完刘成功又叹了一口气说："我们有些干部就是太中规中矩，中规中矩就是好干部？要我说，不是，太死板、太教条，那就是为了保护自己的位置，就是懒政。什么也不干，肯定就不会犯错误，肯定不会得罪人，可是，什么也不干，组织要我们这些干部干啥？我们手中掌握的权力，就是要为公司谋发展，就是要为大伙谋利益。要干好事，干成事，第一位的就是策略，责任重大啊。"

赖峰和程晓东听了刘成功这番话，都若有所思地点着头。张新阳更是想起了火车上那个和蔼可亲的刘成功。一个国有企业能摊上一个想干事、能干事的领导，无论是对企业还是对职工，都是一件幸事。但是这种领导实在是太少了，大多数领导，他们只关注自己的位置，庸庸碌碌，无所作为，甚至个别领导只想着往自己腰包里装钱，干部职工虽然舒服了，但最终的结果就是企业的没落，职工的下岗。那些庸碌的领导换个地方照样是领导，那些装了钱的领导更是一拍屁股享受去了，一般干部职工，只能在下岗的浪潮中随波逐流，最终被社会所淘汰，成为社会上的边缘人，命运带给他们的只有贫穷和无助。

"新阳？"

张新阳听刘成功叫他，赶快回过神来答道："哦，董事长，您吩咐。"

"把刚才陈总说的加到材料中，我们的并购资金预估为6000万元。晓东，这样行吧？"刘成功把目光转移到了陈晓东脸上。

陈晓东说："董事长，我明白您的意思，可是这个6000万元是上限，还是会有一定风险的，我怕对您……"

刘成功说："晓东，初步的材料嘛，不要太纠结，你说呢？"

陈晓东打心底认同，甚至佩服刘成功刚才说的，只是他的工作性质和性格决定了他做每件事的小心谨慎。不过这件事，刘成功都已经说到这个地步了，他就不好再说什么了，于是点了点头，算是同意了提议。

刘成功微笑着说："好吧，那就这样，赖总和晓东，你们忙你们的。这份材料先留下，正式材料出来以前，还请二位做好保密工作。"说完将三份材料放进了碎纸机。

赖峰和陈晓东几乎同时说："董事长，请您放心。"随后两人起身走出了办公室。

张新阳收拾起了桌子上的茶杯，倒掉了茶叶，又仔细清洗了一遍，确认没有污渍了才将茶杯放到了办公室的消毒柜里面。

刘成功看着张新阳的身影说道："新阳，这几天辛苦了，放你两天假，好好休息一下，春节前我们必须要开完工作会议，还有一些事务性的会议，任务还是比较繁重的。张俊已经和胡文浩敲定了工作会议的时间，会议的相关准备工作还要抓紧推进，张俊干这些不行，你要把担子挑起来，统筹安排好时间。不过，当前最最重要的，还是这份材料，再征求赖总和陈总的建议，一定要做到翔实准确，春节前必须定下来。"

张新阳并没有笨到掂量不出刘成功话的分量来，孰重孰轻，他自然很清楚，于是赶快说道："董事长，我一定保质保量按时完成任务，至于休假就免了，我一个单身汉又没啥事，谢谢您的关心。"

刘成功笑着满意地说："你这么优秀的小伙子，还没有女朋友？给你介绍一个？"

张新阳笑道："女朋友倒是有，就是我这条件差点儿，还在那儿悬着呢。"

刘成功说："好事多磨嘛，不要急。只要好好干，条件总是会转变的。还有，这份材料在定稿以前，一定要做好保密工作，一张纸片都不能泄露出去。"

张新阳立即正色道："我所有电子文本都是加了密码的，我的办公电脑也有密码，绝对不会泄密的。"

刘成功说："好。新阳，这次并购顺利的话，算你首功一件，我要给你发嘉奖令。"

张新阳说："能为集团公司和董事长做些事，新阳深感荣幸。"

张新阳坐在办公室看着台历，春节真的已经越来越近了，真的是时间紧、任务重。他沉思了一会儿理了理头绪，随即打开了电脑，迅速敲出了一大段文字，看了一遍没有什么问题，打印了一份，又把田强叫过来吩咐道："小田，这是最近的工作，立刻分发给所有人员，涉及会务的工作事项，一定要请示国庆部长，抓紧筹备工作会议。同时请示组织部胡部长，确认会议的召开时间，这两项工作是当前的重中之重，一定要盯住。"

小田接过了张新阳递给他的纸，略略看了一遍说了声"记住了"，转身去落实了。张新阳坐回到办公桌前捋了一下思绪，把给小田的工作又打印了一份，送到了隔壁张俊的办公室。

再坐到办公桌前，他从打印机中抽出了一张空白的纸，稍稍思考了一下，把刚才想到的材料中需要增加的内容写了一遍，又看了一遍，直到在心里默记了两遍后，才将那张纸塞到碎纸机中碎成了粉末。

第 64 章　不同声音

顾阳焦煤集团工作会议在新世纪大酒店召开，公司董事长、党委副书记刘成功做了"面向市场合力共为，全面开拓集团公司发展的新局面"的工作报告，公司党委书记、副董事长、总经理关峡做了"抓住机遇迎难而上，全力实现经济发展的新目标"的报告，公司常务副总经理、董事赖峰做了"抓基础控关键，确保安全持续稳定"的报告，党委副书记、纪委书记李义山做了"加强制度引领，强力提升党风廉政建设水平"的报告。

会议回顾了去年集团公司的主要工作，总结了各项工作中存在的不足，全面部署了下一年的工作，讨论议定了公司改革发展的若干议题。张新阳作为行政部副部长，全程参与了会务筹备、资料准备、征求意见、研究谈论等各项工作，两天的会程结束后，张新阳高度紧张的神经放松了，他坐在办公室，感觉每一块肌肉都酸疼酸疼的，整个人都快散架了似的。可这口气还没有喘匀实，其他事务性会议又相继召开了，虽然会议由组织部筹备，但作为行政部副部长的张新阳，也自然也要参与到其中，服务领导、服务组织是他们应有的职责。几个会议结束后，张新阳没有再回宿舍，他把自己关在了新世纪大酒店的贵宾间整整睡了12个小时。

这天，张新阳刚刚坐到办公室，对面的门开了，刘成功从办公室走了出来，他朝着张新阳办公室看了一眼，看到张新阳来了，便走进来问："哎？新阳，今天周六，你咋又来了？"

张新阳见刘成功走了进来，忙起身说："这几天光顾着忙会了，调研材料还没有最后定稿，我想今天再好好过一遍，争取拿出终稿来。"

刘成功说："辛苦你了，这几个会议也忙得你够呛，市里来的列席的领导也都很满意，我得给你记一功。"

张新阳说："您过奖了，这是大伙儿共同努力的结果，您看允许的话能不能给大家伙点儿奖励。至于我嘛，都是分内之责，应该干好的。"

刘成功说："奖，必须奖，这个事儿你办就行。新阳，我想说的是应该干好

264

和能干好不一样，不是谁都能干好的。"

张新阳代会务组的人谢过了刘成功，至于刘成功对他的肯定，他并没有回应，他知道不能接这个话，有的时候领导的表扬就客气一下，真要是把领导的表扬当了真，那只能说明你还幼稚。

张新阳露出了一个办公室人常有的标准微笑说："我觉得工作报告中有点儿小遗憾，我的调研报告出得有点儿晚了，要是能放到工作报告中就好了，大会上一讨论就过了，能省很多事儿。"

刘成功顿了一下说："不，你要真放进去我也要给你删了。工作会议是出思路、定调子的会议，不是具体议事的会议。新阳，干工作不能懒惰，也不能急躁，凡是都有个规矩，急不得，也缓不得，你的工作经历太短，阅历也太浅，一定要让自己静下来，静，知道吧。"

张新阳点头说道："谢谢董事长，新阳记住了。"

刘成功又问："材料征求过赖总和陈总的意见了吗？"

张新阳说："上次开完会我就出了一稿，分别请示了赖总和陈总，二位领导都提了意见和建议，我基本上已经全纳进去了，今天我再好好过一遍，晚上就可以定稿。"

刘成功说："好，定了稿给我一份。还是那两个字的要求，保密。"

张新阳说："请您放心！"

刘成功说："好，争取一开年就能上会定下来，涉及公司发展和干部职工收入的事情，等不得！"说完刘成功拍了拍张新阳的肩膀，示意他继续忙，转身出了办公室。

其实，刘成功所说的保密其实也仅仅是表面的保密而已，这世上没有不透风的墙，又何况是收购民营焦化厂这么大的事。早在上次班子会上，刘成功表露出这个意向的时候，就已经有人开始琢磨他想干什么了。

对党委来说，春节前的主要工作就是慰问一些困难户、老同志、老干部。按照惯例，关峡和刘成功只是慰问几位老领导，几位省里的老劳模和几个重困职工，其他慰问对象就由其他班子成员分别带队慰问去了。

午后的阳光透过玻璃窗晒在身上暖洋洋的，十分惬意。关峡正在办公室看着报纸，享受着片刻的恬静，办公室的门被人轻轻地敲了几下。关峡放下报纸，说了声请进，门被轻轻推开了，进来的是王福阳和郭志明。关峡起身把两人让到了沙发上，抽出两支烟给两人递了过去。

在顾阳焦煤集团，行政副职经常去哪位正职的办公室汇报工作，有条看不见的界限，这个习惯是从老领导王诚退下来后慢慢形成的。当年王诚是公司董事长兼党委书记，名副其实的一把手，而关峡是总经理、副董事长、党委副书记，虽然和王诚一样也是正处级。可关峡并没有把自己放在和王诚平起平坐的位置，其他副职在汇报工作的时候，也就没有太多顾虑。自从刘成功、关峡分别挑起董事长和党委书记这两个担子后，情况慢慢发生了变化，董事长是这个企业的行政一把手，那总经理呢？不应该也是一把手吗？对公司的事说了不算吗？

站在现代企业管理的角度来说，是。有人看着《乔家大院》开玩笑说，这董事长不就是东家，总经理不就是掌柜的吗，具体事务是要掌柜的去定夺。有的行政副职这样想，也就自觉或不自觉地这样做了，有些事在刘成功不知情的情况下，请示完关峡就把事情办了。

不说别人，至少郭志明就是这样办的。有一次大华煤电派了一批学习交流的年轻人，郭志明请示了关峡后就把几个年轻人安排在了乱石滩矿。不凑巧的是，其中一个年轻人下矿井时摔断了胳膊，恰恰这个年轻人的舅舅是津州市委组织部副部长。外甥在矿上摔断了胳膊，当舅舅的自然不能不管不问，于是一个电话就打到了刘成功的手机上。

刘成功刚弄清对方是谁，电话中就传来了盛气凌人的数落：孩子是去你们那儿交流锻炼的，是学管理、学业务，不是学下矿挖煤的，你们这样锻炼青年人才？简直是在胡闹。刘成功让人莫名其妙地一番数落，可嘴上还得应承着。等到那位副部长发完火，挂了电话，刘成功马上派人调查这件事，知道了事情的来龙去脉后，立即火冒三丈，把郭志明狠狠批了一顿。郭志明并没有太当回事，嘟囔了一句，我副总经理向总经理汇报了还不行吗？这也有错？这下彻底惹怒了刘成功。刘成功在公司大会上宣布，考核郭志明一个月奖金，并在集团上下开展干部作风大整顿，有人说这件事刘成功做得过了，不过自从这件事后，行政方面的工作，再也没有人向关峡请示了，而关峡的许多关于行政管理的提议，自然也就雷声大、雨点小，最后不了了之。顾阳焦煤集团行政和党委的工作越来越泾渭分明，想法提议落实不下去，这意味着什么，对一个领导来说那是不言而喻的，关峡作为总经理，只剩下了签发文件时的同意两个字。

王福阳坐在沙发上边抽烟边说："关书记，上次班子会上董事长说的经营改革并购的意向有方案了？外面可是四处传小道消息，说咱们顾阳焦煤要收购一家私人焦化厂？昨天顾阳的吕副县长都给我打电话了，说得有鼻子有眼的。"

关峡说："别听外面瞎说，现在的人不传闲话就难受。董事长无非也就是在会上提议了一下，提议嘛，别太当真了。"

266

郭志明说："我听说，张新阳可是去杜天的焦化厂了，焦化厂的于振东陪着，在那儿待了好几天呢。"

关峡听了郭志明的话沉默了。其实关峡已经感觉出刘成功要有动作了。刘成功这个人向来谨慎，只要他透出一点儿风，那就说明这个事在他心中已经酝酿很久了。不过，关峡对收购私人焦化厂的看法还是有所保留的，毕竟涉及重大项目，不仅要上董事会，而且还要津州市国资委和市政府批准，不是他刘成功一拍脑门就能定的。至于说经营改革创效，他的意见则是优化产能结构，从内部挖潜，小步快走，一个一个的小项目汇集到一块儿就是大项目。他的这个计划虽然保守，但多点突破，多处开花，而且麻烦事也要少许多。

至于具体怎么操作，他对郭志明提出的剥离乱石滩矿东矿区还是比较赞同的。东矿区大部分采区在林阳县，管理不顺，开采成本高，安全风险大，始终是公司的重大隐患。如果实行股份制改革，引入林阳县资金和民间资金，这样的话，集团公司多了一份收入，少了一份责任，还能激活东矿区产能，也是一招好棋。这次关峡想努力一把，把这个计划兑现了。

关峡坐在沙发上，依然一副无所谓的神情，慢悠悠地说："张新阳？就他一个人吗？一个小毛孩子，即便是去了又咋样，也就说明董事长有这个意向罢了，实施这个并购，并不是一个小事情，就凭小小一个行政部副部长去转一圈就能办了？笑话。"

郭志明说："张新阳这个小子，脑子快，点子多，有他的地方总能折腾出点儿动静。真要收购这焦化厂，我是坚决不同意的，这要投入多少钱？这些钱从哪儿来？还不是职工勒紧裤带省出来的，这个亏本买卖不能干。"

关峡笑着说："志明，你咋还是这个犟脾气呢。董事长认定的事，必然有他的道理，你这生哪门子气嘛。"

郭志明说："有啥道理，花钱就是道理？经营改革第一要务就是要赚钱，花钱也算是改革，那谁也会改，谁也能改。"

关峡说："志明，你是副总，董事，不是矿上的经理，更不是车间主任，说话要注意你的身份。"

郭志明说："我是看不惯现在的一言堂，凭啥我们就不能有意见，凭啥发展的功劳都是他的，吃苦受罪，得罪人的事都是我们的。我关于东矿区改制的建议刚开了个头，就被他给打断了，凭啥？"

关峡的脸沉了下来，有些生气地说："幼稚，你知道你在瞎说什么吗？董事长为啥要打断？你有数据吗？你经过调研了吗？没有是吧，想当然的事谁都会说，关键是要有支撑。这几天呀，我反复研究了你的提议，你的这个提议确实不错，等过完年，你组织个调研组，好好调研一把，形成材料，我去找董事长。"

王福阳叹了一口气说道："我的关书记，人家已经拿定决心了，也许现在方案都有了，你还在这儿调研个啥嘛。"

关峡又沉默了，坐在办公椅上紧紧盯着墙上的字画，一言不发。

第 65 章　稳妥起见

王福阳坐在办公椅上眼巴巴地看着关峡，直到一根烟燃掉大半，关峡才慢慢地说："王总，我想听听你的建议。"

王福阳像得到圣旨一般，迫不及待地说："我觉得志明的建议风险小、见效快，也符合当前的改革政策，最重要的是不用筹措大笔资金。而且我还有个提议，如果政策允许，我们还可以适当奖励管理层一些股份，这样一举多得的事，我相信会得到大部分人的赞同的。"

关峡的脸色变得严肃起来，认真地说："奖励股份？这个恐怕不行。你这是想打政策的擦边球，私分国有资产的帽子戴上了，谁也担当不起。"

王福阳又说："我们可以划小范围，减少额度嘛。这几年企业的发展离不开我们中层干部，我们的付出并不比任何私营企业的管理层少，可大家的收入怎么样？回报怎么样？谁心里都清楚。稍微奖励中层管理人员一些股份，或者是让管理人员认购一部分股份，也算是对大家这些年辛苦付出的一点奖励嘛。"

关峡凝视着王福阳一字一句地说："王总，不是我唱高调，我们的岗位哪儿来的，是组织信任我们才让我们干的，没这个舞台，你想辛苦也轮不上。不过你说的确实也有道理，我们的干部，尤其是我们这些中层干部的日子过得确实清苦，经济发展这么迅速，而我们干部的收入基本上原地踏步，在顾阳这个煤老板遍地的地方，难免会有人心理失衡，这也情有可原。"

关峡喝了口茶又接着说道："王总，我们此次改革的目的，是要解决企业发展的问题，我之所以认为志明的建议好，是因为建议符合公司的实际，有利于大多数干部职工的利益。你刚才说的，是次要的，切不可把部分人的利益作为我们提出改革意见的出发点，这样就本末倒置了。"

郭志明说："关书记，那您说我们要怎么办？这次津州市政府、国资委对全市的四家大中型国有企业的改革是命题作文，我们报方案，政府研究立项，企业具体执行。对我们来说，这是绝好政策，我们要不把制约我们发展的大包袱甩出去，就等于别人给个肉包子，我们光吃了皮儿。这个政策把握不住，再想有这样的机会，那就难了。"

关峡说："现在的关键是我们的这个方案什么也没有，我们不能就凭着一句话上董事会研究，让董事们表态吧，关键是要调研，要数据，要能说服别人。过完年，立即安排你的人去调研、拿方案。这是重中之重。"

郭志明若有所思地说："过了春节我立即组织人调研，只是这个事，我们会不会遇到什么阻力呢，比如说，董事长那儿……"

关峡大手一挥说："阻力？为了公司的未来和发展，能有啥阻力，有阻力就想办法克服掉，不就没有阻力了吗？"

郭志明说："那王总说的股权奖励，我们是不是可以考虑一下，我觉得只要有了这一条，我们就抓住了主动权。"

关峡说："志明，你咋又犯糊涂了。一切利益都是需要有基础支持的，先说基础，懂吗？"

郭志明心事重重地低下了头。

关峡又说："志明，调研的事情，该保密还是要保密的。我们这个方案，涉及职工看得见的利益，所以该谨慎的还是要谨慎，一旦满城风雨了，这个方案基本上算是流产了，这方面千万要注意。"

关峡把目光移到了王福阳脸上，意味深长地说："师傅，你是经历过大风大浪的人，既然你认同志明的方案，一定要全力支持他。你刚才说的股权奖励和改革是两个概念，你是顾大局的人，办事千万要抓住主要问题和主要矛盾，千万不要本末倒置。"

王福阳说："放心吧，我知道好歹的。"

关峡说道："好，那就辛苦你俩了。马上就要过年了，把这些烦心事放一放，好好过个年，辛苦一年了，谁也不容易。"

话说到这儿，王福阳和郭志明不能再说什么了，两人起身说："那我们就听书记您的，我俩一会儿还要去慰问两个困难户，就不打扰了，我们先走。"

刚刚过了 6 点，天就彻底黑透了。刘成功坐在办公桌后，拧开了台灯，戴上了那副石头老花镜，拿起张新阳的材料认真地读着。赖峰随意地坐在沙发上，品着茶杯中的金骏眉。

刘成功给他打电话的时候，他正在新生焦化厂听经理孙德平和书记何英汇报工作，他挂了电话看了一下时间，又向孙德平和何英交代了一下工作，就火急火燎地赶了回来。这会儿坐在刘成功的办公室，却和无事人似的，看着刘成功头也不抬地看着材料，赖峰苦笑地摇摇头，端起了水杯，享受起了茶的香味。

许久刘成功才抬起头，取下老花镜揉揉眼说："老啦，看这么一会儿眼睛就受不了了，想当年咱可是百步穿杨的枪法啊，现在五步也穿不了了。"

赖峰也笑笑说："岁月不饶人，生老病死，谁也挡不住。有的时候我在想，人活着为了啥，两眼一闭的时候，这个世界和你还有什么关系？既然谁也逃不过这轮回，又何必活着这么累呢。"

刘成功说："既然都逃不掉生老病死，那何不让活着的过程精彩些，也不枉在这个世界上走一遭。"

赖峰又笑道："同一件事，让你这么一说就又一个意境了，还是董事长高明，看来我一辈子也赶不上你了。"

刘成功说："什么高明不高明，你是在学老庄，逍遥派啊，这也是个境界，这叫吕洞宾的境界，也不一般嘛。"

说完，两人哈哈笑了起来。笑过之后，刘成功转回身拿起了桌上的材料问道："小张的材料你看了吗？"

赖峰说："前两天他让我看了，我提了些意见，让他再加上，后来加上没有就不知道了。"

刘成功问："你觉得怎么样？还有没有我们没想到的？"

赖峰说："应该可以了，基本上能把关键和重点讲清楚了，至于说更加系统、更加专业、更加翔实的数据分析，只要定了调子，我们成立个专业调研组，不会很费劲的。"

刘成功说："我现在担心的是董事会上有人找麻烦，那天我试探性提了一下，大概探出了众人的态度。郭志明、王福阳估计是持反对态度的，陈晓东比较谨慎，马文明和常月梅是随大流的，算来算去只有你和王大有是支持派，李义山是纪委书记，他是要投弃权票的，这么下来我们也不占胜算，过不了董事会，想往上面上报告，就有些难度了。"

赖峰说："晓东的工作我来做，肯定能让他支持我们，至于常主席是老领导一手提起来的，你出面做做工作，应该是没啥问题的，至于马文明，我觉得……"

刘成功见赖峰说话也吞吐起来，就有些不耐烦地说："你怎么也变得婆婆妈妈的了，有啥事敞亮些说。"

赖峰说："马文明，可以让吴部长做做工作。"

刘成功脸上的肌肉跳动了两下，他和赖峰之间几乎是没有任何秘密可言的，但有些事情，大家心中都清楚，但就是不能点破。赖峰从来没有如此露骨地向刘成功提过吴小清，但刘成功和吴小清的关系他比任何人都清楚。

当下，即便是在整个津州，刘成功也绝对算得上是事业有成了。可就是这样一个事业有成的男人，却遇到了一个绕不开的麻烦，那就是他的妻子。

事情还得回到刘成功待业的时候，刘成功千方百计终于回了城，可眼看着赖峰等人都安置了工作，他的工作却依旧没有着落，不禁有些乱了阵脚。

这时时任华峪区副区长的黄友善给他递来了橄榄枝，他能把刘成功安排到顾阳煤矿，不过前提是刘成功要娶他的女儿黄薇。黄友善只有这一个女儿，别看黄薇这个名字很好听，但人却是矮小肥胖的身材，说话还略有些口吃。

刘成功为了能有个前程，便一口答应，上班的第二个月就和黄薇结婚了。这样的婚姻，可想而知。随着刘成功的职务越升越高，他和黄薇的关系却越来越僵，他实在无法忍受和一个智商、情商都不是很高的肥胖女人同床共枕。

黄薇情商虽然不高，可偏偏是个醋坛子，起初怀疑刘成功和行政部的一名打字员关系暧昧，两人大吵一架后，这个女人居然把刘成功无意间说过的一些事儿写成了材料，要向纪委举报刘成功。刘成功有些慌神了，这个时候他想到了赖峰。

最终还是赖峰在火车上堵住了怀揣举报材料的黄薇，赖峰说那名打字员是自己的情人，黄薇却说什么也不相信。赖峰实在没有办法了，甩出了撒手锏，他悄悄告诉黄薇，打字员身上某个隐私部位有胎记。这是刘成功喝多了和他闲侃时无意间提起的，这时派上了用场。将信将疑的黄薇瞅准了打字员去公司澡堂洗澡的机会，从来不进公共澡堂的她也跑了进去。她左一遍右一遍地打量着打字员，直至确认了赖峰说的是真的，这才原谅了刘成功。

事后赖峰再没有在任何场合向刘成功提过此事，可他和刘成功的关系更加牢固了。那名打字员就是现在的人事部副部长吴小清。赖峰也曾问过自己，为什么要对刘成功这样？论事业，刘成功无疑是个能干事的人，这几年顾阳焦煤的变化与刘成功力排众议、果断决策是分不开的。

但于家庭、于道德而言，刘成功绝对称不上一个好男人。可赖峰又想到，人啊，又有谁是十全十美的呢？一个人是不可能十全十美的，尤其是一个男人，关键要看他想不想干事、能不能干事，至于生活作风，他赖峰不想管，也管不着。

于是赖峰说服了自己，对他赖峰而言，认识刘成功这个人，他看重的是刘成功的能力和对兄弟的义气，有了这个"本"了，其他都是"末"。刚才赖峰提起了吴小清，实在是不想让自己和刘成功的心血付诸东流。

吴小清和马文明是亲表兄妹，马文明的父亲是吴小清母亲的亲哥哥。只因为在那个特殊年代，吴小清的爷爷被划了为富农，而马文明一家根正苗红。马文明的父亲要参军，便狠心和妹妹一家划清了界限，这一绝交就是几十年，以致吴小清长到十几岁都不知道自己还有一个舅舅和一个叫马文明的表哥。

直到前几年，马文明的父亲临近去世，才老泪纵横地提起了妹妹一家。两代人在生死离别中被割裂的亲情再次愈合，但对于老马兄妹俩而言，这一切来得太晚了。老马在妹妹的摩挲中咽了气，眼角挂着一颗大大的泪珠。谁也不知道，那颗泪是遗憾还是欣慰。至此，吴小清和马文明这俩从未谋面的表兄妹成了亲人。

赖峰今天打出了这张牌，就是想让刘成功胜券大点儿，可这个事说出来，显然触动了刘成功内心深处某个不愿让人触及的敏感点。刘成功面无表情地摆了摆手，赖峰又坐回到沙发上喝起了茶。

第 66 章　立即行动

刘成功在办公室来回踱着步，赖峰端着他的紫砂茶杯呲溜呲溜地品着茶，两人都不说话，只听着钟表嘀嘀嗒嗒的响动。许久，刘成功停下了脚步，有些忧虑地说："赖总，我听说还有人有其他方案，他们想在乱石滩矿东矿区做文章？而且似乎关书记也在支持这个方案。不过到目前为止，关书记并没有和我提过这个事儿。要真是这样，事情就有些复杂了。"

赖峰冷笑了一声说："那还用说，一定是郭志明的主意，这个老郭自认为干过几天行政部部长，一天天阴阳怪气的。上次我提议提拔张新阳就是他和王福阳使坏。王福阳的行为我能理解，毕竟是新阳把王文吉给处理了。可他郭志明呢，他就是故意使坏，他早就认为我这个常务副总经理的位置应该让他干。"

刘成功说："要说郭志明的这个想法确实很有诱惑力，不用投资就把改革任务完成了。"

赖峰说："哼，这和他写材料一样，偷换概念，这有什么意义？对干部职工有什么好处？能把产量提上来还是能把效益提上来？全是表面文章。"

刘成功说："我听说他们还有弄股权奖励的意向，这才是真正的诱惑。"

赖峰说："这是在变相地向干部行贿。"

刘成功说："可这确实是一招妙棋，不得不承认郭志明有水平啊。"

赖峰说："那又怎样，他也仅仅是有个想法。"

刘成功问："如果关书记真的上心了呢？这个事情还真就麻烦了，他可是总经理。而且他们这个方案更接近上面的意思。"

赖峰不解地问："何以见得？"

刘成功说："政府这次为什么要让各企业自己定方案，国资委把关审核，各自推进落实？你真以为这是放权？你要这样想就错了，上面是在用最小的成本博最大的利益，这是进可攻、退可守的战略。我们的并购方案是需要投资的，郭志明的方案并不需要花一毛钱，而从表面上看，效果却差不多，你说上面会支持谁？"

赖峰听了龇着牙花子说："真他妈可恨，我们千方百计想干成一番大事，反倒是惹一身骚气。"

刘成功说："赖总，想开些，做大事总是会遇到阻力的，可想要干成事，总不能畏惧人言吧，啥也怕啥也干不成。"

赖峰最佩服刘成功的一点就是他这种站位和看待问题的角度。压力再大的事情经他一说似乎真的就不是什么事了。这就是当领导的能力。领导如同站场上的将军，运筹帷幄要远比勇冠三军重要，每临大事有静气，这就是刘成功的能耐。

想到这儿，赖峰笑道："没有啥想不开的，有你在，我就能想开，有你把舵呢，你指哪儿，我打哪儿，准没错。我们一过完春节就开董事会，打他个措手不及。兵法有云，兵贵神速。"

刘成功也笑了："这个事儿，我们是占了先机的，否则还真就被动了。把这份稿子给新阳，让他再列提纲，董事会一通过，我们就按方抓药，尽快完成报告呈上去，关键要快！"

赖峰说道："您就放心吧，这个事交给新阳办绝对没问题。"

刘成功说："这个张新阳毕竟还年轻，要多观察、多注意、多培养，我总觉得这个孩子好像哪儿有点不对。该留心的一定要留心。"

赖峰说："年轻人嘛，和我们的想法观念有差异是正常的，我们不能拿我们的标准去要求他们，咱们的孩子都是这样的，何况是他呢？"

刘成功笑道："可能是我想多了。实事求是地讲，他自从来了行政部，表现确实不错，人机灵、能干，只要将来不走偏路，我是相当看好他的。"

赖峰说："能受到您的肯定可不容易，这小子走运了。"

刘成功说："这些话就不要和他说了，年轻人容易骄傲自满。还有，你……"

赖峰听刘成功说了一半，问道："什么？"

刘成功说："算了，我办吧。哦，把这份报告给张新阳，上面有我的批示，要求还是保密。"

赖峰拿了文件说："好，没其他事我就走了。"

刘成功点点头，看着赖峰走出了办公室。他拿起桌上的手机，拨通了吴小清的电话。

孟勇最近盘点了一下他的快餐店，仅仅半年的时间，这个店已经让他赚了个盆满钵满。除兑现了给王岩的年薪，孟勇还额外奖励了他 1 万元，双方皆大欢喜。王岩领了奖金后，特意给张新阳打了电话，两人如老友一般在郭记羊肉馆开怀畅饮了一番。酒桌上的王岩侃侃而谈，早已不是那个少言寡语的人了。孟勇早给张新阳打了电话，专等他放了假开车一起回，这要比他火车倒汽车省半天时间，而且还省去了挤车的劳累。张新阳正美呢，赖峰递给他的这个报告彻底搅乱了他的计划。

今天是小年夜，张新阳在宿舍心不在焉地看着电视。辽宁卫视春晚笑星云集，水准毫不逊色于央视。张新阳的心思却不在电视节目上，他手上拿着赖峰刚刚给他的有刘成功批示的材料。赖峰让他尽快列出详细的调研提纲，他知道这个提纲事关重大，必须慎之又慎。

张新阳虽然有些郁闷，可孰轻孰重自然还是能搞清楚的，在从电视机里传出的掌声和笑声中，他给孟勇打了电话，让孟勇先回，接着又给父亲打了电话，说单位有急事，春节就不能回了。父亲听着多少有些失落，随后又劝他回家又能咋，有工作就安心工作，忙完了再回来。张新阳又说了许多宽心的话，让他们好好过年，父亲应承着挂了电话。

腊月二十三到二十八，张新阳把自己关在办公室，认认真真地思考着报告提纲，提纲涉及规划、发展、设备、财务、人员、经营、管理、安全等八个方面，113 个具体项目，每个项目下都有若干科目，提纲已经算是初步成形了。年味儿越来越浓了，窗外的鞭炮声已经此起彼伏，张新阳伸了个懒腰，揉揉眼睛，自言自语道，明天给了董事长，怎么着也得给自己放两天假。

第二天一早，张新阳便把这份提纲放到了刘成功的案头。刘成功略略翻了翻说道:"好，是这么个意思。"

张新阳说:"请董事长提意见，新阳再抓紧修改。"

刘成功说:"我要抽时间好好看看，完了再说。"说完又好像想起了什么似的问，"腊月二十九了，你啥时候回家？"

张新阳说:"我不计划回了，报告是大事，等您看完了我再细细修改，争取假期里定了稿，不能耽误了大事。"

刘成功愣了一下，他没想到张新阳能说出这么一番话来，于是又说道:"不在乎这两天，该回家还是要回家的嘛。今天就回，初三再来。"

张新阳笑着说:"颜州有些远，来回就得两天，我就不回啦。"

刘成功确实想在节前把报告提纲定稿，假期是不能给张新阳延长了，他想了一下又说:"不回家也要休息。这样，正月初二下午你再来办公室，咱俩再交换意见，这两天你就在宿舍休息，需要啥找李延道。"

张新阳说:"谢谢董事长，我也没啥需要的，宿舍有电视，食堂有饭，有吃有喝的，您就别操心了。"

刘成功没说什么，拿起电话拨通了李延道的号码，电话那边传来李延道沙哑的声音，刘成功说:"延道，把慰问的水果、干果给新阳部长宿舍送一份，过年期间给公司的值班领导备什么饭，就给新阳部长备什么饭，给领导送的同时也给新阳部长送宿舍，这个事你安排好。"

李延道沙哑着嗓子说:"董事长，这个您就放心吧，我咋能让我兄弟过不好年呢，放心，放心。"

刘成功挂了电话后，张新阳有些不好意思地说:"董事长，这，让新阳怪不好意思的。"

刘成功说:"有啥不好意思的，你为了公司能放弃休息，公司就应该给你这个待遇。好吧，别在办公室待着了，出去走走，散散心。"

张新阳再次谢过刘成功，锁了办公室门，走出了公司大院，独自走在顾阳最繁华的步行街。街边的饭店、商铺没有因为要过年而早早关门打烊，反而是生意繁忙。张新阳在四处播放着的步步高和春节序曲的音乐中走着，此情此景，又让他想起了冯媛媛。冯媛媛和李哲结婚后，他就很少主动给她打电话了，他不想面对李哲，更不想听到任何关于他们不幸福的消息。

一个月前，冯媛媛打电话说她怀孕了，烦躁得很，想见张新阳，张新阳正在焦化厂调研，就推脱了。隔了几日，冯媛媛又给他打电话，张新阳还想推脱，谁知冯媛媛已经在公司大门外等着了。真要把身怀有孕的冯媛媛冻着，这个责任他是无论如何都担不起的。张新阳披了大衣，三步并作两步跑出了机关楼。见到了冯媛媛，他下意识地把大衣领子竖了起来，在公司门口拦了辆出租车，两人迅速消失在了刺骨的寒风中。在怡馨茶语熟悉的位子上，张新阳要了壶茶，冯媛媛因为怀孕，不再喝她喜欢的咖啡了，只是向服务生要了杯热水。张新阳明显觉得冯媛媛变了，变得和他所见过的家庭妇女一样，家长里短，碎碎叨叨，以前那个青春洋溢的冯媛媛，早已经没有了踪影。婚姻真的是青春的坟墓！

张新阳认真地听完了冯媛媛的絮叨，想安慰她两句，却又不知道该说些什么，一时间无语了。冯媛媛是有一肚子话想和张新阳说的，可张新阳真坐在她面前，又觉得没话可说了。熟悉的环境，钢琴弹奏的 *Love Story* 再次响起，这首曲子两人听过了无数遍，可那天却是他们第一次认真听，一切早已物是人非，不再是昨天。两人沉默了许久，张新阳的电话响了，是赖峰打来的，他必须回去。冯媛媛起身时，张新阳伸手扶她了一把，冯媛媛顺势靠在了张新阳身上。一颗晶莹剔透的眼泪滑落到了张新阳的手背上。

两天前，张新阳又收到了冯媛媛的信息，她说自己孕吐非常严重，每天都难受得厉害，李哲根本不会心疼人、不会照顾人。张新阳没有给她回信，冯媛媛现在的处境，他在三亚遇到李哲时已经想到了，可他当时并没有说，他期望李哲怀着内疚能给她更多幸福。可现在看来，也许是自己害了她。张新阳删掉了那条短信，默默地合上了手机。

张新阳在步行街一边胡思乱想着，一边漫无目的地往前走着。忽然有人在他肩上拍了一下，回头看时一个身材苗条、面容清秀、穿着白色羽绒衣、一头长发的女孩笑着站在他面前。张新阳愣了半天也没有想起她是谁。女孩见张新阳发愣，噘起了嘴说道："新阳哥哥，不认识我了？"

张新阳这才认出了眼前这个女孩，他一拍脑袋高兴地喊道："呀！是美丽啊！"

第 67 章　再遇美丽

张新阳遇到了程三三的女儿程美丽，都说女大十八变，在张新阳的记忆中，程美丽永远都是穿着一身洗得发白的学校发的运动服，扎着一个马尾辫。可这小一年的时间没见，刚刚大二的她已经出落成一个充满优雅气质的大姑娘了。张新阳又仔细打量了程美丽一番，觉得她穿的这件白色羽绒衣很眼熟。

程美丽看张新阳盯着羽绒衣发呆，笑着说："怎么，眼熟吧。是诗雅姐姐给我的。"

张新阳立即反应过来，现在的程美丽和刘诗雅关系好着呢。他笑着说："我说呢，好像在哪儿见过似的。好，好，你穿着确实是比诗雅好看。"

程美丽笑着说："新阳哥哥，你现在也学会撒谎啦，我咋能和诗雅姐比呢，两个我也比不上诗雅姐的。"

张新阳伸手刮了一下美丽的鼻子说道："你这是拍马屁。"

张新阳看着有点儿羞涩的程美丽问："你一个人准备去哪儿呀？"

程美丽的脸色暗了一下说："妈妈整天坐在那儿不是看电视就是发呆。我和她说话，她都是有一句没一句地回答着，我真担心她的精神状态。这不今天下午她坐那儿看了一下午电视了，一句话也没和我说，我心里有些烦躁，出来散散心。"

张新阳说："正好我也一个人，你要没啥事的话和我走走，聊会儿天。"

程美丽嗯了一声，小妹妹般跟在张新阳身后向前走去。

程美丽也许不懂她母亲。两年前，也是快要过年的时候，只剩下一条腿的程三三自杀了。那年除夕，娘俩看着空荡荡的家，抱头痛哭了一场。春节带给他们的是无限的凄凉。上了大学后，程美丽心头的那块伤疤慢慢结了痂，可她母亲受的伤，又有谁能去治愈呢？

张新阳边走边说："让她一个人安安静静的也好。给她时间，时间能治愈一切。"

程美丽忽地也想起了自己的父亲，眼泪在眼眶里打起了转。

张新阳见美丽的样子，意识到自己说得有些不合适了，赶忙转移话题道："怎么样，大学生活还好吗？"

程美丽说："同学们对我都挺不错的，大家知道我的情况后，都不嫌弃我，有集体活动都叫我参加，还不让我花钱，弄得我怪不好意思的。"

张新阳笑着说："那就好，说明我们美丽人缘好。不过老让别人请客也不是回事，适当地也请请别人，别让人家觉得咱不懂事。"程美丽只是边应承边点头，张新阳似乎又想起了什么说："哎，美丽，一说请客，我想起个事儿来，你的零用钱够花吗？"

程美丽支吾着说："够花，够花。"

张新阳回忆了一下当年的两笔赔偿金说："够个啥嘛，现在物价涨得这么快，你妈还要看病吃药。公司一个月给的一千来块钱，能够吗？以后每个月我再给你五百，直到你毕业，一个女孩子，出门在外别受了委屈。"

程美丽低下头，张新阳说得没错，程三三死后结算的钱，刚刚够她上大学的学费，而公司每个月发的赔偿金，他和妈妈两人花得紧巴巴的，生活捉襟见肘。于是这个暑假开始，她便在华州的一家餐厅当起了服务员，其他服务员不愿意干的脏活、累活她都干，老板见她勤快，破例答应她开学后再来打工，而且给她按每天75元的标准结账。即便是这样每周打两天零工挣的钱，也就刚刚够她填饱肚子，所以，一年的时间张新阳几乎是没有见过她的。

可这些，她不想告诉张新阳，上大学报到前，张新阳送了她一部手机，她说什么都不要，张新阳硬是给她塞到了包里，说出门在外方便些，而且每个月都给她交话费，她欠张新阳的太多了。听张新阳又要给她钱，连忙摆手说道："不，我怎么能随便要你的钱呢？"

张新阳知道程美丽是个自尊心很强的人，又说道："怎么了？算我借给你的还不行吗？等你毕业上班了，赚钱了，再慢慢还我。"

程美丽说："那也不行，到时候我还你，你又不要了。"

张新阳笑道："怎么，怕我是黄世仁？要拿喜儿来抵债？"

程美丽臊了个大红脸，说："不是，不是。"

张新阳见美丽脸红了，也就不再开玩笑，他郑重地说："那就这么定了，下个学期，每个月我把钱给财务部，让他们一并给你打到卡上。"

程美丽说："那，我有个条件，你必须答应我，等我毕业后挣钱了就还你，你可不许不要。"

张新阳笑着说："行，我答应你。"

程美丽顽皮地伸出了手说："来，拉钩。"

张新阳说了声"小鬼头"，就和程美丽拉了钩。这500块钱，对现在的张新阳来说不算什么，可是对程美丽来说，却是近一个月的生活费。张新阳看着眼前这个活泼的女孩，又想到了程三三，他最后一次见到程三三时的场景一次又一次地浮现在他眼前。程三三曾想和他说的那番话，他并没有听到，也再也不会听到了。

程美丽看着张新阳发愣，轻轻推了他一下问道："新阳哥哥，我还没有问你呢，为啥你还在顾阳，不回家过年了吗？"

张新阳意识到自己走神了，不好意思地笑了笑说道："不回了，单位有事，走不了，等过完年不忙了再回吧。"

程美丽眼睛一眨，说道："那我明天上午给你包饺子，包好煮熟了给你送过去。"

说起饺子，张新阳想起刚才李延道打电话问他吃什么馅儿的饺子，他的这个年是不缺饺子吃了。可他看着程美丽兴致勃勃的样子，又不好拒绝，于是说道："呦，小丫头了不得嘛，还会包饺子。行，我呀，就等着尝你的手艺。不过别太多，我那儿没冰箱，吃不了就坏了，那就可惜了。"

程美丽笑着说："好嘞，新阳哥哥，我要是包得不好，你可别嫌弃啊。"

张新阳拍了拍她的头笑着说："小鬼头。"

腊月三十，清晨。张新阳让外面此起彼伏的鞭炮声惊醒了。他伸了个懒腰，边穿衣服边自言自语道，顾阳的习俗咋是这样，大早晨放鞭炮。在他们永宁县，只有初一早晨才有这样密度的鞭炮声呢，真的是十里不同俗。

张新阳懒洋洋地趿拉着拖鞋，拿起洗漱包去水房洗漱，倒班的职工这个点儿正在交接班，现在整个楼层就只剩下他张新阳了。楼道安静得出奇和外面鞭炮的喧嚣形成了鲜明的反差。洗漱完回到宿舍，手机嗡嗡地响了，张新阳看了一眼来电号码，是王岩。

张新阳接起电话放到耳边，听筒中人还没说话，笑声就先来了。王岩呵呵说道："新阳，听说你没回老家过年？中午来我这儿。"

大过年的，张新阳着实不想去王岩家，于是说："姐夫，算了，算了，食堂啥都有，我就不过去打扰了。"

王岩的电话显然是按着免提的，话音刚落，就听吴小清说道："怎么，姐的面子也不给了？叫你过来就过来，瞎客气啥呀。"

张新阳忙说："姐，您这是说的哪儿的话，大过年的，一家人团圆的日子，我过去不合适。"

吴小清显然是在忙着下厨，忙乱的脚步声中，她的声音忽高忽低："我们晚上才去你姐夫家吃年夜饭。中午就我们三口子，你过来还热闹些，就这么说定了，中午过来啊，我就不再给你打电话了，呀，呀，锅，快，油，油……啊，新阳，就这样啊，不说了。"

电话中一阵手忙脚乱的嘈杂声，随后传来了嘟嘟的忙音。

张新阳无奈地摇摇头，其实他今天只想在宿舍待着，积攒了一年的疲乏也只能在今天彻底放松一下，可现在盛情难却，吴小清两口子的这顿饭也就不得不吃了。他打开柜子，拿出带密码锁的盒子，里面整齐地码着几万块钱。这是孟勇送来的分红，张新阳从一沓崭新的钱里抽出一千块钱装在了上衣兜里，看看手表已经快十点半了，他拿起手机正准备给美丽打电话，宿舍的门被人轻轻敲了几下。

张新阳开了门，只见程美丽穿着厚厚实实的羽绒衣，手上还戴着一副花手套，提着一个保温桶站在门口。张新阳见是美丽，赶快把她让进了房间。

美丽跺了跺脚说："今天好冷啊，冻死我了。"说着把保温桶放到了桌子上，摘了手套，两手放在了冻得通红的脸上来回搓着。

张新阳搬过把椅子放到美丽跟前说："快坐，喝茶不？我给你泡杯茶。"

"你别忙，我不渴。"说着，又指指保温桶说，"这是我包的饺子，尝尝我的手艺。"

张新阳笑道："好，美丽包的饺子，一定要尝。"

说着打开了保温桶，直接用手捏了一个饺子放到了嘴里，大口大口地嚼起来。张新阳故作有些难吃的样子，美丽瞪大了眼睛，目不转睛地看着张新阳的吃相。等一个饺子全都咽了下去，张新阳才说："嗯，嗯，这个饺子，真是，真是太好吃了。"

程美丽看着张新阳的表情，还以为是饺子做得不好吃，一颗心就提了起来。直到发现张新阳是在逗她，立即噘起了嘴说道："新阳哥哥，你咋也爱捉弄人呢，我还以为我包得不好吃呢，吓死我了。"

张新阳笑道："好吃。好吃，羊肉馅儿的，正对我口味。"说完又捏了一个饺子放到了嘴里。

美丽看张新阳很享受的吃相，脸上露出了欣慰的笑。张新阳边吃边拿出了一个碗，把饺子放到了碗里，拿起保温桶说："你坐着等会儿，我去把桶洗了去。"

美丽站起身来说："这活让我干。"

张新阳说："你坐着，一个女孩从我这儿进进出出、洗洗涮涮的，惹闲话。"说着，张新阳就出了门。等他洗完保温桶回来，美丽已经围了围巾，戴了手套，站在了门口。张新阳见状问："怎么，你要走吗？"

程美丽说："嗯，不早了，我还要回去给我妈做饭呢。"

张新阳说道："那好吧，稍等我一会儿，我也正要出去一趟，一起走。"

美丽嗯了一声，拿起了保温桶，站在门口等着张新阳。

张新阳打开窗户，把美丽送来的饺子放到了窗台上，又在上面盖了个碗，关了窗户，回身对美丽说："中午不回来了，放到土冰箱里。这么好吃的饺子，坏了就可惜了。"说着又指了指墙脚的两个包说："这是些干果和水果，你拿回去，过年招待客人。"

程美丽见张新阳又要给她拿东西，连忙摆手说："不用了，新阳哥哥，我买了。"

张新阳知道美丽在撒谎，就说："这是单位给我的，我又吃不了，拿回去吧。"

程美丽还要推脱，张新阳已经穿上大衣，提起了两个大包转身锁上了门，美丽只好跟在张新阳的身后下了楼。

第 68 章　温情除夕

街上的车已经很少了，但出租车却没有停运。张新阳一招手，一辆出租车停了下来，张新阳把大包放到了后座，又让美丽坐到后座上，他自己拉开车门坐到了副驾驶的位置，对司机说："先去趟程家村。"

司机按了计价器，车子稳稳地向前开去。到了美丽家门口，张新阳说："美丽，你下吧，我就不进去了，把东西拿上啊。"

美丽开了车门，拿着两个大包下了车，在车外向张新阳摆了摆手说："谢谢哥哥。"正准备走，又回头说道："给你拜年了。"

张新阳也微笑着朝美丽挥了挥手，看着她的背影消失在了略显凄凉的胡同。他似乎又看见了程三三坐在炕上，披着破旧的军大衣，正朝着他憨憨地笑着。

"师傅，咱们去哪儿？"出租车司机问道。

张新阳回过神来，忙说道："哦，去西苑小区。"

司机一脚油门，出租车一溜烟朝着吴小清家开去。

张新阳站在吴小清家门口，手里提着从老家带来的米酒，另一只手按响了门铃。门开了，开门的是吴小清的女儿西西。西西一看是张新阳，便甜甜地叫道："叔叔，不对，是舅舅。嗯，也不对。妈妈，妈妈，到底是叔叔还是舅舅来了。"

小西西的这一问题，逗得吴小清、王岩、张新阳都哈哈大笑起来。

吴小清过来摸着她的头说："叔叔、舅舅都行。"

西西眨着大眼睛问道："妈妈，那我可不可以叫哥哥呀，他很年轻呀？"

话音刚落，三个人又被逗得一阵大笑。吴小清笑着说："西西乖，不可以叫哥哥的，快玩去吧。"

西西奶声奶气地说了声好，就一蹦一跳地回她的小房间玩布娃娃去了。

张新阳把米酒放在桌上，对王岩说："姐夫，我妈酿的米酒，尝尝。"

王岩打开盖子闻了闻说："嗯，不错，不错，我这儿还有好酒，咱俩今天一醉方休。"

吴小清端着菜对王岩说："今天咱们在客厅吃饭，电视里放春节特别节目呢，热闹些。"说着就把菜往客厅端。

张新阳赶紧洗了洗手，帮着吴小清忙了起来。不一会儿，客厅的茶几上已经摆满了菜。王岩说这些都是吴小清做的，张新阳提鼻子一闻还真香，狠狠夸赞了一番吴小清的手艺。

王岩拿出了一瓶西凤酒对张新阳说："这是我上次去西安买的，放了有八九年了，一直没舍得喝，今天咱分了。"

王岩正要给张新阳倒酒，吴小清也把酒杯放了过来说："好酒不能就你俩喝呀，给我来半杯，我陪你俩。"

张新阳看着吴小清拿酒杯的纤细手指，笑着问："姐，你今天要开戒？"

吴小清瞪了张新阳一眼说："臭小子，我多会儿说过戒酒了？"

张新阳忙打趣道："能和吴部长喝酒，荣幸，荣幸。"

王岩已经给吴小清倒满了酒，张新阳端起酒杯说："来，我敬姐和姐夫一杯。"

三只酒杯碰到了一起，酒香和着菜香弥漫在客厅。电视中播着春节序曲的音乐，记者在采访着各行各业坚守在岗位上的人，小西西坐在吴小清身边安静地用小碗吃着饭，浓浓的家的味道，不禁让张新阳想起了远在吴家堡的那个温暖的家。这时，爸爸、妈妈、妹妹一定也在家吃团圆饭呢。

王岩端起了酒杯对吴小清说："清儿，我敬你。"

吴小清怔了一下，也端起了酒杯，慢慢抬起头。张新阳看见她的眼眶中已经噙满了泪水，赶紧低下了头。

王岩和吴小清碰了杯喝了酒，又对张新阳说："来，新阳，我也敬你，同时，我还要谢谢你。"说着碰了碰张新阳的酒杯，一口酒又下了肚。

张新阳也喝了一大口，刚夹了一口菜，吴小清也举起酒杯说："新阳，姐也敬你。"

张新阳举杯和吴小清碰了杯，清脆的玻璃碰撞声，又让吴小清从现实回到了过去。

如果以前的王岩是现在的王岩，那她吴小清绝对不会是现在的吴小清，绝对不会在刘成功和王岩中难以取舍，也不会在两个自己都爱着的男人间挣扎徘徊。

她想过要离开刘成功，但感情就是这样，当你越想挣脱，越想忘记的时候，它就会缠得你越紧，整日折磨着你。吴小清承受不起这种折磨，但又不得不承受这种折磨。她感激张新阳，是张新阳让她在王岩身上又找回了青春的激情。她也埋怨张新阳，为什么不早些出现，如果当初王岩能和现在一样，那么，哪怕自己还是一名化验员，她也心甘情愿。可是吴小清又何尝知道，如果不是她和刘成功的关系，又怎么会有张新阳和王岩的这段交往呢？这个世界上，许多事情都是这样，没有因便没有果，所有的如果只是如果，岁月容不下任何假设。

西凤酒很快就被喝完了，三人又喝了一瓶汾酒和半坛米酒。王岩和张新阳边喝边海阔天空地畅谈着人生。吴小清看着侃侃而谈的张新阳，看来自己把张新阳推荐给刘成功无疑是正确的，这个年轻人成长起来绝对是刘成功的得力干将，刘成功也就不用再那么累了。想到这儿，吴小清猛地清醒过来，不，不，今天是团圆的日子，我是属于这个家的，是属于西西、属于王岩的，怎么又想刘成功了。吴小清你到底怎么了，怎么会对刘成功这样依赖？她喝了一大口米酒，在酒精的作用下，纠结的心再次变得无法自拔。

这顿团圆饭一直喝到了下午3点半，张新阳感觉特别特别困，他想睡觉，但是他知道一旦躺下，三两个小时之内就起不来了。他告诉自己，大过年的绝对不能睡在吴小清家。他穿了大衣准备告别，忽又想起了什么，伸手从兜里掏出了早已准备好的压岁钱，喊了一声西西，小西西蹦跳着跑了过来，张新阳把一千元装到了她的口袋中说："叔叔给你的压岁钱，收好。"

西西把手放在了口袋上，眨着大眼睛看看妈妈。

吴小清对张新阳说："你这是干吗，装回去。"

张新阳说："姐，你就别管啦，这是我给西西的压岁钱。"

吴小清说："压岁钱也不能给这么多，你挣几个我还不知道，留着回家时给父母买些东西。"

张新阳说："挣多挣少和压岁钱无关。我是真喜欢西西，将来呀，也要生个西西这样的女儿。"

说着蹲下身对西西说："西西，亲叔叔一下。"

西西噘着小嘴在张新阳脸上亲了一口。

张新阳抱抱西西："西西好乖。"

张新阳稍稍有些踉跄着站起身，对王岩和吴小清说："那我走了，提前给姐夫和姐拜年啦。"

吴小清还要说压岁钱的事，王岩拉了她一下，吴小清也反应过来了，人情就是人情，太实在了不行，太客气了也不行，恰到好处才叫人情练达。看来王岩并不笨，只是自己不懂他而已。

王岩又说："小清，送送新阳吧。"

张新阳摆着手说："不用，不用。"

吴小清却不容分说地穿了大衣，执意把张新阳送下了楼。室外的风一吹，张新阳就感觉酒往上涌，他狠劲呼吸了一下，这才把胃里的酒精压了下去。吴小清见张新阳确实喝多了，让他一个人走回去，她真不放心。于是吴小清轻轻扶着张新阳出了小区，拦了一辆出租车，刚一上车张新阳就靠在吴小清肩上呼呼地睡着了。

车子开到了公司门口，吴小清叫醒了张新阳，又掏出了50块钱给司机，司机正要找钱，吴小清说："不用了，一会儿还得把我送回去。"

司机说："送回去也用不了这么多。"

吴小清指了指灰色的宿舍楼说："剩下的钱算是我的一点儿小费，麻烦师傅把我弟送到那栋楼。"

司机瞅了瞅那栋楼也不远，再看看吴小清也不像是坏人，送个醉鬼就能挣20块钱，倒也划算。于是他爽快地答应下了。司机把出租车熄了火，拔了钥匙，下车准备送张新阳。

张新阳虽然喝得有些多，但并没有醉到不省人事的地步，吴小清和司机的对话他都听到了，他揉了揉眼说："姐，你这是干啥，瞎花钱嘛，我没喝到那种地步。"

吴小清说："少废话，我不方便进公司，让司机把你送到楼底我就放心了。"

张新阳还想说啥，司机已经开了车门说："哥们儿，走吧。以后少喝点，别让你姐姐操心。你呀，有这样一个姐姐可是有福了。"

张新阳下了车，笑着和吴小清摆摆手，在司机的搀扶下，朝着宿舍楼走去。

等回到宿舍关好了门，张新阳迫不及待地从床底下翻出一大瓶罐头，一口气喝干了所有汤水，这才感觉舒服了些。躺床上打开电视，正播着往年春节晚会的相声小品，什么"地上七个猴树上一个猴""没病走两步"的梗，他已经能背下来了，但这个时候听来却很应景，听着，听着，渐渐睡着了。

一阵敲门声让睡梦中的张新阳睁开了眼，夜幕早已降临，窗外的鞭炮声此起彼伏，敲门声还在继续，他赶紧穿拖鞋下地开了门，只见食堂的服务员手里提着一个塑料袋，有些焦急地在门口站着。

见门终于开了，她操着浓厚的顾阳方言说道："张部长，给您送晚饭。"说着就进了房间，把塑料袋中的饭盒一个个往出拿，边拿边说："这是茴香馅的饺子，这是宫保鸡丁，这个是糖醋里脊，这个是干炸丸子，这个是凉菜。"

张新阳赶忙说道："谢谢大姐，你辛苦了。你还不回家过年吗？"

服务员说："这就回，我老汉骑的摩托车在门口等着呢。李主任交代的，必须给你送过来，要不扣我工资，我5点多就过来了，敲几次门你都不在，我寻思着你要再不开门，我老汉那驴脾气就又该数落我了。"

张新阳看了看手表，已经是6点半了。今天是大年三十，谁家不想团圆呢？因为自己睡觉，让食堂的大姐两口子等了一个多小时，人家家里也都等着过年呢。

张新阳有些不好意思地说："给您添麻烦了大姐，您快回吧。"

服务员嗯了一声，刚要转身走，张新阳又叫住了她，从柜子里摸出了两盒中华烟，塞到了她手里说："给你爱人的。"

服务员接过烟看了看，这烟她是见过的，公司的大领导才抽呢，她知道这烟不便宜，便忙谢道："张部长，你真是个好人。"

张新阳说："给您拜年了。"

服务员高兴地和张新阳说了几句客套话后就三步并作两步下了楼。看着服务员下楼的身影，张新阳忽然觉得，每个人都有享受幸福的权利，大年夜，每个劳动了一年的人，都值得尊重。

张新阳给在颜州的爸妈和小妹打了电话，告诉他们自己在单位好着呢，不必牵挂，又叮嘱父亲注意身体，不要再和别人比酒量了。挂了家里的电话，他又拨通了刘诗雅家的座机，接电话的是刘诗雅的父亲刘明桢。张新阳给刘明桢和白惠拜了年，简单和刘诗雅聊了两句，两人便约定一会儿再打手机，互诉相思。电视中播着某当红明星的歌，手机祝福的短信一条接一条，张新阳逐条翻看着，每个人的信息内容都大同小异，有些人甚至把别人的署名都转了过来，看得张新阳哭笑不得。

程美丽编了一条很长很长的信息，信息的末尾写着："新阳哥哥，你不仅给予了我帮助，还教会了我做人，遇到你是我今生的幸运，感激，感谢，感恩……"

张新阳看了两遍，心想，我没看错，美丽是个好孩子。一个懂得感恩的人，上天一定会眷顾她的。他想了一会儿，这才回复道："有所为，有所不为，愿你能做一个堂堂正正、勤奋好学的人。愿你如今夜的烟火，永远有下一次的闪亮，愿你有岁月可蹉跎，有时光可雕琢，一万年太久，只争朝夕。美丽，新年快乐。"

回复完美丽的信息，他又往上翻着短信，冯媛媛的名字跳了出来，等他点开信息，只有两行字："新阳，新年快乐。烟火再美，也只是瞬间，有些想你了。"

张新阳默默地放下了手机，电视中正播放着《千手观音》，舞蹈很美，音乐也很美，但张新阳只觉得满屏幕都是一片金黄色，根本看不清在演什么。

第 69 章　拼命三郎

正月初二下午，张新阳准时来到了刘成功办公室。刘成功手里拿着张新阳最新的改革调研方案提纲，看着张新阳说："怎么样？在单位过年不习惯吧？"

张新阳笑着说："没啥，也挺好的，清静。"

刘成功说："那就好，等忙完了这段时间，我给你放半个月假，回家好好休息。"

张新阳说："我单身一人，休不休无所谓。"

刘成功说："该休息就得休息，该谈恋爱就谈恋爱，该工作时自然要用心工作。"

张新阳说："那新阳就坚决服从董事长的命令了。请您下任务吧。"

刘成功笑着说："怪不得赖总夸你呢，还真是作风过硬啊。好，我和你详细说说。"

刘成功拿着张新阳列的提纲，逐条逐句地推敲。张新阳不得不佩服刘成功，每条内容他都能点到要害，既有基本政策，也有现状，还有不足，最厉害的，他还把可能会遇到的问题都思考到了。

张新阳的笔记本满满地记了少半本，听着刘成功的分析，他才觉得这个董事长绝不是喝喝茶水、看看报纸、签几个文件就能干好的，既需要广博的知识积累、丰富的专业储备，又需要认真的态度、严谨的作风、总体协调的能力。这还不算每日的迎来送往，开会学习以及复杂的人际关系，想要当好一个董事长绝非易事。

刘成功讲完了他的意见后问题张新阳："新阳，你觉得还有补充的吗？"

张新阳翻看着笔记，略微思考了一下，把他刚才想到的观点和存在的疑惑条理清晰地向刘成功说了出来。刘成功听得很认真，等张新阳说完，刘成功又逐条和张新阳进行了探讨，直到他的论据能说服了张新阳为止。

看着刘成功认真的样子，张新阳有些不自在地说："董事长，只是一点儿我不成熟的看法，您觉得不合适否了就行。"

刘成功严肃地说："我如果连你都说服不了，又怎么能说服班子成员和上级领导呢。你不要有心理包袱，还有啥就明言直讲，我说的也不一定正确，只要你能说服我，咱们就改内容。"

张新阳觉得刘成功这话绝对不是客套，于是也认真地说："既然董事长信任新阳，我就不藏着掖着了，我还有几条建议。"

刘成功说："快说。"

张新阳又把他对提纲的看法说了一遍。刘成功让张新阳充分说明理由，张新阳把自己能想到的理由详详细细地进行了分析。刘成功一脸严肃地听着，有些内容，他还拿起笔勾画着。等张新阳分析完了，刘成功笑着说："新阳，看来你对这个方案是认真思考过的。我们干工作就应该有这种精神，把工作当成自己的事业去干，这样才能少走弯路，才能有所作为，有所成就。你刚才说的，百分之六十我都同意，至于其他的不同意的理由，我一会儿再给你解释。现在咱们再碰一遍提纲，把所有的项目全部敲定下来。"

两人坐在会议桌前，再一次把提纲涉及的 113 个项目逐项进行了研究，刘成功要求张新阳每个项目都要明确调研啥，怎么调研，需要什么数据。简单地说，就是调研组再调研时只要从专业的角度调研清楚，再把专业数据和专业结论填了空就行了。这个难度非常非常大，基本就是要完成改革方案的成稿。交代完提纲的事，刘成功又从他看待问题的角度给张新阳讲了讲否定张新阳意见的具体理由，听得张新阳茅塞顿开。

等两人把所有的内容敲定，已经将近 7 点多了，他们的讨论持续了 5 个多小时，刘成功看着窗外的烟花，伸了个懒腰问："怎么样，思路清晰了吧？"

张新阳看着笔记本说："基本思路清晰了，细枝末节我再对照笔记好好研究研究，一定把董事长的意思吃透。"

刘成功说："这个活确实有难度，不过只要拿下了，我相信你的水平和能力一定会有提高的。"

张新阳说："是，这一下午，我觉得我的收获是巨大的，您真厉害。"

刘成功哈哈笑着说："我一个行伍出身，什么厉害不厉害的。干的活多了，吃的苦多了，啥也有了。全是时间的积累，关键是要用心。"说完，他略略停顿了一下又说，"新阳，这个提纲初五上午能出来吗？我知道这个任务重，但事关重大，事不宜迟。"

张新阳想了一下说："能，我今天晚上就开干。"

刘成功听到张新阳斩钉截铁的回答，脸上露出了欣慰的笑，于是又说道："今晚就不用了，明天再开工，初五上午完不成，下午也行。走，陪我去食堂吃饭去，吃完饭你就回宿舍休息。"

张新阳答应了一声，便开始收拾笔记本和写满字的材料。等他收拾完毕，刘成功已经穿上了大衣。张新阳给刘成功开了门，随后又用自己带的备用钥匙把门锁上，把资料夹在了腋下，跟在刘成功身后下了楼，朝食堂走去。

第二天早晨5点，天一片漆黑，除了零零星星的鞭炮声，四周一片寂静。张新阳夹着他的资料来到了办公室，坐在办公桌前再次捋了一遍思路，打开电脑，噼里啪啦地敲起了键盘。

正如刘成功所说，这个任务确实繁重，许多的内容讨论的时候不觉得有什么，但要落到书面上就要认真推敲，他必须保证每个字、每个词都能准确无误地表达刘成功想要表达的意思。就这么一遍一遍地删改推敲，到晚上8点时，他只完成了整个工作量的三分之一。照这个进度，想要兑现后天上午交稿的目标显然是不可能的。张新阳站起身舒展了舒展身体，做了几个俯卧撑，僵直的身体稍稍有些缓解。

他来回踱了几步，看来不加班是不行了。他从柜子中找了包方便面，又找了榨菜、鸡蛋、火腿肠，满满当当地泡了一碗。吃完了面，再次坐到电脑前，敲击键盘的声音又一次噼里啪啦地回荡在空旷的办公室内。

经过48小时的奋战，一份《关于顾阳焦煤集团煤焦发展改革的并购实施方案（提纲)》从张新阳的打印机中一页一页地吐了出来，方案设计到8个方面128个具体项目，每个项目都有现状分析、专业分析、指标分析、优化方案等内容。整个报告提纲条理清晰，逻辑缜密，只要把专业分析情况和专业数据一加，就能准确地回答了如何改革、改革的方向、为什么要并购、如何并购、并购后的效益等问题。张新阳从头到尾看了一遍，觉得没有什么漏洞了，这才把提纲订了起来。看着窗外的天渐渐发白，张新阳靠在椅背上睡着了。

正月初五，刘成功、赖峰、张新阳三个人在办公室研究了整整一天。直至把所有能想到的细枝末节全部完善了，刘成功炯炯有神的目光才慢慢放松下来。

刘成功拍了拍张新阳的肩膀说："新阳，今天晚上再辛苦一下，把下午研究的地方修改好，这份材料就可以定稿了。明天在这个基础上出一个简稿，我们后天就开董事会。你去忙吧。"

张新阳确认了一遍笔记，收拾起资料说："行，我现在就办。"

刘成功点点头，张新阳便起身出了门。

张新阳走后不久，刘成功和赖峰坐在沙发上点着了烟，刘成功问道："赖总，后天开董事会，你觉得问题大不大？"

赖峰说："晓东和大有我都打过招呼了，没问题。"

刘成功说："那就好，明天我去找关书记，你去通知监事会，必须一战而胜。"

赖峰说："我估计，郭志明和王福阳是肯定要反对的，我有些担心的是马文明，三分之一的董事不同意，就有些麻烦了。"

刘成功停顿了一下说："这个，你不用担心了。"

此时赖峰已经明白，一定是吴小清已经把马文明的工作做通了。

刘成功轻轻敲了敲关峡办公室的门。门只是虚掩着，关峡说了声请进，刘成功推门走进了办公室。关峡抬头看是刘成功，稍稍愣了一下，似乎觉得有些意外，随即就起身笑道："是董事长来了，快坐，快坐。"说着便拿起了茶杯要给刘成功沏茶。

刘成功还是保持着对关峡的尊重，笑着拉住了关峡的手说："关书记，我也是刚从办公室出来，您就别忙啦。"

关峡仍旧坚持着给茶杯中放了茶叶，用开水洗了一遍，加上水放到了刘成功跟前说道："尝尝我这茶，这是我安徽的同学给我寄来的，他家自己的茶树、自己炒的茶叶，绝不次于市面上的高价名茶。"

刘成功端起了茶杯，慢慢品了一口茶，说道："好茶，好茶！"

关峡说："一会儿我让他们给你送一包过去。"

刘成功笑着说："那我可就不客气了，谢谢关书记啦。"

刘成功一进办公室，关峡就知道一定是有重要事情。这时关峡话锋一转说道："今天我值班，你就回家吧，整天在单位耗着也不是个事儿。"

刘成功说："咱们啊，在这个位置上就得操这个心，这么多年了，早就习惯了。"

关峡也笑着说："是啊，习惯成自然啦，快二十年了，一到过年就有操不完的心，我们还没过过一个消停的春节呢。"

刘成功说："关书记，有件事想征求一下您的意见。"说着，抽出两支烟，递给关峡一支，拿出打火机给关峡点着。

关峡深深地吸了一口说："有啥事，明天正式上班了再研究吧，你就休息一天吧。"

刘成功说："哎，事不等人啊。我想明天开董事会，重点研究企业改革发展的事。"

关峡一听，心头一阵莫名的慌乱，他知道，该来的终究是要来的，只是它来得太快了。

第70章　会场辩论

正月初六一早，刘成功到关峡办公室告知要开董事会，着实让关峡感到措手不及。关峡本也预料到刘成功会为他的并购改革方案召开董事会的，但没想到会这么快。

关峡本指望郭志明在节后尽快拿出乱石滩矿改制的方案，他也就有了否定刘成功方案的理由。刘成功这个方案，关峡已经思考了许久，如果这个方案通过了，那么就再也没有这么好的机会解决乱石滩矿的问题了。

但刘成功没有给他任何时间，事已至此，关峡勉强地笑着说："明天？是不是有些太紧张了？"

刘成功说："大事定，方向明，全局才能稳嘛。这件事，拖不得。"

刘成功拿出了一个并购议案，就是张新阳连夜修改完的那份材料。关峡接过了报告，刚翻了几页，就觉得这个报告水平不一般，有论点、有论据、有数据、有案例，逻辑清晰，条理清楚，不仅回答了为什么要改革、改革什么、怎么改革，还回答了改革后的效益。论证的核心只有一个，只有并购才是企业发展和提高效益的唯一途径。

关峡叹了口气，心里道：看来刘成功是做好了充足的准备，自己太大意了。他合上材料说："好吧，既然董事长做了充分准备，那我们就明天开吧。"

关峡的每一个表情，都被刘成功看到了眼里，他明显察觉出了关峡的惊讶和慌乱，看来传言中郭志明的改革方案并没有实质性的方案。关峡对于他的这一突然行动，是毫无准备的。

刘成功笑着说："谢谢关书记，那我就让行政部通知了，明天上午9点，我们在会议室准时开会。"

大事已定，刘成功便和关峡闲聊起来，言谈之间，刘成功明显感觉到了关峡的心不在焉。

刘成功起身告辞后，关峡把头靠在了沙发靠背上，长叹了一声。自从刘成功坐上董事长的位置，关峡只是把组织人事权紧紧握在了手中，而在企业的经营发展方面，就再没有发表过任何意见。他这个总经理，基本上是在履行签字的义务。

但这次不一样，事关重大，它不仅仅是企业扩容改革，而且还关系着资金运作、人事调整、综合发展等方方面面，稍有不慎就会在这个小小的顾阳焦煤集团掀起狂风巨浪，甚至会让他这些年精心维护的发展环境瞬间失衡。这不是他关峡和刘成功个人的事，事关企业的未来和发展，他必须干预。

可是事到如今，他又拿什么干预呢？董事会上，他和刘成功必须尊重董事的意见，所以都不能提前表态，都不能彼此投反对票，这是基本的规矩，做不到，那就是不成熟。所有的功夫必须下在会前，但此时，任何行动都太晚了。

关峡的手机振动起来，他拿过手机看了一下号，果然不出所料，是王福阳打来的，关峡按下了接通键。

王福阳的大嗓门儿嚷了起来："关书记，我接到电话说明天要开董事会，研究买焦化厂的事？你知道吗？"

关峡说："知道。"

王福阳又说："那老郭的那个方案不就流产了吗？"

关峡并没有接他的话，转而说道："既然要上董事会，那就按董事会议事原则办吧。"

王福阳说："可是……"

关峡说："没什么好可是的。"说完便挂断了电话。

不多时手机再次嗡嗡起来，这次是郭志明。关峡接起了电话，郭志明倒是心平气和地说："书记好，明天要开董事会，研究并购方案，您有什么指示吗？"

关峡心想，还是郭志明老练，说话不紧不慢，有些泰山崩于前面不改色心不跳的气魄。关峡从容地说："我没啥指示，我们都应尊重董事会的意见。"

郭志明有些不甘心地说："我还是觉得并购方案不如乱石滩矿改革的方案。"

关峡刚刚还觉得郭志明稳重，现在又觉得他唐突了，于是说道："什么叫不如？只要你能说服董事会，该支持的我还是会支持的。"没等郭志明再说话，关峡已经挂断了电话。

春节过后的第一个工作日，每个办公室的人似乎都没有进入工作状态。文秘室的田强和马俊杰一见面就聊起了春晚的小品，老马还给大家学起了脑筋急转弯，表情和语言都相当到位，逗得大家哈哈大笑。

张新阳路过他们的办公室，听着几个人不着调地聊着，便走进来说："嘿嘿嘿，这是干啥？过了个年都过得没规矩了？"

众人见张新阳板着脸，都收起了笑容，各自回到办公桌前忙活去了。小田小心翼翼地问："张部长，有什么安排？"

张新阳依然板着脸说："不知道一会儿开董事会？告诉他们各自梳理自己的工作，下午我们文秘室开科室会议，张俊部长也参加。"

小田哦了一声，回到了办公桌后敲起了键盘。张新阳转身回到办公室，打开上着密码的文件柜，取出了机要笔记本夹在腋下，朝会议室方向走去。

会议室内董事会成员、监事会成员依次坐定。每个人面前放着一份打印好的《关于顾阳焦煤集团煤焦改革并购议案》，便是昨天刘成功给关峡的那份材料。张新阳坐在了秘书的位置，摊开笔记本准备记录。

刘成功环视了一圈会场，除他和关峡外，8名董事，5名监事会监事就位，行政部张俊部长、组织部胡文浩部长、人事部赵永生部长、财务部孔严部长也都到齐了。

刘成功清了清嗓子说："人都到齐了，现在开会。节后第一个工作日，我和关书记先给大家拜个年。之说以要在今天召开董事会，主要是要研究顾阳焦煤集团经营改革发展的方案。今年津州市委、市政府确定了四家国有企业作为改革的目标，我们顾阳焦煤就是其中的一家。这是市委、市政府对我们企业发展的肯定，更说明上级对我们企业的未来充满了期望。改革的任务和目标主要有两个：一是盘活国有资产，二是提高企业效益。对我们来说，既有压力也有动力。据我了解，国资委马上就要下发文件，3月上旬，四家企业必须将方案上报国资委，经市委常委会议研究后，以批复的形式下发，下半年改革必须有实质性动作，年底必须见到效益。大概的安排就是这样，对我们来说，时间紧、任务重，容不得我们有丝毫懈怠。春节前，行政部下了很大的功夫研究制订了一个改革方案，就是放在大家面前的议案材料。"

刘成功边说边观察着每个人的表情，每个人都神情严肃地看着眼前的材料，赖峰和陈晓东是见过初稿的，简单翻看了几页，就把报告定格在了某页，把笔压在材料上沉思着。马文明、李义山、常月梅是政工干部，只是略略地翻看，王福阳面无表情，一页一页来回翻，似乎在寻找什么答案。只有王大有和郭志明看得很仔细，王大有还戴上了眼镜，边看边用钢笔勾画。

刘成功又说道："上午的议程主要就是研究讨论，提议表决。下面，请关书记强调相关事项。"

关峡还是习惯性地拍了拍话筒说："刚才董事长已经把会议的主要议程和大家讲清楚了，这是关系到我们公司发展的大事，请各位务必认真审议、谨慎表态。监事会要发挥好监督检查作用。我就强调这么多。下面，请赖总组织大家集中研究讨论。"

赖峰是董事，常务副总经理，也是刘成功、关峡与各位董事之间的桥梁和纽带，他必须起到协调组织的作用。赖峰轻咳了一声，拿起了材料，读起了材料中的关键和重点。读完，赖峰又说："核心内容只有两个：一是收购万顺焦化厂的问题；二是收购后上量增效的问题。这也是我们今天需要认真讨论的议题。请大家发表意见。"

总经济师陈晓东先说："这个议案，我基本同意。我所关注的主要是并购后的人员问题，如果现有的管理层和职工安置不好，那我们的并购就等于是买了个空房子，需要重打锣鼓重开张，这个投入恐怕会很大。但把这批人转为我们的正式职工，显然政策不允许，即便是允许，阻力也会很大。所以在这个问题上，需要慎重地研究。"

这个问题，陈晓东早已和刘成功、赖峰探讨过，他一说完，赖峰就接话道："这个问题，我们可以采取双轨制，现有的管理人员和职工我们全部实行聘任制，委托劳务公司签订劳务用工合同，一切待遇按国家规定办。决策层由公司从现有干部中任命，至于二级班子的行政、党务、工会、财务负责人也全部由公司任命。厂子的现有管理人员只参与生产和技术管理。看陈总有什么建议？"

陈晓东笑笑说："这个思路可行。我没有其他意见了。"

王大有摘下眼镜问："我看议案中提到产量能翻倍，我有些担心这个目标能不能兑现了？"

赖峰说："万顺焦化厂的产量主要受制于目前的焦煤市场，他们得不到充足的焦煤供应，即便是这样，他们的产量也是相当可观的。并购后我们是不存在焦煤供给的问题的，我们初步测算，打满产量的话，翻番没有问题。另外，焦炭的市场价远远高于焦煤，这一里一外的账就不用我细算了吧。"

王大有笑着重新戴好了眼镜说："赖总这个账算得在理，我是相当佩服的，我没有啥疑问了。"

刘成功看了看马文明和常月梅问："马书记和常主席的意见呢？"

马文明说："我和陈总的意见相似，主要是并购后的人事问题，刚才赖总也说了，这个方案我也基本认同，当然，执行过程中肯定会遇到问题，但只要大方向正确，具体问题我们具体研究解决，这个不是什么大问题。"

常月梅说："我的主要意见还是在工会方面，如果实行双轨制，工人的权益如何保障关系到队伍的稳定，这方面还请董事会给予高度关注。"

关峡听着董事们的讨论，猛然意识到，从一开始赖峰就把会议讨论的焦点集中到了议案已经通过的前提下，所有的讨论都是议案执行中的具体细节，根本没人关注议案本身的风险和可行性。这样下去，恐怕郭志明就没有机会了，于是关峡拍了拍话筒，他要把会场的议题拉回到原点上来。

第71章　反对意见

关峡察觉到会议的氛围有些不对，不禁打心底感叹道，赖峰就是赖峰，轻而易举地就偷换了概念，这样下去根本没有提出异议的机会。看来，郭志明和赖峰相比，真是有差距的。

昨天刘成功离开他办公室后，他就开始思考下一步该怎么办。目前的形势虽然被动，但是不采取任何措施，真就无法补救了。现在，就在这短短的几分钟，关峡的脑子飞速思考着，他必须摆出一个观点，但又不能太明显。到底该怎么办？照目前的会议走向，用不了多长时间，郭志明和王福阳也可能会着了赖峰的道，即便不然，最后也只能在无休止的争论中投票。思考了一会儿，他觉得，现在必须做到两点或许还有一线希望。一是不能让刘成功的这个议案全票通过。二是必须让乱石滩东矿区的改革方案提上董事会议程。

想到这些，关峡拍了拍话筒说："各位，方案定了以后的事情，我们还要开董事会商议。今天的会议，主要是讨论这个方案的可行性，不要在以后该怎么办的争论上浪费时间。我强调一下，这个方案也只是董事长和我的一个初步提议，大家要有其他方案也可以一并提出来，只要有利于公司的发展，有利于企业的利益，都是可以商议的。"

赖峰本想借着当前的势头，一鼓作气，把郭志明和王福阳的思路搞乱，即便他们投了反对票，对他和刘成功来说也是胜利。要是郭志明和王福阳因为会场的氛围，一时冲动投弃权票，就更好了。正当他准备发动进攻的时候，关峡的一番话打乱了他的节奏，但关峡说得有理有据，不容反驳，也不是他副总经理可以反驳的，于是他也只能无奈地放缓了进攻的步伐。

郭志明这时才意识到他已经掉入了赖峰的逻辑陷阱，不自觉地跟着赖峰的思维转圈子。听了关峡的话，他才如梦初醒，立即说道："这个议案，我不同意。"

赖峰说："哦？郭总，那说说你的看法。"

郭志明说："这么大的并购，资金从哪儿来？"

赖峰也暗暗佩服道，这个郭志明，真是一针见血，直指要害。他沉吟了一下说："一方面，我们争取上级的政策支持，可以向银行贷款。另一方面，还要自筹一部分资金。是，我们需要投入资金，但收益是要远远高于这个投入的，而且一两年就能收回成本，这个不需要太多虑。"

郭志明又说："赖总，你的考虑是基于目前的市场环境，万一市场下行呢？我们将陷入既有贷款压力又有职工工资压力的内外交困的境地，这个厂子也许会成为我们的包袱。"

郭志明说完看了看众人，陈晓东、马文明、王大有一脸严肃，显然他的这个观点开始奏效了。刘成功的脸上看不出任何表情，但从他的眼神中，能明显感觉到愤怒。郭志明又看了一眼关峡，关峡的眼神中充满了鼓励，于是继续说道："我觉得，我们选择投入小、风险小、影响大的项目更加稳妥些。所以我提议，我们的改革方案可以放在乱石滩东矿区的改革上。东矿区大部分采区在林阳县境内，按行政级别，我们公司和顾阳县、林阳县是一个级别，但在管理中受制于顾阳县和林阳县的政策，管理难度大，再加上交通等方面的因素，这个东矿区早已成了乱石滩矿的鸡肋。林阳县政府也早有意向采取股份制改革的方式，由林阳方面出资控股，我们参股，再引入民营资本和经营团队，把东矿区搞成林阳县的支柱产业。我觉得我们可以利用这次改革的机会，把这个包袱甩出去，公司参股坐等分红，这个方案风险小，投入小，回报大。"

郭志明话音刚落，王福阳接话道："我同意郭总的这个提议，我们这是在减包袱，吃蛋糕。一举多得。"

刘成功给赖峰递了个眼色，赖峰轻轻点了下头，又说道："郭总的这个议案很有道理，但是，和林阳县政府合作，这不是我们一家说了算的，需要林阳县政府出面和我们一并向津州市政府上报。郭总，我们有林阳县政府的相关文件吗？"

郭志明愣了一下说："上次王副县长来乱石滩矿考察时，提起过这个事。这次林阳县政府换届，王副县长升任县长了，只要我们出面沟通，应该是没问题的。"

赖峰听郭志明这样一说，就知道他根本没有准备，嘴角微微上翘了一下，露出一丝笑意，心想，愚蠢，信口开河，你讲得再有道理，一个信手拈来的建议，能左右了大局？简直是螳臂当车。于是赖峰便不再接话了。

刘成功和关峡都明白赖峰的这一问，已经击败了郭志明，刘成功的眉头又舒展开了。对关峡来说，他的目的已经达到了，他现在要做的，就是把郭志明的这个建议在众人心中植根，让这个提议在众人心中慢慢生根发芽，等到时机成熟的时候，自然就会破土而出。

想到这儿，关峡说道："郭总的这个方案呢，也有他的独到见解，只是没有经过充分的调研和准备。晓东、大有，你们觉得呢？"

陈晓东思考了一下，非常谨慎地回答道："郭总的提议总体上也符合企业的利益，只是没有翔实的论证和数据支撑，至于是否科学可行，我无法做出准确的判断。"

王大有也说道："郭总说得也有道理，但这个主动权不在我们手里，不太好说。"

刘成功见郭志明的提议并没有引起多大的风波，长长地舒了一口气。他已经注意到，就在刚才郭志明提出建议的时候，许多人是有反应的。然而让刘成功庆幸的是，郭志明没有做好充分准备，他如果拿出了林阳县政府的文件，哪怕是一个意向性的材料，王福阳再抛出股权奖励的论调，今天鹿死谁手，还真要打个问号。但目前，在准备不充分的情况下，郭和王，或者说是关峡，他们虽然有些不甘心，但还是妥协了。

想到这儿，刘成功又说道："郭总的提议虽说有一定的可行性，也有利于企业的发展，但是就现状来说，和林阳县政府打交道，时间战线拉得太长，而且市政府方面，也不会给我们这么长的时间。我想要强调的是，就目前的经济形势来讲，三五年之内，煤炭行业还是处在上升通道的。退一步讲，即使是行情有所变动，首当其冲的是山西、内蒙古这些煤炭大省，我们顾阳焦煤在岳东省所占的市场份额是无法替代的，我可以肯定地说，对我们顾阳焦煤的冲击是有限的。再退一万步讲，即便是冲击到我们，但我们的焦炭在岳东省是刚性需求，销量是稳定的，就算煤炭价格下滑，我们的焦煤是自己的，这就好比是出口转内销，在某种意义上讲，是一种成本转架，利益空间还是相对稳定的。所以大家要有绝对的自信，要有战略眼光，要有战略思维，要有功成不必在我的担当。"

刘成功的这番话很有煽动力，不仅斩钉截铁地否定了郭志明的提议，而且以绝对的信心让大家看到了顾阳焦煤的未来，同时又用担当把众人都捧到了党性原则的高度，让人无法拒绝。一名参会的监事听了刘成功的话，竟激动得带头鼓起了掌。其他人见有人鼓掌，也鼓起了掌，一时间，会场掌声一片。郭志明和王福阳也勉强地拍了几下。刘成功带着笑，双手向下压了一下，掌声才渐渐停了下来。

刘成功说："好吧，下面我们就并购的议案投票。同意的举手。"

说完，自己先举起了手，紧接着是赖峰、王大有，陈晓东、马文明、常月梅相互看了一眼也举起了手，最后举手的是党委书记关峡。

"好，同意七票。弃权的举手。"

李义山不紧不慢地举起了手。

"好，弃权一票。不同意的请举手。"

郭志明和王福阳不甘心地慢慢举起了手。

刘成功说："关于并购的议案，同意七票，弃权一票，否决两票。按照董事会议事规定，现在休会半个小时，请义山书记征求监事会的意见。"

说完，刘成功起身向会议室外走去，路过张新阳的座位时，刘成功很随意地拍了一下张新阳的肩膀，便出门走进了会议室旁的休息室。随后关峡和其他人也陆续离开了会议室，会议室内只剩下了李义山和5名监事会成员。张新阳跟着其他人走出了会议室，几位领导都回了自己办公室，几位部长则不敢回自己办公室，都心照不宣地走进走廊尽头另一间较小的会议室。

张新阳觉得刘成功一定是有事找自己，不然是不会拍他的。想到这儿，他来到了休息室门口。正准备伸手敲门，他又犹豫了，若是自己会错意了，就这么进去岂不是有些尴尬。

张新阳略微考虑了一下，又返回了会议室，刘成功的水杯还在座位上放着，李义山正在和监事们讨论着什么，张新阳笑了笑做了个打扰的手势，拿起水杯，快速走出了会议室。张新阳轻轻敲了敲休息室的门，刘成功说了声请进，张新阳推开门走了进去。

休息室并不大，门两侧分别摆放着十几张沙发、四个茶几，茶几上放着水壶、茶杯、烟灰缸，东北角的两个报刊架上摆放着最新的《人民日报》《岳东日报》《津州日报》，东南角的两个报刊架上则放着《半月谈》《求是》等杂志，还有公司自办的刊物《顾煤风采》《顾煤先锋》。

这间休息室是为领导们会间休息准备的，但只要刘成功进了这间休息室，其他领导是不愿意进来休息的。今天也照例如此，刘成功坐在沙发上读着报纸，抬头见张新阳走了进来，就把手中的报纸放到了茶几上。张新阳赶忙将水杯放到了刘成功面前的茶几上说："董事长，您的水杯。"

刘成功点了一下头说："新阳，坐。"

张新阳正准备离开，听刘成功让自己坐，心中暗想，好悬啊，今天要是没进来，这个副部长可就白干了，刘成功还真是有事儿。

第72章　再次受命

张新阳稍迟疑了一下，坐到了刘成功对面。刘成功的眼袋下垂着，显得很疲惫的样子，但两只眼睛却炯炯有神，透着刚毅、执着，甚至还有一股寒冷的杀气。他上下打量着张新阳，张新阳只和他对视了一眼，就避开了他的目光。

刘成功收回目光，很放松地将身体全部靠在沙发后背上，低声说："新阳，我还想交给你个任务，这个担子你敢不敢挑？"

张新阳是做过心理准备的，前期考察是自己干的，议案是自己完成的，提纲是自己写的，接下来成立工作组，进驻万顺焦化厂进行全面调研，想必自己也是跑不了的。

张新阳说道："有董事长支持，哪有什么重担呢，是您在给我成长机会。新阳很荣幸。请董事长吩咐。"

刘成功笑着说："好，像李荣带出来的兵。是这样，工作组组长是赖总，他事多，也就是把把方向。我想让你担任工作组的副组长，带队入驻万顺焦化厂进行全面调研。要求只有六个字，快速、高效、翔实。有没有信心？"

张新阳虽然有心理准备，但万万没有想到刘成功要让他当这个副组长。这个副组长，责任重大，非同寻常。张新阳第一反应是自己能负起这个责吗？一转念，他又自问：你不是觉得自己屈才了吗？这次怎么认怂了？不试试又怎么知道自己到底行不行呢？

张新阳咬了咬牙说："有信心，新阳一定使出十二分的劲儿，保证高质量完成任务。"

刘成功说："好，有决心就行。但是，我只希望你使出七八分劲儿就能把这件事办好。这次调研不同于其他，小组成员不论职务，只说专业。我呢，物色了几个人，技术部工程师侯国华、财务部经济师邓雅洁、人事部副部长朱宏伟，安全部呢，是你很熟悉的张子健。这几个人都是经验丰富的老同志，业务精通，办事认真，但他们也有缺点，思想有些僵化，写不了材料。所以我的意思是，你挑几个你能信得过、用得也顺手的人，配合你开展工作。你现在就想，我一会儿就在会上宣布。"

张新阳两手覆在脸上，认真思考了一会儿，搓了两下脸说道："董事长，我建议把技术部王一飞、人事部林笑和行政部马俊杰派给我。"

刘成功听了张新阳说出的名字，笑着说："你这牌打得有水平。王一飞、林笑？你这是要把爱情的动力为你所用吗？不过也对，也对啊，男女搭配，干活不累，何况是恋爱中的男女，这一招高。"

张新阳看刘成功看穿了他的心思，有些不好意思地说："啥也瞒不过董事长。"

刘成功又说："你要不提，我又怎么能想到呢？说明你在琢磨事。说起这个老马，我倒把他给忘了，这个老马也是个人才啊，只是性格太过孤傲，自己把自己耽误了。这次老马要表现不错，我给他提一级，安排个闲职让他去养老。"

张新阳说道："那我替马工先谢过董事长了。"

刘成功忽然脸色严肃地说："新阳，我和你把丑话说到前面，一切的前提是把这项工作办好，办不好，一切免谈。"

张新阳也正色道："保证不辜负董事长的期望。"

刘成功看了看墙上的表，摆了一下手，站起身说："那就这样。到点儿了。记住我刚才说的，进会场吧。"

张新阳起身开了门，待刘成功出去后又转身拿起了刘成功的水杯，跟着从小会议出来的几位部长走进了会场。参会人员又各自回到了各自的位置。

赖峰的目光绕着会场看了一圈，回头对刘成功和关峡说："董事长，关书记，人齐了。"

刘成功说："好，人都到齐了，我们继续开会。下面，请监事会监事对我们议案表决结果提意见建议。"

50多岁的监事欧阳礼起身向董事会鞠了个躬，随后坐下说道："董事长、关书记，各位董事，经我们监事会研究讨论，一致认为董事会议事流程符合规定，没有发现任何违法章程问题，议事结果经董事会成员投票通过，符合规定，不存在违规等问题。议事结果有效。"

话音刚落，张俊带头鼓起了掌，掌声停下后，刘成功又看了众人一圈，随后把目光落在了李义山身上，语气和缓地说："我代表董事会，谢谢监事会所做的工作，谢谢对决议的肯定。下面，请纪委发表意见。"

纪委书记李义山说："同志们，这次董事会议事，充分发挥了民主作风，各位董事都能站在为公司发展的角度认真对待议事事项，都能客观表达自己的意见建议，对不同的意见，能够充分研究讨论，议事结果符合少数服从多数的原则。纪委认为，此次董事会议事符合相关规定，不存在违规违纪的问题。"

说完，会场上又响起了掌声。刘成功彻底放松了，他像凯旋的将军一般挺直了身子，声音洪亮地说："首先，感谢各位同志能够以舍我其谁的担当，站在为企业发展好的高度讨论议事。我觉得，这是我们公司奋发上进的表现，体现了我们在座的每一个人的党性和素质，再次感谢大家。上午我们通过了顾阳焦煤集团煤焦发展的改革议案，这只是一个初步议案，在提报市发改委前，我们还有大量工作要做，任务艰巨。所以，我提议，成立专项工作组，从明天起入驻万顺焦化厂开展专业调研，尽快拿出调研报告，我们再上班子会议研究，定下来就给发改委和曹副市长报告。工作组的人员呢，我建议由赖总挂帅任组长，行政部张新阳任副组长，全面负责调研工作。此外，技术部王一飞、侯国华，财务部邓雅洁，人事部朱宏伟、林笑，安全部张子健，行政部马俊杰任组员，按照职责分工，开展专业调研。我要强调的是，在调研期间，我们各位副总和各位部长不得再给刚才提到的几位同志安排任何工作。同时呢，赖总和各位部长都要和这几名同志谈话，一定要全力配合张新阳的工作，谁要是使小性子影响工作，别怪我不客气。我就说这么多，下面请关书记指示。"

关峡脸上没有表情，依旧拍了拍话筒，不紧不慢地说："刚才董事长讲了许多，在肯定各位同志工作的同时，也提出了不少要求，希望大家能够戒骄戒躁，抓好落实。我想强调的是，这次会议再次证明，我们队伍的素质是过硬的，再次证明我们的班子成员是讲党性的，是讲民主的，是讲团结的。特别是郭总，能提出自己的意见和想法，能暴露自己的意见，能服从组织的决定，体现了志明同志的修养，我觉得也应该予以肯定。我还要提示各位，工作组进驻以后，一定要注意工作纪律，我们和私营企业打交道，最重要的就是纪律问题，要不受干扰，公开公平。党委和纪委也会加强纪律检查的，如果发现任何问题，一律按规定处理，请各位副总谈话时一并传达到相关人员。我就强调这么多。"

刘成功说："关书记刚才强调的特别重要，赖总一定要提醒到位，跟进到位，盯控到位，千万不能因为我们的疏忽让大家犯错，这是底线。各位还有什么补充的？"

说完，刘成功再次把目光投向了各位董事。等了十几秒，见众人都不说话，刘成功有种大功告成的感觉，平和地说了两个字："散会。"

按照习惯，刘成功和关峡起身先出了会议室。会场立刻少了严肃的气氛，几个人解脱了一般说笑着，三三两两走出了会议室。会议室瞬间安静了，刚才的一切似乎从来没有发生过。

张新阳回到办公室关了门，给马俊杰发了条短信。不多时，马俊杰敲门走了进来。马俊杰以为张新阳还是为了早晨他们在办公室说笑的事，虽然他觉得这个年轻人批评大家有点儿重了，可再一想，自己的行为也确实有所不妥，老机关了，居然犯了这种忌讳，实属不该。不过，张新阳再纠缠着这事不放，也说明他还是幼稚。

张新阳见老马进来了，脸上立即堆起了笑容，起身边给老马边倒茶边说："马哥，坐。"

马俊杰已经做好了被张新阳数落一番的准备，见张新阳这样热情，反而有些无所适从了，茫然地坐到了沙发上。

张新阳把茶杯放到了马俊杰旁边的茶几上，随即坐到了马俊杰的旁边说："本想着给你打个电话拜个年，可这一忙起来就忘了，现在给你拜个年，别嫌晚啊。"

马俊杰不知道张新阳葫芦里卖的什么药，但把他叫到办公室来，肯定不是为了拜年，于是附和着说道："张部长，客气了。听说你这个春节都在单位加班了，应该我给你拜年才对，辛苦啦。"

张新阳先是笑了笑，后又正色道："马哥，是这样，董事长要成立工作组进驻万顺焦化厂进行调研，征求我的意见，我推荐了你，董事长也同意了。这个事我也没有征求你的意见，就决定了。有啥不妥的，你多担待。"

马俊杰愣了一下说："没有啥不妥的，张部长看得起我才推荐我的，只是怕干不好，给你添麻烦。"

张新阳说："这是哪儿的话，要没有你给我的那份材料，我还真不知道从哪儿下手呢，老哥的能力我是信得过的。"

马俊杰说："张部长这是在高抬我，那我也就豁出去了，这个事必须干好，请张部长放心吧。"

张新阳说："马哥，我还有一个考虑。你年龄也大了，我想借着这次机会再把你推到前面，等这件事办成了，就向董事长建议，给你提一级，再找个闲差，你也就能踏踏实实地坐等退休了。"

马俊杰呆了十几秒，不是他听不懂张新阳的意思，只是不敢相信而已。随着年龄的日渐增长，他早已放弃了梦想和希望。原本以为这辈子也就这样了，人生规划对他来说早已无关紧要。没想到的是，眼前这个年轻人却在给他找退路，看着张新阳，马俊杰的心头一热，眼睛有些湿润了。

第73章　亡羊补牢

董事会后第二天，工作组人员全部到位，赖峰在办公室组织工作组成员开了工作动员会。工作组每人拿到了一份张新阳写的调研提纲。侯国华、邓雅洁、朱宏伟、张子健、马俊杰都是行家，略略翻了几页，已经知道了这份提纲的分量和含金量。王一飞和林笑业务还不娴熟，但看到眼前的这份提纲，不由得佩服起了张新阳的工作能力。

赖峰见众人都很严肃地翻着提纲，就问道："诸位，怎么样，有什么意见建议没有？"

侯国华摘下了老花镜，揉了一下眼睛说："非常全面，非常系统，我没有意见。"

其他人听侯国华说的和自己想的基本一致，也就一起附和道，我们和侯工的看法一致，没有意见。

赖峰继续说："好，没意见咱们就按照这个提纲去调研。我强调几点，一是务必要如实调研，你们都是专家，也是领导干部，这是基本素质，基本底线，所以调研的数据务必要真实准确。二是务必要守规矩，这也是关书记反复强调的，任何违反规定的事情，一律不准碰，各位要互相提醒，相互监督。三是务必要服从指挥，我是工作组组长，张新阳是副组长。我在这儿宣布一下纪律，除重大事项和重大问题外，其他事宜由张新阳全权负责，各位务必要服从命令，谁要不服从张新阳的安排，别怪我赖峰翻脸不认人。同时，张新阳也要虚心接受各位的建议，大家都是专家，相互交流探讨，也是一个学习提高的过程。"

赖峰见众人都在频频点头，又接着说："提纲上已经标明各个部门的分工了，我再强调一下。朱部负责与人事、工资、预算相关的事项，邓工负责与成本、经营、财务、税务相关事项，你俩的工作互补；侯工负责与技术、标准、制度相关的事项，子健负责与安全、设备相关的事项，你俩的工作互补。我要强调的是，工作互补的关键就是要解决交叉结合部的问题。新阳和老马负责法律事务、生产保障、发展规划等方面的事项。一飞配合侯工和张工分析梳理数据，小林配合你们朱部长和邓工分析梳理数据。我们所有的基础调研工作必须一个星期内完成。完成后新阳总执笔，老马、一飞、小林各负其责，其他人根据情况补充调研数据，一周内必须完成报告。"说到这儿，赖峰双手抱拳，向大家拱手说道："时间紧，任务重，我在这儿拜托大家了。"

众人听赖峰安排得有理有据，柔中带刚，恩威并用，不约而同地感叹道，赖峰就是赖峰，这种分分钟就能把工作安排得井井有条、滴水不漏的能力，就是所谓的领导能力。于是众人纷纷表态："一定会尽全力去工作，一定交一份高质量、高水平的报告。"

赖峰再次谢过大家，对张新阳说："好，多的也就不说了，车我已经安排好了，大家准备一下，一会儿就出发。新阳你对万顺焦化厂轻车熟路，一定要和杜天沟通协调好，安排好大家的办公住宿饮食，遇到困难随时给我打电话，我等你们的好消息。"

张新阳忽然有一种出征前的使命感，他嗖地站了起来，庄重地看着赖峰，斩钉截铁地说："新阳绝不辜负董事会和赖总的信任，保证完成任务。"

赖峰见张新阳笔直地站着，不禁又想到了他们在云南农场战天斗地的岁月。那次，领了任务出发前，他们几个知青也是这样向队长告别的，但那次离开之后，许多人再没有回来。想着那些死去的兄弟，赖峰的眼睛有些模糊了，他拍拍张新阳的肩膀说："好，出发吧。"

半个小时以后，工作组人员陆续走出了办公室，拿着相关资料，先后上了单位的商务车。赖峰站在车子旁边，目送车子缓缓驶出了公司大门，朝万顺焦化厂开去。

顾阳县金阳路123号文华苑。关峡站在阳台上默默抽着烟。春节刚过，黄昏的顾阳是极美的，晚霞挂在顾山边，山上的人家已开始亮起了红色的灯笼，零零散散的鞭炮声提醒着关峡，春节还未走远。关峡并没有在意这份美景，他的思绪还在会场，还在自己即将成为董事长的前夜，还在第一天上班时的那个坑口。昨天他第一次在会上发出了不同声音，他已经注意到了众人的反应，就连自己一手提拔起来的马文明都没有站队自己，这让他感到了深深的忧虑。

刘成功是不容否定的！这点已经在众人的潜意识中生根发芽了。这样下去，危险啊。自己在顾阳焦煤摸爬滚打几十年，却从来没有真正干过几件大事。天色渐渐暗了下来，看着天边的月牙，关峡默默问自己，关峡啊关峡，你在顾忌什么，是该做些什么了。

门铃响了，关峡的妻子朱玉兰透过门镜朝外看了看，见是王、郭二人，这才把门打开。王福阳和郭志明裹着一股寒气走了进来。朱玉兰热情地说："是师傅和小郭来了，快请进。"

王福阳笑了笑，算是打过招呼了。郭志明自然不能和王福阳比，忙说道："嫂子好，不好意思，打扰您和关书记了。"

朱玉兰说："小郭，来家里了，就不要搞单位那一套啦，快坐吧。我给你们倒水去。"

王福阳没有摆师傅的谱，轻声问道："关书记呢？"

"在里屋呢，不知道他在琢磨啥呢。"说着冲里屋喊道，"老关，别抽烟了，师傅和小郭来了。"

关峡听朱玉兰喊他，这才走出卧室。王福阳和郭志明看见关峡，赶忙从沙发上站起身。关峡看着两人说道："快坐，快坐。"说着，又冲朱玉兰说，"玉兰，给师傅和郭总泡茶。"

吩咐完，一把拉过了那把跟了他快二十年的藤椅，非常惬意地将整个身子放到了藤椅中。

王福阳接过了朱玉兰泡好的茶说了声谢谢，闻了闻说："关书记，这个茶不错，正宗的正山小种。"

关峡笑着说："师傅还是对红茶情有独钟啊。"

王福阳说："这么多年的习惯了，改不了了。"

关峡说："一会儿让玉兰给你拿两包。我又不怎么喝，浪费了。"

王福阳说："谢谢关书记，那我就不客气了。"

接着王福阳话锋一转说道："书记，昨天的事情，都怪我和郭总大意了。谁能想到他们的议案这么完善。我打听了，这个张新阳过年就没有休息，天天加班，就是在整这个材料。"

"师傅，这不是我们和他们的事情，都是在为公司的利益着想，不存在他们、我们这一说。张新阳加班没有错，这个敬业精神，我觉得公司上下都应该学习。"说完，关峡觉得自己的调子高了，又说道，"当然，师傅和郭总有不同意见也没有错，但这件事，考虑确实不周密。"

郭志明说："关书记您说得没错。昨天我也在反思，这件事上，我确实是考虑不周。第一，在明知道董事长已经有了并购意向的情况下，没有及时和您汇报，始终没有统一的意见，没有总体的方向。第二，保密工作做得不好，八字还没有一撇呢，乱石滩的人早已经传得沸沸扬扬了，失去了主动性。反观赖总的行事，小心谨慎，步步为营，议案能写到那种水平，我相信，他手头现有的资料绝不仅仅是这些。第三，说得多，做得少，行动迟缓，但凡这次会议上我能拿出个像样点儿的议案，鹿死谁手还是未知数呢。这次教训太深刻了。"

"志明说得没错，这次吃亏就吃在思想不统一、行动不统一上。"王福阳抬头看关峡若有所思，又小心翼翼地说道，"关书记，这次我和志明来，就是希望能获得您的支持。亡羊补牢，为时不晚。只要您下决心干，我就是散了这把老骨头，也要和志明把这个骨头啃下来。这件事，不仅仅关系到你我，还关系到兄弟们的将来，还请您为大家考虑啊。"

关峡注意到王福阳并没有像往常一样称呼自己为你，而是用了您。关峡知道如果自己不明确表态，郭志明的计划毫无疑问会流产，刘成功的并购方案很快就会获得批准，公司至少要筹备 5000 万～ 8000 万元的资金去收购万顺焦化厂，而跟着他成长起来的郭志明和许多干部，自然也就和改革毫无关系了，进不了企业发展的决策通道，对干部来说意味着什么，大家谁都清楚。这次自己虽然没有公开反对刘成功，但谁也看得出来，自己和刘成功之间已经有裂痕了。

开弓没有回头箭，再想回到以前是不可能了。顾阳焦煤要想保持向好的局面，关键就要看自己的态度。董事会虽然通过了议案，但只要津州市政府没有批复，一切都还有机会。这个盘要能翻过来，以往的平衡自然而然就恢复了。至少在自己的任期内，顾阳焦煤这个摊子乱不了。这个稳定的局面还能保持住，刘成功也就不会太激进了，这叫以进为退、以攻代守。

下定了决心，关峡说道："志明说的几点我都认同，根子还是在谋划上，看看赖总下的功夫，你郭总真是有很大的差距。志明的提议，我在董事会上也明确表了态，只要有利于公司发展我都支持。就目前而言，还有机会，就看郭总谋划到不到位，工作扎实不扎实，有没有决心，只要你下了决心，我一定全力支持。"

郭志明打了个激灵，站起身兴奋地说道："关书记，我先代表兄弟谢谢您，有您这句话，我郭志明一定打一个漂亮的翻身仗。"

关峡挪动了一下身子，但并没有站起来，只是示意郭志明坐下。许久，关峡低声说道："我只有九个字的要求，学赖总，要保密，加紧干。"

关峡说完后沉默了，紧接着三个男人同时陷入了沉默。这种沉默如爆发前的火山，一旦冲泄而出，便会引来烈焰熔城。

第74章 义气为重

车门上印着顾阳焦煤集团的中巴车载着调研工作组驶入了万顺焦化厂，稳稳地停在了办公楼前。杜天早已带着老梁、于振东、赵文廷等人候在了门口。车门缓缓打开，张新阳等人先后下了车。杜天热情地迎上来握着张新阳的手说："欢迎张部长和各位大驾光临。"

张新阳也笑道："又要麻烦诸位了。"

杜天露着一嘴黄牙说："一家人，说啥两家话嘛。快请，各位，请。"

说着，杜天陪着张新阳一行人走进了办公楼。会议室内干净整洁，墙上挂着焦化厂去年的各类指标图板，但凡懂业务的人，一眼就能看出图板上的各项指标意味着什么，显然这是杜天的精心安排。

一行人中，除王一飞和林笑外，都是顾阳焦煤集团专业管理领域身经百战的专家，略略看了看展板，众人已经对这个土里土气、露着一嘴黄牙的老板刮目相看了。副组长张新阳把老梁、于振东、赵文廷等人一一介绍给工作组，随后又把工作组的人也介绍给了厂方。

双方打过招呼，张新阳直奔主题说："这次调研呢，时间紧，任务重，压力大，还请杜老板务必保证我们团队的办公场所和食宿条件。"

杜天笑着说："张部长，这个你就不用操心了。办公室早就准备好了，电脑都是全新的。诸位吃饭就在厂里的小食堂，我专门从新世纪大酒店请了厨师。住宿在厂里的招待所，两人的标间，一定让各位吃好，工作好，休息好。"

张新阳看了看众人，笑着对杜天说："那我代表大家谢谢杜老板了。再有就是在业务上，也得请杜老板安排人配合我们开展工作。"

杜天说："这个由于振东和赵文廷全权负责，我已经和他们交代过了，只要工作组的人提出不满意，有一件算一件，谁负责的扣谁两个月奖金。"

张新阳笑着挥挥手说："这个嘛，也没必要，兄弟们都不容易，全力配合就好。"

杜天说："没有规矩不成方圆，万顺能做到今天，就是靠着严罚和重奖。民营企业，要没点儿手段，是成不了事的。"说完又对老梁说，"中午在新世纪大酒店订两桌饭，我要给各位专家领导接风。"

张新阳忙摆手说："杜老板，接风就免了。中午就在食堂简单吃个便饭，下午两点我们正式开工。"

杜天说："张部长，一顿饭嘛，耽误不到哪儿去。"

张新阳说："杜老板，你们有规矩，我们也有纪律。您的心意我们大家心领了。"

杜天笑道："好，好，那我就不强人所难了。这样吧，老梁你给食堂打个电话，中午的饭菜要丰盛。还有，一会儿领各位领导熟悉一下办公环境和住宿条件，各位有啥需要就找老梁。"

老梁抬起头，眼镜后一双精明的眼睛透着狡黠和干练，脸上带着似笑非笑的表情，冲着大家略略点着头。杜天又和张新阳客气了一番，老梁便领着众人出了办公室。工作组看过了办公场所和招待所，食堂已经准备好了饭菜。杜天陪着众人吃过午饭，调研工作就正式开始了。

就在张新阳领着人按既定目标开始调研的时候，郭志明的工作组也悄无声息地成立了。工作组的成员都是乱石滩矿的技术员，这些人大部分没有学历，却有着丰富的工作经验，他们干工作不像大学生那样说规矩、讲理论，他们的长处是不按常理出牌，擅长使用奇招怪招，就是这些长处，往往能带来意想不到的效果。

刘成功担任董事长后，重用并提拔了一批大学生，使得顾阳焦煤的干部队伍迅速年轻化、高学历化。可是现场的这些能人，却因为学历，被挡在了提拔重用的门外。眼看着离着35岁的提干门槛越来越近，这批人无论如何努力还是没有机会，于是，他们开始迷茫，开始自暴自弃。

这种境遇在王文吉被下放到乱石滩矿干了技术员后有了转机。一路顺风顺水的王文吉来到矿上才发现，现场远远没有那么简单，他这个曾经的技术部部长，在乱石滩矿，竟然什么都玩不转。也正是这种深深的挫败感让他第一次见识了这批草根英雄的能耐，同时也听到了这批人的怨言。而且这种情绪正如同雨后的野草疯狂地成长着。

王文吉无意间和郭志明说到了这些，说者无心听者有意，郭志明把信息传递给了关峡。关峡凭着多年的经验，立即意识到了问题的严重性，也看到了其中的机会。于是一个聘干的计划，在关峡的提议和推动下渐渐成形了。而过度相信大学生的刘成功并没有把这批人当回事，自己也拟了一个提拔计划，他和关峡的计

307

划相互融合之后，董事会顺利通过了提干方案。两矿一厂共 12 名工人被聘用为技术员，这些人自然对关峡、郭志明心存感激，一股不容小觑的力量在现场成长了起来。也正是这批人骨子里的草根性，使他们对大学生有着与生俱来的藐视。

乱石滩矿东矿区二层办公楼几乎就要废弃了，办公楼外墙上隐约可见的"多快好省，保障供给"几个字，诉说着东矿区的过往。20 世纪 70 年代，这儿曾是林阳县首屈一指的好单位，自从归了乱石滩矿，由于设备技术的滞后和人员的盘根错节，这个矿早已没有了当年的风光，只有 50 岁往上的职工偶尔回忆往事，人们才能从他们的眼中读到当年的骄傲。

办公楼的所有设施都与集团公司总部格格不入，这里已经成了被顾阳焦煤遗忘的废地，只有负责卫生的张师傅，还像当年当卫生队长时一样，每天认真地打扫着早已被人忘却的房间，等待它们的主人再一次出现。

郭志明坐在阴暗会议室的破旧会议桌前，所有参会的人，都是他反复琢磨挑选的。这些人有一个共同的特点，年富力强，精明能干，地位却不高。他们都是上一次新聘的干部，能干成事、信得过。郭志明看着自己挑选出的 7 名干部，神情严肃地说："各位，今天把大家召集到这个鸟不拉屎的地方，只为一件事。在交代任务前，我先强调一点，各位都是关书记和我反复斟酌确定的人选，我们相信大家是最优秀的，只是这事有一定的风险，弄不好各位的前程也就此为止了。谁要有顾虑，现在就说，我郭志明绝不为难大家，也绝不搞秋后算账。大家意见如何？"众人面面相觑，会议室一片寂静。

沉默了一会儿，一个瘦高的年轻人站起来说："我们现在这个干部身份，还不是关书记和郭总给争取的。只要不是违法违纪的事，我不怕，绝对服从郭总的安排！"

其他人见外号高大个的高建义表了态，也纷纷说道，他们也一样，听从郭总的安排。郭志明看着纷纷表态的这群人，脸上露出了感动而又欣慰的笑。

郭志明说："好，我没看错人。大家都听说公司要改革的事了吗？"

高大个有些茫然地说："不是要并购一家私人焦化厂吗，方案都定了。"

郭志明点头道："那你觉得呢，这个并购怎么样？"

高大个拍了一下大腿说："我看不怎么样，花钱收购个企业也叫改革？依我看，这种改革，换谁也能干，花钱呗。"

郭志明继续问道："高大个，那你觉得怎么就叫改革了？"

高大个拍着桌子，指着东矿区坑口方向说："谁要能把这个破地儿搞活了，这他妈才叫改革。"

其他人也说，对，改革就要干点实事，这才是本事，公司机关的那帮大学生，驴粪蛋，表面光，也就是能整个花钱的方案。

郭志明说："好，英雄所见略同。我交给你们的任务，就是拿出个把这个破地搞活的方案来。"

众人一听又沉默不语了。郭志明问："怎么，又都不说话了，你们也成驴粪蛋了？"

外号周司令的小胖子周思说："郭总，不是兄弟们没信心，只是并购方案，这董事会已经定了的事，兄弟们忙活半天不是白忙活吗？"

郭志明说："只要你们把这个事办了就不是白忙活，剩下的事我去办。办成了，你们都是顾阳焦煤发展的大功臣。"

众人听明白了，这次关峡是要干一番事儿了。自从刘成功当了董事长，他所有的建议提案，关峡都一律赞同，当然刘成功的大多数议案是正确的，但总归是人无完人，有些事儿也出了差错，但关峡还是和刘成功一起承担了错误，所有的人都觉得关峡这个总经理就是个摆设，亲近的人甚至当面对关峡提出了看法，但关峡只说四个字——萧规曹随，于是人们又给了关峡一个雅称——无为经理。

然而，近一两年，刘成功的做事风格似乎有了些微小的转变，而关峡似乎也多少表现出了"有为"的迹象。不过这些都是一些人的无端揣测，整体上刘、关二人多年的管理模式并没有实质性的转变。而今天，郭志明却给了这帮人一个明确无误的信号，顾阳焦煤的领导格局要变了。想到这些，这群天不怕地不怕的人居然莫名兴奋起来。

高大个情绪高涨地问："郭总您能给我们个方向吗？没有方向，这个事也不好办。"

高大个问到的，正是郭志明想说的。于是，郭志明就把和林阳县政府合作，对东矿区进行改制的想法说了一遍。

众人认真听着，等郭志明说完，周司令拍着大腿说："要我说，这才叫改革，这个东矿区发展不起来，还不是因为捋不顺公司和顾阳、林阳两县之间的关系吗，按郭总的思路，这些问题不就迎刃而解了。比那些狗屁大学生弄的方案要高多了。"

郭志明摆了摆手说："各位，客观讲，我们也不能否定行政部出的方案，如果没有东矿区这个问题，我也会支持这个方案的。我们此次任务，不是去批判谁，而是要把我们当前的方案搞好。说到这儿了，我想说一下纪律。第一，这次把大家召集来，是我个人的行为，不代表集团公司，也不代表关书记，所以你们要完成的工作也都是个人行为。我一会儿给各位分工后，我们就散了，干好各自工作的同时，还要完成今天安排的任务，困难很大。第二，不能向任何人透露一点儿信息，特别不能向乱石滩矿的马彬和段树铭透露半个字。涉及了解核心信息时必须要谨慎，你们的行为一旦暴露了，关书记和我都不会承认的，你们就有被处分的危险。所以保密就是保护自己。第三，不要对行政部的并购方案进行任何评论，要时刻和董事会的决定保持一个声音。第四，你们只有半个月的时间，任务很繁重，拜托各位要夜以继日，高质量完成。在这儿我谢过大家了。"

说完，郭志明站起身，向在座的七人深深地鞠了一躬。高大个、周司令这些人都来自底层，对义气二字看得很重。郭志明这一鞠躬，鞠到了众人心里。

高大个站起身说："郭总，士为知己者死，哥几个拼了。"

其他人也起身说："对，不为别的，就为了哥几个争这口气，我们也拼了。"

小小的会议室正在慢慢聚集一股同仇敌忾的能量。郭志明看着高大个、周司令这些人，他们没有学历，却有一腔热血，他们的职务不高，却有着敢冲敢拼、敢想敢干的劲儿。郭志明分完工，七个人齐刷刷起身，腰板挺得笔直，犹如一排即将出征的战士。郭志明声音有些哽咽地说道："拜托各位了！"

黄金岁月

漠野萧成 著

北京联合出版公司
Beijing United Publishing Co.,Ltd.

目录

第75章　双线赛跑

　　新一年的春天，春寒料峭。在顾阳焦煤集团，董事长刘成功领导的以专业人才为核心的专业团队，党委书记关峡支持的以现场普通技术人员为主体的团队，围绕着顾阳焦煤的改革方案，展开了一场抢时间的竞赛。这是两种观念的冲突。不，更准确地说是两个团队、两种思维的对决。在这个春天，顾阳焦煤的两位主要领导，两套改革方案，两个团队针锋相对，浓浓的火药味儿弥漫在顾阳焦煤集团充斥着满是煤炭颗粒的空气中。它足以搅动整个顾阳焦煤，每个了解内幕的人都清楚地知道，顾阳焦煤的某种平衡即将打破。

　　高建义、周思等人走出东矿区时天早已暗了下来，西边的天空挂着一抹暗红，不多时，如炉灰一般彻底消失在西边的天空。周思边走边问："大个，刚才郭总也交代了，我们受你直接领导，下一步怎么干，你交代吧。"

　　高建义哼了一声说："周司令，你怎么也变得娘们儿唧唧了，刚才不是都分工了吗，干他娘的就行了。你问我怎么干，我全干球算了。"

　　周思说："大个，你还不了解兄弟，我周司令是那种娘们儿吗？我是说，兄弟们干这个活群龙无首，我们这样单打独斗，能行吗？弄砸了，我们怎么向郭总交代呢？"

　　高建义双手抱在胸前，沉思了一会儿说："那就这样，东矿区旧宿舍楼有个川菜馆，我们说好了，三天聚一次，边喝边商量，怎么样？"

　　川菜馆在东矿区的工人中是很有些名气的，不仅仅因为味道好，还有个原因就是便宜。工人们下了班都愿意来这儿要两盘炒腊肉、炒腊肠，再喝上几两散酒，也算是一种惬意。只是这个川菜馆有个很大的缺点——脏，于是有人给它起了个外号叫苍蝇馆。高建义选在这儿自然有他的道理。这7个人都是从一线干起来的，自然也就没少吃这儿的饭，也乐意吃这一口。其二，矿上的干部们是不会来这儿的，自然会安全许多。其三，饭馆老板和周思还是远房亲戚，嘴严自不必说，给他们找个小包间，即便喝多了，也不用担心酒后失言。高建义的建议一提出来，其他人纷纷赞成，于是众人便约定，每两天在川菜馆聚一次，互通消息。

话题转移到川菜馆，高大个又说："既然大家都同意，咱就这么定了，今天我请客，哥几个现在就去川菜馆，咱们一醉方休，明天开始各干各的。今天，我大个有句话说在前头，谁他娘的嘴要比裤裆松，透露半个字出去，不管郭总答不答应，我高大个首先就不答应。"

众人都知道高大个是个火暴脾气，纷纷说道："大个，咱哥几个都是一个巷道中摸爬滚打的兄弟，谁不了解谁啊。只要兄弟们一条心，没有办不成的事。"说完七人相互打量着，哈哈大笑起来。七个草根出身的中年人在腊肉馆昏暗的灯光中，喝到酩酊大醉。他们感叹着这十几年在一线的艰辛和不易，如若不是关峡执意坚持，他们这批人，也只能在一线干到退休了。

说到动情处，高大个起身摔了酒杯，说道："哥几个，这次无论如何，我们各显神通，让那些官老爷们看看，我们这群土包子也不是吃素的，我们是狼，走到哪儿都要吃肉。不把这块骨头啃下来，弟兄们的这张脸就都别要了。"

周思等人也站起身，一仰脖子喝光了杯中酒，重重地把杯子摔在地上。昏暗的房间中，玻璃碎裂的声音如同出征的战鼓，激起了一群汉子的昂扬斗志。

张新阳团队在杜天的全力支持和于振东、赵文廷的全力配合下，调研工作推进十分顺利，仅一周的时间，侯国华、邓雅洁、朱宏伟、张子健的调研数据、专业分析等相关资料就已具雏形了。王一飞和林笑虽然专业能力差点儿，但在逻辑思考和文字组织上却丝毫不逊色，再加上两人依然处在热恋当中，如同斗艳的孔雀一般，铆足了劲展示着自己。几个专家的调研数据经他俩一分析提炼，立马就有了高度。

马俊杰早把这一切看在了眼里，瞧着坐在电脑前的张新阳，心里暗暗赞叹道，这个张新阳真会用人，年轻人前途无量啊。

张新阳边敲着键盘边说道："马哥，你看一飞两口子整的材料如何，能过得了关吗？"

马俊杰吐着烟圈说道："侯工他们的数据没问题，我觉得可以过关了，王部长和小林的材料高度是有了，但几个材料各自为战，数据之间没有必然的关联性和相互之间的逻辑性，还是欠缺点儿。"

张新阳呵呵笑道："他们两口子的东西能得到你的肯定就已经很不容易了，

至于关联性和逻辑性的问题，就该考验咱俩的水平了。"

马俊杰也跟着笑道："是，是，我这几天光是给他们当副手打杂了，也该我唱回主角了。"

张新阳说："马哥，你先不着急。我先写着，初稿出来了你再上手，我们争取下周就给董事长呈一稿。"

要换其他领导这样说，马俊杰会毫不犹豫地认为这就是一句客套话，哪有领导干活让下属改稿的道理？但他从张新阳眼神中读到的却是真诚。通过这段时间的观察，马俊杰发现，张新阳是一个完美主义者，凡经他手的重点工作，他一定事必躬亲，即便是安排给文秘室的人办理，也要反复叮嘱、反复要求，直至达到他预想的目标。就因为张新阳的这种严格，文秘室的人对他又爱又怕，爱的是张新阳的严格要求给他们带来了看得见的收获和利益，怕的是一个材料要反反复复地修改，不用心根本过不了张新阳的关。张新阳的威信就这样在同事们的矛盾心理中，一天天地牢固起来。

马俊杰虽然已经掌握了张新阳的完美主义性格，但在这件事上，他绝不可以畏难退缩。对张新阳而言，这是他自我加压的责任，但是对马俊杰而言，或许是这一生都不会再有的、稍纵即逝的机会，他必须把握住，必须把握牢。将近 50 岁的年纪，他已经悟透了在这个企业的生存法则，可惜一切都太迟了，他再也不能像以前一样任性，一样随心所欲，他必须努力最后一把，既然没能给自己一个体面的出场，现在就必须给自己一个体面的退场。

马俊杰依旧吐着烟圈，脸上堆起了笑容说道："张部长，这个工作还是交给我来做吧。虽说我们手头有提纲，朱工他们也很专业，但万顺焦化厂毕竟是个私人企业，是私人企业它就有灰色地带，全靠那个于振东是不行的，我建议你还是领着朱工他们再把所有关键点好好推敲一遍，这样才能保证万无一失。材料你就先交给我，等我出了初稿，我们再探讨、再研究，两条腿走路才放心。"

张新阳听完老马的话似乎想到了什么，敲击键盘的手停了下来，侧过头看着马俊杰说道："马哥，你这一说还真提醒了我，张子健提供的资料好像少了一个什么数据，我记得上次我来调研的时候是有的，而且万顺焦化厂在这方面是有问题的。"

说完，张新阳便起身从包里翻出了移动硬盘，插到电脑上查找起了资料。马俊杰想凑到电脑跟前看一眼，屁股刚刚离开椅子，就意识到这是张新阳的私人硬盘，凑过去看，是要犯忌讳的，想到这儿又坐了下来。

张新阳并没有注意到马俊杰的动作，依旧翻找着以前的资料，十几分钟后，张新阳一拍桌子说道："找到了，是安全设备的改造资金，张子健少了这一块儿的调研。马哥，还是你有经验。听人劝，吃饱饭，晚上我就召集大家开会，我们必须逐项再过一遍。那个材料就交给你了，工作量不小，有劳老哥了。"

马俊杰不动声色地说："张部长，太客气了，这不就是我分内的事情吗，你忙你的，就是拼了老命，我也要把这个活拿下来，要不，可就真对不起你的推荐和董事长的信任了。"

"马哥，可惜啊，要是早点儿……"说到这儿，张新阳顿了顿说，"算了，不说了，通知他们来开会吧。"

马俊杰知道张新阳想说什么，过去的路是自己走的，怨不着任何人，识时务者为俊杰，可当年年轻气盛的马俊杰偏偏就不识时务，事事都由着自己的性子干，所有的路都是自己走的，事到如今又能如何？

马俊杰苦笑了一声，摇摇头，去通知大家开会了。

第 76 章　会议前夜

金阳路 123 号文华苑，关峡把郭志明让到了客厅阳台的藤椅上，望着远处顾山顶上的积雪，一口接一口地抽着烟，郭志明没敢打断关峡的思绪，两人就这样默默地坐着。

许久，关峡问道："志明，方案搞得怎么样了？"

郭志明立即从包中拿出了厚厚的一沓文稿说道："关书记，周末来打扰您，正是想向您汇报这个情况呢。高建义、周思他们几个已经把初步方案拿出来了。我花了不少时间和精力润色完善了一下，尽我所能使这些数据翔实周密、逻辑严谨了，股权结构、生产结构、人员结构等面面俱到，预期和利弊也说清楚了。"

说着郭志明将那沓文稿递给了关峡。关峡戴上了老花镜，一页一页地慢慢翻着，翻到了一半，脸上的表情渐渐放松了，又翻了几页后说道："看来我用这批人，真是用对了。好，很好。我们想到的他们都想到了，甚至我们没想到的，他们也想到了。这个材料你给我放一份，我要认真研究研究，明天再给你建议。"

说着关峡摘下了眼镜，轻轻揉了揉眼睛又问道："志明，他们这个活干了几天了？"

"一个星期了。"郭志明说道，"说实话，这次我还真对这几个泥腿子刮目相看了，一个星期交上了这样的答卷，很不容易。更难能可贵的是，高建义通过他姐夫的关系，搭上了林阳县政府办主任的线。据府办主任说，王县长上任后对林阳没有规模企业的问题很上心，私下还提起过要在林阳也搞一个煤炭企业的想法，更为重要的是，县委冀书记也认同王县长的想法。我估计，王县长所谓的搞煤炭企业，指的就是前期考察调研乱石滩矿时控股东矿区的思路，只要王县长有这想法，我们就可以和他接触接触。"

关峡饶有兴趣地看着郭志明问道："高建义，就是那个大个子吧，这小子脑袋瓜子好使，干到前面去了。林阳县政府能不能和我们一起提议，还真是我的一块心病。志明，你说说看，下一步我们该怎么办？"

郭志明说："关书记，万事俱备，只欠东风。据我了解，张新阳他们在万顺焦化厂干得风生水起。可以肯定的是，他们的提案上会以前已经有了方案，只是缺少数据支持，这次他们不费吹灰之力就完成方案了，我估计董事长马上就要再次召开董事会研究方案，方案通过是毫无意外的，我们这个方案还有什么意义呢？"

关峡面无表情地说道："志明，你现在的任务是与林阳方面联系，最好是能让他们出具控股东矿区的意向函。另外，我们的材料必须按上报发改委和曹副市长的标准抓紧完成，其余的事情你就先别考虑了。"

郭志明太了解关峡了，此时他又一次深深体会到，一个单位，领导的作用有多大。他们的职责就是把方向，一旦领导掌稳了舵，其他人只管埋头划船，任何负担包袱便立即烟消云散。

郭志明长长地出了一口气说："明天我就联系林阳县政府，只要我们准备充分，应该是能说服王县长的，出个意向函应该不是什么大问题。材料方面您就放心，我郭志明好歹也是行政部写材料出身的，写这个材料自然不在话下。"

关峡见郭志明忽然来了精神，脸上也露出了笑容，他拿起了刚刚烧开的水壶，给小桌上的茶杯续满了水笑道："志明，你写的同时还要认真思考一遍，有漏项就抓紧让哥几个完善，留给我们的时间不多了，这项工作还要加快。如果不出我所料，下周五前，就要召开董事会。"

郭志明下意识地看了看手表上的日历，还有不到一周的时间，郭志明信心满满地说道:"书记您就放心吧,一会儿我就召集哥几个再开个会,周三晚上不把方案放到这儿,我提头来见。"

关峡说道:"志明,你上手写材料,我放一百二十个心。关键还是王县长那儿,一定要争取到政府的函。否则,一切就前功尽弃了。"

郭志明说:"我明天就去林阳拜访王县长,以我和他的交情,我有七成的把握。"

关峡说:"志明,我也知道这个事不好办,不过你必须尽全力。按理说,应该我去拜会王县长,但我要一出马,这件事就没有回旋的余地了。"

郭志明附和着说:"书记,我明白您的用心,这件事我一定尽全力,只能成功,不能失败。"

关峡没有接郭志明的话,点着了一根香烟,狠劲抽了两口,凝视着窗外的顾山,吐出了一个大大的烟圈。

凌晨5点25分,马俊杰在键盘上敲下了最后一个字符,材料终于写完了。这已经是他和张新阳熬的第三个晚上了,虽说王一飞和林笑的材料有一定的功底,但和写这种大材料的要求比起来,差距仍然不小。这份材料,马俊杰几乎是一个字一个字地抠出来的。这几天,张新阳白天领着人一个数据一个数据地推敲确认,晚上陪着马俊杰一句一句地改材料,先后出了三稿,就让刘成功毙了三稿。好在这第四稿刘成功是定了调子的,不出意外,应该马上就要大功告成了。

马俊杰敲下了最后一个句号,保存了文档。看着斜躺在沙发上的张新阳,轻轻起身,用手揉了揉干涩的双眼,伸了个懒腰,心里稍稍一放松,肚子便咕咕地叫了起来。马俊杰从桌上拿了桶方便面,蹑手蹑脚地提了暖水瓶,一股脑将方便面、火腿肠、榨菜泡到了一起,泡了不多时,就狼吞虎咽地吃起来。正吃着,就听张新阳沙哑着嗓子问:"马哥,写完了?"

马俊杰咽了口中的面,回头看着睡眼惺忪的张新阳说:"刚完,有点儿饿了,泡个面。"

张新阳说:"好,你吃完睡会儿,我再过一遍。今天下午必须把这一稿呈给董事长,时间不多了,必须抓紧。"

马俊杰说:"这才五点半,你再睡会儿吧,我们八点起来再过一遍。不会误事儿的。"

张新阳说:"赶早不赶晚,中午前必须定稿。我都睡了仨小时了,你还没合眼呢,吃完你就睡,睡醒了接我班,再核一遍稿。马哥,听我的,快去睡吧。"

马俊杰还要说什么，张新阳已经坐到电脑跟前一字一句地看开材料了。马俊杰起身给张新阳泡了桶方便面，放到了电脑旁说道："张部长，你也注意身体，先吃点儿再说。"

张新阳摆了下手说："马哥，你就别忙活了，快去睡会儿吧。"

马俊杰斜躺在沙发上，盖了一件军大衣，不多时就响起了呼呼的鼾声。

下午，在张新阳一干人没日没夜的苦战下，一份正式报告终于定稿了。张新阳先回公司向赖峰和刘成功进行了汇报。

凌晨，张新阳收到了刘成功的短信：可以了，明日安顿一下，能撤回来了。张新阳一行顺利完成了任务。

第二天中午，杜天在食堂摆了一桌，算是给工作组送行。侯国华、邓雅洁、朱宏伟、张子健都对杜天的厂子赞不绝口，张新阳知道他们是在恭维杜天，但他们所说的，百分之八十是符合实际的。听着众人谈笑风生地聊着，张新阳又一次佩服起了刘成功的判断能力和战略眼光。

刘成功的办公室，赖峰、邢利为、张俊、张新阳手头都拿着一份报告材料。刘成功说道："这几天辛苦新阳他们了，我听说几个人都是白天黑夜地连轴转。赖总，代我向同志们问好。新阳，说说你的看法和感受。"

张新阳说道："此次调研我应该是最大的受益者，几位老同志的作风过硬，我从他们那儿学了不少专业知识，也学了不少可贵的精神。特别是马俊杰，这个材料几乎是他一个字一个字地抠出来的，这种精神是平时看不到也学不到的。至于说在方案上，我觉得董事会的站位非常高，战略眼光长远，现场调研的数据也能印证这一点，如果并购成功，一年内实现盈利应该没有任何问题。至于说问题还是有的，主要集中在安全设施投入上，毕竟追逐利益最大化是民营企业管理的通病，这些问题都是细枝末节，只需要投入一定的物力、财力，不影响大局。我对现场的直观理解就这么多。"

赖峰听张新阳说完，一颗悬着的心终于放了下来。他所担心的是张新阳在刘成功面前表功。作为领导，最关心的就是身边的人在干什么。某个人干没干工作，用没用心，领导早已了然于心。至于与你的谈话，更多的是从一个侧面去观察、去了解一个人。在赖峰眼中，张新阳今天的表现十分到位，肯定自己的团队就是在肯定领导的选人用人，肯定每个人的成绩就是在肯定自己的领导能力，不惜对别人的夸奖，就是在展示自己的胸怀。

刘成功听完了张新阳的汇报，脸上露出了稍纵即逝的笑，他说道："新阳的分析基本到位，伟人曾经说过，没有调研就没有发言权。这次新阳的调研就抓住了发言权。往后我们每一个重大决策，都要深入到现场去调研，这样才能保证不走弯路，不犯错误。各位，大家看看，还有什么需要补充的，尽管提出来。"

邢利为、张俊都是在关键岗位上摸爬滚打多年的"专家"，仔细读了一遍材料，指出了几处硬伤，同时也提出了相应的意见。刘成功对众人提出的建议非常认同，在和大家讨论一番后，让张新阳一一记了下来。等众人再没有什么意见了，刘成功说道："好，新阳今天晚上再辛苦一下，把刚才几位领导的建议都加进去，我看我们这个方案就能上会了。"

赖峰问："董事长，那，我们什么时候开会？"

刘成功看了看办公桌上的台历说："我先征求关书记的意见。张俊，你们先按照周五来准备会议。"

众人合上了记录本，走出会议室。

第77章　从长计议

关峡盯着办公室墙上的字，这幅字是顾阳书法家协会的王耀臣专为自己写的，看着，看着，不禁轻声念了出来：养活一团春意思。年轻时，晚清名臣曾国藩的家书是自己反复读过的一本书，往后为人处世的许多哲理，都是从这本书的字里行间悟到的。"养活一团春意思，撑起两根穷骨头"便是他最为标榜的哲理。

关峡反复读了几遍，不禁哑然失笑。刚才刘成功一进办公室，他已经猜出了他的来意。果不其然，寒暄几句后，刘成功便提出了周五开董事会的建议，同时还把一份准备给津州市发改委报送的报告递到了关峡手中。关峡爽快地同意了刘成功的建议，刘成功满意地带上门走了。想必此时，行政部已经在通知相关人员会议议程了。

关峡顺手拿起了刘成功送来的方案翻看着，这份方案越是无懈可击，他心中莫名的忧虑和不安就越强烈，最后索性将材料扔在一边，随手拿起了手机，把头靠在沙发靠背上，手机滑盖在他手中不停地划上划下。门被轻轻地敲了几下，关峡睁开了眼睛，微微调整了一下思绪说道："请进！"

办公室的门被轻轻地推开了，王福阳和郭志明了走了进来，关峡已料到是他俩了，指了指对面的沙发说道："坐吧。"

两人一坐下，郭志明就说道："关书记，我们接到了通知，周五要开董事会。我们的方案也好了，我和王总想请示书记，我们得从哪个方面努力一把，争取在董事会上扭转乾坤。"

王福阳也说道："郭总的方案我也看过了，这次我们有理有据，只要会前做足了功夫，我还是很有信心的。我们怎么下这个功夫，就请书记指示吧。"

关峡看着两人说："上次会议已经定了的事情，怎么能说推翻就推翻呢？周五董事会，我没有任何意见，也希望王总和郭总支持董事会的决议，提建设性意见。"

王福阳看着同样一脸茫然的郭志明，不知道关峡葫芦里到底卖的什么药。王福阳顿了一下又说道："书记，那我们不争取了？"

关峡看着一脸茫然的王和郭问道："林阳王县长那儿有回应吗？"

郭志明说："我去拜会了王县长，把我们的意向通盘和他说了，不过没有提及收购万顺焦化厂的事儿。他对我们的提议十分感兴趣，还和我聊了许多深层次的问题。他当场表态，只要我们有意向，林阳方面绝对没问题。如果需要，可以以县政府的名义给我们发意向函。"

关峡说道："那就好，志明，辛苦你了。"

郭志明又问道："那我们后天开会？"

关峡面无表情地说："刚才不是说了吗，和董事会保持一个声音，提建设性意见。"

郭志明说："那我们的报告……"

关峡说："晚上你和王总带上报告去我家，我们再研究。"

郭志明还要问什么，王福阳用脚尖轻轻碰了碰郭志明，郭志明把到嘴边的话咽了下去，改口说道："好，我把报告打印两份，晚上给您带过去。"

关峡有些疲惫地点了点头，目光又落在了那幅字画上。

王福阳起身说道："书记，那晚上我和郭总准时到。看您气色不太好，您多注意休息。"

关峡摆摆手说："不要紧的，你们忙去吧。"

王福阳和郭志明一前一后走出了办公室，郭志明轻轻带上了门，低声问王福阳道："王总，关书记这又是唱的哪出啊？一会儿是尊重董事会决定，保持一个声音，一会儿又要研究报告，我们到底是要坚持还是不坚持？我是糊涂了。"

王福阳说："你糊涂？我也糊涂了。既然糊涂了那就糊涂办，听书记的就对了，他指哪儿，咱打哪儿，准没错。"

郭志明轻叹了一声说："想必关书记已经有了策略了，关书记的思维和城府不是你我所能及的啊。"

王福阳也感慨道："没有些真本事，能干了这个正处级干部吗？志明，你还年轻，跟着书记多学着点儿。"

郭志明又叹了声气，拍拍王总的肩膀，大步走向了自己的办公室。

顾阳焦煤集团公司董事会如期召开，一个多月的时间，连续召开两次董事会全体会议，这在顾阳焦煤是很少见的。与会的董事、监事以及每一名列席会议的干部都感觉到了会议的重要性，每个人面前都放着一份《顾阳焦煤集团经营结构改革方案》。赖峰简要讲了一下会议议程，核心只有一个，审议大家眼前的这份报告。刘成功做了简短的讲话后便进入到了讨论环节，出乎赖峰所料的是所有人都没有提任何反对意见，郭志明甚至还指出了方案中的几处不足，很显然这些意见是建设性的。更让赖峰和刘成功始料未及的是，进入表决环节，所有董事、监事全票通过，会议只用了一个小时就完成了所有议程，刘成功先前预想的反对声音根本没有出现在会场。当赖峰宣布散会的时候，刘成功的脸上浮现出满意的笑。

会议刚刚结束，刘成功便把赖峰和张新阳叫到了办公室，以异常和蔼的口气对张新阳说道："新阳，今天的会议很成功，你功不可没啊。我先谢谢你啦。"

张新阳赶紧说道："董事长，您过奖了，这都是大伙儿一起努力的结果，是我们团队的功劳，新阳一人可承受不起。"

刘成功笑道："火车跑得快，全凭车头带嘛。你是主持工作的副组长，第一功劳非你莫属，当然其他人也是功不可没的，大家的努力组织是看得见、记得住的。"

刘成功谈到论功行赏的话题，张新阳搓了搓手，脸上保持着微笑的表情，便不再接话了。刘成功继续说："新阳，刚才会上大家提的建设性意见都很好，我觉得都很有价值，特别是郭总的建议。你再思考一下写到报告中，今天晚上把定了稿的报告再给我和赖总一份，明天让你的人认真核对一遍稿件，正式印刷五份，我要去向曹副市长和发改委汇报。"

张新阳大力地点了一下头，用异常坚定的语气说道："是。我立即办。"

刘成功看着张新阳，赞许地笑着，话锋一转又说道："明天定了稿，我给你放七天假，回家看看去。"

张新阳脸上流露出了难以掩饰的兴奋，这个春节他真切地感受到了游子的离愁和相思的味道，他很想家，也很想刘诗雅。

刘成功看着一脸兴奋的张新阳，拿起了桌上的报告，轻轻拍打了一下张新阳的肩膀说道："快改去吧。"

张新阳谢过了刘成功，像中了彩票般地走出了刘成功的办公室。刘成功看着他的背影，笑着自言自语说道："年轻真好啊！"

张新阳回到了办公室一把关上了门，坐在沙发上，想着即将定稿的报告，几个月来压在心头的一块石头终于落地了。一种前所未有的轻松感从身体中蔓延开来。紧接着，这段日子里所有的压抑、焦虑、疲劳交汇成一股难以名状的情绪，在身体中游走着。他想大喊大叫几声，就像儿时在山顶上那样，痛快淋漓地喊叫，听着大山的回声，整个世界除了风声就只有自己一人，自由，无拘无束的自由，只有属于自己的自由……

张新阳终究没有喊出声，几颗豆大的泪珠夺眶而出。

按照刘成功和赖峰的建议稍作修改后，张新阳把方案交给了小田核稿，小田当然知道这个方案的重要性，反反复复核对了三遍，直到再找不出一个错字，才在方案右下角的第一核稿人中签了自己的名字。张新阳又把方案交给了马俊杰，马俊杰很认真地核对完，在第二核稿人中签上了自己的名字。张新阳再次核对了一遍，在右下角写下了"同意印发"和自己的名字，亲自把文件交给了文印室。不到一个小时，装订整齐的 10 份报告放到了刘成功办公桌上。

刘成功翻看了几页，满意地点头道："新阳，你可以放假了。"

从刘成功办公室出来，张新阳直接来到了张俊办公室，张俊正在笔记本上写着什么，看张新阳走了进来，轻轻合上了本，笑着说："新阳，大功告成了？"

张新阳说："是啊，终于完了，董事长给我放了七天假，过来向您汇报一下。"

张俊说："这其中的困难我是能体会到的！这个任务要是交给我，估计早就夭折了。新阳，不容易，也了不起。手头的工作给我拉个单子，一会儿再和国庆部长打个招呼，下午就别过来了。"

张新阳说："谢谢张部长，那我就撤了，麻烦您和国庆部长了。"

张俊依旧乐呵呵地说："新阳，说谢谢可就见外啦，都是自家兄弟，客气啥。安顿一下你的人，下午就走吧。"

张新阳再次谢过了张俊，回到了自己办公室。给父亲张有才和女朋友刘诗雅打完电话后，张新阳的脑海中浮现出了孟强和他的子为焦化厂，一种莫名地烦躁再次涌上了心头，前期的忙碌让他许久没有思考这个问题了。当这种烦躁再次扰乱他的心境时，一个念头又一次填满了他的脑海，他默默地念出了几个字——子为焦化厂！

第78章　节后回乡

春节前，修了几年的华颜高速路终于剪彩通车了，这条高速路不仅连通了岳东省的三大城市——华州、津州、颜州，对张新阳来说，这条高速还连通了顾阳和永宁两个县城。家，离自己更近了。新建的长途汽车站紧挨着高速公路，每隔20分钟，分别有一趟车开往华州、津州、颜州，同时从三个城市开来的长途汽车和林阳县、清阳县的短途车忙着进站、清洁、整备，准备下一次发车，整个汽车站异常繁忙，这也足以证明顾阳在津州的地位。

张新阳买到了到永宁县的汽车票，一大早就登上了一辆开往颜州的长途汽车。出站铃声响了，张新阳环视了一遍车厢，车内还有几个空座，这对于常年挤私人长途汽车的张新阳来说，如此宽松的乘车环境，简直就是一种福利。但司机并不介意车上坐了多少乘客，轻快地按了几声喇叭，汽车便摇摇晃晃启动了。车子在站内绕了几圈，睡醒了一般，一溜烟开上了高速公路。

长途汽车缓缓驶入永宁县汽车站，张新阳已经看到了孟勇停在汽车站大门口的蓝色别克轿车。孟勇见张新阳下了车，紧走几步上去，一把拉过了背包放在自己肩上，边走边说道："我哥厂子里有点儿事，实在走不开，知道你要回来，就让我过来接你。"

张新阳说："谢啦！小勇，我就怕麻烦你们，故意没告诉强子具体时间，反而让你等了这么长时间。你俩都忙，我自己坐车回就得了。"

孟勇说道："新阳哥，你和我还客气啥。不过我哥是真忙。我呀，顾阳那边有王岩盯着，这儿有老爹和我哥，我还真没啥事。"

说着孟勇开了车门，把大背包放在了后座上，自己拉开了驾驶室的门坐了进去。张新阳早已经一屁股坐到了副驾驶的位置，很舒服地靠了靠座椅说："好车就是舒服呀，享受，绝对是享受。"

孟勇边发动汽车边说："哥，你也买一辆开呗，这高速路一通，回趟家方便着呢。"

张新阳说道："小勇，实话实说，哥没钱。"

孟勇伸出了一个指头说道："哥，别人不知道我还不知道，你手里怎么着也有这个数吧。"

张新阳笑着说道："哥我还是光棍一条呢，强子给我的那些钱都买房了。"

孟勇只知道张新阳在津州买了房，至于具体细节也就不便再多问了。

张新阳也不想讨论房子的事，话锋一转又问道："王岩在你那儿干得怎么样？"

孟勇说："王大哥？没的说。人实在，思路也清晰，许多事情他就帮我料理妥当了。还得感谢新阳哥慧眼识珠啊。"

张新阳说："是你小子精明，一眼就看中了那个风水宝地，如今你的快餐店在顾阳有名得很呢。赚钱了，王岩那儿别亏待他就成。"

孟勇不无得意地笑着说："哥，你就放心吧。王大哥是我的幸运神，我亏谁也不能亏王大哥。过完年我就把王大哥的年薪定到8万了。"

张新阳笑道："小勇，你是真发财了，财大气粗，财大气粗啊。"

孟勇早已发动着了车，车子稳稳地走着，孟勇盯着前面的路说道："小生意，赚几个小钱，不是长久之计。"

张新阳看着眼前这个年轻人，就是他口中的赚小钱，已经让王岩重获新生。张新阳打心里感慨，孟勇够狂傲，不过年轻就应该狂，苏轼还有老夫聊发少年狂的时候，何况一个血气方刚的年轻人呢？当然，孟勇狂有狂的资本，这孟家兄弟遗传了父亲经商的基因，天生就是做生意的料。兄弟俩一年赚的钱，就够矿上的工人一辈子挣了。

老祖先造字还是很讲道理的，赚钱的赚就是用贝去兼并，也就是所谓的钱生钱，而挣钱的挣是用手去争取，就是说要靠出卖自己的苦力去换钱。就事实而言，大部分赚钱人的生活要比挣钱人的生活惬意许多。

不多时车子已经到了大岗村村口，远远就能感觉到子为焦化厂热火朝天的氛围，孟勇问张新阳道："哥，进去不？"

张新阳又朝远处看了几眼说："算了吧，强子忙，我就不进去添乱了。先回趟家再说。"

孟勇听张新阳说不进厂子里去了，一踩油门，汽车如离弦之箭一般开向了吴家堡。农村的年来得早、去得也晚，几乎贯穿了整个农闲时间。尽管这些年，年轻人都外出打工了，可老辈人仍然传承着千年以来的农耕习俗，从腊月开始的各种忙直至二月农忙前的各种闲，年味久久不散。张新阳走在熟悉的大街上，鲜红的对联、未撤去的灯笼、门前的炮屑，一切都那么熟悉，一切都和儿时一样。母亲江大英见到了儿子，还是和从前一样，一把抓过了张新阳的背包，只是转身时腰板已不再像从前一样挺拔。张新阳看着母亲有些佝偻的身体，忍不住眼圈红了。江大英没有注意到儿子的表情，边往屋里走边说道："晚上吃点啥？我做了你爱吃的狮子头、酱肘子、炖排骨，你过年没回来，我还在地窖里冻着呢，一会儿你下地窖取出来，慢火炖了吃。"

张新阳有些埋怨地说："怎么还在地窖里冻呢？年前我回来不是给了你们一万块钱，让你们买个冰箱，再多置办些年货，你们怎么就不听呢？还有，做了啥吃的就吃了，别放着等我，现在咱们条件好了，过日子别像以前那么仔细了好吗？"

江大英呵呵笑道："晓得，晓得，年前你爸去县城看了冰箱，送回来要100块钱运费呢，你爸寻思着等发奎叔的车再去县城了捎回来就得了。"

张新阳又问："我爸呢？"

江大英叹了口气说："村南头张五爷爷去世了，今天头七，你爸去给烧烧纸，怎么着也是没出五服的本家哩。"

张新阳诧异地问道："年前我回来还见着五爷爷了，身体硬朗着呢，怎么说没就没了？"

江大英说："还不是他那个不争气的儿子张正华，前些年搞传销，把亲朋好友都坑遍了。这几年听说又在搞什么股票，赔了个一塌糊涂，连县城的楼房都卖了。那楼房可是你五爷爷两口子牙缝里省下的钱给他买的。这还不算，这次是绑架了一个小女孩，据说是因为对方欠他钱，可他不该把人家小女孩给杀了啊。大年三十让警察逮住了，这次是要枪毙了。你五爷爷连气带吓，一病不起，前几天病重了，吐了一口血就再没有醒过来。你说现在人们都怎么了，张口钱，闭口钱，人这活着就剩下钱了，还有什么意思？"

张新阳听了母亲的讲述，叹了口气说："妈，现在是经济社会，经济社会当然要说钱了。走错路的人，都是过高地估计了自己，也把钱看得太重了。贪欲一旦不受控制了，啥事也能干得出来。"

江大英说："听你舅舅说，你在孟强的厂子里有股子呢？我劝你呀，少和社会上的人来往，即便来往也要多留几个心眼。你现在花钱也大手大脚的，我也不知道你能挣多少。老话说得好，君子爱财取之有道，妈不求你有多大出息，平平安安的就好。"

张新阳说："妈，我好歹也是个大学生，知道轻重的，你就放心吧。孟强的厂子可是正规厂子呢，我拿钱是因为我入了股子，合理合法。要不我哪儿来的这些钱，就凭我的工资，连我自己都养活不了了。"

江大英说："妈不懂那么多大道理，老人们说，相见易得好，久住难为人。亲兄弟也要明算账，孟强的厂子是大买卖，你啥也不干，就凭你入的那点儿股子就分人家的红利，时间长了要闹矛盾的。孟强他爸势力大着哩，我们惹不起，闹了矛盾，肯定是我们吃亏。"

江大英虽说没啥文化，但说得却很有道理，也说到了张新阳的心上。张新阳顿了顿说："妈，你说得都对，我这次回来就是准备处理这个事呢，这一年多，我也赚了不少钱，对我来说，足够了。人必须要克制自己的欲望，才能求个平安长久。"

江大英说："我就知道我娃是聪明人，随我，随我。"

张新阳也不再说其他，撸起袖子帮着江大英做起了饭。蒸锅里的水开了，江大英把一碗狮子头和酱肘子放了进去，不一会儿，香气四溢，儿时年的味道飘满了整个小院。

闻到了肉香的张有才还没有进门就在院子里喊了起来："呀，好香啊，一定是儿子回来了！"

张新阳喊了一声爸，张有才已经走进了屋，他脱掉穿了好多年的皮大衣，上下打量着张新阳说："我这儿子，越来越帅了。好，好啊！"

张新阳笑着说："也不看看是谁儿子！"

张有才说："那是，我年轻的时候啊，也帅着哩，要不你妈能嫁我。"

江大英用和面的手拍了张有才一下说："看把你美得，要不是我爸看上了你吃苦勤快，我能嫁给你？"

张有才没有理江大英，笑着问张新阳："儿子，啥时候领对象回来呀，让我们也看看，我这儿还有你奶奶留给孙媳妇的一对玉手镯呢，我早就想把它送出了。"

张新阳说："下次，我一定领她回来。"

说着张新阳掏出钱包，抽出了一张他和刘诗雅的合影递给了张有才。

张有才和江大英在灯下一遍一遍地端详着，张有才不住地说："好，好，漂亮端庄大方，我娃还真是有福气哩。"

江大英也不住地点着头，又若有所思地说："就怕人家娃嫌咱穷咧。"

张新阳说："爸，妈，你们就放心吧。"

江大英看看张新阳，又看看张有才，捂着嘴笑了。

热气腾腾的饭菜摆到了桌上，张新阳吃着迟来的年夜饭，岁月流逝，一切如昨。

第 79 章　同学相聚

山村的早晨没有城市的热闹和喧哗，炊烟从各家各户的烟囱中袅袅升起，萧条中多了许多恬静和安宁。张新阳睡眼惺忪地躺在温暖的被窝里，墙上的石英钟发出细微的声音，时针已经指向了 10 点。阳光透过玻璃窗暖暖的，只有在自己家才能睡得如此踏实、安稳。

张新阳从枕边摸出了手机，刚开机，短信提示音就"叮叮"响个不停，他一条条翻着看，直至确定没啥紧要的事情，才把手机放到了一边。自从买了手机，自己就再也不自由了，每一个电话、每一条短信都可能是一项艰巨的任务。出门若是忘记了带手机，心中总有一种莫名的不踏实，从某种意义上来说，手机让通信变得方便起来的同时，也绑架了每一个人。

正在胡思乱想时，手机又嗡嗡地振动起来，张新阳苦笑着拿过手机，刚按下了接通键，孟强便在电话中嚷了起来："领导，你终于开机了，我都打了一上午了，干吗呢？"

张新阳打着哈欠说："还能干啥，睡觉呗！"

孟强大笑道："我说领导，这被窝里没有老婆也能睡到半上午，不简单，不简单啊。"

张新阳没好气地说："你还真是狗嘴里吐不出象牙来。我都半年没有这么痛快地睡一觉了。"

孟强依然笑着说："你们文化人就是矫情，怎么睡觉也成享受了？那句话怎么说着来，早起的鸟儿有虫吃。"

张新阳说："可惜啊，兄弟就是只虫，早起的虫儿只能被鸟吃了。何不多睡会儿。"

孟强又大笑道："我的大才子，论口才，我就从来没有说得过你，我服了。今天兄弟是虫子，让你吃一回。你先起床，我半个小时后到你家门口，中午在孟勇的饭店咱们一醉方休。"

张新阳也笑着说："哈哈，又要吃大户了，我说今天一醒来心情就这么好呢。

我这就起床。"

自从孟强开了焦化厂，便把县城的饭店交给了弟弟孟勇打理。孟勇把饭店重新装潢了一番，高薪请来了两位湘菜厨师，又把几个服务员送到职业学校学习了礼仪服务，饭店立即就上了档次。有投入就有产出，没多长时间孟勇的湘菜馆已经火遍了永宁县。

今天中午，孟勇把最安静的包间给孟强留了出来。孟强开车把张新阳放在饭店门口，掉头去不远处的停车场停车去了。服务员领着张新阳走进包间，一推门，五六个正在天南海北闲聊的人齐刷刷地把目光投到了张新阳身上，张新阳也快速扫视了众人一圈。

几个人中有孟强老婆薛红艳，高中同学徐天明、陆伟宁、王佳妮，此外还有几个三十来岁的陌生人。上学时他们几个同学就是死党，高中毕业后的几年，几个人走出了不同的人生轨迹，待业的薛红艳嫁给了孟强，在永宁一中当语文老师的陆伟宁娶了在康宁路小学当音乐老师的王佳妮，而徐天明大学毕业后远走广州，现在自己创业干了一家网络公司，张新阳则离开了永宁县，去了顾阳焦煤。几个人寒暄一番，很快就没有了许久不见的生疏感。

薛红艳见张新阳并没有和正中间坐着的两位打招呼，这才意识到他们三个人并没有见过面，赶快向那两位客人介绍道："我给二位介绍一下，这位是强子的好哥们儿张新阳，吴家堡的。现在是顾阳焦煤集团行政部副部长。"说着又向张新阳介绍说，"这位是县经侦大队的李建斌，这位是县政府的吴伟。"

张新阳伸手和两人握着手说道："幸会、幸会！"

李建斌和吴伟也笑着说："张新阳的大名如雷贯耳！今日一见，果然是名不虚传啊。"

张新阳客气道："二位过奖了，一个小小的企业员工，不足为道。"

王佳妮向来心直口快，薛红艳刚介绍完，她就喊道："张新阳，你现在可是咱们班最有出息的。"

张新阳素来了解心直口快的王佳妮，于是也笑着说道："佳妮，你这叫吃着孟老板的饭砸着孟老板的锅。我张新阳这不也讨孟老板的酒来了吗？"

王佳妮冲薛红艳吐了吐舌头说："艳姐，这可不是我说的啊。"

薛红艳笑道："新阳，你就别客气了，同学们的双眼是雪亮的，孟强就是赚了几个小钱的土包子，论才识、能力、学问，无人能及你张新阳啊。"

张新阳不想让大家把话题放到自己身上，应付了薛红艳两句，便对李建斌和吴伟说："我们几个开玩笑开习惯了，二位老哥别介意。"

干公安的李建斌身材干瘦，脸上棱角分明，不苟言笑地说："你们这份同学之情，很让人羡慕。"

吴伟也附和着说："老李说得对，人们说现在有几种关系最铁，一起扛过枪的，一起同过窗的，一起分过赃的，一起嫖过娼的。后两种不值一提，前两种的感情可都是真感情。再则，不是人人都有机会扛枪的，但同学一场却是每个人都要经历的，所以我觉得呀，这个社会上，除了父母妻儿，感情最深的就算是同学了。"

话音刚落，陆伟宁拍手说道："吴哥不愧是府办的第一大秘，让你一说，我们几个的感情立马就升华了。"

张新阳饶有兴趣地问道："吴哥在府办工作？"

陆伟宁抢着说道："府办政研室一支笔，前途无量。"

吴伟笑着摇头说："三十二三了，还是政研室一个普通科员，混口饭吃呗。"

张新阳说："吴哥，政研室至关重要，您这是在潜伏。不是说竹子用三年时间扎根，一夜就能长几尺吗，您现在是在扎根，一夜成名指日可待。"

吴伟哈哈笑道："一听就知道新阳老弟是写材料的，咱俩算是同行，借你吉言啦！"

众人正说着，孟强推门进来了，一进门就嚷道："让各位久等了，车库门口堵了会儿，来迟了，见谅。"

孟强看着桌上的凉菜已上齐，冲门口的服务员喊道："小娟，让小勇上热菜，你进来帮忙倒一下酒。"

孟强边嚷边脱掉外衣，挨着张新阳坐下，笑着对李建斌、吴伟说道："红艳给介绍了吧，这是我好哥们儿张新阳。"接着又扭头对张新阳说，"斌哥是经侦大队的，和我是父一辈子一辈的交情。伟哥是我发小吴秀的大哥，可惜吴秀在上海，今天缺席了。伟哥和你一样，大笔杆子，永宁县的大才子。天明呢，不远万里从广州回来探亲，你们四个是我今天的贵客。伟宁和佳妮就不用说了，死党。今天兄弟们聚到一起不容易，我们不醉不归。"

说着孟强起身举起了手中的小酒杯，随后响起一阵清脆的酒杯碰撞声，男人们杯中已是滴酒不剩。孟勇的湘菜确实名不虚传，菜一上桌香气四溢，惹得众人的筷子再没有放下过。菜吃到位了，酒自然也就喝出感觉，不多时，几个男人算是有点成就的年轻人，于是就没那么矜持了。

一直不苟言笑的李建斌打开了话匣子，拉着吴伟的手说道："孟强这小子精明能干，能把控住关键。他这个厂子刚开的时候，我最担心的就是他碰了线。

可谁知道，大岗村那儿还是个小作坊呢，他这儿就把工商、税务都办好了，小作坊合规合法了。我这当大哥的，算是白操心了。"

吴伟说道："强子这叫有格局，守规矩。有多少创业的，为了点私利钻政策的空子，有不办证的，有不纳税的，这些人就是目光短浅，等反应过来最有力的发展机会错过了，甚至有的人因此锒铛入狱。干企业，就要有这种战略眼光。"

李建斌说："恐怕强子还没有这个格局吧，一定是有高人指点过了，对不对强子？说说，谁是你的军师呢？"

这几年的摸爬滚打，早就把孟强锻炼出来了，在这个饭局上，他最关心的自然是李建斌和吴伟，听李建斌问自己这个话题，孟强装着漫不经心地说："还不是新阳……"

张新阳也听到了李建斌和吴伟的对话，听孟强像是要把自己当成他的军师，立即在桌子底下狠狠踩了孟强一脚。孟强立即明白了，改口说道："还不是新阳、斌哥你们这帮兄弟的建议，我孟强智商情商都不高，可我呢，有个优点就是听劝，老话说得好啊，听人劝，吃饱饭。这不，这几年咱也没饿着，娶了这朵班花，还给我生了儿子，老天对我孟强不薄啊。"

李建斌笑着说："你小子这叫大智若愚，看着憨，其实贼着呢。哥和你说，做生意，守法是第一位的，你要把这个底线丢了，赚再多的钱也是假的。老哥是真心希望你的生意越做越大，也希望我这辈子都能以大哥的身份和你谈心说话。别有一天哥以工作的名义和你对话，那时候别怪我不认你这个兄弟。"

孟强说道："斌哥，你就放心，兄弟我什么时候都记得你这句话，守法是第一位的。"

李建斌端起了酒杯说："强子，我这是职业习惯，给你扫兴了，来，喝一个。"

孟强说道："这才是我亲兄弟，我孟强一定警钟长鸣。谢谢斌哥，我干了。"说着两人一口干了杯中酒。

张新阳和徐天明已经有几年没见了。想当年，两人的成绩不分伯仲，可高考时张新阳发挥失常，最后考了津州大学，虽说津州大学也是211学校，但和徐天明清华学子的身份比起来，还是输在了起跑线上。大学毕业后，张新阳只听说徐天明辞职去广州创业了，但再没有联系过。

今日相见，当年你追我赶的学霸日子历历在目，而岁月在脸上的些许雕琢，又让两人感慨不已。张新阳问徐天明："天明，你在那边发展得怎么样？"

徐天明说道："还行吧，勉强度日。刚才红艳说你干了副部长了，恭喜，恭喜。"

张新阳摇了摇头道："国有企业的一个副科级干部，不值一提。资源型企业，除了生产设备在升级改变，其他一切还是几十年的老样子，没啥变化。我觉得我现在就是井底之蛙，一天到晚只盯着几个煤球，快要荒废了。"

徐天明也笑着说："不能这么说，有份国有企业的工作还是稳定，过几年再升个一官半职是大概率事件，过安稳、安逸的日子，未尝不是一种幸福。"

张新阳说："天明，安安稳稳地工作，按部就班地活着，这是咱们当年上学时候幻想的日子，可真过上了这种日子，忽然又觉得没有追求了，你可能体会不到，一眼能看到退休的日子太可怕了，生命一旦没有了不确定性，也是一件很无趣的事情。说心里话，我还是有些羡慕你的选择，年轻就应该这样。可惜啊，我没有你的勇气。"

徐天明叹了一口气说："新阳，你不知道我做这个选择的时候顶住了多大的压力。我妈逢人便说我要扔掉工作，所有亲戚，甚至是全村认识我的人，都在劝我要找个正经单位上班，不要瞎折腾，这个压力太大了。后来我只能表面上妥协，到现在他们都不知道我辞职的事呢。我已经是过河的卒子，没有退路了。好在去年后半年生意有了些起色，否则，我跳海的心都有了。"

第 80 章　指点江山

徐天明和张新阳似乎又找回了当年意气风发的感觉，那是个充满激情、装满梦想的年代，那些年做过的梦很容易死亡，但又如同幽灵一般，灵魂感到孤单了又随时会出现，在现实和梦境之间纠缠不清，哪怕是垂垂暮年，仍旧挥之不去。

张新阳红着眼睛，胳膊搭着徐天明的肩膀，略有些迟缓地说："天明，一晃好几年过去了，我们几个人中只有你是在大城市打拼的，是见过大世面的，外面的世界如何，你最有发言权，给哥们儿说说。"

徐天明瞪着被酒精烧得通红的眼，手不停地转着酒杯，摇着头说："兄弟，说点啥好呢？一言难尽啊。齐秦不是有句歌唱道，外面的世界很精彩，外面的世界也很无奈嘛。外面的世界是有钱人的精彩，是我们创业者的无奈。我刚到广州的时候在一家软件公司干工程师，说是工程师其实也没有什么特别的技术含量，就是编一些小程序，然后和手机运营商合作，诱导客户定制一些收费的信息。干这个是挺赚钱，可是这个钱赚得太侮辱我的专业了，干了不到一年我就辞职了。随后我去了学长的一家网络游戏公司，我们从韩国引进了一款网络游戏，本土化后叫《刀剑笑》，上线内测了，效果相当不错。"

说到这儿，徐天明眼中流露出了难以掩饰的兴奋，提高了嗓门儿问道："新阳，玩游戏吗？"

张新阳摇摇头说："不怕你笑话，我对网络游戏一窍不通。"

徐天明眼中有一些失落，但还是继续说："这款游戏是我带着一个团队一直在运营维护的，学长凭着这款游戏，已经是网游界的一方诸侯了。"

张新阳饶有兴趣地问："你算是有功之臣啊，那为啥又离开了呢？"

徐天明的眼神暗了下来，说："利益，只有利益，这个世界上所有你理解不了的矛盾和隔阂，用利益两个字一衡量，所有不理解就立刻迎刃而解了。游戏大获成功以后，学长提出给我和所带领的团队加薪，我们不同意，团队成员的诉求是要持有公司股份，而这，学长又不同意。最后学长提出持股可以，但有条件，我们的股份必须按目前市值的 1.5 倍购入，且两年内不分红，还有，股份只能由公司回购。这条件，明摆着就是让我们白干两年嘛，游戏行业更迭太快，一个游戏的生命力也就是两三年。两年之后我们会随着游戏生命的结束而被淘汰，到时候就是人财两空。"

徐天明的股权问题，隐隐触到了张新阳内心深处敏感的神经，他若有所思地问："那你们怎么选择的？"

徐天明说："团队大部分人都接受了学长的条件，而我在学长的挽留中选择了离开。"

张新阳追问："后来呢？"

徐天明苦笑道："后来，就成现在这个样子了。我和两个合作伙伴注册了一家科技公司，单干了。"

"还做网络游戏？"张新阳又问。

徐天明说："目前只能先干网络游戏，我们首先要吃饱饭，不过我觉得网络游戏是长久不了的。网络是未来发展的大趋势，势必会渗入到社会生活的方方面面。要想把握这种大势，就必须做实业型网络。简言之，就是电子商务。"

张新阳好奇地问："什么是电子商务？和我们老百姓又有什么关系？"

徐天明略略思考说："要说和老百姓的关系，我也说不太准确，目前行业的主流发展方向，大概就是利用网络购物、交易、付款、配送，形成一个完整的消费链条。国外已经有亚马逊等不少公司实现这种经营模式了。"

张新阳笑着说道:"天明,不是我泼冷水,我觉得你说的这种电子商务模式不靠谱。怎么说呢,美国自从几百年前第一批盎格鲁－撒克逊人登上那块土地就遵守着契约精神,这种精神才是买家和卖家不见面还能完成交易的前提。我们可以吗?几千年的封建文化,让国人有了与生俱来的阴谋和阳谋,货到了不付款,钱到了不发货,怎么解决?"

徐天明也笑道:"诚信确实是个问题,据我了解已经有互联网大咖级公司在尝试建立一种诚信交易平台。新阳,我是这样认为的,任何法则都不会一蹴而就,必然会经历一个从无到有的过程,所以必须放开想象,敢于探索实践。至于问题,要在实践中去解决,这样法则才会越来越完善。推动法则完善的人,也必将会拥有整个行业的话语权。一切畏惧失败的止步不前,都是空想。我现在所做的,就是在探索实践。我知道这条路走下去,会有无数的失败,但梦想还是要有的,万一实现了呢?"

张新阳重重地打了徐天明一拳说道:"是条汉子,兄弟我服你了,打心底佩服!"

徐天明揉了揉被张新阳打得生疼的肩膀说:"佩服?我现在除了缺钱,最缺的就是创业伙伴。新阳,要不你也辞职,咱哥俩联手干,一定会打出一片天地的。我现在瞄准了电子商务的下游链条,尝试做一个货物配送的平台,将来一定能打败传统的邮政系统。一起干,怎么样?"

张新阳很认真地盯着徐天明说道:"天明,说实话,放不下呀!真的放不下!"

徐天明拍了拍张新阳的肩膀说:"你走国企这条路,也未必那么轻松。不过人各有志,兄弟也不强求,来,杯中酒干了。"

张新阳沉默着端起酒杯和徐天明重重地碰了杯!

此时的孟强正端着酒杯与吴伟高谈阔论,看似很随意的他,却总是有意无意地将话题往大督查的话题上引。因为过年前就有消息说,县里决定开展一次大督查,主要目标就是像子为焦化厂这类小微型企业,进一步规范小微企业的管理。

孟强最担心的是环保问题,从子为焦化厂建厂以来,环保的投入就有欠账。吴伟绝顶聪明,早就听出了孟强的言外之意。此刻,行政执法大督查文件就在他的电脑中静静地躺着,这次的督查主要是针对税务问题,但文件还没有定稿,以吴伟的性格是绝对不会透露半点文件内容的。不过吴伟看着火急火燎的孟强,还是旁敲侧击地问道:"孟强,做企业最大的诚信是什么?"

孟强说道:"诚信?当然是质量嘛!"

吴伟说道："质量固然重要，那是生产经营行为，我说的是企业行为，换句话说，就是老板的诚信。"

孟强想了想说道："那，那就是纳税了。"

吴伟笑着说："孟强，你合格了。"

孟强夹了块红烧肉放到嘴里吧唧着嘴说道："合格了？"

吴伟意味深长地说："这红烧肉呀，再吧唧吧唧就有味了。"

莫名其妙的孟强频频给吴伟倒酒，吴伟也只是喝酒，再也不提这个话题了。许久，孟强又夹了一块肉，刚吃了两口，一拍脑门自言自语道："有味道了，有味道了。我他妈真是个榆木疙瘩。"

因为是周末，所有人都很放松，这顿饭足足吃了三个小时。李建斌和吴伟怕有临时任务，便提前告辞了。孟强送走了李、吴二人再回来，薛红艳和王佳妮聊着女人们的小心事，陆伟宁不胜酒力，已趴在桌上呼呼大睡。徐天明和张新阳依旧不停地喝着，聊着，仿佛还是那个夏天，那间教室，那两个海阔天空的大男孩。

孟强拍了拍正在和薛红艳嘀咕的王佳妮，指着陆伟宁问："不要了？"

王佳妮说："酒量不行还逞能，让他趴会儿呗！"

孟强说："最毒妇人心，还真是！"

王佳妮捶了孟强一把说："我招你啦。"转头又对薛红艳说，"艳姐，找个地方，让伟宁躺会儿，醒醒酒。要不，你家孟老板还不知道有啥好话等着呢。"

薛红艳笑道："三楼有休息室，让他去那儿睡，安顿好了，咱俩去逛街。"

孟强摇晃着身子喊道："小勇，小勇。"

孟勇从外面进来问道："哥，咋啦！"

孟强问道："三楼的间休室有人没？"

孟勇答道："空着两间，四张床。"

孟强说："伟宁喝多了，你把他扶上去睡会儿。"

孟勇和王佳妮一起扶着陆伟宁上楼去了。孟强看着还在举杯的张新阳和徐天明，走到跟前数了数空酒瓶，喊道："哎，新阳，天明，你俩这是要把我喝穷了吧，喝了不少了，打住吧。"

张新阳和徐天明说话都不利索了，但思路还是清晰地争论着中国房地产的走势。见孟强过来了，徐天明把瓶中的残酒倒在了空杯中，说道："强子，最后一杯，咱兄弟仨干了。"

张新阳也站了起来，举起了眼前的酒杯说道："好兄弟，干了。"

孟强一口喝完了杯中酒，又把酒杯摔到地上，大声嚷道："痛快！"

徐天明和张新阳也摔了酒杯，哈哈大笑。

脸色潮红的徐天明眯着眼睛，背起了毛主席的诗词："恰同学少年，风华正茂；书生意气，挥斥方遒。指点江山，激扬文字，粪土当年万户侯。曾记否，到中流击水，浪遏飞舟？"

张新阳也大声背起了海子的诗："秋天深了，王在写诗，在这个世界上秋天深了，该得到的尚未得到，该丧失的早已丧失！"

刚刚返回包间的薛红艳，看三个男人摔碎了酒杯，意气风发地念起诗来，她的眼眶湿润了。不同的境遇，不同的经历，不同的心境，相同的，是奋斗的不容易！

孟强兄弟俩把徐天明、张新阳领到了三楼休息间，两人一躺下就鼾声四起。孟勇开了空调，又给二人盖好被子，离开了房间。

刚出门，孟勇扭头问孟强道："哥，你不睡会儿？"

孟强虽然也喝了不少，但并没有喝醉，思维清晰地吩咐孟勇道："没事，我没喝多少。我出去办点儿事。两人要醒了，你把天明送回家。但一定要把新阳留下，我有重要的事和他商量。"

孟勇已经知道是什么事了，有些犹豫地问："哥，真要和新阳哥摊牌吗？没有他，我们不会有今天的。"

孟强说："正因为如此，我才迟迟犹豫不决的。不过，我们做生意不能有妇人之仁。这件事即使现在办也有点迟了，不能再等了。"

孟勇说："我还是觉得有点儿那个。毕竟……"

孟强说："当断不断，必有后患。"

孟勇见孟强态度坚决，低头不再说话。孟强穿了大衣，走到楼梯口又说："一会儿去给新阳买几瓶罐头。"

孟勇嗯了一声，看着孟强的身影消失在了窗外的寒风中。

第81章　单刀直入

雪一片一片飘落在刚刚入夜的校园，张新阳和刘诗雅并肩慢慢地向前走着，雪悄悄覆盖了他们身后长长的脚印。张新阳紧紧扣着刘诗雅的手，轻声问："毕业了，嫁给我好吗？"

刘诗雅只是笑，一句话都不说。昏黄的路灯投下了三角的光晕，雪在灯光下愈发轻盈，慢慢地飘下，没有任何声音。刘诗雅让张新阳闭上眼睛，温润的双唇轻轻地吻在了张新阳脸上。张新阳睁开了眼，捧着刘诗雅的脸庞，看着雪花静静飘在她的脸颊，融化成晶莹的水珠，一颗颗滑落。刘诗雅闭着眼睛，漫天的雪花越下越大，两人轻轻拥着，彼此承诺，陪伴是一生的好光景。雪越来越大，张新阳睁开眼睛，空旷的街上只剩自己一人。张新阳打了个寒战，梦醒了。

张新阳觉得头有些疼，嗓子如着火一般。窗外街边早已亮起了路灯，他摸出手机，蓝色的屏幕上显示着 19：37。看来自己真是喝多了，居然睡了一下午。张新阳坐起来，趿拉着鞋开了灯，看着桌上放着两大瓶罐头，不管三七二十一，拧开一口气吃了大半瓶，顿时觉得舒服了许多。

孟勇推门走了进来，看着张新阳正狼吞虎咽地吃着罐头，忍不住笑出了声。张新阳见是孟勇，边吃边笑道："谢啦，小勇。这两瓶罐头真是雪中送炭，舒服，舒服啊。"

孟勇也笑道："都是我哥安排的。"

张新阳拧开了另外一瓶草莓罐头，边吃边问："知我者，孟强也！你哥他们人呢？"

孟勇说："佳妮姐和我嫂子逛街回来就把伟宁哥叫回家了，天明哥醒来见你还睡着就没敢打扰你，我叫饭店的小牛开车把他送回去了。我哥出去办事还没有回来。"

张新阳揉了揉太阳穴，两瓶罐头下肚，头似乎也没有那么疼了，又问："小勇，现在还有回吴家堡的汽车吗？"

孟勇说："新阳哥，你这不是打我的脸嘛。我能让你坐公共汽车回吗？再说，都这会儿了，给家里打个电话，今晚就别回了，我哥一会儿就回来，晚上咱们再好好吃一顿，我让厨师做了拿手的汤，你们哥俩边醒酒边叙旧。"

这次回来，张新阳本来就准备和孟勇谈谈焦化厂的事，看来今晚就是个不错的机会，索性就不回了。于是他对孟勇说："好吧，恭敬不如从命。还有，一会儿帮我在对面的鑫福宾馆开个房间，你这儿休息也不方便。"

孟勇了解张新阳，说道："行，我这就去办。"

正说着，服务员小娟轻轻敲了敲开着的房门说道："老板，来贵客了。"

孟勇对小娟摆了摆手说："知道了，你先去招呼客人，我马上下去。"

张新阳微笑着说："小勇，你快去招呼客人吧。我看会儿电视，等等强子。"

孟勇不好意思地摊了摊手说:"那,新阳哥,对不住了,我先下去,有啥需要就喊小娟。"

张新阳笑着说:"快去吧。"

孟勇笑了笑,关上门出去了。张新阳打电话告诉家里晚上在孟强这儿有点事,让母亲江大英不用再等他了。挂了电话打开了电视,电视中正播着《乔家大院》。记得大三暑假,张新阳和山西同学魏晋鹏去山西玩了一个星期,祁县、太谷、平遥的晋商大院一个不剩地游览了一番。平心而论,就晚清山西的富商大贾而言,张新阳很喜欢乔致庸,不是因为乔家生意做得多大,而是因为乔致庸身上的执着和不服输,让他仿佛看到了自己的影子。

张新阳正看得津津有味,孟强打来电话问道:"新阳,睡醒了吗?"

张新阳说道:"早醒了,谢谢你的罐头啊,兄弟就是兄弟。"

孟强笑道:"那还用说。今晚别走了,我正往回赶呢,一会儿咱再尝尝小勇这儿拿手的八菌汤,给你醒醒酒。"

张新阳说:"小勇刚才已经安排了,你不用着急,路上注意安全,我们等你。"

晚上八点半,孟强带着一身寒气出现在了小包间,包间里只有孟强兄弟、薛红艳和张新阳四人。开胃解酒的家常菜热气腾腾地端了上来,孟勇给张新阳盛了一碗他的看家特色——八珍菌汤。张新阳也没有客气,一口气喝完,瞬间一种久违的、无法名状的暖穿透了全身每一个毛孔。张新阳接连喝了两碗,猴急的样子逗得薛红艳笑出了声。

张新阳边喝边抬头对薛红艳开玩笑道:"笑个啥嘛,你家叔叔这个汤啊,绝了!好喝,好喝。"

薛红艳一时没反应过来反问道:"净瞎说,什么叔叔、婶婶的!"

张新阳一脸坏笑地说:"我说艳姐,《红楼梦》没看过,《金瓶梅》也没看过?"

薛红艳反应了过来,张新阳这是拿她上学时看《金瓶梅》被老师发现后点名批评的"光荣历史"说事。顿时涨红了脸,伸手打了张新阳一拳说道:"张新阳,你还真是睚眦必报啊!"

孟强也想起了当年的往事。那本《金瓶梅》还是从他手里传出去的,后来却不知谁把它传到了女生手中。结果到薛红艳在自习课上看得津津有味的时候,被班主任发现了,老师追查书的来源,孟强主动站出来认了,从此薛红艳便对这个胖子有了好感,不过她至今也不知道,这本书本来就是从他手里传出去的。

想到这儿,孟强感慨道:"造化弄人啊!"

作为当年班里的活跃分子，张新阳当然清楚孟强的感慨，于是也收起了笑容，正色地说："这一晃也快十年了，谁能想到你俩走到了一起，还置下了这么大的产业，全是艳姐的福气。"

薛红艳见张新阳不再开玩笑了，也说："我一个洗衣服做饭带孩子的女人，有啥福气，还不全靠你们兄弟们拼死拼活地干。话说回来，没有你张新阳，他兄弟俩还真不一定能折腾出个什么名堂来呢，你才是我们家的福星。"

张新阳没有接薛红艳的话茬，只是笑着摇摇头，再一次端起了盛满汤的碗，不紧不慢地品尝着，似乎这种鲜美的味道，才是他现在唯一的享受。

薛红艳的话虽说有恭维的成分，但就事实而言，总体上还是靠谱的。万事开头难，当年创办子为焦化厂的时候，要没有张新阳的焦煤支持，没有江大成的场地支持，这个厂子是开不了张的。厂子开张后是张新阳规划了发展，让它第一时间成了合法合规的小企业。否则现在的厂子不是游离于法律边缘的小作坊，就是在一轮又一轮的检查中被关停。还有一件事便是张新阳机智地处理了江玉苟事件，而这件事的收获，则是让孟强得到了江氏三兄弟，这三位现在是焦化厂的得力干将。子为焦化厂的成功，就连孟强的父亲——混迹乡镇企业多年的孟兆和都觉得，孟强干了件他都干不成的事。虽说张新阳没有参与过厂子的经营，但他确确实实是厂子发展的第一高参。

然而薛红艳知道，今天他们却要向这位高参动刀了。无论张新阳是否同意，从今以后子为焦化厂和张新阳将不会再有任何的关系，虽说她也觉得这样做不地道，但孟强的话却让她意识到了问题的严重性，当断不断反受其乱，这世界上没有永远的朋友，更没有永远的敌人，有的只是利益。她不知道接下来孟强会怎么说，也不知道张新阳会有什么反应，但她知道过了今晚，一切都会了结。

薛红艳怀着内疚和不安，看了一眼张新阳，让她诧异的是，她发现张新阳正在用一种坚定的目光盯着孟强。而孟强盯着桌上的饭菜，一言不发。薛红艳看了一眼孟勇，孟勇眼神中满是迷茫。房间陷入了沉默，四个人的沉默，让人窒息而又不安的沉默。

许久，张新阳打破了沉默，他掷地有声地说道："孟强，最近我在思考一件事儿，也一直在犹豫说还是不说，今天小勇和艳儿都在，我觉得说了比不说好。"

薛红艳的心猛地一紧，她从张新阳坚定的目光中已经猜到了他所要说的，一定和子为焦化厂有关，也许正如孟强预测的那样，张新阳要正式入股。就凭建厂初期他先后放到厂里的四五十万现金，要个二三成的股份也不为过，可如今这二三成股份，又岂止四五十万元？与此同时，薛红艳看到了依旧一言不发，快速拨动着手中小叶紫檀珠子的孟强，她知道，他正在快速地思考对策。

张新阳注意到了夫妻俩的表情，嘴角略略一扬，又说道："强子，小勇，我想说的，正是子为焦化厂。说实在的，这两年是厂子的分红让我的人生有了实质性的改变，非常感谢你们兄弟俩。如今厂子发展到了这个规模，已经不是当年那个小焦化厂了。而我再从咱们厂子拿分红，显然已经不合适了。所以，我今天郑重地提出退股。你们考虑一下。"

说完张新阳又端起了汤，整个房间只能听到他喝汤的声音，除此之外，只有沉默。薛红艳听张新阳并不是要求入股，立即松了口气。但当她看到孟强沉着的脸时，她意识到，退股也没有那么简单。

许久，孟强说道："新阳，你这是唱的哪出呢？刚才艳儿不是也说了，你是咱们厂的高参，你说这些让我的脸往哪儿放？我今天把话放这儿，只要厂子开一天，就有你一天的分红。"

张新阳微微笑道："强子，咱们兄弟的感情没的说，也不存在什么猜忌隔阂。我说的是现实，我从开始加入就是个偶然，走到如今更是偶然，偶然毕竟是偶然，如果要让这偶然成为必然，那一定会有代价的。这种代价太昂贵，我们都承担不起。"

孟强虽然听不太懂张新阳所说的偶然和必然，但他清楚张新阳和自己思考的是同一个问题，这是让他下了无数次决心，在夜里无数次说服自己的决定。从他决定摊牌的那一刻，他想了无数次的开场白，然而让他没有想到的是，张新阳在他动手之前先亮剑了。这样也好，既然双方都有准备，那就开始谈吧。孟强冲孟勇使了个眼色，孟勇会意地点了一下头，亮出了他们事先准备好的底牌。

第 82 章　情义之举

孟勇按照事先约定好的套路，由他唱黑脸，孟强唱红脸，嫂子薛红艳和稀泥，在他们的眼中，这是一场三对一的对决，虽说有些不厚道，但在利益的面前，厚道又能值几个钱？

孟勇说道："新阳哥，厂子能运营到现在，真的少不了你的参谋和付出，这一点我爸都认可。可话说回来，虽说这两年盈利还行，但无论是设备还是工资都是需要投入的，一年下来，咱们账面上确实也就剩不下几个钱了。说句不该说的，就我拿到手的也不一定有你每年到手的分红多。新阳哥，你是在厂子里放了些钱，可那些钱都是厂里给你的分红，这个退股，到底是怎么个退法？"

张新阳听到向来大方的孟勇说出了这样刻薄的话，他已经意识到今天他们能坐到一起，并不是无准备的遭遇战，而是阵地战，一场对方已经精心策划过的阵地战。孟勇这是在敲山震虎，把筹码能压多低压多低，从士气上先占了上风，他明确地告诉张新阳，你就是个空手套白狼的，还谈什么退股？意识到这一点，张新阳不由打了个寒战，一阵阵寒意从心底升起，驱赶了菌汤带给他的久违的暖。他所庆幸的是，之前有了充足的准备，而让他失望的是孟强也做了准备，但两人的准备却完全不同。张新阳没有接孟勇的话茬，依旧慢慢地品着碗中的鲜美。

孟强呵斥道："小勇，你这是说的什么混账话？新阳放到厂里的钱那都事前我们约定好的，也是他应得的，怎么就不能退？新阳要退，就必须得退。"

薛红艳听孟强已经把话题引到了退钱上，悬着的心放下了一半。这也是他们事先商量好的计划的第一步，钱可以商量，但股份绝不能商量，现在就看张新阳的态度了。于是薛红艳说："新阳，小勇不懂事，不和他计较。你说个数，我和强子盘点盘点厂子的家当，下个月咱就结了，不要因为这些影响你们兄弟的和气。"

张新阳并没有接薛红艳的话，他想让眼前这三个人把他们的戏演足了，他想看看自己的这个朋友孟强的底牌到底是什么，于是他依旧慢条斯理地喝着汤，依然一言不发。

张新阳的沉默让三个人有些手足无措了，他们所想象的气急败坏、暴跳如雷的张新阳并没有出现，眼前只有一个一碗一碗地喝着汤的沉默的张新阳。就如同攻城的士兵，准备好了一切，来到城池前面时，却发现是一座看不见对手的空城，任何战略、战术都失去了意义，而敌人却在看不到的角落盯着他们。这种沉默是可怕的，是可以不战而屈人之兵的。

又沉默了许久，孟强开口说："新阳，只要你愿意，咱们还按当初说好的，每月给你分红。你要是执意要退，我粗粗算了一下，厂子启动时你拿来了10万块钱，再加上这两年你没领的分红，大概有个三十大几万。咱兄弟也不说那么多了，算40万，怎么样？只是现在刚刚开年，手头有点儿紧，一下拿不出来。半年，最多半年，我和小勇给你送过去，你看怎么样？"

张新阳见孟强亮出了底牌，他长长地出了一口气。他最担心的是孟勇的说法是孟强的底线。如果是那样，他们之间真的是没有朋友可做了。孟强能说出这 40 万的价码，说明他还是够兄弟的，孟强是想和张新阳做个了断，但只是想了断当初特殊情况下的分红约定，而不是了断他们之间多年的友情。

想到这儿，张新阳终于开口了。他慢条斯理却又字字清晰地说道："强子，这个焦化厂本来就是你们父子兄弟千辛万苦干起来的。我呢，只是尽到了一个做兄弟的义务，况且这两年我也从厂子里拿了不少钱，我已经十分满足了。如今厂子规模也大了，盈利也多了，当初的难关也已经过去了，顾阳那边的关系也捋顺了，我再拿你的分红会寝食不安的。这也是我准备和你们说这件事的原因，至于说条件只有两个。第一，从今天开始我和子为焦化厂没有任何经济上的关系了，我不会再拿一分钱的分红，当初我们没有立任何字据，今天也不需要写任何东西，我张新阳说话算数。当然，厂子遇到什么困难，只要我能出一份力的，强子你尽管来找我，我绝不会坐视不管。第二，厂子起步的时候我拿了 10 万块钱，虽说强子当初说算股份，但我知道这点钱也算不上什么股份，这个钱是我爸四处借来准备给我买房的，我想把这笔钱拿回来，至于说其他的钱，本来就是分红的钱，平心而论，我受之有愧，我压根儿没计划要。强子也说了，手头紧，这 10 万块钱我也不着急用，什么时候方便了我什么时候再拿。就这些条件，都是我深思熟虑过的，行与不行，你们再商议商议。"

从张新阳说出第一个字开始，孟强就死死盯着张新阳，从他的眼神和表情中看到的是真诚。也就是说，张新阳所说的都是面对真正的朋友时掏心窝子的大实话。孟强的情绪渐渐开始失控了，因为他知道，在这场交锋中张新阳赢了，他并没有他们想象的那么贪婪、狡黠，也没有他们想象的那样复杂、世故。不可否认，张新阳是个聪明人，然而一个聪明人能如此坦诚，足以证明他的气度、他的胸襟。孟强感到了莫名的羞辱，正是他的猜忌、疑心和所谓的聪明，让他在朋友面前输得一塌糊涂。

孟强盘着手串的手开始慢慢颤抖起来，他想说什么，但张了几次嘴却什么也没有说。孟勇没有体会到孟强的感觉，他也体会不到孟强的感觉。听张新阳只要 10 万块钱，得意地笑着说道："新阳哥，厂子里虽然紧张，但 10 万块钱还是能拿得出来的，明天我就给你去筹。"说完还得意地冲薛红艳挤了挤眼。

张新阳只是淡淡一笑，说了声不急，又自顾自地吃了起来。

然而此时的孟强却愤怒了，他忽然伸手打了孟勇一巴掌，大声吼道："浑蛋，这儿还轮不到你说这样的话！"

孟勇被孟强这一巴掌彻底打蒙了，成年以后他从没有见过哥哥发如此大的火，更没有挨过哥哥的打，他不知道自己错在哪儿了，却又不敢辩驳，霜打的茄子一般，捂着腮帮子，蔫坐在了那儿。

孟强说："新阳，不行，你不能退，我不让你退，我们还是按之前的约定分红，一分都不能少。"

张新阳也让孟强的行为怔了一下，随即又恢复了镇定，他太了解孟强了，此时的孟强早已将他们商量好的计划抛到了九霄云外，或者说，现在的孟强是真实的孟强，但却是不理性的孟强。

张新阳略微思考了一下说："小勇又没错，何必呢。我的决心已定，你就不要和我争了。强子，为了兄弟的情分，请你也尊重我的选择。"

事已至此，多说无益，话题到此打住。薛红艳让服务员上了主食，晚饭匆匆结束了。张新阳要回对面的鑫福宾馆休息，孟强要送他过去，张新阳却执意不肯让送。

待张新阳穿大衣走后，孟勇终于爆发了，他冲着孟强吼道："这不都是你让我这么说的吗？当初我劝你不要这么对新阳哥你不听。今天你又抽哪根筋了，反过来又怨我？"

孟强看着一脸委屈的弟弟，把手放在了他肩上说道："小勇，哥给你道歉，我错了。我有些激动了，失手打了你，对不起。"

孟勇看着哥哥眼眶中打转的泪珠，怨气已经消了一多半。他有些不解地问："哥，我想不明白，你为啥生气呢？"

孟强说："是哥错了，张新阳把我当君子，而我却把他当成了小人。平心而论，我在做生意的道义、做朋友的情义上都输了，输得很彻底。"

此时的孟勇满脑子都是张新阳帮他张罗在卧龙山开餐厅的身影，于孟强而言，张新阳是朋友；但于他孟勇而言，张新阳可以说是贵人。孟勇有些后悔地说："谁知道新阳哥是这样想呢，这样一比，我们兄弟确实有点太那个了。要不咱们还是继续给新阳哥分红吧。"

薛红艳见兄弟俩都动摇了，于是说道："按理说，我是不该说什么的。但话已经说了，事情已经做了，无论如何都回不到从前了。事情已经到了这个地步，当断不断，必受其乱。我理解你俩的心情，但不能否定，此时是解决这个问题的最佳时机，过了这个村可就再也没有这个店了，此时的张新阳并不代表将来的张新阳，强子，你一定不能自乱阵脚啊。"

薛红艳的这番话让冲动的孟强恢复了理智，他不住地搓着手串说："艳儿说得对，说得对啊。可是我不能亏待了新阳，否则，我真于心不忍。"

孟勇说："可现在让我们一下从厂子里拿出 40 万现金，确实是有点儿紧张。"

孟强依旧搓着手串低头不语，薛红艳犹豫了一会儿说："我有个主意，不知道行不行？"

孟强抬头看了她一眼示意她继续说，薛红艳略微想了一下说道："张新阳我是了解的，他要认准的事情，九头牛都拉不回来。既然他认定就要 10 万块钱，我们就随了他。可这样做，你兄弟俩感情上又有点儿过意不去。既然这样，那咱就选个折中的做法，还记得去年省城的王老板结不了账，抵给了我们一套北京的房子吗？"

孟强眼睛一亮说道："你是说京郊紫薇园的那套小别墅？"

薛红艳说："那可是抵了近 40 万的账呢。我托北京的朋友打听过，那个项目迟迟交不了工是因为开发商频繁倒手结不了工程款，房子盖盖停停，现在想要出手都没人接盘。但我朋友也打听到，这个楼盘的手续资质是全的，交房只不过是个时间问题而已。我们何不把这套房过给新阳，一则不用占用我们的现金，也算是盘活呆账。二则咱也不算亏待他，你们哥俩也就没有啥可内疚的了。"

孟勇听完薛红艳的主意，冲薛红艳伸出了大拇指。他今天可是对这位嫂子刮目相看了，他从没想过，这位平时只知道购物化妆的女人，关键时候却如此镇定，如此有见解。孟强也不住地连连点头，说道："夫人高，真高！就这么办！"

孟勇也来了精神，吩咐厨房炒了两个菜，又开了一瓶红酒，三个人举起了酒杯，一杯美酒解愁，满天乌云尽散。

第 83 章　何为江湖

张新阳没有睡懒觉的习惯，起床后洗漱完毕，一时心血来潮，决定去高中附近的小饭店喝胡辣汤。鑫福宾馆距学校有几公里的距离，但对有晨跑习惯的张新阳来说，这个距离刚刚好。在他的记忆中只有学校门口的胡辣汤才是名副其实的美味，只是这么多年过去了，不知小饭店还开着没有。

寒风中跑完五六公里，张新阳已是满头大汗，还好，那个小饭店依旧在营业，只是顾客没有记忆中的那么多了。尽管好几年过去了，老板还是认出了张新阳，虽然还是和以前一样叫不上张新阳的名字，但一碗胡辣汤多加丸子，一个饼子烤焦点儿的套餐，老板还是能说上来的。

胡辣汤端了上来，张新阳还是如从前一样狼吞虎咽地喝着，可奇怪的是，喝了好几口居然怎么也喝不出当年的味道。这碗热气腾腾的胡辣汤真的没有以前那么香了。

客人不多，老板坐到了张新阳旁边问道："娃儿，好几年不见你了，在哪儿工作呢？"

张新阳笑着说："大学毕业就去津州顾阳了，不经常回来。"

老板也笑眯眯地说："走远喽，远了好，走远了的娃儿都有出息。"

张新阳呼噜呼噜喝着胡辣汤，又问道："叔，你的胡辣汤味道怎么变啦！"

老板依旧笑眯眯地说："怎么，不好喝了吧？我就知道你也要问这个问题。叔的手艺没变，这碗胡辣汤也没变，是你们变了啊。时过境迁，似是而非，啥也没有变，啥也在变，变与不变，人心在变呢。"

张新阳拿着勺的手颤抖起来，人心在变，人心在变，这个世界本就没有永恒，唯有记忆是永恒的，过去的美好只能藏在心底用来回忆，再去追寻免不了会是失望一场。

张新阳怀着沉重的心情回到了宾馆，正准备进门，孟强的车停到了跟前。薛红艳招呼张新阳上车，张新阳也没有客气，拉开车门时才发现，孟强的父亲孟兆和也在车上。张新阳急忙和孟兆和打了招呼，孟兆和招了招手，张新阳坐到了后排座上。车子朝县城东北方向的别墅区开去。

广德茶楼是这几年刚刚在颜州兴起的连锁店，主要以广式茶点为卖点，要说有什么特色，只有一个字，贵！张新阳和孟强父子选了个安静的位子，薛红艳便去点餐了。等帅气的服务生把茶点摆在桌上时，孟兆和开门见山地说："新阳，昨天晚上的事情我都知道了，他们做事儿不地道，在这件事上，你是有大功劳的，别说拿几个分红，就是拿三分之一的股份也不为过。早晨我也狠狠地训了孟强，今天我再替他兄弟俩向你道歉。"

张新阳说："叔，您这话新阳担当不起。退出是我要求的，条件也是我想好的，这些和强子没有任何关系。何况无功不受禄，我是下定决心了。"

"新阳，叔也不和你客气，既然你做出了自己的选择，叔尊重你。但是你提出的条件，我不同意。"孟兆和喝了口奶茶又说，"不管是分红还是本金都应该是你的，你受之无愧。"

张新阳说："叔，我只要本金，其余的钱我本来也就没打算要，孟强的厂子还是起步阶段，用钱的地方太多。这两年我只是做了一个朋友应该做的事儿，相比较我得到的回报，这点儿付出真的不值一提，我已经很满足了。"

孟兆和说："新阳，生意人要讲诚信，叔摸爬滚打了这么多年了，什么应该干什么不应该干，叔自然晓得，你不能让叔的这张脸落到地上不是？这个事儿你必须听我的。新阳，这样好不，叔在北京近郊的紫薇园有一套没有交钥匙的小别墅，面积不大，但也值个四十来万，你把这套房子收了，也算是叔给你的一点回报。"

张新阳连连摆手拒绝，但孟兆和已经把合同放到了桌上，几番推让，张新阳知道孟兆和父子是真心的，自己若是再拒绝就有些假了，于是他小心翼翼地把合同收了起来。然而此时的张新阳怎么也不会想到，在若干年后商海沉浮的狂风暴雨中，这份合同成了他涅槃重生、走向辉煌的基石。当然，这都是后话，现在暂且不提。

孟兆和又吩咐孟强，抽时间和张新阳去趟北京，把合同改了，孟强连连点头答是。吃完早餐，孟强问张新阳今天的行程，张新阳说计划回吴家堡，孟兆和便让孟强陪张新阳退了房，再把张新阳送回家。张新阳推辞不过，只能和孟兆和道了别，跟着孟强下楼去了。

孟兆和点了一根烟，深深吸了一口，说道："艳儿，关键时候还是你识大体。那两个蠢材，差点儿误了大事，真要和张新阳闹掰了，那不是玩儿的。"

薛红艳有点儿不解地问道："爸，掰就掰了呗，那又怎样？"

孟兆和说："刚夸你聪明，你怎么又糊涂了。你忘了上次矿上断供焦煤的事儿了吗？"

薛红艳还是有些莫名其妙地问："我们不是已经摆平马彬和段树铭了吗？"

孟兆和说："别忘了是谁帮我们摆平的，一个人能成事也能坏事。"

薛红艳恍然大悟，姜还是老的辣，怪不得孟兆和有狐仙的外号呢！

孟兆和又说道："艳儿，我刚才和你说的这些别和孟强说，我不想让他像我一样，看透了一切却没有了朋友，身边只有为利而来的人，知天命之年早过，却依旧这样孤独，挣再多的钱又有何用？"

薛红艳似懂非懂地应承着，忽然，她又觉得此时眼前的这位狐仙仿佛只是一具孤独的皮囊。

张新阳回到了吴家堡，小心翼翼地拿出了合同仔细地读了一遍。这是一份已经签了三四年的非正式的商品房预售合同，乙方的名字虽然是孟强，但从日期上看显而易见是重签的。在房地产行业，先售房后办证已经成了公开的秘密，工于心计的小炒家，往往会以按揭的意向购买预售房，在签正式合同前再将房屋出手赚取差价。这样做，虽然没有把倒房的利益最大化，但是在官方系统却留不下任何买房记录。但这份合同却是全款，那么只有一个可能，抵债抵的！北京的紫薇园张新阳还是听说过的，这个楼盘盖盖停停，卖家也几易其主，最后资不抵债，各个银行的封条贴满了售楼部，最终法院进行了拍卖，在当年的房地产业引起了极大的轰动。张新阳没有想到，自己居然莫名其妙地成了紫薇园的业主。

张有才从张新阳手中拿过了合同，饶有兴趣地看了一番又扔到了桌子上问："孟强家是真有钱，北京还有房子嘞。娃，你拿他这合同干啥？"

张新阳没有和父亲解释这些，解释了他也弄不懂，反而会为此担心，于是说道："让我帮他捎给他省城的一位朋友。"

江大英也凑到了跟前看了一眼说："要我说，咱还是和这些有钱人保持距离。人家的一个小玩意儿丢了咱都赔不起。"

张新阳笑着说："妈，让你这么一说，我怎么觉得自己和莫泊桑笔下的玛蒂尔德似的呢？"

江大英叹了口气说："我不晓得什么莫什么伤，反正和有钱人交往，得操一百个心，人家还不一定待见你，经常是热脸贴冷屁股，何必呢？"

张新阳起身趴在江大英肩头说："好啦，我以后听你的就是啦。"

江大英轻轻打了张新阳一下，笑着拢了拢头发说："这么大了，还是没个正形儿，中午吃啥，我给你做。"

张新阳挠了挠头说："我就想喝妈做的胡辣汤。怎么样？"

江大英系上围裙说："行，等着，我给你做去"。

就这样，整日和父母聊聊天，和刘诗雅煲煲电话粥，看着日升日落，炊烟袅袅，重复着记忆中儿时的生活，三天的时间很快就过去了。某个瞬间，张新阳觉得，幸福或许就是这样的。但这种幸福注定只是一种虚幻的想象，就在又一个红日慢慢在西边消失的傍晚，张新阳的手机猛烈地响起来。张新阳接过江大英递过来的手机，看到屏幕上的名字时，一阵莫名的紧张袭上心头，因为来电人是刘成功！

"新阳，在哪儿呢？"

"董事长，我还在永宁呢，有事请您指示？"

"明天能赶回来吗？越快越好。"

虽然刘成功的语气依旧很自然，但张新阳知道不到万不得已，刘成功是不会给自己打电话的。这种时刻决不能有任何犹豫，张新阳立即回答道："我现在就想办法，明天一定赶回去。"

刘成功又说："尽快吧，一定要注意安全。"

说完便挂断了电话，张新阳已经可以肯定一定是出事儿了。江大英听张新阳说要赶回单位，忙说道："天马上就黑了，别说去县城的汽车没有了，就是去津州的长途车也没了，和领导说说，明天早上早点儿走。"

张新阳说："不行，单位一定是有大事了，我必须明天赶回去，耽误不得。"

张有才听说儿子要走，说道："这会儿就是你想走也得有车能走啊。"

张新阳说："爸，你帮我问问村里这几个面包车走不，要多少我给他就行。"

张有才有些心疼地说："租个面包车去趟津州，怎么也要四五百块钱，太贵了。"

张新阳说："爸，误了领导的大事，就不是三五百的事儿了，您就别替我省钱了，快帮我联系吧。"

张有才尽管心疼钱，但也不敢耽误儿子的事，于是用座机电话联系起了面包车司机。可遗憾的是，所有司机听说要连夜跑津州，无论钱多钱少都不去。这下该张新阳犯愁了，想了想，他只能拨通了孟强的电话。孟强很爽快，立即答应和他跑一趟顾阳。

张新阳简单地收拾好了背包，江大英还和往常一样给他装了满满一大包东西。孟强的车停在了门口，和他一起下车的还有一个健壮的青年。经孟强介绍，张新阳才知道这位便是当年闹事的江家兄弟的老三江玉柱。玉柱是见过张新阳的，只是张新阳对他没啥印象，张新阳客气地和玉柱打了招呼，玉柱拎起了张新阳的包朝着蓝色别克车走去。

张新阳对孟强说："谢谢，这么晚了。"

孟强笑着说："咱兄弟还客气啥，开夜车时间长，我就把玉柱叫上了，和我倒班开，走吧。"说完，两人和张有才、江大英告了别，一前一后钻进了蓝色别克。在父母两人的注视下，车子很快消失在了薄薄的夜色之中。

第84章　临危受命

江玉柱开着别克轿车，在华颜高速上以100公里的时速飞驰。孟强头靠在副驾驶椅背上响起了微微的鼾声。张新阳看着漆黑的窗外时而划过的某个小村庄的点点灯火，不由得想起了刚刚离开的那个小村子吴家堡。一次次回家，又一次次离开，时间不仅仅让自己成长了，也无情地令父母老去了。岁月的脚步是停不住的，总有一天他会不再这么频繁地回这个小村庄，在遥远的将来，他所熟悉的村庄、院落会慢慢变得荒芜，而在他后代的心中，这个村庄以及这个村庄发生的一切，都会被一个叫老家的名词所取代。

手机的振动把张新阳从漆黑而又漫无边际的遐想中带回了现实。蓝色的手机屏幕上闪出了刘成功的短信：明天能回来吗？张新阳这才意识到出发后，竟然忘了给刘成功回话了，在自言自语不应该的同时，他快速地输入了一行字：已出发，明天早晨 5 点左右到达。很快刘成功就回了信息：到了别回单位，直接来新世纪。张新阳回复：收到。

早晨 4 点 50 分，孟强把车子停在了新世纪大酒店门前的广场上。张新阳给刘成功发了信息，不多时便收到回信：来吧。

张新阳和孟强、江玉柱道别，进了酒店。

1025 房间的门半开着，张新阳像往常一样，轻轻地敲了敲便走了进去。刘成功如同在办公室一样穿着正装，头发梳得一丝不苟，房间内也干净整齐，但烟灰缸中满满的烟头和小桌上留着茶梗的两三个茶杯，不难让人猜测，这个晚上曾经有几个人彻夜未眠。

刘成功指了指小桌边的藤椅对张新阳说道："新阳，坐吧，辛苦你了。"

张新阳把笨重的大衣脱掉，搭在藤椅的靠背上，瞬间觉得整个人都轻松了许多。待刘成功坐到左边藤椅上后，张新阳才大方地在右边的藤椅上坐了下来。

刘成功点着一根烟，深吸一口，又吐出了一个大大的烟圈。张新阳知道，他要布置任务了。刘成功脸上略微显得有些疲惫，他微微地笑着，却又语气严肃地说道："新阳，事情有些急，这才把你叫回来。是这样，昨天上午得到消息，我们上报国资委的改革方案已经上会了，据我掌握的情况，主要领导基本认可我们的方案，曹副市长也要亲自带队来公司座谈调研，一切都在朝着我们预想的方向发展……"

张新阳听说曹副市长要来，他的脑子开始飞快地思考，这是需要写汇报材料了，如果这样，满打满算只有三四个小时了，这个材料又该如何写呢？紧接着又听刘成功说："可就在昨天下午，我收到一个不太确定的消息，曹副市长此行可能不仅仅是简单的调研。曹副市长有让顾阳焦煤拿两套方案，市里再组织评审论证，然后二选一的想法。这件事情有些蹊跷，你听懂了吗？"

张新阳思考了一会儿，有些不解地问道："既然主要领导都认可我们的方案了，那我们就再出一个方案备选，不就行了？"

刘成功弹了一下烟灰又说道："新阳，看问题还是浅啊。如果上面绝对认可我们的方案，更准确地说，曹副市长绝对认可我们的方案，他就不会再多此一举。既然要搞两套方案，那就说明领导手上已经有了另一套方案了，而且准备否决我们的这套方案。这下明白了吧？"

张新阳恍然大悟，与此同时，脑海中立即浮现出了郭志明不阴不阳的神情，于是脱口而出："您是指乱石滩东矿区？"

这次刘成功很满意地点了点头说："对。"

张新阳有些沮丧地说："董事长，那我们怎么办？要是把这个方案否定了，我们这几个月的辛苦不就白费了吗？"

刘成功严肃地说："这就是我让你回来的原因。"

说着刘成功起身从床边拿起一个手提袋，掂了掂，放到张新阳旁边，继续说道："这是我们方案的所有资料，你的任务是去趟秦州，把资料交给老领导，再把你所知道的情况和现在面临的问题一五一十地和老领导讲清楚，我想老领导会帮我们的。"

张新阳有些出乎意外地说："董事长，我去一趟绝对没问题。只是，只是我怕我完不成任务……"

刘成功不容置疑地说道："新阳，曹副市长要来，我和赖总都必须在。现在能找到老领导且最有发言权的人就只有你了，我相信老领导，也相信你的能力，拜托了。"

张新阳赶忙起身说道："新阳一定尽全力！"

刘成功又问道："新阳会开车吗？"

"去年刚考了驾照，只是平时不怎么开，不是很熟练。"

刘成功说："会开就行，我让吴师傅5点40开车过来，你俩一会儿就出发。他要开车开累了，你就替他一会儿，务必尽快见到老领导。等天亮了，我会给老领导去电话的。"

张新阳看了一下腕上的手表，指针已经指向5点30分。他十分了解这个叫吴昊的吴师傅，作为跟随刘成功十余年的司机，他每次都是准时准点，更难能可贵的是，这么多年，任凭谁也没有从他嘴里听到过任何关于刘成功的任何消息。这位两耳不闻车内事，只是一心一意开车的吴昊，深受刘成功的器重。刘成功多少次要提拔他，却被他拒绝了，吴昊给出的理由只有一条，自己没文化，也不是当官的料，只要把车开好就心满意足了。刘成功是个很高傲的人，却也为这个执着的汉子所折服，无论什么场合都很尊重地称呼他为吴师傅。

5点40分，刘成功的手机准时响起随后又挂断。刘成功对张新阳说："去吧，吴师傅来了。"

张新阳应了一声便穿了大衣，拿起手提袋朝门外走去。正要出门，刘成功又说："先和吴师傅找个地方吃了早饭，不差一顿饭的时间。"

张新阳回头说："嗯，谢谢董事长。"

刘成功微笑着摆了摆手说："好了，去吧，拜托你了。"

张新阳看着鬓角花白的刘成功，眼圈一热，眼泪差点儿掉下来，他赶紧扭过头去，轻轻带上了门，大步走向电梯。

从顾阳出发，走了近10个小时的高速，吴昊才把车停在老领导王诚楼前。就在拔掉钥匙的瞬间，吴昊突然一动不动地趴在了方向盘上。这个举动着实把坐在副驾驶上的张新阳吓了一跳，他赶快拍着吴昊的肩膀轻声地问："吴师傅，您怎么了？"

连叫了几声，吴昊才长长地喘了口气说："太他妈累了！"

张新阳这才把悬着的心放了下来说道："您吓死我了。"

吴昊坐直了身子，伸了伸懒腰，打着哈欠笑道："怎了，以为我挂了？"

张新阳笑而不语。吴昊又说道："老哥没那么容易挂，只是这趟车既赶时间又操心，虽然你替我开了两个小时，其实看你开车比我自己开车还累。张部长，恕我直言，你的水平很一般。"

张新阳笑道："不瞒您说，自从学了驾照，我还是第一次开这么长时间呢。就这两个小时的车程，浑身都湿透了。"

吴昊说："开车就是个熟练活，等你有了自己的车，开几天就习惯了。张部长，你上去吧，我找个安静的地方停了车，就在车里睡会儿，你下来前给我打电话。"

张新阳答应了一声，拿起公文包下了车，转身进了老领导家的楼。满头白发的王诚很热情地把张新阳让进了客厅。刚退休那年，王诚还没有从党委书记和董事长的角色中退出来，总是一副很严肃的样子，搞得在老干部活动中心的人都离他远远的。但退了就是退了，平时从早到晚响个不停的电话，一夜之间就鸦雀无声了，渐渐地他也习惯了这种生活，他自嘲道：难得清闲，看来清闲也是不那么简单的。只有当刘成功、赖峰等人来向他"汇报"工作的时候，他才隐约找到一些当年的感觉，于是又感叹岁月易逝，一辈子也就是在转眼之间。

上午接到刘成功的电话说张新阳要来找他汇报工作，王诚就知道刘成功遇到麻烦了。此时看着眼前这个给他留下过很深印象的年轻人，王诚便问道："小张，来得这么匆忙，成功那儿遇到什么事了吧？"

张新阳稍稍捋了捋头绪，然后镇定地说："老领导，是这样的，津州市政府把顾阳焦煤当作了深化国有企业改革的试点单位，让公司先行制定改革方案。董事长计划并购一家民营焦化厂，通过资产投资和产能优化，实现经济总量的快速增长。对这家私营企业的调研我是参与过的，绝对是优良资产，一年半收回投资，两年实现盈利是绝对没有问题的。这个方案呢，董事会已经通过了，并上报了国资委和主管曹副市长。据前期掌握的消息，上面一直是很认可的，但是昨天曹副市长忽然提出再准备一套方案，市里有优中选优的意向。"

王诚稍稍沉思了一下说道："这是有人做文章了。公司还有什么别的方案吗？"

张新阳十分佩服王诚的判断能力，他有些崇拜地说："公司进行了调研的就这一个方案。不过过年前是有传言说要搞一个关于乱石滩矿东矿区的改制，不过这个提法也只是个小道消息，并没有正式提上日程。"

王诚从沙发上站了起来拧着眉头问道："那你们觉得有谁可能是推动这个改革方案的人呢？"

"郭志明！"张新阳毫不犹豫地答道。

"还有呢？"

"还有就是关峡！"张新阳又坚决地答道。

王诚听到了关峡二字，眉头舒展开了，他已经知道为什么曹副市长会忽然提出个优选的方案来了。刘成功这次是真遇到了坎，这个事情不是那么好办啊。

王诚问道："小张，你能给我说说那个关于东矿区改制方案的大概传闻吗？"

张新阳想不通老领导为什么不问万顺焦化厂的情况，反而要问那个捕风捉影的传言。他想了想说道："大概是引进社会资本和政府资本，把东矿区从乱石滩剥离出去，改制成股份制厂矿。"

王诚又问："一个方案是花钱买厂子，一个方案赚钱推包袱，你觉得领导会支持哪个？"

张新阳急忙说道："我们的并购方案看似要花钱，但见效也是相当快的，三年以后的产值足以保证职工的收入翻一番。那个改制方案看似在做减法，可对职工来说，减了又如何？退一万步说，就算给干部职工点儿股份，又能咋样，见不了效益，那张纸又不能当饭吃。"

王诚听到给职工股份几个字，脸上的肌肉微微跳了一下，这变化如闪电般一闪而过、稍瞬即逝，但张新阳还是察觉到了。

第 85 章 关峡出手

王诚听了张新阳关于并购方案形成的前后经过，接着又把张新阳带来的所有资料认认真真翻看了几遍。窗外天早已渐渐暗了下来，时间已是下午 6 点，张新阳收到了刘成功和赖峰的四条短信。眼前的王诚还在不慌不忙地翻看着材料，时不时地还停下来做思考状。张新阳心急如焚却又无可奈何。

此时，在几百公里之外的顾阳，刘成功和赖峰坐在新世纪大酒店 1025 房间的藤椅上，默默地抽着烟。整个房间静得没有一点儿声音，香烟一根接一根地在两人指间燃成灰烬，烟雾如同阿拉丁神灯中的魔鬼，弥漫在这个不大的空间里。

今天曹副市长调研所表达的意思已经非常明确了，这个结果已经远远超出了他们的预料，这种感觉就如同多年前两人在战场上误入敌人包围圈一般让人不寒而栗。

上午 9 点半，曹副市长的车队缓缓驶入顾阳焦煤集团公司院内。跟随曹副市长一同来的，还有市国资委、发改委、财政局、安监局、环保局、劳动局等部门的人员。车刚停稳，刘成功、关峡就领着班子成员来到了曹副市长的面前。

曹副市长与众人一一握了手，在刘成功和关峡的陪同下进了会议室。曹副市长如同往常一样，脸上挂着恰到好处的笑容，让人觉得亲切又不失威严。寒暄几句后，曹副市长很自然地开门见山，直入正题："成功、老关，我觉得咱们市里的这些大中型企业中，论发展，顾阳焦煤是首屈一指啊。我每来一次都能感觉到一些变化，这说明什么，说明我们班子在谋事、在干事。这工作就怕琢磨，你越琢磨就越有干头，只要干就有成绩。这次市人大开会，就有代表提出要把顾阳县升级为地级市，理由就是当前顾阳县城市人口的人均收入已经达到了津州市的水平了。我和咱们县里的同志们讨论，大家都说县里的 GDP 上升，顾阳焦煤功不可没啊。所以说，口碑是干出来的。"

刘成功也笑道："曹市长，您过奖了，实事求是地讲，顾阳焦煤这几年的发展，离不开市里的决策和顾阳县委、县政府的支持。我和老关别的谈不上，也就有股傻干的劲儿。市里怎么决策我们就怎么落实，我们也只是干了分内的工作。领导和同志们给我们的荣誉太高了，愧不敢当啊。"

关峡也笑着说："顾阳焦煤这几年的发展，一个是市场环境好，市委、市政府给了我们充分的信任和支持，这是天时；再一个，在岳东省只有我们津州有煤炭资源，而津州的煤炭，百分之八十以上都在我们顾阳焦煤的开采范围内，这是地利；还有我们牢牢把握住了主方向，老老实实地发展主业，没有瞎折腾，这是人和。我觉得顾阳焦煤的发展是必然的，至于我俩只是做了一些本职工作，不值一提。"

曹副市长笑着说道："两位讲得都很务实，但无论是上级决策、地方支持，还是天时地利人和，都不能否认，如果没有二位和班子成员的敬业工作，一切利好都等同于零。我们这次来，一是要充分肯定顾阳焦煤集团的工作，给各位加油鼓劲；二是按照主要领导的批示，对你们前期上报的改革方案进行实地调研论证。"

刘成功说："感谢市委、市政府对我们顾阳焦煤集团的支持，也非常欢迎各位领导对我们的改革方案提出宝贵的意见和建议。"

曹副市长点了点头说道："好吧，下面就请国资委王主任传达主要领导的意见建议。"

市国资委主任王晚秋，名字很有诗意，长相却与他的名字极不般配。五十二三岁的年纪，短小肥胖的身材，眯着的眼睛上架着一副黑框眼镜。无论如何打扮，总是给人一种滑稽的感觉。只有在他睁开眯缝着的眼睛时，人们才会从他的目光中捕捉到不同于常人的睿智和机警。

王晚秋翻开了黑皮笔记本，轻轻咳嗽了一声说道："下面，我传达一下津州市政府工作会议精神。会议认为顾阳焦煤集团、津州纺织集团、津州重型机械制造公司、津州商城四家企业提报的方案都非常全面、详细。就可操作性而言，顾阳焦煤集团和津州商城的更加具体、可行，但投资也比较大，投资风险不容忽视。会议决定，由曹副市长牵头，对顾阳焦煤集团、津州商城的改革方案进行调研论证，对津州纺织集团、津州重型机械制造公司进行优化完善，3月上旬确定最终方案，再上会研究讨论。会议要求就这么多，下面请曹副市长指示。"

曹副市长环视了一下众人说道："刚才王主任已经传达了会议精神，你们的方案我也详细看过了，我的意见和主要领导的意见一致，我们并购的投资确实不是一笔小数目，其中的投资风险也是不容忽视的。"

刘成功心里咯噔一下，又听曹副市长说："所以，我和田市长交换了意见，我们倾向于如果顾阳焦煤还有其他方案一并提出来，市里再组织论证，完善也好，调整也好，我们的目的是把风险控制到最低，把效益放到最大。"

曹副市长说完，会场一片寂静。许久，赖峰小心翼翼地问道："曹市长，您的意思是，我们现在的方案基本上被市里否定了？"

曹副市长说："小赖，市里对你们的方案还是很支持的，只是觉得风险稍大了些。我们今年改革的主方向是产业升级，增效创效，最应该防范的是投资风险。为了安全起见，我们还是要对这个方案进行风险评估和方案优化的。而且，就顾阳焦煤集团目前的情况而言，这或许是最佳的方案。"

会场再次陷入寂静，但这次的时间并不长。王福阳问道："曹市长，如果我们还有其他方案，市里会支持吗？"

曹副市长似乎也想缓解一下当前尴尬的氛围，爽朗地笑了几声说道："当然支持，当然支持了。"

王福阳把目光移到了刘成功脸上，吞吞吐吐地说道："那，我有一个思路，不知当讲不当讲……"

刘成功在心里默默地说：该来的终于还是来了！这是一场针对万顺焦化厂并购方案的反击战，这场战役，就在这一阵沉默中爆发了。

在心里默默预计事情发展走向的同时，刘成功不假思索地说："王总，你尽管说，都是为了企业发展，没有什么当不当讲的。"

曹副市长也鼓励道："老王，你可是顾阳焦煤的元老了，有什么想法，更应该知无不言、言无不尽地明言直讲嘛。"

王福阳轻轻咳嗽了一声，眼神中透出了一丝得意。他稳了稳心神，然后不慌不忙地说道："我觉得，我们应该把改革的主动方向放到盘活企业资产上。具体来讲，就是对长期制约我们发展的乱石滩矿东矿区进行资产重组，引入林阳县和社会资本，让这个矿区在地方政府的全力支持和设备资本的现代化运作上重新焕发活力。顾阳焦煤作为股东，最多只是放弃控股权，不需要任何投入，就能解决一批人的就业问题，拉动林阳经济发展，还可以给企业带来一批可观的收入，而且，这个饭票是长期的。"

曹副市长略等了一会儿，拉长了声音说："老王，你说得固然很好，我听着也觉得是那么回事儿，但想法不等同于方案，方案是需要全面调研论证的。"

话音刚落，郭志明声音洪亮地说道："曹市长，这个想法我调研过！"

所有人的目光都聚集到了郭志明脸上，事情发展到这个地步，大家都知道意味着什么。

曹副市长也饶有兴趣地问："小郭，你是说你调研过？"

郭志明说:"是的。"

曹副市长仍然笑眯眯地回头看了看刘成功和关峡说:"既然小郭说调研过了,那就听听他的方案?"

刘成功微微笑道:"郭总是个爱琢磨事儿的人,有想法,有魄力。先前董事会也没听郭总提调研的事儿,既然他说调研过了,那就说说吧,也许还真就给顾阳焦煤找到另一条发展的新路呢。"

曹副市长点点头,又看看关峡说:"老关,你说呢?"

关峡还是一脸严肃地说:"那就听听吧。"

曹副市长说:"既然成功和老关没啥意见,那小郭你就说说吧。"

郭志明从文件袋中拿出了早已准备好的调研材料,微微起身向曹副市长弯了下腰,随即清了清嗓子说道:"谢谢曹市长,谢谢董事长和关书记,首先我要申明一点,这个调研纯粹是我的私人行为,利用业务时间完成的,不代表任何人,所以也没有向董事会报告。其次这份调研报告中的观点也纯属于我个人的观点,只是我结合实际和数据,分析得出的结论,仅供大家参考。"

说到这儿,郭志明看了一眼曹副市长。当他的目光与曹副市长相遇时,他发现曹副市长也正在以一种鼓励的眼神盯着他。郭志明如同课堂上受到老师鼓励的孩子,立即提高了声音,读起了手中那份略显皱巴巴的材料。材料读到了一半,刘成功已经感觉到了事态的严重性,这是一份分量十足、含金量极高的材料,里面提到的所有数据全部是经过专业论证的,所有方案也都是经过细致推演的,思维缜密,逻辑清晰,丝毫不逊色于万顺焦化厂的并购方案。

这一切是刘成功始料未及的,他根本没有想到或者说根本没有想过郭志明会搞出这么一份材料来。据他所掌握的信息,郭志明也只是召集了几个泥腿子干部开过几次会议,这几个泥腿子干部他多少还是熟悉的,他怎么也不会相信,高大个高建义、周司令周思这帮子人能搞出这么高质量的调研材料来。

显然,刘成功已经忘记了自己也是泥腿子出身,当年凭着一己之力拿下了军屯矿的设备改造工程,节资达两百余万,他也因此一战成名,一步步走到了今天。一直以来,他觉得自己的成功只是个特例,和有文化、有思想、有远见的大学生相比,泥腿子就是泥腿子,注定是成不了什么大气候的。他主政这几年,几乎没有从工人中招聘过干部,高建义、周思这批人的招聘,也无非是他平衡班子的一个筹码,至于他们以后的成长,他从来没有考虑过,任由他们自生自灭吧!

此时此刻,刘成功才意识到自己错了。许多时候人的能力与学历并不成绝对的正比,一些人也许没有学历,但学习的脚步是不会停下的,他们在逆境中的挣扎以及对改变现状的强烈渴望，让他们变得无比自律、无比上进。天长日久的累积，让他们的能力如同火药桶中满满的火药，只需一丁点儿火星，就会释放出强大到让人恐惧的威力。

第86章　千钧一发

可惜，此刻的刘成功醒悟得太晚了。郭志明读完这份材料，会场先是一阵安静，紧接着曹副市长鼓起了掌，随行的人员也跟着鼓起了掌，接着王福阳鼓起了掌，关峡鼓起了掌，然后整个会场的人都鼓起了掌。掌声打乱了刘成功的思绪，刘成功脸上没有任何表情，机械性地附和着众人拍了拍手，几秒钟后掌声停了，会场又恢复了安静。

曹副市长看看刘成功说："成功，早就听说顾阳焦煤人才济济，今日一见果不其然，顾阳焦煤还真是藏龙卧虎的地方。"

刘成功说："郭总是组织培养多年的青年干部，要论能力和水平都是没的说的。否则组织上也不会把这份担子压到他肩上。"

曹副市长又问："刚才小郭的方案怎么样？"

刘成功说："曹市长，不瞒您说，郭总的这个方案我也思考过，只是相对于顾阳焦煤的长远发展而言，这只是个修修补补的小课题，以后也能干。但扩大规模，增加体量的机遇却是稍纵即逝的。"

曹副市长笑着说："扩大体量固然重要，但减少存量也同样重要。小课题做精了、做实了也是大课题，这也符合当前国家的经济政策，也是省里企业改革的主攻方向嘛。我看小郭的这个方案也可行。"

曹副市长说完，端起了水杯，慢慢地吸了一口浓茶，又缓缓地咽了下去，喉结咕噜一动，便再不动作了。

刘成功沉默了。关峡一直沉默着。会场也沉默了。

所有人都试图从刘成功和关峡的脸上读出些什么，但所有人都没有从两人脸上读到任何信息。

沉默仍在持续着，但所有人都清楚，沉默终究会被打破的。今天郭志明已经赢了。

许久，赖峰打破了沉默，他说道："郭总的方案也只是个人的提议，况且我们前期呈报的方案已经上董事会表决。"

曹副市长说道："这也没什么，历史证明，任何正确的决策都是在反复论证中得来的。你们可以再开一次董事会研究一下嘛。依我看明天就可以开，我和市里的其他同志列席，两份方案都不错，我们要优中选优，尽快把事情定下来。"

刘成功已经听懂了曹副市长的言外之意，虽然他说得很含蓄，但刘成功知道，那只是曹副市长给自己留的回旋余地。召开董事会的最终目的，不是研究是否通过郭志明的方案，而是要把这个方案定为最终方案。以顾阳焦煤的名义把自己的意愿，更准确地说是把某些人的意愿，名正言顺地变成集体的决议，这就是领导艺术。

"这个张新阳，还没有消息。"说着赖峰看了看手表，时间已经指向了夜里11点。他和刘成功给张新阳发了三四条短信，但张新阳只回了三个字"再等等"。

赖峰从藤椅上站起来，踱了会儿步又说道："这个郭志明，真是狡猾，搞了这么大的事情居然还深藏不露。"

刘成功说："这件事不能怪郭志明狡猾，怪只怪我们太轻敌了。"

赖峰说："那明天怎么办？"

刘成功说："等张新阳的消息吧，事已至此，一切只能听天由命了。"

赖峰停下脚步，坐回藤椅上，再次默默地抽起烟来。

11 时 18 分，刘成功的手机忽然响了起来，嗡嗡的蜂鸣声划破了夜的寂静。刘成功翻开手机盖，张新阳三个字从蓝色显示屏上跳了出来，刘成功接通了电话，张新阳的声音从话筒中传了出来。

"董事长，让您久等了。我刚刚从老领导家里出来，在小区的小花园给您打电话呢。"

刘成功问道："什么情况？"

张新阳说："老领导详细看了咱们的资料，又反复问了许多细节，在确定我们的方案没有大的纰漏后，给津州市方面打了电话。老领导打电话并没有背着我，我也就断断续续听了个差不多。事情大概是这样，关书记拿着乱石滩的方案找了曹副市长，曹副市长把关书记的方案呈报给了田市长，目前田市长和曹副市长都支持二选一的思路，具体同意哪个方案田市长没有表态，但曹副市长更倾向于用乱石滩的方案。"

刘成功又问："那老领导的意思呢？"

张新阳说："老领导表示支持我们的方案，他觉得我们的方案对顾阳焦煤的影响深远，这样的机会要抓不住，10年内这样的机会恐怕是不会再有了。老领导答应明天找田市长。"

刘成功长出了一口气，语气坚定地说道："好吧，新阳，辛苦了。你先和吴昊找地方休息，明天再去拜会老领导，记住，一定要让老领导说服市领导。还有，说话一定要注意方式方法。新阳，成败在此一举了。"

张新阳说："嗯，知道了，您放心吧。"

刘成功把手机放到了桌边，轻轻叹了口气对赖峰说："赖总，你猜得没错！是关书记找了曹副市长，我怎么就没有想到老关和曹副市长的关系呢，大意了，大意失荆州啊！"

赖峰说："我还是相信曹副市长的立场的，关键是郭志明准备的材料超出了我们的预料，说实话我听了也觉得很有说服力。相对而言，我们的摊子有点儿太大了，领导们不太愿意承担风险。"

刘成功哼了一声说："什么问题都不能只看表面，所谓低风险只是表象而已。关书记我还是比较了解的，老关不服输，也许也只有他是真正想干一番事儿的。"

赖峰有些焦虑地说："听王晚秋和新阳反馈的信息，所谓的二选一和完善方案，都是一个大概方向，也就是说市里要的是一个结果，至于具体过程，在没有上面具体指示的前提下，只要方案科学合理，过程依法合规，起决定作用的主要是曹副市长！"

刘成功点点头说道："你分析得很正确，目前曹副市长是在打擦边球，如果明天他提议让董事会研究确定一个方案，那也许就真的被翻盘了。"

赖峰说："要不我再联系一下其他人？"

刘成功说："不用了，郭志明的报告是很有说服力的，再有曹副市长坐镇，任何努力都是徒劳的。我们现在唯一的希望就是老领导了。"

赖峰有些焦虑地说："我也有些担心老领导，万一要是……"

刘成功说："我相信老领导，他既然答应找市领导，他一定会尽全力的。而且张新阳也在。如果真的有万一，我们只能说自己尽力了。"

赖峰看到刘成功的眼神暗了，像以往许多次遇到危机时一样，做了一个子弹上膛的动作说道："幸运属于我们！"

刘成功笑了笑，也做了同样的动作，说："幸运属于我们！"

赖峰起身说："不早了，休息会儿吧。我去上面。"

刘成功摆了摆手说："去吧！"

这是今年第三次董事会，接到通知后，董事、监事都预感到要有重要事情发生了，众人正在窃窃私语，副市长和相关部门的负责人走进了会场，所有人都同时确认了自己的判断是正确的。

　　刘成功介绍了列席的市领导和随行人员。曹副市长在大家的掌声中起身，双手合在胸前向大家致意。

　　掌声停下后，刘成功说："同志们，今天召集各位召开董事会，是要讨论公司改革的方案。根据市里的意思，需要我们提供两套改革方案，以供市里研究选择。前期我们已经通过了一套方案，这次讨论的是郭志明同志提议的乱石滩东矿区改制的方案，具体方案的打印稿已经摆在了各位面前，请各位按议事章程认真审议。下面请曹市长讲话。"

　　又一阵热烈的掌声，曹副市长依旧带着他标准的笑，声音洪亮地说道："很荣幸能列席我们集团公司的董事会。借这个机会，我仅代表我个人向各位董事、监事为顾阳焦煤集团的发展，为津州市经济的发展所做出的努力和贡献表示感谢。受市委、市政府和田市长的委托，由我全面负责全市四家国有企业的改革，总体来讲，我们顾阳焦煤在四家企业中是首屈一指的，如果顾阳焦煤一旦有欠账，是所有企业都无法弥补的。前期我们提报的并购方案，市委、市政府都是肯定和认可的。但为了优中选优，我们还是建议公司再提报一套方案。作为列席人员，我就不多发表意见了，下面请大家按公司的董事会章程开会吧。"

　　郭志明的方案毫无悬念地全票通过。会议已进行了两个小时，刘成功给张新阳发了短信，但没有任何消息。

　　曹副市长说道："听了刚才的会议，我深有感触，董事会充分发表了意见，我看到了我们班子的团结、务实，也看到了顾阳焦煤的未来。我相信，在成功董事长和关书记的带领下，顾阳焦煤的未来是光明的，在前行的道路上，一定会取得更大的成绩。现在两个方案都已经确定了。我谈谈我个人的看法，并购方案敢于创新、敢于实践，体现了我们的担当。而乱石滩改制方案稳扎稳打，有利于长远发展，我个人还是比较倾向于后者。当然，这只是我的个人意见，下面我想听听各位的意见。"

　　刘成功意识到，曹副市长这一表态，方向已经定了，只要有人提出董事会在两个方案中二选一进行表决，他必输无疑。刘成功看了一眼手机，没有任何消息。

　　郭志明侃侃而谈，他极具煽动性的语言，再一次为自己赢得了掌声。

　　刘成功低头看了一下手机，10 点 23 分，没有任何消息。

　　紧接着王福阳也谈了自己的看法，当他说出"职工股权"四个字的时候，赖峰观察到曹副市长的脸上划过一丝不易察觉的不快。但大部分人是没有注意到他是不经意说出这四个字的。

刘成功再次看手机，10 点 45 分，没有任何消息。

接着是常月梅、王大有、陈晓东，虽然没有像王福阳那样兴高采烈地支持同意，但均表达了赞成的观点。

现在轮到赖峰发表意见了。赖峰不紧不慢地说："我赞成郭总的方案，但我认为我们前期提报的并购方案，对顾阳焦煤的发展是有决定性作用的。郭总的方案我们可纳入公司发展规划，稍迟一些启动。"

刘成功再次看手机，11 点零 2 分，没有任何消息。

曹副市长说："刚才各位都发表了看法和意见，我认为都很中肯，我们将把大伙儿的意见带回去，会同方案一并呈报领导。成功和关峡同志，谈谈你们的意见吧。"

刘成功说："感谢市领导对顾阳焦煤发展的关注，感谢各位董事、监事认真负责，我们的两套方案均通过了董事会，并受到了市领导的高度认可。下一步，我们将坚决服从市委、市政府的决定，持续把改革深入推展。"

说完，他又看了一眼手机，11 点 17 分，没有任何消息。

关峡依旧拍了拍话筒，郑重地说："感谢曹市长的支持。在我们的不懈努力下，完成了两套改革方案，并且得到了上级肯定。感谢各位的努力和付出。"

说完，他顿了一下，又说道："我提议，董事会就两个方案进行一个表决，为市里最终决策提供我们的建议。"

刘成功再次看了一眼手机，11 点 31 分，没有任何消息。

结束了，一切马上就结束了！他要输了！

第 87 章　约会诗雅

所有人都意识到，一切很快就要结束了。刘成功已经预料到了结果。郭志明、王福阳赞同，曹副市长表态，董事会表决，曹副市长尊重董事会意见。明天表决结果和郭志明的方案就会出现在田市长和张书记的办公桌上，大局定！

果然不出刘成功所料，关峡的话音刚落，郭志明和王福阳几乎同时表示了赞同。

曹副市长说："关书记的站位很高嘛，这是在主动为政府分忧啊！"

于是常月梅、陈晓东、王大有也表示同意表决。

赖峰看了刘成功一眼，眼神中充满了无可奈何。刘成功如同打了败仗的将军，无奈地点了点头，赖峰也表示同意表决。

刘成功再次看了一眼手机，11点46分，没有任何信息。

刘成功语气平和地说："既然大家都同意表决，那，我们就开始吧。"

话音刚落，曹副市长的手机响了。刘成功看到曹副市长的表情变得严肃起来，他迅速起身朝着会议室外走去。随行的秘书已经紧走几步拉开了门，曹副市长在大步出门的同时，按下了手机的接通键，随后将手机放到了耳边。众人只听到曹副市长低声地说了一声"喂"，会议室的门便关上了。

就在这时，刘成功的手机振动了一下，他看了一眼屏幕，是张新阳的短信。刘成功压住了内心的激动，装作很随意地打开手机。屏幕上跳出了一行字：事已办妥，请您放心。

刘成功从容地合上了手机，他已经大概猜到曹副市长那个电话的来由了，于是很自然地和赖峰交换了一下眼神，然后又轻声对关峡说："关书记，等会儿曹市长吧。"

关峡点了点头，表示同意。这时会场又恢复了安静，时间一分一秒地流逝着，每个人都觉得时间过得如此之慢。

过了十几分钟，曹副市长回来了，人们都猜测着他刚才匆匆接电话的缘由，但他的脸上依然带着标准的微笑，不紧不慢地坐回了椅子上，喝了一口水说道："同志们，刚才接了个电话，市里有事，需要马上赶回去。成功，你们把刚才会议通过的方案整理一下，形成正式材料给我送几份。随后我再组织研究后呈报主要领导。"接着他又回头对秘书科的小李说："小李，通知司机，现在就走吧。"

关峡已经感觉到事情有变化，看着准备走的曹副市长说道："曹市长，食堂已经安排好工作餐了，您吃完饭再走吧。"

曹副市长对关峡说道："来不及了，回去再吃吧。一会儿把市里的其他同志安排好。"说着又对随行的其他人说道："各位中午就在食堂就餐吧，下午把相关资料整理好就可以返程了。"

小李已经通知好了司机，然后又凑到曹副市长身边悄声说："曹市长，可以走了。"

曹副市长起身和刘成功、关峡以及其他班子成员握手道别，刘成功和关峡起身要送，刚走到会议室门口，曹副市长仍然笑着说："二位请留步，开着董事会呢，你们出去不合适，心领啦！"

刘、关二人见曹副市长执意不让他们出会议室，便让张俊、赵永生等几名中层干部把曹副市长送上了车。

二人坐回到了位子上，所有人的目光都落到了两人脸上。关峡知道曹副市长一走，再提什么表决已经没有任何意义了，而且曹副市长临走时说得很清楚，要把两个方案全部呈报主要领导，推翻刘成功的方案已经不可能了。

刘成功长长地出了一口气，默默地在心里说了句，好险啊！再看看手表，已经是中午 12 点 28 分了。他把头凑到了关峡跟前悄声说："关书记，今天就到这儿吧？"

关峡轻轻点了点头，表示同意。

刘成功说："同志们，上午我们一致表决通过了乱石滩矿东矿区的改制方案，为保障顾阳焦煤持续发展又找到了一个方向，今天的会议非常成功，谢谢大家。同时我也代表董事会，感谢市里相关部门领导莅临指导。今天的会议到此结束，散会！"

会议结束了，刘成功和关峡陪着市里相关部门的领导去食堂用过了餐。午休完，相关部门领导在公司对口部门负责人的陪同下整理了材料，随后便离开了。

在从秦州返回顾阳的路上，张新阳把老领导如何请老首长的事简要向刘成功做了汇报。有老首长出面，刘成功悬着的心终于放下了，他交代张新阳对此次行程一定要绝对保密，同时给他放了三天假，但不能在顾阳露面，于是张新阳决定去津州，他已经很长时间没有和刘诗雅见面了。

吴昊把车停到了津州市悦宁宾馆前，张新阳下了车，吴昊和他挥了挥手，车子很快就消失在了夜色中。张新阳站在昏黄的路灯下看了一眼手表，现在是凌晨 4 点 37 分，他带着倦意走进了宾馆。

张新阳疲倦不堪地洗完澡，一走出浴室就把自己重重地摔在了床上。看着昏黄的壁灯在床上投下一道柔和的光，一种温暖传遍了全身。紧张后的忽然放松，让疲倦瞬间充满了每一个毛孔。他看了一眼手机，有一条刘成功的未读信息，他急忙点开看，短信只有四个字：可以关机。张新阳欣慰地笑了一声，刘成功规定，他们几个人的手机是 24 小时不能关机的，看样子这是彻底给自己放假了。于是他迅速回复了短信：收到，谢谢！接着，又给刘诗雅发了条短信：

刚到津州，很困，睡醒联系你。他并没有关机，只是把手机调成了静音模式，放到了床头柜上，然后盖上被子，不多时就进入了梦乡。

张新阳醒来后才发现已经是下午3点半了。这一觉居然睡了8个多小时。他赶快从枕头边摸出了手机，并没有未接电话，只有两条短信，都是刘诗雅发来的，一条的接收时间为11点37分，只有几个字：中午吃什么？另一条接收时间为14点13分：睡醒了吗？张新阳伸了个懒腰，快速找到了刘诗雅的号码，几声嘟嘟的等待音后电话接通了。

刘诗雅有些惊讶地问："怎么现在才给我回电话呀，刚睡醒吗？你也太厉害了吧。"

张新阳说："你就可怜可怜我吧，我都两天两夜没睡觉了，现在能睡个饱觉都成一种奢侈了。"

刘诗雅说："你们领导怎么这样啊，这也太不近人情了，欺负人呢吧？"

张新阳说："你不懂，能参与到公司的核心决策，也算是一种成功，这叫政治待遇。"

刘诗雅说："你说话怎么越来越像我爸了，一张嘴就是什么政治啊，改革啊，发展啊，政策啦，一点儿意思都没有。"

张新阳说："这说明我们越来越像一家人了。还有，我过完年还没有去过你家呢，我想今天晚上去，合适吗？"

刘诗雅说："我还以为你忘了这事儿呢。没啥合适不合适的，你在哪儿呢？我一会儿请假去找你。"

张新阳说："我在悦宁宾馆。已经这会儿了，你就别请假了，犯不着。我现在就从宾馆走，一会儿去你们单位门口等你下班。"

刘诗雅有些得意地说："这还差不多。"

张新阳说："那你先和你爸妈打个招呼，我还是有点儿不踏实。"

刘诗雅调皮地笑道："张新阳，我爸妈能吃了你啊？看把你吓得。"

张新阳也笑道："这不也证明我太在意你嘛。"

刘诗雅说："就你嘴贫。好了，我手头还有个工作，不聊了，一会儿见！"

张新阳说："好吧，一会儿见。"

张新阳挂了刘诗雅的电话，一种强烈的饥饿感瞬间涌来，他这才想起自从昨天半夜胡乱地吃了碗泡面后，到现在还没有吃饭呢，肚子早已饿得咕咕乱叫了。于是这座城市的美食快速地在他的脑海中旋转，最终定格在了津州有名的小面馆。劲道的小面配上一碟花生米、一瓶啤酒，那是记忆中的一道美味大餐。

想到这儿，肚子叫得更厉害了。张新阳对自己说：好，就去那儿吃！他迅速穿上大衣，装了手机、钱包和房卡，锁好了门，下楼拦了辆出租车，朝小面馆飞驰而去。

虽然还不到吃饭的点儿，但小面馆已经有了三三两两的客人。张新阳选了个靠窗户的位置坐下，小面、啤酒、花生米很快端上桌，早已迫不及待的他风卷残云地吃了起来，很快便吃了个一干二净。等喝完那碗撒了葱花和胡椒粉的面汤，他心满意足地打起了饱嗝。张新阳看了看墙上的电子表，时间是 16 点 40 分。小面馆离刘诗雅单位不远，张新阳结账出门，很快就来到了津州纺织集团的大门口。公司刚刚翻修一新的机关楼透着现代企业的气息，与顾阳焦煤机关楼的灰暗形成了鲜明的反差。

这几年，岳东省的服装产业如雨后春笋般疯狂地成长，尤其在省城华州，一夜之间大大小小的服装厂遍地开花，有几家私营企业注册了很洋气的品牌，已经跻身于二三线城市的服装知名品牌行列。而津州纺织集团凭着天时、地利，在这股服装热的浪潮中，迎来了难得的发展机遇，成了津州市的又一经济驱动。

第 88 章　未来可期

张新阳站在公司的大门前，远远地看着高高的台阶上的玻璃旋转门，翘首盼着多日不见的刘诗雅。下班的人开始陆陆续续地走出办公楼，很快张新阳就在人群中发现了正走下台阶的刘诗雅。粉色的大衣裹着她纤细的身体，一头长发随着有节奏的步伐微微飘起又落下，白色的高领毛衣和香奈儿包衬托着她的气质。张新阳记忆中所有关于刘诗雅的影像，都被她这一刻的优雅覆盖。刘诗雅也看到了张新阳，她加快了脚步，很快就走到了张新阳面前。张新阳还在愣神，一种熟悉的香水味扑鼻而来。他本能地张开双臂，紧紧地把刘诗雅抱在了怀中。

刘诗雅满脸通红地在张新阳胸口拍了拍说道："干吗呢，这么多人看着呢。"

张新阳这才意识到是在刘诗雅单位门口，看着身边走过的人都在看着他俩笑，张新阳的脸也红了，他松开了抱着刘诗雅的双臂说：“这不是见到你太激动了嘛。”

刘诗雅噘着嘴撒娇道：“就你会哄女孩。”

张新阳也笑着说：“我也就能哄哄你。”

刘诗雅说：“张新阳，你还想哄谁啊？”

张新阳说：“有你就够了，哄你一辈子。不过……”

刘诗雅又噘起了嘴问道：“不过什么呀？”

张新阳坏笑了一下说：“不过，你将来要给我生个小情人，我也会哄她辈子。”

刘诗雅的脸又红了，低声说道：“讨厌，不理你了。”

张新阳没再说话，刘诗雅也红着脸沉默不语。

下班的人渐渐多了，在众人好奇而又羡慕的目光中，张新阳拉起了刘诗雅的手，沿着玉华路向东走去。

初春的津州已经没有冬日般的寒冷，天边渐渐暗了下来，路灯已经亮了。张新阳拉着刘诗雅的手，仿佛又回到了去年从盛世嘉园售楼部走出来的那个傍晚。那天他们为了爱而彼此承诺，为了爱设计了未来，或许那时的他们还不知道成长的代价，还不知道往后的艰难，更不知道凤凰涅槃后的他们会让两人的名字和时代紧紧联系在一起。但是从那天起他们坚信，往后余生没有什么可以把两人分开。

寒风吹来，刘诗雅不禁打了个寒战，张新阳把刘诗雅的手放到了自己的大衣口袋。张新阳想起了什么，思考了一下，轻声地说：“刘诗雅，交给你个任务吧。”

刘诗雅疑惑地看了他一眼问道：“什么任务？”

张新阳说：“前几天盛世嘉园给我打电话，下个月就要交钥匙了，交了钥匙我们就装修。你的任务就是按你喜欢的风格好好设计一下，你喜欢什么样子就装修成什么样子。”

刘诗雅把头靠在了张新阳的肩膀上，望着远处的霓虹说道：“我们要有自己的世界了？”

张新阳说：“是，只属于我们的世界。”

刘诗雅说：“这辈子，你要永远陪在我身边，不许离开。”

张新阳说：“不会离开的。”

在这初春的街头，张新阳陪着刘诗雅走了好久好久。路过津州商城，张新阳执意要给刘诗雅父母选几件礼物，刘诗雅拗不过张新阳，只得给他提供了情报。于是张新阳给刘明桢买了一件大衣，又给白惠选了一套日本佳丽宝的EVITA化妆品。两人走回了悦宁宾馆，张新阳从他的大旅行包里翻出了江大英给刘诗雅父母带的腊山鸡、米酒、蜂蜜，锁好了房门，打车直奔双子座刘诗雅的家。

刘明桢和白惠早已得知张新阳要来。通过这一年的观察，两人基本上认可了张新阳。张新阳刚一进门，白惠就看到了他手里提着的大包小包，脸微微地一沉。刘诗雅注意到了白惠的表情，她知道白惠一会儿又要数落张新阳了。

刘诗雅赶快说道:“妈，新阳妈妈让新阳从永宁带了些土特产，您说放哪儿吧？”

刘明桢看了一眼张新阳手中的手提袋说道：“鬼丫头，衣服也是永宁的土特产？”

接着又看了一眼张新阳说：“新阳，我和你阿姨都说过几次了，每回来不要搞这些大包小包。叔叔阿姨欣赏的是你这个人，不是这大包小包的东西，不要这么俗气。”

刘诗雅噘起了嘴嘟囔道：“人家也是一番好意，你们不领情也就算了，还批评人家……”

张新阳连忙笑着说：“叔叔，阿姨，这野鸡和米酒是我妈让我带给你们的，尝尝我妈的手艺，衣服和化妆品是我要买的，我的一点儿心意，您二老别介意。”

刘明桢还要说什么，见白惠瞅了他一眼，又把到了嘴边的话咽了回去。

白惠接过了张新阳手中的包，口气和蔼地说道：“这么老远还给我们带这些东西，辛苦啦。也代我们谢谢你爸妈，他们身体还好吧。”

张新阳笑着说：“谢谢阿姨，我爸妈农村人干活出身，身体硬朗着呢。”

白惠说：“身体好就好，有时间呀也接他们来津州看看，这几年津州的变化不小，博物馆、地质公园、津州古战场搞得都不错。”

张新阳连连点头说是，白惠边说边把张新阳让到了客厅。

客厅中的刘诗雅已经拿出了大衣，非让刘明桢试一试。刘明桢知道自己这宝贝女儿不依不饶的性子，同时也想给张新阳个面子，就接过了刘诗雅手中的大衣。刘明桢刚把大衣穿上，张新阳忽然有了一种看到刘成功的错觉，这也许就是所谓的领导气质。

刘诗雅围着刘明桢转了两圈说道：“老爸，这件衣服就是为您设计的，您看，多符合您的气质。明天上班再去单位就穿它啦。”说着一下把吊牌拽了下来。

刘明桢乐呵呵地拍了刘诗雅一把说：“马屁精。”

刘明桢看了看坐在沙发上的张新阳，忽然想起了什么似的问道：“新阳，我刚才还纳闷，这也不过节不放假的，你怎么就来津州了？"

张新阳看着刘明桢疑惑的表情说道："叔叔，是这样的，春节期间单位有重要工作，我就没有回永宁，节后领导给我放了几天假，假期快结束了，我就先来津州看看您二老，明天晚上就回顾阳。"

刘明桢说道："听说你们顾阳焦煤的改革方案很有特色，这个刘成功还真能折腾啊。"

张新阳说："不瞒您说，春节期间我就是在忙这个方案。"

刘明桢听说这个方案是张新阳整的，立即饶有兴趣地问道："这方案是你整的？"

张新阳有点儿腼腆地说："大方向当然是董事长和关书记定的，我只是组织了调研，起草了方案。"

刘明桢看看眼前这个可能要成为自己女婿的毛头小子，顿时有了一种欣慰的感觉。他略带期望地说道："新阳，你给我说说你们的思路，只要大概说说就行，涉密的内容就不要说了。"

张新阳已经预想到刘明桢可能要问到此类话题，因此刻意回避了去秦州的事儿，这是刘成功的核心机密，当然也是公司的核心机密。他正为刘明桢详细询问时该如何应对而为难时，刘明桢的这番话给他吃了定心丸。

张新阳略带感激地把顾阳焦煤并购方案的大概来龙去脉给刘明桢介绍了一番，刘明桢听得很认真，中间还打断张新阳两次，提了一些方向性的问题，张新阳又较为详细地一一进行了回答。

等张新阳说完，刘明桢把头靠在了沙发靠背上思考着，许久他说道："刘成功真有魄力啊！新阳，你们还有其他方案没有？"

张新阳梳理了一下思路，就把乱石滩矿改制的方案大概说了一下。刘明桢听完后依旧思考着，过了五六分钟，他才说道："新阳，你觉得哪个方案更好些？"

张新阳思考了一下说："我个人觉得就方案本身而言各有利弊，收购方案投资大，风险大，但收益也大；改制方案虽然稳妥，风险小，但相对来说比较保守。就目前的发展形势而言，收购方案要优于改制方案，如果把目光再放长远一些，或许改制方案更实际一些。不过我倾向于收购方案，政策性的方案稍纵即逝，而改制方案可以从长计议，收购以后还可以再提上议程。"

刘明桢赞赏地点了点头说道："分析得不错，年轻人，有水平。基本上和我的看法一致。"

张新阳见得到了刘明桢的认可，有些不好意思地说："叔叔您过奖了，这些都是公司班子的看法，我这也是踩在领导的肩膀上现学现卖呢。"

刘明桢说："新阳，以后遇到表扬不能太谦虚，过度的谦虚会让人觉得你不自信的。为啥我要说基本同意你的看法呢？因为你没有把这两个方案存在的风险分析清楚。"

张新阳认真回忆了刚才自己所说的话，在确认了没有遗漏什么后，他有些摸不着头脑地看了看刘明桢，疑惑地问："还有风险？"

刘明桢说："对，还有风险。"

张新阳还是不解地看着刘明桢，刘明桢说："是资金，更通俗地说是钱的风险。"

张新阳恍然大悟，刘明桢看着开窍的张新阳说道："新阳，明白就好，两个方案都有这方面的风险，而且风险是同等的。当然，也可能是我多虑了，但我提醒你，作为参与者，一定要把握好自己，把握好底线。"

刘明桢的话让张新阳变得慎重起来，到目前为止，他看到的、听到的、见到的，只有一个方向，那就是为了企业的发展。他质疑过郭志明的动机，但那也仅仅是一闪而过的念头。至于说那份出自于他手里的方案，他从来没有朝其他方面想过，或者说他不认为自己付出那么大心血的事，会掺杂着阴暗的勾当，但刘明桢的话让他想起了那句简单而又富有哲理的古话——旁观者清。

刘明桢敏锐地发现了张新阳的变化，他调整了一下语气笑呵呵地说道："当然，你也不要有压力，凡事都有许多种可能性，我只是说了一种可能的风险，并不代表它会发生。但这个社会五光十色，年轻人初入社会要面对许许多多的诱惑，一定要意志坚定，有所为有所不为。这也算是我的忠告吧。"

张新阳说："谢谢叔叔的点拨，新阳虽说是从农村出来的，但姥爷和爷爷从小都在以耕读传家的士大夫精神教育新阳，家国天下的情怀还是有的，如果和现实结合起来，或许就是您所说的有所为有所不为吧。"

刘明桢又露出了欣喜的笑容，看着张新阳问道："想必姥爷和爷爷也都是有学问的人吧，他们二老还健在吗？"

张新阳想起了二位老人和蔼可亲的音容笑貌和自己依偎在他们怀中淘气的样子，脸色不禁暗了下来，有些感伤地说："姥爷和爷爷都最疼我了，可惜十几年前他们就相继走了。姥爷民国时期干过颜州昌宁县的督学，爷爷年轻时是抗日将领扈先梅将军的文书，在那场惨烈的台儿庄战役中，扈将军牺牲了，爷爷也负了重伤，后来就回到了永宁老家务农。"

刘明桢听张新阳说完这段家史，看了看白惠，感慨道："我就说新阳哪儿有些不一样呢，儿时的启蒙教育真的会影响人的一生啊。新阳，好好努力。"

刘诗雅觉得刘明桢又要高谈阔论了，夸张地盯着墙角的大座钟说道："爸，这都几点了，我饿啦！"

刘明桢伸手看了一眼手表，拍了拍额头笑着说道："呀呀呀，看我这，老糊涂了。新阳，你阿姨已经在楼下饭店订好饭了。咱们去吃饭吧。"

白惠起身笑着对张新阳说道："这个老刘啊，一叨叨起来就没完了。走吧，去吃饭，我们边吃边聊。"

四个人穿了外套，刘明桢和张新阳在前面边走边聊着天，刘诗雅挽着白惠的胳膊在后面说着悄悄话。走出楼宇门的那一刻，看着前边的两个男人，一种莫名的幸福涌上了刘诗雅的心头。这不就是自己想要的幸福吗？

第 89 章　装修爱巢

这顿还算不上团圆饭的团圆饭足足吃了两个多小时，刘明桢和张新阳也整整聊聊两个多小时。白惠对眼前这个侃侃而谈的年轻人又多了一份认同，直到服务员轻声提醒她，她才发现已经将近 11 点了。

四个人走出了饭店，一阵风吹来，大家都裹紧了大衣。街上霓虹闪耀，马路上车流匆匆，繁华都市的夜色，对他们而言，此刻显得那样和谐温馨。

刘明桢问道："新阳，今晚住哪儿？"

张新阳答道："我在悦宁宾馆开了间房，一会儿打车回宾馆。"

白惠问："明天就要走吗？让诗雅送送你。"

张新阳说："不用了，明天晚上的火车，诗雅送完我，她一个人回家我不放心。"

说话间刘明桢已经拦下了一辆出租车，回头对张新阳说："车来了，回去早点儿休息。"

张新阳拉开了车门，对刘明桢和白惠说道："叔叔阿姨多保重，我有假期了再来看你们。"

刘明桢和白惠向张新阳摆手，张新阳笑了笑上了车。出租车启动了，张新阳透过车窗，看着依旧挥着手的刘明桢和白惠。出租车很快消失在了城市的夜色中，刘明桢和白惠不约而同地把目光落在了刘诗雅身上。刘诗雅避开了父母的目光。

白惠说道："走吧，回家。"

刘诗雅一手挽着父亲，一手挽着母亲，朝家的方向走去。

快要到楼门口的时候，刘诗雅喃喃地说道："爸，妈，新阳说盛世嘉园的房子下个月交钥匙，他让我按自己喜欢的风格设计。"

白惠没有反应过来似的愣了一下，进而有了种女儿要离她而去的感觉，鼻子一酸，眼圈又红了。

刘明桢也愣了一下，等了一会儿才说："只要他对你好，爸爸没啥意见。"

昏黄的街灯下，刘诗雅还是看到了白惠的表情，她读懂了母亲的恋恋不舍。刘诗雅掏出了楼宇门的钥匙，迅速把头扭了过去，眼泪已经顺着脸颊流了下来。楼宇门开了，当她跨进那道熟悉的门时，手机在手中振动了一下，她翻开手机，是张新阳的短信，只有四个字：爱你，晚安！

张新阳提前一天回到了顾阳焦煤集团的宿舍，还和以前一样，把自己带来的土特产分给了李荣、张俊、王一飞。晚上又登门拜访了吴小清，吴小清绘声绘色地给他讲了曹副市长来后发生的事情，张新阳装作吃惊地问最后的结果，吴小清神秘一笑，没有回答。如果此时的她知道张新阳其实才是这件事的一枚重要棋子的话，或许未来她就不会那样处理与眼前这个年轻人的关系了。

第二天，张新阳向刘成功、张俊报到后，准时出现在了办公室。接下来的半个月，发生了几件重要的事情。一是津州市政府下发《津州市人民政府关于对顾阳焦煤集团、津州纺织集团、津州重型机械集团、津州商城四家企业改革方案的批复》，关于万顺焦化厂的并购方案有惊无险地过关。二是公司成立了由刘成功、关峡任组长，赖峰任副组长的改革发展推进组，但张新阳并不是推进组成员。三是关峡请了一个月的病假，请假期间由副书记马文明主持党委工作，由刘成功互补总经理工作。

关于并购方案是如何在市里通过的，张新阳并没有从刘成功那里得到任何答案。据某些消息灵通人士的小道消息称，曹副市长因提议在顾阳焦煤集团搞两套方案二选一，受到了某位省领导的批评，说他这是在以民主决策的名义推卸责任，是人为制造不稳定、不团结因素。于是曹副市长连夜召开专题会议，反复论证并通过了并购方案。至于郭志明的方案，曹副市长再没有提起过。张新阳虽然对这些小道消息有些怀疑，但从老领导给老首长打电话的口气中可以听出，如果是老首长出马打的招呼，这些小道消息的真实性还是比较大的。

4月中旬，改革推进组第一次会议将改革的具体步骤正式提上了议程。4月下旬报请津州市国资委，与万顺焦化厂签订正式合同。同时由赖峰总体负责制定劳动用工和人事任用的详细方案，由陈晓东总体负责制定收购的资金运作详细方案，由常月梅总体负责制定职工权益保障的详细方案，由王福阳负责总体协调解决技术、设备等方面的问题并制定技术、设备规范管理机制。上述方案必须在5月中旬完成，其间每周召开一次董事长办公会，解决具体问题。6月份并购工作进入实质性推进阶段，6月30日前基本完成交接，7月份为生产过渡期，8月份万顺焦化厂生产经营正式并入顾阳焦煤集团生产运营管理系统，12月份并购工作基本完成，生产经营指标达到预期的上量标准。

张新阳看了张俊递给他的这份董事长会议议事单，如释重负地长出了一口气。这几个月他已经让这个并购方案整得焦头烂额了，张新阳懂得什么是适可而止，并购方案的顺利通过就是对他最大的肯定，现在他已经不需要再证明自己的能力了，他只想清净清净。可他也知道，在往后的并购中他绝对不可能置身事外，作为掌握第一手材料的人，刘成功和赖峰是不可能让他清闲下去的。

不过眼下他并没有什么紧要的工作。唯一需要尽快办理的事，就是赶快完成盛世嘉园两套新房的装修。张新阳接到李莉交房的通知，便向刘成功请了两天假，连夜来到了津州。拿到新房的钥匙，张新阳和刘诗雅站在宽敞的房间里，开发商所谓的装修只是个噱头，无非是比一般毛坯房设施齐全些而已，离可以直接入住还是有很大差距的。空旷的房间如同一张洁白的画布，由着两人尽情地憧憬幸福。刘诗雅高兴得像个孩子，她在卧室客厅中不停地穿梭，发挥着自己的想象力，给张新阳勾勒了一个童话般的世界。张新阳默默地看着女友，静静地想象着明天的样子。

张新阳分别请了两家家装设计公司装修，21层的一套是留给父母居住的，由设计公司按常规设计装修，22层的另一套则全部按照刘诗雅的想法设计装修。家装公司的工作效率还是很高的，不到一个月的时间，装修工作已经要收尾了。

张新阳让装修师傅在书房一个不起眼的角落掏出了一个量好尺寸的壁橱。随后他买了一个小巧的保险箱，自己动手把保险箱装了进去，又在保险箱旁做了一个移动式书柜，巧妙地掩饰了壁橱，等购置齐全了家具和电器，他终于在津州有了自己的家。

今天是他在新房过的第一个周末，看着窗外的万家灯火，张新阳轻轻打开保险箱，里面放着他从单位宿舍那个带锁的铁盒中转移过来的重要资料，有记录着重要事情的笔记本、证件、银行卡、房产合同和现金。最重要的，就要数那几本房产证和购房合同了。自从买了盛世嘉园的房子，李莉就成了他联系最多的陌生人，李莉定期通知他开发公司的最新动向，张新阳已经敏锐地意识到了，房子是积累财富的最快途径。他把从孟强那儿分到的钱全部疯狂地投入到了房市。除了盛世嘉园的两套按揭房和孟强抵给他的北京的小别墅外，他还通过李莉的关系在省城的大楼盘以父亲张有才和表姐的名义按揭买了三套现房。他听取了李莉的建议，把这三套房租了出去，这种以房养房的模式并没有带给张新阳多大的经济压力。而且去年后半年省城的房价直线上涨，现在他的三套房子的市值已经涨了近一倍，房价上涨租金也水涨船高，现在三套房的租金已经能基本满足他所有的房贷按揭了。

张新阳看着手里的一份份合同，最终把目光停在了一份崭新的房产合同上，这是他前几天去三亚买的一套房子的手续，房子是90多平方米的中户型，张新阳付了30%的首付，这份合同，是他送给诗雅的生日礼物。

第二天早晨，刘诗雅带着早餐打开了6号楼2202房间的门，此时的张新阳正站在阳台上出神，似乎并没有觉察到身后的刘诗雅。刘诗雅放下了早餐，轻轻走到张新阳身后问："看啥呢？"话音未落，她立即被眼前的美景惊住了。透过阳台的落地飘窗，半个城区尽收眼底，早晨的阳光斜射在城郊被柳树装点过的梅河，这景象犹如一幅水墨山水画卷。张新阳和刘诗雅都没有再说话，两人依偎着，静静地欣赏着这一切。张新阳把刘诗雅搂到了怀中，刘诗雅轻轻地闭上眼睛，享受着张新阳带给她的温暖和幸福。就这样待了许久，两人都不约而同地问对方，这个场景，我们好像在哪儿经历过。于是，两人都从记忆中搜索着，最终定格在三亚那个美妙夜晚过后的清晨。

张新阳在刘诗雅的耳边轻声说："是那儿吧。"

刘诗雅摩挲着环抱着她的坚实的臂膀说："嗯，是那儿。"

张新阳又轻声说道："下个月是你的生日，我要给你一个惊喜。"

刘诗雅问："什么？"

张新阳说："能看到那儿的地方。"

张新阳从茶几上拿起了那份三亚的购房合同递到了刘诗雅手中，刘诗雅简单地翻了几页，轻轻地把合同放到茶几上，对张新阳说："这些都不重要，我不要别的，有你就好。"

张新阳轻轻抱住了刘诗雅，吻了吻她温润的双唇说：你是我的一切！

第 90 章　浪漫求婚

又一个周末，在刘诗雅的提议下，张新阳把父亲张有才和母亲江大英接到了津州。四个人推门走进装修一新的盛世嘉园新房时，张有才和江大英有些吃惊，他们不相信自己的娃能在城市里买这么大、这么漂亮的房子。眼前宽敞明亮的大房子，还有站在儿子身边如电视里明星般漂亮的刘诗雅，一切都如同梦一样不可思议。江大英又想起了那年老伴儿领着张新阳四处借钱时的不容易，不由得眼圈泛红，老泪纵横。

刘诗雅赶忙上前擦掉了江大英的眼泪，领着她把每个房间的各个角落都仔细地看了一遍。江大英边看边一个劲儿地说："好，好！"

刘诗雅说："阿姨，你们搬过来住吧，这用水、用电都比村里方便，往后就别在村里种地了。"

江大英打开水龙头，看着汩汩流出的清澈的自来水说："我们是庄稼人，要不种地了，还叫什么农民呢，种习惯了，放不下。再说，这城里人生地不熟的，我们来了还真不适应。我们呀，还是住在村里舒服。这房子，你们将来结婚用。"

刘诗雅听张新阳说过，他只是告诉父母在城里买房子了，并没有告诉他们自己买了两套，于是就呵呵地笑着说："我们将来结婚有房呢，这个房子是新阳买给你们住的。"

张有才瞪大了眼睛问张新阳："啥？这是给我们的？我们住这房子，这不是胡闹吗？"

张新阳说："没有胡闹，楼上就是我准备结婚用的房。"

说着张新阳和刘诗雅领着张有才和江大英上了楼，看着他们精心布置了一番的新房，张有才又瞪大了眼睛，他是听张新阳说过和孟强挣了些钱，但他根本就没有想到儿子有点儿钱就敢在城里买两套这么大的房子。他脸上带着惊讶、激动而又有些自豪的表情，手微微地颤抖着，点了一根烟坐在沙发上闷头抽着，不再说一句话。江大英四处转了一圈，嘴里喃喃地说道："我娃大了，出息了。"说着说着，又哽咽了。

江大英执意要见刘诗雅的父母，张新阳觉得时机还不是太成熟，所以有些不太愿意，但刘诗雅已经爽快地答应下来，并立即给父母打了电话，张新阳只能在刘诗雅家附近的湘渝风情订了一桌饭。

　　中午刘明桢、白惠、张有才、江大英见面了。张新阳所担心的是刘明桢、白惠是国有企业的大干部、知识分子，而父母则是一辈子都没有出过几次远门的农民，虽说刘诗雅父母平易近人，但身份的不对等是很难找得到共同语言的，所以张新阳迟迟没有安排双方父母见面。

　　当四个人见了面，打开话匣子后，张新阳才发现是自己多虑了。上山下乡的经历已经把白惠和刘明桢的根都深深地扎到了农村，扎在了那片养育了一代又一代人的土地上。话题一回到熟悉的土地便再也收不住了，那火热岁月中的奋斗经历，使得四个人都陷入了深深的回忆之中。刘诗雅和张新阳看到，侃侃而谈的刘明桢拉着一手老茧的张有才说着生产队掏粪、打谷、围田、挣工分等他们都听不太明白的陈年旧事，他们这才认识到，对那个年代的许多人来说，最美好的年华都交给了大山和土地。这种回忆不会随着时光的流逝、财富的积累、职务的提升而变淡，反而会在无数个夜里、无数个梦中反复咀嚼逝去的青春岁月，那种岁月的认同感超越任何复杂的人际关系，历久弥新。

　　白惠拉着江大英的手说："新阳是个好孩子，聪明能干，你们培养了两个大学生，真是不容易啊！"

　　江大英说："我和他爸都没啥文化，全凭娃们自觉努力，新阳这孩子从农村出来，没有见过什么大世面，有啥不对的地方，妹子你多担待些。"

　　白惠说："大姐过谦了，从新阳的言谈举止就能看出你们家教不错，这孩子懂事着呢。"

　　江大英犹豫了一下说："大妹子，实不相瞒，我和老张早就商量着说来城里看看你们，聊聊俩娃的事儿，可我俩商量再三，还是没能下定决心来。这次新阳让我们来津州，我俩就决定一定要见见你俩。说实在的，两个娃处对象，我们自然是一百个愿意，可我们这条件，就怕新阳配不上诗雅，诗雅这么好的姑娘，别因为新阳耽误了。"

　　白惠笑着说："大姐，我和老刘不是那种非要讲究什么门当户对的人，只要孩子们感情好，对方人品好，有上进心，我们基本上就没啥意见。何况新阳的成绩我们也看到了，孩子非常努力，我们就更没啥意见了。"

　　刘诗雅和张新阳早就支棱着耳朵听白惠和江大英说话，听到白惠说没啥意见，张新阳在桌子底下使劲握了一把刘诗雅的手，刘诗雅的脸上泛起了微微的红晕。

江大英满是皱纹的脸舒展开了，用她朴实到不能再朴实的语言，一个劲儿地夸着白惠。白惠让江大英夸得有点儿不好意思了，拉着江大英的手说道："只是刘诗雅从小娇生惯养的，脾气也不太好，我呢，想让他俩再处上一阵儿，互相磨合磨合。还有呢，就是我舍不得这么快就把姑娘嫁了，我想让她再陪我一段时间，也算是我的一点儿私心吧。"

江大英此行的目的已经达到了，既然白惠和刘明桢同意孩子们处对象，这桩亲事儿就算成了80%了。她笑着说道："都是当妈的，理解，理解。我也想着等我家那丫头毕业了，一定得让她多陪我几年再结婚。"

白惠也笑道："大姐，你说我们这叫自私吗？"

江大英说："也算是吧，年轻的时候盼着孩子们长大，等真长大了，翅膀硬了，我们又不舍得让他们飞走了。"

白惠说道："孩子早晚是要飞走的，只要我们参与了他们的成长过程，也就无憾了。"

江大英赞同地应答着，话题自然地转移到了当年带孩子的经历上。

这次双方父母的见面，最高兴的是张新阳，看着如同多年好友般的四个人，他悬着的心终于放下了，而且还亲耳听到白惠对他和刘诗雅交往的认可，他觉得，幸福之门已经透出了一道绚丽的光芒，只要走上前去轻轻一推，幸福之门便会打开，等待他的是一个充满无限美好的未来。

王一飞和林笑要结婚了。张新阳和刘诗雅接受了一对新人的邀请，当起了伴郎和伴娘。婚礼当天，潇洒帅气的王一飞和美丽大方的林笑幸福地牵着手，在婚礼进行曲中缓缓走上了舞台。除了司仪，站在舞台上的，只剩下了伴郎张新阳和伴娘刘诗雅。婚礼仪式在司仪妙语连珠的主持下按部就班地进行着，当司仪让新郎和新娘喝交杯酒的时候，张新阳和刘诗雅并排站在一旁，看着一对新人幸福地拥抱在一起，刘诗雅和张新阳的指尖也碰在了一起。现场的来宾给一对新人送上了热烈的掌声和祝福，看着站在一起的张新阳和刘诗雅，有人悄声议论道：这伴郎伴娘也很般配呀！

这时，现场来宾中有人喊："伴郎、伴娘喝一个，伴郎、伴娘喝一个……"

紧接着又有几个人跟着起哄喊道："伴郎、伴娘喝一个，伴郎、伴娘喝一个……"

婚礼司仪清楚，婚礼上开伴郎和伴娘的玩笑是需要一定技巧的，主持好了是锦上添花，把握不好火候是有可能砸场子的，一般的司仪是不会轻易搞这种互动的。但今天的婚礼司仪身经百战，他迅速和王一飞交换了一下眼神，又看了看张新阳，王一飞坏笑着点了点头，司仪心里已经有数了。

他微笑着说："今天的幸福是属于新郎新娘的，祝福是属于我们大家的，此时此刻，我想问一下，台上帅气的伴郎和美丽的伴娘有什么祝福送给我们的一对新人吗？"

张新阳接过话筒说："一飞，人生是一场旅程，愿这一生陪伴你的不仅有窗外的风景，还有身边爱你的人，一万个祝福送给你，祝你和林笑执子之手与子偕老，相伴一生。"

刘诗雅从张新阳手中接过了话筒，说道："笑笑，今天的你是这个世界上最幸福、最美丽的人，愿今天的幸福和美丽能伴你一生，愿你和一飞一生相伴，共度今生。"

司仪接过话筒，看着张新阳和刘诗雅说："谢谢伴郎伴娘的祝福，茫茫人海中能相遇就是一种缘分，伴郎你认识伴娘吗？"

张新阳看了一眼刘诗雅微笑着说："她是我女朋友！"

来宾席立即躁动起来，刚才起哄的几个人又喊道：表示一个，表示一个。

司仪如同导演遇到了绝好的剧本一般，对张新阳说道："有什么想要对伴娘说的吗？"

张新阳深情地对刘诗雅说道："诗雅，我爱你！"

就在现场一阵起哄和欢呼声中，张新阳拿起了桌上的一束玫瑰，单膝跪在刘诗雅面前说："诗雅，嫁给我吧！"

婚礼现场伴郎向伴娘求婚，这是所有人都始料不及的。司仪更加兴奋了，他的脑海中迅速搜索了一段极为煽情的词，他示意工作人员换了一段音乐，随后如同电影导演一样，把他煽情的主持本领发挥到了极致。刘诗雅用手轻掩着嘴，激动得眼泪夺眶而出，司仪问刘诗雅："你愿意接受眼前这个男人的求婚吗？"

来宾席安静了下来，所有人都盯着刘诗雅。刘诗雅沉默了半分钟后说道："我愿意！"

张新阳起身，紧紧地把刘诗雅抱在了怀里。

贵宾席的赖峰鼓起了掌，紧接着婚礼现场掌声四起，久久不息，王一飞的婚礼现场出现了又一个高潮。

王一飞婚礼上的这个幸福的小插曲，迅速传遍了顾阳焦煤集团。婚礼结束后，张新阳的手机如同过年一般不断地收到同事和朋友的祝福。然而出乎他意料的是，快要生孩子的冯媛媛给他发来了一条信息。看到冯媛媛的信息，张新阳感觉自己的心仿佛被什么东西猛地拨动了一下，冯媛媛的身影又出现在了眼前。他已经好长时间没有联系她了。短信的内容是：新阳，真心地恭喜你，祝福你。如果有一天你得知我离开的消息，请给我一份诚挚的祝福。

第 91 章　伤感往事

张新阳对冯媛媛的感情是复杂的。曾经的冯媛媛是他无话不谈的知己，也是他刚来到这个陌生县城唯一可以倾诉的人。每次想起和她在一起的点点滴滴，总有一种暖暖的感觉。他曾怀疑过自己对冯媛媛的感情是否已经超越了朋友，可无论怎么假设，结果都告诉他，那种感情可能是一种无法割舍的情感寄托，如果非要有个答案，他的答案是没有答案。

婚后的冯媛媛，看似幸福的婚姻其实并不幸福。特别是她怀孕后，凭着女人的直觉，她感觉到李哲有了外遇。而闺密发给她一张李哲和另一个女孩子亲昵的相片，让她的直觉变成了事实。理性告诉她，曾经和李哲的海誓山盟不过是过眼云烟。感情的空缺，让她在回忆往事时，总能想起那个曾经的知己——张新阳。而随着时间的流逝，她对张新阳的思念越发强烈，她已经意识到，那年那月在医院的那个夜晚，她心里早已种下了爱的种子，现在，这颗种子发芽了。

两人最近一次相见已经是去年冬天的事情了。那次在怡馨茶语的聊天，张新阳静静地聆听着冯媛媛的倾诉，后来张新阳接到单位电话准备离开，当他伸手去扶慢慢起身、准备一起离开的冯媛媛时，对方顺势靠在了他肩上，一颗晶莹剔透的眼泪滑落了下来。她呢喃了一声："新阳别走！"虽然声音很低，但张新阳却听得真真切切。冯媛媛的这声挽留，让张新阳察觉到冯媛媛对他的感情已经发生了变化。

自从那次分别后，张新阳开始慢慢疏远冯媛媛，他知道感情这种东西是捉摸不定的，他不能让冯媛媛的这种感情蔓延，更不能让这种感情在自己心中植根发芽。他的心中只有对刘诗雅的承诺，不允许有任何其他感情的种子在此播种，尽管他对冯媛媛是那么在乎，但那仅限于友情，他不允许自己的感情有丁点儿的越界。

张新阳不想和冯媛媛见面，但因为那条短信，他思考再三，还是拨通了冯媛媛的电话。嘟嘟的等待音响了好长时间，就在张新阳准备挂断的时候，电话接通了。

冯媛媛的声音显然有些疲惫，她沙哑地问："新阳？好久没有接到你的电话了。"

张新阳有些敷衍地说道："是，最近有些忙。你和孩子都还好吗？"

冯媛媛叹了口气说："孩子发育正常，只是我行动有些不方便了。我还是每天上班下班，没有什么好不好的。"

张新阳说："媛媛，最近有时间吗？我……我想见见你。"

冯媛媛迟疑了一下说："难得你有时间，那就今天下班后吧，还是老地方。"

张新阳又问："那我下了班去医院接你？"

冯媛媛说："不用了，我自己打车过去，不见不散。"

怡馨茶语的雅座，冯媛媛解开了宽松的羽绒衣，白色的毛衣包裹着她隆起的小腹。熟悉的环境，熟悉的音乐，面对面坐着的两人却有些陌生。张新阳静静地看着好久不见的冯媛媛，她的气色不是很好，没有化妆的脸上挂着一丝疲倦，乌黑的长发没有了烫染的痕迹，很自然地扎了马尾辫。一种淡淡的伤感涌上了张新阳的心头。两人对视了一会儿，张新阳躲开了冯媛媛的目光，看着冯媛媛凸起的肚子说："媛媛，肚子都这么大了，还上啥班呢，请假休息吧。"

冯媛媛依旧盯着张新阳的脸，眼中已经有了晶莹的泪花。她叹了口气说："不想回家，在单位心情还好些。"

张新阳小心翼翼地问："怎么，你俩又吵架了？"

冯媛媛点着头说："吵，三天一小吵，五天一大吵。结婚前他装得很努力、很上进的样子，一天到晚甜言蜜语地哄着我。我也知道他这个人有些懦弱，但本质上还算是个好好先生，只要他对我好，我也就知足了。谁知结婚没几天就原形毕露了，整天不务正业，喝酒、打牌、逛夜店，有点儿时间就趴在电脑上打游戏，丝毫没有上进心。这些我都认了，但自从怀孕后，他居然开始和我吵架，我真的怀疑自己，当初怎么会对他那么痴情。我真的很傻，很傻……"说着冯媛媛开始抽泣起来。

张新阳抽出了一张纸巾递到了冯媛媛手中说："媛媛，别生气，对你和孩子都不好。李哲从小家庭条件好，有些小毛病是难免的，别太计较了。大家都是平凡老百姓，所以，很多时候有目标的人，反而是一种悲哀，一辈子都浪费在了所谓的追求成功上，又有啥意义？有时候，我们还真应该学学李哲，今朝有酒今朝醉，也是一种对待青春的态度……"

"张新阳，够了！别再说了！"冯媛媛忽然打断了张新阳的话，两眼通红地盯着张新阳说道，"不要给我上课了好吗？你这是在给一个不负责任的男人辩护！什么叫小毛病？你张新阳身上有这些小毛病吗？你凭什么为他解释？"

张新阳辩解道："没有，我没有解释，你听我说，你可能是孕期有点儿心烦气躁，婚姻是有磨合期的，需要慢慢适应对方，要包容对方的缺点，宽容对方的无心之过……"

冯媛媛冷笑道："新阳，你说得容易，包容，宽容，包容什么？宽容我挺着大肚子独守空房，而他在外面和别的女人胡搞？"

张新阳说："你太敏感了，谁还没有个异性朋友呢。"

冯媛媛有些激动地拿出了手机，不一会儿，一张照片就出现在了她的手机屏幕上。冯媛媛把手机递给了张新阳，相片是在一个昏暗的场所拍的，虽然像素不高，但张新阳还是一眼就认出了那个正准备亲吻年轻女孩的男人就是李哲，而他怀中的那个女孩张新阳好像在哪儿见过。对！是她，就是那个在三亚和李哲一夜激情的女孩！张新阳的脑袋嗡的一声，上次谈话后，李哲根本就没有和那个女孩儿了断，李哲一直在说谎，一直在欺骗深深爱着他的冯媛媛。

张新阳忽地站了起来，把手机递到冯媛媛面前，瞪着两眼问道："这照片是什么时候拍的，从哪儿来的？"

冯媛媛让张新阳的这个举动吓了一跳，声音有些颤抖地说："是年前我朋友在欢乐颂酒吧拍到的，第二天她就把照片传给了我。"

张新阳又问："你肯定是年前的事儿？"

冯媛媛失望地说："不会有错的，我朋友12月31日去欢乐颂酒吧跨年聚会的时候拍的，日期是不会有错的。而且那几天李哲说他们单位在进行年底决算，需要加几天班，所以根本就没有回家。"

张新阳像泄了气的皮球，一屁股坐回了座位上。此时的他有些懊悔，上次从海南回来，他就应该把李哲的事儿告诉冯媛媛，可是他没有那样做。他清楚冯媛媛对李哲的感情，他怕冯媛媛接受不了。他期望李哲能改过自新，结婚后能和冯媛媛用心经营他们的小家庭。可是，他错了，这个李哲并没有收敛，而是变本加厉地玩起了出轨游戏。

张新阳的举动让冯媛媛觉得有些意外，但看着张新阳那张棱角分明、熟悉又陌生的脸，她很快就确定这才是她认识的张新阳。张新阳手握着茶杯，出神地盯着慢慢舒展开的茶叶，两个人又陷入了沉默。五六分钟过去后，张新阳把目光移向了冯媛媛。两人目光对视的一刹那，张新阳又把目光收了回来。

"媛媛，那你打算怎么办？"张新阳低声问道。

"等我生了孩子就和他离婚。"冯媛媛干脆地说。

张新阳又问："没有挽回的余地了吗？"

冯媛媛说："为什么要挽回？要挽回什么？"

张新阳说："为当年执着的爱，挽回你付出的青春。"

冯媛媛苦笑着说："青春啊，早已成了一场梦，一场早已醒来无法继续做下去的梦。"

张新阳说："可毕竟有过曾经的美好啊？"

冯媛媛苦笑了几声，没有说话。她把头靠在了椅背上，两眼出神地看着斜上方的天花板。张新阳看到了她陷入回忆的眼神和围着眼眶打转的泪。忽然，冯媛媛把头从椅背上抬了起来，两眼紧紧盯着张新阳，一脸严肃地问道："新阳，老实说，你对我动过心吗？"

张新阳像被电击了一下，一阵难以言表的感觉从他的心头掠过。这是他在内心无数次问过自己的问题，可这个问题有答案吗？张新阳又一次躲开了冯媛媛的目光，嘴唇动了几下，终究还是没有说出一个字。

冯媛媛又问道："新阳，我不会干涉你的感情，也不可能干涉你的生活，现在的我只是想知道一个答案，你爱过我吗？哪怕只是一时一刻？"

张新阳和冯媛媛的目光再次相遇了，那张美丽而又熟悉的脸上挂着一丝红晕，一双含着泪的眼睛忧郁深邃而又充满了期待。张新阳的心猛烈地跳动起来，一幕幕往事在眼前快速地划过，最后定格在她声嘶力竭地喊着他的名字，不顾一切朝着火的公交车疯跑的瞬间。张新阳的眼睛开始变得湿润了。

冯媛媛抓住了张新阳的手说："新阳，回答我，好吗？"

张新阳眼前的画面消失了，他收回了思绪，快速把手从冯媛媛手中抽回，很认真地说："媛媛，对不起，我真的不知道。我曾经也问过自己这个问题，但没有答案，或许有，或许没有。"

冯媛媛用双手抹掉了自己的眼泪，随即露出了她标准的笑容，但眼泪还是止不住地又流了出来。她似乎有些释怀地说："好吧，至少我知道，我在你心中还是有一丁点儿位置的，我知足了。说实话，假如当初我确认对你的那种感觉就是爱，或许我会选择另一条路，可惜过去是不容假设的。不过还是要谢谢你，在我的青春岁月中，至少还有一些关于你的美好回忆。"

张新阳说："媛媛，只因遇见你之前，我的心已被别人占据，没有留下任何余地，请原谅我。"

冯媛媛说："没有什么原谅不原谅的，我们只是好朋友。你要结婚了，恭喜你！"

张新阳说："谢谢！"

张新阳和冯媛媛走出了茶座，在昏暗的夜色中，两人站在路边等着出租车。夜风吹来，冯媛媛裹了裹衣服，她回头看了一眼身边的张新阳，慢慢地把身体靠在了他身上，接着又拉过张新阳的双臂，放在自己隆起的肚子上，随后将自己的双手环抱着，紧紧扣住了张新阳的手，轻轻闭上了眼睛。这次张新阳没有躲闪，也没有说话，任由夜色中的冯媛媛依偎在自己怀中。霓虹下，街边的一切都如从前一样，只是岁月已经在两人的脸上刻出了年轮。

第 92 章　并购成功

顾阳焦煤集团对万顺焦化厂的并购正式启动了。顾阳焦煤集团出资 6980 万元全资收购万顺焦化厂，并购后万顺焦化厂更名为新创焦化厂，与新生焦化厂、军屯矿、乱石滩矿并列为集团公司的四大厂矿。

顾阳焦煤集团与顾阳县劳动服务公司签订了战略合同，所有原万顺焦化厂的现场管理人员和生产作业人员全部与劳动服务公司签订合同，由劳动服务公司劳务派遣至新创焦化厂，工资待遇仍保持不变。当公司的人把政策解释清楚后，现场人员很快全部履行完了手续。同时，公司还外聘原万顺焦化厂技术负责人于振东为技术主管，因此，所有权的变更并没有影响到现场的生产。杜天还将主管经营的赵文廷、主管财务的老梁暂时留在了新创焦化厂，配合集团公司完成交接过渡期的一系列工作，一切都有条不紊地进行着。这时候，当初持怀疑态度的人开始变了，他们期待中的"热闹"并没有如期到来，顾阳焦煤这一方江湖，就像什么事都没发生过一样平静。

事实上也并非那些等着看热闹的人所看到的那样平静。问题主要还是来自新创焦化厂二级班子的人选确定上。竞争最大、争议最大的就要数经理人选了，但最终新创焦化厂的经理职务落在了人事部副部长吴小清头上，在新创五名二级班子成员中，也只有吴小清是由副科级提成了正科级，其余人员都是平级调动过来的。事后所有人聊起这件事儿来，只有八个字的评价——情理之外，意料之中。

此次人事调整的另一个谈资便是办公室的马俊杰了。曾经顾阳焦煤最年轻、最有才气的干部，每次提拔呼声很高，却二十年如一日原地踏步的传奇式人物马俊杰，这回出人意料地由办公室干事提拔为了副主任科员。就在众人觉得老马要老骥伏枥、大干一番的时候，他这个副主任科员却被安排到职工活动中心图书馆去当主任了，这是一个闲到能数蚂蚁腿的岗位，在人们诧异的目光的注视下，老马却喜滋滋地端着茶缸上任了。

张新阳整日坐在办公室敲打着键盘，仿佛从来没有参与过并购的任何事情，只有听到别人悄悄议论马俊杰的时候，他才从办公桌上那些杂乱的文件中稍稍停下来，露出一丝笑意。

柳絮不再纷飞的时候，也就预示着顾阳的夏天要来了。傍晚7点钟，黄昏的空气中充满着燥热的气息，街头的烧烤摊位陆陆续续地多了，饭后逛街的男女老少也渐渐多了。张新阳看看窗外快要落山的太阳，又看看刚刚敲下的最后一行字，站起身伸了个懒腰，喃喃自语道："这几天的活怎么越干越多了呀。不写了，不写了，正经事都要让这几个破材料耽误了。"

张新阳边说边拿了件薄薄的外套穿在身上，看看斜对面刘成功办公室的门早已关严实了，他这才锁了自己办公室的门，下楼朝着公司大门走去。自从吴小清提拔为新创焦化厂经理之后，张新阳还没有单独见过吴小清，今天是周五，他想一个人去步行街走走，一来是给自己一个独自享受孤独的空间，二是给吴小清女儿西西买点儿礼物，等周六或周日得空了去趟吴小清家。

这几年顾阳发展得越来越快，步行街越修越长，也越来越热闹了，扩音喇叭的叫卖声和熙熙攘攘的人流，早早换上夏装的红男绿女，俨然勾勒出了一个中等城市的繁华，看来顾阳县撤县立市的日子不远了。张新阳漫无目的地走着，隐约听有人喊他，他回头看了看，并没有认识的人，扭头又走了没几步，就有人在他肩上轻轻拍了一下说道："张部长！"

张新阳又一回头，眼前出现一位50岁上下梳着整齐的头发，鼻梁上架着金边眼镜的男人，镜片后一双不大的眼睛眯缝着，脸上带着自然而又标准的礼仪式微笑，正在盯着他乐。张新阳盯着来人端详了几秒，便立即伸出手说道："老梁，你怎么会在这儿？"

他正是原万顺焦化厂的财务总管老梁！

老梁依旧乐呵着说："一个人闲着没事儿，出来透透气，没想到遇到了张部长。我还正有事儿要找你呢，这就碰巧遇着了。缘分啊！走，走，老哥找个地儿，咱们边吃边聊！"

张新阳不置可否地跟着老梁往前走，边走边笑道："您这是大忙人啊，怎么也有这份闲心来这儿逛？"

老梁依旧笑着说："焦化厂卖给你们后，我就算是失业了，现在我的身份是杜天先生派驻新创焦化厂的临时顾问。"

张新阳说："杜老板是有大战略的人，我看您也就是偷个几日的清闲，舒服不了几天。"

老梁指着前面的一个小饭馆说："就这儿，别看门脸不大，饭菜的味道没的说。走，进去尝尝。"

说着，老梁做了个恰到好处的让的手势，两人一前一后走进了小饭馆。老梁找了个小隔断包间，点好了菜，坐到了张新阳对面。

张新阳问："杜老板最近可好？"

老梁说："我最近整天泡在新创焦化厂，也好长时间没有见他了。前段时间在一块儿的时候，他还提到了你，问我经理是谁，为什么不让你去干经理？"

张新阳哈哈笑道："杜老板这是开玩笑，我还真没有那个能力。"

老梁说："老弟，你这是谦虚，杜老板说，这个项目要没有你，可能真就黄了，我可是很少听他夸奖年轻人啊。再说哪有什么能力不能力的，国有企业的干部，说你行你就行，关键是要看有没有人说你行。如果你要有意向，干脆下海跟着杜老板干，就你那几个死工资，简直就是毛毛雨。"

张新阳说："您抬举我了，我有几斤几两自己还是清楚的。之所以干了点儿事，是身后面有企业，有领导的支持，可以调动资源，可以不用担心犯错，离开了企业，自己啥都不是。"

老梁说："张部长不愧是青年才俊，看问题看得透、看得准，佩服，佩服。"

张新阳又问："依您看，新创焦化厂的前景如何？"

老梁推了推眼镜，略带羡慕地说："服了，我是服了。要说还是这国有企业厉害，当初我们所有的难题，来了这儿都不叫问题。焦煤敞开了供应，等待拉焦炭的车在门口排着队，甩开膀子干就行了。这一个星期的产量快顶上我们那会儿一个月了，要我说啊，今年年底收回投资根本不成问题。以后都是干赚，这就是买了台印钞机啊，刘成功有眼光！"

张新阳笑笑说："我们董事长不是一般人，一般人也干不了这个董事长。"

老梁忽然神秘地说："张部长，有个事儿我正准备去找你！"

张新阳有些疑惑地看着老梁说："找我？"

老梁说："对，找你。"

张新阳更加疑惑地问："有事儿找我？"

老梁露出一丝狡黠的笑，悠悠地说："准确地说，是杜老板托我找你。"

张新阳实在不知道老梁葫芦里卖的什么药，笑笑说："您就别和我卖关子了。"

老梁伸手在口袋中摸了半天，掏出印着某超市字样的小纸包，推到了张新阳面前说："张部长，这个你收着。这是杜老板的一点儿心意。"

张新阳看了看眼前的包，应该是某超市的购物卡，他轻轻推到了老梁跟前说："杜老板太客气了，我又没有干啥，这个新阳不能收。"

老梁又把卡推了回来说："杜老板交代过了，一定要把他的这点儿心意给您送到，他说这次并购您可是第一功臣，他很感谢您的付出，这点小心意您必须收下，况且这也不是个啥，您收了，我也好回去交差。"

张新阳还要推让，老梁已起身把卡塞到了他的上衣口袋中，并按着他伸到口袋边的手说："张部长，您就收下吧，不要为难我了。"

张新阳看着一脸真诚的老梁，心想一张超市的购物卡，收就收了，没什么大不了的，于是拍了拍老梁的手说："好，那我就谢谢您和杜总了。"

老梁的眼又眯了起来，他伸手拿过酒，边倒边说道："张部长爽快，爽快，来，喝酒！"

张新阳端起了酒，和老梁重重地碰了杯，一仰头把酒送到了口中。

微醺的张新阳回到了宿舍，桌上是刚买的一套山水音响，他打开音响，放入一张理查德·克莱德曼的唱片，《梦中的婚礼》立即从低音喇叭中优雅地流泻出来。张新阳打开柜子，开了一瓶罐头，一口气吃了一个底朝天。酒精的燥热和罐头的清凉相遇，他整个人顿时觉得无比舒服。

张新阳脱掉外衣，安静地躺在床上听音乐。钢琴曲中，一个念头无法抑制地在心里反复浮现——去津州见刘诗雅！张新阳明知去津州最早的一趟火车也要等到明天早上4点多，但此时想见刘诗雅的念头却如同魔咒一般蠢蠢欲动。

这时张新阳灵机一动，冒出了一个想法，自己何不买辆车？走刚刚开通的高速无非也就两个小时的车程，这样每个周末就可以回津州了。刚才还懒洋洋的张新阳立即来了精神，拽过一张纸，开始计算起来。

划拉了几下家底儿，张新阳得出了一个尴尬的结论，买车——钱不够！从孟强的焦化厂退股后，以前的积蓄在装修盛世嘉园的两套房子的时候已经花得差不多了，而他现在的收入来源只剩工资和省城三套房子的租金了，想买个八九万的车，确实有点儿捉襟见肘。

张新阳苦笑了一声，随即又一个想法闪了出来，上个月有位租客给他打电话想要买他们租住的这套房子。既然有人要买，何不卖掉呢？反正房价已经翻了一倍多了，除了结清房贷的尾款，还会结余一大笔钱的，买辆车根本不在话下！好，就这么定了！打定主意，他伸了个懒腰，在娓娓的钢琴声中美美地睡着了。

第 93 章　疑影重重

张新阳认准的事儿从来都是说干就干。不到半个月的时间，省城的那套房子就完成了买卖交易手续。又一个周末，张新阳回到津州，一辆挂着岳 B 牌照的崭新白色现代轿车已稳稳地停在了盛世嘉园的小区门口。

刘诗雅坐在副驾驶上有些怀疑地看着张新阳说："你确认，你的驾驶技术真的没问题？"

张新阳把墨镜架到了鼻梁上做了个很帅的姿势说："你就放一百二十个心吧，走，兜风去！"

说着，张新阳打着了火，挂挡、给油一气呵成，他双手紧紧握着方向盘，车子在他手脚不慌不忙的配合中稳稳启动了。汽车在笔直的公路上飞驰，车子中播放着两人最喜欢的理查德·克莱德曼的钢琴曲，一切如同两人当年憧憬的梦一般，而拥有这一切也就是几年的时间，这或许是人生的偶然，那人生的必然又是什么呢？

张新阳默默地想着，人活着究竟是为了什么？对未知幸福的追求！对，人活着要有追求，这种追求或许与财富、地位、身份有关，或许与这些无关。但无论有无关系，追求是应该有的，人若没有了追求，就如同行尸走肉一般，机械地重复一个又一个日子，无尽的空虚就会如同黑夜一样笼罩一切，而唯一能看到的光亮却是生命的终结，这样的人生又是何等悲哀？

刘诗雅看着有些出神的张新阳问道："新阳，你在想什么呢？"

张新阳缓了缓神说道："你说，生命的意义是什么？既然每个人生下来注定要死，那么成功真的有那么重要吗？当生命中只剩下了成功，那么任何事情也早已没有意义了吧。"

刘诗雅也沉默起来，许久，她盯着前方路的尽头说："或许生命本来就没什么意义，如同这条路，永远看不到前方有什么，一旦上了路，就只能不停地往前走。路只有终点，没有什么成功不成功！"

张新阳把车停在了路边，摇下了车窗，刘诗雅顺着张新阳指的方向望去，车窗外油菜花开出了一片金黄，远处的山峦浅浅地藏在傍晚的薄雾之中，犹如一幅工笔画。张新阳轻轻对刘诗雅说："诗雅，有你陪着就是生命的意义！"

刘诗雅靠在张新阳身上，欣赏着窗外的美景说："希望你能一直这样陪着我。"

这时刘诗雅觉得自己的脸被张新阳口袋中的什么东西硌了一下，于是就把脸从张新阳胸前移开了，同时在张新阳外套上摸了一下问："你这口袋里装的啥呀？"

张新阳随手摸了一下胸前的口袋，掏出一个超市的小纸包。他这才想起这是那天老梁塞到他口袋里的东西。这几天他光顾着卖房、买车，早忘了这回事了。张新阳把卡在刘诗雅眼前晃了晃说："超市购物卡，装兜里给忘了。"

说着拆开了纸袋，刚把卡抽出一半，他的脸就白了，他分明看到，纸袋里并不是购物卡，而是一张工商银行的借记卡，背后磁条上写着一串数字，那应该就是存取密码。张新阳立即把卡塞了进去，又装回了口袋。刘诗雅欣赏着车窗外的景色，并没有注意到张新阳的表情。

张新阳飞速地思考着，为什么会是银行卡啊？以他对杜天的了解，这笔钱应该在六位数，否则是不会用银行卡的，这不是一笔小数目啊！他仔细回忆了那天和老梁吃饭的每一个细节，然而并没有回忆起什么特别的地方。他只记得老梁说自己在并购案中功不可没，可他分明也能听出这是句客套话，杜天没有理由给自己这笔钱的，那到底是为什么呢？张新阳假设了无数个理由，却都一一被自己否定了，所有的不寻常都可以用一个寻常的理由解释，但他现在无论如何也找不到一个寻常的理由。一种对未知事物的恐惧感莫名袭来，让张新阳感到不寒而栗。

远处的景色慢慢地暗了下来，刘诗雅看了看表，已经是有点晚了，她回头见张新阳脸色发白，忙问道："新阳，怎么了？"

张新阳缓过神来说道："没，没什么。"

刘诗雅说："天不早了，咱们回吧。太晚了你开车我不放心。"

张新阳发动了车，慢慢掉转了车头，汽车朝着津州方向开去。

张新阳躺在新房里柔软的席梦思床上，开始思考如何处理这张卡。再给老梁退回去是不可能了，但他也知道，这种来路不明不白的钱是绝对不能用的。那么，杜天给自己这张卡到底有什么深意呢？张新阳口中反复地念着杜天的名字："杜天，杜天，杜天，杜宇。"当"杜宇"两个字闪现出来的时候，张新阳觉得黑暗中透出了一丝光亮，顺着这一丝光亮，他很快把杜天、杜宇、刘成功联系在了一起。

尽管他还不知道这个钱与刘成功有什么实质性的联系，但他可以确定只要动一分钱，这张卡就是一把进可攻、退可守的利剑。现在这把利剑就悬在他的头上，瞬间让他冒出了一身冷汗。时间过了许久、许久，张新阳再次冷静了下来，此时他已经想到了处理方法。

第二天一早，张新阳便开车回到了顾阳。他先去超市买了一张购物卡，买卡时刻意多要了一个卡袋，等回到车里便把那张银行卡放进了卡袋，撕开了不干胶粘条粘好后放到了上衣口袋中。他重新发动汽车，朝吴小清家开去。王岩一大早就去了卧龙山的餐厅，家中只有吴小清和女儿小西西。张新阳把新买的芭比娃娃递给了西西，西西兴高采烈地去卧室玩去了。吴小清穿着一身宽松的米色家居服，卷曲的头发自然地垂在胸前，浑身散发着成熟女人特有的幽香。吴小清给张新阳泡了一杯茶，弯腰放茶杯的时候，张新阳无意间看到了吴小清宽大的领口内并没有穿内衣，她胸前如雪山般洁白耀眼的山峰立即闪入了他的眼帘，张新阳的脸瞬间红到了耳根。

吴小清坐到了张新阳对面的沙发上，看了看张新阳问："怎么，今天外面热吗？小脸蛋红扑扑的。"

张新阳有些尴尬地笑了笑说："天儿确实是热了，转眼间又夏天了，真是时间不等人呀。"

吴小清继续盯着张新阳，笑着说道："臭小子，看不出来还挺会玩浪漫啊，王一飞的婚礼，差点让你当了主角。"

张新阳红着脸，挠挠头说："一时兴起呗！让大伙儿见笑了。"

吴小清饶有兴趣地说："姐那天可是好好替你把了把关，那个女孩是真不错，你小子有眼光。"

张新阳有些得意地说："这么说吧姐，我觉得，一切都是缘分，那句话怎么说来着，命里有时终须有！或许这就是命中注定的因缘吧。"

张新阳不想把话题放在刘诗雅身上，于是话锋一转说道："姐，您去了新创那面还适应吗？"

吴小清做了个无所谓的手势，轻松地说："嗨，没有什么不适应的，赖总是我们的主管，他管焦炭那是行家里手，他怎么安排我就怎么干。手底下那帮人就更不用说了，都买于振东的账，我呀，就是个甩手掌柜，现在反而比在人事部事还少，清闲着呢。"

张新阳立即附和着说："您这也叫命里有时终须有。于振东我可是了解，这哥们儿绝对是个人才，厂子里大大小小的设备，每个工艺流程没有他不知道的，您把他用好就啥都有了。"

吴小清说："所以董事长给他的待遇也是非常高的，在收入上比我还要高出一大截。就说在厂子里的地位，我也是给足了他面子，现在除了组织生活和保密会议，其他会议都要请他列席，他在新创，那基本上是说一不二的。"

张新阳笑着道："那不是他于振东有本事，是赖总和您会用人！"

吴小清又把目光移到了张新阳脸上笑着说："哟呵，新阳，多会儿也学会给人戴高帽子了？"

张新阳说："我这是实话实说，千里马常有伯乐不常有嘛。"

吴小清说："要说啊，这还都是赖总的功劳，他要不给安排个这样的班底，我这个经理还真是不知道该怎么干。其实，我觉得这个经理应该由你来干，把你放到这个岗位上锻炼几年，前途是不可限量的。可领导们觉得你还年轻，成长太快了不是什么好事。"

张新阳知道吴小清口中的领导们就是指刘成功，至于刘成功是不是这样想的、这么说的，那就不得而知了，但吴小清这个话必须要接住。张新阳微笑着说："领导们这是在为我着想，要真让我挑这个担子，我还真不敢挑，心里是真没底。"

吴小清说："你还年轻嘛，有的是机会。新阳，你也不是外人，姐呀给你说个心里话，往后你只要有时间就来新创转转，你对这个厂子熟悉，姐也信得过你的能力，你就帮姐提点儿建议，挑点儿毛病。实话和你说，我在这个位子上也想干出些成绩来，给那些说三道四的人看看，姐这个经理不是浪得虚名。"

张新阳说："姐，我一定知无不言、言无不尽。说实话，新创的并购，我也吃了不少苦，熬了不少夜，新创发展好了，我也会有成就感的。"

吴小清说："新阳，谢谢你！"

"您和我还客气啥，这不是咱姐弟俩之间应该相互支持帮助的事儿吗？"说完，张新阳从上衣口袋里掏出了钱包，把那张装着银行卡的购物卡袋放到了桌子上说，"姐，前几天朋友给了我一张购物卡，我这单身汉用不着，您拿着用了吧。"

吴小清看了一眼小纸袋，上面印着顾阳最大超市的标志，微笑着说："姐不要，你自己买个啥不行呢。"

张新阳说："姐，我真用不着，放我那儿不知哪天就找不着了，丢了怪可惜的。就放您这儿吧，您买了好吃的，我过来蹭饭不就得了。"

吴小清笑道："好你个张新阳，你这是在我这儿存饭票了吧。"

张新阳也笑道："不只饭票，还有酒票呢。"

吴小清笑着指了指张新阳，又起身给他的茶杯中续上了水。张新阳没有再把目光移到吴小清胸前，只是用眼角的余光瞟了一眼吴小清，只觉得阳光下她那婀娜的身姿越发显得妩媚动人了。

张新阳走到楼下的汽车旁，拉开车门坐到了驾驶座，想象着吴小清拆开纸包看到银行卡后惊讶的表情，多少有些不忍心的感觉。可他转念一想，这可是钱，这个世界上最有诱惑力的东西。吴小清用了这笔钱又能如何？即使将来刘成功要查，又能怎样？几年前在新世纪大酒店看着吴小清半夜走进刘成功客房的场景又浮现在他的眼前，张新阳心里刚刚泛起的一丝"不忍心"瞬间烟消云散了。

第 94 章　弹冠相庆

新世纪大酒店贵宾厅的水晶吊灯投出了轻柔而又绚丽夺目的光，把整个大厅的高贵典雅和绚丽豪华衬托得淋漓尽致。在若有若无的钢琴曲中，一名穿着白色礼服的年轻女孩把两瓶拉菲红酒轻轻地放到了已经堆满海鲜的餐桌上。她用请示的目光看眼并没有坐在正中央的中年男子，中年男子轻轻点了点头。女孩熟练地打开木塞，玫瑰色的酒顺着高脚杯的杯壁滑下。很快，酒的芳香从桌上的高脚杯中散发出来，这香味，如法国少女般让人陶醉。女孩又看了看中年男子，他轻轻地挥了一下手，女孩把酒放到了在餐桌前围坐的五个人面前，微笑着做了个请的动作，随后转身离开了。

刘成功端着酒杯，脸上带着胜利的喜悦，看着其他四个人，站起身笑着对众人说："今天，顾阳焦煤集团收购万顺焦化厂的合同正式生效，这意味着我们成功了，这是一个值得庆祝的日子，兄弟们，干杯！"其他人也站了起来，五个酒杯发出了碰撞的叮当声，仿佛在演奏着一首胜利的乐曲。

赖峰把酒杯放到鼻子下嗅了嗅红酒的香气，一口便喝光了半杯红酒。他刚把酒杯放到了桌上，老梁便给他续上了小半杯酒。

赖峰陶醉在红酒的芳香和成功的喜悦中，笑着对刘成功说："董事长，这次还真他妈悬，要不是你果断决策，这个事儿还真就黄了。"

刘成功瞅了赖峰一眼说："说过多少次了，兄弟们在一块儿，不要再董事长、董事长的，听着别扭。"

赖峰拍了拍脑门，笑着说道："是，我的好大哥！"

刘成功说："这个工程，我们虽然占尽了天时地利人和，可还是百密一疏，差点儿在小阴沟里翻了船，好在是有惊无险，顺利完成了。"

杜宇把雪茄夹在指尖，轻轻地吐出了一团烟雾，他笑着说道："大哥，你这是利公利私、利人利己的工程，没有不成的道理。"

刘成功叹了一口气说："利己就是利己，利私就是利私，不管能给企业带来多少效益，能给职工带来多大好处，我这么做已经背叛了自己，我们这是在犯罪。"

杜宇呵呵笑道："大哥，你怎么还是这么犟呢？你说你辛辛苦苦几十年，把一个企业做到这么大，就凭这个功劳，拿他这点儿钱又算什么？我的好大哥，人要努力奋斗事业，更要懂得享受生活，你总不会想等到退休了，就指望几个退休金，过那种骑着破自行车每天去公园练太极的日子吧？人总要为以后着想，为儿孙着想嘛。再说，我们的计划，任何一个环节都合法合规、合情合理，怎么就是犯罪了，谁又能证明我们是犯罪了？您就放一百二十个心，安安心心、踏踏实实地干你的董事长吧。"

刘成功盯着杯中红酒折射出的光，缓缓说道："我从一名采煤工成为技术员，又从技术员成为车间主任，后来当上了经理、副总，直到干了这个董事长，这是我当初在漆黑的矿井下采煤的时候想都不敢想的。能坐到今天的位子，对我来说已经很知足了。我还记得刚提拔为车间主任的时候，心中只有一个念头，就是把工作干好，我痛恨那些占着位子无所事事而又贪得无厌的人，没承想，如今的自己也走了这一步。有时候想想，真是莫大的讽刺。"

赖峰略带安慰地对刘成功说："大哥，您和他们不一样，在您的手里，顾阳焦煤重新焕发了生机，一跃成为津州市的利税大户。也正是因为有公司的带动，顾阳县也一跃成为津州市的第一经济强县。这功劳无论是谁都不能否定。况且，我们收购老杜的焦化厂，无论是对企业的发展还是对干部职工的收入，绝对是有利无害的。我们只是在这块大蛋糕上挖了小小的一勺奶油，无足轻重的，您就别太往心里去了。刚才老三也说了，我们整个过程都合理合法，每个环节都天衣无缝，您放心吧。"

刘成功又一次想起了远在英国边读书边打工的女儿。女儿那双因在餐馆打工而冻得通红的手，她谈起其他中国孩子时眼神中流露出的羡慕之情，再一次浮现在了他眼前。两年前他倾尽所有积蓄，把女儿送到了英国读书，可就凭自己这点儿工资，根本满足不了女儿的日常开销。自从父母去世以后，女儿就成了他在这个世界上唯一的亲人，至于妻子黄薇，那个贪婪、愚昧的女人，从结婚那天起，她就从他的感情世界中消失了，或者说，她从来没有在他的感情世界中存在过。如今，支持他情感世界的，只有女儿一人。

刘成功把目光从红酒鲜艳的红色中收了回来，刚才略有些忧郁的表情已经从他脸上消失了。他又恢复了那种人们早已习惯的、让人敬畏的严肃，他的目光如闪电般在每人脸上扫过，面无表情地说："事已至此，开弓没有回头箭了。今天只有我们自家兄弟，我就把话撂到这儿。这件事只有我们五个人知道，也只能是我们五个人知道，对任何人，就算是父母妻儿，也不能透露半个字。谁的嘴要松了，别怪我刘成功不讲兄弟情义。"

杜宇说道："大哥，你放心，谁要敢坏了事儿，我杜宇就先废了他。"

刘成功看了一眼杜宇，又把目光移到了杜天身上，看了一会儿才说道："老杜，我最不放心的是你，管好你这张嘴，别松得和裤腰带似的，你要坏了事，可别怪我不给老三面子。"

杜天拍了拍他肥硕的胸脯，呵呵笑道："看您说的，今天你们兄弟三人是主，我和老梁是客。我杜天在生意场上摸爬滚打这么多年，别的不敢说，从来没有因为管不住嘴坏了事儿。至于老梁您就更不用担心了，他足智多谋，胆大心细，跟了我也快二十年了，鬼门关也闯了好几次，要不是有他，我也许早就被人黑了，老梁绝对是自己人，您就放宽心吧。"

刘成功依旧面无表情地说："老梁我当然信任，否则他也坐不到这儿。"说着他把目光移到了老梁身上问："我安排你办的几件事儿，都妥了吗？"

老梁推了推眼镜，有条不紊地说："妥了，按照您的指示，那几件事儿都办妥了，绝对没有任何破绽和漏洞，您就放心吧。"

刘成功又问："张新阳那儿怎么样了？"

老梁说："他那儿也办妥了，我亲手给的他卡。"

刘成功说："钱呢，他动了没有？"

老梁说："我查了银行流水，那张卡上的钱已经全被取走了。"

杜宇问："大哥，一个小屁孩，至于您这么费心吗？"

刘成功目光深沉地说："老三，我和你说，如果说将来要坏事，很有可能就坏在他身上。这个年轻人聪明能干，而且几乎参与了并购的全过程，掌握着许多核心的资料。不仅如此，我对他总有一种说不出的异样感觉。不得不防啊。"

赖峰笑着说道："大哥你想多了，依我看张新阳还是靠得住的。再说，张新阳虽然聪明，可和您比起来他还是嫩得点儿。据我了解，他刚刚买了辆车，那辆汽车就是套在他自己脖子上的枷锁，已经不可能再取下来了。"

刘成功终于露出了一丝稍纵即逝的笑，对老梁说道："老梁，怎么做好这篇文章，就不用我再说了吧。"

老梁的眼睛在厚厚的眼镜后眯成了一条线，嘴角又露出了狡黠的微笑，轻声说道："您就放心吧。"

刘成功忽然想到了什么，又朝老梁摆了摆手，老梁起身把头凑到了刘成功跟前，刘成功轻声对他说："所有的事儿，对任何人都要绝对保密，包括……吴小清。"

瞬间老梁的表情凝固了几秒，他忽然觉得刘成功是如此可怕，他对一个无论从感情上还是身体上都为他付出一切的女人，都能做到密不透风，这种男人的城府不是一般的深。同时，老梁也为自己的选择而庆幸，就在昨天和吴小清交流时，他几乎就要把这个秘密说给吴小清了，可就在要说出这件事儿的时候，直觉告诉他吴小清似乎并不知情，于是话到嘴边又咽了回去，今天看来自己的判断是对的。

老梁推了推鼻梁上的眼镜，平静地说了五个字："明白，您放心！"

刘成功又把目光移到了赖峰身上，若有所思地看着赖峰说："老二，该思考下一步怎么走了。"

赖峰用他修长的手指轻轻地敲着面前的酒杯，胸有成竹地说："大哥，您就放心吧，我和老三规划着呢。只是有关峡他们在，这下一步的计划，不宜操之过急。"

杜宇听赖峰提到了关峡，立即附和着说道："要依我看，这几个人也没有多么坦荡。不说别人，单说这王福阳，我可是太了解他了，这老家伙，心胸狭窄，视财如命，他会有那么大的胸怀和担当？打死我也不相信。无非是郭志明的那个方案，有他浑水摸鱼的机会。"

刘成功轻轻摆了摆手说："别人我不敢说，但关峡我是了解的。虽然他对我干这个董事长有些耿耿于怀，平心而论，他不是那种睚眦必报的人，这次既然是他授意提出的方案，必然有他的思考。而且，那份方案对企业发展的意义绝不逊色于我们的方案，否则，曹副市长是不会那样全力支持的。如果不是我们这个计划势在必成，我想我是赞成的。"

刘成功顿了顿，又看了赖峰一眼，缓缓地说："而且，这次我还发现了我们的一个漏洞。这几年，我们放弃了一块很重要的阵地。"

赖峰敲击酒杯的手指停了下来，向刘成功投去了好奇的目光，不解地问道："阵地？什么阵地？"

刘成功继续说道："这几年我把精力放在了大学生身上，忽视了从一线工人中提拔起来的技术干部。郭志明就是组织了几个我们谁都没有重视的泥腿子干部，打了一场几乎就要成功的反击战。这几天我也在反思这件事，到底是什么魔力让这些我们并不看好的人，有了如此可怕的能量？我想了好久，终于从我年轻时的照片中找到了答案，那就是艰难和困苦。我也是从一线摸爬滚打、受尽磨难成长起来的，那份对来之不易的岗位的珍惜我是最清楚的。可是，这几年的安逸却让我忘记了当初的自己。困境中成长起来的人，其忠诚度是远远强于大学生的，他们浴火重生后所爆发出的能量也是超乎想象的。可惜的是，这几年我太迷信高素质了，居然把这块阵地丢了！"

赖峰忽然想到了高建义、周思他们几个人，这几个平常见面时都不一定能叫得上名字的人，此刻却在他的脑海中变得越来越清晰了，他仿佛又看到了刚刚从矿井中走出来的他和刘成功，两人拖着一身的疲惫，互相鼓励着，走在落日的余晖中，井口留下了两个被夕阳拉得长长的影子。

第 95 章　知青岁月

刘成功没有追问下一步计划的详细方案，这些年来他对赖峰和杜宇这两位生死兄弟已经十分了解了，交给他们办的事儿，只要他们不提困难，那就万无一失了，不用反复询问，也不用反复交代，这是一种兄弟之间经历过生死考验的绝对信任。

刘成功喝了一口葡萄酒，随后把目光移到了酒杯上，他似乎要看穿葡萄酒红色的妖娆。他的眼神中又有了刚才的犹豫，似乎在对酒杯喃喃地说："咱们干完下一个计划就收手吧，我已经知足了。"

赖峰对刘成功的了解似乎要比对他自己还深刻，这几年他们经历的大风大浪太多了，但刘成功从来没有像今天这样反复多变。不，不是从来没有，还有那一次，也只有那次刘成功如同今天一样。那次，他们也挺过来了，现在的一切都如从前一样。

赖峰小心翼翼地说："大哥，你又想起上次的事儿了吧。上次我们处理得干净利落，我们现在不还好好的吗？我们命硬，有事也一定会逢凶化吉的。"

刘成功仍旧盯着酒杯说："不，那件事儿早已经过去了，我们谁都别再提了。我是说将来，做完下一个计划，足够我们下半辈子无忧无虑地活着了。人要懂得知足才是长久之道。上天对我们已经不薄了。"

杜宇忽然从腰间掏出了一把捷克 CZ83 型小手枪，啪的一声，把手枪放在了桌子上说道："大哥，您就别前怕狼后怕虎的，我们干的这事儿，就他妈没有那么多万一。我今天给您把话放这儿，谁要是敢打您的主意，他必须问问我手里的这家伙答应不答应。"

刘成功并没有看杜宇放在桌上的那把手枪，他继续说道："我这条命是在战场上捡回来的，我们都是死过一次的人，我们什么都可以不怕，但是一定要敬畏天道。想想我们那些死去的同伴吧，和他们比起来，我们还有什么不知足的？上天给予我们的已经太多了。"

赖峰和杜宇同时把目光投到了刘成功身上，他们这才注意到刘成功的眼角已经满是皱纹，头发已不再浓密，鬓角透出了些许花白，两人第一次体会到了岁月的沧桑。回忆再次把三个人带到了那个火一样的年代。

1977 年春天，两辆卡车沿着崎岖不平的山路向前行驶着。天渐渐暗了，前面的车辆碾轧过的尘土在后面车灯的光柱中飞舞着，如同即将到来的夜的精灵。每辆卡车后面是用钢管焊成的半圆形钢架，车外罩着军绿色的篷布，车内焊着几排长凳，长凳上坐着二十几个稚气未脱的青年。

后一辆卡车的尾端，坐着一个瘦高的年轻人，他瞪着大大的眼睛盯着窗外，暮色下的大山先是越来越清晰，而后又在越来越暗的天色中渐渐模糊。年轻人又不时看向车内，只见相互陌生的众人都满脸疲惫，或低着头，或闭着眼，各自想着心事。车内一片寂静，颠簸的山路上只有汽车发动机的声音。

瘦高的年轻人叫刘成功，他们这两车人都是来自不同地方的知识青年。今天凌晨，他们先是在昆明火车站集合，随即就上了几辆大卡车，奔向了此行的目的地——云南农垦总局西双版纳农场 W 分场。这是刘成功第一次离开津州，没想到第一次离开家，竟然走了这么远。

晚上 9 点半左右，两辆卡车终于缓缓停在了一排平房前的空地上。W 分场三队队长将所有人召集到了平房前，他端着大搪瓷茶缸，操着生硬的普通话说道："知识青年同志们，欢迎来到 W 分场。大家也都知道，咱们这儿以前叫生产建设兵团。兵团是什么？是锤炼革命战士的大熔炉。现在咱们虽然改叫农场了，但部队的传统不能丢，革命军人的传承不能丢。我相信同志们都是大有作为的知识青年，来到这个广阔天地，就要苦练为人民服务的本领，多学多干，快学快干，生产更多更好的橡胶，为我们伟大的共产主义事业做出更多更大的贡献。"

说完一段简短的开场词，队长擦了擦嘴角的唾沫，端起茶缸咕嘟咕嘟喝了几口，又开始滔滔不绝地讲起了农场的革命家史。足足说了一个小时，这才张罗着安排这些满脸疲惫的知青的晚饭和住宿。

晚饭虽然简单，但颠簸了一天的知青们根本不顾及，狼吞虎咽地吃了个一干二净。刘成功和其他 9 个人被安排在了一个宿舍。说是宿舍，其实就是一间左右两排各有 5 个地铺的潮湿霉臭的平房。所有人争先恐后地铺好了被褥，不多时就响起了此起彼伏的鼾声。

刘成功所在的生产小队总共有 30 名知青，刘成功年纪稍稍大些，还是共青团员，于是被队长临时定为小队长。农场组织了半个月的培训，通过了简单的考试，这批十五六岁的年轻人，便正式加入了生产。前几天，大伙儿还有点儿新鲜，苦点儿累点儿都能坚持，半个月后，他们才意识到，这种高强度的劳动，就是这样日复一日，永无止境。每个人的脸上都蒙上了忧愁，宿舍内再也没有了前几天的欢笑。

又一天的劳动结束了，刘成功简单地扒拉完晚饭，拖着疲惫的身体，低着头在水龙头下洗起了饭盒。这时，身边的两人一问一答地说着话。刘成功一个激灵，满身的疲惫一扫而光。他太熟悉这口音了，这是原汁原味的津州话。

刘成功抬头看去，三名操着津州口音的年轻人正是自己小队的知青。刘成功惊喜地用津州方言问："你们三个也是津州的？"

三人同时看向刘成功，惊讶地看着这个平时普通话都讲不利索的小队长，居然也说着津州方言。

三个人中最瘦小的杜宇问："队长，我听你说话的口音，也是津州人？"

刘成功脸上露出了少有的微笑答道："是啊，我是林阳县人。你们呢？"

杜宇一拍大腿，边说边指了指其他两人说道："我和赖峰、郭庆都是华峪区的。"

刘成功在这千里之外的云南又听到了熟悉的津州话，一种亲切感和思乡情立即涌上了心头。他再次打量了一番三个人，除杜宇有些瘦小外，赖峰和郭庆都是身材魁梧的棒小伙子。刘成功高兴地在仨人胳膊上各打了一拳，兴奋地说道："我只知道咱们这批人大部分都是岳东的，没有想到咱小队就有四个津州人。"

郭庆说道："我们听着你蹩脚的普通话就觉得有点津州味儿，没想到你还真是津州人。"刘成功的眼泪在眼眶中打着转儿，高兴地说道："真好，真好，千里之外还有三个同乡，真好。"

四个人各自报了年龄，刘成功最大，赖峰小刘成功几个月，杜宇和郭庆小他俩一岁，但杜宇要比郭庆大几个月。从此，生产队中就有了四个形影不离、干劲冲天的年轻人的身影。

西双版纳的夏夜，闷热潮湿。劳动了一天的知青们却毫不在意这种不适，吃过晚饭后知青们感叹着闲聊几句，很快就鼾声四起了。

睡梦中的刘成功又回到了津州，回到了那座神像被推倒的破庙，那儿便是带给他刻骨铭心记忆的小学。他们的武老师是个和蔼可亲的人，也是个学问渊博的人。小小的刘成功不仅喜欢上了语文，还喜欢上了数学。武老师告诉他外面的世界有那么那么大，世间的学问有那么那么多，刘成功时常天马行空地遐想着飞机、潜艇，还有遥远的星星。

可这美好的记忆并没有停留多长时间。那年秋天的一个上午，一群中学生冲进了学校，他们喊着口号，把早已扔在后院多年的神像砸了个粉碎。随即，几个人高马大的中学生把武老师拉出了教室，他们几个孩子惊恐地躲在教室墙角，对方叫武老师特务，拿着皮带不停地抽打着武老师。武老师满脸是血，直挺挺地站着，任由一群年轻人殴打唾骂。

许久，破庙安静了。中学生走了，武老师也走了。院子里一片狼藉。有人说武老师被关了监狱，也有人说武老师喝了卤水死了。反正从那天起，他们再也没有见过武老师。

睡梦中的刘成功又见到了武老师，武老师还是那样和蔼可亲，刘成功认真地听着他讲课，一切还是那样美好。忽然，熟悉的教室只剩下了他一个人。四周立满了面目狰狞的神像，神像的脸渐渐变得模糊了，慢慢和周围的浓雾融合在了一起。破庙中一片肃杀，四周全是黑暗，他用力喊着武老师的名字，但并没有人应答。

他冲出破庙，拼尽全力向前奔跑，长长的路没有尽头，耳边响起呼呼的风声，孤独以及强烈的恐惧包围着他。他脚下一滑，坠入了一个黑洞。坠落，漫长的坠落，仿佛是要把他的灵魂拽到这无边的黑暗之中。他感觉到身体没了重心，耳边呼啸着风声，武老师的声音在耳边响起，但不再是谆谆教导，而是痛苦的呻吟。刘成功猛地坐起身，擦了擦汗，一切只是一场梦。

刘成功刚想要躺下，耳边又有了呻吟声。他一个激灵，睡意顿时消失得一干二净。他顺着声音寻去，黑暗中他隐约看到瘦小的杜宇蜷缩成了一团，正在床铺上痛苦地翻滚。

刘成功赶忙爬到杜宇的床铺边，轻轻拍了拍，小声问道："杜宇，怎么了？"

杜宇一言不发，刘成功再仔细看时，只见他满头是汗，用手一摸，浑身滚烫。下午，杜宇说感冒发烧了，去医务室开了些退烧药，便回宿舍睡了。晚上收工，刘成功还摸了摸杜宇的头，烧已经退了。可谁知这深更半夜的，他的病情又重了。

刘成功从杜宇枕头下摸出了退烧药，倒了杯凉水给他喂了下去。约莫过了一个小时，杜宇的烧像是退了，但豆大的汗珠不停地从额头上渗出，很快衣服也都湿透了。杜宇的呻吟声小了，但脸上的表情也渐渐变得狰狞了。刘成功想起了刚才的梦，他不由得心头一颤。

他记得武老师曾给他们讲过一个故事，地主家的老奴仆得了"打摆子"的病，地主觉得他没用了，就不再给他救治，最后老奴仆痛苦地死了。这么多年，故事的具体内容他已经记不太清楚了，但老奴仆"打摆子"的惨状却给他的童年留下了阴影。此刻的杜宇不就是在"打摆子"吗？

第 96 章　命悬一线

刘成功推醒了熟睡中的赖峰和郭庆。两人揉着眼睛，不知所措地看着满脸惊恐的刘成功。刘成功简单说了杜宇当前极其危险的处境。两人不约而同地看向了杜宇，后背皆冒出了一股股凉气。

三个人一折腾，宿舍其他人都惊醒了，点着灯再看时，杜宇的脸上已经没有了血色。刘成功已经顾不得其他了，穿着裤衩，趿拉着鞋跑向了医务室。

敲门声一阵紧似一声，值班的女医生慌乱地穿了衣服开了门，惊恐地看着眼前近乎光着身子的刘成功，结结巴巴地问道："你……你……你要干什么？"

刘成功喘着粗气说："医生……快……快……救人……快……救人。"

女医生见来人并没有歹意，稍稍放下心来问道："救什么人啊，怎么了？"

刘成功喘匀了气，焦急地说："有……有……人……打摆子了。"

女医生稍稍平静的脸上又紧张起来，满是狐疑地问："你说什么？打摆子？你确定是打摆子？"

刘成功说："错不了，打摆子。"

女医生再次慌乱。她知道，北方人所谓的"打摆子"就是疟疾。在旧中国，疟疾曾经给云南这片土地上的百姓带来了沉痛的苦难，无数老百姓因此家破人亡。新中国成立后，国家下了大力气消灭疟疾，控制住了疟疾的大规模暴发，但在医务人员眼中疟疾依然是他们面临的头号大敌。特别是此时此刻，听到疟疾这两个字，更是让她恐惧至极，因为他们这儿根本没有治疗疟疾的药。

刘成功看着惊慌失措的女医生，一种不祥的预感涌上了心头。女医生问清了病人的大致情况，急匆匆拿了急诊包，跟着刘成功跑回了宿舍。

女医生刚刚用手电筒照了一下杜宇的脸，她的脸立即和杜宇一样没有了血色。刘成功分明看到她的嘴唇哆嗦着，喃喃说出几个字："还真是疟疾，人没救了。"

刘成功一把抓住了女医生的衣领，两眼冒着火问："你说什么？"

女医生的嘴哆嗦得更厉害了，结结巴巴说道："他得的确实是疟疾，他……他现在这种情况，需要特效药治疗，可是……可是咱们农场……没有特效药啊。我真的无能为力了。"

此话一出，所有知青顿时乱成了一锅粥，赖峰大声吼叫着问道："为什么不准备药，我们知青得了病就得死吗？"

医生的腿肚子开始抽筋了，她继续哆嗦着说道："不是不准备，是没有。特效药都是进口的，整个农垦局都没有多少，何况是我们这个大队呢？"

刘成功稍稍冷静了些，他死死盯着医生问："医生，我们不能就这样眼睁睁地看着他死去，快告诉我们，还有什么办法，哪怕是去闯鬼门关，我也要把他救活。"说完，刘成功扑通一声跪在了女医生面前。

刘成功这一跪，反而让女医生冷静了。她赶忙搀起刘成功说："救死扶伤是我们义不容辞的天职。我也不想眼睁睁地看着这位小同志就这样走了。你们都不要急，容我想想。"

医生的镇定给了刘成功希望。他摆摆手稳住了大伙儿的情绪，眼巴巴地看着双眉紧皱的医生。不多时，女医生眼睛一亮说道："上个月我去分场医院送资料，正巧遇到总局医院来送药品，好像就有治疗疟疾的药。对，有，确实是有。天亮前能把小同志送到分场医院，能用上特效药，兴许他还有救。"

刘成功大叫一声，说："赖峰，郭庆，快送杜宇去分场医院。"

他们刚要行动，医生又说道："可是，可是，分场医院离着咱这儿四五十里地呢，生产队现在没有车，你们怎么去啊？"

刘成功说："我们背着他去。"

七月初三的夜，漆黑如墨。点点星光下，三个年轻人背着一个奄奄一息的青年，深一脚浅一脚地在崎岖的山路上前行着。趴在刘成功后背上的杜宇，呻吟声越来越小，赖峰抽噎着，不停地用津州话喊着杜宇的名字。郭庆眼中噙着两汪泪，他知道，这是津州的习俗，远在他乡的游子客死他乡前，同伴都会用家乡话喊他的名字，好让他死后的灵魂能寻着乡音落叶归根。

爬过一个大坡，刘成功脚下一滑，摔倒在地。他已经背着杜宇走了十几里路，再想背杜宇，腿肚子颤抖着，怎么也站不起来了。郭庆想要去背杜宇，被赖峰一把推开说道："你不行，让我来。"

刘成功说："赖峰，快……快走。我们……我们不能让杜宇死在这儿。"赖峰咬着牙，背起杜宇吃力地向前走去。

郭庆扶起了刘成功，赶上了赖峰。刘成功说："庆子，你继续喊杜宇的名字。"郭庆抹了一把眼泪，喊着杜宇的名字，跟在赖峰身后跌跌撞撞地朝前走。

黎明时分，三个人路过一个小山坡，都已筋疲力尽。身材瘦小的郭庆放下了杜宇，躺在地上大口大口喘着粗气，杜宇已经奄奄一息。汗流浃背的刘成功借着晨曦远眺，远处延绵的山连在一起，一直伸向了泛白的天边。天际的云渐渐泛出灰白色，一层一层地重叠着，压在乌青色的山脊上，前方的路渐渐宽阔，一片建筑物立在路边。

刘成功一口气喝干了水壶中的水，再次背起了杜宇，对赖峰说："分场就在前面了，快，快，快。"

郭庆咬着牙站起身，对刘成功说："杜宇还有救，还有救。"

三人搀扶着，跟跟跄跄地走向分场。天边的云镶上了一道暗红的金边，一束阳光穿破云层射了出来，在灰色的群山中投下了晨光的印记。

三人刚把杜宇送到分场医院的病床上，便呼哧呼哧喘着粗气，瘫坐在了地上。医院检查了杜宇的病情，立即开始了抢救，用上了特效药的杜宇，脸上渐渐有了血色。刘成功抱着赖峰和郭庆，呵呵地傻笑，笑着，笑着，哭出了声。

杜宇毕竟是年轻人，没几天就恢复得没事人一样了。等他回到生产队才知道，自己已经到黄泉路上走了一圈了。是刘成功、赖峰、郭庆拼了命把他拉回来的。这份兄弟间的生死情谊，在他的心上刻下了深深的烙印。

转眼间已经八月中秋了，身处云南的刘成功却没有感到一丝丝秋凉。几个月枯燥的农场生活磨光了知青的锐气和棱角，每天高强度的劳动让他们练就了一身黝黑的皮肤和坚实的肌肉，就连最瘦小的郭庆都能扛着一百多斤的麻袋一口气走几里地了。

中秋节前一天，生产队给每个人发了一块月饼。这月饼虽然硬得出奇，但在知青眼中已经算是美味珍馐了。郭庆嚼着月饼说："要是能吃上我娘做的月饼，那该多好啊。"提到了父母，大伙儿又沉默了，离开家的几个月，他们都还没有给家里写过信。

于是颇有几分文采的刘成功问队长借来了纸和笔，帮其他三个人挨个写了一封家书。四个人各自把自己的家信读了一遍，不约而同地觉得少点什么。

郭庆一拍脑门，挺了挺坚实的胸脯说："你们说缺啥，缺张照片呗。我娘要看到我现在的样子，还不高兴得合不拢嘴？"众人都恍然大悟，对，对，这要是有张穿着军便服的照片，家人不就放心了吗。

在其他三个人的怂恿下，刘成功鼓了鼓气，去找队长请了两天假，得到了队长的批准。其他宿舍的人听说刘成功他们要去城里照相，也纷纷向队长请假。正赶上生产队的汽车要去城里办事，队长干脆给他们放了一天假，让他们搭上大卡车进城。第二天天还没亮，十几个知青都从箱子里拿出了叠得整整齐齐的军便服，穿戴整齐后跳上大卡车后斗，高高兴兴进城了。

新华照相馆的摄影室中，照相机连续闪烁着，十几个年轻人的青春定格在了千里之外的云南。相片需要一个星期才能冲洗出来。农场的卡车要等到晚上才能办完事，而且卡车还拉了货，能不能拉上他们十几个人还是个问题。于是有人提议，边走边逛，好好欣赏欣赏传说中风景如画的西双版纳。这一提议，立即得到了所有人的支持。

这些在北方长大的青年，或多或少都听说过云南的美。真正来了云南，每日面对的是沉重的体力劳动和没有任何盼头的回城，在他们眼中，云南所有的一切，都是灰白的。

尽管从城里回大队有六七十里地的路程，但所有人的心情都分外好，路有多远，大家都不在乎了。众人凑钱去副食商店买了些干粮，又把各自的水壶灌满了水，有说有笑地上路了。人一旦用心去感受自然，周围的一切都是美好的。就算是每天都见的橡胶树，都显得那么有精神。

不到中午，他们已经到了 W 分场。刘成功提议先去分场歇歇脚，然后再给队长打个电话，免得回去迟了挨队长的批评。分场的生产生活条件都要比生产队好许多，刘成功等人找了半天才找到了能打电话的地儿。管电话的师傅见是三队的知青，二话没说拨通了三队的电话，刘成功向队长说明了情况，谢过了管电话的师傅后走出了办公室。

大伙儿找了个地方，坐下歇起了脚。众人边嚼着干粮边闲聊。从家乡趣事儿到国家大事，天南海北、海阔天空地聊。当把话题转移到杜宇害疟疾的事时，众人都想起了那晚的凶险。

河北籍知青李建国感慨道："杜宇，你就庆幸吧，这要是在旧社会，你早没命了，也别说你了，就连我们这些人估计都一命呜呼了。"

众人都觉得他说得有些玄乎了。李建国把眼一瞪说："你们还不相信，我给你们讲个故事，你们就知道瘟疫的可怕了。"大伙儿一下来了兴趣，竖起了耳朵，听李建国讲起了大清同治年间他们县闹瘟疫的故事。

第 97 章　暴雨成灾

李建国说书人一般拉开了架势，讲起了他的先人经历过的一段往事。大清同治年间，他们村的平民郑安然偶然发现自己是西洋人后裔。凭借世代相传的方言，成了知县的长随，负责接洽在本地开办烟厂的洋人。洋人从美洲买了懂烟草技术的黑奴，同时也将瘟疫带到了本地。那一年，一县的百姓死了有十之八九，就连知县都上吊自杀。郑安然不知道从哪儿搞到了神药，竟治好了不少百姓，被百姓当成了活菩萨。可是得病的人越来越多了，郑安然的那点儿药很快就告罄了，他留下了自己保命的药，便开始闭门谢客。讲到这儿，李建国打住了。

赖峰焦急地问道："那后来郑安然怎么样了？"

李建国说:"后来,郑安然的邻居李二染病了。郑安然为了救李二,把自己保命的药给了李二。李二救活了,但郑安然却染病死了。"

赖峰叹了口气问:"郑安然有后代吗?"

李建国叹口气说:"有!我就是。"

郭庆睁大了眼问:"你不姓李吗?"

李建国说:"不错。我是李二的后代也是郑安然的后代。郑安然没有结婚,也就没有子孙。正因为这样,先祖李二立下了家规,他的后世子孙,凡生了次子,都改姓郑,认郑安然为先祖,以延续郑家香火。"

故事讲完了,李建国说:"乱世就是乱世,老百姓就如同草芥蝼蚁一般。还是新社会好,还是共产党好。"

李建国当然不知道,多年以后,有个叫漠野萧成的家伙,把这个故事写成了小说《祈福年》。

大伙都被郑安然和李二的故事感动着,谁也没有注意到,天边起了乌云,层层叠叠地堆满了山头。大家休息得差不多了,刘成功起身拍了拍屁股上的土,对众人说道:"走吧,还有二十几里路呢。"十几个人吃完了干粮喝光了水,又说笑着上路了。

刚刚走出五六里地,满天乌云铺天盖地地压了下来。刚才还风景秀丽的山路,刹那间成了通往幽冥地界的通道。巨石变成了狰狞的怪兽,树木扯起嗓子发出了尖声的呜咽。隆隆的雷声越来越响,又一束闪电划破了夜空,密集的雨点子弹般从天而降,噼里啪啦地打在路边的石头上,分裂成若干小水滴,很快汇成一条条小溪,朝着低洼处汇聚。雷声、风声、雨声交织着,奏出一曲轰轰烈烈的合奏!

暴雨很快淋湿了众人崭新的军便服,大伙儿纷纷躲到了大树底下避雨。刘成功扯着嗓子对众人喊道:"都给我出来,树底下危险。"

风声、雨声咆哮着,淹没了他的声音。一阵巨响,一个炸雷击中了不远处的大树,一团火球腾空而起,大树被劈成了两段。

这时在树下躲雨的人才明白,刚才刘成功手舞足蹈正是在向他们预警呢。惊慌之中,所有人又都从树下跑了出来。众人围在刘成功跟前说:"这躲雨也不是,不躲也不是,我们总不能在这儿淋着吧?"

刘成功扯着嗓子说:"我要没有记错的话,前面不远处有个村子呢,要不我们先去村里避避雨?"众人都表示同意,于是十几个人冒着大雨跑向了坡下的小村庄。

刘成功等人敲开了一户人家的门，一位头顶大斗笠的大娘把他们让进了屋。屋子又矮又小，光线昏暗。过了好久，大伙儿才看清了屋内简单的摆设，大娘身后还躲着一个三四岁的小男孩。小男孩不时探头看看众人，随即又害羞地躲到了奶奶身后。

大娘听说他们是三队的知青，便拿出个封得严严实实的罐子，挖出了两勺子红糖，边拿暖瓶给他们冲红糖水，边乐呵呵地说道："你们城市的娃儿都见过世面，大娘这也没啥招待的。喝点儿糖水暖暖身子。"

大家知道大娘平时是不舍得喝红糖水的，赶忙谢过大娘。随着一碗热乎乎的糖水下肚，每个人感觉到浑身的毛孔都舒展开了。

雨越下越大，众人暂时是走不了了。刘成功等人都脱掉了湿透的军便服褂子，坐在地上和大娘聊起了天。从大娘口中得知，这个村叫麻地坡，村子一共30多户人家，一个大队两个生产队，他们日常的生产和农场基本上是一样的，都是割胶。大娘一家四口人，今天他儿子和儿媳去娘家了，只留下了她和小孙子。

刘成功好奇地问："大娘，我们都是今年才来的，不清楚咱们这儿秋天的气候。这都过了中秋了，怎么还下这么大的雨呢？"

大娘摇摇头说："孩子，咱这儿和你们北方也差不多，过了中秋雨季也就过了，这个时令下这么大的雨，我也是好多年没见了。"

刘成功忧虑地看看窗外，但风更狂了，雨也更猛了，雷声也更响了，这场天地间的战争丝毫没有停止的迹象。

天更加阴暗了，远处传来了隆隆声响，比雷声沉闷，似万马奔腾。刘成功感觉到脚底一阵冰凉，低头仔细看时才发现，不知何时地上有了浅浅的雨水。刘成功赶忙对大娘说道："大娘，雨水流进屋里来了，我去门口堵一堵。"没等大娘回话，刘成功就抄起铁锹出去了。

屋外大雨滂沱，风声呜咽，风雨声中夹杂着隆隆的声音。院子里的水已经没了脚踝，顺着门槛往屋里流，刘成功见墙角有几块高过门槛几寸的石头，便搬来堵在屋门外，暂时堵住了流向屋内的雨水。可院子里的水出不去，总不是个办法，总得把院子外的水道疏通了才行。

刘成功刚走出院外，立即呆呆地愣在那儿了。他分明记得，大娘门前是一条3米宽的小路一直通到大路上，他们就是顺着这条小路来到大娘家门前的。小路的外侧则是一条两三米深的沟。此时再放眼望去，小路和沟都消失了，眼前只是一片汪洋。耳边的隆隆声越来越清晰了，一个魔鬼般的念头出现在了他的脑海——山洪暴发了。

刘成功扔下了铁锹，发疯似的跑回了屋，声音颤抖着喊道："同志们，来山洪了，快，快逃命吧。"

众人盯着刘成功因恐惧而扭曲的脸先是一愣，随即都意识到了危险。这时院中的雨水已没过了石头，哗的一声倾泻进屋中，大伙谁也顾不上扔在床上的军便服了，起身往屋外冲去。

正准备给知青们生火做饭的大娘，被这突如其来的变化吓呆了，愣在了墙角动弹不得。刘成功刚跨出门，回头看到了惊呆在墙角的大娘，一个健步冲上去，扛起大娘就向外跑。

知青们出了院子，见附近几户人家也有人从院里冲出来，发了疯似的朝大路跑。赖峰想起了他们刚开始避雨的地方就是个高地，兴许只有跑到那儿才能躲开这场灾难。赖峰扯起嗓子喊道："快，快往刚才避雨的地方跑。"

郭庆和杜宇跑了一段路才发现人群中没了刘成功。回头看时，刘成功正背着大娘踉跄地在不远处跑着。郭庆和杜宇二话没说，转身跑向了刘成功。缓过神来的大娘伏在刘成功身上，忽然歇斯底里地吼叫起来："我要回屋，我要回屋。"

刚跑过来的郭庆喘着粗气大声说："大娘，不要贪恋财物，人命重要。"

大娘哭叫道："我的孙儿，我的孙儿还在屋里呢。"

听了大娘的哭号，刘成功一个趔趄，差点儿摔倒在地。是啊，刚才他们都让水吓傻了，根本没有想到还在竹床上睡觉的小男孩。水已经到了小腿处，再返回去救小男孩，危险可想而知。可他又不能见死不救呀。刘成功犹豫了一下，对身体相对强壮的杜宇说："杜宇，你和郭庆背着大娘先跑，我去抱大娘的小孙子。"

此时的杜宇不忍心让刘成功再次返回小院，也不忍心看着大娘的孙子被活活淹死。可再难也要做个选择。杜宇稍一犹豫，抹了一把眼泪，对刘成功说："千万要小心。"说完，便背起了大娘。

刘成功刚往回跑了几步，郭庆跟了上来说："我和你一起去，好有个照应。"刘成功打量了几眼满脸是水的郭庆，转身冲向了小院。

小屋内的水已经没过了膝盖，刘成功和郭庆在窗户透进的微微亮光中艰难地摸索着，终于找到了竹床上的小男孩。小男孩没有哭闹，只是惊恐地瞪着大眼睛，看着屋内齐膝的水。

刘成功一把将小男孩抱在怀中说道："走，我们去找奶奶。"忽然，刘成功听到了几声吱吱呀呀的声音，一种不祥的感觉让他汗毛倒立，他大声对郭庆喊："郭庆，快跑，房要塌了！"

郭庆离着门口近，三步并做两步来到了门口，刚要往外跑，抱着孩子的刘成功一个趔趄，扑通一声摔倒在水中。郭庆赶忙回身扶起了刘成功，怀中的男孩呛了水，哇的一声哭出了声。房顶上开始窸窸窣窣往下掉土，刘成功和郭庆一前一后艰难地移向屋外。

忽然，郭庆推了刘成功一把，刘成功再回头看时，房顶一根折断的椽子重重地砸在了郭庆背上，郭庆应声倒地。刘成功扯开嗓子喊着郭庆，郭庆叫道："快走，不要管我！"

房顶的吱嘎声越来越响了，刘成功只得抱着小男孩往外走。刚刚跨出门槛没几步，身后轰隆一声响，房塌了。

"郭庆，郭庆……"刘成功仰天长啸，热泪和着雨水，落在了怀中小男孩稚嫩的脸上。

第 98 章　劫后余生

院中的水也已经没过了小腿，刘成功又向废墟看了一眼，转身向大路而去。小路已经分辨不出痕迹，一不小心就会一脚踩空，跌入沟中。，那样就必死无疑了。刘成功小心翼翼地向前走着，耳畔的轰鸣声越来越大，他知道，真正的洪峰很快就要来了。

刘成功顾不上生死不明的郭庆，把小男孩放到背上，嘱咐他搂紧他的脖子，憋足了气背着小男孩用尽全力跑向高地。

赖峰、李建国等人和村民一口气跑到高地，稍稍喘了口气，发现不见了刘成功、杜宇等人。赖峰一拍脑袋骂道："赖峰，你个屄货，怎么光顾着自己逃命，把兄弟都丢了？"

正懊恼着，不远处出现了杜宇的身影。赖峰忙迎了上去，等跑到近前才发现，杜宇背上还背着大娘呢。赖峰接过痛哭流涕的大娘背在身上，筋疲力尽的杜宇向他摆摆手说："快，快走。"

等到了高地，杜宇坐到地上，大口大口地喘了喘气，这才对大伙说道："刘成功和郭庆回去救大娘的孙子去了。"

赖峰向已经没了踪迹的小路望了望，一拍大腿，垂头丧气地坐在了地上。

大娘见救他的知青和自己的孙子都没有跟上来，一屁股坐在地上哭喊道："可怜的娃儿，可怜的小孙子呀。"

邻居中一个大嫂也发现人群中没了自己十几岁的女儿，再看看远处已是一片汪洋的家，也哇地哭出了声。天色渐渐暗了，风声、雨声、痛哭声，混杂着山洪的轰鸣，抽泣起了一曲人间的悲歌。

水涨起来了，小路的尽头仍然没有刘成功和郭庆的身影。雨水和泪水模糊了赖峰、杜宇等人的双眼。忽然有人喊道："快看，前面有人，有人。"

赖峰和杜宇抹了把脸，瞪大眼睛向前看去。没错，百十米开外，有个人在齐腰深的水中艰难地向前移动。赖峰一眼认出了那个熟悉的身影就是刘成功。

赖峰和杜宇发疯般冲入水中，很快就来到了刘成功身旁。杜宇抱起了刘成功背上的孩子，赖峰搀扶着精疲力竭的刘成功，步履蹒跚地回到了高地。刘成功瘫倒在地一言不发，泪水不住地往外淌。

大娘见小孙子平安无事，抱在怀中亲了又亲。再回头看躺在地上的刘成功时，不禁落了泪，上前用手摸着刘成功的脸问："娃儿，和你一块儿回去的娃呢？"

刘成功闭上了眼，从嘴角挤出了三个字："他死了！"

忽然，有人惊呼道："快看，浪头，浪头！"只见远处黄色的浪头咆哮着、怒吼着疾驰而下，他们所在的位置正好是一个湾，浪头并没有冲过来，但坡下的水立即涨高了两三米，远处的树木只剩下树梢在水中摇曳着。浪头足足持续了十几分钟，坡下的水才渐渐恢复了平静。

这时又有人喊道："那是什么，有人，有人！"众人把目光都聚到了水中的一块木板上，一个瘦小的身影紧紧抱着木板，在水中上下沉浮。已经哭到没有力气的大嫂眼前一亮，撕心裂肺地哭喊道："是我女儿，是我女儿。"

大嫂的话音还未落，李建国和另外三名知青已经扑通跳进了水中，吃力地游向了木板。躺在地上的刘成功听到人们的惊呼，一挺身坐了起来，用沙哑的嗓子大声吼道："建国，建国！"

水中的四个人游到了门板跟前，女孩已经哆嗦成了一团。李建国说："我们推着门板往回游。"于是四个人转到了门板后面，推着门板使劲儿往回游，眼见就要到坡下了，远处再次传来了轰轰的响声，又是洪峰，浪头又来了，四个人不由自主地扒住了门板，惊惧无比地盯着前方。

浪头飞驰而下，水升了又退，好不容易游到坡下的四个人又跟着木板漂远了。李建国再次给大家鼓足了劲，四个人用尽全力将木板推到了离坡不远处。忽然坡上有人惊呼："少了一个人！"不多时，第二、第三个人也往水中一沉，再也没有浮出水面。水中只有李建国一人了，他用尽力气推着木板，缓缓靠到坡下。刘成功明白，他们是体力不支了。可他和其他知青都是旱鸭子，根本爱莫能助。

在一阵惊恐的喊叫声中，赖峰和两名村民跳入了水中。很快两名村民把女孩拉到了坡上，赖峰则游向了李建国，还没等接近他，就见体力不支的李建国伸出了手，在空中画了个圈，再也没有浮出水面。

几天后洪水终于退去了，人们在坡下找到了李建国和其他三名知青的遗体，他们双手在胸前，依旧保持着推门板的姿势。郭庆的遗体也从废墟中挖了出来，他的手中紧紧攥着一个布包。只有赖峰他们知道，这是津州人随身带着保平安的福气袋。

农垦总局追授郭庆、李建国等 5 名知青为革命烈士，并为 5 名同志举行了追悼会。5 名烈士的遗体正上方，并排挂着用黑纱包着的刚刚冲洗的遗像。照片中 5 个穿着军便服的年轻人脸上带着笑，他们在默默看着这片留下了他们宝贵生命的土地。

1978 年，云南省发生了知青集体抗争事件，拉开了知青大返城的序幕。1979 年 5 月，刘成功、赖峰、杜宇带着郭庆的遗物，返回了阔别两年的津州。

新世纪酒店的贵宾厅，刘成功从回忆中回到了现实，看着鬓间同样泛白的赖峰和杜宇，他的眼角又一次湿润了。他缓缓地端起了酒杯，对赖峰和杜宇说："干了，为了活着的我们，还有死去的他们！"

放下酒杯，他问杜宇："去看老娘了吗？我最近忙，好久没去了。"

杜宇说："大哥，老娘那儿您就不用操心了，她知道你忙，跟我说要你少喝酒，少熬夜。"

刘成功叹了口气说："抽个时间，我们带老娘去趟云南吧。以前是我们不想让她去，怕她见到郭庆的墓碑受不了，现在看她的身体越来越差了，再不去看郭庆一眼，怕是没有机会了。"

杜宇和赖峰点点头，谁也没有再说话，看着水晶灯华丽灯光覆盖着的富丽堂皇的餐厅，郭庆仿佛就站在不远处，微笑着看着他们。

张新阳敲了敲门，走进了刘成功的办公室，他看到除了正在看文件的刘成功外，赖峰正坐在沙发上抽着烟。刘成功抬头看眼张新阳，点头示意他坐下，紧接着说道："新阳，最近手头有什么紧要工作没有？"

刚刚坐下的张新阳又站了起来说："都是些事务性的工作，没有啥要紧的，董事长您有事儿就尽管安排。"

刘成功说："新阳，我想听听你对乱石滩矿的看法。"

张新阳有些意外地看了看刘成功，稍稍想了一下说："我觉得，乱石滩矿基本没有什么大的问题，只是效益稍稍差了一些，主要问题和主要矛盾都集中在东矿区。这个前期郭总的方案中也提到了，我觉得他说的原因还是比较客观的。"

刘成功笑着说："好，能有这个认识说明你还是有进步空间的。"

张新阳有些不好意思地说："董事长您过奖了。"

赖峰说："新阳，不要谦虚，能客观地分析看待问题，就是一种本领。这也是今天找你来的原因。"

刘成功接了赖峰的话说道："新创焦化厂已经步入正轨，这几个月的效益也是大家有目共睹的，这就说明我们的思路和方向是对的。所以，我们计划趁着这个热乎劲，把乱石滩矿的改革也提上日程。"

张新阳有些吃惊地看了一眼刘成功，刘成功也在微笑着看着他。他又把目光移到了赖峰脸上，赖峰也带着同样的微笑看着他。张新阳带着疑惑的口气问道："您，您是要启动郭总的方案了？"

刘成功依旧微笑着说："不，不，如果要启动郭总的方案，那我们就没有必要做那么多工作通过万顺焦化厂的方案了。正因为那个方案有瑕疵，我们前期才力排众议否定了。他的那个方案，我们是不可能采纳的。"

张新阳有些糊涂了，他看着刘成功说："那，您的意思是？"

刘成功说："我的想法是换个思路，把东矿区的问题彻底解决了。"

张新阳猜不透刘成功的底牌，也就不敢再提出疑问了。

赖峰看着呆呆坐着的张新阳，慢慢地吐了个烟圈说："志明他们想得太多，所以方案也就太复杂了。无论什么事儿，只要是想得复杂了，办起来就会打折扣，那最后的效果呢，就要在折扣上再打折扣。所以，我们考虑任何事情越简单、越实用，就越容易出成绩。东矿区改制就两个字，卖掉！

第 99 章　现实差距

张新阳领到的新任务是收集和国有企业出让有关的法律政策文件以及正反两方面的典型案例，同时要把东矿区的实际问题摆进去进行剖析，找出在法律和执行层面可能出现的矛盾和可能遇到的阻力，形成一份内部参考材料。

张新阳躺在宿舍的床上反复思考着这份材料，越想越觉得这个材料的难度丝毫不亚于万顺焦化厂并购方案的难度。接着他又反复琢磨着刘成功和赖峰的话，忽然他觉得自己领会到了领导的意图。随之而来的是一种窥破天机般的兴奋，他用笔在一张废纸上画出了几个圈，这是他思考处理问题时常用的方法，每个圈都代表着一个人或一件事，只要用正常的思维逻辑把这几个圈之间的线条连接好了，问题的实质也就暴露无遗了。

当张新阳把纸上的线连好时，密密麻麻的箭头立即呈现出了清晰的轮廓，刘成功是想用出让东矿区的资金去结清收购万顺焦化厂时的贷款，这样等于是用一个负债资产置换了一个优质资产。张新阳又反复看了看这张纸，总觉得还有什么地方不太清晰，但似乎已经无关紧要了，他把这张纸揉成一团，扔到了墙角的垃圾桶中。

郭志明气喘吁吁地出现在了关峡的办公室，他一改往日恭恭敬敬的形象，一屁股坐在了沙发上怒气冲冲地说道："关书记，你知道最近张新阳又跑到东矿区去了吗？"

关峡看了一眼一反常态的郭志明，不冷不热地说："张新阳是行政部副部长，他怎么就不能去东矿区了？"

郭志明没有好气地说："关键是他去的频次有些不正常，总是向干部职工询问一些产量、效益、收入方面的问题，还有职工对企业的看法什么的。您觉得这正常吗？只要他出现，那就说明有人在打东矿区的主意了。"

关峡又说道："那又怎样？"

郭志明说："好我的关书记，新创焦化厂的事儿我们输了，您难道还想看着东矿区也让别人给改制了吗？"

关峡说："新创焦化厂现在不是经营得挺好吗？事实证明，或许我的观念已经跟不上发展的需要了。"

郭志明说："可东矿区它不一样，我认为我们的方案是解决东矿区问题最有效的方案，我们总得要试一试吧？"

关峡沉默了一会儿问："你的方案就没有掺杂着个别人的其他目的？"

郭志明表情严肃，郑重地说道："关书记，我承认有人是想通过这个方案捞取点儿股权奖励之类的好处，但这是别人的想法。我郭志明敢用我的党性和人格保证，我的出发点完全是为了企业的发展，为了给东矿区几百名兄弟谋条路。"

关峡的语气中带着些许倦意，他轻声说道："志明，我是相信你的，否则我不会去争取那个方案的。可是新创焦化厂的业绩证明，董事长的方案也是正确的。对于东矿区的改制，或许他有更好的方案，我们还是听之任之吧。"

郭志明的脸涨得更红了，他梗着满是青筋的脖子说："关书记，我承认新创焦化厂的业绩，但东矿区与新创是无法相提并论的。我非常相信自己的判断，东矿区要绕开我提的方案，都是有很大的风险的，最大的风险就是队伍的不稳定，搞不好是要出大乱子的。"

关峡又问道："志明，那你觉得张新阳的目标是什么？"

郭志明沉思了一会儿，斩钉截铁地说道："他们很可能想卖掉东矿区。"

关峡的眼神中闪过一丝不易察觉的恐慌，他低头盯着办公桌上的台历，喃喃地说："要是那样，还真是要出问题的。"

张新阳虽然对这次新任务有过充分的准备，但当他真正面对任务时才发现困难远远超过了他的想象。一方面他要从自己并不熟悉的法律法规和企业管理书籍中查找大量的条文和案例，虽然日渐完善的互联网搜索引擎可以提供一些便利，但毕竟资源有限，大部分的工作还是要翻看书本完成，难度非常之大。

而更大的难度来自现场，当他真正深入到去过无数次的乱石滩矿时才感到真正的压力。以往来矿上大多数时间是在马彬或段树铭的办公室看资料，或者是和二级班子的副职下到井下走马观花地看看现场，一切都那么和谐有序。

但这次来东矿区，以往的工作方法显然是行不通了，他必须一个人去到现场干部职工中掌握第一手材料，但当他和干部职工谈话时才发现，自己根本无法融入这个环境，干部工人的不配合让他感到前所未有的压抑。特别是技术员高建义和周思，不仅不配合，还时不时冷嘲热讽几句，在大伙的笑而不语中，留下他一个人坐在破旧的休息室发呆。

短暂的沮丧后，张新阳不服输的劲儿又上来了，他索性向刘成功申请住在了东矿区。白天他下现场与职工交谈，晚上就钻在那间潮湿的小宿舍查阅整理资料。一个星期过去了，他虽然满满当当地记满了半个笔记本，但没有一条是与要调研的课题有关系的。

这天中午，张新阳又坐到那间阴暗的会议室整理着笔记。老旧的弹簧门吱呀一声响起来，伴随着咯噔咯噔的脚步声，有人缓缓地走到了他身边。张新阳只当是打扫卫生的张师傅，所以也就没有抬头，依旧翻看着自己的笔记本。直到那人走到了他身边说："小张，忙着呢？"

张新阳才觉得声音很耳熟，抬头看时才发现眼前站着的是关峡。张新阳赶忙起身说："关书记，您怎么来了？"说着又下意识地合上了摊开在桌上的笔记本。

关峡从旁边拉了把椅子，椅子摩擦着地面，发出了刺耳的声音。关峡晃了晃有些松散的椅子背，确认椅子还结实，就坐到了张新阳身边，打量着张新阳摊开在桌上的纸笔，微笑着问："没有打扰你用功吧？"

张新阳有点儿不自在地说："没有，没有……"关峡看着有些拘谨的张新阳，语气平和地说："怎么中午也不休息一会儿，要学会劳逸结合，工作才有效率嘛。"

张新阳说："谢谢关书记，我这人从小到大就没觉，躺那儿也睡不着。"

关峡有些感慨地说道："还是年轻好呀！我像你这么大的时候，也是生龙活虎的，白天在井下干一天活，晚上还要骑自行车去看电影，根本就不知道什么是累。现在呢，连着熬两晚上就跟丢了魂似的。岁月不饶人，不服老是不行的。新阳，这几天忙啥呢？"

张新阳从关峡突然到来的不知所措中平静下来，他保持着对关峡的尊敬，从容地说："我在做一个关于东矿区的调研，没有太多的现场经验，只能是吃住在现场了。"

关峡又问道："年轻人只要肯下功夫，就值得表扬。谈谈你的收获。"

张新阳叹了口气说："不瞒您说，还真没啥收获，现场远远比我想象的复杂。"

关峡说："怎么，碰钉子了吧。实事求是地讲，这几年全公司的效益都不错，可偏偏就是这个东矿区效益不好，工人师傅们的日子不太好过，自然也就对上面下来的干部没啥好感。所以你说的，我完全能理解。"

张新阳问："关书记，东矿区到底是怎么了？"

话一出口，张新阳便觉得有点唐突了，他下意识地和关峡对视了一眼，随即赶快移开了目光，然而就这一瞥，张新阳感到关峡的目光已经看穿了他的一切。

关峡沉默了一会儿说："这个嘛，说来话长。造成东矿区目前的局面，既有历史原因，又有现实原因。简单讲，东矿区原来是独立厂矿，很晚才并入顾阳焦煤集团，干部职工很难融入公司的管理。再有东矿区与地方之间有许多扯不断理还乱的纠葛，地方政府的行政干预制约着发展。最关键的是，乱石滩矿与东矿区的管理始终捋不顺，产量也始终上不来。产量越差效益越差，效益越差人心就散了，人心一散效益就更差，久而久之，形成了恶性循环。"

张新阳疑惑地问："那我们为什么不加大投入或加强管理，快速扭转这局面呢？"

关峡苦笑着说："转变不是靠简单的投入和管理就能够实现的。这几年针对东矿区的多次改革均没有见到什么成效，现在的东矿区似乎已经陷入了'塔西佗陷阱'，职工对任何的改革都已不感兴趣了。"

张新阳试探性地问："那既然这样，我们就把东矿区推向社会算了？"

关峡说："推向社会？那这几百名职工怎么办？"

张新阳说："我们该做的工作都做了，既然他们不信任企业，企业把这个包袱甩出去算了。"

关峡说："你说得有理，但许多时候，有理不一定是道理，工人可以不理解我们，可我们不能不管工人，这些工人的家境，大多和程三三一样，他们的青春和梦想都埋在了深深的矿井中了，推向社会，你让他们怎么生存？我们是国有企业，是受党领导的，解决职工群众的问题是我们必须要有的担当。"

张新阳的眼前又浮现出了程三三的身影，头发蓬乱的他裹着那件破旧的军大衣，坐在那间阴暗房间的角落里，仿佛要对他说些什么。

关峡看着沉思的张新阳，不无忧虑地说："东矿区的改革必须要兼顾企业和职工双方的利益，这也正是我反复提出三方控股的原因，只要我们控股，就能保证这些工人不失业，都是四五十岁的人了，让他们去干啥？"

张新阳努力摆脱了程三三的身影，争辩道："关书记，可是实行三方控股，无法保证企业利益的最大化。"

关峡说："时间才是最大化的利益，东矿区的浅煤层还能开采 50 年！"

张新阳再次沉默了，关峡没有再说什么，起身拍了拍他的肩膀，破旧的椅子在地面上划出了一声刺耳的摩擦声，关峡走出了这间潮湿阴冷的会议室。

第 100 章　左升右降

张新阳轻轻敲了敲刘成功办公室的门，听到刘成功说了声"请进"，张新阳才推开了门，走到刘成功办公桌前，伸手把一沓材料放在了刘成功办公桌上说："董事长，材料整理好了，请您阅示。"

刘成功正在批示文件，抬头看了一眼张新阳，又扫了一眼材料，这才伸手指了指对面的沙发说："新阳，坐，坐。"

张新阳静静地坐在了沙发上，刘成功拿起那份材料一页页地翻看着。许久他才把材料放在了办公桌上，嘴角露出了笑容，看着张新阳说："好，好，这份材料基本上符合我的意思，晚上我再细细地看吧。新阳，这几天辛苦你了。"

张新阳欠了一下身说："没什么，分内的工作，应该做好的。"

刘成功点了一根烟，又露出了熟悉的笑，说道："东矿区的工作不好做，能把活干到这个程度已经很不错了。要是这栋楼里所有的人都能像你张新阳一样尽责，我可就省心了。"

张新阳略微思考了一下说："董事长，有件事儿我没有写到材料中，我觉得还是很重要的，不知当不当讲？"

刘成功饶有兴趣地坐直了身子问："哦，啥事？说吧。"

张新阳说："这次到东矿区调研，我感触最深的还是来自职工方面的压力，我觉得职工的问题是我们改革绕不过去的问题，安置不好，处理不好，可能会出乱子的。"

刘成功看了一眼张新阳说："新阳，这事儿你不用担心，我早考虑过了，这些年我们投入了大量的人力、物力、财力，可这个东矿区就是不见起色，说到底就是这些职工的问题，他们的心就没有和公司在一块儿，我们做的任何努力都是肉包子打狗——有去无回，这就叫本性难移！我想趁这次出让改革，直接把他们推向社会，也算是解决了公司的后顾之忧。"

张新阳又说："可他们的生活怎么保障啊？"

刘成功说："这个嘛，愿意留下来的我们可以安排他们去劳服公司，不愿意留的买断工龄，将来就是收购方的事儿了。"

张新阳说："可是，万一收购方不要他们，失业了怎么办？"

刘成功说："现在什么时代了，哪还有什么铁饭碗呢？公司已经做到仁至义尽了，现在不珍惜岗位，总是和公司唱反调，一切后果也都是他们咎由自取，也就怨不得我们了。以后的事儿那是收购方的事儿，看他们自己的表现，自求多福吧。"

张新阳还是从刘成功这儿听到了他最担心的话，程三三的影子再次浮现在了他眼前，于是他迫不及待地说："可是，他们把自己的半辈子都奉献给煤矿了，四五十岁失业了，让他们去干啥呀？"

刘成功沉下了脸，说道："张新阳，你今天怎么也糊涂起来了？妇人之仁，怎么能干成大事呢？这些问题不是你应该考虑的事，你把分内的工作干好就行了。"

张新阳还想再辩解一下，可他已经明显感觉到了刘成功话语中的不快，话到嘴边又改了口，他低声说道："对不起，董事长。"

刘成功看着一脸无辜的张新阳，觉得自己的话有点儿重了，于是又语气和缓地说："新阳，你还太年轻，经历的事儿太少。这世上本就没有十全十美的事儿的，要改革就要有矛盾，解决矛盾就要有牺牲，凡事不能让一片树叶遮住了双眼，看问题要有高度，要学会顾全大局，以后要多学、多听、多看，多想。好了，你忙你的事儿去吧。"

张新阳嗯了一声，起身走出了刘成功的办公室，并随手关好了办公室的门。刘成功拿起电话拨通了赖峰的号码，不多时赖峰来到了刘成功的办公室。刘成功把张新阳的材料递给了赖峰说："赖总，看看吧，张新阳刚送进来的材料。"

赖峰拿着材料坐到了沙发上，略略翻了一遍说道："可以呀，很实用。这不就是您想要的东西吗？我听说这小子在矿上蹲了一个月，没日没夜地就是搞这份材料呢。怎么，您还有什么不满意的地方？"

刘成功不无忧虑地盯着赖峰说："这个材料我还是很满意的，可你知道这小子今天和我说什么吗？"

赖峰用询问的目光看着刘成功问："他说什么了？"

刘成功说："他和我讨论工人如何安置的问题。而且问题的点找得十分准确。"

赖峰不以为意地说："新阳这孩子考虑问题还是比较全面的，而且人也直率，想到什么说什么，您就不必太在意了。"

刘成功冷笑着说："关键是我从他的话中听出了老关的味道。你知道这一个月他在东矿区除了调研还干了些什么吗？我担心的是张新阳和郭志明手下那帮子人打成一片了，如果真是那样，可是要出大问题的。"

赖峰看着刘成功严肃的表情，呵呵笑出声来，紧接着说道："董事长，我怎么觉得您像如临大敌似的，您是不是太敏感了。别的我不敢保证，要说张新阳和高建义、周思那帮子人打成一片，我敢用我这颗人头打包票。据我了解，这次张新阳在矿上没有少挨这几个泥腿子的整，他们不但不配合张新阳，还撺掇工人们给张新阳使绊子、出难题，弄得张新阳灰头土脸的。他们根本就不是一条道上的人。"

刘成功依旧面带忧虑地说："现在是我们计划的关键时刻，绝对不能有一点点差错。张新阳这孩子的性格我还是比较了解的，既然他已经往这个方面想了，就很有可能做出一些不利于我们的事儿来，决不能掉以轻心。我们要断掉他这个念头，至少在一段时间内，不能让他再接触与计划有关的任何工作。"

赖峰说："张新阳办事还是很老练的，我们不能因为他有一点儿自己的想法就不再信任他吧。再说，下一步遇到我们不方便出面的事儿，没有自己人去办总是不放心的。"

刘成功说："不是说我不信任张新阳，况且他现在已经和我们绑在一起了，这方面没有什么可顾虑的。只是目前他的想法有点儿偏离我们的目标了，我担心关键时候他会无意识地破坏我们的计划。等我们的计划总体确定下来了，再把他用起来，后期的事儿没有他也是不行的。"

赖峰说："他是行政部副部长，很多事情是绕不过他的，再有，绕过了他谁去办？"

刘成功说："这正是我想和你商量的，我们要有个名正言顺的理由把他支开一段时间，至于我们不便出面的具体事儿嘛，可以交给张俊和邢利为去干。"

赖峰说："老邢还行，这个张俊我始终不是太放心。"

刘成功说："要把一项工作拆成两项，分别交给邢利为和张俊办，你把住全局，这样不会有啥事儿的。关键是张新阳怎么安排，你得给我拿个主意。"

赖峰嗑着牙花子在办公室内慢慢踱着步，时针一分一秒地流逝，忽然赖峰眼睛一亮，转身对刘成功说道："我有个想法，你看行不？"

刘成功从赖峰的眼神中已经读出了他的狡黠，笑眯眯地说："你说说看。"

赖峰也微笑着说："给张新阳提一级别，正科级调研员，让他去东矿区挂职锻炼半年，岗位就放到现场，该熬夜熬夜，该下井下井，让他真正和高建义、周思这帮子干部工人好好接触接触，以他那臭知识分子的性格，用不了两个月的时间，就会领教到这帮人的尖酸刻薄、鼠目寸光了。到那时候，他自己会彻底放弃他那些幼稚的想法的。等他不再那么偏执了，我们再把他调回到副部长岗位上，我想他绝对会拼命推进我们的计划的。到那时，他巴不得那帮人立即下岗呢。"

刘成功笑着用手指了指赖峰说："你呀，高！就按你说的办！"

张新阳懒懒地躺在床上看着手中的调令，他怎么也没想到刘成功会让自己去东矿区挂职锻炼。上午赖峰语重心长地说董事长想要让他深入了解现场，这关系着下一步改革方案的成效，可以说任务艰巨，可一想到要和高建义、周思这些人打交道，他就觉得有一种无形的压力。儿时调班后，那种在别人异样目光中的陌生、孤独、无助的感觉再次袭来，令他久久无法摆脱。

第二天，赖峰、郭志明与张新阳一道来到乱石滩矿报到，经理马彬和书记段树铭依旧很热情地接待了他。寒暄一番，几个人便驱车来到了东矿区，还是在那间阴冷潮湿的会议室，赖峰宣读了公司的人事令，负责东矿区的即将退休的副经理任伟杰代表东矿区对张新阳的到来表示了欢迎，高建义、周思等干部不阴不阳地表了态。从今天开始张新阳便算是东矿区的一员了。

赖峰和郭志明走后，任伟杰带着张新阳来到了破旧的宿舍楼，打开二层靠东边的一间房。这间房显然已经好久没人住了，老式的木框玻璃上蒙着一层厚厚的土，窗户两边的墙上钉着两颗大钉子，直直地拉着一根铁丝，铁丝上的窗帘早已不知去向，只有几个夹子挂在上面孤零零地来回摆动着。东边摆放着一张简易的钢管床，床板上横七竖八地扔着几张旧报纸，墙上贴着几张罗中旭、陈明、古惑仔的画报。西边靠墙放着两个老旧铁皮柜子，除此之外别无他物。张新阳把随身携带的手提包扔在床板上，在地上来回走着打量这间简陋的宿舍，上次来矿上他都吃住在矿区的办公室，条件虽不好，但也还不算简陋，可眼前的宿舍楼简陋到如此程度，已经远远超出了他的想象。

任伟杰轻轻咳嗽了一声，张新阳回头看时才发现，任伟杰也在尴尬地看着他。任伟杰曾经是公司上下公认的实干家，也正因为如此，这些年一直是哪儿最艰苦派他去哪儿。开始任伟杰干劲十足，他是同一批干部中第一个享受副科级待遇的技术干部。但十年过去了，同一批的干部一个个都提拔到了领导岗位，只有他还是一名享受待遇的救火队员。他渐渐明白了，不是所有的努力都会有回报的，有的时候越努力越不幸。对职场深深的失望让年过四十的任伟杰放弃了自己的执着和梦想，久而久之，在救火队员的岗位上，练就了一把"和稀泥"的好功夫。如今，他在这东矿区负责，只管把这摊泥和好，其他事情一概不闻不问，日子过得也算是自在，也没有了别的想法，再有两年他就可以光荣退休了。

任伟杰看着这位正科级的调研员，有些不好意思地说："张部长，我也是早晨才接到通知，没顾上提前准备。你看这环境……"

张新阳看着满脸歉疚的任伟杰，竟莫名生出了些许同情，他笑笑说道："没关系的。"

第 101 章　矿区之殇

张新阳和任伟杰正在聊着天，宿舍楼道中渐渐热闹了起来。任伟杰看了看手表说："12点了，这些老娘们儿又开始做饭了。走吧张部长，我请客，咱俩找个小饭店，我们边吃边聊。"

张新阳想要拒绝，可看看这简陋的宿舍，自己确实也无法解决午饭问题，于是笑着说道："那我客随主便，中午就劳烦任经理了。"

任伟杰笑了笑，替张新阳把包放到了柜子里，拍了拍手说："我告诉管理宿舍的老翟了，下午让他找几个老娘们儿把房间好好打扫一下，再把窗帘被子暖瓶啥的都配上，晚上回来就像个宿舍了。包先搁柜子里，别让那帮老娘们儿给弄脏了。"

这时，门外走进来一位中等身材、有点儿驼背的中年人。他看到任伟杰后，脸上立即堆起了笑。任伟杰对他说道："老翟，这位就是张部长，董事长的大秘书，现在来咱们这儿挂职锻炼。你一会儿吃完饭找几个娘们儿，按我上午交代的好好收拾一下，该配的生活用品全部配上，听到了吧？"

老翟连连点头说："知道，知道，大领导来了，哪能不好好收拾呢。任经理，您就放心吧。"

张新阳忙说："老任，把生活用品给我配上就行了，其他就不用麻烦翟师傅了，等我晚上回来自己收拾吧。"

任伟杰笑道："张部长，以后你不用和这老小子客气，有啥事吩咐他就行，这就是他分内的职责，他要不愿意干就滚蛋，想干的人多呢。"

老翟满脸堆笑地说："对，对，领导，这点儿小活哪能让您亲自干呢，我一定弄好，保准让您满意。"

任伟杰对老翟说："行了，快吃饭去吧，这几天婆娘不在，你别给我嘚瑟，再有什么花花事儿，我可不管了。"

老翟依旧满脸堆笑道："任经理，瞧您说的，我老翟还是能管住三巴的。"

说完，毕恭毕敬地退出房门走了。

张新阳看着任伟杰问："老任，啥是个三巴呀？"

任伟杰瞅了张新阳一眼，坏笑着说道："就是管住嘴巴，别乱说；管住尾巴，别乱翘；再有嘛，就是管住鸡巴，别……"

任伟杰的话还没说完，张新阳"扑哧"一声乐出了声，紧接着便忍不住大笑起来。

任伟杰看着张新阳笑得上气不接下气，也乐着说："张部长见笑了，这地方都是些粗人，权当一乐吧。"

张新阳依然笑着说："你还别说，话糙理不糙，有点儿道理，有点儿道理。"

两人又笑过一阵，任伟杰带上了房门，把钥匙塞到了张新阳手中。楼道中叮叮当当的做饭声此起彼伏。任伟杰边走边说："张部长，这几年咱们东矿区效益不好，井下的职工别说买房子，就租房子也蛮贵的，许多人又都想搬回宿舍来住。你别看这间房子不起眼，不知道有多少人盯着呢，就二队的老马两口子找了我好几次我都没答应他们，这些人住进来就出不去了，我手头要没两间空房子，来几个新人就没地方安置了。"

张新阳连忙问道："老任，这儿的职工每个月能收入多少呢？"

任伟杰说："干部也就是个两千左右，职工一千出头吧。"

张新阳虽然是在东矿区挂职，但工资还是由机关开，两相比较，东矿区的干部职工确实是太清苦了。想到这儿，他对任伟杰说："这工资放到五年前还凑合，可现在还真是不好过活计呢。老任，你在这儿坚持也够不容易的。"

任伟杰不以为意地说："我没球啥，我的工资走的乱石滩矿的标准，和老马、老段他们一样，还算过得去。"

张新阳似乎找到了一些心理安慰，想了一下又对任伟杰说："那矿上为啥不给东矿区涨涨工资呢？"

任伟杰说："涨不涨工资，要公司拍板的，矿上说了也不算。而且东矿区产量一直上不来，现在每个月产量只有西矿区的三分之一，北矿区的五分之二，如今都在讲按劳分配，东矿区的工资要和其他两个矿区一样了，人家其他矿区也不干不是。"

张新阳又问："老任，据我了解，东矿区没有合并前产量是不次于西矿区的，就是合并后的前几年，也不次于其他两个矿区，产量拉开差距也就是这三五年的事儿，这到底是啥原因呢？"

任伟杰说："西、北两个矿区的产量在上升，东矿区的产量在下降，原因是方方面面的，主要还是……"

说到这儿，任伟杰忽然打住了，他想了一会儿说道："原因是多方面的，一时半会儿也说不清楚。张部长，时间长了你自然也就知道了，我们不谈这些了。走，前面的小面馆不错，山西人开的，正宗刀削面、过油肉，还有正宗老陈醋。我请你享受一番阎老西儿的待遇。"说着，任伟杰拉着张新阳，走进了那间低矮的山西面馆。

张新阳再次回到老旧宿舍楼的时候，天已经黑透了，他在楼道昏暗的灯光下打开了宿舍门，一股廉价空气清新剂的气味扑面而来，呛得他连咳了好几声，等他摸索着开了灯，眼前的宿舍已经和上午进来时大不相同了。清洗过的地面露出了灰白的水泥本色，床上铺着蓝白条纹相间的床单，一床套着天蓝色被套的被子整齐地叠放在床角，绣着鸳鸯戏水图案的粉红色枕巾铺在枕头上。眼前，淡黄色的窗帘遮住了窗户，窗前多了一张半新不旧的桌子，上边还摆着一个老式的台灯。

张新阳看着眼前的一切，仿佛又回到了初中班主任老师的办公室，就在那间熟悉的办公室，作为学习委员的他和头发花白的语文老师度过了三年艰苦而又终生难忘的时光。他还记得最后一次走出那间办公室时，满天星光，老师用粗糙而有力的手使劲拍着他的肩膀嘱咐道："新阳，老师能教你的就这么多了，以后的路长着哩，不管你走多远，干什么事，一定要做一个正直的人！"几天之后，他带着对未来的无限憧憬和幻想，走出了那个小小的山村。

张新阳走到窗前拉开窗帘。玻璃擦得一尘不染，窗外一片漆黑，只有小山包上几处点点灯光告诉人们那儿有一个村庄。张新阳想，或许此时的某个窗户下也有一个低头苦学的少年，他也会偶尔抬头仰望星空，那儿有他的梦想和远方。

张新阳正看着窗外出神，门外有人咳嗽了一声。等他回头看时，老翟已满脸堆笑地走了进来，呵呵地对张新阳说："领导，还满意不？"

张新阳也笑笑说："是翟师傅，辛苦您啦！"

老翟依旧笑着说："您这么大的领导还和我客气个啥嘛。这点儿小活不是个事儿。张部长，要说起来您的大名我早就听说过，大大的好人呀。"

张新阳有些好奇地看着老翟，老翟接着说："老伙计们都说，要是没有你的帮助，程三三姑娘能考上了大学？估计早就辍学打工去了。"

张新阳问："翟师傅你认识程三三？"

老翟脸上的笑消失了，有些凄凉地说："认识，认识！我俩一年进的矿，一起下过井，怎么能不认识呢。他那个人太老实，我们一批下井的人都调到了井上，只有他还在井下干呢。要不是那年他得了肺结核差点儿丢掉小命，估计他这辈子也上不了井。可话又说回来，要真是那样一直在井下，倒也不是件坏事，至少他现在还活着。后来，他调到了焦化厂，眼见孩子也大了，就要苦尽甘来了，可偏偏腿又被轧了。老伙计们都劝他想开些，谁知他却走了绝路。俗话说好死不如赖活着，他怎么就能下了这么大的决心呢？"

张新阳长叹一声说："翟师傅，每个人都有他刚强的一面，老实人不代表着没有想法、没有勇气，老实人做的事儿，往往都是惊天动地的。老程老实了一辈子，可到底还是硬气了一次，他用自己的死证明了自己不是那么懦弱的人！只是这个代价太大了。人已经没了，所有的一切都盖棺论定，更何况是他这样的小人物呢。我觉得，只要你们这些老伙计还惦记着他，他要在天有灵，也足以欣慰了。"

老翟也叹着气说："是，是！我们都记得他哩，清明、七月半，也都去给他烧几张纸钱，也算是我们的一点儿心意吧。"

说完老翟又恢复了满脸堆笑的神情说："领导！您看还需要啥生活用品，我再给您送过来。"

张新阳笑了笑说道："不用了，辛苦你啦。快忙你的吧！"

老翟满脸堆笑地客气了几句，就离开了房间。张新阳轻轻关上了房门，头枕着被子躺到了床上，看着房顶泛黄的墙皮，下午在那间阴冷潮湿的会议室中一张张光怪陆离的面孔又浮现在了他眼前。

下午任伟杰组织矿区的干部和班长们开了一个短会，宣布了公司的人事调令，并按赖峰的要求，重新调整了干部的分工，张新阳的主要工作是协同高建义和周思，全面参与井下的生产组织和技术管理，有对生产、技术、安全的建议权，但没有指挥权，每日必须随同高建义或周思下井，全过程参与井下管理。

任伟杰刚说完，高建义斜眼看着张新阳，冷笑着说："张部长，这井下可不比办公室，没有茶水、报纸、空调，阴冷潮湿，空气污浊，你可要有吃苦的思想准备啊。"

张新阳嘴角扬了扬说道："我农村出来的穷小子，不怕吃苦。"

周思不冷不热地附和着说道："呵呵，看不出来啊，张部长白白净净的，我还以为是城里哪个领导家的公子哥呢。我说张部长，别看您是领导的大秘书，这井下不比机关，也不是农村，你们那套耍嘴皮子、玩笔杆子的把戏是玩不转的。"

张新阳不卑不亢地说道："玩转玩不转，我说了不算，你周工说了也不算。"

周思继续不阴不阳地说："张部长，我只是善意地提醒你一下，好让你有个思想准备。你这么大的领导能不能玩转，和我有啥关系？锻炼期结束了，你还干你的大秘书，我呢，还干我的技术员。你不给我姓周的穿小鞋，我就烧高香了。"

张新阳说："周工，我张新阳的口碑还没有那么差吧？"

周思说："那是，你张部长是名声在外的人，谁不知道你张部长又挡砖、又救人的英雄事迹呢，我们这些小角色和你一起工作，还真是上辈子修来的福分呢。"

高建义冷笑一声，接着周思的话说："张部长，你的幸运简直超乎我们的想

109

象。不过话又说回来，这些倒霉事儿不一定谁都愿意遇到。命大点儿你是英雄，命不大就是一具冷冰冰的尸体。没有谁能一辈子都那么幸运的。"

高建义和周思的轻视和冷嘲热讽让张新阳感到异常愤怒，他觉得在他们眼里他只是一个靠运气受到提拔重用，只会坐而论道的夸夸其谈之徒。别人的轻蔑是对自己努力的彻底否定，他脸上的肌肉跳动着，他想争辩、想反击，可是和一群没有素质的人争论又有何意义呢？

任伟杰注意到了张新阳表情的变化，这么多年沉沉浮浮的经历，他看人的能力比高建义和周思高出了许多，从第一眼看到张新阳，他就觉得这个年轻人并不像高建义、周思他们认为的那么简单。

看着剑拔弩张的三人已经杠上了，再任由他们这样下去，就不好收场了。于是任伟杰拿出了他的看家本领，他举起了那把无形的铁锹，又要开始和稀泥了。

第 102 章　举步维艰

任伟杰咳嗽了一声，脸上没有任何表情，冷冷地说："高大个、周司令，就你俩能是不是？"

高建义和周思停止了喋喋不休的冷嘲热讽，刚才他们把所有的注意力都集中在了变着法儿挖苦张新阳上，根本没有注意到其他人。这时他们才发现，会场所有人的目光都落在了他俩的脸上，会议桌前坐着的任伟杰更是面无表情。两人先是如同犯了什么错误一样，愣在了那儿，不过也就半分钟的时间，他们便看清了当前的形势。

老任是出了名的老狐狸，别看他板着脸一言不发，可谁知道他心里又在酝酿什么和泥的新招式呢。他的怒气并不可怕，他要是对着你笑上三五天，那才可怕呢。至于众人的目光，那不正是他们所期望达到的效果吗？他俩知道，现在会场坐着的这些人，除了任伟杰和张新阳，都是和他俩一条心的。他们的目的是更好地活下去，有尊严地活下去。他们都是钻了一辈子井的人，这辈子只会在井下采煤，除此之外，别无所长。对他们而言，如果没有了矿，他们就会失业，就会沦落到异地他乡去出卖自己的苦力。有劲儿无处使是对他们最大的不公平。

而且，凭着他们对井下的了解，他们知道，只要改革，东矿区是有前途、有希望的。前一阵子，郭志明给他们带来过希望，但很快希望变成了失望，他们如同被抛弃的小船，任凭你如何努力掌舵划桨，还是会随时被这茫茫大海吞没。他们需要有人给他们出头，哪怕是微不足道的抵抗，也是对他们的莫大安慰。

高建义和周思对视了一下，没有回答任伟杰像是提问又不是提问的问题，也没有再和张新阳说什么。他们不约而同地把目光投向了张新阳，而他们眼神中的不屑，就是对张新阳最大的蔑视。

任伟杰看到了每个人的表情，最后又把目光落在了高建义脸上，他依旧面无表情地说："大个，我们都承认你和司令能干，论能力、论魄力在座的都不一定比得过你俩，这些，我们大家谁都知道。啊，就你俩，一个是劳模先进，一个是技术能手，又是兄弟们当中的领头羊，又是领导心中的大能人，这些我也都认可，兄弟们也都清楚。你们为张部长好，我也能听出来，可看看你们说的这些是什么混账话？能不能有点儿水平？张部长是来咱们这儿锻炼的，是来学习的。你俩说说，让人家学什么？学你俩这没文化的谈吐？你们自己说说，像话吗？"

任伟杰板着脸说完这通话，高建义打心底给任伟杰竖起了大拇指。任伟杰怎么就能将一把铁锹挥舞得这么恰到好处，任伟杰的话搔到了他们心里最痒痒的地方，让他们没有任何理由，也不应该有任何理由去反驳他看似严厉的训斥。就这几句话，任伟杰就把里子和面子都挣足了。

高建义赔着笑说："经理，我哥俩不也是一番好意嘛。谁让咱没文化来着。"

周思也咧开嘴笑着说："对，对，怨我俩，不会说话，不会说话。"

任伟杰又对张新阳说："张部长，小高和小周都没文化，心直口快，说话口无遮拦。我听他们这么说话也别扭，可江山易改本性难移，都40岁的人了，让他们改也改不掉了。他们刚才说的我都听到了，话不好听，出发点还是好的。你是我们在座的人中最有文化、最有修养的了，想必也不会跟他们计较这些。往后大伙儿都在一块儿共事，井下的事儿呢，你还真得跟他俩好好学学，上了井，你就是我们的老师，我们都得和你学，我相信，三五个月过去，我们的文化素养是会有质的提升的。你说呢，张部长？"

张新阳已经在高、周的目光中看到了深深的敌意。他知道，自己和他们本就不是一个层级的，文化、素养、年龄本身就是沟通的一道鸿沟。而作为新创焦化厂并购方案的执笔者，在他们眼中，他就是扼杀东矿区改革的刽子手。张新阳不想解释什么，但也不畏惧什么，虽然从行政部调到了条件艰苦的东矿区挂职锻炼，可他并没有怀疑自己对公司改革发展的认识。他坚定地认为，站在公司整体发展的高度看待问题，刘成功他们的选择是正确的，但有发展就会有牺牲，这是不可避免的，高建义他们就是要被牺牲掉的一批人。

张新阳不动声色地听着任伟杰的话，任伟杰说了什么，他没有那么在意，在行政部待的时间长了，他早已看惯了各式各样的"和泥"，只不过任伟杰的"和泥"本领确实是技高一筹。此刻，在任伟杰一本正经的表演中，他看到了任伟杰对职场的无奈和妥协，不知为什么，他模模糊糊看到了任伟杰年轻时的样子，而那样子，却有几分像极了自己，于是他决定成全了任伟杰。

张新阳似笑非笑地说："任经理，高工、周工都是老大哥了，批评两句，我完全接受。我知道咱们矿上的规矩，早一天入行都是师傅。往后二位老哥就是我的师傅，新阳不懂不会不对的地方，就全凭二位老哥指教了。"

任伟杰没想到张新阳会这么配合，不由自主地向张新阳投去感谢的目光。周思抖着腿，脸也跟着摇晃，嘴角露出了获胜的笑。

高建义面无表情地盯着墙上泛黄的宣传画，轻声说道："我们得向张部长学习。"

其他人的目光就如同他们飘忽不定的未来一般，游离在任、张、高、周四个人之间，直至任伟杰宣布散会，始终没有人再说一句话。

张新阳的手机铃声把他的思绪从阴冷潮湿的会议室中拉了回来。他摸过手机看了一眼，是刘诗雅。电话接通了，刘诗雅的声音始终那样甜美，她轻声问："你去了矿上了吗？那边怎么样？"

张新阳说："挺好的，哪儿的黄土不埋人啊！"

刘诗雅说："呸呸，你就不能正经点儿吗，瞎说啥丧气话呢。"

张新阳笑着说："我说诗雅，你这大学生怎么也这么迷信呢？"

刘诗雅说："人家关心你嘛。"

张新阳说："没事，我是来挂职锻炼的，又不是劳动改造，你就放心好了。"

刘诗雅说："林笑都和我说了，那儿的条件是你们单位最艰苦的，而且你还要下井，一想到这些我就心烦得很，你千万千万要注意安全。"

张新阳说："你别听林笑瞎说，我现在住着单间，吃着小灶，又不用天天熬夜写材料，采菊东篱下，悠然见南山，这儿呀才是真正的世外桃源呢。现在的我，每天都有大把大把的时间去想你呢。"

刘诗雅说："讨厌，没个正经。那你啥时候能回津州？"

张新阳说："等我把这边的工作安顿好了，往后想你的时候，随时都能开车回去看你。"

刘诗雅将最近单位的事情讲给了张新阳听，虽说都是些琐碎的小事儿，张新阳却听得津津有味，时不时插科打诨，博刘诗雅一笑。张新阳只是听，并没有把自己的事儿说给刘诗雅，他不想让她沾染太多的凡尘俗事，他只要她快乐、无忧，在他的眼里和心里，她永远是不食人间烟火的王语嫣。两人的电话一直通着，直至手机电量耗尽关机。夜深了，彼此的思念却越来越浓。

晨光洒在东矿区 2 号主井满是斑驳的墙壁上，电影胶片般刻录着岁月的痕迹。乌黑的井口向下延伸，一直通向井下亿万年前形成的那片乌黑森林。张新阳和高建义在作业巷道两侧昏黄的灯光中，深一脚浅一脚地走着。井下的空气潮湿而又污浊，两人头灯上射出的光束凝固在这有限的空间，无数飞舞着的煤尘让光束成为一根煤柱，直直地随着他们脚步的移动改变着方向，不时有工友从他们身边走过，在这为了生存而透支着生命的狭小天地，张新阳和高建义如同支撑巷道的钢架一般，可以忽略不见。

高建义仔细查看着安全保障设施和生产作业设备，从兜里摸出一个满是煤泥污垢的厚厚的笔记本，一丝不苟地记录着检查情况和发现的问题。张新阳茫然地看着眼前陌生的一切，这几年的成绩和骄傲，在这用现代工业文明所划破的亿万年沉寂中，是那样微不足道。这儿，才是真正的顾阳焦煤集团。

整整一个上午，张新阳和高建义都在井下巡查。两人跟着下早班的工人一起升井后，已经是下午两点半了。张新阳站在澡堂的镜子前，看着自己满是疲惫的身形和满脸的煤灰，他对着镜子中那个熟悉而又陌生的身影笑了笑，似乎是在对自己说：张新阳，你今天才算真正成了顾阳焦煤的员工。

澡堂的热水池子中漂着一层油泥和煤屑，这池水每日要等到 12 点多下了二班的职工洗过之后才更换一次。下夜班的工人洗过之后，澡堂管理员只将漂在上面的污物简单清理一下，再加热给下早班和下二班的职工用。但筋疲力尽的工人们并不介意也不拒绝这池子热水，他们一个个像煮饺子一样跳了进去，热水瞬间舒张了每个人的毛孔。他们把廉价的肥皂涂满了整张脸，然后又像只泥鳅般把头钻进污浊的水中，出水时，露出一张或年轻或苍老但眼中都布满血丝的滴着水的脸，而后他们又大声喧哗着、吵闹着、说笑着，吹着口哨，哼着歌，似乎只有这样才能缓解一天劳作的疲惫。

张新阳接受不了那池浑浊的水，他把自己放在花洒下，任凭热水流遍全身，听着池子中工人们的谈话，他们聊的话题永远离不开张三老婆跟着大款去了南方，李四赌博输了好几万，王麻子老婆又和谁好上了，赵六儿子考上了大学却退学打工去了等等。偶尔有人提到矿上的效益和改革，所有人就都沉默了，但这沉默也只是短暂的，因为很快就会有人说："你操这个闲心有蛋用？我不管他们怎么折腾，谁要砸了老子的饭碗，我灭了他全家！"随后在大家的起哄声中，他再补充一句，"不信？你看着，老子要是做不到，就是婊子养的！"

第103章 冰释前嫌

一个月的时间不算长，但也绝不短。张新阳已经适应了井下的工作。井下的所见所闻让他对东矿区改革坚定的信心开始动摇了，他隐约意识到，刘成功的方案并不是万全之策，而郭志明、高建义、周思一干人的想法也并非空谈，他开始犹豫，开始迷茫，开始重新思考一切。

随着时间的推移和深入的相处，高建义对张新阳的态度也开始慢慢转变。张新阳能吃得了苦，也能受得了罪。井下的工作除了脏险苦累外，并没有多少技术含量，他也很快就掌握了井下的基本技术规范和主要设备的操作流程。张新阳并非他们想象的那么弱不禁风，也不完全是他们印象当中只会夸夸其谈的"笔杆子"。更为重要的是，张新阳的适应能力很强，很快就和工人们打成了一片。这些都让高建义他们闻到了张新阳身上的"泥味儿"，高建义他们开始称呼张新阳为张部长，而周思更是直截了当地称呼张新阳为小张，他们之间隔阂着的冰雪开始消融了。

高建义开始和张新阳有了交流，张新阳偶尔也会请高建义和周思一起去混合着酒精和汗臭的小餐馆。在呛人的散酒的刺激下，一天的疲劳在他们肆无忌惮的喧嚣中发泄，可无论他们谈论什么，最终都绕不过一个话题——矿上的出路在哪里？

高建义总是意味深长地说："张部长，目前矿上就是这么个半死不活的现状，我们的井下不是没有煤，我们的工人不是不好好干，但技术、设备跟不上，自主销售权统得太死，产量和销量总是上不去，兄弟们的日子难啊。"

这个时候，周思总会补充道："小张，以前你总说这个新创焦化厂创了效、盈了利，可矿上的职工也就涨了两百块钱的工资，什么效益不效益的，我们根本体会不到。唉，要是上次郭总的方案能通过就好了。我给你盘算盘算。第一呢，政策上我们有林阳县里支持，不再像现在这样，哪个部门都要来揩油，就是办不了事。第二呢，经营上有民营管理团队闯市场，自己采煤自己卖，这么好的市场环境，哪儿能不赚钱呢？第三，有政府和集团公司控股做后盾，无论咋样，兄弟们不用担心下了岗。真要是这样，嘿嘿，不管哪个矿、哪个厂的人，都得羡慕咱东矿区！"

每每听到这些，张新阳总是沉默着点头，他不否认新创焦化厂的并购是成功的，是有利于企业长远发展的。他也不否认东矿区已经到了不改不行的地步，但是要改，卖掉并不是最好的出路。他不敢把刘成功的改革方案透露给他们，可是他切身感到，要真把这个矿卖掉，在新的管理、新的设备面前，根本用不了这么多人，矿上的几百名工人，是会有一大部分人丢掉饭碗的，真到那个时候，他们就连这一两千块钱都没处挣了。即便是职工愿意被分流到其他厂矿，大部分人都会被安排到那些又脏又苦、收入又低的岗位，比现在半死不活的状态也好不到哪儿去。张新阳不由得又想到了澡堂中听到的那些面相憨厚的工友们说的狠话——他砸我饭碗，我毁他全家，不信等着瞧。

张新阳的烦恼并没有随着对井下环境的适应以及与高建义、周思等人关系的融洽而减少。在每个筋疲力尽的夜晚，毕业以后所经历的人和事如同电影一般，一幕幕地浮现在眼前。他现在所拥有的一切，都是一个偶然与另一个偶然的偶遇，他珍惜这自以为是的幸福，可也害怕这自以为是的幸福。他的脑海中总是出现少年时最让他引以为荣的数学函数曲线，他几乎没有解错过一道题，他知道，有曲折、有起伏、有波动才是自然规律，没有谁可以顺风顺水一辈子。正如高建义所言："人，命大点儿是英雄，命不大就是一具冷冰冰的尸体，没有谁能一辈子都那么幸运。"冥冥之中，他非常害怕会失去现在所拥有的一切。

深夜，井下。再有二十几分钟就是午夜零点了，1号井中二班的职工开始准备下班。机器的轰鸣声渐渐小了下来，部分工人已经朝升井口走去，在那里他们还要坐半个小时车才能重新回到地面。二班和夜班的交接班时间比较长，井下也会有近一个小时的间休期，也正因为如此，每个月例行的设备巡检总是安排在二班和夜班交接班的零点左右。

今天晚上，在张新阳的一再坚持下，高建义决定带着他参加此次巡检。张新阳跟着高建义、周思在昏暗的巷道中检查着设备，飞舞的煤粉尘让他们不愿意多说一句话，他们只是不时打着手势，交流着意见。张新阳抬头看了看前面不远处的掘进机和作业面，就在他仰起头的瞬间，似乎有一滴水滴在他的脖子上，那种冰凉的感觉，犹如一根钢针穿透了他的皮肤，深入骨髓，一股寒意从脖颈传遍了全身。他伸手摸摸脖颈，顺手掏出口袋中的毛巾系在了脖颈间。

作业面的设备大部分已经停止了工作，工人已经离开了岗位，剩下的少数几个人也在整理工具。巷道里彻底安静了，飞舞的煤尘也少了许多。张新阳边系毛巾边对周思说："老周，今天怎么这么冷呢？"

周思龇着雪白的牙说："穿得少了不是，让你别来你非要来。"

张新阳笑着说："老周，你又要调侃我。不是我矫情，我平时下井也是穿这么多，今天确实是冷，这儿怎么好像个冰窖似的，我总感觉有一阵阵的寒气。"

周思笑着说："小张，我要告你有妖魔鬼怪你信不信？你没有听过地心计划吗？苏联在科拉半岛钻了12000多米深的洞，据说钻到最后200多米时，打开了地狱之门，他们听到了让人毛骨悚然的鬼哭狼嚎，搞得科学家精神都失常了，计划于是被迫终止。你以为我们人类有多伟大？其实人类渺小着咧。别看我们把探测器发射到了冥王星，我们对脚下这块土地的了解还远远不及对天空的了解多呢。"

高建义也来了兴趣，笑着说："司令，苏联的地狱之门我倒听说过，可妖魔鬼怪老子还真不信。让他出来一个两个，我给他拍死炖了当下酒菜。"

周思也笑着说："大个，妖怪就在前面的煤层中藏着呢，你去给我拍一个过来。"

高建义做了个鬼脸，还真拿起了一把铁锹，走向了前边的采掘面。张新阳和周思也调侃着高建义，笑着跟了过去。高建义说笑着，头灯已经照到了前边乌黑的煤壁上，就在他把目光移到煤壁的刹那，说笑声戛然而止，几秒钟后，他把头扭向周思和张新阳。张新阳分明看到高建义满是煤尘的脸已经扭曲变形了，眼神中露出了极其恐怖的表情，周思也把目光投向了煤壁，他的表情瞬间也凝固了，一动不动地僵在了那儿。

两人的表情让张新阳感受到了一种莫名的恐怖，他把目光从两张扭曲的脸上移到了煤壁前，在头灯的光束中，他看到乌黑的煤炭上出现了一颗颗晶莹而寒冷的水珠，水珠正在慢慢聚集，形成了一道红色的水痕，血一般挂在煤壁上，如同魔鬼露出了狰狞的面孔。张新阳不知所措地四处张望，一滴水滴在了他脸上，冰凉的感觉，犹如一根钢针穿透了他的皮肤，冷冷地刺入骨髓。

这时，他分明闻到了一股硫化氢的气味，同时四周传来了"嘶嘶"的声音。那声音如同低沉的雷鸣，仿佛一只巨兽在黑暗中盯着猎物喘息着，随时都会一跃而起，用它锋利的牙齿将猎物撕个粉碎。

缓过神来的高建义看着发呆的周思和张新阳，用他几近颤抖的声音喊道："司令，新阳，你们他妈还愣着干什么，快跑，快跑啊！"

周思也反应过来了，他用力拉了一把张新阳的胳膊，尖声高叫道："鬼，真他妈有鬼了，跑，快跑啊！"

张新阳虽然还是没有弄清楚怎么回事，但高建义和周思的恐惧已经让他知道危险就在眼前，他转身跟着高建义和周思朝着升井口的方向跟跟跄跄地跑去。

刚才收拾工具的工人只剩下了四个人，看到高建义惊恐地疯跑就知道大事不妙了，直到听清高建义声嘶力竭地喊叫："快跑，出水了，出水了！"四个人立即扔下了手中的工具，发疯般不顾一切地朝升井巷道方向跑去！

轰隆一声沉闷的巨响，水冲破煤壁泄出来了，猛烈的水头在他们身后发出了一阵让人心惊胆战的怒吼。张新阳已经辨不出方向，也不知道他们究竟跑出了多远，他只是跟着几点微弱的光投射出的影子疯跑着。但他知道高建义的预警让他们在与死神的赛跑中赢得了一点点生的希望。水头没有瞬间把他们淹没，已经证明他们跑出了足够远的距离。但这点儿机会是十分渺茫的，水已经没过了他的小腿，而且还在快速上涨着，在混合着煤泥的污水中，他每迈出一步都需要费很大的力气，他感觉到自己的腿越来越不听使唤了。他看不清周围的一切，却能听到自己沉重的呼吸声。没有再走出多远，水已经没过了他的大腿，四周只有自己头灯上微弱的一束光，水仍在上涨、上涨……

水涨到了他的腰间，张新阳彻底绝望了，看来这次没有那么好运了，他闭上眼睛，做好了迎接死亡的准备。忽然，他感觉有人拉了他一把，他一个趔趄倒在了水中，冰冷的水让他瞬间清醒了，在强烈的求生欲下，他挣扎着把头伸出了水面，他的头灯已经灭了，但还是看到有一束微弱的灯光幽灵般在水面闪着光。张新阳努力眨了眨眼，终于看清了那人是高建义。

高建义大声喊道："你他妈傻站这儿干啥？等死吗？"

见张新阳一脸茫然，高建义又大叫道："会游泳吗？走，快跟我走，我们不能死在这儿，也不能这会儿就死！"

话音未落，高建义也不顾张新阳会不会游泳，一把拉着他朝着巷道壁方向走去。巷道两边有两根管道，高建义大叫着喊："摸住管道往前走！"

水已经快涨到了胸口下，高建义摘下了安全帽和头灯，一手把头灯举过水面照着巷道，冲张新阳说："睁大眼睛看着，上天保佑能遇到避难洞。"

张新阳答应了一声，两人摸索着管道艰难地向前挪动着脚步。没走多远，张新阳看到前方突兀不平的巷壁上有一个半露在水面的不规则洞口，张新阳兴奋地喊道："前面，前面！"

高建义也看到了洞口，他加快了移动的速度，很快两人就接近了洞口，正当两人准备往洞口爬的时候，高建义惨叫了一声，身子晃悠了几下，一头扎向了水中，手里那束光滑落到了水中，慢慢地暗了⋯⋯

第 104 章　死神凝视

高建义在一声凄厉的惨叫声中一头扎了下去，仅有的一点儿光在浑浊的水中变暗消失。黑暗迅速吞噬了四周，汩汩水声如同鬼魂的呜咽声。黑暗之中，张新阳喊着高建义的名字，伸手朝着亮光消失的方向摸去，很快他摸到了高建义的胳膊，他使出了浑身的劲儿才让高建义的头露出了水面。张新阳的手在高建义脸上摸着，在确认过高大个还有呼吸后，他长长地出了口气。水已经没过了他们的胸部，张新阳感觉到呼吸越来越困难，他们必须赶快爬进避难洞，否则即便不被淹死，也会窒息而亡。张新阳一边轻声在高建义耳边说："大个，大个，坚持住，我们都不能死。"一边凭着记忆往洞口方向摸爬。

生产巷道边的避难洞他是见过的，隔着几百米就有一个，洞口高出巷道一米左右，里面有三五米的纵深，几个不规则的简易台阶向上倾斜着一直通到洞底。这些避难洞是工人们为了在关键时候自救自行开挖的，他曾听工人说过，你别小看这个简陋的小洞，这可是许多工友用命换来的经验，关键时候不是每个人都有机会跑到硐室的，真到了那时候，这个洞足以救人一命。

张新阳的手在巷壁上来回摸索，他期望摸到那些通往洞内的简易台阶，但他什么也没摸到。明明就在眼前的洞口早已消失得无影无踪。这时他的安全帽被什么东西狠狠砸了一下，脖颈一阵酸麻，他还没反应过来发生了什么，安全帽上的头灯居然再次亮了。

那束微弱的亮光给了张新阳勇气和力量！他迅速转动头灯，避难洞的洞口

118

出现在他身后一米左右的巷壁上。张新阳来不及多想，拉着高建义移向了洞口，简易的台阶就在他眼前，但在齐胸深的水中，他根本无法把高建义拖入洞内。张新阳知道，只要他一撒手，高建义就会再次掉入水中，永远留在这幽闭的地下。他不能这样做，即使他有幸活下来，这辈子都会受到良心的谴责。

张新阳再次轻轻拍了拍高建义的脸喊道："大个，大个，快醒醒，快醒醒。"

灯光照在高建义的脸上，张新阳看到血正从他的头顶流下来，黑色的煤和红色的血罩住了一张惨白的脸。

近乎绝望的张新阳不断拍打着高建义的脸，轻喊着他的名字。或许是张新阳的执着唤醒了高建义，他慢慢地睁开了眼，无力地看了看四周后，声音微弱地问道："我这是在哪儿？"

张新阳见高大个醒了，两行热泪情不自禁地夺眶而出，他轻声说："太好了，太好了，大个，你醒了，刚才出水了，我们被困住了！"

危险的境遇能激发人无限的潜能。高建义记起了刚才发生的一切，他忽地挺直了身子，眼中闪过一道求生的亮光。他顾不上满脸的鲜血，吃力地对张新阳说："快，快往洞里爬。"说着，便手脚并用地顺着台阶使劲往上爬着。

看着高建义能扶着台阶站住了，张新阳松开了扶着他的胳膊。他两臂按住台阶一使劲，整个身子从水中露了出来，他以极快的速度朝着洞内爬了两个台阶，又掉转身子去拉高建义。高建义毕竟刚从昏迷中醒来，体力严重不支，胳膊虽然还扒着台阶，身体已经开始朝水中滑去。张新阳一把抓住了高建义的胳膊，大声说："大个，坚持住，使劲，使劲往上爬！"

高建义的头疼得厉害，但他的意识已经完全恢复了，他抓住了张新阳的胳膊一使劲，终于让多半个身子趴到了台阶上，在他的手抓脚踢和张新阳的连拉带拽下，终于使他的整个身子露出了水面。稍稍休息一会儿，高建义说道："新阳，快，往上，往上，往洞里爬。"

两人使出了浑身的力气，终于爬到了避险洞的尽头，两人背靠着洞壁，瘫坐在了那儿。

许久，两人稍稍缓过点儿劲儿来，张新阳用头灯照着高建义问："大个，让我看看，你哪儿受伤了？"

高建义说："应该是被洞顶掉落的煤块之类的砸到了。刚才水头的冲击力已经让顶板没有那么牢固了。万幸只是小物件，换个大点儿的石头煤块，恐怕我早就交待到这儿了。"

张新阳下意识地用手摸了摸头上的安全帽，安全帽上有一个大坑，他惊出了一身冷汗，随即又自嘲地笑了笑说道："我也被砸了一下，安全帽都破了。不过也得感谢那个煤块，要不是它把我的头灯砸亮了，我根本找不见洞口，咱俩这会儿已经被淹死了。"

高建义伸手关掉了张新阳头上的矿灯，在黑暗中轻声说："把灯关了吧，省点儿电。"

张新阳再次打开了头灯，一束微弱的光亮射在高建义流着血的脸上，他凑到高建义身边，见他头顶还在往外渗着血的伤口，伸手摘下了脖子上半干不湿的毛巾，包扎在伤口上，说道："大个，伤得挺严重的，我只能简单地给你包扎一下了。"

高建义惨淡地笑了一下，又伸手关掉了张新阳的头灯说："不知你刚才注意了没有，水还在上涨呢，我们活下来的希望很渺茫了。比起出水时瞬间淹死，我们已经够幸运了。上天还留给了我们一丁点儿时间，还能回忆回忆过去快乐的时光，总结总结这一辈子走过的路、遇到的事儿、爱过的人，我已经知足了。"

张新阳把头靠在冰凉的洞壁上，整个人慢慢地从慌乱中恢复了平静。在这绝对的黑暗世界，睁眼和闭眼已经没有了任何意义，四周只能听到两个人的呼吸声和汩汩的水声。这么多年，张新阳设想过所有能想到的苦难和艰辛，却从来没有想到过以这种方式面对死亡，而此时，他却不得不去认真思考死亡这个课题。

人之所以能感知到这个世界的存在，是因为人有思维，所有的一切都是思维给了人信息。那么，如果生命结束了，这个世界是否就消失了呢？不，父母还在，诗雅还在，吴家堡还在，顾阳焦煤也还在。但在与不在对他而言已经没有了意义，他不在了，他所感知的这个世界也就不在了，死亡不是生命的终结，而是世界的终结。

张新阳似乎已经听到了死神的歌唱，他开始在记忆深处搜索那些让他恐惧、害怕过的恐怖故事，但在此时此刻却没有一个故事是能让他感到恐怖和害怕的。人真正面对恐惧的时候，所有假想的恐惧，都不值得恐惧！他又想到，人们对生命畏惧的原因，或许并不是死亡带来的肉体的消亡，而是自己用毕生精力汇集起来的丰富记忆会瞬间灰飞烟灭。他不知道即将到来的死亡会以什么样的方式让记忆从身体中剥离，但他觉得自己很快就会知道了，这种认知会永远留在黑暗中，它是属于死亡和黑暗的，每个活着的人，谁也不会知道，谁也不会明白。

张新阳又睁开了眼睛，四周仍然是绝对的黑暗！让人窒息的黑暗！让人恐惧的黑暗！张新阳轻声喊了喊高建义，没有人回答。他再喊一声，四周仍是一片寂静。一种莫名的恐惧感猛地向他袭来，他嗅到了死亡的气息，他很害怕，他非常害怕受了重伤的高建义死去，他怕独自一个人在这无边的黑暗中等死。

张新阳不由自主地打开了头灯，在一束昏黄微亮的灯光中，他又一次看到高建义满是煤和血、黑红相间的惨白脸庞。

张新阳轻轻地推了推高建义，高建义哼了一声，慢慢睁开了眼睛。他双眼无神地看着张新阳问："怎么啦？"

张新阳极力掩饰着自己刚才的恐惧，有些敷衍地问道："你的伤口怎么样了？"

高建义无力地说："伤口？无所谓了。能活一分钟算一分钟吧。"

张新阳的心底刚刚燃起的一丁点小火苗熄灭了，他不无失望地又问："大个，我们真的没有活下来的希望了吗？"

高建义舔了舔发干的嘴唇说："有。但是很渺茫。"

张新阳不再言语了。他把灯移到了高建义的头上，那条毛巾已经完全被鲜血染红了，伤口还在渗血，一滴一滴地顺着他的脸颊流了下来。

高建义说："新阳，还是关了头灯吧。电池的能量有限，省着点儿用。"

张新阳说："我们不是出不去了吗？省不省电还有什么意思呢？我想开着灯，我有些害怕关掉灯以后无边的黑暗。"

高建义说："新阳，没什么可怕的，大不了就是一死嘛。再说，我们还有活下来的机会，虽然很微小，但也不是不可能的。"

张新阳苦笑了一下说："大个，如果还有生存的希望，哪怕是一点点，我们俩都要活下来，都必须要活着。"

说完，张新阳伸手关了头顶的灯。四周又恢复了黑暗。

黑暗中高建义问："新阳，你怕死吗？"

张新阳说："怕。"

高建义又问："那你以前想过死在这里吗？"

张新阳答道："没有。你呢？"

高建义叹了口气，又说道："唉，从下井的那一天开始，我师傅就告我，当了煤黑子，就要做好死在矿井里的准备。我准备了 20 年。没想到，今天还真他妈让我等上了。"

张新阳问："大个，你不怕死吗？"

高建义说："怕。人怎么会不怕死呢？"

张新阳又问："那你为什么还一直待在这儿？"

高建义说："我18岁顶了父亲的班，从下井的那天开始，我的青春和未来就注定在这井下生根发芽了。没有文凭，没有手艺，只能捧着这个定时炸弹般的铁饭碗了。结婚之后，我想过干点儿别的，可我在外边转了一个多月后发现，我除了矿上的这些个玩意儿，其他一无所长。我要不下井，这一家人该怎么活呢？在残酷的现实面前，我只能放弃那些幻想了。我想过的，人都会死的，无非是早一天晚一天罢了。唉！死就死吧，又能如何呢？只是，我很想我的女儿，我舍不得就这么离她而去。我承诺过她的，一定要看着她长大，看着她嫁人，看着她幸福！我真想再摸摸她的小脸，再听她叫我一声爸爸。"

说着，黑暗中传来了高建义的抽泣声。听着高建义的抽泣，张新阳想起了程三三对美丽的爱，程三三是为了美丽而自杀的，一个念头如流星般忽然划过他的脑海。但张新阳已经没有心思再思考那些了，此时他满脑子只有两个字——死亡！

张新阳忽然觉得，死并没有那么可怕。对他来说或许只是一念之间，或许只是一刹那，死亡的过程也许就那样，他是不会感觉到的。但是，他的父母、妹妹，还有诗雅，他不敢想象，他们会因为他的死而承受多么大的痛苦，或许这才是死亡最可怕的。

高建义的抽泣声慢慢停止了。他沙哑着嗓子轻声说："新阳，老哥托你件事儿吧。如果你能活着出去，一定要帮我告诉我的女儿，我很爱她！还有，你一定要说服董事长，千万别把矿卖了。那样兄弟们就真没法活了。郭总的改革方案是对的，只有那样，矿上的这几百名兄弟才能像人一样有些尊严地继续活着。"

张新阳没有作声，他知道，此时无论说什么话，都是苍白无力且多余的。他只是在黑暗中使劲点着头，仿佛在高建义的话上盖了一个鲜红的印章。

第105章　全力救援

深夜，刚刚吃过安眠药的刘成功，眼皮慢慢变得干涩，似乎再有一会儿就能做个安安稳稳的梦。突然，平时很少用的那部电话响起了一阵急促的铃声，一种不祥的预感涌上他的心头。

刘成功趿拉着鞋下床，刚接起电话，就听到赖峰焦急地喊道："大哥，不好啦！东矿区3号井出水了！"

刘成功身上的每一个汗毛都立了起来，他大声地质问道："你说什么？"

赖峰哑着嗓子又喊了一遍："刚才，东矿区3号井出水了！"

刘成功不由自主地打了个冷战，声音略微颤抖地问："困了多少人？"

赖峰说："目前还不太清楚。当时正是交接班的时候，二班的工人大部分都上井了，接班儿的工人还没有下去。困的人应该不会太多，不会太多……"

刘成功提着的心稍微放了放，接着赖峰又想起了什么，补充了一句："大哥，困住的人里面，好像……"

刘成功有些着急了，他没好气地问："好像什么？你快说呀！"

赖峰说："井下困住了几名干部，干部里边有张新阳。"

刘成功大声问道："你说谁？"

赖峰说："好像有张新阳，不过具体情况还不清楚。"

刘成功沉默了半分钟，高声向赖峰吼道："快，快，组织救援！我马上就过去！"

赖峰说："我已经通知吴师傅接您了。集团的所有救援力量全部都在往东矿区赶，我已经到现场了。"

刘成功问："向市里报告了没有？"

赖峰说："还没有汇报呢。"

刘成功说："赖峰，现在，立即，马上汇报。不，我来汇报。你先在现场指挥，记住，千万不要慌乱，压住阵脚，全力以赴，全力以赴救援，还有，一定要注意救援人员的安全，千万不要发生二次伤亡，千万！"

赖峰说："好的，您放心，我们立即开始组织救援！"

刘成功挂断了赖峰的电话后，坐在床边点起了一支烟，猛地吸了两口。他飞速地理了理思路，很快想好了汇报的内容。他拿起手机，分别拨通了津州市安监局郑局长和曹副市长的电话。

楼下响起了两短一长的汽车喇叭声，刘成功知道是吴昊的车来了。他胡乱地从衣柜中摸出了一件外套披在了身上，急急忙忙地下了楼。

东矿区破旧的办公区灯火通明，大大小小的各种车辆从院内一直停到了马路边。公司的所有救援力量已经全部到位，顾阳、林阳、清阳三县的救援力量也都赶到了现场。

刘成功、关峡和班子成员刚刚从救援现场回到了阴冷潮湿的会议室，事故让这间破败的会议室显得更加沉闷。一个身材微胖的中年人气喘吁吁地推开了会议室的门。刘成功和关峡看清了是顾阳的曲县长，赶忙起身迎了过去。

曲县长仍旧喘着气说："老刘，老关，来迟了一会儿，郑书记在省里开会，让我代表县委、县政府全力配合矿上的救援。"

刘、关和曲县长握了握手，同时表示了对县委、县政府的感谢。不多时，林阳县王县长、清阳县许县长也走进了会议室。三位领导纷纷表示全力配合、全力支持，并对随行的负责人下了命令，服从公司的统一指挥，立即开展救援工作。

以刘成功、关峡为组长的救援指挥部成立了，赖峰简要汇报了事故情况。刘成功略微思考了一下说："就目前我们掌握的情况来看，井下被困的人并不多，被困人员都是经验丰富的老职工了，这对我们来说是一个好消息。但出水时，几名干部和工人都在作业面，他们逃生概率就变得非常之小了，这又是一个坏消息，但无论是好消息还是坏消息，对我们来说，只要有一分的希望，我们就要付出百分的努力去救援。"

刘成功停顿了一下，眼睛在昏暗的灯光中寻找着，最后在郭志明的脸上停了几秒钟，他回头对关峡说道："关书记，郭总对东矿区井下的情况了如指掌，我建议由他全权负责指挥救援工作。其他人无条件服从郭总的指挥，迅速展开全面救援。你看如何？"

关峡说："我同意。"

刘成功又把目光移到了郭志明身上说："志明，我和关书记就拜托你啦！"

郭志明对刘成功的点将并无异议，他目光坚定地说："两位领导放心，我一定全力以赴。"

关峡见郭志明爽快地答应了，一颗悬着的心放了下来。他对郭志明说道："郭总，说说你的看法。"

郭志明不知从哪儿拿出了一张 A3 纸和一支画线笔，迅速在纸上画出了一个简单的井下示意图。他站了起来，把示意图拿在了胸前，指着弯弯曲曲的线条说道："各位，据我们目前掌握的情况来看，透水的巷道大概在这几个位置，这几个巷道是近几年新开采的，巷壁的结构相对牢固。另外据我了解，这条巷道每隔两百米左右，都有工人们自行开挖的避难洞。当时也有人向我汇报过工人们挖了避难洞，说他们私自开挖这个洞存在安全隐患，建议都填了。我现场看过那些洞，也和一些技术人员论证过，那些洞对巷道的整体安全并不构成威胁，所以就保留了下来。被困的人员中，高建义、周思都清楚洞的位置和作用，但愿这个洞能救他们一命。"

郭志明停顿了一下，刘成功和关峡眼睛死死地盯着那张草图，他们仿佛看到了几双恐惧的眼睛穿透白纸无助地看着他们。刘成功扬了扬手，示意郭志明继续说。

郭志明又说道："当务之急有三件事：第一，要立即组织抽水机开足马力抽水，抽水机越多越好，越快越好；第二，再次清点核实人员，确认被困人数。找到最后升井的人员，详细了解当时井下的真实情况，尽快定位被困人员的详细位置；第三，立即要求公司后勤保障人员全部到岗到位，做好食品等补给品的供应。还有，是否需要通知被困人员家属？这个请董事长和关书记研究。"

刘成功斩钉截铁地说："我完全同意郭总的提议。"

关峡也坚定地说："我也完全同意郭总的提议。"

刘成功又说："透水事故的救援是我们当前的头等大事，任何人都要无条件服从命令、听从指挥。至于家属嘛，关书记，我的建议是先不要通知为好。你说呢？"

关峡略略沉思了一下说："也不宜太迟了，这样吧，放到 12 小时以后再通知。"

刘成功点点头说："那就这样，抓紧行动吧！"

说完，刘成功和关峡站起身，快步朝门外走去。顾阳 9 月的深夜已经有了些许寒意，刘成功和关峡站在救援现场，久久地凝视着深邃的夜空。各种照明设备射出一道道光束，一粒粒尘埃在光束中自由飞舞着，它们并不在意各种车辆警报器的闪烁和嘈杂的环境，它们是夜的精灵，它们是渺小却又无处不在的，亿万年来，只有它们才是这个世界的永恒。

时间在飞快地流逝着，山那边的天空已开始泛白，刘成功依旧站在救援现场，凝视着天空，曹副市长带领着津州市的救援力量也赶到了现场，但这一夜的紧张救援，除确定了被困人数外，其他工作并没有任何实质性的进展。

此时井下 12 个鲜活的生命正在慢慢消逝，刘成功不得不开始做最坏的打算。张新阳又出现在他的眼前，那个上进、能干的年轻生命，或许就这样凋谢了，而这一切，都源自于他不为人知的目的。他想压抑自己的感情，但深深的自责和内疚还是涌上了心头，黎明前，他的眼睛有些湿润了。

忽然救援人群中一阵嘈杂，一队人从救援通道中出来了，似乎夹杂着欢呼声和吵闹声。刘成功正要上前问个究竟，一身泥污的赖峰跑了过来，上气不接下气地说道："董……董事长，好……好……好消息，我们在巷道中发现了 5

个人。”

刘成功眼睛一亮，有些兴奋地问道：“人怎么样？”

赖峰说：“都，都还活着，活着呢。”

刘成功又问：“有张新阳没有？”

赖峰的兴奋戛然而止，不无失望地说：“没有。”

刘成功的眼睛暗了，又问道：“这5个人是在哪儿发现的？”

赖峰说道：“就在郭总画出的范围内，他们所在的位置，水只没过了膝盖，初步观察几个人只是受了点儿轻伤和惊吓，其他并无大碍。而且，这几个人中有周思，据他说，出水的时候他正和高建义、张新阳在一块儿，他们是在逃生过程中跑散的。按周思所说的，张新阳他们几个人存活的概率还是比较大的。”

这时郭志明也跑了过来，简单地向刘成功汇报了救援情况。刘成功说：“先抓紧救治，抓紧与精神状态好的谈话，了解更多的信息，但也要注意交流方式和谈话时间。再有晚上参与救援的这批人先安排休息，下一批救援人员要立即补上去，指挥人员再辛苦辛苦，我们的救援一刻都不能停。再有，千万千万不要让同志们冒险救援，绝对不能发生二次事故。”

郭志明连连点头，表示赞同刘成功的观点。刘成功看着满脸疲惫的郭志明和赖峰，叹了口气说：“我们都在下面干过，出水的时候，哪怕是一分钟，都会是生与死的界限。往最坏处打算吧。”

这时满是疲惫的关峡走了过来说：“老刘，曹副市长刚刚接了个电话，匆匆忙忙走了，他让我告知你一下。”

刘成功面无表情地说：“领导忙领导的，我们还能挑领导的礼不成？领导没说方不方便随时向他汇报工作进度吗？”

关峡说：“领导叮嘱，半个小时发一条信息汇报进度，有重大进展随时电话汇报。”

刘成功说：“好吧，按领导的要求办。”

关峡沉默了一会儿又说：“老刘，被困的人已经确定了，我们通知家属吧，这种事儿通知得太晚了会出事儿的。”

刘成功看了看表，略略思考了一下说：“关书记说得对，是这么个道理。不过，我觉得再稍微等等，让家属们再睡两个小时的好觉。再有，张新阳的家属就先不要通知了，我能做得了这个主。”

说完，刘成功仰起了头。关峡看到，在青黑色天空的淡淡晨光中，刘成功的眼中闪动着点点泪花。

第106章 死里逃生

张新阳和高建义在避难洞中安顿了下来，他们暂时脱离了被淹死的险境。张新阳听了高大个的建议，关掉了那盏电量不多的灯。在这无边无际而又狭小无比的黑暗中不知过了多久，他渐渐感觉呼吸变得吃力起来，似乎有一只魔爪在他的胸口反复揉搓着、拍打着，让他那颗强烈跳动着的心感到一阵阵的痉挛。他轻声喊着高建义，高建义只是嗯了两声，并没有说一句话。

张新阳打开了头灯，在几近绝望的恐惧中，他看到光在前边不远的地方折射着粼粼水波。水又涨起来了，很快就要淹没整个避难洞。高建义也看到这恐怖的一幕，他苦笑了一声，喃喃地说："新阳，我们很快就要死了。"

张新阳看着高建义毫无血色的脸，绝望地说："死就死吧，人总是要死的。"

张新阳关掉了灯，窒息感越来越明显，缺氧让他的意识开始变得模糊，他又看到了吴家堡的那座小山、那片田地，还有在田里弓着身子耕作的父母。他们直起了腰，用粗糙的手在他脸上摸了摸。他看到了他们的脸是那样年轻，眼神是那样幸福。他如同孩子一般，在这广阔的天地之间肆意地跑着、唱着。夕阳在山边染出一片绚丽的红霞，山村中升起几缕炊烟，满头银发的奶奶在门口喊着他的名字，他要回家了。

走近那间温馨简朴的屋子，推开熟悉的房门走了进去，门的那头是津州大学校门外熟悉的街道。他和刘诗雅牵着手说笑着、走着，天空中又飘起了雪花，没有风，却很冷，他紧紧拥抱着刘诗雅。他们没有说一句话，只是依偎着就能感觉到彼此的心跳。雪花飘在脸上慢慢融化了，他看到一群人有说有笑地朝他走来，孟强、孟勇、徐天明、陆伟宁、薛红艳、王佳妮，他向他们挥着手，大声喊着他们的名字，可他们并没有看到他，依然说笑着消失在了街角。

他转过了街角，一个满是罗马式建筑的广场，鸽子在广场的地面上咕咕地叫着，不时有几只鸽子飞起，化作一朵朵洁白的云，悠悠地飘向了远方。在满是鲜花的芳香中，于鑫龙和王梦华、王一飞和林笑、李哲和冯媛媛，他们穿着漂亮的礼服，手牵着手，微笑着，缓缓从他身边走过。他想对刘诗雅说什么，一回头早已没有了刘诗雅的身影。他喊着她的名字，四处寻找着，可四周一片寂静，没有人回应他的呼喊。广场消失在了淡淡的薄雾之中，这世间又只剩下了他一个人。

薄雾中，一个人喊着他的名字，他顺着声音走去，走近时终于认出了那个衣衫褴褛的人，是程三三！他坐在一个破旧的轮椅上，后面站着一脸稚气的程美丽。

程三三对他说："人终归是要死的，没有什么好害怕的，闭上了眼，所有的一切都不再与你有任何关系，人也就解脱了。"

张新阳问他："难道活着不好吗？"

他笑了笑说："活着是好，许多时候选择死是为了活着的人更好地活着。"

张新阳还要问他什么，美丽已经推着轮椅走开了。他伸手去拉美丽，美丽只说了声"再见，新阳哥哥"，就没了踪影。雾越来越大了，四周一切都消失了，只剩下了茫然不知所措的张新阳。

不知过了多长时间，强烈的饥饿感让张新阳慢慢睁开了眼睛，他又一次打开了头灯开关。光已经如萤火虫般暗淡了，但就是这一点点光亮，还是给了他活下去的信念。他感觉到先前越来越强烈的窒息感消失了，他的呼吸顺畅了许多。一丝丝凉风袭来，让他打了个寒战。忽然，张新阳激动起来，风，没错，是风，他知道，这风意味着什么。他摸索着爬向洞口，在仅有的一点点亮光中，他看到水已经退到了洞口以下。他兴奋地爬回到了高建义的身边，干哑着嗓子说："大个，大个，水退了，我们有救了。"

高建义半睡半醒地问："是吗，应该是上面的救援起作用了。新阳，我们困了多长时间了？"

张新阳说："我也不知道。"

高建义问："你还有力气吗？"

张新阳说："有。"

高建义把头上的毛巾摸了下来递到了张新阳手中说："用它堵住你安全帽的破洞，去洞口，把安全帽装满水，咱俩能不能等到救援人员救咱们，全靠这水了。"

张新阳迟疑着没有挪动，高建义说："快去吧，等水退完了，我们就只能吃泥了。"

张新阳反应过来，很快便用满是血污的毛巾塞住了安全帽上的洞，吃力地爬向洞口，舀满一安全帽水后，又吃力地摸着黑爬回了洞底。

头灯的光亮更暗了，高建义从怀中掏出了一支钢笔，塞到了张新阳手中说："安全帽中的水要等口渴到无法忍受了再喝，但千万不能多喝，喝多了会要人命的。新阳，我是心有余而力不足了，等水喝完了，你隔段时间就用这支钢笔敲安全帽，能不能活着出去，听天由命吧。"

张新阳只"嗯"了一声，便有气无力地躺在那儿。他再也没有了说话交流的力气，但黑暗、饥饿、绝望，却让他的思维变得无比清晰。此时的张新阳才觉得，对于生命而言，什么经济、效益之类的词，都是那样虚无缥缈，都是那么不值一提。他问自己，改革的最终目的难道不应该是让人过得更好、更安全一些吗？一味地追求宏观的效益，而不顾个体的生存质量，不符合这些拿着生命做赌注的工人的利益。这些能把自己置身于随时面对死亡威胁的工作环境中的工人们，每次走下矿井，不是因为他们有着倔强而又执着的勇气，而是他们所肩负的生存压力和生活的艰辛。这个群体是可敬的，也是可悲的。

时间还在流逝，但四周的一切都如同静止了一般。高建义忽然哼了一声，用极低的声音说道："水，水……"

头灯已经耗尽了最后一点亮光，张新阳将灯碗拧了下来，从破烂的安全帽中舀出了半灯碗水，摸索着放到了高建义嘴边。他推一推高建义，高建义并没有反应，张新阳意识到高建义已经昏迷了。他慢慢掰开高建义的嘴唇，将浑浊的水喂了进去。高建义的喉咙动了动，没有再发出任何声音。张新阳的口中如同烤焦龟裂的土地一般干燥，他又舀了半灯碗水，放到了自己嘴边。水虽然苦涩到难以下咽，但却让他感觉到了一丝滋润。半口水咽下去，肚子也开始咕咕地响起来，那是让人难以忍受的饥饿。他再一次闭上眼睛和自己的身体做着斗争，他感觉自己的承受能力达到了极限。他咬着牙，在绝望中做着最后的挣扎。

不知过了多久，张新阳再一次向安全帽摸去，里面已经没有一滴水了，他用尽了力气抽出湿漉漉的毛巾放到高建义嘴边，高建义咬住了毛巾，使劲吸着毛巾中的水分。张新阳也咬住了毛巾的另一头使劲吸吮着，求生的本能让他们做着最后的挣扎。

毛巾中已经吸吮不出一滴水了，张新阳靠着墙壁等待着死神的降临。在这百米深的地下，等待死亡比死亡本身更可怕！他吃力地伸手摸摸高建义的鼻翼，他还有微弱的呼吸，张新阳的手软软地垂到地上。只要高建义还活着，哪怕他一个字都不说，也会给予张新阳极大的温暖和欣慰。

可无论他们求生的欲望如何强烈，身体和意志都到了极限。上天留给他们的时间不多了。张新阳的意识开始变得模糊，渐渐地开始分不清幻境与现实。眼前再一次出现了那些熟悉的人、熟悉的物，他看到了自己和刘诗雅结婚后的模样，两人依偎着站在盛世嘉园的落地窗前，看着清晨漫天的朝霞。刘诗雅的怀中一个可爱的婴儿在笑着，张新阳望着天际，流下了最后一滴眼泪。

他的眼前再次出现了一座金碧辉煌的宫殿，阳光温柔地洒在地毯上，美妙的音乐响了起来，一切都那样舒适。他想坐到那把雕刻着云纹的座椅上，尽情地享受这世间的美好和温馨。他拉开椅子坐下，抬起头时却看到了在办公桌前敲着电脑的自己。他记得在某个科学期刊上看到过关于濒死体验的研究报告，人在死亡前是没有任何痛苦的。张新阳使劲摇着头，眼前的一切消失了，黑暗重新吞噬了整个世界。

张新阳摸出了高建义给他的那支钢笔，狠狠地敲在了破安全帽上。在静到没有任何声音、暗到没有任何光亮的地下，金属敲击塑料发出的声音如同祈福的钟声般响亮，传出很远，很远……

张新阳的眼前出现了一道光，白色的光。他再一次使劲摇了摇头，吞噬一切的黑暗并没有来临。他闭着眼睛感受这道白光，它是那样熟悉而又温暖，他不再感觉到寒冷，不再感觉到饥饿。他试着搜索自己的记忆，过往的一切历历在目，他原以为死亡是一切的终结，此时却觉得，死亡是超凡的解脱。他努力睁开了眼睛，环视了一下四周，脑海中竟出现了一个久未谋面的朋友——冯媛媛。

他正躺在洁白的床上，灯光柔和而温馨，时光倒流，一切如昨。

"新阳，你醒了？"一个熟悉的声音传来，张新阳抬起眼皮向上看去，床前坐着的是刘成功。

张新阳虚弱地自言自语道："我到底是死了还是活着？"

刘成功伸手摸了摸他的头说："新阳，你还活着，你得救了。"

张新阳狠狠闭上了眼睛，随后又努力睁开，刘成功还坐在他的床前，张新阳感觉到了刘成功掌心的温暖。

他呢喃地说道："我没有死，我还活着，我还活着！活着？是，活着！活着，真好！"

第 107 章　惠泽公司

张新阳彻底清醒了，他再次睁开眼睛，伸手摸了摸满是泪痕的脸，吃力地问床前的刘成功："董事长，我在井下困了多长时间？"

刘成功轻声说："从发生事故到救援人员发现你们，整整81个小时。救援人员听到了你敲击安全帽的声音，这才发现了你和高建义。"

张新阳又问："高大个怎么样了，他还活着吗？"

刘成功说："他头部受了重伤，现在还在昏迷中，医院正在全力抢救呢。"

张新阳忽然睁大了眼睛，吃力地用胳膊撑起半个身子，喘着粗气问："我爸妈知不知道？他们知不知道我出事儿了？"

刘成功被张新阳这一举动吓了一跳，直到听清了张新阳要表达的意思才慢慢说："我私自做了主，暂时没有把消息告诉他们，你就放心吧！"

张新阳长长出了一口气，随即在刘成功的搀扶下重新慢慢躺下，他喃喃地说："谢谢董事长，谢谢您。他们承受不住这个消息。"

张新阳又想起了一件事儿，连忙问："董事长，伤亡怎么样？影响我们集团的业绩吗？"

刘成功的脸上露出了欣慰的表情，他目光和蔼地说："这次事故一共困了12个人，当晚发现了5人，都没有啥事。后期又在两个避难洞中找到你、高建义和另外3名工人，除一个人发现时已经没了生命体征外，高建义昏迷不醒，其他两名工人和你一样，都脱离危险期了。另外两名被困人员没有你们幸运，他们没有躲进避难洞，发现时已经遇难了。目前，三死一伤。还在安全指标之内，影响不会太大。"

张新阳叹了口气，再次闭上了眼睛。没有经历过死亡的人是不会懂得生命的可贵的，那些失去了生命的人，只是一个冷冰冰的数字，即便对至亲至爱之人来说，随着时间的推移，他们也会变成一个模糊的身影，和其他记忆一样，成为深埋心底而不愿意提及的痛苦往事！

几天之后，张新阳的身体已经慢慢恢复，能下地走动了。随着调查人员的减少，先前守在门前不让其他人擅自进入的保卫人员也撤离了。有位年轻护士很热情地护理着张新阳，待稍稍熟悉之后，护士告诉他，她是冯媛媛的好友，是媛媛托她好好照顾张新阳的。张新阳还从护士那里得知，两个月前冯媛媛生了个女孩。他随即想起了那个黄昏的最后一别，默默送上了对她们母女的祝福。

刘诗雅是第一个走进病房的非调查人员，她一头扎在张新阳怀中，边捶打着张新阳的胸脯，边低声抽泣着。张新阳抚摸着她的头发说："诗雅，别哭了，我这不是好好的吗？"

刘诗雅抬起头望着张新阳没有血色的脸说："你知道我有多害怕吗，我以为再也见不到你了。"

张新阳问："是哪个嘴长的家伙把这消息告诉你的？"

刘诗雅抽泣着说："是林笑姐告诉我的。怎么了？性命关天的事儿，你还不让我们知道？"

张新阳又问："你告诉我爸妈了？"

刘诗雅说："没有，我怕他们受不了。"

张新阳再次放下了悬着的心，他伸出手擦了擦刘诗雅的眼泪说："傻瓜，别哭了，我这不是活蹦乱跳的嘛，我命大，死不了！"

刘诗雅说："你还贫嘴，你说你来这个单位出几次事儿了？"

张新阳装作无所谓地说："这不是碰巧赶上了嘛，我吉人自有天相。"

刘诗雅的目光变得坚定起来，她盯着张新阳说："新阳，咱们辞职不干了好吗？我也陪你一起辞职，我们去创业。"

张新阳强挤出了一丝笑容说："别，我们安安稳稳地好好上班不行吗？我想要稳稳的幸福。"

刘诗雅说："可是，这几年的事儿证明，这个单位给不了你想要的幸福。"

张新阳把刘诗雅紧紧地搂在怀中，笑笑说："你想多了，往后一切都会好起来的。"

又一个清晨，周思推开了病房的门，刚刚坐下，张新阳就一眼看到了他红肿的眼睛。还没等张新阳开口说话，周思沙哑着嗓子抢先说："这几天在大个那儿，没顾上过来看你。"

张新阳急切地问："大个他怎么样？"

周思的眼神又一次暗淡了，他哽咽着说："大个死了。"

张新阳手中的书落到了地下，呆呆地坐在那儿。昨天晚上，他听到高建义醒来的消息后着实高兴了一阵儿，他准备去看看高大个，却被医生拦住了。医生对他说高建义的病情还不稳定，需要休息。医生还说，他已经醒了，余生很长，见面的时间也很长，不在乎这几天。可谁能想到一夜之间就此阴阳两隔。

周思拍着张新阳的肩膀说："他醒了以后只说了五个字——新阳，坚持住。"

张新阳的眼泪再一次流了下来，他喃喃说道："我这条命是高大个救的，大个让我告诉她女儿，他永远爱她。昨晚我听说他醒了，知道这句话他可以亲自告诉女儿了，可现在他却……"

周思哽咽着，想说些什么，但终究没有再说出一句话。

半个月之后，张新阳出院了，刘成功安排他先休养一段时间。可只过了一周，张新阳再一次回到了行政部。刘成功关于东矿区的改制方案受事故的影响暂缓了，公司上下的所有精力都放在了集中围剿安全隐患的工作上。张新阳无数次地梦见高建义，高建义对他说："你一定要说服董事长，千万别把矿卖了。那样兄弟们就真没法活了。郭总的改革方案是对的，只有那样。矿上的这几百名兄弟才能像人一样，有些尊严地继续活着。"

可是，以张新阳对刘成功的了解，想要改变他的主意是不太容易的。好在眼下东矿区的改革暂停了，张新阳回到行政部后，提出了几条关于东矿区安全投入和工资收入调整的建议，刘成功全部采纳了。张新阳也曾小心翼翼地试探着把高建义的话对刘成功说了，刘成功不置可否地点点头。这让他有了说服刘成功的信心。

周三下班，张新阳刚要出办公室，吴小清匆匆忙忙地打电话约张新阳出来吃饭，但并没有告诉他有什么事儿。以张新阳和吴小清现在的关系，他并不需要过多地想为什么，便爽快地答应了吴小清。张新阳锁了办公室的门，下楼上了那辆白色现代轿车，不慌不忙地打着了火，慢慢驶出公司大院。

等张新阳到了约定的饭店，他才看到除了吴小清还有一个商人模样的人在包间等着。吴小清见到张新阳如同见了自己的亲弟弟一般热情，东拉西扯地拉起了家常。张新阳打量了一番吴小清，自从干了新创焦化厂的经理，她便整日穿着一身职业装，清秀的脸上化着淡淡的妆，更凸显出了她的美丽和气质。两人寒暄了半天，吴小清才把目光挪到了商人模样的人身上。

吴小清热情地向张新阳介绍道："这位是惠泽公司的韩老板。惠泽公司是省内最有实力的焦煤安全设备生产厂商。这次新创上马安全设备，惠泽公司是第一大竞标厂商。"

说完又向韩老板介绍道："这位是我们行政部副部长张新阳。他是新创焦化厂并购的大功臣，厂子里的所有设备他都一清二楚。"

韩老板礼貌地起身握住了张新阳的手，操着一口蹩脚的普通话说道："张部长，幸会，幸会，真是青年才俊啊。"

张新阳客气地说："韩老板过奖了。"

寒暄过后吴小清说："韩老板，我们开门见山地说，就我个人而言，我是比较倾向于采购使用你们的设备的，但是按公司规定，我们还是要走竞标流程。坦白地说吧，我的担心有两个，一是竞标开始后因为你们的原因而流标；二是你们中标后所提供的设备质量与标书出现差异。就目前的形势而言，无论出现上面哪种情况，都会耽误我们的生产，这个责任是需要我承担的，但也是我承担不起的。"

韩老板嚅着牙花子说道："吴经理，你就放心吧，你可以到市场上去打听打听，我们的设备都是供给山西、陕西、内蒙古的大企业的，质量绝对是没有问题的。至于你说的那些事儿，肯定不会发生，请你放心好了。"

吴小清在张新阳耳边嘀咕道："刚才匆忙，没有和你说清楚，你对新创的安全设备情况一清二楚，董事长要你帮我把把这韩老板的关。"

吴小清和张新阳嘀咕完，又对韩老板说："质量行不行还得我们张部长说了算，他可是行家。还有，韩老板，你说不用担心，我们可是不放心啊。"

韩老板大声笑着说："我说吴经理，你不仅漂亮，还很有心计。我们公司是绝对有诚意的。一会儿请张部长跟我去趟省城的公司，这些是绝对没有问题的。"

吴小清脸上露出了欣喜的笑，他对张新阳说："新阳，怎么样，替姐跑一趟如何？"

张新阳笑了笑说："姐，你还和我客气啥嘛。新阳愿意效劳！"

说完三人举起了酒杯，在碰杯声中一个安全设备采购意向达成了。

离开饭店，吴小清向刘成功简要汇报了情况，征得了刘成功的同意，张新阳上了韩老板的汉兰达轿车开向了省城。

等张新阳到了惠泽公司总部四处一走，便觉得这位操着一口蹩脚普通话的韩老板并没有夸大其词，从公司管理、员工素质和展示的产品来看，这家公司是名副其实的实力公司。张新阳针对新创的安全问题提出了几个需求，技术人员立即进行了说明，几乎与他想听的如出一辙。张新阳又对设备的性能提了许多问题，技术人员都很快逐一进行了回答，在看过设备的相关参数和实物性能演示后，张新阳个人已经对这家公司的设备性能给出了肯定的判断。当天他便拨通了吴小清的电话，将自己看到的和想到的一一说给了吴小清。

吴小清在电话中高兴地说："姐完全同意你的看法和建议，我这就和董事长汇报，一会儿给你回电话。"

不多时，吴小清回了电话，告诉张新阳说董事长完全同意他的看法和建议。第二天，张新阳准备离开惠泽公司时，又接到了吴小清打来的电话说："新阳，还有个事儿要麻烦你，顺便收了韩老板的保证金，8万块，要现金。"

张新阳问："姐，你和韩老板谈好了没有？要是他不拿给我怎么办？"

吴小清略一迟疑："我还真没和他正式说过。不过没关系，你就全权代表我了，你和他说，没问题的。"

张新阳犹豫了一下说："姐，带这么多现金，有点儿不安全吧。不如让他直接打到财务部的账上算了。"

吴小清压低了声音说："你又不是不知道，这保证金都是我们的土规定，不能走对公业务的。你顺便收回来就行了，那天走的时候，韩老板答应会派车送你回来的，绝对安全。你回来后一定要记得把钱交到技术部王一飞那儿，入了技术部的内部账。"

听完吴小清的委托，张新阳不假思索地说："好吧，那我顺手就带回去了。"

韩老板听张新阳说公司需要8万块钱的保证金，丝毫没有犹豫，立即让财务取了现金交到了张新阳手中，并派车把张新阳送回了顾阳焦煤集团。张新阳提着一袋子现金下了车，立即拨通了王一飞电话。王一飞听是交设备保证金的事儿，想都没想说道："我请了半个月假，陪林笑回她家了，钱就先在你那儿放着吧，等我回去了再入账也不迟。"

张新阳晃着装满钱的袋子："你们那儿谁还管这事儿呢？我明天就给他送过去，这么多钱放我这儿，丢了算谁的？"

王一飞仍满不在乎地说："这就是哥们儿我的事儿，你就别再麻烦别人了。你要怕丢的话先存了不就得了。我过几天就回去了，完了你给我就行，不误事。"

张新阳和王一飞斗了几句嘴，提着钱袋子出了公司大门，走向了不远处的银行。

第108章　不寒而栗

张新阳正在办公桌前翻看文件，桌上的电话响了。他看了一眼来电显示，是一个陌生号码，于是漫不经心地接起了电话。话筒中传出一个轻柔的女声。

"您好，我找张新阳。"

"我就是。"

"新阳哥哥，我是美丽。"

张新阳听出了程美丽的声音，他口气和蔼地问："你怎么知道我这儿的电话？"

程美丽说："是你告诉我的呀，你说要打不通手机，就打这个电话。我给你手机上打了好几个电话都没人接，我就想起这个电话来了。"

张新阳赶忙从兜里掏出了手机，五个未接电话中四个是程美丽打的，一个是一个广东的陌生号码。还好，没有漏了领导的电话，他长出了一口气说："不好意思，上午开会时把手机调成了静音，会后忘了调回来了。怎么，遇到什么事儿了吗？"

程美丽说："新阳哥哥，我想见见你，有事儿和你说。"

张新阳问："你现在在哪儿？"

程美丽说："我在学校，你要有时间的话，我下午就请假回去找你。"

张新阳觉得程美丽一定是有什么急事，否则她是不会这么迫切想见他的。张新阳又问："美丽，遇到了什么事儿了？你先在电话里跟我说，我先想办法，不要着急啊。"

程美丽语气坚定地说："新阳哥哥，有件事儿我想和你说，我是下了很大的决心和勇气的，我怕过了今天我会反悔。"

张新阳听出了程美丽的犹豫不决，他隐约之中感觉到，程美丽的心中藏着一个与自己有某种关系的大秘密。

张新阳果断地说："美丽，你不用回来了，我下午开车去省城找你，到了你们学校门口给你打电话。"

程美丽的语气又变得柔和了，只听她轻声问道："新阳哥哥，你出了事儿，为什么不告诉我？"

张新阳说："小小的意外，不要紧的。"

程美丽声音有些哽咽道："可是，我很担心，我怕再失去你……"

张新阳说："傻丫头，新阳哥哥是不会那么容易报销的。"

电话那头沉默了，张新阳又说："好吧，美丽，就这样，挂了吧，下午见。"

省城的繁华远远超过了顾阳，也远远超过了津州。下了高速，张新阳就放慢了车速，穿梭在高楼与霓虹相映生辉的大街上，看着川流不息的过往车辆，他真切地感受到了在县城感受不到的城市变化。天已经暗了，张新阳在一个路口调转了车头，驶向了岳东大学。

张新阳站在岳东大学门前，一眼就看到了出落得落落大方的程美丽。程美丽也看到了校门口站着的张新阳，她紧走了几步，来到张新阳面前。她看了一眼张新阳，又低下头羞涩地说："新阳哥哥，你怎么这会儿才来？"

张新阳说："哦，单位临时有事，早脱不开身，来晚了。不好意思啦。"

程美丽说："新阳哥哥，找个地方，我有事和你说。"

张新阳说："行，咱们边走边说。"

136

程美丽的脸上飞起了一朵红晕，低声说："我们还是，还是开车走吧。"

张新阳随口说："怎么，你也变懒了？"

程美丽的脸更红了，声音也更低了，她喃喃地说："不是，让他们看到了要说闲话的。"

张新阳看着程美丽害羞的表情，恍然大悟似的拍着脑袋说："怪我，怪我，我们美丽长大了。"

说着，张新阳指了一下路边停着的白色轿车，程美丽跟在张新阳身后，两人一起上了车。夜幕中的省城霓虹璀璨，张新阳把车停在了一家咖啡店门前，他俩要了两杯咖啡，选了一个安静的位置坐了下来。张新阳看着程美丽，几年的时间，她已经从一个青涩的小姑娘长成了一个亭亭玉立的少女，只是她安静下来的时候，眼神中的忧郁依旧和从前一般，没有发生丝毫变化。

张新阳和程美丽简单地聊了些学校的事后，便问道："美丽，你这么着急地找我有什么事儿吗？"

程美丽缓缓抬起了一直低着的头，她咬着嘴唇，注视着张新阳，有些犹豫地说："新阳哥哥，你知道吗？我听说你出了事，整整两晚上没有睡好觉。自从爸爸去世后，你是我在这个世界上唯一可以信赖的男人了。我非常害怕失去你，真的，非常，非常害怕，我一遍遍地看着你给我发的信息，一次次地向上天祈祷着你能平安无事。我不敢给你打电话，甚至不敢给你发信息，我怕电话那边的忙音，我怕永远收不到你的回信。后来矿上的人告诉我你得救了，我悄悄跑到普化寺烧了香，拜了佛，感谢上天的慈悲。"说着程美丽的声音又哽咽了。

张新阳的眼圈红了，他没有想到自己在程美丽心中有着如此重要的位置，他轻声说："谢谢美丽，真心谢谢你。"

程美丽哽咽着说："新阳哥哥，你不知道，我最担心的，还不是矿难，我担心的是，是……"

张新阳有些焦急地问："是什么呀？"

程美丽的眼中充满恐惧地说："是，是你不明不白地被人害死在井下。"

听到这儿，张新阳每一根汗毛都不由自主地竖了起来，他警觉地问："你怎么会这么想？"

程美丽吞吞吐吐地说："因为……因为，有人就是被这样暗算的。"

张新阳又问："谁？"

程美丽说："薛阿力。"

"薛阿力？薛阿力……"

张新阳觉得这个名字在哪儿听过，他盯着程美丽那双与她年龄并不匹配的眼睛，他记起了已经死去的程三三，是的，正是在他们给他赔偿金的时候，程三三提到过薛阿力。

程美丽见张新阳想起了什么，就接着说："新阳哥哥，你知道我爸爸是因为什么而自杀的吗？"

张新阳的头嗡的一声，他总觉得程三三选择自杀有点儿蹊跷，可事实毕竟是事实，他在留下一张看似荒唐的纸条后将自己吊死在了房梁上。现在，美丽的这一问，证明自己的直觉是对的，程三三的死并没有那么简单。

程美丽看着发呆的张新阳，继续说道："新阳哥哥，其实……其实……我爸爸的自杀，是，是让人逼死的。我爸爸自杀前一个月，有天半夜，家里突然闯进了几个蒙面人，他们把我爸、我妈关在屋里，我当时躲到了大衣柜里，隐隐约约听到他们在问什么矿难的事儿，还有反反复复提到了薛阿力的名字。他们威胁爸爸，要是不把薛阿力的事儿告诉他们，他们就把我弄到外地去做小姐，还威胁说如果把当天的事儿传出去或报了警，我们一家人就都别想再活了。打那之后，我家的噩梦便开始了，家中的狗莫名其妙地死了，而且隔几天还会有人在门上挂死猫、死狗。直到有天晚上，爸爸把我叫到了跟前，塞给我一个好几层牛皮纸包着的纸袋。他反复叮嘱我千万不要打开看，等将来长大了，离开了程家村再看。我问爸爸为什么不把知道的事儿告诉他们，爸爸叹口气说，如果他告诉了他们，我们全家都会有性命之忧。他还反复叮嘱我，什么也不要问，什么也不要说，一切都会过去的。我当时似懂非懂地点头答应了，谁知道几天之后，爸爸就自杀了。从那以后，再没有发生过任何事情，一切似乎真的过去了，可是，我永远失去了最爱我的爸爸。"

回忆让程美丽再一次陷入那场噩梦之中，她浑身轻轻地颤抖着，眼神中依然透着惊恐和不安，随即她的眼圈一红，豆大的眼泪噼里啪啦地掉了下来。张新阳拆开了一包纸巾递到了美丽的手中，静静地看着眼前这个可怜的女孩。

许久，程美丽停止了哭泣，红着眼看着张新阳说："新阳哥哥，这几年我常常在噩梦中惊醒。你知道吗，那段不堪回首的日子，在我心头烙下了深深的烙印。"

张新阳问："那，这些事儿和我被人暗害有什么关系？"

程美丽说："有，有关系，这些事儿都与刘成功脱不了干系。"

张新阳又一次呆在了那儿，他有些不敢相信自己的耳朵，颤抖着声音问道："你说谁？刘成功？"

美丽说:"对,刘成功!"

张新阳又问:"你怎么会怀疑他?"

美丽坚定地说:"因为,我看了爸爸给我留下的东西。"

张新阳非常吃惊地看着程美丽问:"那你为什么不早告诉我?"

美丽说:"新阳哥哥,不是我不信任你,我牢牢记得爸爸的叮嘱,这事关我全家的安危,我必须确认你和他们到底是什么关系,否则我不会拿我爸爸用生命换回来的平安去做赌注。"

张新阳又问:"那,为什么现在又要告诉我呢?"

美丽说:"上次我回家后就听说你被下放到了矿上,还要和工人们一起下井。有人和我说你一定是得罪了大领导,按照惯例,公司犯了错误的干部一般都是会安排去那儿的。我不知道你究竟因为什么得罪了他们,但我觉得你和他们的关系并没有那么密切。出了事儿之后我开始意识到,我在信上看到的一切或许真有可能重演。昨天我下定了决心要把这事儿告诉你,即便冒险也是值得的。"

张新阳强装笑颜说:"美丽,再次谢谢你。我可以很负责任地告诉你,我和董事长除了工作关系,没有任何其他私下的交情。再说,即便有什么关系,我把你看作是我的亲妹妹,孰轻孰重,我有分寸的。你尽可放心。"

美丽说:"新阳哥哥,我是局外人,也正所谓旁观者清,在我的眼中,刘成功是一个手上沾满矿工鲜血的魔鬼。"

张新阳没有替刘成功辩解,也没有表示同意美丽的观点。他的双眼盯在手中的咖啡上,他的思维早已被程美丽这一个接一个的爆料,搞得一片混乱。

程美丽从包中掏出一个包裹得严严实实的塑料袋,她把塑料袋放到了张新阳跟前说:"新阳哥哥,我知道你是他一手提拔起来的,即便没有什么特殊的关系,但感情上是接受不了我今天所说的事情的,可事实就是事实。这是爸爸给我留下的东西,我复印了一份,你好好看看就什么都知道了。"

张新阳把塑料袋拿到手中掂了掂,小心翼翼地装到了包中,他的声音有些颤抖地说道:"我会好好看的。"

程美丽眨着充满不安却又有着强烈期待的大眼睛,再次认真地凝视着张新阳说:"新阳哥哥,这次,我就把我和我们一家人的安危全交到你手中了。"

张新阳说:"放心,美丽,我会替你保守秘密的。"

美丽摇摇头说:"新阳哥哥,我不只是让你保守秘密,我希望你能主持正义,还我爸爸和那些死去的人一个公道。"

张新阳盯着美丽的脸，一切来得太突然了。此时，他的思维一片混乱，他的嘴唇微微动了几下，想说点儿什么，却又觉得说什么都那么苍白无力。他只能迎着程美丽期待的目光，含糊地点点头。一瞬间，他似乎看到程美丽眼中燃烧着的炙热的期望渐渐暗了下去。

第 109 章　罪恶真相

张新阳把程美丽送回了学校，一个人开着车漫无目地在大街上游荡。窗外的风提醒着他这一切都是事实，程美丽所说的并非空穴来风，可他无论如何也不能把可亲可敬、有着坚毅担当的刘成功与程美丽所说的沾着矿工鲜血的魔鬼联系到一起，于是刘成功熟悉的身影开始变得模糊，张新阳开始变得不再相信自己的记忆。

车子在通往城郊的快速路上开了好久，在一束强光的闪烁和刺耳的喇叭声中，张新阳向右急打方向盘。伴着刺耳的刹车声，一辆中型货车从他的车旁呼啸而过。张新阳将车停在路边，打开双闪，稍稍平复了一下惊魂未定的心绪后，他才发现自己的衣服早已被冷汗浸透了。他的双手不由自主地颤抖着，几乎无法再握紧方向盘。就这样，张新阳在车里独自坐了近半个小时，心绪才慢慢恢复了平静，随即便放弃了连夜驾车回顾阳的打算，掉转车头向市内驶去。

张新阳找了一家快捷酒店住了进去，站在窗前望着都市的繁华，双手颤抖着打开了程美丽给他的那个用塑料袋包裹得严严实实的包。他把塑料袋扔到了一边，里面是装订好的两份 A4 复印纸。他打开了上面的一份，复印纸很新，但它上面所复印的内容却很陈旧。原件应该是皱皱巴巴的、很少有人用的横格信纸，上面的字迹歪歪扭扭的，顶头还印着老窑沟村民委员会的字样。他不清楚这个老窑沟村在哪个省哪个县，但这些都足以说明原件已经在程三三手中存放好久了。

张新阳把它放到一边，又打开了另一份，这沓纸没有第一份厚，原件可能是从笔记本或作业本之类的本上撕下来的几张横格纸，纸张边缘还有撕下时留有的茬口，上面的字迹同样歪歪斜斜的，但没有第一份那么旧，而且笔迹也与第一份不同，显然这是两个人写的两份材料。

张新阳放下了第二份材料，再次拿起第一份材料，一字一句地读着。随即，一个被掩盖多年的罪恶真相在他眼前慢慢被揭开。

我叫薛阿力，贵州钱（黔）西人，1993 年我和弟弟阿成还有五个老乡来顾阳的军屯煤矿打工。我们在井下干了一个多月。那天中午我肚子疼得厉害，班长让我去卫生所。我正要出井的时候，下面出事了。是瓦丝（斯）爆炸，阿成死了，五个老乡也死了，我捡了一条命。我认识的人都死了，那天以后，我就没有再见过他们，我想着，怎么也死了二三十个人。可公家只说死了三个人，三个人里面没有阿成，也没有我的五个老乡。我找矿长刘成功要个说法，他说是怕上头查，就说成死了三个人，他答应了给我五万块钱，是阿成的买命钱，再给我两万，不要把老乡死了的事情说出去，老家有人问就说到其他地方打工去了。

我被猪油蒙住了心，为了七万块钱，没（昧）了良心。过了两个多月，我没有拿到一分钱，矿上向上面报的死亡人数只有几个正式工，我又找矿长刘成功，刘矿长只给了我三万块钱，说我们的事已经了结了。我没有办法，我说我要举报他隐瞒死了人的情况，他怕我举报，答应三天后把钱给我。地（第）三天，他约我到煤矿附近的山上给我钱。我没多想就去了，来的是一个年轻人，他把我骗到了一个废弃的窝棚附近，乘（趁）我不注意，用专（砖）头打晕了我，后来就把我扔到了山牙（崖）下。老天爷有眼，我并没有死，我被人就（救）了，我记住了那个想杀我的人的长相，我当起了要饭的叫花子，满街寻找那个把我推下牙（崖）的人。

后来我终于找到了他，我打听到他叫杜宇，他和刘成功的关系非常好。我去过公安局抱安（报案），一个警察听了我说的事儿，说我是神经病，把我赶了出来。那天以后我就觉得有人在跟着我，我很怕，我知道啊（阿）成和那五个老乡是白死了，我也可能被人害死。我想离开顾阳，可是我已经把两万多块钱寄回了老家，剩下的钱养病也花得差不多了，只怕是不能再活着回家了。

我把这些东西写了下来，偷偷交给了就（救）我的那个人。要是我真是活不见人、死不见尸了，希望有一天看到这些的人，能替我和阿城（成），还有五个老乡讨个公道。我在九泉之下，给恩人可（磕）个头。

1994 年 1 月 3 日

张新阳看着手上的这份材料，虽然语句不是很通顺，还有许多错别字，他还是读懂了这段满是阴谋和罪恶的故事。那个鬓角斑白的刘成功，豪爽大方的杜宇，竟是谋财害命的刽子手。张新阳颤抖着手，继续一页页地往后翻看着材料。后面几页是一封写给公安局的报案信，内容大致和前面的叙述相差无几，最后两页则写着薛阿力、薛阿成和其他五名老乡的详细身份信息，每页纸的关键词上还按着深深浅浅的手印，这个手印应该是薛阿力自己的。

张新阳慢慢放下了薛阿力的那份材料，一阵阵的眩晕让他没有勇气再打开另外一份材料。他踱到了窗前，一口气喝完了手中的矿泉水，迅速把空瓶捏成了一团，狠狠地摔到了地上。薛阿力的恐惧无助透过一行行歪歪扭扭的字，又一次勾起了他在避难洞中关于绝望和恐惧的记忆。他能真切地感受到，薛阿力的绝望是生命走到尽头的挣扎和呐喊，紧随其后的便是毁灭和死亡。张新阳呆呆地站立了好久，终于再次鼓起勇气，拿起了折叠着的第二份材料。

美丽，你看到这封信的时候，爸爸已经离开了这个世界，也只有这样，才能让你和妈妈平平安安生活下去。爸爸是个懦弱的人，这一辈子没有做过一件惊天动地的事儿，也没有带给你们幸福，反而因为我的无能和软弱，给这个家带来了无数的艰难和痛苦。

一切的起因都是因为薛阿力。那一年冬天，我去你舅爷爷家，为省几个车钱，抄近道走了山路，在一处崖底看到了浑身是血、昏迷不醒的薛阿力。我把他背到了村头没人住的张家老院子，给他买了药，总算是把他从鬼门关拉了回来。从他口中得知他叫薛阿力，是贵州来矿上打工的，上山去摘沙棘吃，不小心跌了下来。他给了我一千块钱，托我照顾照顾他，于是我就给他买药、送饭，我们也成了朋友。他的身体慢慢好起来，只是腿有些瘸。我问他腿怎么成这样了，他悄悄说是旧伤，之前在矿上干活受伤了，本来刘矿长说好要给一笔钱的，可是只给了一半就再也不给了，等他好了，他就再去问刘矿长要钱去。我告诉他认命吧，老百姓是斗不过公家的，他硬着脖子说光脚的不怕穿鞋的。过了段时间，他给我留下了一张字条，悄无声息地离开了。再往后天已经很冷了，一天晚上，蓬头垢面的他敲开了咱家的门，把一个小包袱递给了我，让我帮他保存，说完就走了，从那以后我再也没有见过他。

爸爸的腿被轧断后，张新阳和赖峰来的时候，我提到了薛阿力。祸事从此就来了。那天晚上，那几个畜生就是问我薛阿力的事儿。他们走后，我想起了薛阿力的包袱，直到看到包袱里的那封信，我才知道那几个畜生说的矿难是什么。我觉得，薛阿力一定是让他们害死了。我如果说什么都不知道，咱们这个家就永远没有太平日子了；我要说了，他们一定会想办法灭口。思来想去，我只有死这条路了。只有我死了，他们才会安心。爸爸唯唯诺诺一辈子，没有给你一个幸福温暖的家，如今只有把这条命送给你，你若能有个美好前程，爸爸死也瞑目了。

爸爸知道你是个听话的孩子，我叮嘱你的，你一定会听的。但我还是怕你忍不住好奇心打开这封信，如果你真的看了，爸爸还是那句话，什么都不知道，什么都不要说。等将来有能力了，再给爸爸和薛阿力他们申冤。美丽，爸爸走了，爸爸是那么爱你，那么舍不得你。

读到这里，张新阳的眼中已经噙满了泪水，他读懂了另一个程三三，那个唯唯诺诺的人，居然如此有勇气，那是父爱，最无私的父爱，最伟大的父爱！

他平复了一下自己的心情，又把两份材料反反复复地读了几遍。困扰他心中的谜团终于解开了。几个无辜的生命毫无声息地消失了，父母妻儿还在翘首期盼着音讯全无的他们，而他们早已在一个不为人知的地方化作了具具白骨，而这一切，只是为了少数人所谓的政绩。

随后他又想到了刘成功斑白的鬓角、坚定的决心和意志，还有医院中轻轻抹去他眼泪的那双手，一种慈父般的感觉又涌上了他的心头。张新阳把那一沓纸使劲扔到了地下，随即又捡起来用塑料袋一层层地包好。他的思绪一片混乱，他无法取舍，也无法抉择，美丽眼中渐渐熄灭的希望再次浮现在了他的脑海中，他紧紧闭上了眼，把自己狠狠地摔在了床上。

刘成功办公室的门虚掩着，张新阳轻轻敲了敲，刘成功嗯了一声，张新阳推门走了进去。刘成功见是张新阳，便合上了手中的文件。张新阳先开口说道："董事长，您找我？"

刘成功的嘴角稍稍翘了一下说："新阳，最近怎么样？"

张新阳说："还好，还好。"

刘成功说："那就好，有件事儿想和你商量商量，看你还愿不愿意干？"

张新阳有些吃惊，他从来没有见过刘成功会以这种口气和下属交谈，或许是什么私事，可自己又能帮到刘成功什么忙呢？

张新阳有些疑惑地说："董事长，您客气了，有啥事儿您就安排。"

刘成功又笑着说："还是东矿区改革的事儿，我还想让你继续搞下去。"

张新阳一听是这件事儿，心中不由得咯噔一下。虽然距离上次出事已经有段时间了，但一提到东矿区，他就会不由自主地想到那个地狱般的避难洞。窒息感再次笼罩在他的心头，他的脸孔渐渐没有了血色。

刘成功看到张新阳的脸色惨白，知道他还没有从那场矿难中彻底缓过劲儿来，于是连忙改口说道："好吧，新阳，我知道那件事对你的影响非常大，我就不为难你了。"

张新阳愣了愣神，窒息感慢慢消失了，脸色也恢复了。他盯着刘成功说道："不，我服从安排。那天的事儿已经过去了，我张新阳大难不死，就应该勇敢地面对过去，没有什么为难不为难的。"

刘成功的眼睛亮了一下，起身蹀到了张新阳跟前，拍了拍他的肩膀说："好样的，从你身上我看到了年轻时候的自己。"

张新阳正视着刘成功，话锋一转说道："只是，新阳有些自己的想法，想和董事长说说。"

刘成功点了一下头示意他继续说。

张新阳略略思考了一下说："董事长，我建议您放弃出让东矿区的计划。我亲眼见到了矿区的困难，真要把它卖掉，那些职工的日子可就没法过了，我们还是考虑考虑郭总的改制方案吧，我觉得他的方案还是基本符合集团的利益的。"

刘成功拍在张新阳肩膀上的手僵住了，他用诧异的目光看着张新阳，许久才冷冷地说道："我会考虑的，你先出去吧。"

第 110 章　果断亮剑

华灯初上，新世纪大酒店 1025 房间，赖峰听完了刘成功对张新阳的看法，一屁股坐在藤椅上，一气呵成地完成了掏打火机、打火点烟的动作。他迅速收起打火机，把点燃的香烟放在嘴边，猛吸了几口，吐出一个大大的烟圈。

刘成功盯着他看了一会儿说："怎么样，事与愿违了吧？"

赖峰无奈地耸了一下肩说道："谁知道他去了会遇上出水呢。他从地狱门前捡回了一条命，思想有点波动还不正常？他不想干我们再物色其他人。离开张新阳，我们还不办大事了？况且他还有把柄在我们手中，你还怕他反水不成？他要敢有啥小动作，兄弟们立刻就能把他办了。"

刘成功的目光从赖峰脸上移到了窗外，他看着繁华的夜景，叹了一口气说道："只可惜，他是一个好苗子呀。"

赖峰吸了一口烟说："依我看这事儿没有你想象的那么糟糕，年轻人血气方刚，有点冲动是正常的。他就是受了高建义的影响，两人一起出生入死，高建义一定是对他说了什么，他往心里去了。他不想干，我们就晾他一段时间，等他想通了，再把他用起来，不会浪费了您老人家的人才的。"

刘成功苦笑了一下说："我也不全是因为张新阳。东矿区的效益为什么上不去，你我都清楚。我觉得老关也或多或少看到了这一点。他们真要是抓住了什么不合常规的地方给捅出去，我们的计划就怕会流产了。再有，毕竟我们的目的是拿不上台面的，只怕是……"

赖峰说："大哥，你怎么变得这么畏首畏尾了，这几年关于东矿区的所有决定，哪一项不合乎规定？就是大罗神仙也找不见一点儿把柄。"

刘成功冷笑了一声说："规定？规定是谁定的？这个不是防火墙。我们还是要小心为上。"

赖峰脸上露出了一丝转瞬即逝的诧异，随即又明白了什么，脸上挂起了微笑，他弹弹烟灰说："还是您看问题看得透，一针见血，一针见血啊！不过老关一向谨慎，即便是察觉到了什么，他只要没有十成的把握，就不会贸然行事的。我们的计划只要付诸实施，应该很快就会完成，到时候让老杜稍做手脚，什么痕迹都没有了。"

刘成功再次皱起眉头，不无焦虑地问："所以，计划还得加快推进。若不用张新阳了，我们用谁合适呢？"

赖峰嚼着牙花子说："张新阳确实是最佳人选，只是他现在这状态……唉，真是可惜了。用张俊可好？"

刘成功表情严肃地说："我观察张俊好久了，这个人太过圆滑，说话办事总是阿谀奉承、言不由衷，不可委以重任。"

赖峰又说："那就把邢利为调回来，让他办这件事去。"

刘成功叹了口气说："这件事毕竟是有风险的，利为是个老实人，鞍前马后跟了我这么多年，我是不忍心把他卷进来呀。"

赖峰的眼睛眯成了一条线，他慢条斯地说："不知者无罪，我们不给他交底不就得了，您就别犹豫了。"

上次交谈之后，张新阳依旧每天给刘成功送文件，请示汇报工作。刘成功依旧如以前一样和蔼可亲、和颜悦色。只是张新阳再没有从刘成功口中听到过东矿区改革的任何事，反倒是邢利为往刘成功办公室跑得越来越勤快了。

这天下班，张新阳一个人在街上低着头闲逛，迎面急匆匆走过一个人，两人正好撞了个对脸，那人刚要发作，抬头见是张新阳，一拳便打在了他的肩膀上说："张大部长，不在办公室做你的官老爷，怎么一个人跑街上游荡来了？"

张新阳看是周思，也回敬了一拳说道："周司令，你他妈丢了魂了，满世界乱窜。"

周思咧着嘴笑笑说："着急回家吃饭，这世上还有比吃饭更重要的事吗？"

张新阳说："吃饭？快别回家了，现在就和嫂子请假，我请你去郭记羊肉馆，咱兄弟喝两杯。"

周思向来不客气，听张新阳要请客，立即掏出手机给家里打电话请了假，挂断电话，看着张新阳说："走吧？"

张新阳笑了笑，便和周思肩并肩走向了郭记羊肉店。热气腾腾的羊肉汤刚一上桌，周思拿过一个饼子掰成了四份放到了碗中，呼噜呼噜地吃起来。张新阳还没有动筷子，周思的碗中已经空了一半。张新阳看着周思的吃相，不由得笑出了声。

周思边吃边说道："怎么了？笑啥？"

张新阳说："没啥，你就不能慢点吃？"

周思说："咱大老粗一个，不像你们文化人那么斯文。"

张新阳说："吃烫饭、快饭对身体不好。"

周思说："想那么多干吗，我们井下的人，活一天算一天，快活一天是一天，大个都……"

提到了高大个，两人的对话戛然而止。张新阳和周思同时停下了筷子，对视了一眼，同时低下了头。许久，张新阳开口问道："大个家里好吧？"

周思说："孤儿寡妇的，能好到哪儿去？今后的日子难啊。小姑娘一见到我就哭着喊着让我带她去找爸爸，现在我都不忍心再去了，受不了那一声声哀求。"

张新阳的眼圈有些发红了，叹了口气说："我们能做些什么呢？"

周思眨眨眼，看看张新阳说："我们哥儿几个商量了一下，每个月从工资中拿出点儿钱来给他们娘俩送过去，可兄弟们都不容易，收入都不高，还要养家糊口，这点儿钱只能算是一点儿心意了。大个是个仗义的人，他曾带着哥几个拼命完成了矿区的改革方案，就是为了兄弟们的日子能过得更好些，可最终还是徒劳无功。我们呀，只是在井下爬着的一只只蝼蚁，太渺小了，许多事情，心有余而力不足啊。新阳，你现在又回到机关了，一定要想方设法说服董事长他们，郭总的方案才是我们这帮矿工兄弟的出路啊。"

张新阳迟疑了一下说："这些我都和董事长提过了，他没有正面回复我。不过你放心，我会尽全力的。"

周思的脸上又现出不屑的神情，他鼻子里轻轻"哼"了一声，发狠般说道："说句不该说的话，矿上目前的处境，并不全是矿上的问题，至少他们决策层的决策是有问题的。老早以前我们的设备、我们的产量、我们的销售，并不次于西矿区，可为什么这几年就不行了呢？一年比一年次，几年下来就到了快要破产的地步。"

听到"破产"两个字，张新阳的心咯噔一下，脑海中一闪，似乎某件事情和刘成功有什么关系。他想好好梳理一下思绪，但那个瞬间的念头却如同游丝一般溜走了，任凭张新阳如何在脑海中寻找，它已经消失得无影无踪，没有留下一点点痕迹。

周思看张新阳在愣神，推了他一下说："发什么呆呢？"

张新阳连忙说："没事，没事。"

周思意犹未尽地说："现在兄弟还算个国有企业的干部，如果公司真把这个矿卖了，兄弟我就是社会人了，就彻底自由了，往后的日子也只能是听天由命了。"

张新阳说："真要是那样，就凭你这一身本事，到哪儿不是个干呢？再说，你还可以选择留在公司嘛。"

周思苦笑了一下说："新阳，你是真不懂还是安慰我呢？要没有这个矿，我周思还真就一文不值了。是我们离不开矿，不是矿离不开我们，地球离开谁还能不转了？选择留下？就现在这种形势，我到哪儿都是二等公民，工资待遇，还和现在一样。我就纳闷了，他们为什么就不同意郭总的方案呢？"

张新阳谨慎地说："你听过股权奖励的传言吗？或许上面是投鼠忌器？"

周思反问道："你觉得可能吗？"

张新阳愣了愣神说："按目前国家的政策，我觉得不大可能。"

周思又苦笑着说："那不得了，传播这种谣言的，其心可诛！"

两人又沉默了，同时低下了头，呼噜呼噜地吃光了一碗羊肉汤。

这几日，张新阳的主要任务是调研，他几乎整天都泡在现场。这天下午，他刚一上楼梯，正好与邢利为打了个照面，显然对方刚从刘成功的办公室出来。邢利为见到张新阳，脸上稍稍有些尴尬。

张新阳照例和邢利为打招呼道："邢部长好！"

邢利为还和以前一样点了一下头，正准备离开，张新阳突然问："邢部最近忙啥呢？"

邢利为没有想到张新阳会忽然这样问，脱口而出道："还不是东矿区的事儿，这个……"

话一出口，他便意识到说走了嘴，连忙改口道："上次事故后的遗留问题，遗留问题……"

张新阳看着言不由衷的邢利为，笑了笑说道："邢部长，辛苦了。"

邢利为再次习惯性地一点头，二人各自忙各自的去了。

晚上回到宿舍，张新阳坐在小桌前打开了台灯，顺手从桌上抽过一张纸，把这几天的事一件件地用圆圈画了出来，随后盯着这些小圆圈连着线。很快这张纸上已经密密麻麻地画满了线，张新阳盯着这乱七八糟的线条，思路却渐渐清晰了。他仿佛看到了一只面目狰狞的怪兽，正张着血盆大口，准备吞噬周围的一切。程美丽暗淡下去的眼神再次出现在他的眼前，张新阳咬着牙，狠狠地在胳膊上掐了一把，随即把那张纸揉成一团，接着又打着了打火机，纸团上迅速腾起了青色的火苗，随即又迅速暗了，最终化作一缕轻烟，不见了踪影。

张新阳的目光又一次变得坚定，他再次取出了程美丽给他的复印件，仔仔细细地读了几遍。放下材料后，他再次皱紧了眉头思量着：程三三的死已经结案了，自杀无疑，即便是背后有什么隐情，也不能推翻他自杀的事实。薛阿力究竟是死是活还不清楚，那几个在矿难中死去的老乡早已尸骨无存，仅凭薛阿力留下的那封信，几乎等于一张废纸，根本证明不了什么。想要主持这个正义，没有那么简单。张新阳闭上了眼睛，脑子飞快地转着，证据，证据，一切都需要证据！这么多年过去了，所有物证早已经荡然无存，哪儿才是突破口呢？张新阳的眼睛落到了程三三的那封信上，他的眼前一亮，他们最忌惮的是有人知道这件事，程三三选择了死，那么一定有人选择了生，那个选择了生的人，就是证据！

第 111 章　抽丝剥茧

这几日，赵永生总能遇到张新阳出入管档案的耿光亮的办公室。老耿这儿可是与世无争的清闲地方，怎么会吸引住领导的大秘书呢？赵永生有些好奇。

等他又一次看到张新阳走出老耿办公室后，便走进了老耿的办公室。

办公室很大，却只有老耿一个人。因为与其说这儿是办公室，倒不如说是个密室更准确。整个屋子没有窗户，房间内又砌了一道墙，把屋子隔成了两部分，一部分是只有不到 6 平方米的地方，简简单单摆放着老耿办公用的一张桌子和几把椅子。因没有窗户，这个小隔间需要常年开着灯。另一部分则须从小隔间再开启一道防盗门方可进入，里面是一排排文件柜，每个柜壁上都有一个罗盘似的手把，从柜壁内部连接到柜底的轨道上。调阅资料时，需要使劲旋转手把，文件柜才能移开 1 米见宽的间隙。

耿光亮看到推门进来的是赵永生，着实有些意外。要论两人的关系，耿光亮和赵永生是同学校、同专业的中专同学，只是赵永生越干越顺当，耿光亮却一直原地踏步，再加上两人本不是同班，自然也就逐渐疏远了。

耿光亮拉过一把椅子，擦了擦说道："赵部长，您怎么有时间来我这儿了。"

赵永生伸手将一拢条形码般稀疏的头发，一屁股坐到了椅子上说："怎么，这儿不归我管啊。"

耿光亮有些尴尬地笑了笑说："不是这个意思，关键是你一来我就觉得工作上出了差错，要挨批评了。"

赵永生说："只要你看好这个门，就犯不了错。我呢，时间长了不过来，看看你这个门看得紧不紧。"

耿光亮说："就这个门，别说人了，就是耗子、蚊子，没有上面的命令，都别想进来一下。"

赵永生说："你这家伙，属鸭子的，嘴硬！"

耿光亮说："硬不硬，赵部长说了算。"

赵永生说："硬不硬我说了也不算，嫂子说了才算！"

说罢，两人哈哈笑了。笑过一阵，赵永生看着开着的防盗门说："门怎么还开着？每天都检查一次？"

耿光亮脸上还带着笑意，无所谓地说："好我的大部长，每天查一次，岂不是画蛇添足了？把它锁好了比每天开一次更安全。这是刚才张新阳部长过来查资料打开的，我还没来得及关，你就进来了。"

赵永生好奇地问："张新阳？他来查什么档案？"

耿光亮说："他说要编制集团公司成立五十周年发展成果巡礼画册，要查阅一些图片和资料。我就陪他找了一些旧资料。"

赵永生想到上次公司工作会议上，董事长提到了公司成立五十周年的庆祝活动，还安排了一些筹备工作，应该是有很大一部分的文案工作都落在了张新阳身上。这小子还真有点儿套路，怎么就能想到从这儿淘资料呢，可转念一想，这儿毕竟是保密处所，要有点儿什么涉密资料泄露出去，他这个部长难辞其咎。想到这些，他对耿光亮说："张部长的工作必须要配合，但有件事儿我还得提醒你，该保密的还是要保密，有些资料没有董事长或关书记的同意，不得随意给别人看，也不能带走一张纸，这是纪律。"

耿光亮一脸严肃地说："这个我自然知道，每次都是我陪着他查，他要什么我给找什么，涉及保密的资料我是不会给他往外拿的。张部长每次都是看一看，最多在小本子上记几行字，从来没有提出带走什么东西。"

赵永生放心地点点头，又换了笑脸说："老耿，刚才我说的只是我个人的善意提醒。张部长是筹备庆祝活动的主要负责人之一，要查点儿什么也都正常，有分寸地配合好。"

耿光亮笑着说道："这是必须的，必须的。"

张新阳又一次走进了档案室，耿光亮热情地招呼张新阳坐下。当张新阳提出要查看军屯矿发展的历史资料后，耿光亮很熟练地打开了防盗门，不多时便抱出了一摞资料。耿光亮说："这些是当时军屯矿自己办的报纸和一些老照片，张部长看看有没有能用得着的。"

张新阳拿起最上面的一份泛黄的报纸，这是一摞十六开的每季度一份的内部报纸。矿长刘成功的名字赫然出现在报纸的头条，从一张模糊的照片中依然能辨别出刘成功年轻时的模样。张新阳一张张地翻看着报纸，他的目光落在了一版全是照片的报纸上，上面是当年的先进生产班组的合影，一张照片中端端正正地坐着五个人，照片下面写着五人的名字，看到这些名字，张新阳不由得眼前一亮，其中的三个人正是薛阿力信中写到的死于矿难的三名正式职工。张新阳立即翻到了报纸的头版，日期为1993年2月，正是矿难发生的那年。当年，一个下井的班组由五六名正式工带着六七名临时工，总人数不会超过15人。这样的人员配置，主要是为了即便发生事故，伤亡人数也在可控范围内，事故的等级也自然而然处在了可控范围。这5名正式职工加上薛阿力兄弟和他的5名老乡，总共12人，完全符合当时的人员配置，也就是说，这个班组正是当年井下遇难的班组。

张新阳又看着其余的两个人，一个叫李满贵的年龄较大且有些秃顶的人，坐在正中间。毋庸置疑，他是这个班的班长，另一名年轻些的人叫翟林，他满脸堆笑地坐在李满贵身边。张新阳看着此人有些面熟，可怎么也想不起来在哪儿见过。耿光亮看张新阳盯着报纸出神，便凑过来看了一眼，见张新阳是在看1993 年表彰的先进，立即来了兴趣，他挺了挺腰板说道："张部长，有认识的人吗？"

张新阳略略看了看其他照片，摇摇头说道："好像没有。"

耿光亮有些失望地用手指向了一个头戴安全帽，脖子上系着毛巾的单人半身照说："这个，这是当年的市劳模，看看认识不？"

张新阳仔细端详了一下，一拍桌子说："是你，耿光亮！市劳模，了不得，了不得！"

耿光亮笑着说："张部长好眼力，当年我可是去过省城，上过电视的。"

张新阳说："耿师傅，厉害，厉害！"

耿光亮看着张新阳年轻的面孔，刚才的兴奋劲儿便消失了，他暗着脸、摇着头说："唉，好汉不提当年勇！可惜，时运不济，最后还不是落了个看棺材盒子的结果。时运不济呀！"

张新阳听出耿光亮也是个失意之人，便用宽慰的口气说道："您别这样说，毕竟一个公司也就一个董事长，您虽然没有混个一官半职，不也落了个清闲自在？这栋楼里，谁还有您这般自在？"

耿光亮的脸如同孩子般转悲为喜，自我安慰道："张部长说得也对，我这儿呀，还真是跳出五行中，不在三界内，这是神仙般的自在。"

张新阳见耿光亮的脸上又泛起了喜色，便趁热打铁说："您能讲讲这些照片上的人吗，我看看有没有可挖掘的故事。"

耿光亮说："这些人有的我不认识，有的人早已退休多年了，不过有些人的奇闻逸事还是不少。张部长要有时间听，我就当给你讲故事了。"

说着，耿光亮把他认识的人一个个地指给了张新阳，口中滔滔不绝地讲着他这些年听到的关于这些人的奇闻逸事。当他把手指到李满贵头上时，张新阳的心猛地跳了几下，他装作漫不经心，听耿光亮说道："这个李满贵，退休后身体硬朗得很，可没想到，买彩票中了个三四十万的二等奖，这一高兴，半身不遂，不能动了，之后没两年就一命呜呼、驾鹤西游去了，你说说，这不是乐极生悲吗？"

张新阳刚刚燃起的一点儿希望被耿光亮的一番话给浇灭了。张新阳有些不甘心，装作很随意地问："其他这几个人你认识不？"

耿光亮瞅了一眼摇摇头说："不认识，这个李满贵也是因为办退休手续时，档案有点儿不合适，和我大吵一架后，我才认识他的。"

张新阳失望地摇摇头，目光再次落在了那个叫翟林的人的照片上，他肯定在哪儿见过这个人。这时耿光亮又说道："这个李满贵，不仅嘴巴臭，尾巴还翘，老把自己当个人物，没想到老天也看不惯他翘屁股，给了块糖，便一个巴掌把他打到地狱了。"

张新阳听到了嘴巴和尾巴，不由自主地想到了在东矿区宿舍楼听到的"三巴"的段子。翟林？翟林不就是那个管宿舍的老翟吗？他听任伟杰说过，这个老翟是有人打了招呼才从军屯矿调到东矿区管理职工宿舍的，而且在整个东矿区，只有他和任伟杰一样，工资是从乱石滩矿单列的。想到这些，张新阳确定，翟林就是那起事故背后选择了活的人。

夜幕下，张新阳开着车来到了他在东矿区的宿舍。自从出了事以后，他托任伟杰将行李送到了公司，自此再没有进入过这个房间。他从包里摸出了钥匙，插入自己曾经住过宿舍的门。门锁并没有换，他轻轻一拧钥匙，门开了。

张新阳打开了灯，房间保持着自己最后一次离开时的模样。被子散乱地堆在床角，桌子和台灯上落着一层灰，暖瓶中还有半暖瓶的水。他轻轻打开了铁皮柜子，里面还有两瓶罐头，一瓶没有开封，另一瓶吃了一半，剩下的橘子上长满了绿色的斑块和白色的绒毛。张新阳坐在床上，看着眼前熟悉的一切，那个噩梦般的夜又出现在眼前。倘若那晚自己不坚持跟着高大个下井，或许现在又是一种不同的心态和境遇。

也正是那场噩梦，让他懂得了生的可贵，懂得了还有比活着更可贵的爱。那场噩梦，既让他看到了人性的贪婪，又让他看到了人性的大爱。一场噩梦让他失去了许多，得到了许多，成长了许多。

第 112 章　老谋深算

张新阳正躺在床上发呆，宿舍的门被轻轻敲了几下，随即就被推开一条缝。老翟呵呵地笑着，把半个身子从门缝探了进来。张新阳看到是翟林，像发现猎物似的，眼中闪着光，盯着老翟说："是翟师傅，快请进，请进。"

翟林脸上依旧带着笑，边往房间里走边说："我从外面回来看见这个房间的灯亮了，我想着一定是张部长回来了。没有什么特殊情况，这间房一直给您留着呢，欢迎您随时回来。"

张新阳起身拉来了一把椅子让翟林坐下，亲切地说："翟师傅，好久不见了。"

翟林呵呵笑着点了一根烟，有点儿不自在地半坐在椅子上说道："张部长，我一直想去看看您，可又不知道该去哪儿找您。您是福大命大造化大。说句迷信话，您这叫大难不死必有后福。"

张新阳说："是高大个救了我一命，没有他，我早就死在井下了。"

翟林收起了笑，面带沉痛地说："大个是个有本事的人，敢拼敢闯，真是黄泉路上无老少，年年轻轻就这样走了，只可怜了家里的孤儿寡母了。"

张新阳不想再把话题引向高大个，现在任何对高建义的评价都是一种消费，无论是善意还是恶意。翟林见张新阳不作声了，也就不再继续说下去了。

短暂的沉默后，翟林干咳了两声说："张部长这次回来有啥事？需要我帮忙的，尽管说。"

张新阳说："上次离开这儿就再没回来过，一些人的资料放在了这儿，今天准备用才发现不在手边，便回来一趟。"

翟林客气地说："您给我打个电话，我给您送过去嘛，大老远地还跑一趟。"

张新阳笑笑说："我在这儿已经给您添不少麻烦了，怎么还敢再劳烦您。我开着车呢，也就一会儿的事。再说，这么长时间了，也想回来看看。翟师傅，我今晚不回公司了，就在这儿住一晚，也许是最后一次在这儿住宿了。您呢，要没啥事就陪我聊聊天。"

老翟搓着手说："瞧您这话说的，能陪张部长说说话，是您看得起我老翟。"

张新阳看着有些拘谨的翟林，话锋一转说："翟师傅，我记得您说和程三三一起上过班，那应该在军屯矿啊，怎么跑到乱石滩矿了？"

张新阳看到翟林眼中划过一丝不安，但很快就恢复了平静。只见翟林眨巴眨巴眼睛，拉长了声说："没错，一开始我和三三都在军屯矿下井，后来我受不了井下的艰苦，拉关系、走后门总算是调到了井上，参加了劳动服务队，再往后，公司内部人员整合，我呢，图个清闲，报名来了乱石滩，就这样，我这半辈子就这样交代了。"

张新阳问："我听说翟师傅年轻时也是多年的先进，按当时的环境和形势，您这样的条件提个干部是顺理成章的事儿，到现在怎么也能混个什么主管之类的，可您为啥会选择来这儿呢？"

翟林说："怎么说呢，我这就算是时运不济吧。先是条件不够，等条件够了，年龄也大了。我们老家流行过 36 岁。为什么要庆祝 36 呢？这是一个人精力最为旺盛的时候，但也是一个人由盛转衰的时候。记得遇到最后一次提干机会时，我 39 岁，正当我踌躇满志的时候，公司结构发生了变化，人事冻结，提干也就不了了之了。我的人生轨迹也就从那一年起定格成了如今的一条直线。"

张新阳叹了口气说："翟师傅，人的一生总是曲曲折折、起起伏伏的，哪有那么一帆风顺呢。我听说，有个叫李满贵的退休职工，买彩票中了奖，一激动过去了。您说这究竟是幸运还是不幸呢？"

张新阳边说边观察着翟林的表情，当他说到李满贵的时候，能明显感觉到翟林的眼神中透出了老友般的同情和惋惜。紧接着张新阳便问翟林："我听说，李满贵遇到过两次矿难，均毫发无损，可偏偏退休了，倒一命呜呼了。翟师傅，您认识李满贵吗？知不知道那两次矿难的事儿？"

翟林的脑袋摇得像拨浪鼓，连忙摇着手说道："不，我不认识他，不认识。那几年每年都有矿难，张部长说的是哪起矿难，我还真不清楚。"

张新阳看着一脸紧张的翟林，他和李满贵明明是一个班的生死兄弟，可他却说不认识，他明明经历了那场事故，却谎称不清楚。这让张新阳更加确定了自己的判断：翟林和李满贵就是那场事故中活下来的人，李满贵已经死了，这世上唯一知道那起矿难真相的人，只剩下翟林了。可张新阳也知道，翟林就像是一只蜷缩在壳里的蜗牛，没有绝对的安全，他是绝对不会向任何人透露一丁点儿信息的。

或许是张新阳口中的李满贵和矿难引起了翟林的警觉，他话题一转拉起了家常，言语中已经有了要离开的意思。张新阳看着有些窘迫的翟林，笑着说："翟师傅，您还没吃饭吧，走，我请您吃火锅。"

翟林说："咱们这儿偏僻，哪有火锅。老婆子做好饭了，我回家吃去。"

张新阳起身整了整衣服说："不要紧，我开着车呢，咱们去县城吃。"

翟林忙起身说："为吃顿饭去县城，不值得。张部长要是不嫌弃，我一会儿让老婆子送点饭过来，尝尝老太婆的手艺。"

张新阳还要张罗着去吃火锅，翟林便将张新阳手中的外套夺过来，扔回了床上说："张部长，就这么定了，您稍等一会儿。"

说完，翟林摆着手，开门走了。十几分钟后，翟林又推开了门，手中端着两个碗，一个碗中是半碗醋熘白菜，上面放着两个馒头，另一碗是熬得黄澄澄的南瓜红薯稀饭。翟林把碗放在了桌上，张新阳从柜子里取出了筷子，边吃边说："不错，不错，有种家乡的味道，好，好。"

不多时，两个碗就见了底。老翟要收拾碗筷，张新阳起身打开柜子，拿出了一条只剩三四盒的烟，塞在了老翟怀中说："这是没出事之前我买来应酬的，还剩几盒，翟师傅您抽了吧。"

　　老翟看了一眼烟盒说："我不能要，不要。"

　　张新阳开玩笑似的说："您是嫌弃这烟时间长了？"

　　老翟摇着头说："不，不，这么贵的烟，我不能要的。"

　　张新阳一把将烟塞在了老翟的口袋中说："让你拿着就拿着，别和我客气！"

　　老翟呵呵笑着说："那，那我就收下了。还有，张部长，您这儿的卫生，我每个星期给您打扫一次，你随时回来随时能住。"

　　张新阳看了看床铺，他又一次想起了那个可怕的夜晚，摇摇头道："不用了，我不回来住了。"

　　老翟笑着的脸僵住了，呆呆地看着张新阳。

　　张新阳又问老翟说："这些物品需要上交吗？"

　　老翟说："这是配发给您的，您要需要，我明天帮您收拾好放车上。"

　　张新阳说："翟师傅，不用麻烦了。这些东西你都拿走吧，算我送给你的。我明天给任伟杰打电话，这间房就算是腾空了。"

　　老翟嗫嚅地说："张部长，没关系的，给您留着也不会有人说……"

　　张新阳说："谢谢翟师傅，就按我说的办吧。"

　　翟林嗯了一声，收拾起碗筷推门离开了。

　　这天中午，张新阳再一次在刘成功办公室门前遇到了邢利为，彼此点了点头，算是打过招呼，随即便各自走开。刘成功对他的态度依然和从前一样，只是他已经许久没有再接触与改革等重大事项有关的核心工作了。一种疏远感深深地刺痛着他，他一直在犹豫、抉择中挣扎，他不忍心亲手将自己心目中的英雄拉下神坛，推向祭坛，可那张慈祥的面孔后确确实实藏着一个魔鬼。

　　张新阳坐在办公桌前呆呆地盯着顾阳焦煤集团五十周年发展成果巡礼活动方案，刘成功悄无声息地走到了他跟前说道："怎么，有啥心事，在这儿发什么呆呢？"

　　张新阳赶忙起身说道："董事长好，我在琢磨五十周年活动的事，没留神您进来，不好意思。"

　　刘成功说："最近怎么样？"

　　张新阳说："挺好的，挺好的。"

　　刘成功说："挺好？我看你是很不好。是不是看着有人频繁出入我办公室，心里瞎琢磨呢？"

张新阳慌忙说道："没有，没有，我，我这……"

刘成功盯着张新阳微微笑道："我说错了？你这点儿小心思瞒不了我。给你交个底，之所以不给你安排重要工作，主要是考虑到你经历了那件事儿后心理需要恢复，我不想给你太多压力，想让你好好恢复，过段时间，还有更重的担子要给你呢，这回明白了吧。"

张新阳看着刘成功，鼻子不由自主地一酸，刚在还在脑海中反复出现的阴谋家，瞬间消失得无影无踪了，他的眼圈微微泛红，低声说道："谢谢董事长，新阳错怪您了。"

刘成功拍了拍张新阳的肩，哈哈笑道："我说什么来着，就知道你在动小心眼儿。听说外面的那辆岳 B 牌照的现代轿车是你的？开得怎么样？还顺手吗？"

张新阳说："董事长见笑了，女朋友在津州，没车不方便，就七拼八凑地弄钱买了一台车代步。"

刘成功说："年轻人，想干什么就干什么，这也是有魄力的表现。如果说买车是一种勇气的话，那开车就是一门学问，什么事情都没有那么简单，好好学吧。"

张新阳听出刘成功话中有话，但一时又捉摸不透他的弦外之音，只好低声说道："还不是全靠董事长提携，新阳听您的，一定好好学。"

刘成功又拍了拍张新阳的肩，示意他坐下继续干活。随即一转身，脸上露出了满意的笑容，背着手走出了张新阳的办公室。

第 113 章　杀机已现

邢利为带着几位客人走进了刘成功的办公室，不多时又走出来对张新阳招了招手。张新阳快步走到他跟前问道："邢部长，您有事？"

邢利为说："来了几位客人，董事长让你进去招呼一下。"

张新阳点头说："行，我这就进去。"

邢利为拉了张新阳一把低声说："重要客人，注意点儿规矩。"

张新阳点头说道:"哦,您放心。"

邢利为说完又转身回到了刘成功的办公室。

所谓的服务无非是端茶倒水,但这看似简单的工作想要干好也没那么容易。刘成功既然没有安排张俊或张新阳记录,就说明这个会议内容是需要保密的,邢利为作为公司方的代表要去端茶倒水便显得对客人不尊重了。所以什么时候进去、什么时候出来,这个尺度必须掌握好,这就是所谓的规矩。张新阳既然明白规矩,当然也能把这件小事拿捏得恰到好处。

张新阳在门口稍微等了一会儿,推门走进办公室。三位客人坐在办公室小会议桌的左侧,刘成功和邢利为坐在右侧。一个矮个的年轻人从公文包中拿出了两份材料恭恭敬敬地放到了刘成功和邢利为面前。刘成功拿起材料看了看封面,又轻轻地放到桌上,客气地和对面中间稍胖的中年人寒暄起来。

张新阳知道这五六分钟的寒暄是必要的会晤过程,一是加深彼此的了解,二是留出时间让工作人员做好服务工作。张新阳熟练地泡好了茶,轻手轻脚摆在了客人面前,随即又将刘成功的水杯加满了水,把烟灰缸摆到了会议桌上。等邢利为摊开记录本,张新阳知道他们要进入正题了,脚步轻盈地退出办公室,轻轻关上了门。

半个小时之后,刘成功办公室的门开了,张新阳赶快走到门口。三位客人在刘成功爽朗的笑声中走了出来,跟在刘成功身后的邢利为冲张新阳挤了挤眼,示意客人要走了。

只听微胖的客人说:"董事长留步吧,合作中遇到什么问题我们再联系。"

刘成功说:"梁总,您是贵客,我必须把您送到车站。"

微胖客人说:"不必劳您大驾了。"

刘成功说:"梁总,您必须让我们尽到地主之谊。"

微胖客人说:"董事长,您太客气了,那我们就恭敬不如从命了。"

又一阵爽朗的笑声,几个人在寒暄中下了楼梯。张新阳则走进了办公室。他将水杯中的茶梗和烟灰缸中的烟蒂清理了一番,把清洗干净的茶杯整整齐齐放回原位。随即又用抹布将会议桌擦抹干净。会议桌上放着客人留下的材料,张新阳略微整理了一下,整整齐齐地放到了刘成功的办公桌上。

就在他准备转身离开时,无意间又回头瞥了一眼办公桌,这不经意的一瞥,让他停住了准备离开的脚步。他分明看到一摞文件下压着的半页纸上赫然写着他的名字。

张新阳像做贼似的走近那张宽大的办公桌,屏住呼吸,轻轻抽出那张纸。

纸上是刘成功龙飞凤舞的笔迹，字迹虽然潦草，但张新阳还是毫不费劲地认出了纸上的内容。只见上面赫然写着刘成功、赖峰、杜宇、杜天、老梁等几个人的名字，再有就是一行行涂涂写写、圈圈点点的数字。再往下是一些散乱的文字，万顺、东矿、凌峰等字上被画了许多圈。张新阳的名字在纸张的左下角，三个字也被圈了起来，周围还有许多笔尖轻点纸面的痕迹。张新阳又翻开文件，文件还压着几张同样满是字迹的纸张。张新阳大概看了一遍，已经窥探到了这几张纸上所隐藏的不为人知的秘密。

一瞬间，张新阳决定把这这些内容复印下来带走。他迅速把纸张放到了刘成功桌上的复印机中，按下了启动键，机器毫无反应。张新阳检查了一下，才发现复印机没有插电源，他急忙将电源插好，再次按了启动键。这台老式的复印传真一体机发出了呜呜的运作声，复印纸开始缓缓地卷入了机器中。张新阳把手放到了出纸口，焦急地等待着。

纸张发出了哗啦哗啦的声音，时间犹如静止了一般，几秒钟的出纸时间仿佛几个小时般漫长。忽然响起一阵纸张揉碎的声音，纸卡在了出纸口，机器发出两声"嘀嘀"的警报。无论张新阳如何摆弄，机器再不动作了。

张新阳看了一下手表，刘成功已经离开二十几分钟了，算一算公司到火车站的时间，若不出意外，这会儿刘成功已经开始往回走了。张新阳的额头上冒出了汗，他似乎已经听到了门外刘成功的脚步声。他拆开了机器的墨盒，慢慢将卡住的纸张往外抽，头上的汗一颗颗滴在了手背上，他的手微微颤抖着，从机器中抽出了满是褶皱的纸张，机器又呜呜地开始运作了。又一张纸被卷了进去，张新阳的心提到了嗓子眼儿上，他死死盯着出纸口，就像盯着法官法槌的罪犯，随时都会被纸张揉碎的声音判处死刑。一秒、两秒、三秒，一张完整的纸缓缓吐出，张新阳长长地出了一口气。

刘成功陪着梁总走到了顾阳火车站的进站口，一个和张新阳身材相仿的人从他眼前一晃而过。想到张新阳，刘成功的心咯噔一下，脸上立即没有了血色。他简单和梁总客气了两句，又叮嘱邢利为一定要把梁总招呼好，便转身朝停车场方向疾步走去。一上车便吩咐吴昊："吴师傅，快开车，回公司。"

张新阳刚刚把那沓纸复印完，就从窗户中看到刘成功的车像子弹般飞进了公司大院。张新阳立即将复印件胡乱叠了一下装到兜里，匆忙将原件整理一番重新压到文件下，草草恢复了原样，然后快步走出了刘成功的办公室。刚刚在自己的办公室桌前坐定，便看到刘成功匆匆赶回来的身影。

刘成功朝着他这边看了一眼，装作不在意地问："新阳，收拾过了？"

张新阳站起身微笑着答道："收拾好了。"

虽然刘成功的语气显得很迟慢，可张新阳还是能听出他呼呼的喘气声。刘成功还是像往常一样点了点头，推门走进了办公室。

午夜的月光洒落在窗外，映出了矿山怪兽般的影子。张新阳站在窗边凝视着它，它也在凝视着张新阳。忽然，张新阳看到这只怪兽伸出了一双无形的手，紧紧地扼住了他的喉咙，他感到呼吸艰难，再发不出任何声音。

张新阳终于读懂了那几张纸上潜藏着的信息。万顺焦化厂的并购案确实是有问题的。当初陈晓东担心的"收购的底线价"其实就是最大的风险。高于正常市值的收购差额，让刘成功、赖峰、杜宇赚了个盆满钵满。董事会、老领导、老首长都让收购后公司的盈利给蒙骗了，成了给他们摇旗呐喊的鼓手，而这个过程中起决定性作用的，恰恰是自己这个天真而又无知的棋子。万顺并购得手后，他们以杜天妻弟的名义成立了凌峰投资有限公司，几个人作为幕后股东，操纵凌峰公司的运作，而他们运作的对象，正是乱石滩矿的东矿区。

也就是说，刘成功他们通过手中的权力阻挠东矿区的生产，降低矿区的身价，然后再把东矿区贱卖，转入凌峰旗下，实现以最小的成本攫取最大的利益。张新阳不由得想起上次和刘明桢的谈话，他暗暗地佩服起了刘明桢的洞察能力。万顺焦化厂的收购果不其然有暗箱操作！

张新阳痛苦地揉着生疼的太阳穴，先前刘成功带给他的一点点感动早已烟消云散。他从刘成功的身上看到的只有罪恶！瞒报矿难、杀人灭口、操作产量、暗箱交易，贪得无厌、欲壑难填。而自己在不知不觉中却成了这个链条上的一颗关键的螺丝钉。他又一次从柜子中拿出了程美丽的那两份材料。他知道，此时的自己稍有不慎，就会引火烧身，但良心和直觉告诉他，大丈夫有所为有所不为，不管结局会怎样，这个祸他必须要闯一闯！

赖峰接到刘成功的电话便火急火燎地赶到了新世纪大酒店。一见到刘成功便嚷嚷道："大哥，这么急让我过来有啥事呢？"

刘成功脸色阴沉道："张新阳那儿可能要出事。"

赖峰诧异地看着刘成功说："出事？出啥事？"

刘成功眼角的肌肉抖动了几下说："张新阳知道了我们的核心机密。"赖峰不解地望着刘成功，刘成功又说："我一时大意，将几张写满万顺和凌峰公司账的纸落在了办公桌上，张新阳收拾房间时给复印走了。"

赖峰问："您怎么知道他复印走了？"

刘成功把送梁总前后的事儿简单地讲给了赖峰，随即苦笑了一声说："他那点儿小伎俩还瞒不过我的眼睛。那几张纸明显被人动过，纸的边缘还有指纹状的水渍。再有，我的复印机有点儿毛病，最近一直没有接通电源，可我回到办公室时，电源是插着的。张新阳这小子靠不住了。"

赖峰有些犹豫地说："年轻人爱冲动，我再找他谈谈，或许他会有所转变呢。"

刘成功狠狠地看了赖峰一眼说："他这个人我还是了解的，年纪轻轻的，迂腐，执拗！他一旦知道了内幕，就会和我们离心离德的，这一点毋庸置疑。唉，当断不断反受其乱！"

赖峰问："那依您的意思，我们该怎么弄？"

刘成功慢吞吞地吐出几个字："那张银行卡该派上用场了！"

赖峰说："你不怕他破罐子破摔吗？"

刘成功说："现在他有罐子可摔吗？那几张纸虽然重要，但仅凭着几张纸还说明不了什么。一旦他要把那张纸背后的东西全搞清楚了，那时候才是真正的麻烦呢。"

赖峰叹息了一声说："好吧，年轻人总是要为自己的幼稚埋单的。"

几天后，津州市纪委收到了匿名举报信，举报顾阳焦煤集团行政部副部长张新阳利用职务之便向万顺焦化厂索贿 13 万元。市纪委将线索交由顾阳县纪委调查。刘成功得到消息后，几天来紧皱着的眉头慢慢舒展开了。他不得不承认，张新阳身上有他年轻时的影子，但年轻时的自己在经历过无数的挫折和磨难后早已死去。那个曾经的刘成功早已成了现在自己记忆中的敌人，以致对这个自己影子般的年轻人下手时，他丝毫没有一点同情和怜悯。在他的世界中，一切早已经变得似是而非，只剩欲望驱使着他的灵魂，在追逐权力和利益的路上，一刻不歇地奔跑着！

第 114 章　媛媛的痛

自从生了孩子以后，冯媛媛的脾气变得越来越坏，她和李哲的矛盾也越来越尖锐。两人在一起说不了几句话，很快就会争吵起来，接着就是李哲的摔门而去和孩子的啼哭。李哲的"加班"也变得越来越多，冯媛媛清楚李哲所谓的加班只是借口而已。他们的婚姻如同婚礼上叠着的酒杯，只要轻轻一碰便会轰然倒塌、支离破碎。

晚上11点半，一身酒气的李哲推开了门。冯媛媛正抱着孩子喂奶，李哲歪歪斜斜地趴在冯媛媛肩上逗着胖乎乎的小女孩。小女孩见爸爸在逗她，咧开小嘴呵呵地笑了。李哲呵呵乐着，蒙眬的双眼移到了冯媛媛白皙而又膨胀的胸脯上，随即便将手伸了过去。

冯媛媛闻着他满嘴的酒气，一把打开了他的手说道："别闹，你洗手没有，孩子还要吃呢。"

李哲嬉皮笑脸地说："她吃，我也要吃。"说着俯身把脸凑向了冯媛媛的胸前。

冯媛媛怕他压着孩子，急忙探身将孩子放到了一边，身子一闪，仰面躺在了床上。李哲顺势把冯媛媛压在了身下，一把掀起了冯媛媛的睡衣，发疯般在她散发着淡淡乳香的肌肤上疾风骤雨般地轻吻着。冯媛媛本以为李哲是闹着玩的，可见到这个阵势，知道他是要来真的了，于是狠劲推开李哲说："别，别，我的身子还没恢复呢，不能同房的。"

李哲不管不顾地轻吻着冯媛媛洁白的胸脯，呼吸急促地说："别人过了满月就开始过夫妻生活了，我们这都几个月了你还推推搡搡的？"

冯媛媛说："别人是别人，我是我，你不知道我生孩子受了什么罪吗？再等一个月，等我彻底恢复了再说，好吗？"

李哲仍旧不依不饶地喘着粗气说："你心里还有我没有，这么长时间就不想要？"

冯媛媛说："你要心里有我，就让我再恢复一段时间，不行吗？"

李哲没有搭理冯媛媛，三两下脱掉了自己的上衣，结结实实地抱住了冯媛媛，嘴里喷着酒气说："不行，我今天就要你了。"

冯媛媛看着近乎疯狂的李哲，有种被强暴的感觉，不由自主地伸出了手，一个巴掌打在了李哲脸上。李哲被这一个巴掌打得清醒了许多，眼睛直勾勾地盯着冯媛媛说："你打我？你敢打你老公？"

冯媛媛说："我的老公？谁的老公会强暴自己的老婆？我就问你，你心里还有我没有？"

李哲怒吼道："我心里没你？你心里有我吗？我看你心里只有那个张新阳吧！"

冯媛媛生气地说："不许你玷污我和新阳的友谊。"

李哲恶狠狠地说:"友谊? 狗屁的友谊,谁知道你和他干了什么见不得人的勾当。"

冯媛媛浑身颤抖着说:"李哲,你,你,你这个人无理取闹。你要这么说,我就喜欢张新阳了,怎么着! 至少他比你要靠谱。"

李哲忽然笑出了声,略带快意地说:"你说什么? 张新阳比我靠谱? 他小子马上就不靠谱了。我实话告诉你,今天纪委的人去我那儿查一张银行卡的资金流水,我无意间听到他们说这张卡和张新阳有关。依我看,你的这位梦中情人一定是犯了事,他呀,很快就要成为阶下囚了。"

凭着对李哲的了解,冯媛媛知道李哲刚才说的是真的。她诧异地瞪大了双眼,脸上不由自主地流露出深深的不安。李哲看着冯媛媛的眼睛、起伏的胸脯和不安的表情,情欲的冲动夹着报复的快感一阵阵地往头上涌。他不顾一切地解开了皮带,猛地扑向了冯媛媛,疯狂地轻吻着冯媛媛不再躲闪的雪白的身体……

事后,心满意足的李哲不一会儿便鼾声大作。冯媛媛哄着孩子睡着后跑进了浴室,任由花洒中的水从头上倾泻而下,混着两行委屈的泪,冲洗着身体。她曾经试着原谅过李哲,甚至当她知道李哲出轨之后也没有放弃过他能回心转意的希望。但李哲这次的行为深深刺痛了她的心,让她不再对婚姻和爱情抱有任何幻想。她不得不承认,结婚前李哲的甜言蜜语都是伪装出来的,或者说是出于本性,对每一个女孩都会情不自禁地给予。当初,她以为这就是爱情,但现在她明白了,这是一个花心男人的本性,根本与爱无关。

张新阳接到冯媛媛的电话已是午夜零点 30 分。他静静地坐在台灯下,灵魂深处强烈的正义感和对前途的迷茫,以及父母爱人对他的期望杂乱地交织在一起,让他在痛苦中难以取舍。眼前的选择是一次用自己的前途和幸福做赌注的冒险,只要迈出第一步就再也没有了退路,可仅凭自己的一己之力和手中仅有的几分材料、几个线索,又根本无法支撑起举证的证据链,做与不做,如何去做,成了他心中无法破解的死结。

冯媛媛的电话将他从痛苦的冥想中带回了现实,可当他按下接听键的时候,冯媛媛的声音又让他的内心泛起了一圈无法描述的涟漪。电话中传出了冯媛媛略带嘶哑的声音:"新阳,没打扰到你吧。我有事要和你说。"

张新阳料想她可能又和李哲吵架了,便和颜悦色地说:"这么晚了,有啥事儿明天再说好吗? 早点儿休息,不要熬坏了身体。"

冯媛媛听到另一个卧室内传来了李哲的脚步声,想是他起来喝水或上厕所,只得压低了声音说："那好吧，明天上午我再打电话给你。"

电话挂掉了，张新阳忽然有种想见冯媛媛一面的强烈冲动，于是又拿起了手机，给冯媛媛发了一条短信：如方便，明天中午格瑞斯餐厅面谈。等了许久，冯媛媛并没有回信，张新阳将手机放到了床头，望着窗外的寒月，迷迷糊糊地进入了梦乡。

第二天中午下班前，张新阳终于收到了冯媛媛的短信，内容只有四个字：不见不散。张新阳匆忙收拾好东西，开车前往格瑞斯餐厅。这是一家离旧城区较远的新餐厅，之所以选这儿，就是为了避免遇到熟人。张新阳坐定不多时，冯媛媛也走进了餐厅。冯媛媛已经恢复了产前的身材，只是脸色有些憔悴。张新阳很绅士地起身拉开一把座椅让冯媛媛坐下。冯媛媛浅浅地笑了一下，算是感谢。两人面对面坐着，张新阳已经做好了倾听冯媛媛诉苦的准备，谁料冯媛媛第一句话就让张新阳吃了一惊。

冯媛媛紧紧盯着张新阳的眼问道："新阳，我先问你一个问题，你的钱来路正吗？"

张新阳不解地看着冯媛媛，没有作声。

冯媛媛紧追不舍地问："回答我。"

张新阳喉结动了动说："媛媛，谁都可以不了解我，但你不能不了解我。我花的每一分钱都是光明磊落挣来的。"

冯媛媛继续盯着张新阳的眼睛说："好，既然是这样，我就告诉你，纪委在调查你的收入，你想想再回答我，你真的没有什么事吗？"

张新阳斩钉截铁地说："绝对没有。"

冯媛媛长长地出了一口气，喃喃地说："那你应该有个准备，有人要整你。"

张新阳好奇地看着冯媛媛的脸问："媛媛，你怎么了？天上一脚地上一脚的，把我都搞糊涂了。"

冯媛媛把昨天晚上李哲的话和张新阳说了一遍，又打量了一番张新阳问："人家提到了一张银行卡，你知道是指哪张卡吗？"

张新阳静静地思考了一会儿，老梁的脸又浮现在了他的面前。冯媛媛指的应该就是那张卡。张新阳立即意识到，那张卡是刘成功他们早已布好的局！这样一想，当初的一切不合理立即变得合理了。幸好当初没有把那张卡占为己有，否则此时自己已经成为待宰的羔羊了。张新阳的身上出了一身冷汗。

冯媛媛见张新阳在那儿发呆，便知道张新阳一定知道银行卡的事儿，而且一定和那张卡有撇不清的关系。冯媛媛有些失望地问道："怎么了？你知道那张卡吗？"

张新阳说:"知道,但我没有动那张卡。这是一个可怕的阴谋,圈套,陷阱,你懂吗?"

冯媛媛抓住了张新阳放在桌上的手说:"我相信你。"

张新阳感觉到冯媛媛手掌的温度和手心微微的颤动,他想把手抽回去,可又怕冯媛媛难堪。两人对视了一眼,又很快移开了目光,谁也不敢直视对方的双眼。就这样僵持了半分钟,张新阳的脸红了。

冯媛媛看着张新阳一脸的羞涩,轻轻地把自己的手挪开说:"你和诗雅还好吗?"

张新阳点头说:"好。"

冯媛媛又低下了头,一颗热泪滴落到了桌上。

张新阳问:"媛媛,怎么了?"

冯媛媛说:"他,他欺负我。你知道,他昨晚,他,他禽兽不如……"

冯媛媛话还没有说完就呜呜地哭了。张新阳不知该如何安慰冯媛媛,抽出了一张纸巾递到了她的手中。冯媛媛猛地抓住了张新阳的手,放到了自己脸上,随即又轻轻地放开,泪水浸湿了张新阳的手心。

下午回到办公室,张新阳呆呆地坐在办公桌后盯着刘成功办公室的方向。别人已经对自己出手了,自己还在犹豫不决,这次也许可以躲过一劫,但自己的命运早已捏在了别人的手中。他似乎看到了刘成功手中的几根提线,而自己如同木偶般任人摆布。

张新阳倔强地摆了下手,赶走了那个提线人的影子!不,决不能向别人低头!张新阳攥紧了拳头,狠狠砸在了办公桌上!如今的形势,必须坚决地反击,箭在弦上,不得不发!

第 115 章　二次设局

傍晚,新世纪大酒店贵宾室,刘成功和杜宇并排泡着温泉。升腾的水雾和悠扬的古筝构成了一轴绝美的画卷。

刘成功拿起一杯红酒,优雅地晃一晃酒杯,看着鲜红色的液体在杯中卷成一个小小的漩涡。他慢慢地品了一小口，很享受地咽了下去。随即放下酒杯，捧了几把热水洒向胸前。杜宇眯着眼睛，把玩着手中的紫砂壶，任由年轻的按摩师给他揉着肩。刘成功用胳膊肘碰了一下杜宇，杜宇懒洋洋地睁开了眼，看着刘成功笑出了声。

刘成功懒懒地问："你笑什么？"

杜宇微笑着说："我想起了我们在云南的黄泥汤子中洗澡，洗完了身上便裹了一层泥，用手一摩挲，满屋子都是尘土。"

刘成功也笑道："黄泥汤子也总比不洗强，一声臭汗，都快把自己熏死了。"说罢刘成功看了一眼按摩师，冲她摆了摆手，按摩师很知趣地离开了房间。

刘成功看房间内没人了，问杜宇道："纪委那边有什么情况吗？"

杜宇说："我们的人传来的消息，上面给他们的命令是核实线索，仅凭那份举报信还不足以立案。"

刘成功问："那他们调查到什么程度了？有消息吗？"

杜宇说："他们目前的结论是，那张卡是存在的，钱已经提现了；张新阳买车的时间与卡提现的时间基本一致，只是张新阳买车在前，那张卡提现在后，这不符合逻辑，构不成证据。他们正在进一步调查呢。"

刘成功说："张新阳这小子小心谨慎，鬼点子也多，我想他是不会直接用那张卡消费的。只要他动了那笔钱，这事儿就八九不离十了。"

杜宇问："那我催一下我们的人，叫他使把劲让纪委立案。"

刘成功摆摆手说："不要操之过急，这个事儿已经在我们的掌控之中，我们的人要在关键的时候发挥作用。老梁那儿怎么样？"

杜宇笑笑说："老梁和我哥是出生入死的自家兄弟，用他你就放心吧。"

刘成功说："小心驶得万年船。该谨慎的一定要谨慎。"

杜宇说："听您的一定没问题。走吧大哥，我们去按摩一下，放松放松。"

刘成功放下了酒杯，起身离开温泉池子，杜宇紧随其后走向按摩间。

晚上，新世纪大酒店1025房间外传来了几声有规律的敲门声，刘成功穿上睡衣，起身打开了房门。化着淡妆的吴小清从门外闪进了房间，一抹熟悉的幽香立即缠绕住了刘成功。刘成功一把将吴小清揽在怀中，身体往后一仰，靠在了虚掩的门上。只听咯噔一声，房门便锁上了。吴小清扔掉手中的包，藤蔓一般紧紧缠在了刘成功身上，她闭上眼睛，任由刘成功狠劲地亲吻她娇艳的脸颊，感受着这份让她无法自拔的爱。

很快，这方小小的天地旋转了起来，四周如龙卷风般掠过，渐渐剥去了一切不属于她的东西。她赤裸裸地享受着暴风中央的温暖和炽热，不久，便随着刘成功登上了那艘只属于两人的诺亚方舟。两个不受束缚的灵魂紧紧交织、尽情放纵，天地战栗着，方舟摇曳着，一切如初遇般美好。

暴风雨渐渐远去，吴小清依偎在刘成功的臂弯中，她将手抚在他的胸口，听着他强壮有力的心跳，脸上挂起了一抹红晕。刘成功紧紧搂着吴小清，享受着人世间最私密又珍贵的温存。

刘成功轻轻吻着臂弯中小鸟依人的吴小清说道："小清，今晚别走了。"

吴小清低声说道："不，我得回去，他还在等我。"

刘成功抚摸着吴小清柔滑的肩膀说道："你还是放不下他？"

吴小清的眼圈红了，声音变得更加低沉："我恨他，也恨你。"

刘成功抱了抱吴小清说："这都怨我，没能给你什么名分，让你受委屈了。"

吴小清说："不，我不要什么名分，我恨你，是因为你偷走了我的心，让我放不下对你的依赖。"

刘成功说："那，他呢？"

吴小清说："你知道吗，现在的他已不再是那个唯唯诺诺的人了，他变了，真的变了，而且变得越来越像你了。我恨他，他变得太晚了，是他给了你机会，让我这颗被你偷走的心，再也无处安放。"

刘成功沉默许久，语气坚定地说："小清，我把偷走的这颗心还给你，你还是回到他身边吧。爱你，就要让你幸福。有你曾经的温存和记忆，我已经很知足了。"

吴小清又缠住了刘成功说："我知道他对我好，可我对你的爱，已经成了依赖，我舍不得放下。"

刘成功把吴小清搂得更紧了，他闻着她悠悠的发香问道："你是他的女人，也是我最爱的女人。不过，我还是不明白，他怎么会忽然转变了呢？"

吴小清说："成功，你别怪我，有些事儿我一直没有和你说，这一切全要归功于张新阳。"

听到张新阳三个字，刘成功的身体触电般地一抖，他万万没有想到，那个要夺回自己最心爱的女人的人，背后居然会和张新阳有关系。刘成功脱口而出问道："张新阳？他怎么会有这么大的能力？"

吴小清看刘成功吃惊的样子，便简单将卧龙山快餐店的事儿告诉了刘成功。说完，她又停顿了一下说："张新阳这个人确实有点儿本事。前段时间王岩准备和那个孟老板合伙再开一家店，正缺钱呢，张新阳给我一张银行卡，里面有一笔钱，让我先拿着用，你说他哪来的这么多钱呢？"

刘成功瞪大眼睛看着吴小清问："什么？银行卡？什么样的银行卡？"

吴小清看着刘成功咄咄逼人的神情，隐约感觉到了刘成功的恐惧和不安。她小心翼翼地将张新阳送卡的过程一五一十地告诉了刘成功。刘成功一把推开吴小清，厉声问道："你动了那钱了？"

吴小清从未见过刘成功这样对她说话，声音颤抖着说："没，我没有，王岩取了，他说赚了钱就还给张新阳。"

刘成功一拳砸在了床头的茶几上，两眼放着光，叹息道："小清，你坏了我的大事。"

忽然，刘成功的手机响了，这是只属于个别人的特殊铃声，刘成功一把抓起手机，按下了接听键，电话中传来了杜宇的声音："大哥，刚刚得到的消息，事情可能有意外，纪委传来消息说，那张卡的取款人是吴经理的先生——王岩。咱的人说，就目前的情况，下一步有两种选择，一是对王岩进行调查；二是就此打住，以线索不实为由，回复上级。明天他们就要研究，还请我们尽快决定。"

刘成功看看吴小清，铁青着脸说道："让我们的人尽最大的努力，争取按第二种情况办。"

杜宇说："可第二种情况，津州方面会追究举报人的责任的。"

刘成功说："告诉咱的人，想尽一切办法，防止追究举报人的责任。同时也告诉老梁，做好吃点儿苦头的准备。你再告诉他们，尽全力去办，我是不会亏待他们的。"

杜宇说："明白了，我这就去安排。"

刘成功穿了睡衣，点燃了一支香烟，在房间里来回踱了几圈，随即又把目光落在了吴小清身上。吴小清已经裹了浴袍坐在了床前，她像一只受惊的小鹿般眨着眼睛看着刘成功。刘成功坐到她身旁，有些心疼地说："小清，对不起，刚才吓着你了。有些事你可能也知道一二，但我始终不想和你说，不是不信任你，是怕有一天你会受到牵连。今天我就和你交个底，新创焦化厂的并购是有幕后交易的。既得利益者有我。张新阳给你的卡就是我用来制约他的利剑。现在张新阳背叛了我们，而且他手上有了置我于死地的证据。我举起了这把剑，可这把剑落在了你手中。"

吴小清基本听懂了事情的来龙去脉，她的感情再一次被无情地推到浪尖，又重重地摔到了地上。她对张新阳有着弟弟般的感情，那种对他的喜爱、疼爱、感激，被刘成功几句话敲得粉碎，她仿佛看到了偷走自己心的人和拯救自己灵魂的人站在决斗场，利剑随时都可能割开其中一个人的咽喉，而她却不忍心让任何一个人倒下。

吴小清双眼无神地直视前方，刘成功轻轻把她搂在怀中说："我知道你接受不了，感情上也很难选择，但你要想明白，放弃张新阳你失去的是一份难得的情谊，但放弃大局，你会失去一切。"

第二天晚上，赖峰和杜宇都出现在了1025房间。杜宇简要说了从县纪委打探到的最新消息，老梁举报的问题已经按不实线索向上级进行了汇报，老梁那边也打了招呼，老梁托他给刘成功带了四个字——必效死力。

赖峰颇有些焦虑地说："事情好像还有些不对，最近张新阳去档案室查了资料，还去东矿区找了翟林，直觉告诉我，张新阳已经知道了那件事！"

刘成功忽地起身，两眼直勾勾地盯着赖峰问："你是指军屯矿难？"

赖峰肯定地点了下头说："对。"

刘成功一屁股坐回到椅子上，眼中显出了凶光，狠狠说道："现在必须把张新阳给办了。只要他进去了，他所掌握的所有不利于我们的证据，才会被别人认为是他企图报复我们的黑材料。"

杜宇说："大哥，是不是我找两个兄弟把他……"

刘成功瞪了他一眼说："愚蠢，什么年代了，还能用那一套？"

杜宇不说话了，刘成功闭上了眼睛，思考一番对赖峰说："这样，你去找经侦大队的老黄，让他私下去查张新阳。"

赖峰说："老黄？他能查什么？张新阳就是个农村出来的大学生，有什么经济案件可查的吗？"

刘成功看了一眼赖峰说："赖总，你怎么也糊涂了？农村出来的穷学生，就凭他那点儿工资，短短几年时间就在津州买了房，还买了车，这些钱是哪来的？我听说他们永宁县有个孟氏兄弟开着焦化厂，而且和张新阳关系不错。要知道焦化厂是需要煤的，这煤从哪儿来？岳东省除了顾阳，怕是不好再找第二个地方了吧……"

赖峰眼前一亮，佩服地说道："还是大哥思路广。我这就让老黄动用他们的手段去办这件事儿，白居易不是说过商人重利轻别离嘛，以老黄他们的手段，总能挖出点儿什么线索。只要坐实了他的经济问题，就安排人报案，让老黄立案侦查。"

刘成功笑着点头表示同意，随即又对赖峰说道："这件事不能操之过急，要吸取上次的教训。再有，你和老三再把军屯矿难的细节推敲一下，看到底是哪儿出了漏洞，张新阳到底掌握了些什么东西。我们千万不能掉以轻心。"

赖峰说："我这就去找老黄。矿难的事儿，我也立即再着手去查，我倒要看看他手里到底有什么撒手锏。"

刘成功又对杜宇说："老三，我最不放心的还是你那儿，你当年的处理还是有些冒失，整出了人命，怎么弄都于事无补。"

杜宇说："大哥，你放心，真要有了事儿，我一个人担着就行。"

刘成功把手放到他的肩膀上捏了一把说道："老三，当年郭庆走的时候我就发誓，决不能让你们再有什么闪失。"

杜宇和赖峰注视着刘成功，四周只有一片寂静。

第 116 章　险象环生

认准的事就要态度坚决地干，这是张新阳简单而又复杂的人生信条。摆在眼前的两件事是两个手雷，稍有不慎就会引爆，而他会被炸得粉身碎骨。目前的处境好比一加一确实等于二，可如何证明一加一等于二，确确实实是件难题。

两件事的真实性都铁板钉钉地摆在那儿，但要证明这两件事儿的真实性，需要做大量的调查取证工作，以他目前的能力想要再收集什么证据，已经是不可能的事儿了。张新阳需要拉响这两颗手雷的引信，瞄准目标狠狠地扔出去，炸碎重重的罪恶和黑幕。

他把手头有限的资源仔仔细细地推敲了一遍，又反反复复地修改了几次，形成了两份举报材料。看着两份厚厚的材料，通过什么渠道把这几份材料送出去，送到什么部门，又成了摆在张新阳面前的难题。

夜已深了，张新阳正谋划着如何破解难题，远在永宁县的孟强被一个电话从梦中惊醒。孟强骂骂咧咧地摸到手机，当他看到蓝色屏幕上的号码时，一下跳到了地上。电话是县公安局经侦大队的李建斌打来的。

李建斌办事向来谨慎，这个时候打来电话必然有大事。孟强接起了电话，小心翼翼地问："哥，有啥事？"

李建斌语气生硬地问："强子，你们兄弟俩在顾阳有什么事儿吗？"

孟强略微沉默了一会儿，迅速把他和孟勇在顾阳的生意捋了一遍，确定没有大的漏洞后，语气肯定地回答道："哥，我们兄弟的为人你还不清楚，别说在顾阳，就是在永宁我们也是合法经营，没有任何问题。"

　　李建斌仍然生硬地问："你敢肯定？"

　　孟强毫不犹豫地说："肯定，我以我们家的人格担保，绝对没有做违规违法的事儿。"

　　李建斌的语气缓和了些说道："行，我信得过你。我跟你说个事儿，今天顾阳来了两个人，经侦的，是冲着你们兄弟俩来的，刚从我这儿离开。"

　　孟强问："是在调查我们？"

　　李建斌说："他们只出示了证件，没有带任何手续，严格意义上不算侦查。否则，我是不会给你打这个电话的。我相信你们兄弟俩是干净的，不过你和小勇还是好好想想，是不是哪儿出了漏洞，要真有差错，也别藏着掖着，认个错，接受个处罚，也不是个啥事。"

　　李建斌说话的同时，孟强再次把所有涉及顾阳的账目想了一遍，确定没有大的纰漏后对李建斌说："哥，谢谢。我敢打包票，别说经济问题，就是漏洞失误都没有。"

　　李建斌说："谢啥，我是信任你俩，你俩要真有事，我也绝不会放过你的。还有，看他们的意思暂时是不走了，或许会去找你，你俩要做好准备，把事儿说清楚。"

　　孟强挂断李建斌的电话，立即把电话打给你孟勇。十几分钟后，孟勇就出现在了孟强家的客厅。孟强瞅了一眼头发蓬乱的孟勇，脸上还有淡淡的口红痕迹，孟强有些疑惑地问道："已经睡了？打扰你的美梦了。"

　　孟勇发现孟强正在盯着自己的脸，就知道自己刚才的床笫之欢在脸上留下了痕迹，他不好意思地挠了挠头说："没有，没有，小静在呢。"

　　孟强听到是孟勇的未婚妻小静回来了，这才放下心来说道："小静回来也不告诉我们一声，一起吃个饭嘛。"

　　孟勇说："她今年晚上才回到颜州，就没打扰你们。哥，这么着急叫我过来有啥事呢？"

　　孟强说："刚才李建斌打来电话说顾阳那边来了俩经警，是冲着咱俩来的。你再给我好好想想，我们在顾阳到底有没有什么疏漏？"

　　听了孟强的话，孟勇缓缓起身，手摸着下巴在地上转开了圈。孟强把腿搁在沙发扶手上，一言不发地看着满地转圈的孟勇。

几分钟后，孟勇坐回了回去说道："没有问题，绝对没有问题。我在顾阳的餐厅手续齐全，各种税费都按时上缴，不会有任何问题的，再说，即便有问题，也是税务部门调查的范围，和公安部门不沾边嘛。再有就是我们和顾阳焦煤的来往，所有焦煤的采购都是走的正规程序，即便有人怀疑我们使了手段，只要我们的手续账目齐全合法，他们是找不出任何破绽的。顾阳焦煤那儿也没有大的问题，没有，绝对没有问题的。"

孟强满脸疑惑地说道："小勇，你说会不会是乱石滩的马彬和段树铭犯了事儿，把咱们供出来了？"没等孟勇说话，他又自言自语道："我们给他们的好处都是现金，也没有留下任何痕迹。不，他们不会那么笨，那两只老狐狸不会把没有证据的屎盆子往自己头上扣的，不会，没有这个可能的。"

孟勇说："哥，你这属于杞人忧天，要是马彬和段树铭犯事儿了，新阳哥还不早就通知咱了？"

孟强忽然睁大了眼睛，盯着孟勇说："小勇，你说，新阳？"

孟勇说："是啊？"

孟强有了一种不祥的预感，他把腿从沙发扶手上放了下来，看着孟勇说："要这么说，可能是新阳有事儿了。"

孟勇有些诧异地问："新阳哥？他会有啥事？我们和顾阳焦煤的私下接触全部是和马彬、段树铭打的交道，他根本没有参与。至于给他的分红，那是你和他的私事，和顾阳焦煤没有半毛钱关系。而且，咱们和他的经济往来都是现金，唯一有痕迹的就是我们转让给他的那套抵债的房子，可那套房子都快烂尾了。"

孟强想了想说："我感觉有人要整新阳，他们想从咱俩身上挖出点儿什么事儿。张新阳是我的兄弟，上次股份的事儿我们已经做得不够仗义了，这次我们必须帮他过了这道关。"

孟勇问："眼下关键的问题是我们不知道他们要从哪儿入手，万一真把咱们捎带上，子为焦化厂也未必就经得起查。"

孟强说："我们不能做落井下石的事儿，即便吃点儿官司，我也认了。"

"你俩这叫匹夫之勇！"

听到这句话，孟强、孟勇兄弟同时把头看向卧室，穿着一身红色睡衣的薛红艳走出了卧室。孟强看着薛红艳，饶有兴趣地说道："哦，是我家参谋来了，愿听老婆大人高见！"

孟勇起身把沙发正中的位子让给嫂子，自己坐到了旁边，支起耳朵准备听薛红艳的高论。薛红艳问孟强："你觉得张新阳有什么问题会牵涉到我们？"

孟强看着薛红艳说："要说有什么交集，那就只有我们从顾阳焦煤购买焦煤的事儿了呗。他们想搞新阳，无非是想通过我们给新阳扣个利用职务之便为有利益关联的企业提供特殊服务的帽子，之后办了他。"

薛红艳又问："那他们凭什么要怀疑张新阳和我们有关系？"

孟强恍然大悟，一拍脑袋说："明白了，明白了，还是老婆大人高明！"

孟勇看着哥哥和嫂子一唱一和，一头雾水地问："哥，嫂子，你俩这是唱的哪出戏呢？"

孟强问孟勇："你觉得张新阳这几年最大的变化是什么？"

孟勇说："不像以前那么穷了。"

孟强又问："何以见得？"

孟勇说："买房买车了呀。"

孟强问："买房买车的钱哪儿来的？"

孟勇说："他的钱都是入股的分红，来得光明正大……"

说着，孟勇也恍然大悟，拍着手说道："对，对。你们是朋友，我们又干焦化厂，这就是所谓欲加之罪何患无辞了，这就叫百口莫辩。"

薛红艳点了点头说："我们的子为焦化厂是手续齐全，合法经营，但攻关办事也免不了使些手段，真要让人盯上了，难免会伤及元气。眼下既要保住张新阳，又要保证我们不受任何的牵连，我们要好好想个对策。"

孟强双眼盯着天花板，摇着肥大的脑袋想了会儿说："这样，我找徐天明、陆伟宁他们几个靠得住的同学，让他们做张新阳的债主，把张新阳买房、买车的钱摊了，只要大家都认账，张新阳买房、买车的钱是借朋友的，他这一关就算是过了。"

孟勇说："哥，怎么能保证这几个人将来不会假戏真做呢？"

孟强说："没有什么保证，但我相信这几个人还是靠得住的。"

薛红艳说："这个事儿，我们现在说成啥都是假的，要立即告诉张新阳，只有征得他的同意，我们才能详细谋划。"

张新阳尽管做好了面对一切的准备，但在接到孟强的电话后，仍然感到了巨大的压力和恐惧，他们终于对他下手了。张新阳冷静地梳理了一下自己的资产，自己手头除过一张工资卡和一张房贷卡外，并没有多余的银行卡，工资卡里只有几个月的工资。

津州的两套住房一套是他的名字，另一套则是他母亲江大英的名字，省城的两套房都是用的表姐江淑琴的名字买的，海南的房子用的是刘诗雅的名字，北京的别墅只有销售合同，并没有什么可担心的。他的名义下，只有一套有贷款的房和一辆车，按孟强的谋划和自己这几年的积蓄，完全能说明钱的来龙去脉。

当孟强和他说假戏真做的风险时，张新阳立即打断了孟强的话，他表示完全同意孟强的建议，也感谢孟强的仗义，他张新阳完全信得过兄弟们。

此刻的张新阳已经认识到，即便陆伟宁他们有反悔的，几万块钱的风险他还是担得起的，他真正要面对的资产风险在表姐江淑琴那儿，省城的两套房产必须尽快做个了结。他的前方，是一条凶险无比的路，他每走一步，都必须小心翼翼。稍有半点闪失，就会坠落深渊。

第117章　环环相扣

天边刚刚泛起了白光，孟强、薛红艳已经打电话把陆伟宁、王佳妮还有其他三个和张新阳关系不错的同学都聚集到了孟勇的饭店。

孟强看众人都睡眼惺忪、哈欠连天，拱拱手说："打扰兄弟们了，要不是事情紧急，我也不会这么早把大家召集到这儿来。咱们开门见山地说，张新阳遇到难事了，需要兄弟们出手帮一把。事先声明，我只是提议，不勉强各位。"

陆伟宁看着孟强布满血丝的眼睛，就知道张新阳遇到难关不是那么轻易就能过去的，他收起了脸上的倦意，一本正经地说："孟强，你这话就见外了，新阳是你的兄弟，也是我的兄弟，但凡我们能帮上忙，义不容辞。"

路伟宁话音刚落，身材消瘦的唐鹏和其他两位同学互相对视了一下说："上次新阳向我们借钱，我们哥几个手头紧，也没有帮上忙，这次说啥我也要帮兄弟一把。"

孟强看了一眼众人，拨通了徐天明的电话说道："天明，新阳遇到坎儿了，伟宁、唐鹏他们都在这儿，我把电话按成免提，咱们商量个对策。"

徐天明在电话中说："新阳的事儿就是我的事儿，我听老孟安排。"

孟强把手机放到桌上，简要把事情和自己的计划说了一遍，看着众人脸上并没有难色，从兜里掏出了几张纸拿在手上说道："我先替新阳谢过兄弟们了。

这件事儿我不能参与，但我会把线索引导到大家身上，无论什么部门，什么人找你们了解情况，大家一定要按纸上写的去说，新阳能不能过了这个坎，就全靠兄弟们了。"

说完他把几张纸放到了众人眼前，等众人看完，薛红艳说道："我再说个事，我们话要说成真的，但事儿不能办成真的，谁要是乘人之危，假戏真做，可别怪我薛红艳翻脸。"

唐鹏抬头看了看薛红艳说："艳姐，你把我们说成啥人了，强子是新阳的兄弟，我们也是兄弟，别说是让我们担个名，就算是给新阳凑这笔钱过关，咱也没说的。"

孟勇赶忙给众人散了烟，笑着说道："不是我嫂子信不过各位哥哥，咱们把话都说到明处，君子坦荡荡嘛。"

陆伟宁点上烟，吸了一口说："小勇这话说得对，咱们都坦坦荡荡的，目的只有一个，就是抬着张新阳过了这道坎儿。"

孟强看了看手表，已经7点多了，他起身单独和徐天明说了纸上的内容后便挂断了电话。想到众人还要上班，就让孟勇催着厨房端来了早餐。

不多时众人一一散去，孟强再次打通了张新阳的电话和他确认了纸上的内容，并把刚才的情况告诉了张新阳。张新阳复述了几遍纸上的内容，等到没有差错了，他对孟强说："强子，谢谢你，也劳烦你替我谢谢各位兄弟。"

孟强说："举手之劳，不足挂齿，我们能做的也只有这些了，你要保重。"

再次谢过孟强后，张新阳挂断了电话。事情的发展远比想象中快得多，不到9点钟，李建斌领着两个人来到了孟勇的饭店。两人亮明了身份，孟勇将两人带到了楼上包间，李建斌又打电话叫来了孟强。

等兄弟二人坐下，高个警察说："我们是掌握了线索才找到你们兄弟俩的，希望你们配合我们的调查。"

孟强早有准备，满脸堆笑地说："一定，一定。"

果然不出薛红艳所料，两人翻看了子为焦化厂的所有账目，并没有查到什么问题，于是又问起了他们和张新阳的关系。孟强兄弟早有准备，问题回答得滴水不漏。同时，两人有意无意地把方向往陆伟宁他们身上引。等到傍晚的时候，两名警察基本上相信这兄弟二人身上已经没有什么有价值的线索了。

张新阳开车回到了盛世嘉园的新家，小心翼翼地打开了书柜后的保险柜，里面整齐地码放着一摞房产合同、重要资料、银行卡和几万块钱的现金。他把一张用刘诗雅身份证办的银行卡放了进去，里面是卖掉省城两套房子的房款。

接到孟强电话后，他就嗅到了危险的气息，省城的两套房子是在表姐江淑琴名下的，自己虽和表姐犹如亲姐弟，但这件事并没有告诉姐夫，免得节外生枝，于是他毅然决定尽快将房子处理掉。好在以前的售楼小姐李莉已经开了自己的中介公司，自己和李莉的联系一直也没有断过，对一个房产中介来说，卖掉两套房子轻而易举。

张新阳又拿出了程美丽给他的那两份材料，翻看了几页，他愣了愣神，随即在一沓银行卡中抽出了用于还盛世嘉园另一套房子和海南房产按揭贷款的两张银行卡，又将全部的现金拿了出来。他准备将这些钱全部存到两张卡中，这样就足够这两套房子一年的扣款了。收拾妥当，张新阳关上保险柜，检查了一下暗格，又把书柜移回了原位。

张新阳出神地盯着两份检举材料，就在那天晚上，他确定了关系自己命运的检举途径。关于焦化厂并购的检举材料，必定是要送到津州纪委的，但关于矿难的检举材料，不知送往何处，毕竟时间太久远了。于是张新阳想到了一个人——津州安监局的冯远明，也许只有他才可以为死去的薛阿力和程三三主持公道。

张新阳带了银行卡和现金，再次翻看了一遍检举材料，看了看手表，离开了盛世嘉园。他发动了汽车的同时，给冯远明打了电话，约好见面的时间和地点之后，开车径直驶向了银行。

顾阳经侦大队的老黄和赖峰坐在新世纪宾馆精致的小包房内，老黄先是风卷残云地吃了一番，打了个饱嗝儿后又点着了一根烟，神仙般地吞吐起来。过足了烟瘾，老黄眯着眼睛对赖峰说："别见笑啊兄弟，这一天忙得，饿了一天了，午饭都还没吃呢。"

赖峰笑着说："自打认识你，你就是这副吃相。这都当大队长了，还是这德行。"

老黄抹了一把嘴说："老赖，别提什么大队长，这才多大个官？和你们这县处级干部比，我算个屁啊。现在想想，当初就应该和冯远明一起去前线。"

赖峰撇了撇嘴说："当年在培训班，我可是没少听你们讲前线的故事。我记得你是因为断了胳膊，要不也和老冯他们一起上前线了。"

老黄盯着赖峰，自嘲地笑道："老赖，今天我就把这层窗户纸捅破，实不相瞒，当年我是当了逃兵了。"

赖峰惊异地看看老黄，指着他的胳膊说："你的意思，你那胳膊是？"

老黄呵呵笑着点头道："对，是我自己弄断的，当我领到那块裹尸布的时候，我就害怕了。"

赖峰抬头盯着天花板，叹了口气说："你是聪明人，真要去了前线，九死一生。"

遥想当年的往事，两人都不再说话了。沉默了许久，还是老黄打破了僵局，他剔着牙说："老赖，你托我的事儿有点儿眉目了，可能与你的预期有些差距。"

赖峰心中咯噔一下，他清楚老黄的作风，他说话向来痛快，但凡有些不爽快，那这件事儿八成是办不成了。

老黄看赖峰皱着眉头不吭声，又接着说："我们查了孟氏兄弟，孟家在永宁还是有一定的影响的。因为我的人没有相关侦查手续，永宁方面配合得也不积极，不过他们还是尽全力进行了调查，甚至还动用了技术手段。从他们目前掌握的情况来看，孟氏兄弟的焦化厂与你们集团的业务往来没有丝毫的纰漏，兄弟俩和张新阳也只是朋友关系，并没有查到大额的金钱来往。我们还侦查了张新阳的经济状况，他在津州有一套房子，有一辆现代轿车，银行卡上还有几万块钱，他的首付和买车的钱一部分是工资积蓄，还有一部分是跟朋友借的，他的这几个朋友我们都一一调查过，他们的说法和张新阳用钱的时间金额基本一致，这点儿也没有问题。我们的结论是，孟为焦化厂和张新阳之间不存在可以证明他有经济犯罪嫌疑的证据链。"

赖峰像泄了气的皮球似的盯着老黄问："老黄，你的人靠谱吗？"

老黄明白他所谓的靠谱是什么意思，笑着说："你就放心吧，他俩都是我一手带出来的，绝对信得过。"

赖峰伸手从上衣口袋掏出一个信封放到了老黄面前说："给兄弟们的辛苦费。"

老黄拿起信封，捏了一下，装到随身的手包中说："那替兄弟们谢过赖总了。"

赖峰摇了摇手，拿起筷子夹了几口菜，一仰头，喝完了杯中的茅台酒。

赖峰和老黄吃过晚饭就来到了1025房间门前，他有节奏地敲了敲门，刘成功正倚在床上翻看着一本《反经》，听到敲门声，下床打开了房门。

赖峰垂头丧气地走了房间，一屁股坐在了藤椅上，叹了口气说道："没戏了。"

刘成功看着赖峰失望的神情问："什么没戏了？"

赖峰把老黄的话原原本本地讲给了刘成功，随即摇着头说："张新阳这小子太狡猾了，我就不相信他没点儿问题？可转了一圈干干净净的，啥事都没有。现在我们三番五次地想置他于死地，以我对他的了解，他会选择放手一搏，要是他把我们的这些事儿都抖出来，我们的处境可就有些危险了。"

176

刘成功拍了拍赖峰的肩膀说:"处境是被动了点儿,但还没有坏到不可收拾的地步。老黄既然查不到蛛丝马迹,别人也不会查到什么。你马上着手梳理一下我们可能存在的漏洞,该处理的、该销毁的立即处理掉,学学张新阳。"

话音刚落,刘成功的手机响了,是杜宇打来的。接通电话杜宇说:"刚得到的消息,市纪委收到了关于你的匿名举报信。我们的人也只是隐约听到点儿信儿,具体内容不太清楚,但很可能和焦化厂并购有关。我想一定是张新阳干的。"

刘成功说了句"知道了"就挂了电话。听筒的声音很大,杜宇的话赖峰听得一清二楚,他忽地站起来说道:"怎么样?怕什么来什么。"

刘成功做了个安静的手势,背着手走到了床边,再次靠在床上闭上了眼睛。赖峰也不再说话了,从桌上的烟盒中摸出一根烟,打火机吧嗒一声响,点着了香烟。

不多时,刘成功忽然睁开眼,盯着赖峰问:"老黄说张新阳的银行卡上有多少钱?"

赖峰想了一下说:"老黄说是几万块钱。"

刘成功又站起身问:"到底是几万?"

赖峰说:"这个,我没有细问。怎么了?"

刘成功说:"既然他有外债,那卡上怎么会有几万块钱呢?告诉老黄,查清这几万块钱是从哪儿来的。"

赖峰听懂了刘成功的意思,还像往常一样做了个明白的手势,大步走出了房间。

第 118 章　落井下石

赖峰和杜宇很快传回了信息,张新阳卡上有 9 万多元,其中 8 万元是前不久张新阳存进去的。赖峰还特意查了一下行政部的考勤和工作日志,记录显示那天张新阳去了惠泽公司。刘成功听到惠泽公司四个字,感觉这个公司很耳熟,好像最近谁提过似的。刘成功又努力回忆了一下,想起来了,是吴小清向他汇报的。这家公司是搞安全设备的,有意竞标新创焦化厂的设备改造。

刘成功立即拨通了吴小清的电话，晚上 10 点半，吴小清赶到了新世纪大酒店。吴小清走进了房间，脱掉外套，掏出面巾纸擦了擦额头上微微渗出的汗，坐到了藤椅上。刘成功递给吴小清一杯清茶，吴小清喝了几口，略显急促的呼吸慢慢缓和了。

吴小清放下茶杯问："这么晚了，有啥急事呢？"

刘成功说："事情很急，要不也不会这么晚让你过来一趟。你最近是不是和惠泽公司有过来往？"

吴小清说："是，我们计划购置一批安全设备，惠泽公司是竞标商。"

刘成功又问："你收他们的钱了？"

吴小清说："按照惯例，收了 8 万块钱的保证金。"

刘成功笑着问："那钱呢？"

吴小清说："我让张新阳帮我去惠泽公司考察了一番，钱让他带回来了，应该是入了技术部的账了吧。"

刘成功又问吴小清："你和惠泽公司谈到保证金的事儿了没？"

吴小清想了一会儿说："没有，当初韩老板来的时候我忘了和他提保证金的事儿了，保证金是张新阳去了惠泽公司后，我打电话委托他向韩老板提出来的。"

刘成功说："小清，你再想想，整个过程还有什么问题没有？还有其他竞标公司也收了保证金没有？"

吴小清说："除了保证金是我们的土政策，其他都是按规定办的，没问题。按惯例，我们只是对意向中标方收保证金，主要是为了中标后对中标方有个约束。这次我看好惠泽公司的设备，他们中标也就是大概率事件了，所以我只收了他一家公司的钱。"

刘成功又问："那什么时候竞标？"

吴小清说："明天下午。"

刘成功说了声"还来得及"，便起身拿过手机，拨通了赖峰的电话说："明天下午新创焦化厂竞标，必须让惠泽公司流标。"

吴小清警惕地睁大了双眼看着刘成功。等他打完电话，吴小清不安地问："为什么要让惠泽公司流标？"

刘成功说："因为保证金。"

吴小清惊恐地问："成功，你不会是要？"

刘成功知道吴小清要问什么，他点了点头，拉起吴小清的手放到了自己手心说："事已至此，不得已而为之。"

忽然，吴小清的眼泪扑簌簌地掉了下来，她哽咽着说："新阳是个好孩子，他是信任我才帮我的，我不能这样对他。"

刘成功伸手帮吴小清擦掉眼泪，轻声说道："他已经把我举报到纪委去了，我要不下狠心，坐牢的人可就是我了。我不需要你做什么，我也不能把你牵连进去。接下来的事情，你只要保持沉默就可以了。"

吴小清说："可是，我不忍心。"

刘成功说："小清，你就是太善良了，你忘了张新阳是怎么把那张银行卡给你的吗？他能不知道包中是银行卡吗？他就是利用你和我的关系在给我们下套。一定要理智，否则我们是会死无葬身之地的。"

吴小清抽泣着把头依偎在了刘成功怀里，泪水打湿了刘成功的衬衣。

第二天的竞标很快就结束了，惠泽公司顺理成章地流了标。韩老板找到吴小清问为什么会流标，吴小清只说是集团公司的决定，她自己左右不了。韩老板又向吴小清提出了退还保证金的要求，吴小清说公司并没有收取保证金的规定，她也没有向韩老板收过保证金。

韩老板一怒之下去找刘成功。刘成功正在办公室和关峡、王福阳、李义山等人研究工作，看到韩老板气鼓鼓进来，连忙将他让到沙发上坐下。

韩老板开门见山地说："董事长，我是惠泽公司的老板，昨天参加了贵单位的竞标，我们流标了。"

李义山端了杯茶放到了韩老板跟前，刘成功起身给韩老板递了根烟说道："我们是对各竞标公司进行了综合评价的，贵公司的设备确实不错，但两相比较，贵公司的综合性价比还是略逊一筹。我们充分尊重评估组的意见，对贵公司的流标，只能是深表遗憾了，期待下次能有所合作。"

韩老板依旧气鼓鼓地说："做生意嘛，流标了我完全理解。可是，你们收了保证金什么时候退呀？"

刘成功眉头一皱问韩老板："什么保证金？"

韩老板说："我们竞标前交给贵公司8万块钱的保证金，你们不会不认账了吧？"

刘成功有些惊讶地问王福阳："王总，我们有收保证金的规定吗？"

王福阳冲韩老板摇了摇头说："公司没有这个规定。"

刘成功对韩老板说："韩老板，我们一直都没有收保证金的规定，你可以问问其他竞标商，看他们交保证金了没有？"

韩老板当着刘成功他们的面，掏出手机拨通了昨天留存的其他几位竞标商的电话，得到的回答是一致的，没有交保证金。

韩老板气急败坏地说："董事长，我这钱明明交到了你们的人手上，怎么就没有了？"

刘成功问："你交给谁了？"

韩老板说："你们的张部长，叫……叫……张新阳。"

关峡意识到了问题的严重性，急忙起身问："韩老板，你说交给了张新阳，你们是转账到我们单位的账户还是他个人的账户了？"

韩老板说："什么账户，你们说要现金，我给他拿的是现金。"

关峡又问："他给你什么收条凭据了吗？"

韩老板忽地站起来说道："关书记，我可是冲着你们国有企业的信誉，才把钱交给你们的人的，他压根儿就没给我任何证据。你们不会是想赖账吧？"

刘成功没等关峡回答便打断了韩老板的话，语气坚定地说道："韩老板，这件事儿我们先了解，明天给你个答复，你看如何？"

韩老板说："行，那我就信你们一次，我再等一天，明天要没个说法，我就去报案。"

送走了韩老板，刘成功一脸严肃地对关峡和李义山说："二位，这事儿你们怎么看？"

关峡诧异地说："我看韩老板说的是真的，可这张新阳怎么会收韩老板的保证金呢？"

刘成功也皱起了眉头，喃喃地说："是啊，我也纳闷，招标和张新阳并没有什么关系，他怎么会来这么一出呢？新阳这孩子不会是真的动了什么歪心眼儿吧？"

王福阳察觉到了这件事的敏感性，心头深埋已久的怨恨瞬间升华。当年王文吉就是因为购置设备的事儿栽到了张新阳手上，没想到张新阳也摊上事儿了，真是报应不爽。

王福阳暗自得意，报复张新阳的机会终于来了，他连忙接住了刘成功的话说："董事长、关书记，不瞒二位领导，我们之前是有收过保证金的惯例的，只要中标了，这个保证金至少要质押两三年。一般的厂商收了货款之后，一般是不会着急催要保证金的，甚至有的大厂商最后连保证金这个茬都忘了。新阳是不是看到了这个漏洞……不过，这也是我的猜测，猜测而已。"

刘成功看着王福阳脸上掩饰不住的得意，暗暗骂了声小人。紧接着刘成功又打心底感叹道，自己今天也要与王福阳为伍了，又何尝不是小人呢？

刘成功看了一眼李义山，问："李书记，你看呢？"

李义山向来谨慎，他沉思了许久说："新阳真要是收了这笔钱，这个性质就严重了。"

关峡不无焦虑地说："义山，慎重起见，我看你还是找他谈谈吧。董事长，你说呢？"

刘成功说："关书记说得对，我们培养一个干部不容易，要爱护，要保护。我看这样，这两天新阳请假了，我一会儿就打电话叫他明天务必赶回来，李书记明天找找新阳，我们尽量把这件事儿处理好了。"

关峡和李义山都点头表示同意。王福阳脸上的肌肉抖了一抖，刘成功装作没看见，对王福阳说："王总，明天你再去找找韩老板，给他做做工作，让他少安毋躁，事搞清楚了，我们就给他个交代。"

王福阳爽快地说："董事长放心，这个事就交给我了。"

四个人沉默了，空气仿佛凝固了一般。关峡紧皱着眉头一言不发，李义山神情凝重地望着窗外，只有刘成功和王福阳的脸上掠过一丝不易察觉的得意。

第二天，张新阳匆匆赶回了单位，他把包放到办公室后就径直来到了李义山的办公室。李义山把张新阳让到了沙发上，简单寒暄几句便开门见山地问："新阳，你是不是收过惠泽公司的 8 万块钱呢？"

张新阳愣了一下，这几天一直在与那支暗处的势力周旋，早已忘了工资卡上还存着 8 万块钱呢，他立即明白有人要拿这事儿做文章了。他的心开始怦怦跳起来，他努力使自己保持镇静，爽快地回答道："对，收过。是新创吴经理托我收的。"

李义山问："那钱呢？"

张新阳说："在我银行卡上。"

李义山问："怎么会存在你的个人账户呢？"

张新阳说："我把钱带回来后，王一飞正在休假，这么多现金放在身边不安全，我就存到我个人的账户了。"

李义山皱起眉头，打量了一番张新阳，又问："张部长，你说的这些又有谁能证明呢？"

张新阳说："是吴经理委托我的。"

李义山问："有书面证明或第三人证明吗？"

张新阳摇了摇头说："没有。"

李义山叹了口气说："张部长，你是聪明人，怎么能干这糊涂事儿呢，一会儿赶快把钱取出来，交到王一飞那儿入账，也许还为时不晚。"

李义山的话一语双关，怎么解读似乎都是对的。可对于张新阳而言，李义山的话是在示警他，他现在的处境已经十分危险了。

第 119 章　在劫难逃

张新阳回到自己办公室，看着办公室内的一切都那么陌生，一种不祥的感觉涌上了心头。他打开了自己的抽屉，简要收拾了一下私人物品，放到了公文袋内，随即又打开钱包确认了一下工资卡还在身边。他立即给王一飞去了通电话，电话提示对方已关机。听到嘟嘟的忙音，不祥的预感变得愈发强烈。他立即决定，必须马上离开单位。

张新阳提了公文包匆忙朝楼下走出，刚走到公司大门口，迎面走来四个人堵住了他的去路。四个人里便有惠泽公司的韩老板，韩老板一眼认出了张新阳，立即对其他三个人递了个眼色。三人用眼神交流了一下意见，走向了张新阳。

走在最前面的中年人挡在张新阳前面问："你叫什么？"

张新阳瞅了一眼韩老板和其他三个人，已经猜出了他们的身份，再想走已经不可能了，他坦然地说："张新阳。"

中年人从外衣的内兜中掏出了警官证在张新阳面前晃了一下说："我们是顾阳公安局的，你涉嫌经济诈骗，请和我们走一趟吧。"

张新阳只看到警官证上姓名栏的一个"黄"字，中年人就将警官证装回了兜里。与此同时，其他两人迅速走到张新阳左右，架住了他的胳膊，一副冰凉的手铐扣住了他的双腕。中年人将一件外套搭在张新阳手腕处，随即做了个走的手势。五个人上了一辆黑色的桑塔纳轿车，离开了顾阳焦煤集团。

刘成功站在窗边，看着黑色轿车在来来往往的车流中没有了踪影，他知道一切都结束了！张新阳这一去少则三年五载，多则十年八年，等他再出现在顾阳焦煤集团门口时，他掌握的所有威胁到自己的材料，都会随着时间的推移而变得毫无意义！他缓缓地挪动脚步，坐回到办公桌后面，看着桌上张新阳起草的一份发言稿，他的眼角渐渐地湿润了。

实事求是讲，他对张新阳还是有感情的，若不是张新阳的顽固和咄咄逼人，他是绝不会使出这一招的，如今已经走出了这一步，就再也没有了挽回的余地，张新阳的政治生涯也就此画上了句号。

刘成功默默地念着：张新阳，不要怪我狠心，这一切都是你起心动念的结果。你只是一只小小的蝼蚁，却非要撼动大树，这就是你自不量力的宿命。

不多时，关峡匆匆忙忙地推开了刘成功办公室的门，一进门他就叫嚷道："太不像话了，他们没和我们打声招呼就把人带走了。"

刘成功装作惊讶地问："把谁带走了？"

关峡气急败坏地坐到了沙发上说："刚才保卫部的人给我打电话，说顾阳警方把张新阳带走了。"

刘成功起身说道："什么？把张新阳带走了？"

关峡说："是，他们把新阳带走了。"

这时李义山和王福阳也走进了刘成功办公室，王福阳一脸焦急地说："我今天一早就去找韩老板，韩老板说他问过吴经理了，根本就没有收保证金这回事儿。韩老板说，张新阳告诉他说一定能中标，所以他才放心地交了保证金。现在想想，如果这次中标了，这钱断然是让张新阳据为己有了。这明显是诈骗！"

关峡说："你怎么就不劝劝他呢，张新阳把这保证金退了不就得了，反正他也没有什么损失，又何必惊动公安呢。"

王福阳略显无奈地一拍手说："关书记，这些我都劝了，他说，现在他的设备都开始生产了，又流标了，前期的工作全部都白干了，光这项损失就有20多万元，谁来赔偿？他非要让张新阳付出点儿代价不可，要不出不了这口气。"

关峡叹了口气说："也难怪这个韩老板，他是在置气呀。"

王福阳又忧心忡忡地对刘成功说："董事长，你要想想办法呀，这，这，不能就这样断送了张部长的前程啊。"

刘成功看着王福阳的表情，暗自骂道，这老小子，演得还真像，要没有你的撺掇，韩老板还未必能想到这一招呢。不过要没有你的公报私仇，拿下张新阳还是要费很大劲的。

刘成功把目光从王福阳脸上移开，又看了看关峡和李义山，面无表情地说："大家也不要着急，我先打听打听是哪个部门的人把新阳带走了，带到哪儿去了。随后我和关书记去找找公安局的相关人员，再协调协调韩老板，看能不能让他撤了案。说到底，这件事我们内部管理也有责任，怎么也不能因为这事儿把新阳给送进去。"

李义山说："这件事说大可大、说小可小，关键是看怎么处理，我们现在也只能照董事长说的办了。"

事情就这样定下了，三人各怀心事，默默地走向了自己的办公室。两天过去了，关峡动用了他在顾阳所有能动用的关系，居然没有打听到任何关于张新阳的线索。而他抱有期待的刘成功，也没有打听到任何消息。公安方面没有任何消息，任何人都没再见过张新阳，而关键人韩老板则表示坚决不撤案。

三天之后，张新阳被警方正式立案侦查。韩老板提供了他和张新阳对话的录音，这段录音本来是惠泽公司遇有重要接待时整理材料用的，这次却成了证词。警方审讯了张新阳，张新阳对收受韩老板8万元保证金的事情供认不讳，但他坚称是吴小清委托他收的。警方传唤了吴小清和王一飞，两人都称不清楚保证金的事儿，而张新阳再也提供不出任何书面证据和第三方的证词。半个月后警方侦查结束，张新阳涉嫌经济诈骗罪，被移交顾阳县人民检察院。

顾阳县第一看守所，这个与世隔绝的方寸之地并没有击溃张新阳的心理防线。他呆呆地坐在硬邦邦的铺上，脑子却一刻都没有停歇。这几年经历的所有人、所有事，一遍遍地在他脑海中出现。两条罪恶的线索徐徐牵出了一张贪婪的大网，网的角落，几只肥硕的蜘蛛正虎视眈眈地看着撞网的猎物。他们喜欢看着猎物痛苦地挣扎，在无奈中死去。张新阳是一只蝼蚁、一只蚍蜉，他偏要凭着自己的一己之力，扯碎这张罪恶的网，即便他已被困在了网中央，但他从来没有为自己的选择而后悔。

张新阳只听外面有人喊他的名字，他使劲一挥手，网在眼前消失了。看守走到近前，面无表情地告知他，他的案子已经移交检察院了，现在有律师来探视。

在会见室，张新阳见到了律师。律师一见到张新阳就自我介绍道："张新阳，我是你请的律师，我叫褚伯涛。"

张新阳面无表情地向褚伯涛点了点头，坐到了褚伯涛对面。褚伯涛是津州有名的律师，办理过不少案子，也见过不少年轻的当事人，但像张新阳这样沉着冷静、眼神刚毅的年轻人，他还是第一次遇见。

褚伯涛再次打量了一下张新阳，说道："你的案子我基本上清楚了，作为律师，我有责任为你充分辩护，你有没有什么需要通过我向检察机关陈述和辩护的？"

张新阳看了一眼褚伯涛问："请问是谁委托您做我的辩护律师的？"

褚伯涛迟疑了一下说："哦，忘和你说了，我是受刘明桢先生委托，做你的辩护律师的。"

张新阳看到褚伯涛迟疑的表情，淡淡地说了声："我没有什么需要辩护的。"

褚伯涛看着张新阳的表情，感觉到了他的不信任和猜疑。褚伯涛稍稍顿了一下，想起进看守所前刘诗雅的嘱咐，于是说道："刘诗雅女士让我告诉你，风起的日子封起，封启。"

张新阳听到褚伯涛说出了这句话，脸上顿时有了精神。这句写在两人交往信笺封页上的话，只属于她和张新阳。张新阳眼神闪烁，应声说道："你告诉诗雅，帮我把书柜整理整理，我不能陪她过生日了。"

褚伯涛看着张新阳精神一振，本以为他要说点儿什么有利于自己的证据，没想到却是这么两句无关紧要的儿女私话。他又等了等，张新阳没有再说什么。

褚伯涛忍不住问："还有吗？"

张新阳说："没有了。"

褚伯涛又打量了一番张新阳，张新阳的脸上居然露出了一丝微笑。这一笑反而让褚伯涛不自然了，他下意识地挠了挠头问道："真没有了？那我可就走了。"

张新阳略微沉默了一会儿，说："等等，请你告诉我爸妈，张新阳没有给他们丢脸，我无愧于心。"

褚伯涛"嗯"了一声，再次看向张新阳，张新阳仰起了头，没有再说话。褚伯涛迟疑了一下，起身走出了会见室。

褚伯涛刚走出看守所，就看到刘诗雅从车上下来，疾步走到了他的面前，迫不及待地问道："褚律师，新阳怎么样？"

褚伯涛说："他精神状态不错，只是面容有点儿憔悴，不用太担心。"

刘诗雅又问："他说什么了吗？"

褚伯涛摇摇头说："他什么都没说。看来还是不太相信我。目前的形势对他十分不利，如果他拿不出有力的证据，这个案子基本上是可以定罪了。"

刘诗雅接着问："你和他说那句话了吗？"

褚伯涛说："说了，他让我告诉你，帮他整理一下书柜，他不能陪你过生日了。"

刘诗雅问："就这些？"

褚伯涛说："还有，让你转告他父母，他无愧于心。"

刘诗雅再也克制不住自己的感情，眼角挂起了豆大的泪珠，她低声呜咽道："新阳是被人陷害的，他是被冤枉的。"

褚伯涛轻轻拍了拍刘诗雅的肩膀安慰道："我办的案子多了，见的人也多了，不瞒你说，从张新阳的神情我能感觉得到，这个案子是有问题的。"

刘诗雅带着些许祈求问:"那请您想想办法,一定要把新阳救出来啊。"

褚伯涛叹口气说:"法律是讲证据的,现在所有的证据都指向他有罪,他要再提供不出任何证据,我也无能为力了。"

刘诗雅又说:"这么说,一点儿机会和希望都没有了?"

褚伯涛思考了片刻说:"从我对案件的分析来看,王一飞、吴小清是两个关键人物,只要吴小清能说明是她委托张新阳收的钱,或者王一飞能证明张新阳曾经给他打过电话要入账,我就有把握证明张新阳无罪。可现在两人都给出了否定的证词,这就难了。我从事律师行业这么多年了,人脉和经验还是有的,现在也只能想办法延长案件移交法院的进度,争取点儿时间,或许会有奇迹,不过这也是小概率事件。目前,我只能做这么多了。"

刘诗雅已经听明白了褚伯涛的弦外之音,目前张新阳的案子就是个死局!

刘诗雅轻轻擦拭了一下眼角的泪水,谢过了褚伯涛,随即请褚伯涛上了车,向津州方向疾驰而去。

第 120 章　必死信念

刘诗雅回到津州就直接来到了盛世嘉园。张新阳被警方带走后,顾阳警方曾带着搜查令来过这儿,最后只带走了几本张新阳读过的书,其他一无所获。刘诗雅坐在沙发上,看着被搜查人员翻得乱七八糟的爱巢,不由自主地再次落泪。她闭上了眼睛,褚伯涛的分析和父亲刘明桢的分析如出一辙。刘明桢动用了自己的所有关系,同样没有打听到张新阳的任何线索,以刘明桢这么多年的人际交往居然打听不到任何消息,这是非常不正常的。刘诗雅又想到了褚伯涛说的两个关键人物,她忽地睁开眼睛,从包中取出手机,拨了王一飞的电话。果然不出所料,电话关机。她又拨了林笑的电话,同样是关机。刘诗雅不甘心地一次次拨打两个人的电话,话筒中一次次传来"您拨打的电话已关机"的提示音。刘诗雅把手机狠狠地摔在地上,蜷缩在沙发上哭了。

哭着,哭着,她想起了褚伯涛带给她的那句话,她猛地坐起来冲向书柜。在这个时候,张新阳是不可能无缘无故地交代整理书柜的,书柜中一定有什么信息。看着书柜上横七竖八的书，她仔细地把书整理了一遍，除了掉出几张书签外，一无所获。她的心猛地一紧，身子倚在书柜侧面，绝望地坐在了地上。警方可是带走了几本书的，张新阳想要传递的信息，难道就在那几本书中？刘诗雅将手中的一本《世界通史》扔到了地上，双腿一弯，整个身子靠在了书柜上。

就在她仰头长叹时，身体猛地往后一仰，她下意识地把身子往旁边一歪，整个人躺在了地上。当她把疑惑的目光移回到书柜时，她看到书柜已经滑开了三十厘米，隐约可以看到地上有条窄窄的轨道。

刘诗雅如同看到了只有武侠小说中才有的藏宝洞，她立即起身将书柜推开，墙上赫然出现了一个精巧的保险柜。刘诗雅没料到张新阳还有这么一手，她趴在保险柜前，看着密码锁，不禁想起了张新阳托褚伯涛带的那句话。她毫不犹豫地输入了自己的生日，啪嗒一声，保险柜打开了。

保险柜中整整齐齐地放着一摞证件资料，最上面还有一封信，信封上写着三个字：诗雅启。刘诗雅感觉自己的心就要跳出来了，她深深地吸了一口气，双手颤抖着打开了那封信。

信中交代了几处房产的具体情况，还有两个罪恶的阴谋，信的末尾，张新阳托给了刘诗雅一件事。他说如果自己被陷害或者失踪了，只有按他说的做，才有机会为他平冤昭雪。信的背面是一份财产清单，他交代自己如果有什么不测，就按照他列出的清单，把财产处理了，希望刘诗雅能忘了自己，找一个爱她的人，幸福地过完一辈子。那份清单中，海南房产后面赫然写着"刘诗雅"三个字。

刘诗雅的眼泪哗地流了下来，张新阳这是抱了必死的决心，要让罪恶暴露在阳光之下。她一边哭一边喃喃地自言自语："张新阳你个迂腐、顽固的榆木疙瘩，你这是不自量力，是螳臂当车、蚍蜉撼树。你以为你是谁，自以为是，自私自利的家伙，你这个浑蛋。"说着说着，她又呜呜地哭了，张新阳就是自己儿时心目中的英雄、大侠、真正的男人，他对自己的爱是无私的、真挚的。她应该为自己能有这样一个男人而感到自豪和骄傲！

许久，刘诗雅的心情渐渐恢复了平静，她把证件资料都放回了保险柜中，又把书柜重新放好，检查了一遍确认没有问题，拿了那份信，锁好了门，朝家中走去。刘明桢看着眼睛红肿的刘诗雅，问她去顾阳有什么收获。刘诗雅简单地说了一下今天发生的事，又把张新阳的信交给了刘明桢。刘明桢戴上了眼镜，把信认认真真地读了好几遍。他摘下了眼镜，轻轻叹了口气说："张新阳，是个好孩子。你的眼光没错。"

刘诗雅又抽泣起来，刘明桢轻轻把刘诗雅揽到怀中说："诗雅，这个男人值得你托付终身。万幸啊，眼下事情并没有朝着最坏的方向发展，我们还有机会。"

刘诗雅眨着眼睛看着刘明桢问："那下一步该怎么办？"

刘明桢神情凝重地说："按他交代的办吧，或许有一线希望。"

刘诗雅看着爸爸严肃的神情怯怯地问："爸爸，或许有一线希望是什么意思？"

刘明桢说："刘成功不倒，翻案的概率就很小；翻了案，刘成功才能倒，这是一个死局啊。我们只能期望张新阳前期的选择是正确的。纪委那边我会托人打听消息的，不过不要抱太大的希望，纪委办案口风紧着呢。安监局那边我托朋友去找冯远明打探打探消息。至于新阳交办你的事儿，要立即去办，但我不是很看好结果。这件事儿牵扯到个人的感情，有难度啊，不过现在也只能是死马当作活马医了。"

刘诗雅止住了哭泣，目光坚定地说："不管怎样，我一定要把新阳交代的事儿办好，一定要把他救出来。"

刘明桢拍了拍姑娘的肩膀说："诗雅，你长大了。还有，我们明天去一趟吴家堡村，新阳的事情应该让他爸妈知道一下了。"

刘诗雅满是感激地看着鬓角有些斑白的爸爸，她趴在爸爸的肩头，把自己所有的悲伤一股脑倾泻在了父亲肩上。

刘明桢和刘诗雅驾车驶出了永宁县高速出口，车子驶上了坑洼的县道。路边杨树上只剩几片黄叶，孤零零地在风中飞舞着。田地间没有了金秋的黄色，光秃秃的，一片连着一片，一直延伸到了远处的山下。汽车在坑洼的公路上颠簸了许久，一座透着浓浓古老气息的村庄横在了他们眼前，公路边的路牌上标着三个白色的大字——吴家堡。

刘明桢和刘诗雅打听着找到了张新阳家。推开小院的门时，张有才正和江大英蹲在地上忙活着收拾半院子的红薯和土豆。当夫妻二人惊讶地看到走进小院的是远道而来的刘明桢父女时，先是一愣，随即慌忙起身拍打着满身的尘土，手足无措地把两人迎进了屋里。

等两人进屋坐下寒暄几句之后，江大英才发现父女二人的表情有些不对，她有些不安地问："大兄弟，这么老远来是有什么事儿？"

刘明桢想好的话已经在心中默默演练了无数次，但真正面对这对朴实的夫妇时还是语塞了。他哼哈了半天，才缓缓说道："江大姐，有个事，你们也不用着急，新阳，新阳他吃官司了。"

张有才听到吃官司这几个字，脑袋嗡的一声，结结巴巴地问："大兄弟，娃咋啦？"

刘明桢把事情的大概情况对江大英和张有才说了一遍，两人又问了许多问题，直到刘明桢把股权、并购之类的词简单给他们说清楚后，两人才似懂非懂地了解了个大概。当江大英听说儿子有可能要被判刑坐牢的时候，不由自主地落了泪。她用满是老茧的手一边抹着眼泪一边说："大兄弟，我们俩当了一辈子农民，如今摊上了这事儿，真个是叫天天不应、叫地地不灵了，新阳是个好孩子，看在他和闺女相好一场的分儿上，你可要想办法救救他呀。"

刘明桢说："江大姐，新阳他做得没错，否则我也不会大老远赶来了。我来呢，第一是把这事儿告诉你们，毕竟孩子现在身陷囹圄，你们得有个心理准备。再一个，我已经托人疏通关系了，争取能早日给孩子洗刷冤屈。你们也不要太担心了。新阳托人给你们带话，他没有给你们丢脸，也无愧于心。"

张有才枯树皮般的脸上，那双被岁月侵蚀的浑浊眼睛透着祖辈遗留下的执着，他用微微颤抖着的干枯的双手握住了刘明桢的手说："大兄弟，我娃随我，犟种！如果他说的没假话，即便是他坐了牢，我也觉得他做得没错，没有丢我们老张家的脸。我没啥文化，但我晓得什么是道义，小时候我给他讲祖先清廉做官的故事，就是教给他做人要有担当、要讲道义。什么事情该做，什么不该做，我清楚着哩。"

刘明桢狠劲握了握张有才的手，眼神中透出了对这位农民满满的尊敬。刘诗雅泪眼婆娑地看看张有才和江大英，声音不高却坚定有力地说道："我会等新阳出来的。"

江大英拉住了刘诗雅的手，哇地哭出了声。

第 121 章　知己情深

冯媛媛抱着孩子坐在沙发上，漫不经心地看着无聊的电视剧，什么剧情她根本不知道，只是为了让一个人的家不那么寂静。已经是晚上 10 点半了，李哲还和以前一样，依旧没有回家。自从冯媛媛拿着闺密偷拍的照片质问李哲和那个女孩的关系后，李哲虽然并不承认自己出轨，但两人的关系再也没有了彼此的理解和包容，仿佛一根火柴就能引发一次猛烈的山火。

冯媛媛看着已经睡熟的女儿，轻轻地将她放到了床上，正当她准备洗漱的时候，客厅外传来了钥匙开门的声音。一身酒气的李哲一进门便甩掉了鞋，一屁股坐到了沙发上，嬉皮笑脸地冲冯媛媛嚷道："媛媛，我告你个好消息，你的那个梦中情人涉嫌经济诈骗，让公安机关带走了。我早就说过，村里来的野小子，就不是什么正经玩意儿，我呀，当初是被猪油蒙了心，竟然把这种人当朋友，谁知道他是在打你的主意。呸，什么东西。"

冯媛媛的心一颤，疑惑地问道："你说什么？张新阳怎么了？"

李哲斜着眼看了冯媛媛，阴阳怪气地说："哎哟喂，看把你急得。你的小情郎让抓起来了，过不了多长时间，就要去牢里凉快去了。"

冯媛媛的手一抖，手中的奶瓶掉到了地上，她愤怒地盯着李哲说："张新阳和你也算是朋友一场，你怎么能这样幸灾乐祸？他是我的小情郎？我要和张新阳有感情，会嫁给你？李哲，你怎么会变成这么无耻的人？是你出了轨，是你对不起我，你倒好，反咬一口，你对得起自己的良心吗？"

李哲猛地从沙发上蹦起，一巴掌打在了冯媛媛的脸上，随即又一把抓住冯媛媛的头发扯到自己怀中，发狠地说："我就明说了吧，海南的事儿，是张新阳那个王八蛋告诉你的吧？我就出轨了，你要咋样？"

冯媛媛一脸茫然而又愤怒地看着李哲问："李哲，什么海南的事？你在海南干了什么？他知道什么？"

李哲看到冯媛媛的神情和反应后松开了抓着冯媛媛头发的手，同样一脸茫然地看着冯媛媛。

时间静止了十几秒钟，冯媛媛已经明白了是怎么回事，她愤怒地盯着李哲说："我明白了，你和那个女的在海南有过事儿对不对？让张新阳撞见了对不对？"

没等李哲回答，冯媛媛忽然笑出了声，她死死盯着李哲说："我现在算是明白了，新阳早就知道你出轨了，怪不得他一直都劝我，你是有点缺点，但你对我的感情是真的。他在努力维护我们的感情，你却这样对待他，这样对待你的妻子。作为朋友，张新阳他不该瞒着我，可你却是真小人！"

李哲一屁股跌到了沙发上，胳膊撑在膝盖上，双手捂着脸自言自语道："怎么会是这样，怎么会是这样？"

冯媛媛笑着笑着，哇地哭了。愤怒、委屈、失望的泪水倾泻在她白净而又满是倦意的脸上。她拿起一件外套，在李哲呆呆的注视中不顾一切地夺门而出。

冯媛媛跑出家门，在顾阳深秋的街上发了疯似的奔跑着，李哲和张新阳的身影走马灯似的在她的眼前切换着。曾经她觉得自己是这个世界上最幸福的人，而现在她却觉得自己从幸福的云端重重地摔落在了地上，任何的挣扎和反抗都是那么无济于事。

她无视行人的目光，直至跑到筋疲力尽，蜷缩在街角大口大口地喘着粗气。张新阳的处境和李哲的行为，两种感情交织着，一遍遍刺激着她几近崩溃的神经，让她有一种说不清的痛苦。她再次放声痛哭，直至流干了最后一滴眼泪。

直到街上的车辆渐渐稀疏了，冯媛媛才拨通了闺密的电话。十几分钟之后，一辆出租车停在了她面前。闺密陪着她回到了家。闻着满屋子的酒气，看着躺在沙发上呼呼大睡的李哲，冯媛媛对这个曾经和自己海誓山盟的男人的最后一丝希望也熄灭了，她抱起熟睡的孩子，给李哲发了一条消息：孩子我带走了，我们离婚吧。随后不声不响地离开了家。

回到了娘家，冯媛媛再也没接李哲的电话。张新阳的事儿，她也托朋友打听了个大概，如今张新阳身陷囹圄，车祸现场把自己救出险境的那个张新阳，电视中一身正气的那个张新阳再次出现在她眼前。她对张新阳的感情复杂而又单纯，她不否认那是喜欢，也不敢肯定那就是爱。但她坚信张新阳是清白的，她决定，一定要尽全力去救张新阳。思来想去，冯媛媛觉得自己唯一能做的，就是去找李哲的叔叔——李荣。

冯媛媛轻轻敲了敲李荣家的门，门开了，一脸疲惫的李荣看是冯媛媛，脸上立即露出了笑容。侄媳妇能来自己这儿，让李荣认为她和李哲的感情还是有挽回余地的。他热情地把冯媛媛迎进了客厅，让到沙发上坐下。

冯媛媛看李荣又要起身给她倒水，忙说道："叔，别忙了，您坐，我有件事儿想和您说。"

李荣乐呵呵地给冯媛媛倒着水说："小哲这孩子从小娇生惯养，身上有不少臭毛病，回头我再好好收拾收拾这小子。我说，小两口哪有隔夜仇呢。他认识到自己的错了，你就给他一次机会。"

冯媛媛面无表情地说："叔，我和李哲已经没有什么可说的了，我今天来找您，是为了张新阳。"

冯媛媛话一出口，李荣的表情立即僵硬了，他愣了半天神才说道："为了新阳？你们到底是怎么回事？"

冯媛媛说："叔，您也知道，新阳和我们俩都是朋友，他还救过我的命，如今他有难了，我不能见死不救。至于李哲，他对我做了什么，你们自己去问他，我和他已经覆水难收了。"

李荣怀着复杂的心情看着眼前的侄媳妇，虽说他也在为张新阳的事儿着急上火，但一个女人为了另一个男人来求丈夫的叔叔，无论如何他都有些接受不了。

冯媛媛看着尴尬的李荣又说道："叔，您也别猜疑了，我和张新阳之间是清白的，我和李哲之间的事儿，也和新阳无关。我虽是个弱女子，也懂得有恩必报。如果对救过自己一命的人都没有丝毫的感恩之心，那作为人，还有丁点儿的礼义廉耻吗？我今天来，是想求您能出面说服那个吴经理，只要她承认委托张新阳收保证金了，那新阳诈骗的嫌疑就不成立了。退而求其次，能让刘董事长和关书记出面把新阳先保出来，让他和韩老板沟通沟通，也算是有了缓冲的余地了呀。"

李荣听完了冯媛媛的话，叹了一声气说："媛媛，叔相信你是个有情有义的孩子。实不相瞒，这几天我也正为新阳的事儿上火呢，不管吴经理是否委托过新阳，现在吴经理都一口否认了，她这儿指定是没戏。我和你想的一样，我想凭我这张老脸去找找董事长或关书记，新阳是我带出来的，我会尽全力去帮他的。"

冯媛媛看着李荣一脸的坚定，知道他说的是真心话，她缓缓站起身，深深地给李荣鞠了一躬。送走了冯媛媛，李荣给赵永生和孔严打了个电话，约他们来家里一趟。不到半个小时，两人便前后脚来到了李荣家。李荣给两人洗了水果，孔严挑了一个大大的苹果，斜倚在沙发上大口大口啃了起来。赵永生点着一根烟，吸了一口说道："老李，大礼拜天的也不让人消停消停，好不容易董事长不打电话了，你又给我们下命令了。"

李荣笑着说："老婆子去儿子那儿了，我一个人闲着无聊，叫你俩来吃顿饭，有意见？"

孔严呵呵笑道："没意见，没意见，这个优良作风要坚持住，每周一次，怎么样？"

赵永生也笑着说："老孔这个建议好，我举双手赞成！"

李荣道："你俩一个管人，一个管钱，还吃定我了，这叫什么，贪得无厌啊！"

孔严和赵永生相视一笑，便说道："就知道你小子有事，要不没这么大方。快说吧，叫我们来干吗？"

李荣说："我也不绕圈子了，叫你们来是因为新阳的事儿，我想去劝劝董事长，让他出面把新阳保出来。"

李荣的话一出口，孔严和赵永生脸上的笑顿时没了。

孔严小心翼翼地说："我知道新阳是你带出来的兵，你俩有感情。可我还是劝你别去触这个霉头，你知道，这事儿涉及了吴经理，你懂得，这个……"

赵永生也说："老李，说句实话，你的心情兄弟我也了解，张新阳的事儿已经板上钉钉了，你就是去了也无济于事。你小心谨慎干了一辈子了，别因为这事儿把自己搭进去。"

李荣见两人都反对他的想法，不甘心地说："那我就眼睁睁地看着这孩子被冤枉、被判刑，去坐牢？"

孔严说："老李，张新阳是不是被冤枉的，我们不能妄下结论。他离开你也有段时间了，他会不会干出这样的事儿，你不知道，我也不知道，这浑水还是不蹚为好。"

李荣头上的青筋一跳一跳地说："张新阳诈骗？打死我都不信，这都是明摆着的事儿，别人看不透，你们也看不透？"

孔严微笑着摇了摇头，不再说话了。赵永生看看李荣叹了口气，低声说："看透了也不能说透！"

李荣缓缓说："我李荣摸爬滚打这么多年，没有什么看不透的，也干了许多不说透的事儿。可这次这件事儿，我要凭着良心任性一次。人一辈子，有所为，有所不为，总得给自己的初心一个交代吧。"

赵、孔二人用一种陌生的目光盯着李荣。许久，孔严说："老李，我们哥儿俩理解你，不过还是请你再好好想想，你一辈子的谨慎，很可能会功亏一篑。这件事儿还要三思而后行呀！"

孔严说完，李荣把目光移到了刚才冯媛媛用过的水杯上，沉默了半晌，头往沙发后背上一仰，闭上了眼。

经过一夜的辗转反侧，李荣最终还是下定了决心，这次他要为张新阳，也为自己的初心，挺身而出。

第二天，李荣轻轻敲了敲刘成功办公室的门，听到一声请进后，推门走了进去。刘成功见是李荣，便笑呵呵地说："老李，有啥事儿？"

李荣清了一下嗓子说："董事长，我今天来是为了张新阳的事儿，他是我带出来的，现在摊上这么一档子事儿，我想和您谈谈我的想法。"

刘成功一听到张新阳三个字，脸便沉了下来，他语气低沉地说："老李，新阳是你带出来的兵，可他又何尝不是我的兵呢？要说，他出了这事儿，我难辞其咎，平时教育不严，引导不够，我要平时严格点儿，也不至于弄成今天这样。现在啊，说啥都晚了。"

李荣没有注意刘成功的脸色变化，仍旧自顾自地说道："亡羊补牢，为时不晚，我们先把他保出来，再和韩老板商议，从长计议，或许还有挽回的余地。"

刘成功眼神变得严厉起来，他紧紧盯着李荣说："老李，你什么意思，公安机关已经侦查完了，证据确凿，让我去包庇一个嫌疑犯？我们能这么干吗？这是国家法律，不是你家的家长里短，亏你还是组织培养多年的老同志，就这么点儿觉悟，能行吗？"

李荣原本就让刘成功盯得浑身不自在，又听了刘成功这番话，如同一只斗败的公鸡，锐气全无，缓缓地低下了头。

刘成功看着李荣垂下了头，换了语气说道："老李，我理解你，可是冲动不能解决问题，这件事我们也在积极努力，新阳毕竟是我的副部长，但你说的，绝对不行。好了，你忙你的事儿吧，有消息我也会通知你的。"

李荣喉结动了几次，终究没有再说什么。从刘成功办公室出来，李荣反复咀嚼着刘成功的话，他言语含糊，似乎在刻意掩饰什么。他不知道刘成功为什么会变成这样，但如果这样下去，张新阳就算是彻底完了。不行，不能就这么让刘成功说服了。想到这儿，李荣略微整理了一下思路，走向了关峡的办公室。

关峡正在办公室翻看着《津州日报》，见李荣进来了，关峡放下报纸，把他让到了沙发上。寒暄两句，李荣开门见山地问："关书记，我来找您是为了张新阳的事儿，我希望您能出面，以公司的名义把他先保出来，我们再从长计议。"

关峡听李荣是为这件事儿来，摘下了架在鼻梁上的眼镜放到桌上，揉了揉眼睛，意味深长地看着李荣说道："老李，我给你交个底儿，张新阳这个事儿，我正在运作中，可是，难度太大了。"

李荣见关峡毫不掩饰地交了底，他把想好的说辞统统咽了回去，一时竟不知如何是好。

第 122 章　多方营救

李荣脸上神情不定，关峡起身给他递了支烟，不紧不慢地告诉他："新阳刚被带走当天我就托人去打听了，可直到现在，人都被移交检察院了，我这儿还没有任何有价值的线索，没有线索就没法去有的放矢地操作，这是其一。其二呢，你提的想法我也和董事长建议过，老刘有他的看法，我觉得他说的也是情理之中的事儿，行不通啊。其三，我私下接触过韩老板，他态度坚决得很，一点儿松动的余地都没有。所以，难啊！"

李荣脸色铁青地问："那我们就只能眼睁睁地看着张新阳去坐牢了？"

关峡面色沉重，一言不发，看了看李荣，又把目光移到了窗外。

李荣又问："关书记，你相信保证金的事儿是张新阳有意为之的？"

关峡轻轻地摇了摇头，仍旧没有说话。

李荣说："关书记，我知道您和市里能说上话，您想想办法。张新阳还年轻，我们不能看着他的前程就这么被毁掉呀！"

关峡说："李荣，容我再思考思考，事情没有你想的那么简单。"

李荣说："那我们总得做些什么吧？"

关峡说："事到如今，只能是先等待了。许多事情，在没有想明白方向时，等待要比盲目行动更为正确，也许在等待中会出现一丝转机。"

李荣从关峡的脸上读到了以前从来没有觉察过的真诚，他相信自己的直觉，关峡心中就是这样想的，他自己说的也都是真的。

李荣离开办公室，关峡手托着下巴，考虑了一会儿，给郭志明打了电话。不多时，接到电话的郭志明便快步走进了办公室。

关峡开门见山地说："刚才李荣来找我了。"

郭志明问："李荣？啥事？"

关峡说："张新阳的事儿。"

郭志明感叹道："真是看不出来啊，李荣还是个重情重义的人！"

关峡踱着步子说："志明，这件事你怎么看？别和我藏着掖着，说实话。"

郭志明微微眯起了眼说："虽然我很讨厌这个张新阳，可这小子的能力我还是比较欣赏。这件事张新阳被冤枉的可能性大。关书记，恕我直言，这件事上，老王没有起什么好作用。"

关峡感慨着说："是王福阳吧！上次我们运作那个改革方案，我就感觉到这点了。老王这个人心胸不宽广，功利心太重，不可与之谋大事呀。"

郭志明说："当时我想提醒您的，但形势所迫，不得已，也就……"

关峡摆了摆手，示意他不要再讲了，郭志明很知趣地收住了话。

关峡顿了一下："志明，你能不能从你旁观者的角度，分析分析老刘对张新阳这件事的态度？"

郭志明略略沉思了一下说:"我觉得问题的根源还是在东矿区的改革上,我注意到高建义死后,张新阳对董事长改革方案的态度变了,或者说他更倾向于我们的方案了。也许就是这个原因,董事长在张新阳这件事上才显得不那么积极。"

关峡又问:"那你说有没有其他的原因呢?比如说,个人利益问题?"

郭志明惊讶地用询问的目光看向关峡,关峡肯定地点点头,郭志明在地上走了两圈说:"我觉得不会,要真是那样,他和张新阳都是一根绳上的蚂蚱,无论有什么成见,张新阳发生这样的事儿,他是不会坐视不管的,不可能,不可能。"

关峡说:"我也在琢磨这个事儿,如果真是个人利益的原因,或者说是性质更严重点儿的原因,不管老刘顾不顾及个人关系,我都不能袖手旁观。即便是张新阳真有问题,我也必须想方设法先把他保出来再说。可现在咱俩都判断老刘不是我们设想的那样,那我们就要把握原则了,尊重司法机关的调查结果,除非有证据证明张新阳无罪。"

郭志明说:"证据就是吴小清,可是她……"

关峡又摆了摆手说:"这就是问题的麻烦之处,所有的结论都是咱俩的推测,但这事儿又涉及吴小清,可能咱俩的推测是错的,那么这件事就不单单是韩老板方面的问题了。"

郭志明听出了关峡不愿意挑明的深意,换了个思维角度说道:"虽然我对这小子并不感兴趣,但我们也不能见死不救啊,他要真进去了,这辈子就算是完了。"

关峡长长地出了一口气说:"志明,我当初没有看错你。你说得对!"

郭志明紧跟着问:"那,张新阳我们是保还是不保呢?"

关峡慢慢说道:"张新阳要保,可我们只能先以个人名义去保。这样吧,你还是先私下打听着消息,必要的时候,我们可以动用顾阳政府那边的人脉资源,至于津州方面,还是暂时不要动。记住,我们保张新阳的前提,都是基于他被冤枉的判断,切记不可大意。"

郭志明坐回到沙发上,想了一会儿说:"成,就按您说的办。"

关峡再次把目光移到窗户,一只虫子在玻璃上吃力地爬行着,它只是为了自己的执着而执着,却不知有双眼睛在盯着它,随时都会让它的生命就此终结。窗外枯黄的柳条在风中摇曳着,远处天高云淡,碧空如洗。

刘诗雅再一次登上了开往顾阳的列车,她此行的目的是找王一飞和林笑。

从永宁回到津州，刘诗雅请了长假去办张新阳交代的那件事儿。办妥了之后，她的心情变得愈发沉重。从张新阳留下的信能看出，这是他手中最后的底牌了，但刘诗雅并没有从对方那儿看到一丁点希望。刘明桢同样没有从纪委那儿得到有价值的消息，而从安监局那边打听到的消息是，冯远明出差了，可能要一个月左右。绝望让刘诗雅仿佛已经看到了经受牢狱之灾的张新阳。黄昏阴暗的监牢中，憔悴的面容，佝偻的身子，张新阳站在铁窗前望着自由的天空。

刘诗雅摇了摇头，试图赶走这个凄凉的画面。但她越是想逃避，张新阳的脸就越清晰。出了火车站，她打车来到了顾阳焦煤集团，那个曾经无数次出现在自己梦中的大门，此时看着，却犹如怪兽般狰狞。

王一飞和林笑结婚后依旧住在公司的宿舍楼，只有周末才开车回津州的新家。刘诗雅想要见到他们，就必须趁着中午下班时间才能混进公司大院，去宿舍楼找林笑。刘诗雅在附近的一家快餐店要了一杯咖啡，选了一个能看到公司大门的位子，等着公司中午下班。

11 点 40 左右，门卫打开了电动门，陆陆续续地有人从院内走出来。刘诗雅起身，从包里拿出一件印有顾阳焦煤字样浅蓝色工作服，这是当初来顾阳玩时林笑错装到她背包中的，此时正好派上了用场。刘诗雅把这件衣服穿在身上，很顺利地进了集团公司的大门和职工宿舍楼的门。

进了楼，她便径直朝林笑宿舍走去，她对这栋楼的结构还是比较熟悉的，她稍一打听，就来到了王一飞和林笑的宿舍门前。门轻轻地掩着，门缝中传来了林笑的笑声。刘诗雅确认是他们的宿舍，一推门走了进去，王一飞和林笑同时回头，当他们看到是刘诗雅的时候，两人的笑僵在了脸上。

刘诗雅反手关上了门，看着满是惊讶的两人，冷冷地问："林笑、一飞，好久不见，有些意外吧？"

王一飞先反应过来，他知道刘诗雅是为什么事而来的，自从张新阳出事以后，他两口子就把刘诗雅的电话拉到了黑名单，但刘诗雅还是站在了他们面前，王一飞结结巴巴地说："诗……诗雅，你怎么来了，这，这……"

林笑还呆呆地站在旁边，她怎么也不能将曾经那个小鸟依人般的王语嫣与眼前这个冷若冰霜、冷到有些让人害怕的刘诗雅联系在一起。直到王一飞推了她一下，她才缓过神来，语无伦次地说："是诗雅，怎么不打电话，不，不，你坐，是来了，我这儿也……"

刘诗雅没有理会两人不知所措的客气，接着问道："王一飞，你为什么要害新阳？"

短暂的惊慌之后，王一飞已经冷静了，他早就想到会有这么一天，但没想到是现在，他清了清嗓子说："诗雅，你听我说，我没有害新阳。"

刘诗雅冷笑了一声，说道："你还在狡辩，张新阳真是瞎了眼了，把你这种人当兄弟。"

王一飞垂下头，低声说："诗雅，你听我解释，新阳是给我打电话说要入一笔账，当时我不在单位，这事儿就没办成。可谁知会出这么一档子事儿。我对天发誓，出事后我是准备替新阳做证辩解的，可谁知，谁知……"

王一飞开始变得吞吞吐吐的，显然他是在犹豫说还是不说。

林笑见王一飞语塞，连忙打圆场，她一脸正色地看着刘诗雅说："诗雅，新阳是一飞的好兄弟，一飞怎么会见死不救呢。只是，只是，我俩都受到了警告，只能选择沉默。诗雅，我们也是被逼无奈，我们不求你原谅我们的胆小懦弱，只希望你能理解我们，人在屋檐下，不得不低头。"

林笑刚说完，王一飞竟轻声地哭了，他喃喃地说："诗雅，我是个懦夫，可我真的没有想过要陷害新阳呀。"

看着一个大男人蹲在地上掩面痛哭，林笑的眼圈一红也哭了。刘诗雅又看了眼王一飞和林笑，面无表情地转身开门离开了。

刘诗雅走出了公司大门，一阵秋风卷起了地上的枯叶，摇摆着发出沙沙的声音。王一飞痛苦的表情，已彻底击碎了刘诗雅的幻想，如今木已成舟，一切已经没有挽回的余地了。她漫无目的地沿着马路向前走着。前方，是一个她不知该如何去面对的明天。

又一阵风吹来，刘诗雅裹了裹身上的风衣。不经意间碰到了口袋中的手机。手机正在振动着，她赶忙拿出了手机，手机上显示的是一个陌生号码，刘诗雅稍稍犹豫了一下，按下了接听键。

"是诗雅吗？"电话中传出了一个年轻女子的声音。

"是，您是哪位？"刘诗雅疲惫地答道。

"我是张新阳的朋友，冯媛媛，你在哪儿，我想见你。"

刘诗雅听张新阳提到过冯媛媛，可还未曾谋面。如今这个时候她说要见自己，一定是与张新阳有关。

刘诗雅立即说道："我就在顾阳，在哪儿见面，你定吧。"

冯媛媛说："那正好，半小时后，我们在中正街的怡馨茶语见。"

刘诗雅答应了冯媛媛，挂掉了电话。

虽然冯媛媛并没有说什么事儿，但刘诗雅已经从她的语气中隐隐地觉察出了一丝不安。

一个接着一个的坏消息，让她已经跌入到了无底的深渊。所有事情的发展方向都指向了张新阳的归宿——监牢，仿佛有个声音在对她讲，不要再挣扎了，这就是张新阳的宿命！刘诗雅在内心深处发出了一声呐喊：不，一切都还没有结束！

刘诗雅不服输地整理了一下凌乱的头发，伸手拦下了一辆出租车，直奔怡馨茶语而去。

第 123 章　徒劳无功

怡馨茶语二楼雅座，冯媛媛已经要好了一壶红茶，静静地等着刘诗雅。刘诗雅上了楼，一眼就看到了穿着一身枣红色运动服的冯媛媛，冯媛媛也看到了一脸憔悴的刘诗雅。这是两人第一次见面，此时她俩的目的是相同的，都是为了救张新阳。但一个是未婚妻，一个是好友，两人相对而坐，气氛略微有些尴尬。沉默了几分钟，冯媛媛将垂下的短发别到耳后，目光正视刘诗雅，率先打破了沉默。

冯媛媛说："诗雅，我见你是因为新阳的事儿。有件事想告诉你。李荣因为要保张新阳，被免职了，事情变得越来越糟糕，已经朝着最坏的方向发展了，你要做好思想准备！"

安全部部长李荣，刘诗雅不仅知道，而且还见过几面。在她的印象中，李荣是一个沉着稳重、刚毅能干的人，也是一个正直的人。刘诗雅听到他为了保张新阳被免了职，心里不免一阵愧疚。

这次来顾阳，除了找王一飞，她还计划找李荣。顾阳焦煤毕竟不是刘成功和赖峰的，她相信一定会有人坚守正义和公道。李荣在机关多年，或许能找到这些人，只要正义的力量汇聚起来，就会有摧枯拉朽的作用。可现在，冯媛媛已经替她走了这一步，出师未捷身先死，仅存的最后一丝希望，顿时又化为了泡影。

冯媛媛看刘诗雅脸色惨白，目光无助地盯着茶杯，双唇上多了几个深深的齿痕，她轻声问道："诗雅，你还好吧？"

刘诗雅缓缓抬起头，布满血丝的双眼看向冯媛媛，语气平和地说："媛媛姐，谢谢你为新阳做的一切。我这次来就是想找李部长的，没想到你已经替我办了。事已至此，新阳是在劫难逃了。"

冯媛媛看着眼睛红肿的刘诗雅说："诗雅，新阳对我有恩，我知道我能做的极其有限，但我绝不能袖手旁观。可惜，现在李部长也是爱莫能助了。"

冯媛媛把她去找李荣的事儿跟刘诗雅讲了一遍，稍稍停顿了一下，又说道："李部长是昨天被免职的，公司官方给出的原因是新创焦化厂设备安全隐患问题严重，迟迟得不到整治，严重影响了今年生产任务的兑现。其实，惠泽公司竞标的设备，就是为了解决这个问题的，如今事情发展成这样，却让李部长背了这个锅，这叫欲加之罪何患无辞。"

刘诗雅听冯媛媛讲完，迟疑了一下说："媛媛姐，我可以见见李部长吗？他毕竟是受了新阳的连累，我心里过意不去。"

冯媛媛说："这也是我找你的另一个原因，李部长让我找新阳的家属，告诉他们顾阳焦煤集团不姓刘，也不姓赖。关峡和郭志明是值得信赖的，关键时候找他们，或许会有用的。"

刘诗雅说："那我更应该当面感谢一下李部长了。"

冯媛媛说："李部长交代过了，你们不用去找他，找他他也不会和你们见面的，搞安全这么多年，他很累了，他想安安静静地休息一段时间。他选择这样做，并不全是因为张新阳，他如此执着还是为了自己的初心，他不后悔。"

刘诗雅满是感激地看着冯媛媛说："代我和新阳的家人谢谢他。"

冯媛媛点点头说："嗯，一定！"

说完，冯媛媛又略显羞涩地苦笑着说："诗雅，你也要保重，新阳没看错人，你们才是真爱。"

见冯媛媛脸上飞过一丝羞涩，刘诗雅轻声问道："媛媛姐，你是有什么话要对我说吗？"

冯媛媛轻轻低下了头，短发遮住了她的双颊，她低声说："没什么，如果新阳难逃这次的牢狱之灾，我希望你能守着他，等他出来，他是真心爱你的。"

女人的直觉让刘诗雅听出了冯媛媛对张新阳微妙的感情，但刘诗雅不想深究什么。一想到张新阳面临的牢狱之灾，眼泪又扑簌簌地掉了下来。她抽泣着却又语气坚定地说道："无论如何，我会等他一辈子的。"

入夜，赖峰如约来到了新世纪大酒店刘成功的房间。刘成功正在整理着一个旅行箱，见赖峰进来了，他将旅行箱轻轻扣上，拍了拍手说道："检察院那边有消息吗？"

赖峰点了一支烟，抽了几口，吐出个大大的烟圈，笑着说："老黄刚刚打听来的消息，检察院那边最多有半个月就会向法院提起公诉。"

刘成功说："检察院没有我们的人，让老黄盯紧点儿，我是不会亏待他的。记住，越是这个时候，越不能掉以轻心。还有，纪委那边怎么样了？"

赖峰说："纪委的人传过来消息，他正在想方设法让津州方面相信那份举报信是张新阳为了自救搞的诬告，争取不立案。还有，举报信的大概内容他也基本搞清楚了。确实是与新创焦化厂有关，我已经让杜天和老梁把所有的漏洞补上了，即便是查，也不会出啥差错的。"

刘成功说："让杜宇先把酬劳给他们送过去，有了钱才好办事嘛。"

赖峰笑着说："你就放心吧，办这事呀，老三是咱的老师，我们就不用操这个心了。"

刘成功释怀地笑了笑，坐到了藤椅上，拍了拍旅行箱说："我要到省城学习一个月，张新阳经济诈骗案宣判之前，你要盯着老关、郭志明还有其他部门的动向，李荣就是一个很危险的信号。有人是存心想要看我们的好戏呢。"

赖峰说："关峡一向小心谨慎，何况上次并购的事儿，我们重重地挫伤了他的自信，没有十足的把握，他是不会有什么动作的。倒是郭志明最近上蹿下跳地四处活动，还有几个部门和厂矿的副职也或明或暗地跟着他蹦跶。不过，我们把李荣拿下后，这些人就彻底老实了，郭志明又成了光杆了，小泥鳅是掀不起多大的风浪的。"

刘成功说："要说张新阳还是有人格魅力的，李荣精明了一辈子，现在却因为他犯起了糊涂。张新阳在号子里要是知道这些事儿，也应该感到慰藉了。"

赖峰收起了脸上的笑容，自顾自地说道："张新阳这小子聪明能干，要不是这件事，我也会力挺他的，或许用不了十年，就能让他进班子，三十几岁的副处级干部，前途无量啊。可惜他自己不识时务，自毁前程，这也就怨不得我们了。"

刘成功不无感慨地说："张新阳还是书读得多了，什么年代了，还在推崇士大夫精神和英雄主义。他不该这样固执，不该如此书生意气。"

赖峰掐灭了烟头，悄悄看了刘成功一眼，缓缓说道："大哥，我这几天也在思考这些事儿，说句不该说的，张新阳并没有错，他现在的执着不正是我们当年在云南的执着吗，这么多年过去了，是我们变了。"

刘成功把目光移到了赖峰脸上，赖峰并没有躲避他的目光，两人对视着，刘成功的脸色由黑变白，又由白转黑。许久，他长长地出了一口气，喉结动了几下，没有再说话。

褚伯涛再次在看守所见到了张新阳，张新阳瘦了许多，面容憔悴，但眼神依旧坚定。褚伯涛将案件的进展程度简要地告诉了张新阳，张新阳面无表情，只淡淡地说了声"知道了"。

褚伯涛又说："你爸妈托明桢先生告诉你，你的事儿他们知道了，你就放心吧，老张家虽是农民，道义二字还是懂的。如果你爷爷、姥爷在天有灵，他们也会支持你的选择的。"

褚伯涛说完把目光投向了张新阳，他看到张新阳的眼角有晶莹的泪滴在闪动。张新阳努力抑制住泪水，轻声地说："褚律师，替我谢谢明桢叔叔。"

褚伯涛又说道："不必客气，这是我分内的职责。还有，诗雅女士让我告诉你，你之前没有办完的事情，她都替你办了，无论结局如何，你都不必遗憾，她会一直等到你出去，无论多久。"

张新阳问褚伯涛："什么时候开庭？"

褚伯涛有些歉意地说："最多半个月。作为你的辩护律师我能做的也只有这些了，惭愧，惭愧。"

张新阳依旧面无表情地说："您已经尽力了，谢谢。请您转告诗雅，如果我最终身陷牢狱，就别等我了，好好找个爱她的人。我给她的生日礼物，希望她能留着，纪念我们彼此相爱的岁月。"

褚伯涛深受感动，频频点头，情真意切地说道："放心，我一定会转告她的。我会尽全力为你辩护的，你多保重。"

会面结束后，张新阳又回到了监室。他反复揣摩着褚伯涛的话，他已确定刘诗雅发现了保险柜，完成了信中交代的事情，但并没有起到什么效果。纪委、安监局方面肯定是没有任何消息。他手中已经没有了牌，接下来只能是听天由命了，他面临的将是三五年的有期徒刑，等他刑满释放，什么并购案、矿难、杀人案，所有线索和证据，都会被刘成功他们抹去，这个世界上就再也没有人会知道薛阿力、程三三的冤屈。

顾阳焦煤或许还是明星企业，但不知有多少人会在刘成功贪婪的改革中被下岗分流。那些失去生活保障的人也许永远都不会知道，曾经有过一个人，为了他们的岗位、为了他们的权益去争取、去斗争。与自己有关的一切，与顾阳有关的一切，都会沿着宿命的轨道前行，一切都没有变，只是多了一个囚徒。

张新阳默默坐到铺上，看看四周的一切，他问自己：你后悔吗？随即自问自答：这个世界上总有人会为了坚持原则而付出代价，自己选择了正义，就不应该后悔！

第124章　省城培训

刘成功这次来到省城是参加全国煤炭行业协会举办的企业管理交流培训班的。这个协会原本是一个松散的民间组织，只是这几年煤炭行业迅速发展，才使得这个组织有了强大的生命力。协会举办管理交流培训班的目的，无非是给各地企业的老总们提供一个交流平台，但随着山西、陕西、内蒙古等地的私营煤炭企业老板的加入，交流培训班的含金量也大大增加。

各个地方都大力支持本地的高校承办这个培训班，目的只有一个，通过在这个城市一个月的生活和交流，让手握重金的煤老板们能发现承办城市的投资点，要能投下一两个大项目，对拉动本地经济的发展是有积极作用的。而且每次都有企业家慷慨解囊，为高校捐一笔经费，所以高校也乐于承办这个班。今年，当有人向华州市政府提议和岳东大学共同筹办这个班的时候，政府立即表示支持，经岳东大学与协会的多次沟通，终于把班开在了岳东大学。

刘成功报到之后，便住进了高校对外的招待所。这个招待所的装修虽赶不上新世纪大酒店，但条件绝不次于普通四星级酒店。酒店的服务生许多都是勤工俭学的在校学生，文化素质高，服务态度好，让所有人都能感受到一种校园文化与现代商业相互交融的别样气息。

交流培训班的课程主要是深入浅出地讲授一些经济和工商管理方面的内容，同时开设互动交流讨论的课程，让学员们在学习商业理论的同时，又大大增进了感情。在这种氛围之下，这些日理万机的企业家，很快就进入了学习和放松的状态。不过有个有趣的现象是，尽管协会和学校都有不少规定，但私企老板的课外生活要随意许多。

国企干部就不同了，譬如刘成功，下午课程结束后，雷打不动地先与顾阳方面通电话，尽管学习期间由关峡主持工作，但许多事情他必须掌握，许多工作必须要他拍板，他可不想关键时刻后院起火。处理完单位的事情，他便规规矩矩地去餐厅吃饭，随后绕着操场走上几圈，然后就回房间休息了。每晚9点左右，总有一个学生模样的服务员来给他送夜宵，服务热情而又周到。

这样的日子过了一周，刘成功在操场散步的时候，认识了一名山西的煤企老板。老板自称姓阎，50多岁，一身皱皱巴巴的灰色西服里套着件枣红色的羊毛衫，脚上是一双白边布鞋。若不是在培训班见过，他是绝对不会把这个人与企业家挂上钩的。

这天傍晚，刘成功又一次在操场上遇到了阎老板，便主动和他攀谈起来。阎老板说着一口浓重的山西方言，刘成功费了好半天劲才听清楚他是在介绍自己的企业，听到企业名称，刘成功大吃一惊，原来他就是山西有名的焦煤大王。年初在北京扛着编织袋买了一个楼盘整个单元的人，就是这位老兄的亲哥哥。刘成功看着这位其貌不扬的金主，顿生敬意，几番交流之后更觉得这位阎总了不得。虽然文化素质不高，但浓浓的方言中隐藏着朴素而实用的哲学。

阎总一脸惆怅地说："社会上一提到晋商就是煤老板，土包子，暴发户。你可不要忘了在大清朝，俺们可是把商号开遍全国，开到了海外的。俺们山西人，靠的是吃苦耐劳，靠的是诚信。绝对不是开几个煤矿就能叫晋商了，现在这个晋商的名号，就是让这些暴发户给毁了。俺可以明确地告诉你，就会挖煤卖煤的这些人，路是走不远的。俺觉得，煤炭这样的行情是长久不了的，不趁现在有点钱谋后路，将来可是要吃大亏的。"

刘成功问："那您觉得我们岳东未来的煤炭市场会怎么样？"

阎总笑着说："你们是国企，又是岳东省唯一的一家大型焦煤企业，任凭它形势怎么变，你们都不会受到太大影响的，你就放心吧。"

刘成功又问："那阎总能给小弟支几招吗？"

阎总想了想说："俺说得也不一定对，参考参考哇。这第一个呢，就是多和公家合作，少和私人来往，这个道理你也知道，和私人来往，说不清、道不明，不好。这第二个呢，虽然是市场经济了，也不能忘了我们的国情，职工的事是第一位的，其次再说效益。你们是国企，工人是老大哥，是要当家做主的。第三个呢，当了官，要干净，一尘不染不可能，但不能贪得无厌。钱这东西，少了不行，多了也麻烦，平平安安就是福。"

阎老板刚说完，刘成功心中就咯噔一下，这个老阎说的前两条不就是关峡和郭志明的思路吗，这第三条，好像就是在说自己。自己处心积虑做的计划，自以为天衣无缝、无懈可击，居然被一个"土财主"一语道破天机。刘成功顿时觉得心神不定、坐立难安。

阎老板如同算命先生一般看着刘成功，轻轻拍拍他的肩膀说道："俺这也是个人之见，摆不上席面的。"

刘成功勉强笑了笑说："阎总您客气了，和您这番见识相比，我惭愧得很啊。真是听君一席话胜读十年书！"

阎老板眯起了眼睛，意味深长地看着刘成功说："俺民营企业，没有甚后台，可俺挣的钱是自己的。你们国营企业，有国家做后台，可挣的钱是国家的，都不容易，小心谨慎才能驶得万年船。"

刘成功觉得自己仿佛是被人扒光了衣服，赤裸裸地站在了阎老板面前，脸上火辣辣地发着烫。他没敢再直视阎老板的目光，"嗯啊"两句，就把话题转到了近期轰动全国的山西某煤老板嫁女儿的事儿上，有一搭没一搭地和阎老板侃起了大山。

吃过晚饭，刘成功把自己关在了房间，他越琢磨阎老板的话越觉得后背发凉。正所谓旁观者清，阎老板早已经把国企看了个清清楚楚，刘成功相信，在顾阳焦煤不止一个张新阳，他的所作所为总有一天会被人拆穿揭破的，到那个时候，自己真就万劫不复了。仔细想想，自己迈出第一步就已经踏上了不归路，这是不可改变的，要想平平安安过完下半辈子，就必须要对那些敢于揭露真相的人主动出击，让他们为自己的行为付出代价。这是一场你死我活的战争，稍有不慎就会坠入深渊，万劫不复，对张新阳这样的人，绝不能有半点仁慈和怜悯。

几下轻轻的敲门声打断了刘成功不安的思绪，他说了声"请进"，门开了，送夜宵的服务员走进了房间，她熟练地把夜宵放到了桌上，轻声说道："先生，您的夜宵，请慢用。"

来岳东大学的这几日，他已习惯了这个服务员每晚准时给他送的夜宵，但他却并没有注意过这个文静的女孩子。今天心烦意乱的他不经意间瞥了女孩一眼，目光便停在了她的身上再没有离开。女孩穿着蓝色的制服，上衣领口处露出了雪白的衬衣，脖子上系着一条红蓝相间的丝巾，淡淡的妆下是一张白皙而又俊俏的脸，说话时嘴角略略翘起，举止动作竟与吴小清颇为神似。

服务员见刘成功一直盯着自己，轻轻咳嗽了一声问："先生，请问您还有什么需要吗？"

刘成功这才意识到自己失态了，他连声说道："哦，没，没，没有。看你年龄也不大，怎么不把书读完就出来打工了？"

女孩嫣然一笑说道："先生，我就是岳东大学的在校生，这是我们学校自己办的招待所，我是利用课余时间勤工俭学的。"

刘成功说："这就是了，每天来送夜宵，看你的气质怎么也不像是没读过书的嘛，真是腹有诗书气自华呀。你是我们岳东人？"

女孩又微微一笑说："先生，您过奖了。我是江西人。"

刘成功看着这位与吴小清神似的女孩，不由得产生了同情之心，他问女孩："那你毕业后有回江西的打算吗？"

女孩略带伤感地答道："不打算回了，我爸爸病故了，家里只有一个多病的母亲。我只要能在大城市找一份工作，就把母亲接来，不让她在贫瘠的山村里受罪了。"

刘成功叹着气说："不容易呀！那你愿意留在华州或津州吗？"

女孩略带羞涩地说："如果可以的话，我愿意。"

刘成功看着眼前这个农村出来的女孩，顿时生了恻隐之心，他真诚地说："我叫刘成功，是津州顾阳焦煤集团的，你要信得过我的话，将来我可以帮你在华州或津州找份工作。"

女孩的脸上透出一丝惊喜，向刘成功鞠了个躬说："谢谢刘总，我叫夏其儿，今天我可是遇上贵人了。"

刘成功掏出了一张名片，笑着塞到了夏其儿手中，慈父般说道："什么贵人不贵人的，举手之劳，行善积德。其儿，那就这么说定了，赶毕业的时候就给我打电话。我说到做到。"

夏其儿看了一眼名片，连忙再次鞠躬说道："谢谢刘总！"

刘成功摆摆手示意夏其儿不必客气，夏其儿再次感谢一番，才轻轻离去。等夏其儿离开，刘成功洗了个澡，躺在床上，多年没有过的愉悦感让他心中的郁结之气一扫而光。对于他来说，给夏其儿安排个工作不是什么难事，但就是这么件只有个承诺的小事，反而让自己的心情顿时觉得无比畅快。想来是自己这几年地位越来越高，权力越来越大，所办之事掺杂了太多的人情世故，牵扯了太多的利益，反而是做件没有利害关系的好事越来越不容易了。刘成功自嘲地摇了摇头，夏其儿的神态又让他想到了吴小清，于是他打开了另一部手机的相册，吴小清俊美的脸又出现在了手机屏幕上。

第125章　酒后乱性

自从刘成功和夏其儿交流过一次后，夏其儿每次送夜宵时都特别热情，有时还会带走刘成功的衣物，洗净烫平后，叠得整整齐齐地放到他床头。刘成功多次要给她小费以示感谢，夏其儿都笑着拒绝了。有时候刘成功会和夏其儿闲聊几句，夏其儿的学识总会让刘成功大吃一惊，于是他越发喜爱这个年龄和自己女儿差不了几岁的女孩了。

每天，阎老板依旧不显山不露水地坐在教室后排，虽然大部分人知道了他的身份，但都始终对这个满口方言、古板迂腐的山西人提不起兴趣，交流一两次，便不再与其深谈了。只有刘成功每日下课后会陪着他去操场散步，阎老板照例操着一口方言谈古论今，道理浅显却一针见血，听得刘成功连连称赞。

这天散完步，刘成功正准备往餐厅走，阎老板喊住了他，邀请他到外面去吃饭。刘成功虽然有些诧异，这个向来简朴的老西儿怎么会突然破例，但他还是欣然接受了邀请。等到了饭店刘成功发现，这是一家开张不久的山西菜馆，饭店古色古香，处处透着山西大院的味道。阎老板报菜名般点了过油肉、香酥鸡、灌肠、平遥牛肉，同时还要了两碗刀削面、一瓶汾酒，并且吩咐服务员拿来了一壶山西老陈醋。

看着阎老板把一块块肉放入盛着半瓶醋的碗中浸泡一番随后大快朵颐，刘成功才明白，这个阎老西是醋瘾犯了。在阎老板的热情劝说下，刘成功也试着蘸着老陈醋，品尝着桌上的美食，除了醋的酸爽不太容易接受外，还真别有一番风味。两人边吃边聊边喝，一瓶汾酒很快就见了底儿。阎老板还不尽兴，又要了两盘牛肉、一瓶汾酒，等桌上的两个酒杯再次滴酒不剩时，两位混迹酒场的老手也已经是红光满面、醉意十足了。阎老板结过账，两人跟跟跄跄地走出了饭店，拦了一辆出租车，向岳东大学招待所驶去。

刘成功回到了房间，斜躺在床上打开了电视机看着新闻，迷迷糊糊中，他听到了敲门声，喊了一声请进，夏其儿端着夜宵走了进来。

看着满身酒气的刘成功，夏其儿轻轻问道："刘总，您怎么喝这么多？我给您泡杯茶吧。"

口干舌燥的刘成功抬了抬眼皮，看进来的是夏其儿，醉眼蒙眬地说道："这点儿酒，没关系，不要紧的，你帮我拿瓶矿泉水吧。"

夏其儿应了一声，转身走了出去，不多时便拿来了两瓶矿泉水。她走到刘成功床前，边拧瓶盖边说："我扶您坐起来吧。"

夏其儿把矿泉水递到了刘成功手中，左手放到了刘成功脑后，右手轻轻拉住了刘成功的胳膊，把斜躺着的刘成功扶坐在床上。这时醉眼蒙眬的刘成功，头几乎贴到了夏其儿的胸前。一缕少女淡淡的幽香飘来，刘成功久违的青春冲动再次被唤醒了。

他轻轻抬起了眼皮，吴小清出现在了他眼前，他轻声叫了声小清，吴小清纤细的手指抚摸着他的脸，他一把将吴小清搂在怀中，疯狂地亲吻了许久。吴小清挣脱了他的怀抱，在他火一样炙热的眼神中，解开了衣扣，一件件地褪去了茧壳，化身为洁白而又美丽的彩蝶，在他眼前飞舞着。刘成功再也控制不住压抑已久的欲望，不顾一切地向她飞扑过去……

一阵嘈杂，一束强光，几个强光手电同时照了刘成功脸上。酣睡中的刘成功惊恐地睁开眼睛，随即又下意识地用手挡在了眼前。等他适应了眼前的光亮时才发现，几名持枪的警察正站在他的面前，警察身后站着学校领导和招待所负责人。他再环顾四周，发现夏其儿衣衫不整、满脸泪痕地蜷缩在墙角瑟瑟发抖，雪白的床单上一片殷红。刘成功脑子嗡的一声，他似乎看到一只妖艳的蝴蝶从他眼前飞走了，他瞬间明白到底发生了什么。

第二天早晨，赖峰接到了一个自称是华州警方的电话，当他听到刘成功涉嫌强奸女大学生已被警方控制的消息时，整个人瞬间僵化了。放下电话，平时老成稳重的他，立即方寸大乱。

这时他才知道，自己所有的胸有成竹、临危不乱，都是因为身后站着刘成功把持着大局，如今没有了刘成功坐镇，他的所谓稳重变得不值一提。赖峰思来想去，觉得还是赶快去找杜宇商量才是上策。

他火急火燎地来到新世纪大酒店，杜宇正在办公室训斥着部下，见面色惨白的赖峰夺门而入，他立即停下了对下属的训斥，挥挥手让他出去。那个下属用感激的眼神偷偷看了赖峰一眼，长长地出了一口气，一溜烟儿走出了杜宇的办公室。

杜宇看着赖峰问："看你魂不守舍的样子，到底出什么事儿了？"

赖峰略显激动地说："大哥，大哥出事了。"

杜宇立即从椅子跳了起来，一把拉住赖峰问："出什么事儿了？"

赖峰说:"大哥在省城学习,酒后强奸了一名勤工俭学的女大学生,昨晚被华州警方带走了。"

杜宇简直不敢相信自己的耳朵,他拽住了赖峰的衣领问:"你说什么?"

赖峰把自己得到的消息原原本本地说给了杜宇,杜宇狠狠一巴掌拍在办公桌上愤怒地说道:"刘成功啊刘成功,你怎么能干这种事儿呢?"

赖峰也愤愤地说:"大哥平时小心谨慎,还老提醒我们管住自己的嘴,管住自己的裤腰带,可他怎么连自己都管不住呢?国有企业的领导,一旦摊上了这种事儿,政治前途就算是结束了。"

"现在还谈什么政治前途,强奸女大学生,这要是坐实了,那是要判刑的。"说着杜宇又想到了什么,接着问,"你的消息准确吗?会不会是遇上'仙人跳'了?"

赖峰哭丧着脸说:"公安局给我打的电话,消息能不准确嘛。我当时也满是怀疑地问了警察,对方说大哥住的是学校的招待所,那女孩是勤工俭学的在校学生。女学生用大哥的手机打电话报的警,警察在现场抓的现行,再说,人家女孩还是黄花大姑娘呢,这能有错吗?"

杜宇一听,像泄了气的皮球,一屁股坐了那儿,半天没有言语。赖峰见杜宇蔫了,不由得起身满地转起了圈,他半是生气半是焦急地说:"老三,你不要不说话呀,快想想,我们该怎么办呢?"

杜宇看了他一眼,沮丧地说:"平时不都是你和大哥拿主意吗,我听你们的就是了,你问我怎么办,我能知道该怎么办呢?"

赖峰又走了几圈,渐渐冷静下来。他坐到杜宇对面说:"老三,你路子广,你派人打听一下女大学生的身份,我们去找找她,让她承认是自己一时没有把持住,和大哥发生了关系,事后她后悔了,便报警称大哥强奸了她,这不就没事了。"

杜宇问:"二哥,她会听我们的?"

赖峰看着杜宇问:"你傻呀,一个勤工俭学的大学生最缺的是什么?只要我们软硬兼施,再把钱给到位了,就没有办不成的事儿。"

杜宇一听,立即咧开嘴笑了,他拍拍赖峰的肩膀说:"二哥不愧是领导啊,处变不惊,临危不乱。"

赖峰被杜宇一拍,感觉自己的思路慢慢清晰了,进而又恢复了自信。于是他又用异常坚定的口气对杜宇说:"事不宜迟,你现在就安排。"

杜宇也知道这件事容不得半点儿拖延,他立即收起了脸上的笑容,拿起手机。这几年杜宇在岳东省积累了不少人脉资源,他对打探消息这件事儿,还是十分有信心的。他略略整理了一下头绪，连续拨出了一串求援电话。等打完最后一个电话，他把手机往桌上一扔，坐到了赖峰身边。两人谁也不再说话，默默抽着烟，等着电话那边的消息。

快到中午的时候，各方面的消息一个接一个地反馈回来。他们了解到：刘成功的案子涉及煤炭行业协会和岳东大学，华州市政府高度重视，主要领导亲自做了指示，警方已经成立了专案组，并将案件上报了省厅，现在除了前期赖峰得到的信息，再也打听不到有价值的详情了。岳东大学为保护受害人的隐私，对女大学生的个人信息进行了严密的封锁保护，根本打听不到任何关于女大学生的消息。

赖峰和杜宇被这一连串的坏消息彻底击打在地，两人的期望在电话中传出的一次次"无能为力"的道歉声中被无情浇灭。直到手机铃声不再响起，他们像两只斗败的公鸡，彼此绝望地看着对方，没有了任何期望和幻想。

刘成功涉嫌强奸女大学生的消息很快传遍了整个顾阳焦煤集团，公司上下一片哗然，有人心事重重，有人喜形于色，更多的人则把这件事当成了茶余饭后的谈资，添油加醋，四处传播。没有什么新闻比这个更抓人眼球了。很快，这则桃色新闻就沸沸扬扬地传遍了整个顾阳县。

为了稳定人心，保证生产和安全，津州市政府很快做出反应，在华州警方没有做出调查结论之前，由关峡全面负责顾阳焦煤集团的工作。而在关峡接手工作的第一天，便恢复了李荣安全部部长的职务。

刘成功出事的第三天，刘诗雅接到一个电话，一个低沉沙哑略带着哭腔的女人告诉她，刘成功涉嫌强奸罪被警方带走了，赶快想办法救张新阳。没等刘诗雅问对方是谁，对方就挂断了电话。刘诗雅再打过去的时候，电话已经处于无人接听的状态。紧接着，她又接到了冯媛媛的电话，冯媛媛说，李荣想要见她。

第126章　形势突变

刘诗雅又一次来到顾阳，在冯媛媛的陪同下如约见到了李荣。经历了停职风波的李荣，已是头发花白，脸上的沟壑也越发深了，但眼神却愈发坚定了。

张新阳让他认识到了坚持的难，也正因为难，才让他越发坚信自己的选择，人总是应该有气节的，总该为一些事情而坚持、而执着。

刘诗雅和李荣简单寒暄几句后说道："李部长，新阳是冤枉的，我有证据。请您再帮新阳一把，替他讨回一个公道。"

于是她便把王一飞和林笑的话原原本本告诉了李荣。

李荣犹豫了片刻，点头说："小刘，我相信新阳是清白的，所以我才会为他讨个说法。先前我已经管了这件事了，现在就更应该管到底。你放心，我一定会竭尽全力还新阳一个清白。"

刘诗雅和冯媛媛一起再次谢过李荣，李荣看着两位年轻的女孩子为了张新阳如此用心奔走，足可见张新阳的人格魅力。相比之下，他也不由得为每天喝到烂醉如泥的侄儿李哲感到羞愧。

送走刘诗雅后，李荣重新整理了自己的思路。第二天，他再一次走进了关峡办公室。此时的关峡正头靠在椅背上闭目养神，刘成功一出事儿，郭志明就提醒他，有些事必须趁现在办，越早越快越好。所以，他第一时间恢复了李荣的职务。果然这一举措在机关和二级班子中赢得了一片叫好声。现在刘成功涉嫌强奸的事儿基本上坐实了，但他背后的疑问却依旧是乱花渐欲迷人眼。赖峰虽然如往常一样忙得不可开交，但大家都能看得出他在极力掩饰着自己的不自信和疲态。

关峡见是李荣，便问："李荣，有什么事儿吗？"

李荣说："关书记，我还是想说张新阳的事儿，据我掌握的情况，张新阳肯定是被冤枉的。咱们不应该再这么坐视不管了。"

关峡说："我联系了检察院，他们已经推迟了公诉日期，或许会让公安机关补充侦查。至于你说的证据，你先说说看。"

李荣肯定地说："王一飞和林笑知道实情。"

关峡从抽屉了拿出一页纸说："我这儿已经有了。你先忙去吧。"

李荣已经从关峡的言语和神态中判断出他正在为张新阳努力着。他呵呵一笑，起身走出了办公室。刚一出门，便遇到了匆匆进门的王福阳。

王福阳一进关峡的办公室，就搓着手说："关书记，我想和您说个事儿。"

关峡饶有兴趣地看着他说："王总，坐，坐下说。"

王福阳说："还是张新阳的事儿，听说检方马上就要提起公诉了，我这儿也是心急如焚，我们不能眼看着孩子被毁了呀。再说，张新阳要真被判了刑，对我们公司也没什么好处。我一直琢磨着再去做做韩老板的工作，我就和韩老板提议，由我担保，让新阳把钱退了，达成一个谅解协议算了。"

关峡看着王福阳，心中不由得一阵反感。这位他一直认为敦厚老实的师傅，居然是这样一副嘴脸。张新阳这事儿，本就是他撺掇韩老板报案的，前期李荣为了张新阳的事儿挨了整，所有人都看清了刘成功的意图，王福阳也是一副事不关己的架势。如今看到刘成功惹了官司，他便急于撇清与刘成功的关系，又跳出来经营投机、侃侃而谈了。

关峡眯起眼睛看着王福阳说："难得王总能这么为企业着想，能这么为张新阳着想，那就辛苦你跑一趟了。"

王福阳仍旧满脸堆笑说："什么辛苦不辛苦的，这不就是我应该做的嘛。"

关峡实在不愿意再看王福阳那张脸了，不冷不热地说："事不宜迟，王总这就去办吧。我一会儿还有个会，具体怎么办，就拜托王总了。"

王福阳听出了关峡的送客之意，满脸堆笑地起身和关峡打过招呼，转身走了。出了关峡办公室，王福阳摸了一把额头上渗出的汗水，脸上堆着的笑立即消失了。

赖峰和杜宇正在为刘成功的事儿四处奔走的时候，顾阳经侦队的黄队长找到了他们，并告诉他们一件非常棘手的事儿——张新阳的案子有变故了。赖峰听到这个消息，不由得打了个寒战，刘成功去省城前交代过的，一定要把张新阳的案子办成铁案。这几天他方寸一乱，居然把这个事儿给疏忽了。

赖峰急忙问老黄具体情况，老黄说有人给检察院提供了有利于张新阳的证据，检察院也接到了上级指示，要求谨慎研究张新阳的案子。检方认为案件有疑点，发回公安部门要求补充侦查。经侦大队刚刚接手了案件，惠泽公司的韩老板就提出了要撤案和解的要求，同时局领导也收到了证明张新阳拿到保证金后主动要求入账的证据，目前局里的意见倾向于撤案。

杜宇涨着脸问老黄是谁提供的证据，老黄想了想说出了王一飞的名字。杜宇立即暴跳如雷地冲赖峰喊道："这小子，不要命了吗？"

赖峰稍稍冷静了一下，看着杜宇说："这件事怨我们，是我们大意了。这是老关他们出手管这件事儿了，王一飞是个懦弱的人，我们不能指望他和我们保持一致。事已至此，我们能做的只有从长计议了。"

杜宇说："怎么个从长计议法？"

赖峰："现在老关要通过给张新阳找个说法来树立威信。他并不知道张新阳手中还掌握着万顺焦化厂的案底。所以，一定不能让张新阳出来，他要出来搅局，万顺的案子就赤裸裸曝光在老关他们面前了。"

杜宇轻蔑地说:"出来也没什么,万顺的账我们不都抹平了吗,还怕个球?"

杜宇边说边看了一眼赖峰,脸顿时又僵住了,他想起了一件更可怕的事,声音有些颤抖地说:"他还知道薛阿力?"

赖峰也很快反应了过来,张新阳很可能掌握了一些关于矿难的证据,只是证据不够确凿,他若是出来必定要拼了命把这件事儿弄明白,真到了那个地步,他们的处境就极其危险了。

赖峰面露凶光说:"当前,有三件事要办。第一,不惜一切代价把大哥捞出来。第二,想尽一切办法阻止张新阳翻案。第三,东矿区的翟林,这个人一定要盯紧。"

杜宇说:"大哥的事我一定尽全力,翟林那儿不是什么大事,让几个兄弟敲打敲打,他就老实了。难的是张新阳,公安方面已经有了撤案的意向了,这个不好办啊。"

赖峰看着杜宇问:"张新阳这个案子的重要证人是吴小清,只要吴小清不承认她指使张新阳收了保证金,他张新阳就翻不了盘。"

杜宇想了想说:"她本就是局外人,可如今大哥遇到了这事儿,她还会坚持自己的选择吗?"

赖峰说:"你说得没错,这也正是我所担心的,吴小清之所以那么做,完全是出于对大哥的感情,可如今……唉,如今事已至此,我只能是尽量去说服她了。"

赖峰把吴小清约到了新世纪大酒店的贵宾厅,赖峰注意到,吴小清那张俊俏的脸上写满了疲倦。刘成功让吴小清感到了一种深深的背叛,她对刘成功所有的感情、所有的崇拜顿时化为了泡影,她无法释怀一个口口声声说爱着自己的男人会做出这样为人所不齿的事,她不能原谅刘成功,更不能原谅自己。为了自以为是的感情,她背叛了家庭、背叛了王岩,而到头来却得到了同样的背叛,这是何等的滑稽与荒谬!

吴小清双眼无神地听着赖峰说了张新阳的事后,自言自语似的说:"是我对不住张新阳,我会还他个公道的。"

赖峰看着吴小清,有些不安地说:"不,吴经理,你不能这样,张新阳要出来,董事长就彻底完了。"

吴小清冷笑道:"他完不完跟我有什么关系呢?"

赖峰说:"董事长对你的感情是真的。"

吴小清忽然歇斯底里地喊道:"感情?我不需要什么感情,不需要,不需要。"

赖峰小心翼翼地说:"你听我说,我知道你对董事长这次的事耿耿于怀,但请你相信，董事长对你的感情从来没有变过，这次或许是个误会。你还不知道，他当时已经喝到酩酊大醉，一部手机还打开着，上面是你的照片。还有，那个大学生和照片上的你很神似，他很有可能是把那女孩当成你了。"

吴小清忽然哭出了声，嘴里喃喃说道："赖峰，你还在维护那个家伙，你也是个骗子，骗子……"

赖峰语气坚定地说："这是我费了九牛二虎之力打听来的消息，不会有假的，请你相信。"

吴小清趴在了桌上，把脸埋在胳膊间，哭得更厉害了。赖峰没有再劝她，他知道，这个在情爱中痛苦挣扎的女人，内心正在经历怎样的伤与痛。

关峡虽然已经尽全力将张新阳的案件从检察院发回到了公安部门，王福阳也使出了浑身解数让韩老板向公安机关提出了撤案，但这个案子无论如何都绕不开吴小清。

关峡与吴小清谈过几次，但她始终不承认是她委托张新阳收的保证金，没有充足的证据还构不成撤案的条件。好在公安机关考虑到刘成功此时的情况，也不急于定性，案件就这样陷入了僵局。

张新阳已经从褚伯涛处得到了消息，幸运只是在他肩头轻轻碰了一下随即又从他身边无声溜走了。这个结果他已经预料到了。他凝视着铁窗叹了口气，又坐回到了发着霉味的床铺上。

刘诗雅望眼欲穿的等待没有等来她所期待的结局。仿佛一块石子投入到湖中，仅仅泛起了几朵水花，很快一切就又恢复了平静，她的心再次跌到了谷底。

刘明桢看着满脸愁容的女儿，心疼地坐到了她身边。刘诗雅看着父亲，把这几天的事又仔仔细细地说了一遍，一双大眼睛紧紧盯着刘明桢，似乎父亲还像自己儿时一样拥有着神奇的魔法，能带给她意想不到的惊喜。

刘诗雅说的这些，刘明桢已经听过好几次了，但他并没有打断女儿，认真地听完了一切。刘明桢躲开了女儿的目光，他也感到无能为力了。刘成功出事已经算是一个意料之外的转机了，但依旧没有帮到张新阳。如今的局面已经成了死局，再也不会有奇迹发生了。

但当他再次看到女儿期待的目光时，又不由自主地回忆起了一个细节，忽然他的脑海中灵光一闪，跳出了一个想法。这段时间他们一直在围绕着张新阳无罪的证据做文章，不知不觉陷入了一个思维怪圈，而真正关键的却被他们忽略了！刘成功一出事儿，顾阳焦煤集团的整个局面就有了转机，所以刘成功才是关键，只要刘成功和他的党羽受到法律的制裁，张新阳的案子也就不攻自破了。

想到这些，刘明桢急忙问："诗雅，上次李荣托冯媛媛给你带了句什么话来着？"

刘诗雅思索了片刻说："上次冯媛媛带话说，关峡和郭志明是值得信赖的，关键时候找他们，或许会有用。"

刘明桢态度坚决地说："事到如今，我们只有主动进攻，事情才会有转机。这样，你带上新阳给纪委的材料去找关峡。"

第 127 章　剑指黑暗

在李荣的帮助下，刘诗雅很容易地找到了在津州开会的关峡。见到这个自称是张新阳未婚妻的女孩，关峡先是犹豫了一番，最后还是跟着刘诗雅来到了一家位置不是很起眼的咖啡店。两人简单寒暄几句，刘诗雅小心翼翼地从包中拿出了一沓复印材料放到了关峡面前。

关峡刚翻了几页，脸上的表情变得越来越严肃，手也开始微微颤抖起来。当他翻完最后一页，就轻轻地把材料放到了一边，铁青着脸打量着眼前这个柔弱的女孩问："你确定材料中说的这些都是真的？"

刘诗雅说："您说呢？要不是真的，新阳会落到今天这地步吗？"

关峡叹了口气，闭上眼睛飞速思考着当前的形势。有了这份材料，之前围绕着刘成功和张新阳的一切疑惑都解开了。他睁开眼，再次把目光移到了材料上，盯了许久，又问："有这么几份材料，张新阳为什么不早点儿给我呢？"

刘诗雅努力克制着自己的紧张，飞快回忆着刘明桢事先教给她的说辞，然后又迅速按逻辑关系组合成了自己的语言，她平静地说："关书记，您大概还不知道吧，新阳是把这份材料交到了津州纪委后才惹上这场官司的。我相信他一定考虑过向您反映。但恕我直言，即便他向您反映了，您又能如何呢？"

关峡沉默不语，他再次把材料拿到了手中，一页一页地翻看着，心中不禁问自己，如果张新阳当时把这份材料交给自己，会是什么结果呢？他假设了许多种结果，当"息事宁人"四个字出现在脑海中的时候，他不禁打了个寒战！如果真是那样，自己就不仅是在犯错误，而是在犯罪。

于是他又有些感激张新阳，感谢这个年轻人没有把这个难题交给自己。否则，事情会发展到什么不可收拾的地步，都还是未知数。关峡又一次从内心深处审视了自己一遍，扪心自问，这么多年，他算是一个正直的干部，没有贪过，没有占过，但自己小心谨慎的行事风格和明哲保身的工作态度，又让他在一些原则问题上不愿意硬碰硬地处理问题。眼下，刘成功的事已经到了这个地步，自己不能再唯唯诺诺了，必须下决心主持正义和公道了。

关峡依旧沉默不语，刘诗雅转动着手中的咖啡，不时用眼角的余光看着关峡的表情，氛围变得越来越压抑。过了十几分钟，刘诗雅感觉到关峡的眼神变得坚定起来，她知道，关峡一定是做了什么决定。

关峡轻轻咳嗽了一声，终于开口说："姑娘，你说得对，如果当时张新阳把这些给了我，或许我真的会犯错误的。不过，我还有个疑问，你现在怎么又来找我了呢？"

刘诗雅说："我相信您是一个正直的人，一个有正义感的人。"

关峡盯着刘诗雅说："你就这么相信我？"

刘诗雅认真地说："刘成功在，您或许有所顾忌，如今他出事了，您还有需要顾忌的事儿吗？"

关峡没想到眼前的这个小女孩看问题居然如此有深度，不禁正色道："小姑娘，你只说对了一半，我对刘成功有所顾忌的前提是他没有任何问题，我要维护队伍的稳定团结。他要是触碰了底线，那就另当别论了。"

刘诗雅忽然起身向关峡深深地鞠躬说道："张新阳的事儿，我就拜托您了！"

关峡有些意外地看着刘诗雅的举动，他抬起半个身子，向刘诗雅摆摆手说："姑娘，不必这样。这不仅仅是张新阳的事，也是公司的事，作为党委书记，我责无旁贷。"

开完会后，关峡心情沉重地回到了顾阳焦煤集团。在津州的这几天，他已经打听清了纪委对于张新阳举报问题的态度。纪委进行了外围调查，张新阳的举报材料中，除了凌峰公司的负责人是杜天的妻弟属实外，并没有发现凌峰公司与顾阳焦煤集团有任何关系。如今，举报人和被举报人都有其他案件在身，纪委为慎重起见，在没有其他材料的支持下，迟迟做不了正式调查的决定。

关峡反复读了张新阳的材料，再加上刘成功非要置张新阳于死地的做法，他相信张新阳掌握的情况是真的。只是以刘成功的做事风格，早已销毁了一切不利于他的证据。

关峡再次回忆起当年刘成功一夜之间逆袭为董事长的往事。这么多年，他没有忘记那一夜的无助和失落，也正是那一夜的变化，让他再也不愿去坚持自己的意见和观点，他开始退缩、开始妥协。

这些年，也正是自己的隐忍，顾阳焦煤才有了稳定团结的局面，才得以让刘成功毫无阻力地大展拳脚，也成就了企业飞速发展的骄人成绩。上级在公开场合还多次表扬了他的认识和站位，有段时间，他觉得自己的选择是对的，做好企业的配角，让企业在刘成功雷厉风行的改革下，朝着更好的方向发展，也是一种对企业负责的态度。

乱石滩东矿区的改革建议，是他这几年唯一的一次坚持，事后虽然有些不快，但看着新创焦化厂的效益涨势喜人，他再次选择了妥协。但现在他开始后悔了，自己的这种妥协虽然成就了顾阳焦煤，但也害了刘成功。在权力得不到制衡和约束的情况下，一个人的欲望是很容易失控的。刘成功的东矿区计划一旦成功了，那么他关峡不管知情与否，都会是企业的罪人。

这一次，他不能再妥协了，他要把隐藏在这个镀金外衣下的罪恶彻底曝光于众。刮骨疗伤虽然会疼痛，但他不能眼看着这个外表光鲜的企业，因这些有功之臣的啃噬烂下去，烂到骨髓，然后在几千人的痛苦和呻吟中轰然倒下。

关峡思量再三，决定把这件事告诉郭志明。尽管郭志明身上有不少的缺点和毛病，但党性和人品他还是信得过的。郭志明接到关峡的电话，匆匆忙忙来到了关峡家。

关峡把郭志明让进客厅，关峡的爱人朱玉兰给他们沏好茶，便披上外套出门去了。郭志明从来没有见过关峡的脸色如此凝重，他预感到一定是有什么大事要发生了。

关峡开门见山地说："志明，叫你来是有件事和你商量，这件事事关顾阳焦煤的前途和命运，你一旦答应了，就没有退路了，我不强求你，你想好了再回答我。"

郭志明已经隐约意识到了问题的重要性，他毫不犹豫地说："关书记，您尽管吩咐，我答应你。"

关峡点点头，从沙发上的文件袋中拿出了一沓材料，交到了郭志明手中说："看看这些吧，这就是他们为什么非要把张新阳送到牢里的原因。"

郭志明接过材料仔细读着，随着指尖翻过一页一页纸，他的表情也变得和关峡一样严肃，直至读完最后一页，他一下从沙发上蹦起来大声叫道："无耻，无耻。我原本以为我和他们仅仅是意见不合，现在看来我和他们是势不两立。蛀虫，简直是蛀虫！"

关峡轻咳了一声，摆摆手示意郭志明冷静，看他又重新坐回到了沙发上才说："志明，不要激动。这份材料，张新阳已经送到纪委了，所以刘成功才对他下了手，他们是要造出一个张新阳恶意中伤的假象，以便偷梁换柱、瞒天过海。现在举报信上所有不利于他们的事，已经无据可查了。如若不是刘成功出了事，现在恐怕纪委那边已经撤案了。"

郭志明用手在脸上胡乱搓了几下，看着关峡问："那我们现在该怎么办？"

关峡盯着郭志明问："志明，我想问问你，如果刘成功不出事儿，你手头拿到这份材料，你会怎么办？"

郭志明先是一愣，不一会儿便把目光从关峡脸上移开，低着头沉默许久，才吐出几个字："我不如张新阳。"

关峡见郭志明并没有说出什么慷慨激昂的话，嘴角露出了满意的笑。他端起茶杯喝了口茶说："张新阳这是在拿命运和前途做赌注，我们呢？汗颜呀！"

郭志明说："是，我们的职务越来越高了，顾忌的也越来越多了，人总是会在名利的道路上束缚了手脚，忘记了初心。"

关峡说："但现在我们不应该再无所作为了。我不想在一个年轻人的阴影下自责地过完余生。我想要做的，就是把这道伤疤揭开，把这些脓污挤掉。"

郭志明刚毅的脸上满是正气，他态度坚决地说："关书记，我郭志明已经输给那个毛头小子一局了，我不能再输第二次了。"

关峡给郭志明的茶杯中倒满了茶说："好，我关峡没有看错人，我要的就是你这个态度！依你看，下一步我们要从哪儿下手？"

郭志明双手抱在胸前，仰头看着天花板。关峡没有再发问，他又伸手拿起了那份材料一页页翻看着。足足过了有20分钟，郭志明才坐直了身子，清了一下嗓子说："眼下问题的关键，在于并购万顺焦化厂时违规的证据，只要有了这个证据，所有的问题都会迎刃而解。任何事情只要做，就一定会留下痕迹。面上的证据虽然没有了，但只要我们下功夫去挖，总是会找出线索的。关书记，事不宜迟，现在赖峰还是常务副总经理，他也不是什么善男信女。当下刘成功的事让他暂时乱了阵脚，我们要抓住现在这个时机，一鼓作气把这件事办成铁案。"

关峡问："那，志明，你觉得突破口会在哪儿呢？"

郭志明又想了想说："张新阳能收集到证据，其他人也一定手握证据，这个突破口只能是刘成功身边的人。"

关峡的眼角露出了喜色，他用指甲敲着玻璃茶几，说出了两个名字——邢利为和张俊！

第128章　突发车祸

初冬的黄昏已是寒气逼人，街边光秃秃的树干上挂着几片枯黄的树叶，它们如同耄耋之年的老人，再也没有了盛夏的生命力。一阵微风吹过，它们在树上抖了几抖，缓缓飘落到了地上。邢利为拖着沉重的脚步，神情恍惚地走出了公司大门。

下午关峡把他叫到了办公室谈话，谈话的主要内容是刘成功。对他来说，刘成功是他职场中的贵人，如若没有刘成功的提携，现在的他，恐怕还是井下的一名小小的技术员。是刘成功让他从技术员的岗位上成长为车间副主任、主任、厂矿副经理、经理、直到行政部部长、技术部部长。这期间他和刘成功之间的关系介于上下级和朋友之间，他们没有任何的金钱和利益来往，但刘成功还是力排众议提拔了他。原因只有一个，他是实实在在干事的人。

这么多年，他陪着刘成功东挡西杀，把顾阳焦煤集团做成了全津州市，不，是全岳东省数一数二的企业。在他眼中，刘成功是一个正直干事创业的企业家，是一个真正值得敬佩的人。即便是刘成功出事之后，他对刘成功的看法也没有大的改变。这个世界上没有十全十美的人，刘成功也不例外，他的婚姻名存实亡，整个集团公司都知道他和吴小清的关系，他邢利为也知道。但这些私生活都不影响他对刘成功的评价，于他而言，刘成功可以称得上是一个为企业呕心沥血谋发展的人。

但就在下午，随着与关峡谈话的深入，他心中那个英雄般的刘成功轰然倒下了。仿佛一个虔诚的信徒忽然失去了信仰，他感到迷茫、愤怒、无助、懊悔，这些情绪错综复杂地交叠在一起，令他备受煎熬。他怀疑关峡说的一切，但这一切又严丝合缝地解开了这几年来围绕刘成功做事风格变化的谜团，所有的疑惑和不解都对了卯，于是他彻底相信了关峡所说的事实。

关峡希望他能提供关于刘成功与凌峰公司之间的证据，但邢利为搜索了他所有的记忆，都找不出与刘成功违规违法有丝毫关系的证据。忽然他明白了一件事情：许多次他发现刘成功交办给他的工作都是在他就要全部完成的时候戛然而止，这是一种对他不信任的信号，他也多次抱怨过刘成功的这种做法，堂堂一个董事长，怎么也不懂"疑人不用、用人不疑"。现在想想，这是刘成功在自我保护，同时也是在保护他邢利为，刘成功不想把他当炮灰。

天彻底黑了，夜终于来了，街边的霓虹灯亮了，城市的夜景多少冲淡了初冬的萧瑟。邢利为没有心情欣赏这初冬的夜，他在深深的痛苦中朝着家的方向缓慢地挪动着脚步。

此刻与他同样烦恼的还有一个人——张俊。下午邢利为刚离开关峡办公室，张俊便走了进去。对这个有着"野狐狸"外号的行政部部长，关峡并没有像和邢利为谈话那样将事情和盘托出，而是试探性地和张俊聊着天。即便是这样，张俊还是很快捕捉到了关峡和他谈话的核心内容。他意识到关峡要拔刘成功这颗钉子了，只是手中的证据还不够充分，不能毕其功于一役！

同时张俊从关峡的只言片语中也感觉到，关峡一定已经和上任行政部部长邢利为谈过话了，而邢利为并未提供给他什么有价值的证据。张俊不禁暗暗地笑，凭着他对邢利为和刘成功的了解，邢利为如果有证据，那他就不叫邢利为了，刘成功也不是刘成功了。张俊猜不透关峡的底牌，自然也就什么也没说，在关峡失望的目光中结束了谈话。

张俊回家后又下了楼，来到小区大门前的一个小饭馆。他是这儿的常客，寻了个位子坐下，吩咐老板按老样子炒两个菜，又让服务员拿来了他寄存在这儿的半瓶西凤酒。菜很快就上齐了，他一边自斟自饮，一边思量着眼前的难题。

自从张新阳来到行政部，他就有种被架空的感觉，许多事情，刘成功都是绕过他交代张新阳去办。凭着多年的直觉，他隐约觉察到刘成功有什么不可示人的秘密。也就是从那时起，他开始注意刘成功的言行，特别是刘成功有在纸上勾勾画画的习惯。张俊就开始收集刘成功扔掉的废纸和撕碎的纸张，有用的他会复印一份，时间一久，居然掌握了许多刘成功、赖峰与杜宇兄弟的事情。张俊将这些复印件小心翼翼地藏了起来，他相信，关键的时候，这些东西就是他消灾免难的护身符。

今天，这个时候到了。他相信，关峡要是有了这些材料，刘成功是绝对翻不了案的。不过他现在还不能轻易将这些材料交出去，因为赖峰还是常务副总经理，而他身后还有更可怕的杜宇兄弟，张新阳就是活生生的案例，他可不想成为关峡冲锋路上的马前卒。

然而，眼下他的处境是交也不行、不交也不行，张俊陷入了两难的境地。他夹了一口菜，嚼了几口，然后端起酒杯，将少半杯酒一饮而尽。半瓶柔软绵香的西凤酒下了肚，他渐渐涨红了脸，眼前的人和物也渐渐变得模糊了，酒精让他的大脑开始不再思考，他听到血液流过太阳穴时血管咚咚跳动的声音。他准备向酒精屈服了，这时大脑却给他传来了一个信号，让他整个人开始变得兴奋。他在记忆中努力搜索着那一摞救命资料的内容，终于找到了几个非常敏感的词，他反复掂量了一番这几个词的分量——恰到好处！

他起身朝饭店门外走去，寻到一个偏僻的地方，拿出手机拨通了赖峰的电话，用一种迷茫和询问的口吻把今天关峡找他谈话的事儿原原本本告诉了赖峰，顺便把那几个敏感词巧妙地嵌入了关峡的问话中，神不知鬼不觉地把烫手山芋扔给了赖峰。手机屏幕的蓝光印在张俊脸上，照亮了他嘴角得意的笑。现在，即便他把资料给了关峡也无妨了，这就是所谓的一石二鸟之计。

新的一周，关峡照例主持周一的晨会。会场上，除了他身边刘成功的座位空着外，技术部邢利为的位子也没有人。关峡打开手机翻看了一遍短信，并没有邢利为请假的信息，再低头看看手表，已经到时间了，他有些生气地说了声"不等了"，会议便按部就班地开始了。会开了还不到 10 分钟，保卫部部长的手机嗡嗡振动起来，他看了一眼号码，匆匆走出了会场。不多时，满脸慌张的保卫部部长回到了会议室，他轻轻走到关峡身边俯下身子说："关书记，刚刚接到交警队的电话，邢利为出车祸了，让单位去人。"

关峡的心猛地一紧，立即示意会议暂停。所有人的目光都集中在了他和保卫部部长的脸上，关峡说："今天的会议就到这儿吧，出了些意外，我要去处理一下。"随即在众人满是好奇的目光中，起身离开了会议室。

关峡从交警队出来后，着急火燎地上了车，车门还没关好，就吩咐司机赶快去医院。关峡从交警队了解到了大概情况，早晨邢利为骑车路过清远路的一个十字路口时，正赶上绿灯变红灯。邢利为快蹬了几下自行车想赶在变灯前冲过路口，可刚走出没有几米，后面一辆同样抢灯的小轿车别了他一下，此时信号灯已经变了，邢利为的自行车一打晃斜在马路当中。这时，侧面开来了一辆运送渣土的货车，速度飞快的货车拖着尖锐的刹车声直接撞向了邢利为，邢利为当场昏迷。热心市民报警后，邢利为被交警部门送到了顾阳县人民医院。目前，渣土车司机已被警方控制，至于别邢利为的黑色小轿车，目击群众并没有提供车牌号码等有价值的线索，甚至连什么车都没有搞清楚，估计找不到了。根据警方初步判断，这是一起因自行车、小轿车、渣土车不遵守交通规则，抢红绿灯造成的意外交通事故，自行车、小轿车、渣土车三方都有责任。

关峡赶到医院并没有见到邢利为，随即就找到了有过几次交往的孙副院长。

孙副院长刚刚走出重症病房，听关峡前来是为了邢利为的伤势，便告诉他说："邢利为生命体征暂时平稳，但并不代表已经脱离了危险。根据初步诊断结果，他全身多处骨折，脾、胰等内脏严重损伤，颅骨有创伤，同时还有严重脑震荡，现在刚刚做完了手术，能不能挺过这一关就要看他的命了。"

随即关峡在孙副院长的陪同下见到了瘫软在护士站的邢利为的爱人，她两眼瞪得溜圆，浑身筛糠般颤抖着，嘴里反复嘟囔着一句话："救救利为，救救利为……"

关峡安慰了半天邢利为的爱人，但她似乎并没有听到关峡在说什么，依旧双眼无神地嘟囔着那句："救救利为，救救利为……"

关峡看着这个精神几近崩溃的女人，眼角湿润了。他拉着孙副院长的手，反复叮嘱一定要尽全力抢救小邢，孙副院长连连应承着让关峡放心。关峡又给赵永生打了电话，让管社保的人员火速来医院，亲自办理邢利为的住院手续和医疗保险，绝对不能因为钱而耽误了救治。安排妥当医院的事情，他又返回了交警队，他对这起交通事故还是存在疑问的，他必须亲自去把这些疑问解开。

三天之后，关峡得到了交警队的正式回复，经过技术侦查和对渣土车司机的审讯，警方可以确定事故是由邢利为和渣土车司机的违章引起的，可以认定这就是一起意外事故。至于关峡对黑色小轿车的质疑，警方给出的答复是，没有任何证据能够证明黑色轿车与渣土车司机有关系，而且邢利为抢信号灯的行为是黑色轿车无法预见的主观行为，黑色轿车是这次事故的一个致因，但与事故的发生并没有必要的关联性和绝对性。此时的邢利为依然躺在医院的重症监护室，孙副院长告诉关峡，邢利为已脱离了生命危险，但醒过来的概率不会很大了，也就是说，技术部部长邢利为这辈子很有可能成为植物人了。

第 129 章　滑若泥鳅

得到邢利为出车祸的消息，张俊出了一身冷汗，只有他清楚，邢利为的这场灭顶之灾并不是一起意外。他的背心已经让汗水浸透了，他很庆幸那天自己的选择是对的。赖峰和杜宇简直太可怕了，他们一定认为邢利为掌握了他们的核心秘密，所以才处心积虑布了一个连警方都看不出任何漏洞的局。可怜的邢利为就这样成了他们灭口的对象，倒在了车轮下。

这也充分说明，他手上的这些材料的致命性，它是一颗随时都会让他粉身碎骨的炸弹。张俊越想越觉得害怕，赖峰他们并不知道邢利为是没掌握任何信息或没泄露任何信息的，这才给了他张俊钻营的机会。而这一切都是因为他们的掌舵人刘成功不在，一旦刘成功出来，他的这个谎言就会不攻自破，他张俊就是亲手斩断刘成功左膀右臂的刽子手。到那个时候他的下场不一定会比邢利为强。

想到这些，张俊额头上已经布满了细汗，在极大的恐惧中，他的思路反而越来越清晰。他必须用好目前暂时的安全期，把手上掌握的资料交给关峡。现在只有关峡才有能力将刘成功、赖峰等人绳之以法，也只有这样，他才能获得永远的安全。于是张俊下定了决心，必须立即把那颗炸弹扔给关峡。

接到交警的正式认定后，关峡变得更加焦虑不安，最有可能提供证据的邢利为已躺在病床上成了植物人，尽管他事先已经预想到了困难和助力，但他依旧信心满满的，可邢利为一出事，他才明白，事情终究还是朝着他最不愿意看到的方向发展了。正在关峡心烦意乱的时候，郭志明打来电话问他在不在家，他已经来到了小区门口，有事要和他说。关峡正想找郭志明交换意见，郭志明就主动来了，这多少让关峡郁闷的心情舒畅了一些。郭志明很快就站在了关峡家门口，轻轻按了几下门铃，门开了，关峡把郭志明让进了客厅。朱玉兰给两人泡好茶后，就回了卧室。

客厅只剩下郭志明和关峡了，郭志明就开门见山地说："关书记，我觉得邢利为的交通事故另有隐情。老邢骑车上班十几年，怎么偏偏就在这个关键时候出事儿了？据我了解的消息，这辆拉土车是城西在建的天悦商城工地上的车，每天那个点儿准时经过出事地点，肇事司机外号叫神舟五号，开车速度可想而知。还有，老邢那天早晨出门时发现车胎没气了，折腾了十几分钟，他怕误了周一的大会，这才着急得抢灯。所有的一切看似不相干，但要把这些偶然联系在一起，这起事故很有可能是必然的。"

关峡点上了一支烟，又把窗户打开一条缝，边抽烟边说："我也觉得这事儿蹊跷，也就黑色轿车的问题向交警部门提出过质疑，但事故认定是要讲证据的，交警大队已经下了调查结论，调查结果合情合理，我们没有理由推倒警方的认定结果嘛。"

郭志明点着了关峡递来的烟，狠狠地抽了几口，吐出几个烟圈后又说："当然，我也不是要否定警方的事故认定结果，毕竟证据在那儿摆着呢。我只是想说，如果有人处心积虑地要制造一起不留痕迹的交通事故，并不是不可能的事儿。"接着郭志明又问："关书记，您有没有想过，您同时约谈了老邢和张俊，为什么老邢会出事，张俊却没事呢？"

关峡迟疑了一下，他显然没有思考过这个问题，接着对郭志明摇了摇头，等着郭志明说出他的见解。郭志明见关峡没有说话，就感觉自己的问题问得有点儿唐突了，他收敛了一下脸上亢奋的神情，放缓了语速说道："刘成功进去了，可赖峰还在岗位上，他最清楚谁更了解刘成功，谁手里的东西更致命。很有可能，老邢就是那个知情人。所以，只要赖峰还在这个岗位上，眼前的死局就不会有太大的转机，甚至事态会朝着更糟糕的方向发展。比如，刘成功可能会出来……"

郭志明谈他的看法时，关峡已经意识到了当前局面的复杂性，他一脸忧虑地说："志明，你分析得没错，可目前的局面，我是无能为力了。你快说说，你还有什么想法？"

郭志明今天只是想给关峡彻底捅破这层窗户纸，至于说该怎么办，他也没有任何应对措施，眼前就是一个死局。郭志明看着关峡满是期待的神情，无奈地摇摇头。

关峡把抽了一半的烟狠狠地按灭在烟灰缸中，叹了一口气说："我已经尽力了，事已至此，下一步会怎样，我们只能听天由命了。只是可怜了张新阳和邢利了。"郭志明看着关峡失落的表情，脸上的亢奋也渐渐消失，两人不约而同地再次点上了一根香烟，默默地抽着。

门铃响过几声之后，朱玉兰起身打开了防盗门。门外站着一个三四年级模样的小男孩，他见朱玉兰打开了门，就怯生生地问："请问这是关爷爷家吗？"

朱玉兰打量了一眼并不认识的小男孩，满脸疑惑地问："嗯，这是关爷爷家，你是谁家的孩子？"

小男孩有点儿羞涩地说："我是隔壁单元的，刚才有位叔叔让我把这个交给关爷爷。"说着小男孩把手中的一个大号牛皮纸信封递到了朱玉兰面前。

朱玉兰觉得事情有点儿蹊跷，并没有立即接下这个信封，她对小男孩说："你稍等，我把老关叫出来。"

关峡已经听到了门口的对话，便快步走向房门，郭志明也起身紧随其后来到小男孩面前。小男孩见一下出来两个大人，更加紧张了。关峡接过小男孩手中的信封，用手捏了捏，便拆开了信封，里面是一沓复印着杂乱文字的A4纸。

关峡抽出纸张，只扫了一眼，脸上的肌肉便抽搐起来，赶忙问小男孩说：

"这是谁让你送的？"

小男孩更加紧张了，结结巴巴地说："刚才在楼底下遇到个叔叔，是他让我送过来的，我不认识他。"

关峡又问："他人呢？"

小男孩说："他给了我东西就走了。"

关峡问："他还说什么了？"

小男孩吞吞吐吐地说："他说，他说，只要把这个送给关爷爷，这100块钱就是我的了。"说着小男孩伸开了另一只手，手中是一张卷成小卷、已被汗水浸湿的钞票。

关峡又问："他长什么样？"

小男孩努力回忆着说："他高高的，不，也不算太高，不胖，也不瘦，戴着眼镜，穿着皮夹克，脸上，脸上还……"显然这个小学生语文学得不怎么样，嘟嘟囔囔说了半天，也没有描述清楚这个人到底长什么样。

关峡见再问下去小男孩也说不出个一二三，就冲他挥了挥手说："东西我收了，你回家去吧。"

小男孩脸上露出了如释重负的笑容，使劲攥了攥手中的钞票，蹦跳着下了楼。关峡和郭志明回到客厅，把牛皮纸信封递到了郭志明手中说："你看看吧。"

郭志明接过了信封，抽出了里面的纸，翻看了几页，忽然想起了什么，迅速起身冲到阳台向楼下望了一眼说："那个人还没走。"

话音未落他便开门向楼下飞奔而去。关峡也立即明白了，这么重要的东西，那个人是不会就这么委托给一个小学生后就不管了，他一定在某个角落等着小学生下楼，确认东西交到关峡手中之后才会放心离开的。

十几分钟后，郭志明喘着粗气进了门。关峡立即问："看清楚是谁了吗？"

郭志明平复了一下呼吸，摆摆手说："晚了一步，我下去的时候，那个人已经走远了，我刚追上去就被他觉察到了，他立即跑到了马路对面的小巷子，等我追过去的时候已经找不到人了。"

"你看那人的背影熟悉吗？"关峡不甘心地问。

郭志明仍在喘着气说："离得远，根本看不清。"

关峡再一次拿起信封中的一沓资料，认认真真地翻了一遍，又把它放到茶桌上，轻轻叹了口气说："看来是邢利为的事儿起作用了，老邢跟着刘成功这么多年，居然落了这么个下场。他们把事情做绝了，让有的知情人感到害怕了，这才把资料交了出来。他们大概没有想到，事情做过了头反而是事与愿违了，这就叫弄巧成拙。"

郭志明又拿起材料仔细翻了一遍，神情变得激动起来，他又反复地翻看了几个来回，异常兴奋地说："关书记，这里面的东西，正是张新阳举报材料中所缺少的重要证据链，我们只要把这份材料送到纪委，凌峰公司的案子绝对就坐实了。"

关峡看着郭志明兴奋的样子，接过郭志明手中的材料，又仔仔细细地翻看了一遍，随即面带喜色地问："志明，你的意思是要把这份材料送到津州市纪委？"

郭志明点头说："对，送到纪委去。"

关峡忽然收起了脸上的笑意，盯着郭志明严肃地问："你为什么要这样做？"

郭志明没有迟疑也没有犹豫，张口说道："我们共产党员要讲党性，当干部也要讲原则，做人还要讲良心，这事儿我既然知道了，就不能昧着良心视而不见。做人要输给张新阳那个毛头小子，我这四十来年就白活了。"

关峡继续盯着郭志明看了一会儿，这才收起一脸的严肃，他晃了晃手中的材料说："志明，平心而论，老刘、老赖对企业是做出过重大贡献的，这也是我一直以来忍让他们的重要原因，为了顾阳焦煤有个稳定的发展环境，我这个老头子受点儿委屈也认了。现在来看，是我错了，我不应该放松对老刘的监督，如果我能严格点儿，他和老赖是不会走上这条路的，张新阳、邢利为也不会落到今天的地步。这件事上，我是有责任的。"

郭志明略带些安慰地说："关书记，您也别自责，如果不是张新阳的举证，没有手中的这些材料，谁又会想到刘成功走上了违法犯罪的路呢。他把事情做得如此周密，您就是监督也不一定能起到什么作用。"

关峡摇了摇头，神情低落地说："你不明白，监督和不监督是不一样的。唉，如今事已至此，已无可挽回了。就按你说的办吧，明天我就去津州，向市领导和纪委汇报。"

第130章　困兽挣扎

关峡带着所有材料来到了津州市政府，很快就见到了曹副市长。曹副市长得知他的来意后大吃一惊，他平心静气地听了关峡的简要叙述，又接过了关峡带来的那几份材料，刚刚翻看了几页，就已脸色大变。关峡甚至看到了曹副市长拿着材料的手在微微颤抖。

过了很长时间，曹副市长终于看完了材料，他脸上带着惊讶而又惋惜的表情，盯着手中的材料告诉关峡，此事事关重大，他现在必须立即向田市长和市委张书记汇报。随即曹副市长又向关峡询问了一些具体细节，便将材料复印了几份，匆匆离开了办公室。

关峡被安排到了小会议室，时间仿佛凝固了一般，每一次抬起手腕看时，手表上的指针只跳动了几格。许多问题在这小小的会议室开始发酵，关峡又想到了刘成功，已并购的万顺焦化厂目前仍在高效运行着，每天都在给集团公司创造着可观的利润。乱石滩的东矿区，职工的收入是全公司最低的，生活质量是全公司最差的。这一正一反两个案例，都缘于刘成功，如果单单从工作方面看待问题，刘成功并没有错，但两件事的背后都暗藏着贪婪和欲望，这样的话就另当别论了。继而，他又想到了张新阳，刚才他向曹副市长汇报时，几乎就要脱口而出，请求曹副市长协调一下，先放了张新阳，但最终还是让他冷静了下来，在这个关键的时刻，他必须把握住轻重，小不忍则乱大谋。

时间在煎熬中过去了近两个半小时，终于有人轻轻推开了会议室的门，告诉他曹副市长回来了，请他去办公室。关峡向来人说了声"谢谢"，便走出了小会议室。

曹副市长再次见到关峡后，神情严肃地对他说："老关，我向田市长和张书记都汇报过了，二位领导都十分震惊，张书记立即做了批示，要求纪委高度重视，认真查办。同时领导要求你一定要把住大局，务必保证顾阳焦煤的稳定和安全。这也是我对你的要求。"

关峡听了这番话，悬着的心放下了一半，他说："曹市长，目前顾阳焦煤的队伍是稳定的，安全是可控的。"

曹副市长有些忧虑地说："老关，我是担心纪委立案调查之后的稳定和安全。刘成功和赖峰在顾阳焦煤这么多年，也培养了不少干部，他们才是你需要认真思考和处理的。"

关峡在来之前早已想到了这一点，他狠劲点了一下头说："我有思想准备，您就放心吧。"

曹副市长叹口气说："如果当初我能阻止老刘并购万顺焦化厂，或许会把他从悬崖边拉回来。"

关峡听曹副市长又提到了这个话题，声音低沉地说："事实证明，并购万顺之后效益是不错的，上级的决策并没有错。错的，是老刘背离了自己的初心。"

曹副市长肯定地点了点头，心事重重地坐在沙发上抽起了烟。

凌晨1点钟，赖峰刚刚睡着就被一阵急促的电话铃声吵醒了。电话是顾阳县纪委的人打来的，这个人做事向来小心谨慎，最近的案子，无论多么紧急，都是将消息先传给杜宇，再由杜宇通知赖峰和刘成功，从来没有直接找过他或刘成功，今天居然把电话打到了赖峰手机上。一种不祥的预感立即涌上了赖峰心头。

赖峰按下了接通键，电话中传来了急促的声音："赖哥，刚刚得到消息，上面要求立案侦查刘总的案子，而且很可能会牵连你。我今天已调离了纪委，你赶快想办法，祝好运。"说完，电话就挂断了。赖峰立即意识到这个人是要撤身了，这也意味着他们再也不会有内部信息资源了。

赖峰又一次梳理了张新阳举报材料中的问题，并未发现还有什么遗漏，可现在上面还是立案了，那就说明掌握核心证据的人可能不只是邢利为，一定还另有其人。赖峰意识到了问题的严重性，如今刘成功身陷囹圄，他必须想尽一切办法让自己置身调查之外，这样才有精力去解救刘成功。

赖峰反复推演着整个事情的所有经过和细节，老领导王诚的名字出现在他脑海。对，万顺焦化厂的并购，是王诚求助了老首长，在老首长的过问下才得以顺利实施的。如果说他和刘成功在并购案中有问题，那么，王诚也是有过错的，或许王诚再次请老首长出面，他才有可能置身事外。

当他想通了这一点后，心情才稍稍平静了些，但今天晚上，他是无论如何都无法入睡了。好不容易熬到了天亮，他就给关峡打了电话说自己身体不舒服，需请两天假。关峡询问他是否需要去医院，赖峰说躺两天就好了，关峡叮嘱了几句注意身体的话，便批准了赖峰的假。

赖峰又等了一个多小时，估摸着王诚晨练回来了，就拨通了老领导家的电话。接电话的是王诚的爱人，她听是赖峰打来的电话，乐呵呵地告诉他王诚并不在秦州，两天前就去津州探望他生病的老战友去了。赖峰听到王诚在津州，精神为之一振，他赶紧要了王诚在津州的地址，王诚的爱人还顺带把王诚新办的手机号也告诉了赖峰。赖峰挂断王诚爱人的电话，静静地想了一会儿，终于拨通了王诚的手机。嘟嘟的接线声响过几声后，王诚接通了电话。

赖峰亲切地问："是老领导吧，我是小赖。"

电话中传来了王诚熟悉的笑声："哦，是小赖啊，你怎么有我这个手机号的？"

赖峰说："我给家里打了电话，是阿姨给我的号。您来津州怎么也不告我一声，我好看看您老。"

王诚说："你们现在都是领导，正是干事创业的好时候。我就是一个闲散的老头子，怎么能打扰你们干工作呢。"

赖峰说："看您说的，每次去看您，都是我们学习的过程。您要能给我们点拨一下，顶得上我们学习几年啦。"

王诚爽朗地笑道："你这个小赖，还是这么油腔滑调的。成功呢，他人忙啥呢？"

赖峰稍稍停顿了一下说："董事长他学习去了，不在顾阳。老领导，阿姨给了我您的住址，我想去拜会拜会您，看您多会儿有时间呢？"

王诚说："我多会儿都有时间，只是不要耽误了你的工作。"

赖峰笑道："您这都来津州了，我要再不去看您，就不能在顾阳焦煤立足了。老领导，我都两年没见您了，说实在的，我是真想您啊。"

王诚又笑道："好吧，我要不让你来，显得我更不近人情了。"

赖峰说："那我就下午去找您。"

王诚说："行，随时欢迎。"

赖峰呆呆地坐在客厅的沙发上盘算着该如何向王诚提眼下的危机。他自信对王诚是十分了解的，王诚为人正直、无私，眼里容不下沙子，如果把事情真相和盘托出，王诚非亲自把他送到纪委不行。要想让王诚出手，必须把他和刘成功说成是受害者，把案子往有人眼红顾阳焦煤的发展而故意栽赃陷害方面引，目的只有一个，让王诚看到新创焦化厂的成绩，相信他们是被冤枉的，进而向老首长求援，阻止或尽量拖延纪委方面立案。至于刘成功身上的桃色案，尽量避开不提，实在不行就说刘成功一时糊涂，嫖娼被抓了。刘成功的不幸婚姻，王诚也是清楚的，男人嘛，管不住裤腰带的事儿，谁也有个一两次。

打定了主意，赖峰又在脑子里把想要说的话认认真真地过了一遍，觉得没有什么破绽了，这才发现自己的肚子早就饿得咕咕叫了。他起身伸了个懒腰，泡了一碗方便面，狼吞虎咽地吃完之后，又想起了纪委那个人。一晚上的慌乱，居然让他忘把这个信息通知给杜宇。于是他又拨通了杜宇的电话，简要交代了一下目前的形势，并告知杜宇，他下午要去一趟津州。同时他再次提醒杜宇，当前的形势非常严峻，稍有不慎就会全盘皆输，一定要小心、小心再小心。杜宇也察觉到了事态的严重性，他告诉赖峰，下午他要去一趟老娘那儿，天冷了，给老娘置办几件衣服。赖峰想起了他们死去的兄弟郭庆，记起他已经两个月没有顾上去老娘那儿了，满是愧疚地吩咐杜宇，让他告诉老娘，等自己忙完这几天，一定去看望她老人家。

赖峰如约来到了王诚暂住的旅馆，这家由国营招待所改成的旅店，在繁华的城市中显得陈旧而又不合时宜。住在这里的客人，基本上都是进城办事的农村人，他们舍不得住大几十块钱一晚的快捷酒店，只能在这便宜、简陋的招待所凑合着。王诚依然保持着属于他那个年代的作风，他住不惯酒店柔软的席梦思床，只有在这硬板铺上才睡得踏实。

赖峰来到三楼的一间客房门前，轻轻敲了几下，听到老领导熟悉的声音后，轻轻推开了门。这是间相对宽敞的单人间，房间里摆着一个铺着白色床单的单人床，靠墙放着两张桌子，一张桌上摆着一台老旧的彩色电视机，另一张上放着一个电热水壶和几个茶杯，屋角立着一个衣服架，几把电镀椅子，除此之外别无他物。

王诚坐在椅子上，手中拿着一本亚当·斯密的《国富论》。看到进来的人是赖峰，王诚摘下了老花镜，笑呵呵地起身伸出了手。

赖峰把手中的提包放在一边，紧走了几步，一把抓住王诚的手说："老领导，我来看您了。"

第 131 章　正义使者

王诚拉过一把椅子让赖峰坐，赖峰刚坐下又起身走到门口，拿过提包放到了桌上，边往外拿东西边说："老领导，我给您带了些顾阳腌肉、咸菜，都是您和阿姨爱吃的。"

王诚仍然笑呵呵地说："我们俩就爱这一口清淡的，让我天天大鱼大肉地吃，我还真享受不了。"

赖峰说："您老艰苦朴素了一辈子，退休了也不改革命本色，让我们这些后生晚辈很是敬佩呀。"

王诚一摆手说："我们这些老顽固的做法，也不一定值得提倡。现在国家强盛了，人民富裕了，观念也得改了，只要走正道，合理合法地赚钱，享受一下也无可厚非嘛。"

接着王诚又提起了当年顾阳煤矿大会战、顾阳焦化厂大生产，说着说着脸上的皱纹也慢慢舒展开了，仿佛又回到了那段热火朝天的年轻岁月。赖峰已经不止一遍地听过王诚回忆这些陈年往事了，但他还是耐着性子听完了王诚的故事。

故事讲罢，王诚依旧意犹未尽，又说道："那时候的顾阳煤矿没现在的条件好，可大家都把企业当成了自己的家，整天都在拼了命地上产量，那时如果有现在的条件，我们能把顾阳焦煤鼓捣成大庆一样的企业。"

赖峰见机会来了，便插话道："老领导，如今的顾阳焦煤虽然比不上大庆，可在咱们岳东也是数一数二的企业了，这都是你们老一辈打下的基础。"说着赖峰就像倒豆子一样把军屯矿、乱石滩矿、新生焦化厂、新创焦化厂和新拓服务公司的业绩向王诚一一汇报了一遍。王诚听到他们把只有几十个老弱病残的服务部发展成了占公司经营收入将近五分之一的服务公司，也露出了欣慰的笑容。

赖峰说："老领导，我今天来找您还有一件事儿，不知该如何说。"

王诚问："怎么，遇到什么困难了？"

赖峰气愤地说："咱们顾阳焦煤现在发展得好了，眼红的人也多了，个别别有用心的人就开始写匿名信，向纪委举报诬告董事长了。"

王诚面无表情地摆摆手说："身正不怕影子斜，怕个啥嘛，让他们告去。"

赖峰说："关键是现在纪委当回事了，他们要一查，应付这些乱七八糟的事儿就够了，谁还有心思干工作呢。当前顾阳焦煤正处在转型发展的关键时期，要是因为这些子虚乌有的事儿耽误了发展，我们就成企业的罪人了。"

王诚说："小赖，俗话说磨刀不误砍柴工。既然上面要查，那就让他查去。查不出问题不正好堵住那些别有用心的人的嘴了。"

赖峰说："可是他们要查的是新创焦化厂的并购，这个方案当时是您找老首长顶住压力才上马的，我怕他们这样查，会把矛头引向您和老首长。"

王诚仍旧面无表情地问："万顺焦化厂并购以后盈利没有？达到预期效果没有？"

赖峰说："当然盈利了。"

王诚说："只要企业是向着好的方向发展，我和老首长都问心无愧。我和老首长没有拿过顾阳焦煤一分钱，我们为企业的发展着想，为津州的经济着想，谁要打我和老首长的主意，就让他们尽管来。我老头子不怕什么妖魔邪祟。"

赖峰没有想到，一向对他们呵护有加的王诚，现在却像茅坑的石头一样又臭又硬。进而他意识到，这么多年，他和刘成功并没有真正了解王诚，王诚呵护的是顾阳焦煤，是那个他视之为儿女的企业，他对刘成功和自己的呵护，只是因为两人是在为企业的发展尽职尽责、殚精竭虑。可惜，他醒悟得晚了。他停顿了一下，怯怯地说道："可是，老领导，他们……"

王诚黑起了脸问："小赖，你们不会真有什么见不得人的事儿吧？"

赖峰支吾着说："看您说的，当，当然，当然是没有了，我是怕，我是怕……"

王诚把脸一板，严厉地质问说："你怕什么？怕纪委抖出凌峰公司的那些破事儿吗？"

赖峰顿时呆住了，他不敢直视王诚的目光，像个犯了错误的小学生一般两手放在膝盖上垂下了头。

王诚又问："刘成功呢，他去哪儿了？"

赖峰明白了，王诚已经知道了一切！赖峰再也不敢用事先想好的说辞来应付王诚了，他一五一十地把刘成功在省城犯的事儿告诉了王诚。

王诚黑着的脸抽动了几下，声音低沉地说："这么说，凌峰公司的事儿也是八九不离十了？"赖峰并没有作声，依旧低着头坐在那儿。

王诚忽然站起身，狠狠地在赖峰脸上打了一巴掌，愤怒地说："混账东西，你俩怎么能这样？我当初把你俩扶到现在的位置，是看中你俩为了企业敢拼敢干、敢想敢做的劲头。这才几年的时间，你俩怎么能沦落到如此的地步，你们的底线和原则呢？你们对得起组织的培养吗？你们，你们，混账，简直是混账！"

王诚的手不停哆嗦着，他颤颤巍巍地拿起手机，拨通了一个号码，说了声"你们过来吧"，就脸色铁青地瘫坐在了床上。赖峰赶紧起身去搀扶王诚，王诚一把推开他怒吼道："滚一边去，我不要你管。"

这时门外响起了脚步声，三个人出现在了门口。赖峰立即察觉到了事态的不妙，他想要离开，但那三个人已经把房门堵了个严严实实。他立即把手放到了口袋中，凭感觉按动了手机的快捷拨号键，那个号码是他在紧急情况下联系杜宇用的，完成这一连串动作后，他开始默默祈祷杜宇能接通电话。

赖峰又一次把目光移到了门口的三个人身上，他立即认出了站在最前面的是他熟识的津州市安监局副局长冯远明。再看后面两个人的神态，赖峰心中一紧，这是只有军人和警察才有的气质。冯远明看着惊慌失措的赖峰，微笑道："赖总，别来无恙啊。"

赖峰勉强挤出了一丝笑，前言不搭后语地说："是，远明，你怎么在这儿，快坐，哦，不，你有事儿，这儿，他是老领导，这个……"

冯远明看到了瘫坐在床上的王诚，赶忙示意旁边的年轻人去扶王诚。年轻人几步走到王诚身边，简单查看了一番后说王诚并没有什么大碍，只是情绪太过激动了，休息一下就好了。小伙子把王诚扶到了椅子上。王诚的手依旧颤抖着，他又看了一眼赖峰，头往后一仰，靠在了椅背上，两颗豆大的热泪从眼角滑落在了满是沟壑的脸颊上。

赖峰稍稍平复了一下心情，他看着冯远明问："远明，要是没啥事的话，我就先走了，公司还有一大堆事儿等着处理呢。"

说着他就朝门边移动脚步，冯远明身后的中年人立即跨步向前，伸手挡在他面前说："赖总，请稍等，冯局有些事儿要和您谈谈。"

赖峰见走不了了，又挪回到了原来的位置，冲着冯远明笑了笑说："冯局，你也不提前打个电话，咱找个饭店，边吃边聊，这么长时间不见了，我还真想找你叙叙旧。"

冯远明说："赖总，吃饭就不必了，叙旧嘛，现在就可以叙。我们就说说薛阿力的事儿吧。"

赖峰听到"薛阿力"三个字，脑袋嗡的一声，顿时感觉到天旋地转。以他对冯远明的了解，他做事要没有十足的把握是不会轻举妄动的，再加上眼前这个阵势，赖峰知道今天是在劫难逃了。赖峰强打精神，脸色煞白地说："远明，什么薛阿力，你想和我说什么呢？"

冯远明冷笑着说："赖总日理万机，这些陈年旧账，自然是记不太清楚了，那我就帮赖总回忆一下吧。1993 年，贵州的薛阿力兄弟和其他五名老乡来到了军屯矿打工，当时的矿长是刘成功，副矿长是你赖峰，没错吧？这七名贵州民工你们并没有向上面汇报，而是顶替其他七名在外面搞副业的正式工下井了，正式工与临时工之间的工资差额自然也就落入了你和刘成功的腰包。薛阿力他们被编入了丙班，丙班共有五名正式职工，班长是李满贵。七名贵州民工以黑户的身份编入了生产班组，这些都是事实吧。他们在井下只干了一个月就遇到了瓦斯爆炸。当天丙班共有十二名职工，除过李满贵、翟林、薛阿力外，其他九人无一生还。那时刘成功正要被提拔为副总经理，为了不受矿难事故的影响，你们决定让这七名贵州民工彻底消失在军屯煤矿。这么大的煤矿，谁也不会认识几个刚刚干了一个月的黑户民工的。就这样，矿难的死亡人数就成了三人，刘成功成功地瞒过了公司领导和上级部门。"

冯远明停顿了一下，把目光投向了王诚，王诚点头表示认同。赖峰抬起眼皮看了一眼冯远明说："远明，你这故事编得不错，能写一部侦探小说了。可凡事都要讲个证据，就凭你想象出来的这些东西，我就可以告你诽谤。"

冯远明不慌不忙地说："赖总，我承认你们是做得够精细的，把当时所有的档案、记录全部销毁了，可百密一疏，你们没有想到看似大大咧咧的李满贵却是个心细如发的人，他偷偷地留下了七名民工的生产作业记录和第一次发工资的签字单儿。直到临死的时候才交给了他儿子。"

赖峰不屑一顾地哼了一声说："当年的民工多了，几张破纸就能说明我们隐瞒死亡人数了？李满贵那小子，因为董事长否他的党票而怀恨在心，临死了还要倒打一耙，这个小肚鸡肠的家伙。"

冯远明又说："赖总，李满贵先放一边不说，我还有证据，不过隐瞒矿难死亡人数还不是最重要的，下面让我说说你们是怎么杀人灭口的。"

赖峰忽然神色大变，愤怒地起身叫嚷着："冯远明，我他妈和你无冤无仇，你为什么要编排这些故事栽赃陷害我？"

冯远明说："哦，我是栽赃陷害？好吧，现在我就把这几个月调查的证据给你和这两位刑警同志说一说，让他们判断判断，我是不是在栽赃陷害你。"

第 132 章　赖峰被捕

招待所的客房内，赖峰已经被年轻刑警按在了椅子上，瞪大眼睛看着冯远明。冯远明一脸正气，在两名刑警和王诚的注视中，说出了一段尘封已久的罪恶往事："赖峰，你和刘成功向上面隐瞒了事故死亡人数之后，清理了所有涉及七个民工的资料和记录，物证没有了，你们就开始隐瞒人证。李满贵和翟林是矿上的正式职工，七个民工本来和他们也没有什么关系，只要威逼利诱他们是能守住这个秘密的，关键是那个活下来的民工薛阿力不好办。于是你们答应给他七万块钱的封口费，让他给贵州老家写信说他们已经离开了顾阳，去其他地方打工了。当他写完了信，事情也过去一段时间了，你们就准备赖掉这笔钱。在薛阿力没完没了的纠缠下，刘成功给了薛阿力三万块钱，让他赶快离开顾阳。可死了弟弟的薛阿力感觉被骗了，豁出命要去举报你们隐瞒事故。这时候还靠你和刘成功接济过日子的待业人员杜宇出现了，他把薛阿力骗到了煤矿后面的荒山上，用砖头把他打晕后推下了悬崖。薛阿力命大，悬崖边上的荆棘树木缓冲了他坠落的速度，摔到地上后只是受了重伤，随后他被毫不知情的程三三救了。在程三三的照料下，薛阿力养好了伤，便去公安局报案。谁知接待薛阿力的民警正是现在顾阳公安局经侦大队的黄队长，他听说是关于你们的事儿，就说他是神经病，把他撵出了派出所，然后把这个信息告诉了杜宇。杜宇再次动了杀心，几天后薛阿力便永远离开了这个世界。你们自以为从今以后这件事儿就神不知鬼不觉地过去了，但没有料到的是，薛阿力这个没啥文化的人，脑子并不笨，他觉察到危险的时候，留下了一份遗书，交给了程三三。

"就这样，程三三得知了这个可怕的阴谋。向来唯唯诺诺的程三三并不敢张扬这件事，他打算守着这个秘密直到他死去。可后来，程三三轧断了腿，讨论赔偿金的时候，无意间说漏了嘴，你们敏锐地察觉到了薛阿力这个阴魂并没有在世界上消失干净。已经是远近闻名的企业家的杜宇在刘成功和你的谋划之下，再次露出了残暴的面目，他纠结了一帮地痞流氓，以恐吓、威胁程三三一家老小性命的卑劣手段，逼着程三三自杀了。但天网恢恢，疏而不漏，那几个无辜的冤魂并没有消散，他们一直在凝望着这个世界，一直在呼喊着有人能主持正义，现在，他们终于等到了把罪恶大白于天下的这一天。"

赖峰冷笑着，满眼怒火地看着冯远明吼道："冯远明，你这是信口雌黄、血口喷人，编出这么个故事扰乱视听，我再次警告你，你要对你说的话负法律责任。"

冯远明说："哦？我这是血口喷人？你想要证据是吗？我这就给你看看证据。"

说着，冯远明从他的挎包中拿出一个档案袋，打开档案，里面是一沓厚厚的材料。冯远明把档案袋和那沓材料在赖峰眼前晃了晃说："这就是我的证据。"

冯远明边把证据递到中年警察手中边说："这是我去贵州薛阿力老家调查的失踪人口信息，上面的七个人和李满贵保存着的资料上的名字一字不差。这是当地村委会、派出所出示的失踪人口证明。这是薛阿力当年的遗书。这个是程三三的遗书。至于这些，是从你们档案室收集到的资料，可以算是旁证吧。这些都是物证，要说人证，翟林、王老都可以证明当年的矿难，顾阳的那几个地痞流氓也能证明你们对程三三所使用的卑劣手段。这两位是津州市公安局刑警大队的刑侦专家，能不能算作证据，你可以咨询一下二位警官。"

赖峰看着冯远明递到警察手中的证据，再也没有了狡辩的勇气，他知道一切都完了。他抬起头看着冯远明说："出来混，总是要还的。当初做的时候，我就想到会有这么一天。老冯，我想知道，你为什么要插手这件事儿？"

冯远明正色道："我是津州市安监局副局长，我接到隐瞒矿难的举报就应该去调查，这是我的职责。至于你们杀人灭口的事，虽说不在我的职责范围之内，但作为一名党培养多年的干部，我有义务，也有责任把这些黑暗和阴谋公之于众，给那些冤死的人一个交代。"

赖峰又问："我还想知道，是谁向你举报的？"

冯远明铿锵有力地说："张新阳！"

赖峰叹了口气说："唉，果然是他。"

这个时候，年轻刑警拿出了一张拘留证放在赖峰眼前说："赖峰，你涉嫌故意杀人，我们决定对你进行拘留，请和我们回刑警队配合调查。"年轻警察说完就拿出了手铐铐在了赖峰的双腕上。

当两名警察架起赖峰往外走时，赖峰挣扎着扭过身去向王诚深深地鞠了一躬。王诚扭过了脸，冲他摆了摆手。赖峰抬起头时已是泪流满面，他哽咽着说道："老领导，对不起，我辜负你了。"王诚再没有看他，赖峰跟着两名刑警走出了房间。

冯远明快步上前扶住了颤颤巍巍的王诚，再次搀扶着他靠着被子斜倚在了床头。王诚脸色铁青，他紧紧盯着赖峰离开的方向，眼泪从他坚毅的脸庞滑落到了雪白的床单上。

这时，房外响起了轻轻的敲门声，冯远明起身打开房门，刘诗雅站在门口轻声问："冯局长，王老还好吧。"

冯远明用眼角的余光指了一下斜倚在床上的王诚，轻声对刘诗雅说："进来吧。"

刘诗雅跟在冯远明身后轻手轻脚地走到了床边，看着发呆的王诚低声说道："王爷爷，您别太激动了，身体要紧。"

王诚看见刘诗雅，伸手揩了一下双颊的泪痕，双臂支撑着坐直了身子，有气无力地说："姑娘，是我错怪你了，要不是冯局长拿着他亲手调查的证据找到我，我还会固执地认为你给我的是专门整刘成功他们的黑材料。小冯，说实话，赖峰刚才坐到我对面时，我都是对他抱有幻想的，我以为他会痛痛快快地说出尽管让纪委查，痛痛快快否认他没有参与隐瞒矿难的事情。但让我失望的是他并没有这样做，他的狡辩和忏悔击破了我内心仅存的最后一点希望。刘成功和赖峰是我看着成长起来的，我自认为太了解他们了，没想到他们居然在我眼皮底下一步一步地走上了不归路。"

冯远明说："您老也不用太难过了，毕竟知人知面不知心嘛。您在大是大非面前毅然决然地选择维护正义，选择不徇私情，这让我十分敬佩，也十分感动。"

王诚叹着气说："没能发现他们隐瞒矿难死亡人数是我任上的失职，没能引导他们成长也是我的失职，没能发现他们的贪欲还是我的失职。悲剧早已酿成，我能做的无非是自我救赎和补救，亡羊补牢，微不足道。"

冯远明说："如果没有您的支持，这案子不可能这么顺利的。要想让赖峰低头认罪，还不知道得费多少周折呢。"

王诚痛心疾首地说："当年确定董事长人选的时候，关峡和刘成功二选一。关峡稳重保守，刘成功敢想敢干，当上级征求意见时，为了企业的发展，我权衡再三，还是推荐了刘成功。不是因为我和他有什么私交，而是我认为顾阳焦煤需要他这样的领头羊。这么多年我对他的支持，也都是基于这个考虑，可如今看来，我的支持却给了他们一个错误的信号。他们拉着我和老首长的虎皮，搞起了山头，拉起了帮派，放弃了原则。"

刘诗雅说："王爷爷，张新阳在最绝望的时候给我留言说，您是正直的人，只有您才能还往事一个真相，还那些冤死的人一个公道。我这才鼓起勇气去秦州把材料送给您的，新阳没有看错您。"

王诚苦笑着说："张新阳我见过两次，很优秀的小伙子。他能不顾个人安危去揭开这个黑幕，着实不容易。要不是他勇敢站出来，恐怕现在东矿区早已被刘成功他们倒腾成自己的私人财产了。对了，小张呢，他现在怎么样了？"

刘诗雅说："他被刘成功做了局，现在还在看守所呢。"

王诚问："现在刘成功和赖峰都东窗事发了，小张他还出不来吗？"

刘诗雅苦笑着说："他的案子和刘成功、赖峰犯不犯案没有关系。司法部门是要讲证据的，证据不足，张新阳很可能会与他们落个殊途同归的结局的。"

王诚并不清楚张新阳案件的来龙去脉，听了刘诗雅的话，只是似懂非懂地点着头。冯远明拍拍刘诗雅的肩膀说："姑娘，上天是公平的，尘埃落定之后，我相信法律会还张新阳一个公道的。"

刘诗雅谢过冯远明，满是忧虑地说："事已至此，唯有祈祷了。"

两名刑警将赖峰押送到了刑警队，收缴赖峰的财物时发现，他的手机还在通话状态。经验丰富的中年刑警警觉地意识到，抓捕赖峰的消息已经泄露了。他立即向局领导报告，建议马上对杜宇进行抓捕。局领导很快做出决定，派出了以刑警队方队长为组长的抓捕小组，火速赶往顾阳县，同时在顾阳和津州的车站、机场等关键地段部署了警力拦截，防止杜宇逃出。

抓捕人员在新世纪大酒店和杜宇家都扑了空。有目击者声称，二十几分钟前，见到杜宇提着一个包，驾驶一辆白色宝马车去了林阳方向。这与方队长的判断基本一致。因为在顾阳，无论杜宇藏到什么地方，都会很快会被人发现并举报。他也不会笨到往车站、机场跑，那样无异于自投罗网。那么出路只有一个，就是在顾阳周围找个容易藏身的处所，待风声不紧了，再伺机远走高飞。有了这个判断，方队长立即通知在顾阳外围各个主要路口布防的警力，严密盯控一辆岳B牌照的白色宝马轿车。半小时后就有消息传了回来，杜宇驾车冲过了一个关卡，并开枪打伤了一名警员，白色宝马轿车一头扎向了林阳深山方向的小道。

第 133 章　沉冤昭雪

杜宇进入林阳县深山和他持有枪支的信息很快传回了市局，市局申请调用武警部队和顾阳、林阳两县的干警，全力搜索杜宇。经过两天两夜的搜捕，终于在深山中的一处废弃已久的小道观中发现了杜宇的踪影，在警方强大的心理攻势下，双眼通红的杜宇把他那把精致的捷克 CZ83 型小手枪扔到了方队长面前，放弃了无谓的抵抗。

一周之后，经津州市委常委会研究，鉴于刘成功、赖峰等人身份敏感、影响范围大、所涉案情复杂、时间跨度长，常委会决定，由市政法委牵头，抽调津州、顾阳两级检察院、公安局、安监局以及津州市委组织部、纪委的精干力量，成立顾阳焦煤集团重大经济刑事案件联合专案组，将 1993 年军屯煤矿瓦斯爆炸事故隐瞒案、薛阿力被杀案、万顺焦化厂并购案、凌峰公司收购乱石滩东矿区案等案件并案侦查。

一个月后，专案组的侦查工作取得重大进展，翟林等知情人在专案组耐心细致的工作下，纷纷提供了大量有力的证据。同时，在知情人的举报下，邢利为车祸背后的阴谋也真相大白。专案组在掌握了大量的确凿证据后，逮捕了早已被监视和控制的杜天、老梁、黄队长等人。刘成功在顾阳纪委的内线虽然行事谨慎，而且早已调离纪委，但还是被专案组挖了出来。在被专案组带走时，杜宇送给他的现金依旧整齐地码放在家中的保险柜里，分文未动，而他的名字永远地烙上了耻辱的印记。

专案组在一处荒凉的土坡下，挖出了薛阿力的尸骨，遗骸还保持着被杀害时倔强的姿势，下颌张开着，仿佛要向众人述说其短暂而又艰难的一生。经过法医鉴定，其颅骨有贯通式枪伤，子弹正是来自那把捷克 CZ83 型小手枪。矿难中死去的其他六名贵州籍民工的遗骸也在顾阳与林阳交界处的一个小山包中起出。冯远明将贵州赶来的家属带到了现场，十几年的时间，已经流干了他们思念的眼泪，面对一堆堆白骨，他们宁愿相信这不是他们的亲人。

一位老妈妈围着现场默默地看了许久，忽然发疯似的冲向挖出遗骸的土坑边，在泥土中刨出一只早已残破不堪的塑料底布鞋。老妈妈仔细摩挲了半天，终于把半只鞋抱在怀中，老泪纵横，扯着嗓子号啕大哭："这是我幺儿的鞋子，是他离开家前，我一针一针地给他做的，我可怜的幺儿，我的幺儿呀……"其他家属看着眼前凄凉的一幕，不禁想起自己化为白骨的亲人，所有人都潸然泪下、呜呜啼哭，在他们蒙眬的泪眼中，仿佛又看到了当年离家前的亲人，他们坐在白骨后面的土坑中向亲人挥着手，欣慰地笑了。

马上就是农历春节了，吴家堡村的年味儿已经越来越浓。雪后的屋顶上炊烟袅袅，屋檐下吊着的冰柱在发白的阳光下透着晶莹的光。取暖的火炉烟囱伸出了屋外，黄褐色的烟油滴落在地上，长成了春笋般的冰尖。

大街卖年货的小贩越来越多，各种各样的年货都聚集在这条不长的街上。出门上学的孩子们都放假回来了，三三两两聚集在街上，畅谈着自己在大城市的成长和满是憧憬的青春梦想。忙碌了一年的农村人依旧在操劳着置办过年的吃食和衣物，但此刻的操劳是幸福的、是欢乐的。

张新阳的家没有了往年的热闹，张有才坐在屋里一支接一支地吸着廉价香烟，江大英也不再像往年那样忙前忙后准备过年的吃食。尽管村里人还不知道他们的儿子张新阳身陷牢狱，但老两口已经好久没有见到自己的儿子了，他们很想他。

昨天，马上就要大学毕业的张新雨也回家了，新雨并不知道哥哥的事儿，她高兴地把与某大型央企签订的就业意向协议拿给了父亲，张有才两口子并没有表现出她所期待的兴奋。新雨敏感地意识到家里出了什么事儿了，在她的再三盘问下，张有才才支支吾吾地说出了张新阳的遭遇。

新雨的眼泪扑簌簌掉下来，最近几个月，她没有收到哥哥一个电话，也没有打通哥哥的电话，昨天她还在想，见到哥哥后一定要向他兴师问罪，可现在她才知道疼她爱她的哥哥已经蒙受了几个月的不白之冤。她哭了一会儿，又擦干了眼泪，脸上浮现出和张新阳一样倔强的神情，坚定地说："爸、妈，你们不要难过，我哥做得并没错，他是顶天立地的英雄。"张有才和江大英看着和新阳一样倔强的女儿，脸上终于露出了一丝笑。

一辆别克轿车停在了张有才家的院门外，孟强兄弟下了车，从后备厢中提出了几个袋子。听到动静的张有才夫妇来到院门口，见是县城赫赫有名的大老板孟兆和的两个儿子，赶忙把兄弟俩让进了屋。从进院门开始，兄弟俩就叔叔阿姨地叫个不停，等进屋坐下，孟强抢先说道："叔叔、阿姨，新阳是我的好兄弟，也是小勇的好兄长，您二老就如同我们的父母一样，今年新阳不能回来过年了，我们兄弟二人就替他尽点儿孝心。"

孟强说完，孟勇就把大包小包的年货往桌上放。孟强又从怀里掏出一个信封放在了桌上说："这是 5000 块钱，我们的一点儿心意，您二老收着。"

张有才看着桌上堆起的小山，有些不知所措地拉住孟强的手说："这是弄啥嘞，你们兄弟俩能来看我们我就知足了，东西和钱都拿回去，我这儿啥也有，啥都不缺。"

孟勇说："叔，这不仅是我们兄弟俩的意思，也是我爸的意思，您就收下吧，要不我哥俩回去也交不了差。"

张有才看着和张新阳年纪不相上下的兄弟俩，就又想起了儿子张新阳，眼睛湿润着说："唉，可惜新阳还在外头受罪……"

孟强说："叔，我托人打问过了，陷害新阳的那帮狗日的已经被抓起来了，这些王八羔子搞的冤案很快就能平反了。您老就别担心了，老天爷是公平的，不会坑害咱们老实人的。"

有了兄弟俩的这些宽心话，没有见过世面的张有才和江大英稍稍放下了心。江大英要张罗着给兄弟俩做饭，孟强说要去大岗村江大成家，江大英这才想起，兄弟大成这几年跟着孟强也发了些财，弟媳妇是个势力人，怎么能放过巴结孟强的机会呢。想到这儿，她也就不挽留孟强兄弟俩吃饭了。张有才执意不收孟强的年货和钱，可孟强却执意要留，张有才拗不过两个年轻人，只好收下了。

张有才和江大英站在院门口刚刚送走孟强兄弟，一辆黑色桑塔纳轿车又停在他们面前，显然这是来他家的客人，在老两口疑惑的注视中车门开了，刘明桢夫妇和刘诗雅下了车。张有才和江大英依旧愣愣地站着，直到刘诗雅叫了声"叔叔阿姨"，两人才认出这是未来的亲家和儿媳妇，于是两人又惊又喜地把三人迎进了院。

江大英赶紧给张新雨打了电话，让她回来招呼远道而来的贵客。张新雨一大早就去探望初中班主任毛老师了，新雨是在毛老师的坚持劝说下才读完初中又考入高中的。如果没有毛老师，她恐怕早就和其他女同学一样辍学回家了。新雨是个懂得感恩的孩子，自从考上津州的重点高中后，每次回家总要去看看已经退休的毛老师。张新雨听到哥哥的女友刘诗雅来了，立即和毛老师道了别，骑上摩托车赶回了家。在白惠和刘诗雅的注视中，新雨大大方方地招待着三位还不算是亲戚的亲戚。刘诗雅看着亭亭玉立的新雨，她标致的脸上透着和张新阳一样的倔强和傲气，张新阳的一举一动又浮现在刘诗雅眼前，于是她眼圈一红，眼泪又在眼眶中打起了转。

　　白惠和江大英简单拉了几句家长里短的闲话后表明了来意，她拉着江大英的手说："老姐姐，马上要过年了，这不我和明桢思量着来看看你俩。新阳的事儿虽然暂时还没有个了结，但你们也别太担心，我相信司法部门是不会冤枉一个好人的。"

　　想到儿子，江大英又止不住地掉了眼泪，她说道："听说陷害他的那几个当官的已经让抓起来了，那为啥他们还不放了阳子呢？"

　　刘明桢解释道："司法部门办案讲究个程序和证据，眼下虽然陷害新阳的那些人都被逮捕了，可新阳的那个案子证据还不够充分，暂时结不了案。不过应该快了，我听说，现在新阳主要是配合专案组破案，那几个人还没有判刑，他现在在里面要比出来更安全些。"

　　张有才虽然没怎么听明白刘明桢的话，但他感觉到张新阳是不会有事了，顶多也就再多关一段时间。张有才又看了看穿着得体大方的刘明桢两口子的神情并没有搪塞他们的意思，他伸手拉住了刘明桢的手，有些激动地说："大兄弟，我是个没见过世面的庄稼人，新阳出了事儿，我是干着急没办法。你和大妹子不仅不嫌弃新阳，还忙前忙后地招呼咧，这让我心里实在是过意不去咧。你让我咋感谢你嘞……"

　　刘明桢双手紧紧拉住了张有才满是老茧的粗手说："大哥，还是上次说的，我敬佩新阳的人品，他做的事儿是多少人想做却不敢做的，没有他，那些冤死的人的冤屈是昭雪不了的，顾阳焦煤还不知道有多少人要过下岗失业的苦日子呢。就冲孩子的这份正直，这个女婿我认定了。"

　　刘明桢说出这句话后，刘诗雅的脸上飘起了一丝绯红。张有才和江大英紧缩的眉头又舒展开了，他们的眼中透露出满是幸福和期待的光，他们已经看到张新阳走出了看守所，正西装革履地开车行驶在回家的路上……

第 134 章　村长攻略

　　还不是一家人的一家人聊了整整一个下午，张新雨被刘明桢夫妇的真诚和善良深深感动，心中顿时觉得暖暖的。她不停地给三人倒茶、拿糖、拿瓜子，也不时将目光投向未来的嫂子。张新阳出事儿后，刘诗雅已不再是那个天真烂漫的少女了，经历了这么多事儿，她的脸上多了不少忧郁，也多了一种掩饰不住的成熟气质。

　　冬天的永宁县，不到 5 点天色就开始暗了。刘明桢看了看手腕上的表说："老哥，天不早了，我的驾驶技术一般，尽量不想走夜路。我们就告辞了。"

　　说着刘明桢和白惠站起身，刘诗雅也起身从包中拿出了一个信封递到了江大英手中说："阿姨，这是 5000 块钱，您和叔叔置办点儿年货，开开心心过个年，过完年我和新阳再回来看你们。"

　　江大英把信封塞回到了刘诗雅手中，不知是因为对张新阳的思念还是被刘诗雅的真诚感动，或许是两种情感都有，她被生活磨砺到灰暗的双眼又一次变得湿润了，她动情地说："姑娘，你们能来看看我们老两口，我就已经知足了，我们啥都有，啥都不缺，这个钱我们说啥都不能要。"

　　刘诗雅说："阿姨，一家人不说两家话，您就收下。"

　　白惠也说道："大姐，这不仅是诗雅的心意，也是我和老刘的心意，你就收下吧。"

　　江大英仍旧是坚持不要，正在他们推扯的时候，江大成叫了声姐，就推门进了屋。

　　江大成一进门就看到两位干部模样的中年人和一个年轻的姑娘，他先是一愣，紧接着就表现出了村长的随机应变。他满脸堆笑地从兜里掏出了一盒中华烟，抽出两根递给了刘明桢和姐夫张有才，同时嘴也不闲着说："我是有才的小舅子江大成，不知姐姐家来贵客了，失敬失敬。我姐夫办事有啥不周到的，还请领导们提出宝贵意见。现在社会变革快，好政策是一个接一个，让我们这些农民高兴也高兴不过来，乐也乐不完。当然让我们一下转变了老思想旧观念也不太现实。我们也要赶快解放思想，不能拖了咱们永宁的后腿……"

江大成一边说一边又掏出打火机给刘明桢点烟。很显然江大成是把这一家人当成城里来调研的干部了。张有才深深地佩服这位小舅子，不愧是当村长的，话到了他嘴里简直是滴水不漏。他忽然又觉得这大成就如同一位话剧演员，一切就和排练过一样一气呵成，而且眼角眉梢都带着戏。看大成还在那儿嘚吧嘚吧地说，张有才的嘴角浮现出了久违的笑。他拦了一下江大成，指了指刘诗雅说："大成，这是新阳的对象，诗雅姑娘，这二位是诗雅的父母亲。"

江大成听到眼前这位如花似玉的姑娘是自己未来的外甥媳妇，而这两位干部模样的人是姐姐和姐夫的亲家，高兴得咧嘴笑了。他听外甥说过，诗雅的父母都是厂子里的大领导，要论级别，都顶得上副县长了。

江大成立即换了一副自己人的面孔，上前一步拉住了刘明桢的手说："新阳的事儿全靠您操心了，让我这当舅的自愧不如啊。我前两天还和姐姐说呢，他们老两口不知是积了几辈子的德，新阳才能遇上诗雅这么好的姑娘，还有你们这么开明的父母，别看我娃眼前遇到些麻烦，有你们帮衬着，娃将来前途大着呢。"

刘明桢是不善交际的业务型领导干部，现在被村干部江大成这么一客套，反而不知道该说什么好了，他握着江大成的手说："是你姐姐、姐夫教子有方，别看孩子是农村走出来的，人品没得说，做人做事也没得说。"

江大成还准备再好好夸夸自己这个外甥，江大英怕弟弟聊起来没个完，耽误了刘明桢的行程，赶忙接话说道："大成，你来干啥来了？"

江大成一拍脑袋说："呀，呀，看我这记性，孟家兄弟上午来的时候把装着账本的手包给落这儿了，我来取一下。"

孟强兄弟上午提来的大包小包还在屋角地上放着，江大英很快在一个手提袋中找到了一个黑色的手包，她把手包递给了江大成问："哥俩呢？怎么不进来？"

江大成晃了晃手中的汽车钥匙说："他俩中午在我那儿喝了点儿，现在在门口车上睡觉呢。我一会儿开车把两人送回去。"

江大成话音未落，就听孟勇在院子嬉笑着喊道："舅，你这是要在阿姨家吃席了吧，等半天也不出来。"说着他一拉门晃悠着身子进了屋。屋中的光线已经暗了，醉眼蒙眬的孟勇见有这多人，忙收拾起一脸的酒气，客气地说："叔叔阿姨好，我和舅开个玩笑，不知道来客人了。不好意思，不好意思。"

江大成把刘明桢一家介绍给孟勇，孟勇见过刘诗雅的照片，江大成一介绍，他立即客气地和一家人打了招呼。

张有才眼见天色不早了，他怕耽误刘明桢的时间，于是说："大成，你抓紧去把小勇兄弟俩送了，还能赶上回来的最后一班公共汽车。"没等江大成说话，他又把目光移向刘明桢说："天也不早了，你道儿远，开车慢着点儿。"

姐夫的话一出口，江大成才知道刘明桢要急走，他赶忙接住张有才的话，乐呵呵地对刘明桢说："老哥，都这会儿了您回了津州也就不早了，虽说现在通高速了，可这走夜路也不安全。我看这样吧，索性您一会儿和我们一起去永宁县城，我给您在鑫福宾馆开俩房间，你们好好休息一晚，明早再回津州，您看行不？"

刘明桢先是执意要回津州，但眼看着天色已经暗了，在江大成、孟勇的连番劝说下，对自己驾驶技术的不自信让他打起了退堂鼓。白惠和刘诗雅虽说也不想在永宁县城过夜，但她俩都知道刘明桢考了驾照后还从来没有走过夜路，为了安全起见，勉强同意了在永宁过一夜的提议。

江大英和张新雨忙前忙后地给刘明桢夫妇装了土特产，张有才把江大成拉到了里屋，从口袋中摸出了皱皱巴巴的几百块钱塞在大成手中说："大成，这钱你拿着，给老刘夫妇开个好点的旅店。"

大成立即把钱塞回到了有才的口袋中说："姐夫，你这是干啥嘞，我还管不起新阳老丈人个店钱？"

张有才说："我知道，你家秀英把得紧，你这……"

大成知道姐夫是在心疼自己。他老婆秀英吝啬得很，他手头是没多少零花钱的，不过自从孟强的焦化厂开到了大岗村，他的手头也就活泛起来，私房钱还是有几个的。他连忙摆手说："我给我外甥花点儿钱，不碍她球事，这几个钱我还是有的。"说完他走出了里屋，提起了姐姐给准备的特产，陪着刘明桢一家出了屋。

在张有才、江大英、张新雨的目送下，两辆汽车一前一后朝村外高速公路驶去。到了永宁县，江大成在县城最大的福鑫宾馆给刘明桢开了两个最好的房间，晚上孟强、孟勇、薛红艳又请刘明桢一家和江大成在孟勇的饭店吃了晚饭。饭桌上孟强和薛红艳偷眼打量着刘诗雅，又相互之间交换了一下眼神，不约而同地给张新阳这个未婚妻打了个满分。孟强小心翼翼地把话题引到了张新阳身上，他谨慎地问："刘叔，既然刘成功他们都被逮捕了，新阳的事儿就是秃子头上的虱子——明摆着呢，怎么说也就应该有个了结了吧。"

刘明桢略微迟疑了一下说："按理说应该是能办结了，但按程序说，还办结不了，关键就在吴小清，她不承认委托新阳收钱就无法证明新阳是无罪的。再有，杜宇在顾阳甚至是津州的势力盘根错节，新阳现在出来反而不如在看守所安全。所以，这件事也棘手，急不得。"

孟强想了想说:"刘叔,您看是不是这样,既然新阳在里面安全,那就让他先在里面,但新阳是作为证人在里面配合调查,不是作为犯罪嫌疑人在里面候审,这是不一样的。我们要让有关部门先还新阳一个公道,哪怕是不对外公布,但法律程序上,必须摘掉新阳犯罪嫌疑人的帽子。"

刘明桢看看这个貌似憨厚的胖子,没想到他能有这么缜密的思维。不过话说回来,年纪轻轻就能把一个厂子干得风生水起,没有两把刷子是不可能的。他赞许地点点头说:"你说得对,可是吴小清和刘成功的关系非同一般,想让她说句公道话,不是件容易的事儿。"

这时,一直沉默不语的孟勇眼睛转了几转,抬起头对众人说:"我倒是有个主意能让吴小清改口,不过这需要诗雅姐去趟顾阳。"

众人都把目光投向了孟勇,刘诗雅也看着孟勇说:"只要能让吴小清改口,我就是在顾阳住上几天都行。"

孟勇不好意思地避开了刘诗雅的目光,用手挠了挠头说道:"诗雅姐,你也不用住几天,只要你和吴小清见一面,按我说的和她聊聊天,我就有八成把握让她改口。"

刘诗雅知道孟勇在顾阳有个店,或许这个精明的小子还真有什么高招。她盯着孟勇说:"行,你要是有空,明天我就和你去顾阳。"

孟勇一口答应说:"马上就过年了,我也正准备去顾阳盘点一下生意呢。只要诗雅姐能抽开空,咱们明天就动身去顾阳。"

孟强看了看弟弟,有些不放心地问:"小勇,你真有八成把握?"

孟勇学着戏台上的诸葛亮,用手在光秃秃的下巴上捋了几捋说:"山人自有妙计!"

第 135 章　上兵伐谋

第二天一早,江大成去酒店前台结了账,因为村里有事等着他处理,便和刘明桢等人打过招呼,坐首班车回了大岗村。刘明桢夫妇吃过早饭就准备起身回津州,刘诗雅与刘明桢商量了一下,决定暂时留在永宁,等孟勇准备好后,就跟他再去趟顾阳。上午9点半孟勇开着别克轿车，后座上坐着刘诗雅，风驰电掣般上了高速。

自从赖峰让警方逮捕后，刘成功和赖峰的案子便在顾阳焦煤集团发酵得沸沸扬扬，各种传闻也漫天飞，爱摆弄是非的人显得格外兴奋，整日叽叽喳喳说个不停，但大部分人是冷静的、惊愕的，他们已经习惯了有刘成功把舵的日子，他们不知道究竟发生了什么，他们更不知道没有了刘成功，顾阳焦煤这艘大船将驶往何处。就在他们迷茫不安的时候，专案组进驻了顾阳焦煤集团，对一系列案件开始了缜密的侦查。这时，先前那些叽叽喳喳的嘴又闭上了，因为他们谁也不愿意和案子扯上关系。

吴小清作为与刘成功关系最密切的人，不止一次被专案组找去谈话。专案组的人都是办案多年的高手，对于没有反侦察经验的普通人，对方是否在说谎，简单交谈几句便心中有数了。

可是让专案组感到诧异的是，这个与刘成功关系密切且身为新创焦化厂经理的女人，居然对并购案的细节毫不知情，他们不相信这是事实，更不相信自己的判断，于是反反复复找吴小清谈话，无论用什么谈话方式、什么审讯技巧，吴小清的回答丝毫没有破绽。最终，专案组不得不尊重事实，认定这个女人与任何案件没有任何关系。

专案组第一次找吴小清谈完话，她就再也无心过问新创焦化厂的事儿了，于是向公司请了长假。马上就要过年了，王岩整天忙着餐馆的事儿回不了家，西西已经让姥姥接回了清阳，吴小清的感情到了崩溃的边缘，难以言表的孤独充斥着整个空荡荡的家。在接下来与专案组一次又一次的谈话中，她渐渐了解了刘成功的所作所为。

她恨刘成功，恨这个和她同床异梦又对她守口如瓶的男人，他从来就没有信任过她，或许他也从来没有爱过她。她恨这个贪婪的男人，作为企业的一把手，享受着优厚的待遇，名誉、地位什么都有了，还有什么不知足的呢？想着想着，她又开始可怜起这个男人，他的婚姻是不幸的，在那个只能叫作房子的家中，他得不到丝毫的温暖，感受不到任何的爱。他把自己的全部精力都放到了工作中，没有白天黑夜拼命地干，或许只有在企业的发展中他才能得到些许的快意和安慰。当她这样一层层地剥开了刘成功的内心时，她又原谅了刘成功对她的隐瞒，他是要她做个局外人，他与她之间，没有利益，只有感情。

这天傍晚，吴小清独自在街边徘徊，她不想回家，不想独自承受那份孤独和煎熬。街边的年味儿越来越浓，但这一切在她眼中已经和她没有了任何关系。

一个对生活失去憧憬的人，眼中是没有任何色彩的。

忽然一只粗壮有力的手搭在了她的肩上并叫出了她的名字，她本能地心头一紧，扭头向身后看去。她的身后站着一位身材高大壮实的中年男人，他身着黑色风衣，戴着黑色的棒球帽和墨镜，帽檐压得很低，吴小清根本看不清他的脸，她的心一慌，准备挣开这个男人，冲进街旁的商场。

中年男人压低声音说："不要害怕，刘成功有话托我带给你。"听到刘成功三个字，吴小清的心怦怦地跳了起来，刚才的慌乱顿时消失得无影无踪了。这是刘成功出事后第一次有人给她带来刘成功的消息，她带着略略有些感激的目光看向中年男人。

中年男人已经觉察到了她的情绪变化，于是他把手从吴小清的肩膀上移开，又低声说道："这样，咱们边走边说。"

吴小清点了点头表示同意，于是二人就像一对夫妻般并肩走在满是年味儿的街道上。

没走几步，中年男人就开口说："你不要问我的身份，也不要质疑我所说的真实性，我也不会帮你带任何消息给他。我此行的目的，就是把几句话原原本本告诉你。其他的我一概不知，也不想知道。"

中年男人的普通话带着浓重的华州口音，这让吴小清更加肯定了这个人来找她的目的，但他的这几句话，又让她刚燃起的一点希望瞬间滑向了深渊，但有消息总比没有强，哪怕是一句话，她也知足了。

吴小清轻轻点头说："嗯，我知道。"

中年男人说："他让我告诉你，他爱你。"

吴小清的脸上并没有任何表情，她现在听到这三个字，就如同从过家家的小孩口中听到的一样苍白无力。

来人又说："他说，他向你隐瞒了一切，都是因为不想牵连你。现在你没有卷进案子中，他很欣慰。所有的事情都是有因有果的，自己犯的错就要自己去承担，他没有什么可申辩的。在你这儿，他只有张新阳这件事放心不下。事到如今，张新阳进不进去已经无关紧要了，但这个案子是因你而起的，他让你把责任都推到他身上，他会承认是他指示你干的，他不想让你担诬告的罪名。放过张新阳吧，他本就是无辜的。"

吴小清的眼前又出现了那个略带青涩的学弟。这些天，她也不止一次怀着深深的内疚想起这个年轻人，在张新阳与刘成功之间，她选择了刘成功，可以说，张新阳的牢狱之灾，是她一手造成的。关峡曾经多次找她谈话，但她始终没有松口，在眼下这个关头，她不想因为张新阳的翻案再加重刘成功的罪。她曾想过，等刘成功的案子尘埃落定，她就自我检举，把张新阳放出来，她有错，就应该受到应有的惩罚。

中年男人见吴小清仍旧一言不发，又说道："他的话就这些，该说的我都说了。"

吴小清抬起头看了看中年人说："我知道了，谢谢。"

中年人喉结动了几下，迟疑了一会儿，对吴小清说："好吧，我走了。"说完，又用手往下压了压帽子，扯开大步消失在了入夜后的人群之中。

吴小清独自走到半夜才回了家，今天发生的一切非但没有让她清醒一些，反倒是让她遁入了另一个情感与理智的纠结中。她拿出了一瓶红酒自斟自饮着，酒杯在灯光中透出妖艳的红色，她渐渐迷失在了光怪陆离的梦幻世界里。

吴小清再次清醒时，窗外已是天光大亮。她揉了揉太阳穴，胃里一阵干呕，她知道自己昨晚喝得太多了，她跟跄着起身，拿过一件羽绒衣套在身上，把手机钱包钥匙装进口袋，开门走出了只有她一个人的家。

吴小清打车来到了郭记羊肉馆，这家火爆整个顾阳的店已经从那个倔强的老头手中转到他大学毕业的儿子手中了。年轻人有年轻人的抱负，很快这个血气方刚的年轻人就把一个小店升级成了一个古香古色的酒楼，不变的价格，不变的味道，变了的只有顾客的体验，于是几代人的手艺焕发出了新的活力，郭记羊肉馆又火到了一塌糊涂。

快过年了，来吃羊肉的人也渐渐少了，吴小清独自寻了一个用屏风隔成的小包间坐定，双肘撑在桌上，手托着略有些疼痛的头，闭着眼睛，静静等待着羊肉和汤。

"小清姐，我可以坐这儿吗？"一个甜美的声音让吴小清睁开了眼，扭头向外看去。一个穿着白色羽绒衣、身材高挑、面容清秀的年轻女孩子站在屏风边正在对她微笑。

吴小清看着眼前的女孩，有种似曾相识的感觉。没等她想起在哪儿见过她，女孩已经落落大方地坐到了她对面，自报家门说："小清姐，我是张新阳的女朋友刘诗雅，本来计划去您家里的，可刚到小区门口就见您打车走了，我就冒昧地跟到了这儿，请您别介意。"

吴小清听到张新阳三个字，立即记起了眼前的这个女孩子。是的，她确实见过她，那是在王一飞和林笑的婚礼上，伴郎张新阳就是向这位伴娘求婚的，她还专门开过张新阳的玩笑呢。现在这个女孩就坐在自己的面前，而所有的一切，却都已经物是人非了。

吴小清知道刘诗雅来找她的目的，她疲惫的脸上挤出了一丝微笑，有气无力地说："没有什么介意不介意的，既然来了就坐吧。"

服务员端上来了一碗羊肉、一碗汤，外加一个烧饼。吴小清问刘诗雅要不要来一份，刘诗雅说她已经吃过饭了。吴小清没有再说什么，娴熟地把这三样食材混到一起，吹着气，自顾自地吃着。

刘诗雅并不介意吴小清不冷不热的态度，她看着丝毫不顾吃相的吴小清，语气和缓地说："小清姐，我来找您是为了新阳的事儿，我相信新阳是清白的，我也相信您不是有意的，但我不能眼睁睁地看着我爱的人蒙受不白之冤，在监房中度日如年。我此次来就是想请求您，看在你俩姐弟一场的分儿上，放过新阳吧。"

吴小清似乎没有听到刘诗雅的话，依旧低头吃着碗中浸满了肉汤的烧饼。刘诗雅继续说道："小清姐，于情理讲，张新阳做得确实不对，董事长培养了他、提拔了他，他却在董事长的背后狠狠地捅了一刀。但人总要有自己的原则，总要为公道和正义而执着，于道义上讲，新阳他没错。董事长他们的案子，想必你也清楚。我们换个角度思考，即便是张新阳不举报，天网恢恢疏而不漏，他们总有一天也会受到法律的制裁的。那么张新阳不举报的后果可能就是与他们沆瀣一气，董事长和赖总会滑向更深的深渊，迎接他们的，很可能会是刑场的枪声。到那个时候，你能不能全身而退，都要打个问号。如今，新阳这样做了，是保护自己，保护你，也是在保护董事长和赖总，即便他们受到了审判，有生之年，你们终究还是会再相见的。"

吴小清停下了手中的筷子，双手向后拢了拢长发，眼中含着泪水，抬头看向刘诗雅，冷笑着说："小姑娘，照你这么说，我倒要感谢张新阳了？"

刘诗雅没想到吴小清会这样说，屏风内的空气顿时凝结了。

第 136 章　尘埃落定

刘诗雅迅速让自己冷静下来，她飞速思考着该怎样应对目前的局面，她清楚，现在必须要冷静，冷静，再冷静，一旦情绪激动，话语不当，就会造成难以挽回的后果。

她深深吸了口气，努力让自己脸上的微笑显得自然些，她开口说道："小清姐，你误会了，我并不是想以此为新阳开脱。生活之所以艰难，就是因为人是有感情的，而许多时候，感情是不受制度法律约束的，伤害就是伤害，与法律无关。我想表达的是，事已至此，新阳是否能定罪，对整个形势已经无关紧要了，您又何必那么执着呢？我知道您恨他，等他出来了，您打他也好，骂他也好，怎么都行，只要您能消气。我相信，董事长是聪明人，也是重情义的人，他一定会承担所有的过错，他是不会让您承担诬陷的罪名的，新阳翻案是迟早的事。我们都是女人，如今我们爱着的人都身陷囹圄，请你能成全我的一片相思之苦。"说着，刘诗雅动了情，手覆在眼上哭了。

　　吴小清愣住了，这个小姑娘的话竟和刘成功的口信如出一辙，看来人心还是相通的，他对张新阳并没有刘诗雅所说的那种恨，有的只是内疚，她之所以在痛苦中挣扎，只是为了不负刘成功。而如今，局外人都看透了，自己又何必那样执迷不悟呢？可是，自己要是松了口，又拿什么守护对刘成功的那份感情呢？

　　沉默许久，刘诗雅止住了抽泣，她对吴小清说："小清姐，我知道你是重感情的，可你的感情不只是为某人而守候，你有家庭，有丈夫，有女儿，你还有未了的青春和未来……"

　　刘诗雅的话让吴小清的心一痛，这是她隐藏在内心最深处的伤疤，现在被刘诗雅戳破，她不得不面对自己的内心。是啊，她和刘成功的这段感情，都缘于他们各自不幸的婚姻，他们之间的感情与其说是爱，倒不如说是彼此的同情和怜悯。

　　可自从张新阳出现后，王岩就变了，变成了他想要的那种男人。她感情的天平已经开始倾斜，她曾恨过张新阳，为什么不早点出现改变王岩，她也想放弃过刘成功，但她对刘成功的依恋让她欲罢不能，她就这样在感情中纠结着，迷失了幸福的航向。

　　现在，她再也克制不住自己的感情了，眼泪止不住地流淌下来，她呜咽着说："妹妹，你说得对，我有家庭，有老公，有孩子，可我真的无法取舍，也真的放不下刘成功。我知道王岩是爱我的，我也心疼这个男人，毕竟他是我的丈夫，可曾经懦弱的他却撑不起我内心深处的王子梦，然后刘成功出现在了我的生命里。我不止一次地恨过王岩，如果他能早点儿成为如今的样子，我又怎么会开始一段不伦的感情呢？现在的我，感情世界被两个男人占据着，我放不下，放不下呀……"

　　吴小清说完，趴在桌子上呜呜地哭了。刘诗雅悄悄起身退出了包间。吴小清正在伤心地抽泣着，一弯有力的臂膀搂住了她，她猛地直起了身子，婆娑的泪眼看到了坐在她身边搂着她的人竟然是王岩。她就像一个受了伤的孩子，一头扎进了王岩的怀中，更加伤心地哭出了声。

王岩抱着妻子，抚摸着她柔软的秀发，轻声在他耳边说："小清，对不起，是我错了。以前的我胆小懦弱，没有像别的男人一样给予你爱和关怀，这才让刘成功填补了你心中本该属于我的位置。可你要相信，从看见你的第一眼起，我就爱上了你。诗雅说得对，生活之所以艰难，就是因为人是有感情的，你和他的过去，我不怨你，也不怪你。但现在一切都结束了，你为何还放不下那个执念呢？放下吧，放下本就不属于你的东西。我答应你，从今往后，我一定会好好呵护你，不让你受一点委屈。小清，我们还有孩子，还有明天，放下一切，让我们重新开始吧。"

吴小清在王岩的怀中，放肆地哭泣着，是的，一切都该结束了。

刘诗雅悄悄退出了郭记羊肉馆，一辆别克轿车停在门前，刘诗雅拉开车门坐到了后座。副驾驶座上的孟勇掐灭了手中的烟扔到了窗外，看了一眼驾驶位上戴着黑色棒球帽、用墨镜遮住了半个脸的中年男人说："成柱哥，任务完成了，咱们走吧。"江成柱摘下了棒球帽递到了孟勇手中，用不太熟练的华州方言问了句:"去津州？"

孟勇说:"当然，去津州！"

江成柱嘴角一翘，笑着发动了汽车。

农历腊月二十七，年越来越近了，褚伯涛再次来到顾阳看守所，见到了精神依旧抖擞的张新阳。张新阳已经知道刘成功、赖峰、杜宇等人的事了，得知消息那天，他痛痛快快地哭了一场，仿佛要用泪水洗去自己所经历的苦难和折磨似的。一脸消瘦的程三三、矿井中的高建义、未曾谋面的薛阿力、还有那几位冤死他乡的贵州民工，他们现在可以瞑目了。眼下他自己的案子虽然被搁置了，但他知道，就目前这个形势，事情很快就会出现转机的。

褚伯涛坐在他的对面，看着这个执着而刚毅的年轻人，面露喜色地说："新阳，这次给你带来的是好消息。吴小清已经向专案组提供了证词，你的案子是刘成功逼迫她诬告你的，公安机关已经同意了韩老板的撤案请求。"

张新阳闭上眼睛，长长地出了口气，喃喃地说:"公道自在人心啊！"

褚伯涛又说:"诗雅女士不让我告诉你，不过我还是想和你说，吴小清能这样做，全是孟勇和诗雅女士游说的结果，事情的经过太过烦琐，我就不和你絮叨了。不过，虽然撤案了，你还得在这儿待一段时间。"

张新阳刚起心动念准备回家过年，让褚伯涛一盆冷水浇了个透心凉。他瞪着眼睛问："这是什么意思？要这样，撤不撤案有啥区别？"

褚伯涛笑着说："年轻人，先别急，听我把话说完嘛。这是专案组的决定，出于对你人身安全的负责，他们暂时决定先不办理手续，你还得在这儿委屈一段时间，等一切尘埃落定，你自然也就可以走出这方天地了。"

张新阳知道杜宇兄弟在顾阳的势力，专案组这样安排当然是为他好，他自然也不能再提出任何异议了。

褚伯涛接着说："不过从今天起，你就不是嫌疑犯了。一会儿所长会重新安排你的食宿，除了不能走出高墙，一切待遇都和这儿的干警一样。看书、读报、看电视，都是可以的。"

张新阳把头扭向了会客室的干警问："同志，他说的是真的？"

干警笑着点头说："你小子的待遇马上就超过我了。"

张新阳的脸上泛起了红光，笑着说："那我能见一见诗雅吗？"

干警说："这个还不行，现在对外你还是羁押人员，按规定还不能与家属会面。"

张新阳有点儿扫兴地垂下了头，等了一会儿，他又问褚伯涛说："我家里怎么样了？"

褚伯涛笑着说："诗雅女士刚去了一趟吴家堡，家里都好着呢，你妹妹已经和某大型央企签了就业意向书，明年一毕业就去深圳，这又是一件喜事。"

张新阳听到妹妹的工作也有了着落，脸上露出了欣喜的笑容。

春节过后，惊蛰很快也就到了。乡村的田间地头开始泛起了隐隐约约的绿色，一切都充满了生机。经过专案组几个月的调查，刘成功等人的案子终于水落石出了，卷宗摆满了桌子，专案组组长看着办案人员疲倦的身影，长长地出了一口气。他再次翻开了手中的报告，逐字逐句地审核着一个个令人发指的阴谋。以下是报告摘要：

专案组认定，犯罪嫌疑人刘成功、赖峰在担任原军屯煤矿矿长、副矿长期间，为逃避1993年瓦斯爆炸事故的管理责任，故意隐瞒矿难死亡人数，私自转移并掩埋6名贵州籍死难民工的尸体，涉嫌谎报事故罪，同时刘成功、赖峰对事故负有管理责任，涉嫌重大责任事故罪。刘成功、赖峰在担任原军屯煤矿矿长、副矿长期间，长期违规使用农民工，长期套取在职职工工资，涉嫌职务侵占罪。刘成功、赖峰在收购万顺焦化厂时，利用职务便利，伙同杜宇、杜天等，以高于市场价格收购万顺焦化厂，造成国有资产流失，事后4人又以他人名义成立凌峰公司，企图低价收购乱石滩矿东矿区，涉嫌国有资产流失罪。刘成功、赖峰担任顾阳焦煤集团董事长、常务副总经理期间，利用职务之便收受关联企业财物，涉嫌受贿罪。刘成功在岳东大学参加某协会培训期间，强迫与一名女学生发生性关系，涉嫌强奸罪。刘成功组织伪证诬告顾阳焦煤集团行政部副部长张新阳，涉嫌诬告罪。赖峰担任顾阳焦煤常务副总经理期间，长期故意压减对乱石滩矿东矿区的资金、设备投入，以生产效益为由，人为打压削减东矿区，造成东矿区生产经营困难，涉嫌玩忽职守罪。

犯罪嫌疑人杜宇杀害贵州籍人员薛阿力，涉嫌故意杀人罪。长期组织社会闲散人员以逼迫、威胁等手段打压竞争对手，谋求市场垄断，涉及扰乱经济秩序罪。利用威逼等手段寻衅滋事，威胁程三三等人，并导致程三三自杀，涉嫌组织黑社会罪。策划车祸，导致顾阳焦煤集团技术部部长邢利为昏迷，涉嫌故意伤害罪。长期非法持有国家明令禁止的枪支弹药和管制刀具，涉嫌非法持有枪支罪。

犯罪嫌疑人杜天、梁建军（外号老梁）向原顾阳纪委范某、顾阳公安局经侦大队大队长黄某（范、黄二人另案处理）提供现金、贵重物品等，以获得内部信息，涉嫌行贿罪。

以上案件事实清楚，证据确凿，依据相关规定，专案组将相关卷宗分别交由津州市人民检察院、津州市纪委审核。并抄送津州市委、市政府。

半个月后，经津州市委常委会研究决定，由津州市纪委、市国资委依法对相关人员给予党纪、政纪处分，由津州市人民检察院对案件卷宗进行核定，依据司法程序向津州市中级人民法院提起公诉。

初春的顾阳，寒意逼人，但人们都知道，倒春寒是持续不了多久的，很快，这片荒凉的土地就会披上春意盎然的新装。

第 137 章　天网恢恢

一个月之后，津州市中级人民法院开庭审理刘成功、赖峰、杜宇等人系列案件，津州市国资委、安监局、顾阳焦煤集团、顾阳县乡镇企业局等单位负责人和相关人员，受害的贵州籍民工家属、程三三、邢利为的家属等人员旁听了审判。张新阳、王诚、翟林、王一飞、张俊、于振东、赵文廷、岳东大学招待所负责人等出庭做证。

法庭上，刘成功、赖峰、杜宇等人站在被告席上等待审判。当张新阳站在证人席上和刘成功目光交接时，他看到刘成功两鬓斑白，眼窝深陷，脸色蜡黄，但目光却极其平静，没有怨恨，没有敌意，甚至还有几分对张新阳的欣赏和肯定。

赖峰和杜宇已经没有了往日的精气神，眼中满是恐惧和茫然。张新阳又向旁听席扫视了一圈，众人脸上有悲愤、有同情、有忧郁、有仇恨，还有喜色。芸芸众生，世事百态，在这庄严而又神圣的法庭上表现得淋漓尽致。

整个审判过程，刘成功、赖峰、杜宇任由辩护律师为他们辩护，三人均沉默不语，没有为自己做任何辩护。经过几天的审理，法官充分听取控辩双方的辩论，最终做出了宣判决定。

原顾阳焦煤集团董事长、党委副书记刘成功，犯重大责任事故罪、谎报事故罪、职务侵占罪、国有资产流失罪、受贿罪、强奸罪、诬告罪，数罪并罚，判处有期徒刑 25 年，没收违法所得，剥夺政治权利终身。

原顾阳焦煤集团副总经理赖峰，犯重大责任事故罪、谎报事故罪、职务侵占罪、国有资产流失罪、受贿罪、玩忽职守罪，数罪并罚，判处有期徒刑 25 年，没收违法所得，剥夺政治权利终身。

津州市新世纪实业有限责任公司董事长、总经理、法人代表杜宇，犯故意杀人罪、扰乱经济秩序罪、组织黑社会罪、寻衅滋事罪、故意伤害罪、非法持有枪支罪，数罪并罚，判处死刑，缓期两年执行，并处罚金 163 万元，剥夺政治权利终身。附带对受害者家属民事赔偿 115 万元。

津州市万顺投资有限责任公司董事长、总经理、法人代表杜天，犯非法经营罪、行贿罪，数罪并罚，判处有期徒刑 6 年。

津州市万顺投资有限责任公司财务总监梁建军犯行贿罪、金融凭证诈骗罪，数罪并罚，判处有期徒刑 5 年。

……

刘成功、赖峰、杜宇、杜天、梁建军等人当庭认罪，表示不再上诉。

三天后，几辆津州牌照的车缓缓开进了顾阳焦煤集团大院，津州市委李副书记、津州市曹副市长、带领市委组织部、市纪委、市国资委的相关人员，宣布了市委常委会关于顾阳焦煤集团人事任免决定。撤除刘成功党内职务，开除党籍，撤销其顾阳焦煤集团董事长、党委副书记职务；撤除赖峰党内职务，开除党籍，撤销其顾阳焦煤集团常务副总经理职务；关峡作为党委书记对刘成功、赖峰等人的犯罪行为负有失察责任，给予党内记过处分，免去关峡顾阳焦煤集团总经理职务，任命其为顾阳焦煤集团党委书记、董事长；免去郭志明顾阳焦煤集团副总经理职务，任命其为顾阳焦煤集团总经理；免去李荣顾阳焦煤集团安全部部长职务，任命其为顾阳焦煤集团副总经理。

关峡代表顾阳焦煤集团新班子进行了表态发言，李书记、曹副市长分别传达了市委、市政府对顾阳焦煤集团发展的肯定和对全体干部职工的期望。

等上级领导离开后，关峡宣布了顾阳焦煤集团公司内部人事任免决定：同意吴小清辞去新创焦化厂经理职务，任命军屯矿副经理郑可林为新创焦化厂经理；任命乱石滩矿技术员周思为技术部副部长，主持技术部工作；任命安全部原副部长张子健为安全部部长，任命安全部王春亮为安全部副部长；任命技术部王玉平为行政部副部长；免去行政部原部长张俊职务，由公司另行安排工作。关峡宣读完毕任命之后，所有参会人员都发现，公司并没有任命行政部部长，但大家都知道，这个部长的候选人是谁。

张新阳缓缓走出了看守所大门，一道阳光直射在他消瘦的脸颊上，他眯起了眼睛，抬起右手扶在额头上看向天空。天是那么蓝，几朵白云悠闲自在地飘在远处顾山的顶端，几只鸽子飞过，天空中传来一串银铃般的哨声，柳树刚刚吐出嫩黄色的新芽，在微风中柔和地摇曳着，一切犹如儿时的记忆，那么纯洁，那么美好，充满着希望！是的，这就是自然，这就是自由，只有经历过苦难和熬煎的人才懂得它的可贵！

张新阳收回了目光，不远处，几个熟悉的身影正在看着他！对，是他们，是梦中无数次梦到的他们，爸爸、妈妈、刘诗雅、刘明桢、白惠、孟强、孟勇、关峡、郭志明、李荣、王一飞、林笑、周思，张新阳揉了揉眼睛，是他们，真的是他们，他们是在等他，他自由了，他真的自由了。所有的委屈、所有的折磨、所有的痛苦都随着这自由的春风烟消云散！

泪水慢慢模糊了他的视线，他看到刘诗雅向着他飞奔过来，他扔掉了手中的提包，张开了双臂，迎接他朝思暮想的爱人。两个相爱的人紧紧抱在了一起，张新阳爱怜地捧起了刘诗雅的脸反复看着，她那张清秀的脸上多了几分成熟，多了几分世俗，多了几分对他坚定而又执着的爱。是啊，经过这一番磨砺，每个人都在成长，岁月给了人们磨难，也让人们更加了解了生命的意义。张新阳摩挲着刘诗雅的脸，两人什么也没有说，四目相对的瞬间，就已经烙下了彼此厮守一生的誓言。

刘诗雅挽起张新阳的胳膊，骄傲地走向众人。张有才和江大英笑着擦干脸上的泪，仔细端详着儿子。张新阳内疚地说："爸、妈，对不起，让你们担心了。"

张有才用满是老茧的手拉住了儿子说："儿，你做得对着哩，男人就该有个男人的样子，你爷常说，男儿要立德、立言、立功，我儿立起来了，爸为你骄傲着呢。"

张新阳帮母亲擦了擦眼泪，走到了刘明桢和白惠身边，深深地鞠了躬说："谢谢叔叔阿姨，褚律师都和我说了，没有你们，我这个牢是坐定了。"

刘明桢也拉住了张新阳的手说："新阳，是你的原则和你的执着，深深感动了我。把诗雅托付给你，我就放心了！"

关峡和郭志明等人也围了过来，张新阳和大家一一握手致谢。关峡上前说："新阳，事情已经结束了，这件事我有责任，事情发展到这个地步，是谁也不愿意看到的。好在，在最紧要的关头你能挺身而出，了不得，了不得，从你身上我看到了年青一代的担当，也看到了我们民族、我们国家的希望！"

郭志明也说："新阳，说实话，我以前很不喜欢你，可你的所作所为让我肃然起敬，我自愧不如。"

李荣在张新阳肩上狠狠砸了一拳说道："好小子，没当孬种，是我带的兵！"

张新阳微微一笑，再次谢过几位领导。

王一飞红着脸握着张新阳的手说："新阳，对不起，我当时真是身不由己，我……"

王一飞还要解释什么，张新阳摆摆手说："一飞，不要说了，我了解。兄弟，今天你不是来接我了吗？"

王一飞眼圈一热，眼泪在眼眶中打起了转。

众人寒暄过后，关峡、郭志明、李荣、王一飞、林笑等人便起身回了单位，孟强和张新阳紧紧拥抱过后，孟勇提议去他的餐厅庆祝一番，张新阳和刘诗雅欣然答应。张有才、刘明桢两对夫妇拗不过这几个年轻人，也答应一起去。于是孟强兄弟开着别克车拉上张有才夫妇在前面开道，刘明桢夫妇驾驶着他们的黑色桑塔纳随后而行。

孟强把张新阳的现代车开了过来，刘诗雅把车钥匙递给了张新阳，两人上了车，张新阳在刘诗雅的脸颊轻轻吻了一下，发动了车。就在张新阳启动汽车时候，他发现不远处高大的杨树后有个人影在盯着他，张新阳降下玻璃仔细看时，那个人影一闪，不见了踪影。张新阳愣了一下，告诉自己可能是眼花了，于是又升起了玻璃，跟着前面两辆车开向了卧龙山孟勇的餐厅。

张新阳和自己的亲人朋友吃了一个团圆饭，看着这些为他的事儿操劳的亲人，他百感交集，自己本应该安安稳稳地干行政部副部长，但却选择了这么一条路，把整个顾阳焦煤集团搅了个天翻地覆，也差点把自己送进铁窗，但他扪心自问，自己从来没有为这个选择后悔过。

孟强问张新阳有什么打算，张新阳摇摇头，现在他只管将桌上的菜往嘴里送，已经不愿再去想任何问题。孟强邀请张新阳和他一起回永宁干焦化厂，张新阳委婉地拒绝了。孟强就如同失去庞统的刘备，惋惜地叹了口气，转移开了话题。

众人吃过饭，孟强和孟勇就回永宁了，临走前孟强说，徐天明让他转告张新阳，出来后要第一时间给徐天明回电话。张新阳说知道了，注视着孟强的车驶向了高速。张有才和江大英上了张新阳的车，刘诗雅上了刘明桢的车，两辆车一前一后开向了津州。

第 138 章　重获自由

刘明桢和白惠回到了津州双子座的家，张有才夫妇和张新阳、刘诗雅回到了盛世嘉园。张有才和江大英在 2201 坐了一小会儿，就拿着钥匙下楼去了。久别重逢的一对恋人看着他们精心布置的新房，不由得感慨万千，就是在这套房中，两人相拥着看日出日落，看纷飞的柳絮，看漫天的飞雪，还是在这套房中，办案人员多次搜查，刘诗雅伤心绝望，这里是他们爱的见证，也是他们的伤心之地。

张新阳把刘诗雅抱在怀中，怜爱地说："诗雅，对不起，这几个月让你受苦了。"

刘诗雅微笑着说："只要你没事就好，我们相爱不就是要同甘共苦吗？"

张新阳说："褚伯涛和我说了，要是没有你，我的这场牢狱之灾就在劫难逃了。"

刘诗雅说："不，这是大家努力的结果，如果要没有冯远明、李荣、孟强、孟勇他们，我一个弱女子什么都办不成。当我一次又一次感到绝望时，是他们及时出现，给了我力量和希望。李荣为了你的事儿，让刘成功撤了职，孟强动用了永宁所有的资源给你解了围，孟勇费尽心思让吴小清翻了案。冯远明只身一人去往贵州掌握了第一手的证据。还有，王诚在关键的时候站在了我们这边，关峡来往于省市之间奔走求援。正因为大家都在努力，才有了现在的胜利。"

张新阳认真地看着刘诗雅说："诗雅，我负责任地告诉你，大家这样做并不全是为了我，而是为了公道。我也不是为了我，也是为了公道。公道自在人心，邪永远不压正。"

刘诗雅想了想认同地说："是，是这个道理。不过要没有你挺身而出，又有谁会去主持这个公道呢？"

张新阳沉默了。是啊，为了这个公道，他押上了自己的未来、幸福、前途，差点儿身败名裂、身陷牢狱。如果真有个闪失，如何对得起父母，对得起诗雅。张新阳啊，你这个家伙真的太冒失了。接着，张新阳又反问自己，如果自己不这样做，又该如何？和刘成功沆瀣一气、同流合污？不，自己是不会那样做的。

可不那样做又如何？邢利为不是还躺在医院吗？张新阳想起了体检时的心电图，那条曲线只有上下波动，人才是健康的，若真成一条线了，人也就没有了。是的，人这一辈子，总要经历一些曲折，总要面对一些抉择，如果没有勇气去面对曲折，没有勇气去选择未来，那活着又有什么意义呢？

刘诗雅看着正在发呆的张新阳说道："新阳，还有两件事没有和你说。你知道，我最绝望的时候，是谁帮了我吗？"

张新阳从冥想中收回了思绪，他摇了摇头，期待着刘诗雅的答案。

刘诗雅回忆着这几个月的点滴，慢慢说道："一个人是冯媛媛，是她主动找到了我，带我找到了李荣，有了李荣的出面相助，才坚定了关峡、郭志明把案子搞个水落石出的决心。还有一个人是一个陌生人，刘成功在省城出事的第二天，我接到了这个陌生人的电话，是这个人告诉了我刘成功出事的消息，让我去救你，也就是那天晚上，爸爸跟我说，你有救了。后来爸爸分析过整个案子，他说，如果不是刘成功出事，后面的一切也许都不会再发生了。"

张新阳是第一次听到这两个关键的插曲，让他有一种冥冥之中一切都已被命运安排好了的感觉。尤其是听到冯媛媛的名字时，他的心仿佛被一只手扯了一下，猛地一颤。冯媛媛感情的不幸，一定程度上是他造成的。媛媛，你现在还好吗？

刘诗雅注意到了张新阳表情的细微变化，小心地问道："我觉得冯媛媛对你的感情似乎有些那个，我不知道我的感觉对不对，她对你的用心程度，甚至让我有些妒忌，新阳，你俩真的是纯友谊的朋友吗？"

张新阳又想起了夜色中冯媛媛挺着大肚子依偎在自己怀中的一幕，他的脸红了。张新阳诚恳地看着刘诗雅，认真地说："诗雅，男女之间有纯友谊吗？我觉得没有。两个朋友在一起时间长了，就会对对方产生依赖，这种依赖渐渐会变成感情，感情慢慢会升华成爱情，这是必然的感情逻辑，谁也不能回避。我和媛媛之间，属于多多少少有点儿依赖的朋友，我也能隐约感觉到我们彼此的感情中掺杂着不是友谊的东西，但我们彼此保持着距离。不过，对于我来说，我是有愧于她的。"

于是张新阳就把李哲有外遇的前前后后都讲给了刘诗雅。讲完，他又说道："诗雅，今天我把这些毫无保留地说给你听，这些是我青春中的一段珍贵的记忆，希望你能允许我在内心深处留一小块地方，把这些美好永远保存下来。"

刘诗雅看着窗外的繁华轻声说："青春本就应该是美好的，所有美好，也本就应该留在记忆深处，永远都是浩瀚记忆中最美的梦。"

张新阳再次搂紧刘诗雅，亲吻了她的脸颊，轻声说："你便是我永远的梦。"

两人相拥着，任凭时间在温存中悄无声息地流走。远处，一片乌云悄然飘来，春雨要来了。

张新阳再次回到了顾阳焦煤集团，所有认识的人都微笑着向他打招呼。经历了这番波折，众人的目光中有对他的敬佩，有对他的不解，也有对他的冷漠和疏远。是的，这个机关中，有些人是和他一样由刘成功一手提拔和培养起来的，他们是不能理解和容忍一个背叛者的。

张新阳并不在意这些世俗人的目光，经受过苦难折磨的人总会变得更加理性和成熟，他坚信自己的选择是正确的，也对自己的所作所为毫不后悔。他不需要任何人指责他，也不需要任何人感谢他，所有的一切只是为了两个字——公道。

张新阳回到了自己曾经的办公室，新提拔的行政部副部长王玉平正坐在电脑前噼里啪啦地敲击着键盘。这个和自己同一批来到单位的中专生，曾经是技术部上班最早、下班最晚、加班最多的人，在别人的嘲笑声中默默地看着一批批能力水平参差不齐的干部得到了提拔，而他却一直在"好好干，领导很看好你"的鼓励中默默坚守着、等待着。这次，在郭志明的支持下，他终于走到了行政部副部长的岗位。

张新阳又一次深刻地认识到，那些向他投来冷漠目光的人，就是踩着王玉平的肩膀得到提拔的无能之辈，他们一旦失去了特权的庇护，就会变得一无是处、一事无成，混的日子也就到了头。张新阳又看看王玉平，内心感慨道：所谓天道酬勤，是需要一个公平的环境的。

王玉平看到了门口站着的张新阳，立即起身迎了过去，笑呵呵地说："欢迎张部长回来。"

张新阳也握住了王玉平的手笑着说："王部长，恭喜你，付出总是有回报的。"

王玉平赶忙张罗着给张新阳泡了茶，又指着张新阳的办公桌说："张部长，您的东西都原样放着，谁也没有动，赶明儿我们帮您搬过去。"

显然这位副部长已经把张新阳当成了将要领导他继续努力成长的行政部部长了。张新阳不置可否地笑了笑，指指关峡办公室问："关书记在不在呢？"

王玉平说道："在，不过郭总、马副书记、李副书记刚进去，应该是在开会，您等等吧。"

张新阳坐到了自己的办公桌前打开了电脑，电脑没有了开机密码，显然已经被人检查过无数次了，他打开几个文档随意浏览着，这都是他无数个日日夜夜的心血，现在再看时却已经一文不值。他翻到了一张班子开会的照片，照片中刘成功和关峡正襟危坐，自己低着头做记录，而在他身边坐着的是吴小清。这个女人给过他姐姐般的关爱，也曾让他身陷囹圄，他想恨她，却又找不到一个恨她的理由。归根结底，她也是一个受害者，一个摔倒在感情泥潭中的朝拜者。

张新阳忍不住问王玉平说："玉平，吴经理怎么样了？"

王玉平愣了一下，随即说道："吴小清经理？她已经辞去了职务，请了长假，我也好久没有见过她了。"

张新阳没有再提出问题，默默地删了那张照片。

关峡办公室的门开了，走在前面的郭志明一眼就看到了张新阳。张新阳赶忙起身迎过去与郭志明、马文明、李义山一一打了招呼，几个人简单寒暄了几句，张新阳便走进了关峡的办公室。

关峡摘下了眼镜，起身要去给张新阳泡茶，张新阳赶忙拦住了关峡说："关书记，我自己来，自己来。"

等张新阳泡好了茶，关峡已经坐在了沙发上，指了指旁边的沙发说："新阳，快坐，今天咱们好好聊聊。"

张新阳把茶杯放到了中间的小茶几上，大大方方地坐到了关峡旁边。

关峡喊了一声王玉平，王玉平很快走了进来，关峡对他说："告诉司机，我今天不出去了。"

王玉平嗯了一声，退出去关上了门。

第 139 章　对话关峡

刘成功和赖峰案已经盖棺定论了，但这件事对顾阳焦煤集团的影响是长久而又深远的。关峡和张新阳作为这个重大变化的重要关系人，都经历了痛苦的挣扎，对顾阳焦煤集团的曾经和未来都有了更深层次的认识和思考。今天，两人正式坐到了一起，第一次敞开心扉，坦诚地交流着彼此的思考和领悟。

关峡开门见山地说："新阳，以前我们没有认认真真地正式交流过。今天你来了，我想和你好好谈谈。这样，我们彼此都抛开职务、抛开级别，我们坦诚地交交心。经历了这么多的事，我相信你看到的问题要比我全面得多，你思想的认识也要比我深刻得多。我呢，希望你能知无不言、言无不尽地和我说说，你的想法可能会决定顾阳焦煤的未来和发展。"

张新阳挺直了腰，严肃而又认真地说道："关书记，我也正想和您好好聊聊，所以今天找您来了。既然我们都想到一块了，我也就开诚布公地和您汇报一下这段时间以来我的所思所想。关书记，说实话，从我决定揭发刘成功和赖峰到把这个想法付诸行动，我是经历过相关痛苦的反复抉择的。

"摆在我面前的第一道关，就是要说服自己接受事实。我是赖峰和刘成功一手培养起来的年轻干部，只要一直跟着他俩干，可以说大有前途。在和刘成功、赖峰共事的这几年里，无论是在我眼中还是心中，他俩都是干事创业的人，他们是抓改革、抓效益、抓生产的人，都是心中有目标、手中有招数的人，而且两人都是工作中的拼命三郎，这些都让我深深为之折服。可当我知道他们背后居然有这么多阴暗面的时候，我的思维和认识立即变得混乱起来，我不敢相信，也不愿意相信这一切是真的。我无法将我心中英雄式的人物与电视剧、小说中的违法乱纪的腐败分子画上等号，在思想上改变自己固有的认识，是件艰难的事情，就如同要承认自己的亲人杀了人、犯了罪一般难。

"再有就是要放弃自己根深蒂固的'知恩图报'观念。我是一个农村来的孩子，来到了顾阳焦煤集团没多长时间就得到了赖峰和刘成功的重用，并很快成了行政部副部长，他们没有吃过我一顿饭，没有抽过我一根烟，对于没有任何关系和背景的年轻人来说，这是想都不敢想的事儿。就凭这一点，他们都是值得我尊敬和感激的。可当我接触过王玉平、高建义、周思之后才发现，不是所有人的努力都会有回报的，制约一个人发展的，往往不是能力，而是机遇、运气等这些看不见又摸不着的东西。是刘成功和赖峰给了我机遇，而我却要把有恩于我的人送进监狱，无论是在传统的观念上还是在自我的情感上，如何抉择也是让我感到万分艰难的。

　　"我还曾经这样想过，他们隐瞒矿难已经是陈年往事了，而在并购案中，即便是他们给自己腰包里装了点儿钱，但并不影响他们把企业带上了一个高速发展的轨道，这个成绩是无法否定和无可置疑的。我若不披露这些事儿，也许就不会再有人知道了，顾阳焦煤集团会顺着这个快车道一直走下去。可当我看到薛阿力和程三三用血泪写成的遗书，看到东矿区职工生存的艰难时，我又开始动摇了，难道成绩就能抵挡了过错吗？难道发展就必须牺牲一部分人的幸福吗？可我又问自己，离开刘成功，这个快车还能继续这样快速前行吗？于是我在确定的罪恶与不确定的未来之间艰难地煎熬着。

　　"关书记，您没有身处我当时的位置，也就不一定能体会到我当时的心情。当我终于迈出艰难的一步后，接踵而来的是所有已经预见和未曾预见的事情，这些您都知道了。在狭小阴暗潮湿的监房中，我感到了恐惧，或许我的人生可能就会在这儿戛然而止，随后而来的是一个又一个坏消息，我已经做好了最坏的打算。我也曾无数次地问过自己是否后悔过自己所做的选择。老实讲，有时我很后悔自己的选择，觉得自己真的很滑稽、很可笑，一个毛头小子，无论如何都不应该干这种蚍蜉撼树的事情。对单位来说，少我这么一个小小的干部，不是什么大事，但对我的家庭、对我的父母而言，他们的天可就塌了。有时我又有一种视死如归般的壮烈感，人活一世，不应该只是苟且偷生，男儿理应胸怀天下，理应有所担当，有所作为。我虽然很渺小，但再渺小的人都应该去干几件轰轰烈烈的大事，即使是被别人误解，即使是注定要失败，也是虽败犹荣的。活着，就应该担当些什么，就应该为一些事而执着，就应该有所为有所不为。"

　　关峡静静听着张新阳的心声，他能感觉到张新阳这番话是毫无保留的，也是发自肺腑的，带给他的冲击和震撼也是极大的。他没有想到一个年轻人会有这样的见识和如此的胸怀。等张新阳说完许久，关峡才从张新阳带给他的思考中回到了现实。

他带着尊重的语气郑重地说："新阳，谢谢你能这样对我坦诚地吐露心声，我了解你了解得太晚了，今天你所带给我的震撼和思考是我这一生中前所未有的。这些年，我虽然身居党委书记和总经理的位子，但却没有你这样的气魄和胸襟。实话实说，这些年我太计较个人得失了，我所在意的是没有挑起董事长的担子，抱怨上级没能给我施展抱负的平台。如今想想，其实是我错了，上面已经给了我平台，但我却没有展示好。如果我事事都能盯住老刘，他就不会这样肆无忌惮了，或许今天的一切也就不会发生了。而我为了所谓的团结和安稳，做了太多妥协，错过了太多机会。我和你一样，也认为老刘是个治理企业的能手，他既然大包大揽了，我图个自在，何乐而不为呢？直至我看到刘诗雅给我送来的触目惊心的材料，我才知晓事态的严重性，可已经于事无补了。我能做的，只有痛下决心挤掉顾阳焦煤身上的这个脓疮，只有拼尽全力维护眼前这来之不易的发展形势。但很显然这一切都是亡羊补牢了。中医常讲，上医治未病、中医治欲病、下医治已病。照这个标准，我只能勉强算是下医了，甚至我只是比庸医稍强点儿而已。"

说到这儿，关峡又叹口气，张新阳偷眼看着他，那张岁月打磨过的脸上满是愧疚，显然他此刻的自责是发自内心的。张新阳很认真地说："关书记，您也不必太过自责，毕竟刘成功是做了许多贡献的，顾阳焦煤的发展势头也是持续向好的，您作为单位的正职，要发现刘成功不为人知的一面，也不是那么容易的。况且，这么大的企业，您所关注的是千头万绪、方方面面的事，又怎么会捕风捉影地整天盯着刘成功呢？在整个事件陷入绝境的时候，您能够坚决地站在正义的一边，坚决主持公道，就证明您是是非分明的，是经得住考验的。而且，于我而言，也要感激您，如果没有您的四处救援，即便刘成功受到了应有的惩罚，我这场牢狱之灾也很可能是免不了的。"

关峡又一次把目光落在了张新阳脸上，盯着他看了一会儿说："谢谢你能这样宽慰我，但错就是错，不必找借口来遮掩。在顾阳焦煤集团这几年的发展中，我的安于现状，我的妥协退让，我的谨小慎微，都是客观存在的。至于你的事儿，我并不是因为你而刻意奔走救援的，我只是觉得我应该为一个在大是大非面前挺身而出的年轻人讨回一个公道。现在，我彻底了解你了。很庆幸，我的坚持是值得的，是有意义的。新阳，现在一切都结束了，我真诚地邀请你能挑起行政部部长的担子，有了你，公司的年轻人就都有看齐的目标了，我们的未来也就更有希望了。我希望你能与我一道为顾阳焦煤 5000 余名干部职工实实在在谋幸福，让集团公司这艘巨轮能尽快驶出当前的这片风暴，继续乘风破浪，扬帆远航。新阳，我代表集团公司班子，欢迎你的回归。"

说完关峡伸出了厚实的手，张新阳也赶忙伸出了手，一长一少两个人的手紧紧地握在了一起。张新阳看着满脸真诚和热情的关峡，心头顿时一热，眼中已经有了点点泪花。张新阳真的想一口答应关峡，但他很快又坚定了自己的目标，他已经拿定了主意，无论如何，他是不会再改变了。想到这儿，他的脸上露出了遗憾，压低了声音说："关书记，谢谢您对我的厚望和期待。不过，恐怕要让您失望了，我已经决定离开顾阳、离开公司了，虽然这儿留下过我的青春，留下过我的热血，留下过我的梦想，但我还是想离开这儿，去打拼属于我的一片天地。对不起了关书记。"

关峡脸上的表情凝固了，他和公司所有人一样，都坚定地认为张新阳会再次回到顾阳焦煤，他一定会欣然接受行政部部长这个职务，继续施展自己的才华和抱负。然而，张新阳又一次让人大跌眼镜，他要离开，离开他押上了自己的青春甚至是生命所换回来的顾阳焦煤集团。关峡痴痴地看着张新阳，他终于相信了，张新阳所谓的坚持，是真正的坚持，是一种境界，也是一种情怀。

几分钟后，关峡终于带着发自内心的敬佩对张新阳说："新阳，你不能再考虑考虑吗？顾阳焦煤的发展和未来需要你这样的人才，我们也需要你这样的干部。"

张新阳从随身带着的手提袋中拿出了一份辞职申请书，轻轻放在了关峡面前，他诚恳地说："关书记，我已经下决心离开了。一个人在这人世间，应该有属于自己的梦想和追求，我想过我期待的生活，为我的梦想和热爱的事业去奋斗、去打拼。当然，我会记住顾阳焦煤的，这里留下了我最宝贵的青春和最难忘的记忆。关书记，这是我的辞职申请，请您批准。"

关峡见张新阳去意已决，便不好再挽留了，他把张新阳的辞职申请放到了自己手边，意味深长地说："新阳，既然是这样，我也就不强求了。现在，我想听听你对顾阳焦煤发展的建议和意见。"

张新阳略略思考了一下说道："好吧，那我就直言不讳地讲了。我个人觉得有两个方面。第一，人才才是公司发展最根本的动力，我们选人用人不能唯学历、唯关系。像周思、王玉平他们的能力和水平绝不亚于王文吉、王一飞，可我们为什么要把他们埋没了呢？管不好人才，用不好人才，任人唯亲的企业是没有未来和希望的。第二，刘成功和赖峰的教训太深刻了，领导人员不能没有严格的监管，脱离开约束的权利，就会像脱缰的野马，一发不可收拾了，我们每个人都不是圣人，要听得进骂声，才能不断地自我净化，慎初，慎微，才能封印贪欲这只魔鬼。"

关峡赞许地点着头说："我想，这是我们前进道路上绕不过的问题，我相信，往后对领导人员的监管一定会有个质的改变的。"关峡似乎想到了什么，紧紧皱起了眉头，表情严肃地问："自我净化？慎初，慎微？新阳，你说的自我净化和慎初、慎微也包括我吧？"没等张新阳回答，关峡又自言自语道，"是的，是包括我的。"

第 140 章　造化弄人

刘成功躺在满是霉味的草垫子铺成的床铺上，瞪大眼睛凝视着监牢的房顶。由于潮湿的原因，房顶上到处都是绿色的霉斑。刘成功早已没有了往日的威严，剪得很短的头发已经发白，毫无生气的脸上暗黑色的眼袋下垂，两腮干瘪着，额头上的皱纹更深了，鬓角处已经隐隐约约有了老年斑的痕迹。

这个接受过无数表彰和荣誉的企业家，终于囚禁在了自己亲手编织的牢笼中。他的精神意志彻底垮掉了，一个迷失了信仰的人，一个没有了意志的人，整日面对着铁窗，已经没有了悔恨，没有了痛苦。今天的一切，都是自己当初起心动念的结果，怨不着任何人。他看到房顶的绿色霉斑正慢慢地集聚着，如同魔鬼的眼睛，在盯着他笑，他没有回避，没有躲闪，也冲着这些绿色的眼睛笑。或许，也只有这些绿色的眼睛陪伴自己走完余生了。

监房外响起了管教人员警皮靴踩在地面上的咯噔声，声音越来越近，很快停在了他的监房前。

"刘成功，有人要见你！"

刘成功躺在床铺上没有任何反应，等到管教再次叫出他的名字时，他才确认并不是自己听错了，是真的有人在喊他的名字。

他赶快从床铺上起身，向管教问道："您没有弄错吧，有人要见我？"

管教大声说："这还能有错？别磨蹭，他在接见室等着呢。"

刘成功不敢相信自己的耳朵，自从他开始服刑，还没有人来探视过他。是的，他已经是孤家寡人了，曾经以他为荣的亲戚现在都视他为耻辱，曾经那些围着自己转的朋友，或许早已忘记他这个阶下囚了。现在，他唯一的亲人只有远在海外的女儿，但他要求法院不要把他的罪行告诉女儿，他不能让女儿背上罪犯子女的思想负担，他已经不再是女儿的骄傲了。他不知道，究竟是谁还会来探视他这个阶下囚。

刚走进会见室，他一眼就看到了栏杆外面的访客，一个50多岁的干瘦老头，穿着皱皱巴巴的灰色西服，里面是枣红色的羊毛衫，同样也在盯着走进会见室的他。刘成功万万没有想到，此时此刻，能来探望他的，竟是只有几次浅薄交往的山西煤老板老阎。

刘成功缓缓挪到了阎老板对面，面无表情地说："阎老板，谢谢您。不瞒您说，您是唯一来探视我的人。有句古话叫树倒猢狲散，我现在已是孤家寡人了。"

阎老板盯着刘成功毫无血色的脸，操着浓重的山西口音说："俺和你还没有聊完呢，俺应该来看看你的。在岳东大学，你和俺聊的，不论是管钱、管人、管权，对俺的启发远远超过了那些教授，他们说的那些都是书本本上的东西，俺也听不懂，对俺也不实用，你说的全是俺想听的，实用得很哩。可俺想不通的是，你这么一个聪明人，怎么尽办糊涂事儿呢？记得俺在岳东大学的操场上和你说过三个看法，当时俺就看你的神色不对。谁知道，俺说的你一条不落，全摊上了。刘总啊，你到底是聪明呢，还是糊涂呢？"

刘成功看着精明地眨着眼睛的阎老板，苦笑着说："阎老板，你说得对，我们的天还没有聊完呢。我就给你讲讲我的故事吧。我是一名见义勇为的返城知青，从一个井下工人干起，一步一步走到了董事长的位子。在别人看来，这是何等的风光，但谁又知道这背后的心酸呢？为了工作，我牺牲掉了自己的爱情和婚姻，娶了我并不爱的副区长的女儿。为了能转干，我抢着干最苦、最脏、最累的活，年纪轻轻就累垮了身体。为了能提拔，我牺牲掉了所有的节假日，整日泡在办公室内，牺牲掉了陪伴女儿长大的时光。正因为我付出了这么多，所以也就更在乎回报了。我不能让任何事情影响到我的仕途，在这种急切的权利欲望的驱使下，我隐瞒矿难，威胁幸存的民工，毫不留情地扫清了前进道路上的一切障碍，虽然有些不择手段，但当时我的目标还是明确的，堂堂正正干一番事业，把企业做成我想要的样子，也正因为有此心劲，才得到了王诚和老首长的支持。后来，我终于如愿以偿地成了这个庞大企业的一把手，这时我却忽然感觉自己失去了奋斗目标。我开始思考，我这半辈子到底是幸运还是不幸？

我这样到底是为了什么？我开始羡慕那些有钱人的生活，相比之下，他们用极少的付出，却赚着比我工资高数十倍的钱，享受着花天酒地的生活。在金钱和现实面前，我迷茫着找寻心灵深处的答案。"

说到这儿，刘成功停顿了一下，他低下头看了看自己的囚服，自嘲地摇摇头，然后继续说道："很显然，当时的我并没有找到正确的答案。我忘记了那些死在云南的兄弟，忘记了那些井下的兄弟，忘记了曾经的誓言，忘记了苦难岁月刻打在我身上的宝贵财富，忘记了一切不应该忘记的美好和追求。我迷失了自我，变成了自己曾经最鄙视、最看不起的人。从那时起，我渐渐产生了要报复苦难的念头，我要把自己吃过的苦、受过的罪补偿回来，我的贪欲开始慢慢生长、慢慢膨胀，在金钱和享乐面前变得一发不可收拾。现在想想，组织给的工资已经完全能满足我过小康日子的需求了，即便是女儿在国外手头紧点儿，那又有什么呢？年轻人在年轻的时候能吃点苦，又何尝不是一件好事呢？我们作为一个平凡的人活在这世上，有机会为别人做一些实实在在的事情就是很幸运的事儿了，要是干了些实实在在的事，能让人们记住，能让人们怀念，这就已经很了不起了。可惜啊，我醒悟得太晚了。苦难的岁月给了我成就人生的机会，欲望又让我在机会面前彻底堕落了。"说完这些，刘成功双手掩面，痛苦地闭上了双眼。

阎老板也满怀心事地说："老刘，你是个聪明人，今天你又给俺上了一课。你说得对，人活一辈子，不仅要活出个样儿来，还要给别人干点儿什么，让大家记住点儿什么，就没白活。俺以前觉得俺挣钱不犯国法就是个好人嘞，现在俺不这样觉得了。等俺这次回了山西，就给厂子里所有受苦人都买上个甚保险，再给村里盖个学校和敬老院，钱要花到让受苦人有个好家庭、让老的有个保障、让小的有个前程上嘞。我说老刘，你也不要就此心灰意冷了，现在能这么想也不迟。我们那儿有个老和尚常跟俺说，苦海无边、回头是岸。俺想着，只要你一心忏悔，好好改造，政府也会给你减刑哩。等个十几年，你也就能重获新生嘞。等你出来了，就去山西找俺，到时候，俺和你寻个寺院，清清静静地把这个一辈子还给老天爷。"

刘成功慢慢睁开了紧闭的双眼，看着阎老板干瘦的脸说："我这辈子还有希望？"

阎老板认真地说："对，还有希望。"

刘成功自言自语道："有希望就是好的，有希望就好啊。"

探视时间到了，阎老板起身朝外走去，刘成功看着他离去的背影，眼中闪过了一道光。

一周后，张新阳再次回到了顾阳焦煤集团，办理完离职手续，与李荣、赵永生、孔严等曾经的同事道了别。他再一次来到了职工宿舍，从口袋中摸出了那把钥匙，轻轻地打开了房门，桌上、床上一切如旧，只是铺了一层浅浅的尘埃。张新阳一件件地收拾着陪过他无数个日夜的物品，往事在他的手触碰到这些物品的刹那从指尖流过。他知道，所有的记忆就要从此刻封存，这里再也不会留下他来过的痕迹。

天渐渐暗了，是时候离开了！张新阳提起两只提包，再次回首看了一眼空荡荡的房间，轻轻地关上了门。白色的现代车停在公司大门不远处的路边，张新阳把装满记忆的提包放进了后备厢，转身走到了车前，就在他的指尖触碰到车门手把时，身后传来了一个熟悉的声音："新阳，你要走了吗？"

张新阳触电般缩回了手，内心顿时充满了激动。牢狱中，这个声音也曾无数次地出现在他梦中。张新阳迅速回过头，身后站着的正是他的知己朋友——冯媛媛。冯媛媛穿着一件黑色的高领风衣，长发遮住了半个化着淡妆的脸颊，在这个夜幕即将到来的街头，出现在了他面前。

张新阳的嘴唇轻轻颤抖着，许久终于喊出了她的名字："媛媛！"

冯媛媛又向前走了两步，两人已面对面站在了一处。看着冯媛媛熟悉而又陌生的脸，往事又一幕幕地出现在张新阳眼前。他尽力克制着自己的感情，言不由衷地问道："你，还好吗？"

冯媛媛的双唇涂着淡红色唇膏，轻声说："我可以上车吗？"

张新阳有些不知所措地说："当然，当然。"

张新阳拉开了后座的车门，冯媛媛俯身上了车，张新阳稍犹豫了一下，也弯腰钻进了车里。车窗隔绝了车外的嘈杂，天色愈发暗了，冯媛媛和张新阳彼此都不再看对方的脸，却都能感觉到对方的呼吸和心跳。

就这样静静坐了十几分钟，冯媛媛打破了沉默，语气中带着伤感，轻声问道："你真的要走了吗？"

张新阳点头说："是的。我要去南方了。"

冯媛媛说："可以不走吗？"

张新阳摇头说："这儿，已经没有我的梦了。"

冯媛媛的眼神暗淡了，接着是又一阵沉默。

许久，冯媛媛说："上个星期我和李哲离婚了。"

张新阳问："为什么？"

冯媛媛说:"你知道的。"

张新阳满是愧疚地说:"媛媛,对不起,我不该对你隐瞒他的事儿。如果当时我让你离开他,或许不会是今天的结果。可是,我没有那样做。"

冯媛媛说:"现在说这些已经没有意义了。"

张新阳问:"那你以后怎么办?"

冯媛媛说:"听天由命,随遇而安。"

张新阳说:"媛媛,你不能放弃追求幸福的权利,你不应该这样,我不想你这样。"

冯媛媛把脸转向张新阳说:"幸福?我的幸福早已被婚姻扼杀了。我的感情只属于过去和回忆。新阳,如果当初我选择你,或许才是幸福,事到如今,我的感情早已无处安放了。"

冯媛媛的话如同两个火石的对撞,瞬间激活了张新阳内心深处一直克制着的意念。这一刻,他不得不承认自己是爱过冯媛媛的。

冯媛媛看着目光游离的张新阳,自嘲地笑了笑,又继续说:"我知道,我们是不可能的,经过这次磨难证明,你和诗雅的感情是经得起考验的,她值得你珍惜一辈子。"

张新阳满是感激地说:"媛媛,你为我做的一切,诗雅都和我说了,谢谢你,你是值得我用生命雕刻在记忆中的朋友。"

冯媛媛顿了顿说:"不,不是朋友,我和诗雅的目的一样,都是因为爱。"

张新阳再次沉默了。

冯媛媛接着说:"你不用担心,我不会和诗雅争抢原本就属于她的幸福,我只是想听你亲口对我说,你现在或者曾经爱过我。"

张新阳的内心深处涌起了汹涌的波涛,他把目光移到了冯媛媛熟悉而又陌生的脸上,她眼神中炽热的期待,又一次点燃了他的记忆,往事一幕幕地出现在眼前,张新阳迎着她的目光,柔声说道:"媛媛,我想,在我内心深处,是爱过你的。"

冯媛媛眼中的等待终于消退了,她微微向前倾了一下身子,用涂着淡红色唇膏的双唇,轻轻地在张新阳脸上留下了一个淡淡的吻痕。随即一头扎在张新阳怀中,听着这个男人强劲有力的心跳,呜呜地哭了。

车窗外的霓虹点缀起了城市的夜空,他们彼此都知道,关于顾阳,关于青春,关于友情或者是爱情,在此刻打了结。那些关于他们的青涩岁月,也就此而终!

第 141 章　清明雨祭

清明节的前夜，一场小雨彻底宣告了残冬的结束。

张新阳准备了祭品，独自一人开着车回到顾阳。汽车沿着黑色的柏油路驶向程家村。很快，柏油路消失在了程家村外，村庄一如既往地宁静，年轻人都早早出门上班了，村口只有披着大衣的老人们，悠闲地坐在街边闲聊着那年那月的往事。

张新阳没有进村，他把车开上了村边的石子路，驶向了不远处的顾山脚下。汽车又行驶了十几分钟后，石子路也没有了。眼前，一条小路在枯黄的野草中弯弯曲曲通向前方。光秃秃的杨树星星点点散布在四周，树枝上落着几只乌鸦，哨兵般凝视着前方。

天空中又飘起了蒙蒙细雨，张新阳提着两个纸袋，在满目肃杀的荒草丛中缓步而行，程三三的墓就在这齐膝的荒草中隐约可见，满目凄凉。张新阳把纸袋放在地上，清理了周围的杂草，蹲在墓碑前，看着墓碑上的黑底白字，不由长叹一声，人一辈子，无非如此！

张新阳把祭品摆在了墓碑前几块用砖头垒成的祭台上，拿出一瓶酒和一个玻璃酒杯，缓缓倒上一杯，对着墓碑说："程叔，我来看你了。你若在天有灵，告诉薛阿力一声，刘成功、赖峰、杜宇都得到了应有的惩罚，你们的冤屈已经洗清了，你们可以安息了。"

说着张新阳把那杯酒洒在了地上。张新阳坐了下来，凝视着黑底白字的墓碑，就如同遇到了多年的故人，把他近一年来所经历的痛苦和煎熬、艰难和抉择，一件件地讲给了程三三。

"程叔，以前我不觉得生命是如此短暂和脆弱，但经历了这么多事儿之后我懂了。人的一辈子并不长，做自己喜欢的事儿才是最重要的。"

说着，说着，他情不自禁地站起身，对着顾山大吼一声，仿佛要把压抑已久的感情统统扔给高大的顾山。

许久，他又坐到了地上，往酒杯中倒满了酒，扶着墓碑说道："程叔，一切都结束了。我这次来是向你告别的，我也要离开岳东了。当初我答应过你，一定要让美丽上了大学，如今她已经是岳东大学很优秀的学生了，将来她会有体面的工作，有温馨的家庭，她会像你期待的那样，幸福地过一辈子，你可以放心了。"说完，他再次把酒倒上祭台。

"新阳哥哥。"

一个柔弱的声音在张新阳背后响起，在此刻的荒山孤坟中显得格外清晰。张新阳立即感到一股凉气从后背直冲到头顶，触电般的酥麻感让他的每一根头发都竖直了，手中的酒杯"哗啦"一声滑落到了墓碑前的砖上摔成了两半。

他立即转身寻着声音看去，身后不远处，一个身穿白色衣服的女子正在向他缓步走来。张新阳一愣，揉了揉双眼，终于看清楚她的面容，不由得叫出了她的名字——美丽！

张新阳眼前站着的，正是程三三的女儿程美丽。程美丽出落得亭亭玉立，今天又穿了一身白色的衣服，让她愈发显得楚楚动人。看着有些不知所措的张新阳，美丽又叫了一声："新阳哥哥。"

这时张新阳才如梦方醒，看着眼前的美丽问："美丽？你怎么来了？"

美丽忧郁的脸上挤出了一个微笑，对张新阳说："我想给爸爸上坟，把那几个人被绳之以法的消息告诉他，他在那边也就能瞑目了。我刚才过来时，看到你正在和爸爸叙旧，没敢过来打扰你。"

张新阳想想刚才自己的一通发泄，已经被程美丽一字不差净收耳底，不由得脸红了，他轻声问道："那，我说的你都听到了？"

美丽点点头，目光凝重地看着张新阳说："新阳哥哥，你受苦了。"

张新阳恢复了平静，眼神执着而又坚毅地望向墓碑说道："事情本就应该是这样的结局，公道自在人心。"

美丽有些幽怨地低声说："可这个公道的代价太大了。"

张新阳收回了目光，看着美丽说："美丽，你长大了。是啊，虽说天网恢恢疏而不漏，但人间正道是沧桑啊。这次，若不是刘成功自己犯了错，失了手，这局输的很可能就是我。"

美丽的目光从张新阳脸上移到了父亲的墓碑上，她声音低沉而又缓慢地说道："那个让他失手的夏其儿就是我。"

程美丽的话无疑是一个重磅炸弹，张新阳的脑袋嗡的一声响，整个人呆呆地立在那儿，脑子一片空白。几分钟后，张新阳两手抓住了程美丽的双肩，歇斯底里地吼道："程美丽，你为什么要这样，为什么要这样做？"

程美丽抬起头看着张新阳，哽咽着说："新阳哥哥，你曾经跟我说过，自己的路要自己走，要为自己的信仰、自己的理想、自己的自由，要为自己的幸福而活着。我们可以选择牺牲，但要为值得的事而牺牲。在这件事儿上，我觉得自己的牺牲是值得的。"

张新阳甩开了程美丽，在地上转了几个圈，又一次歇斯底里地喊道："糊涂，糊涂，谁让你这么做了？谁允许你这样了？牺牲？你个黄毛丫头，懂什么是牺牲？你……"

程美丽看着一脸惋惜和愤怒的张新阳，倔强的嘴角微微上翘着说："新阳哥哥，这次在个人荣辱和现实成败面前，我选择了现实。如果没有我的牺牲，事情就没有转机，你会成为又一个薛阿力的。一切因我而起，我就必须承担起我的责任。"

张新阳依旧愤怒地说："你有什么责任？我说过让你承担了吗？我是绝对不会那么轻易被击倒。我，我会和他们死磕到底的，我就不相信邪能压得了正。"

程美丽坦然地说："可事实是，你已经无能为力了。新阳哥哥，这是我的选择，我这样做不全是为了你，更是为了自己，为了爸爸，为了那份公道。"

冷静下来的张新阳仰起头看着阴霾的天空，叹了口气说道："可你失去了最宝贵的东西，你啊……"

"人这一辈子，总是要有遗憾的，我没有什么后悔的。"话音未落，程美丽也仰起了头，嘤嘤地哭了。

几只乌鸦落在光秃秃的杨树上凝视着他们，张新阳轻轻把程美丽揽在了怀中，再次看向程三三的基碑，仰天长叹一声，两行热泪滚滚而下。

清晨，津州南郊天鹅机场，张新阳和刘诗雅再一次回首观望这座城市。东方刚刚升起一轮红日，几条红色的云横在远处暗青色的山峦边，城市在霞光的掩映下慢慢苏醒，一切都充满希望，一切都宛如若昨日。是的，他们要远行了，从今往后，这里只有他们的记忆，而不会再有期望和明天。张新阳收回了远眺的目光，拉起了刘诗雅的手，两人相视而笑，转身走进了航站楼。别了，津州。

深圳宝安国际机场，广东天通物流创业团队的负责人徐天明和他的创业伙伴兼助手于可纬，正在翘首以待自己的创业伙伴张新阳。当张新阳和刘诗雅出现在徐天明眼前时，徐天明一个健步冲上去，与张新阳紧紧拥抱在了一起。

徐天明双手拍着张新阳的后背，激动地说："新阳，谢谢你的信任，欢迎加入我们团队。"

张新阳也使劲拍着徐天明的后背，笑着说道："天明，我们要并肩战斗了！"

徐天明将于可纬介绍给了张新阳，说："这是于可纬，湖南人，厦门大学高才生。"

于可纬扶了一下眼镜，握住了张新阳的手说："新阳哥，天明哥给我们讲了你的故事，你真的很了不起。"

张新阳微笑着说："天明过奖了，一路坎坷，不足挂齿。往后多多指教。"

随后，张新阳向徐天明和于可纬介绍了刘诗雅："这是我女友刘诗雅，原津州纺织集团财务人员，他和我一样，也辞职了。"

徐、于分别和刘诗雅握了手，说道："新阳、诗雅，你们的到来是咱们团队的宝贵财富。走，咱们回公司，其他人都在等着你们呢。"

四个满怀激情的年轻人相视而笑，上了一辆出租车。一艘满载着青春和激情的创业之船，在南国的春风中起锚了。

第142章　星辰大海

一座座现代化写字楼矗立在深圳街边，每一栋楼中都孕育着一个未来企业界的明星公司。当然，此时的他们，还都是默默无闻的潜行者，他们在南国的这片土地上默默扎根、默默发芽，积蓄着力量，等待着春雨后的爆发和成长。

张新阳走进了天通物流的电子商务公司。包括徐天明和于可纬在内，16个二十几岁的年轻人都在这个只有百十平方米的空间办公。他们喜欢叫彼此的代号，喜欢称呼集体为创业团队而不是公司，团队的每个人既是员工也是股东，在这里没有严格的职务等级，彼此之间没有防范和芥蒂，每个人脸上都洋溢着青春和自信。

徐天明对众人说道："各位，这位就是我的同学张新阳，这位女士是他的女朋友刘诗雅。张新阳我和大伙都介绍过了。诗雅是在大型企业锻炼过的财务人员，之前我给大家讲的关于新阳的故事中，那位女主角就是诗雅。新阳的加入，对我们来说，不仅解决了当前最棘手的一部分资金问题，最为关键的是，他会给我们注入成熟的企业理念和管理经验。我代表我个人以及咱们团队所有成员，热烈欢迎新阳和诗雅的加入。"

徐天明刚说完，便爆发出一阵热烈的掌声，张新阳看着众人真诚的笑容，他感觉自己的选择是对的。张新阳微笑着说道："早就听天明说起过他的创业团队，今天终于见到大家了。我们团队的职场氛围，让我真正认识到了什么是现代企业。我为自己能南下深圳与各位并肩战斗而感到高兴。"张新阳顿了一下，接着说道，"我对当前互联网经济的认识比较浅显，今天初次见面，我简单说说我个人的看法。谁都知道，当下互联网将是中国经济发展的新引擎，但如何发展互联网经济，无论是商界精英还是行业巨头，都没有一个明确的方向。百度的搜索引擎、新浪的门户网站、腾讯的QQ、盛大的网游等，都在艰难地摸索着引爆互联网经济的引信。但我凭着直觉认定，咱们这个团队搞的电子商务，或许才是未来互联网经济的真正增长极。"

徐天明听了张新阳这番话，脸上露出了欣慰的笑容。他明显感到了张新阳的变化，他们上次谈论互联网电商，还是在孟强组织的聚会上，那时的张新阳可谓是一个纯粹的外行。而他今天所说的，却句句直中要害，很显然，张新阳在下决心南下前，已经做足了功课。

徐天明招呼所有人到了隔壁战略室，18个人围坐在一起。徐天明说道："新阳和诗雅今天就算正式加入我们团队了，我们开个简短的会议。新阳，之前咱们在电话中交流过，但今天有必要正式把公司的情况再给你说一下。咱们公司的正式名称叫天通物流电子商务公司，在座的16个人都是股东，我持有35%的股份，可纬持有15%股份，其他人持50%的股份。我们的主要业务是依托崭露头角的网络购物平台，创建一个物流网络。当然，我们目前的物流网只是覆盖广东和深圳，但我们的目标不仅仅是整个广州，而是要把我们的物流网络覆盖整个中国。"

于可纬补充道："根据我们对电子商务的判断，这个目标并不是那么遥不可及。"

徐天明看看自己的创业团队，自信满满地说："可纬说得对，我们正在一步步地向阶段目标前进。兄弟们，这一切都是我们16个人奋斗的成绩。当前，咱们最缺的有两样东西——创业伙伴和创业资金。我想向兄弟们表述的是，新阳和诗雅也和大家一样，完全值得信赖。而且，新阳是卖掉了他在岳东的所有房产，带着创业资金加入我们的。我相信，只要我们18个人拧成一股绳，再高的山都会登顶的。我们的目标，是星辰大海。"

张新阳和刘诗雅的加入，对徐天明的创业团队而言，犹如一剂强心针，再一次凝聚了团队的战斗力。团队的所有人都再次筹了一笔资金入股，已解眼下的燃眉之急。天通物流电子商务公司重新优化了公司股份，徐天明持股 20%，张新阳和刘诗雅持股 18%，于可纬持股 14%，其他 14 人共计持股 48%。

团队内部重新调整了分工，刘诗雅接过了于可纬的财务工作，带着团队的其他两名女队员，架构起了一个高效率的财务团队。徐天明、张新阳、于可纬三个大男人，分别带着一个小团队，分东、西、中三路向广东全境扩张。不到半年的时间，天通物流的业务已经覆盖了深圳、广州、珠海、佛山、东莞等所有大中城市。中路团队、东路团队已经将网络延展到了湖南、江西和福建三省，西路团队向西南下，将网络拓展到了海南。天通物流 18 人的创业团队，向着心中的星辰大海，一路高歌猛进。

正当徐天明等人看着地图踌躇满志的时候，一个意想不到的挑战横在了他们面前。他们第一次见识到了资本的强大杀伤力。

最先发现这一挑战的是负责东路市场的张新阳，他在分析经营数据时发现，开辟不久的福建战场，业务量忽然出现了大幅下降，而且紧邻福建的汕头、揭阳等地也出现了小幅的下降。

张新阳立即进行了实地调查，调查结果让他惊讶不已，福建出现了一家名称与天通公司极其相似的物流企业，这家企业不再定位为物流企业，而是起了一个更加大众化的名字——仁通快递公司。而且，这家公司完全复制了天通公司的经营模式，正在以裂变的速度飞快膨胀着。

张新阳把这个消息告诉许天明、于可纬等人的时候，整个团队的 18 个人都感到了阵阵寒意，他们知道，真正的敌人已经近在咫尺了。接下来的三个月，这家快递公司已经占领了他们 50% 的市场。

徐天明再次召集创业团队开会商议眼下的危机。徐天明对众人说："兄弟们，这几天我也在反思我们的创业过程，我们一开始就犯了一个战略性错误，在我们最困难的时候，我们应该引进风险投资，而不是砸锅卖铁自筹资金，以至于我们在强大的资本面前变得不堪一击。不过亡羊补牢，为时不晚，我想尽快找到一家风投公司给我们注入资本，我们才有能力与仁通公司一决高下，否则我们将是死路一条。大家有啥建议，尽管提出来。"

于可纬转着手中的笔沉默不语，他已经基本认同了徐天明的观点。张新阳见众人都哑口无言了，打起精神说道："天明，我不太认同你的观点。我们现在引入风投资本无异于饮鸩止渴。因为这样一来，我们免不了被风投资本控制，我们便不可能再朝着我们的理想航行了。我觉得，所有人都不想放弃我们最初的目标。"

众人纷纷点头，表示认可张新阳的观点。徐天明说："新阳，要按你的分析，我们该怎么办呢？"

张新阳略微想了想说道："仁通公司能选择物流这条路，说明他们的投资方有着和我们一样的志向和目标。我觉得，我们只有和他们合并，实现双赢，才是最理性的选择。当然，目前我们还不能妥协，仁通公司虽然有雄厚的资本做后盾，但物流网发展方面并没有什么基础，只要我们守住阵地，稳扎稳打，必定会让他们吃到快速扩张的苦果。到那时候，他们就会主动找我们谈判，而我们手中也有了足够的筹码和话语权，我们和仁通的团队，兵合一处，完成我们的征途。"

张新阳讲完，徐天明和于可纬的眼前都一亮，他的观点得到了团队的一致认可，天通公司打响了针对仁通快递的阻击战。很快，两家公司在广州、福建两省的业务陷入了胶着状态，仁通公司的投资方——宏达投资集团的决策层很快就发现，仁通快递虽然有雄厚的资本支持，但在基础和经验方面却存在着先天的劣势。如果不能迅速拿下广东、福建两省，仁通就会面临被更大的资本吞噬的危险，于是董事会做出一个决定，启动并购计划，计划代号——鹰行动。于是仁通公司派代表和天通公司开启了谈判。

谈判完全在张新阳的预料之中，天通公司凭着对市场的了解，赢得了谈判的主动权，宏达投资集团并购天通公司，仁通、天通合并成立仁天电子商务科技股份有限公司，宏达投资集团持股70%，徐天明团队持股30%。公司董事会决定，原仁通公司团队退出仁天公司管理层，授权徐天明团队管理新公司所有业务。

接下来，徐天明的18人团队，凭借着宏达投资集团的雄厚财力，迅速打开了进军全国的新局面。徐天明、张新阳、于可纬依旧带领各自团队东挡西杀，仅仅半年时间，仁天公司陆续拿下了半个广东、福建、浙江、江西、湖南、湖北六个省份的业务。

在拿下浙江业务的庆功宴上，张新阳忽然对徐天明说："天明，我想离开仁天公司去海南二次创业。"

徐天明的表情凝固了，他万万没有想到此时的张新阳提出了这样的要求。

他诧异地问道："新阳，你不会是？"

张新阳看着徐天明不解的表情，认真地说道："天明，你不要误会。你有没有思考过，我们把整个团队都押在宏大旗下，是件风险极大的事儿吗？鸡蛋放在一个篮子里，对你我而言，都不一定是啥好事。仁天公司虽说叫电子商务科技公司，但说真的并没有多少技术含量。我想把发展目标转移到电商平台和物流平台的信息技术服务方面，手中有了科技才是硬实力。"

徐天明长出了一口气说道："新阳，论战略眼光，我又输给你了。作为管理团队的核心，我必须瞄准目标坚定地走下去，你和我不一样，你准备怎么办，我都支持你，但有一点，你不能撤出股份，因为咱们团队没有足够的资金收购你的股份，你如果将股权转让给宏大集团，咱们团队的股权比例和话语权就会受到影响。"

张新阳感激地看着徐天明说："天明，你放心，我是绝不会做不利于团队的决定的。而且我保证，只要团队需要，我会随时无条件帮忙。不过我还有一个要求，我想带走可纬和诗雅，希望你能支持。"

徐天明皱了皱眉头，他紧紧盯着张新阳说："你和可纬商量好了？"

张新阳坦诚地说："没有。"

徐天明僵硬着脸又问："真的没有？"

张新阳迎着徐天明的目光说："真的没有。"

两人对视了许久，徐天明缓缓说道："可以，我支持你。"

10 天后，经公司董事会批准，张新阳、刘诗雅离职了，而离职人员名单上并没有于可纬。

尾 声

又一个初春，刚刚办完了离职手续的张新阳和刘诗雅手牵手走在黄昏的深圳街头，夕阳照拉长了两人的影子，天边升起了一片美丽的晚霞。两人不约而同地想起了海南的那个夜晚，刘诗雅把头轻轻靠在张新阳的肩上，晚霞衬托着她脸上的一抹绯红，她轻声说："我们去趟三亚吧。"

海航飞往三亚的飞机平稳地飞行在万米高空，刘诗雅攥着张新阳的手，看着窗外团团的云朵，自言自语地问："好美的云海！我们再次创业到底是一次为了自由的冒险，还是一次为了理想的奋斗呢？不，自由和理想又有什么区别呢？或许自由就是年轻的理想和奋斗的理由吧。"

张新阳握紧了刘诗雅的手，微笑着说道："诗雅，谢谢你义无反顾地追随我，不过请你相信，我们离开仁天公司，不仅仅是为了保存团队的实力，更是为了打拼一个属于我们的未来。或许现在的天明还没有完全理解我的良苦用心，不过时间会告诉他答案的。"

刘诗雅仍然盯着云海说："无论你的选择还是与错，成功与否，我都会一直跟随你的。"

张新阳也看向了窗外，云海已渐渐散开，一条大河在崇山之中蜿蜒向东，消失在山峦与蓝天交接的尽头，蓝色与灰色丝线般交接在一起，再也没有了远方。

刘诗雅又问道："新阳，有件事我一直没有问你，既然你不选择撤股，那我们的创业资金从哪儿来呀？"

张新阳笑笑说道："诗雅，咱们不是还有北京的紫薇园和三亚的半城山色两处房产吗？紫薇园这个烂尾楼如今起死回生了，听说火爆得一塌糊涂，我想把它卖掉，这样我们就有启动资金了。半城山色的房产是我送给你的生日礼物，也是我们的家，我们就把公司设在三亚，把办事处设在深圳，我想我们会有一个美好的前程的。"

刘诗雅微笑着说:"我听你的。"

张新阳说:"诗雅,新公司的名字我都想好了,就叫新雅科技,我要把它做成中国最厉害的电子商务信息服务公司,我要让它在创业板,不,在纳斯达克上市,让所有人都知道,这个公司是张新阳和刘诗雅爱情的信物!"

刘诗雅盯着张新阳的脸颊,她的脸上泛出了淡淡的红晕,那是略带羞涩的幸福。此刻,在这万米高空的飞机上,窗外云海滚滚,映得刘诗雅身旁似有烟霞清笼。张新阳觉得一切都充满希望,一切都那么美好……

忽然,飞机一阵颠簸,窗外的云海也迅速变暗,乌云像移动着的小山,铺天盖地向飞机堆来。机舱广播传出了温馨的提示:亲爱的旅客朋友,飞机正穿过气流,请大家系好安全带。张新阳又看了一眼漆黑的舷窗,不由自主往后仰了仰身体,收回了目光。几分钟后,飞机的颠簸仍然没有减缓的迹象,舷窗外一片漆黑,有的乘客惴惴不安地开始用目光四处寻找空乘人员的身影。在又一阵更加猛烈的颠簸中,人们惊恐地看到,氧气面罩犹如绞索般出现在了眼前。

机舱内再次响起了广播:旅客朋友,我们的飞机遇到了突发情况,进入了强对流云层,机组人员正在全力保证飞行的安全。请旅客们不要惊慌,配合空乘人员再次检查安全带,戴好氧气面罩。

紧接着,所有空乘人员出现在了剧烈颠簸的机舱,他们不仅指导乘客戴好氧气面罩,而且还帮着他们穿上了救生衣。此刻,所有人都知道,空乘人员的这一举动到底意味着什么。空姐来到了张新阳身边,张新阳看着面无表情的空姐轻声问道:"很严重吗?"

空姐略犹豫了一下,眨了眨大眼睛,眼中流露出了虽然经过专业训练但也无法掩饰的恐惧。张新阳在四周响起的哭泣声中,给了这位比自己年龄还小的空姐一个微笑,算是鼓励,也算是回应。空姐离开的瞬间,张新阳看到她眼中的恐惧变淡了。

刘诗雅拉紧了张新阳的手,声音颤抖着问道:"新阳,我们会死吗?"

张新阳吻了一下她的脸颊,而后把脸贴在她耳边:"别怕,有我在呢。"

刘诗雅的手尽管还在微微地颤抖着,可声音慢慢恢复了平静。张新阳说:"这个世界,我们已经携手走了一程,没有什么可怕的。"

刘诗雅说:"有你就好,我知足了。"

张新阳轻声说道:"感谢上天让我在最好的年华遇见了你。诗雅,我们来生再见!"

张新阳和刘诗雅的手紧紧握在一起，他们向舷窗外的世界投去最后一瞥，放下了遮光板，闭上眼睛，等待着死神的来临。飞机急速下坠，机舱内再次响起了惊恐的尖叫，所有人都嗅到了死亡的气息。

　　飞机又一次剧烈颠簸，张新阳耳中嗡的一声，四周瞬间安静了。时间仿佛消失了，又仿佛凝固了，当他再次睁开眼睛时，飞机平稳地运行着，广播中传来了舒缓的轻音乐，周围的人个个面无表情，刚才的一切如同一场噩梦，但面前的氧气罩和身上的救生衣又分明告诉他那并不是梦。

　　张新阳急忙回头看身边的刘诗雅，刘诗雅正在用同样的眼光看着他。广播中传来了空乘人员天使般柔美的声音：亲爱的乘客朋友们，在全体机组人员的不懈努力和大家的积极配合下，我们已经安全地穿过了积雨云团，飞机将在10分钟后在三亚凤凰国际机场降落，我代表机组全体成员向大家表示衷心的感谢，同时对航行中的意外情况向大家表示深深的歉意，谢谢大家。

　　所有乘客都从刚才的噩梦中苏醒了，机舱中爆发出热烈的掌声和欢呼声，所有人的眼中都噙着泪水，彼此问候着、拥抱着，庆幸着劫后余生。张新阳把刘诗雅抱在怀中，深深地亲吻着自己最爱的人。

　　刘诗雅说："我们还活着。"

　　张新阳说："是的，我们还活着。"

　　刘诗雅的眼中闪着泪花说："余生还长，我会一直陪你，直到天长地久。"

　　张新阳伸手摸了摸刘诗雅的额头，随即搂紧了自己的爱人。

　　飞机在万米高空掠过城市、山川、河流、大海，遥远的天际一片蔚蓝。渐渐远去的航线上，阳光穿透了降雨的乌云。天地之间，扯起了金色的帷幕。

后 记

    2019 年 11 月的最后一天，黄昏的天空中飘起了雪。案头放着不知读第几遍的两部小说——《平凡的世界》《三体——死神永生》。《平凡的世界》正读到孙少平在铜城煤矿感受初雪的降临，《三体——死神永生》停在了准备逃离太阳系的程心和艾 AA 在冥王星上看到天空中飘下了蓝色的雪花。正是这雪，让现实文学和科幻文学在我的思维中切换出了另一个世界，因为写了两年零一个月的故事，终于只剩下最后一个章节了，两年多的时间，我曾设定过无数个结局，但真到了收笔之时，所有的想象又都没有了头绪，摆在面前的，仍然是过去和未来。

    两年的时光，身边许多人匆匆而来又匆匆而去，轮番上阵的机遇、挑战、憧憬、希望、失落更是让生活不再单调，也给予了我从容思考人生的理由，关于生命、关于生存、关于人性、关于情感。也正是这样的思考，才让我坚持赋予书中每一个角色以复杂的性格，以期更加真实地还原人性的复杂和不确定性。但成书之日发现，人性的复杂是最深奥的哲学，我所有的努力无非是在推开一扇小小的窗，让阳光在人心的深处洒下点点斑驳，静静窥探岁月的模样。

    创作是一件兴奋而又痛苦的事情。兴奋时可以彻夜不眠地敲打键盘，也可以在街边的小吃店用手机编辑一段段文字。痛苦时则半个月写不出一个字，那种痛苦是没有人懂的欲言又止，没有人理解的徒劳无功，还有突如其来的信心全无，好几次几乎到了放弃的边缘。此中滋味，只有在挣扎和煎熬中走过的人才会懂得。

    现在这 50 余万字的文稿静静地期待着破土而出，或许它是雍容华贵的牡丹，抑或是平凡无奇的野花。不过于我而言，一切已经没有那么重要了，坚持下来了就是胜利。我的心，如同此刻天边闪烁着的恒星，穿越了几十或上百光年的空间，在霓虹中保持着它的坚毅和执着，直指遥远凝视者的灵魂。

漠野萧成

2019 年 12 月 4 日，夜，太原